相期古今

古典学研究成果选编

──── 西学篇 ────

全国哲学社会科学工作办公室 编

中国社会科学出版社

出版说明

在世界文明史上，中华文明与西方文明皆有源远流长的古典文明传统。深入认识西方文明的源头，重新思考古今中西的复杂问题，对发展中国新时期的古典学意义重大。通过吸纳西方古典学的研究成果，以资比较互鉴，以期推陈出新。

全国哲学社会科学工作办公室策划出版《相期古今：古典学研究成果选编》，宣传和推介国家社会科学基金项目在新时期中国古典学研究领域的优秀成果。全书分为"中学篇""西学篇"，限于篇幅，我们仅选录了其中 34 篇古典学研究领域的代表性研究成果，以呈现近二十多年来中国的古典学研究概貌，供读者学习参考。

全国哲学社会科学工作办公室
2024 年 10 月

目　录

西学篇

古希腊思想中的秩序与无序
　　——从耶格尔的《教化》谈起 ……………陈斯一 / 3

谁来教育王者？
　　——《奥德赛》"特勒马科斯游纪"的
　　　政治寓意 …………………………………贺方婴 / 24

赫拉克利特与赫西俄德 ……………………………吴雅凌 / 51

试论希罗多德《历史》开篇 …………………………黄俊松 / 70

赫利俄斯的龙车
　　——欧里庇得斯《美狄亚》中的修辞与
　　　伦理 ………………………………………罗　峰 / 83

修昔底德论必要性 ……………………………………李隽旸 / 98

苏格拉底与家庭
　　——兼论中西文明比较的一个面相 ………彭　磊 / 121

教化与真理视域中的诗
　　——重思柏拉图对诗的批评 ………………詹文杰 / 137

分裂之家的友谊
　　——柏拉图《法律篇》中的共同体 ………李　猛 / 156

《斐多》中的存在与生命 ………………………… 吴　飞 / 202

蜂后与主妇
　　——色诺芬《家政论》中社会教育理论在私人
　　　领域内的运用 ……………………………… 吕厚量 / 222

亚里士多德"被动努斯"说发微
　　——基于《论灵魂》3.4、3.5 的研究札记 …… 丁　耘 / 244

论西塞罗的理性批判 ……………………………… 程志敏 / 273

李维论共和政治的安全困境 ……………………… 韩　潮 / 294

"柏拉图式的爱"的发明
　　——文艺复兴哲人斐奇诺的哲学继承与创新 …… 梁中和 / 311

海德格尔论亚里士多德的"努斯"概念 ………… 熊　林 / 330

伽达默尔式的《斐多》 …………………………… 成官泯 / 355

　　Contents ……………………………………………… 377

　　Abstract ……………………………………………… 379

西学篇

古希腊思想中的秩序与无序

——从耶格尔的《教化》谈起*

陈斯一

（北京大学外国哲学研究所、哲学系）

引 言

2021年暑期，德国古典学家韦尔纳·耶格尔（Werner Jaeger）的名著《教化》（*Paideia*）的中译本问世，可喜可贺。[①] 近年来，国内古希腊研究方兴未艾，越来越多的学人开始关注古希腊文化之于西方文明的开源性意义；随着广义古典学的兴起，不少研究也不再受限于狭隘的文、史、哲分科，而是能够综合不同性质的文献和材料，对古希腊文化的肌理进行深层次和系统性的考察。正如李猛指出的：

> 对于现代中国来说，西方早已不再是大地另一端毫无关系的陌生世界，而已成为现代中国思想的内在构成部分。而西学也不

---

* 本文系国家社会科学基金后期资助项目"柏拉图的《会饮篇》研究"（21FZXB045）的阶段性成果，原刊于《文史哲》2022年第1期。

① 两部中译本几乎同时出版：韦尔纳·耶格尔：《教化：古希腊文化的理想》，陈文庆译，上海：华东师范大学出版社，2021，根据英译本译出；维尔纳·耶格尔：《教化：古希腊的成人之道》，王晨译，上海：上海三联书店，2022，根据德文原版译出。本文对《教化》的引用由笔者译自英译本：Werner Jaeger, *Paideia: The Ideals of Greek Culture*, Gilbert Highet trans., New York: Oxford University Press, 1946。后文出自同一文献的引文，随文夹注"《教化》英译本"和页码。

仅是在内外体用的格局中权宜以应世变的工具，反而一度成为我们通达自身传统的要津……西学是重建我们自身文明的世界图景的总体性学术。①

现代中国学术要重建"自身文明的世界图景"，就需要尽可能原本地理解西方文化，尤其是其"本源"。在这方面，耶格尔的《教化》能够为我们提供巨大的帮助，因为《教化》一书的任务正是"对古希腊人的文化和教化进行阐述，描述其独特品质和历史发展"（《教化》英译本，页 xvi）。

数年前，耶格尔的《教化》英译本曾点燃笔者从事古希腊研究的热情，此刻重读中译本导论，一方面感慨良多，另一方面，与笔者学生时代相比，则增添了几分反思和批评。本文希望借《教化》中译本出版的时机，将《教化》导论对于古希腊文化的推崇与西方学界对于古希腊思想的批评相比较，并结合赫西俄德、荷马、柏拉图、亚里士多德的一系列重点文本，尝试对古希腊思想的独特品质提出一种更加准确的分析。我们会发现，古希腊文化最为耶格尔赞颂之处在于对理念、形式、秩序的追求，但是在阿多诺和列维纳斯看来，这种单方面强调秩序的思想倾向于抹平世间本然的无序、扼杀鲜活的生存经验。相比之下，尼采的观点更加复杂，也更加深刻，在《悲剧的诞生》中，尼采洞察到古希腊文化的精髓在于代表无序的狄奥尼索斯精神与代表秩序的阿波罗精神的结合，这是一种在深刻体认无序的前提下努力创造秩序的悲剧精神。笔者较为赞同尼采的思路，并且认为古希腊思想中秩序与无序的张力贯穿古希腊思想的始终，不仅存在于悲剧，也存在于史诗和哲学，因此，想要更加原本地把握古希腊文化的特性，我们必须研究这种张力的演变。

接下来，笔者将首先对耶格尔对古希腊秩序观的阐述与阿多诺、列维纳斯、尼采的批评进行梳理和比较（第一、二部分），再沿着尼采的思路，从秩序与无序的张力出发，对古希腊史诗和古典哲学的多

---

① 李猛:《西学与我们的"西方"》,《北京大学学报》(哲学社会科学版) 2017 年第 4 期，页 50。

个重要文本提出一种思想史的诠释（第三、四部分）。

一　耶格尔的《教化》与古希腊秩序观

耶格尔的《教化》全书共三卷，第一卷从荷马的"德性教化"讲到雅典悲喜剧、智者思想的兴起和修昔底德的政治哲学，第二卷重点阐述苏格拉底和柏拉图的伦理政治思想和教化理念，第三卷补充柏拉图时代的思想争论，后期柏拉图、色诺芬、伊索克拉底、德摩斯梯尼先后登场，医学、修辞学与哲学争夺教化的权威。可以说，凡以文本为载体的古希腊思想，其所有重要的领域、阶段、派系和方方面面的问题与争论，都被耶格尔囊括在《教化》的视野之内。更加重要的是，耶格尔在导论中清晰地交代了他对古希腊文化独特品质的总体理解，在他看来，古希腊人一切文化成就的根源都在于这个民族强烈的形式感和秩序感，由此产生以完美的形式秩序为范式塑造人性的教化理想。《教化》德文原版的副标题是"形塑古希腊人"。

耶格尔认为，"文明的历史"即"人类对于理念（ideals）的有意识的追求"始于古希腊；进一步讲，古希腊文明和现代西方文明之所以构成了一个历史性的共同体，就是因为后者从前者那里继承了文明的"形式和理念"（form and ideals，《教化》英译本，页 xiv-xvi）。耶格尔说，他的这本著作就是要全面展现古希腊人如何创造出这些塑造了"文明历史"和"文明民族"的"形式和理念"，以便复兴"真正的文化"（real culture），驳斥现代学科中盛行的"文化"概念，这种概念仅仅是类比性的，"在这种模糊的类比性意义上，我们甚至可以谈论中国、印度、巴比伦、犹太或者埃及文化，尽管这些民族根本不具备符合真正文化的语词和理念"（《教化》英译本，页 xvii）。那么，耶格尔究竟在何种意义上声称唯有古希腊文化才是真正的文化呢？在他看来，在古希腊，"文化理念第一次被确立为一种形塑原则（formative principle）"，具体而言，这指的是：

> 对于支配人类生活的自然原则、人类施展物理和精神能力

的内在法则具有清晰的认识，将这种知识用作教育的形塑力量（formative force），用它来把活生生的人塑造成预先设想的形式（form），就像陶匠模塑陶土、雕刻家雕琢石头……只有这种类型的教育才配被称作文化。(《教化》英译本，页 xvii)

耶格尔接着说，德国人以最鲜明的方式继承了古希腊文明的精髓："德语的 Bildung（教育）清楚地指示出古希腊教育的本质。"(《教化》英译本，页 xviii、xxii–xxiii)

在耶格尔看来，古希腊人是一个形式感和秩序感极强的民族，他们在其文化的方方面面追求形式和秩序，"古希腊艺术家以自由、无拘束的动作和态度展现人体，不是通过复制许多随意选取的姿态这种外在过程，而是通过学习支配人体结构、平衡与运动的普遍法则"，"在古希腊文学中，正如在古希腊雕塑和建筑中，我们能发现同一种形式的原则，我们能谈论一首诗或者一篇散文的塑形或建构性的特质"，"在演说技艺的领域，他们执行复杂计划、将许多部分创造成一个有机整体的能力，纯粹来自一种对于支配情感、思想和语词的法则的愈发锐利的自然感知，这种感知的抽象化和技术化最终创造了逻辑学、语法学和修辞学"(《教化》英译本，页 xx–xxi)。耶格尔最后谈到，古希腊人对形式和秩序的追求在哲学（尤其是柏拉图哲学）中达到最高峰：

> 哲学是对自然和人类生活中所有事件和变化背后的永恒规则的清晰认知……贯穿古希腊雕塑和绘画的那种形式化倾向（tendency to formalize）和柏拉图的理念（Platonic idea）来自同一个源头。(《教化》英译本，页 xxi)

虽然耶格尔没有在导论中提到亚里士多德，但是显然，作为古希腊哲学的集大成者，亚里士多德哲学的概念体系和学科架构最终完成了古希腊文化对形式和秩序的追求，不仅形而上学、自然哲学、生物学、伦理学和政治学、诗学和修辞学构成层层奠基的结构，以学科划分展现从存在秩序到自然秩序、从生命秩序到城邦秩序、从伦理政治秩序到美学秩序的递进,而且贯穿所有秩序的概念框架正是"形式与质料"的区分。[①] 正是通过将超越性的柏拉图理念转化为内在于实体的本质形式,亚里士多德完成了古希腊秩序思想的最终形态。在《教化》的导论中,耶格尔实际上是用亚里士多德的语言概括了古希腊文化的根本特征。进一步讲,亚里士多德的伦理学和政治学关于培育灵魂秩序和建构城邦秩序的思想也最符合耶格尔对"教化"的定义:"把活生生的人塑造成预先设想的形式,就像陶匠模塑陶土、雕刻家雕琢石头。"

古希腊文化强调理念与形式的秩序感(以及德国文化对此的继承)让耶格尔引以为豪,这使《教化》的导论带有强烈的西方中心论色彩。然而,学术史上也不乏对古希腊秩序观及其缔造的哲学传统批评的声音。在晚近的学者中,阿多诺和列维纳斯对西方哲学及其古希腊源头的批评比较典型,而在笔者看来,他们的批评实际上延续了早期尼采站在悲剧精神的立场上对古希腊哲学的批评。下面,让我们从耶格尔对古希腊秩序观的推崇转向阿多诺、列维纳斯、尼采对古希腊秩序观的批判。

二 阿多诺、列维纳斯、尼采对古希腊秩序观的批评

阿多诺批评西方哲学自柏拉图以来就是一种忽视"非概念性、个别性和特殊性"的理念主义,是"拜物教的概念观"。[②] 列维纳斯提出,西方哲学从苏格拉底开始就是一种"将他者化约为同一"的存在论,是一种追求"自我同一化"的自我主义。[③] 阿多诺和列维纳斯从马克思主义和现象学的不同视角出发,对西方哲学"强制同一性"的理念

---

① 参见陈斯一《德性在亚里士多德思想体系中的位置》,《从政治到哲学的运动:〈尼各马可伦理学〉解读》,上海:上海三联书店,2019,页180—208。

② 阿多尔诺:《否定的辩证法》,张峰译,重庆:重庆出版社,1993,页6、9—10。

③ 列维纳斯:《总体与无限:论外在性》,朱刚译,北京:北京大学出版社,2016,页15—16。

主义和"自我同一化"的自我主义提出批评,二者一致针对的是追求确定性的"概念秩序"对原初"生存经验"的独断统摄。尽管阿多诺和列维纳斯都并非专门针对古希腊哲学,但是他们都将苏格拉底、柏拉图、亚里士多德的思想视作他们批判的哲学传统的起点。[①]

阿多诺和列维纳斯的批评并不是全新的,在某种意义上,他们是以各自的方式重复了尼采对古希腊哲学的批判,只不过,阿多诺和列维纳斯试图克服并更新承袭古希腊哲学的整个西方传统,而尼采赞颂的是先于哲学的古希腊悲剧。尼采在《悲剧的诞生》中提出,古希腊悲剧精神的本质是阿波罗精神和狄奥尼索斯精神的紧密交织,日神阿波罗负责建构"梦幻"的秩序,酒神狄奥尼索斯则负责摧毁和消解一切法则、界限、秩序,将人融入原始无序的生命意志,在这种消融中感到"迷醉"。[②]虽然尼采主张阿波罗精神和狄奥尼索斯精神是相互依存的,但是他更加重视后者,在某种意义上,"醉"要比"梦"更接近真实,这意味着世界和人生更真实的本相是毫无秩序的浑沌和涌动;反过来看,正是因为清楚洞察了存在的深层本相,构建阿波罗秩序的努力才反映了一种伟大卓绝的悲剧性力量:"希腊人认识和感受到了人生此在的恐怖和可怕:为了终究能够活下去,他们不得不在这种恐怖和可怕面前设立光辉灿烂的奥林匹亚诸神的梦之诞生。"[③]

当然,阿多诺和列维纳斯的论述语境与尼采完全不同,阿多诺倡导的"非同一性"和列维纳斯重视的"陌异性"也并不等同于尼采说的狄奥尼索斯精神。[④]但是从结构上讲,尼采的观点与这两位哲学家

---

① 参见 Christopher P. Long, *The Ethics of Ontology: Rethinking an Aristotelian Legacy*, New York: SUNY Press; first edition, first printing, 2004, pp. 4–10。

② 尼采:《悲剧的诞生》,孙周兴等译,上海:上海人民出版社,2018,页 23—31。参见吴增定《尼采与悲剧——〈悲剧的诞生〉要义疏解》,《云南大学学报》(社会科学版)2015 年第 1 期,页 24—25。

③ 尼采:《悲剧的诞生》,页 38—39。

④ 双方最大的区别在于:阿多诺和列维纳斯都强调个体性,认为传统西方哲学用普遍的概念抹杀了个体的意义,但尼采认为个体与个体的区别只有在秩序中才能呈现出来,因而阿波罗精神是个体化原则,而狄奥尼索斯是对秩序和个体的消融。

的论述框架确实能够呼应。尼采看到，古希腊文化并不缺乏对逃逸概念把握之物的敬畏，也并不缺乏自我和他者的陌异性张力，只不过这种敬畏感和精神的张力存在于悲剧而非哲学之中。对于古希腊哲学，尤其是苏格拉底之后的哲学，尼采的批判同阿多诺和列维纳斯的批评是相通的。尼采提出，苏格拉底是悲剧精神的终结者，他将苏格拉底比作独目巨人，用乐观理性主义的"独目"建构出一个完全符合秩序的虚假世界，并且自欺欺人地把这个虚假的世界当作唯一的真实，既驱逐了酒神狄奥尼索斯的迷醉，也败坏了日神阿波罗的梦幻，从而导致深受他影响的欧里庇得斯的悲剧失去了真正的悲剧精神，伟大的悲剧传统就此消亡。[①] 柏拉图的理念哲学是耶格尔心目中古希腊秩序思想的巅峰，但是在尼采看来，它其实标志着古希腊思想张力失衡的极致与健全生命力的衰败。

笔者认为，无论是无条件肯定古希腊秩序观的耶格尔，还是单方面批判古希腊秩序观的阿多诺和列维纳斯，都不如尼采深刻，因为只有尼采准确洞察到了古希腊文化最深层的张力和源泉：构建秩序的强烈冲动实际上源自对无序的深刻体认。事实上，这也完全符合亚里士多德对柏拉图哲学的评论：恰恰是由于认同了赫拉克利特关于万物皆流变的洞见，柏拉图才提出了超越感性实体的永恒理念。[②] 然而，笔者也并不完全赞同尼采。一方面，笔者并非古希腊文化的狂热崇拜者，不像尼采那样唯悲剧是崇；另一方面，笔者也不同意尼采将悲剧和哲学对立起来的观点，而是认为尼采洞察到的阿波罗与狄奥尼索斯、秩序与无序的张力其实贯穿古希腊史诗、悲剧和哲学。无论柏拉图对宇宙秩序和政治秩序的构建，还是亚里士多德关于"制作"的形式—质料分析（这是其思想大厦的概念基石），都以某种方式隐含着

---

① 参见尼采《悲剧的诞生》，页94以下。
② 参见亚里士多德《形而上学》，987a29—b13。亚里士多德文本采用 Aristotle, *Aristotelis Opera*, ed. August Immanuel Bekker, Hermann Bonitz and Christian August Branolis, Berolini: Apud G. Reimerum, 1831–1870。下文指涉亚里士多德文本时，仅给出中文篇名（例如《形而上学》）与标准的贝克码（Bekker numbers），译文情况另加说明。

尼采推崇的悲剧性张力。最后，笔者亦不同意尼采将阿波罗精神和狄奥尼索斯精神分别归给荷马史诗和古风抒情诗的观点，①而是认为荷马史诗本身就是悲剧精神的开源性典范，荷马史诗的剧情内容和形式风格之间的张力就是尼采论述的狄奥尼索斯精神和阿波罗精神的张力，对于这种张力，亚里士多德在《诗学》中给出了最准确的阐述。

本文余下部分将对古希腊秩序观的思想脉络进行简要的梳理和分析，以便挖掘贯穿其中的秩序与无序的张力，力图对从史诗到哲学的古希腊思想给出更加全面和准确的分析。由于篇幅所限，笔者忽略了尼采业已充分论述的阿提卡悲剧，而将重点放在史诗与哲学这两个脉络的端点。

三　古希腊史诗中的秩序与无序

在最早的古希腊史诗中，无序和有序的对立就是一个重要的主题。赫西俄德在《神谱》中这样描述世界的开端："最早生出的是浑沌，接着便是宽胸的大地那所有永生者永远牢靠的根基——永生者们住在积雪的奥林波斯山顶。"②最初的两位神是"浑沌"和"大地"，对于浑沌，赫西俄德没有展开描述，这或许是因为浑沌之为浑沌本身就是无法描述的，它太过混乱以至于无法被语言或"逻各斯"所把握。浑沌的原文音译为"卡俄斯"，从词源上看它的意思应该是"开口""豁口""空洞"或"张开的深处"，③总之，就是黑暗的深渊。大地的原文音译为"盖娅"，赫西俄德说她是"宽胸的""牢靠的"，是"积雪的奥林波斯山"的根基，"永生者们"就住在奥林波斯山顶，"永生者们"指的当然是以宙斯为首的奥林波斯诸神，是古希腊神谱的最后一代神。这样看来，赫西俄德一开始就提到了神谱最原始的开端和最完满的终点，开端是代表混乱无序的浑沌的黑暗深渊，终点是代表

---

① 尼采：《悲剧的诞生》，页 23、42、52。
② 赫西俄德：《神谱》，116—118；译文引自吴雅凌撰《神谱笺释》，北京：华夏出版社，2010，页 100。
③ 吴雅凌撰：《神谱笺释》，页 191—192。

文明秩序的光辉的奥林波斯诸神,而大地之神盖娅则是宇宙从无序走向秩序的第一步,是所有秩序的根基。值得注意的是,赫西俄德接着说,昼夜是从浑沌中产生的,而大地孕育出天空,也就是说,世界万物和其他诸神都是从浑沌和大地中生出来的,但是在一开始,浑沌和大地是各自独立地产生的。从宇宙论的角度讲,浑沌和大地平起平坐,是一对相互对立的"本原"。当然,根据赫西俄德,秩序最终战胜了无序,"当宙斯的霹雳燃烧大地和海洋时,浑沌也被征服"。[1]

在荷马史诗中,我们可以看到同样的思想。在大部分时候,荷马提到的诸神指的都是高度人格化的奥林波斯神,宙斯、赫拉、阿波罗、雅典娜戏份最多,他们之间保持着严明的秩序,宙斯是万神之父和主权者。然而,荷马也保留了另一套更加自然的神系,那就是各种河流之神、海洋之神以及他们的始祖"长河神"奥克阿诺斯。在主流的神谱中,奥克阿诺斯是天空之神乌拉诺斯和大地之神盖娅的长子,是环绕世界之河、所有河流与海洋的源泉,阿基琉斯的母亲忒提斯是他的外孙女;但是在另一套或许更加古老的神谱中,奥克阿诺斯是最早的神和宇宙的本原,他被称作"众神的父亲奥克阿诺斯""生成一切的奥克阿诺斯"。[2] 在《伊利亚特》的剧情中,奥林波斯诸神常常参加人类的战争,而在阿基琉斯最终复出的那场宏大战役开始时,宙斯召集众神开会,让他们自由参战,唯独长河神缺席(《伊利亚特》20.7)。随后发生的战斗逐渐从人与人之间转移到人与神之间,阿基琉斯对战特洛伊的护城河神克珊托斯,这位河神是奥克阿诺斯的儿子,他以流动无形的水体出场,用滚滚巨浪攻击阿基琉斯,自始至终并未化作人形,这种纯粹自然的神明形象在荷马史诗中极为罕见(《伊利亚特》21.214 以下)。最终,代表技艺的工匠神赫菲斯托斯用神圣的天火打败了河神克珊托斯,正如在赫西俄德的《神谱》中,宙斯用霹雳之火征服了浑沌(《伊利亚特》21.330 以下)。

---

[1] 吴雅凌撰:《神谱笺释》,页191。
[2] 荷马:《伊利亚特》,14.201 (= 14.302),14.245,中译本参见荷马《伊利亚特》,罗念生、王焕生译,北京:人民文学出版社,2014。下文所引《伊利亚特》卷行数均取自该中译本。此处为笔者的翻译。

在赫西俄德的《神谱》中，无序和有序的对立最初表现为浑沌和大地的对立，最终表现为浑沌和奥林波斯诸神的对立；在荷马史诗中，以宙斯为首的奥林波斯诸神同样代表着最高的神圣秩序，而长河神奥克阿诺斯暗暗挑战这一秩序的权威，争夺众神之父的名号。浑沌是黑暗的深渊，奥克阿诺斯是无限循环的洋流，总之，都是混乱无序、流变无形的最原始的自然力量，而奥林波斯诸神构成了光明的殿堂和文明的秩序。从内容方面来看，史诗作为古希腊文明最早的思想文本，其实并非如耶格尔认为的那样仅仅着眼于建构完美的形式，也并非像尼采说的那样仅仅反映了"朴素的阿波罗原则"，而是强调无序和有序的对立、讲述秩序战胜浑沌的斗争。

四　古希腊哲学中的秩序与无序

虽然在古希腊史诗中秩序最终战胜了无序，但是无序的观念得以保留，成为一股潜藏的思想力量，与秩序的观念相抗衡。柏拉图就是这样理解古希腊思想史的，他敏锐地观察到，荷马保留了更原始神话体系的痕迹，暗示世界的本原是流变和运动："当荷马谈论'众神的始祖奥克阿诺斯和始母特梯斯'时，他实际上把一切都看成流变和运动的产物。"[①] 学术界的一般观点是，在柏拉图看来，荷马的这句诗是以赫拉克利特为代表的流变论哲学的起源（赫拉克利特认为"人不能两次踏入同一条河流"，"万物皆流变"），而柏拉图的思想使命是驳斥这种观点，捍卫以巴门尼德为代表的存在论哲学（巴门尼德认为"存在是静止，运动是不可能的"）。不过，柏拉图引用的那句诗不是荷马以自己的口吻说的，而是他的诗歌角色赫拉说的；柏拉图批评荷马观点的话也不是他以自己的口吻说的，而是他的对话中的角色苏格拉底说的。换言之，荷马的思想并不是"奥克阿诺斯是众神之父"，而是

[①] 柏拉图:《泰阿泰德》152e，笔者的翻译。柏拉图文本采用 John Burnet ed., *Platonis Opera*, Oxford: Oxford University Press, 1900–1907。下文指涉柏拉图文本时，仅给出中文篇名（例如《蒂迈欧》）与标准的斯特方码（Stephanus numbers），译文情况另加说明。

"宙斯与奥克阿诺斯争当众神之父",而柏拉图的观点也不见得就等于存在论,毋宁说他的意图是展现流变论与存在论的冲突。①作为两种关于本原的哲学理论,流变论与存在论的冲突延续了赫西俄德那里浑沌与大地的冲突、荷马那里奥克阿诺斯和宙斯的冲突,流变和实在、无序和有序的对立贯穿从诗歌到哲学的古希腊思想史。

柏拉图认为赫拉克利特和巴门尼德的对立是他之前的哲学史的主线,而他自己的思想整合了流变论与存在论。在《蒂迈欧》中,柏拉图用一个全新的宇宙论神话解释了无序和有序的关系。借蒂迈欧之口,柏拉图说,宇宙是由一位"神圣的工匠"依照永恒的"范式"或者"理型"从浑沌若虚的"容器"或者"空间"中创造出来的。②这个宇宙创生的过程可以分为两个阶段:首先是自然生成,也就是从容器或空间中自发地分离出四大元素的雏形;继而是技艺制作,也就是工匠神根据完善的范式或理型来组合不同的元素,造出宇宙的秩序。这两个阶段的关系构成了整部对话的总体脉络与中心思想:自然生成和技艺制作的关系就是盲目无序的"必然性"和建构秩序的"理智"之间的关系,而宇宙的创生从根本上讲是后者"劝说"前者的结果:

> 神希望一切都尽可能是好的,没有什么是坏的,他以这种方式接过整个可见的万有,发现它并不安静,而是以杂乱无序的方式运动,就领着它从无序进入秩序,因为他认为秩序在各方面都比无序更好。③

---

① Mary Louise Gill, "The Contest between Heraclitus and Parmenides", *Philosophos: Plato's Missing Dialogue*, Oxford: Oxford University Press, reprint edition, 2015, chapter 3.

② 柏拉图:《蒂迈欧》,51e—52b。

③ 柏拉图:《蒂迈欧》,30a、47e—48a,笔者的翻译;中译本参见柏拉图《蒂迈欧》,谢文郁译注,上海:上海人民出版社,2003。关于创世神"劝说"物质载体的具体方式,参见谢文郁《柏拉图真理情结中的理型和天命——兼论柏拉图的"未成文学说"》,《北京大学学报》(哲学社会科学版) 2016年第 2 期,页 48。

在荷马与赫西俄德的诗歌中，神话体系既可以被理解为一种宇宙论的思想（例如浑沌和大地是宇宙的对立本原），也可以被理解为一种政治思想（例如奥林波斯天庭是一个由宙斯统治的君主制城邦，而长河神奥克阿诺斯是在野的反叛势力）。在柏拉图这里，宇宙论和政治哲学分化成相对清晰的理论层次，《蒂迈欧》讲的工匠神创世的神话表达了柏拉图的宇宙论，《理想国》则阐述了柏拉图的政治哲学，前者为后者奠定了基础。① 在《理想国》前两卷，智者色拉叙马库斯和受他影响的雅典青年格劳孔阐述了一套颠覆道德秩序的自然主义思想，苏格拉底则以新的方式阐述了城邦政治的产生与发展，提出完美的礼法是由哲学家王依据"善的理型"建立的。苏格拉底说，哲学家王研究"真正的存在者"，也就是"井然有序、永恒不变的事物"，他以这种事物为范式塑造自己的灵魂和城邦公民的灵魂：

> 他注视的是那井然有序的、永恒地不变的事物，并且当他看到，如何它们既不相互为不义也不相互受不义之害，它们是和谐美好、秩序井然、合乎理性的，他就会努力地去模拟、仿效它们，并且，尽量地，使自己和它们相像并且融为一体……不独是依照它来塑造他自己，而且用它来模印到人们的，不单是个人的，而且是社会和公众的习性上去，你会认为他，在塑造克制和正义以及所有一切属于人民大众的品德方面，有可能是一个蹩脚的匠人么？②

《理想国》对哲学家王"制礼作乐"的描述和《蒂迈欧》对工匠神创世活动的描述如出一辙，这两种创制活动都以"存在"为根据，

---

① 参见宋继杰《柏拉图伦理学的宇宙论基础：从〈理想国〉到〈蒂迈欧篇〉》，《道德与文明》2016年第6期，页17—25。
② 柏拉图：《理想国》，500c—d；译文引自柏拉图《理想国》，顾寿观译，吴天岳校注，长沙：岳麓书社，2017，页296—297，译文有调整（后文称"顾译本"）。

依照永恒的理念或范式来建立宇宙和城邦的秩序；同时，正如工匠神的创世活动需要克服浑沌的必然性，哲学家王的立法和统治也需要克服人性中杂乱无章的欲望和激情。柏拉图思想的复杂性就在于，在强调宇宙秩序和政治秩序的同时，他对自然和人性的无序也有深刻的认知。[①]《蒂迈欧》提到的必然性是独立于理智和技艺，无法被彻底革除的自然力量，而《理想国》关于完美政体的哲学论述也需要面对人性之恶的挑战，完美城邦的建立取决于一个几乎不可能的前提：

> 除非哲学家在我们的这些城邦里是君主，或者那些现在我们称之为君主或掌权者的人认真地、充分地从事哲学思考，并且这两者，也就是说政治力量和哲学思考，能够相契和重合……否则政治的弊端是不会有一个尽头的，并且，在我看来，人类的命运也是不会有所好转的。[②]

完美城邦的理想和人类政治的现实之间存在一种悲剧性的张力，笔者认为，这才是《理想国》真正想要表达的思想。

我们发现，从古希腊史诗到柏拉图哲学，秩序的观念变得越来越重要，不过，秩序的观念似乎始终与自然的观念相对立。如果说赫西俄德的《神谱》用神话语言描述了从无序到有序的宇宙论进程，那么这个进程就是自然神系、泰坦神系、奥林波斯神系的更迭。荷马也

[①] 谢文郁教授深刻地指出，无论《理想国》提出的"善的理型"还是《蒂迈欧》的创世论神话，都是柏拉图满足自己追求至善与真理相结合的"真理情结"的方式，要理解他的哲学，我们就必须理解"柏拉图在善和真理问题上陷入了一种在生存和认识上都无法自拔的困境，并努力寻求出路……我们需要做的是去把脉柏拉图的真理情结，而不是构造一种僵死的理论形态"（谢文郁：《柏拉图真理情结中的理型和天命——兼论柏拉图的"未成文学说"》，《北京大学学报》（哲学社会科学版）2016年第2期，页40、51）。在笔者看来，这就要求我们既要理解柏拉图关于政治秩序和宇宙秩序的思想，也要理解他的学说包含的、往往由他自己刻意暴露出来的内在困难。

[②] 柏拉图：《理想国》473d；顾译本，页251，译文有调整。

常常将自然与无序联系起来，并用流变莫测的水系神明来象征这种联系，与此对立的则是善于运用火的霹雳神宙斯与工匠神赫菲斯托斯。① 相比之下，柏拉图已经开始将秩序观念与自然观念相结合，而完成这种结合的就是亚里士多德，他采用的方式是将自然观念与技艺观念进行系统性的类比。自然与技艺的问题潜藏在秩序与无序的问题背后，是古希腊思想的一条重要线索。在赫西俄德的宇宙生成论中，技艺的因素很弱，生育的模式占据绝对主导的地位；在荷马史诗中，自然和技艺往往是对立的。在柏拉图的宇宙论中，一方面，工匠神的技艺创造了万物的自然秩序；另一方面，最原始、最纯粹的自然进程是独立于技艺的。亚里士多德的秩序思想继承并推进了柏拉图的秩序思想，这一点主要体现为秩序的观念通过技艺的观念深入了自然观念的内部。在《物理学》第二卷第8章，亚里士多德这样讲道：

> 假若一幢房子是由于自然而生成的，那么，它也应该像现在由技艺制作的一样生成；假若由于自然的那些事物不仅仅是由于自然，也是由于技术生成，那么，它们也就会像自然地生成一样。②

在亚里士多德看来，自然的运作，无论物质元素的运动、动植物的生命活动还是天体的运行，都遵循着恒定的秩序，正如任何一种技艺活动也必然以符合秩序的方式进行，才能制作出相应的产品。亚里士多德把生成的原动力称作"本原"，并提出"自然"就是自然事物的内在本原，而"技艺"则是人工产物的外在本原。

尽管自然物和人工物的本原有内在与外在之分，但是亚里士多德却能够拿自然与技艺类比，这是因为他采用了一套能够同时适应双方的概念框架来解释事物（无论自然物还是人工物）的生成与本质，那

---

① 关于《伊利亚特》中"水"和"火"的象征性对立，参见陈斯一《荷马史诗与英雄悲剧》，上海：华东师范大学出版社，2021，页142—145。

② 亚里士多德:《物理学》199a10 以下；译文引自亚里士多德《物理学》，徐开来译，苗力田主编《亚里士多德全集》（第二卷），北京：中国人民大学出版社，2016，页52。（后文称"徐译本"）

就是"形式"与"质料"。亚里士多德说:"自然一词具有两层含义,一是作为质料,另一是作为形式,而形式就是目的,其他的一切都是为了这目的。"① 例如,工匠用砖头造一座房子,砖头是质料,房子的成型结构是形式,后者是前者的目的。亚里士多德思想的独到之处在于,他认为自然也具备这样的框架,或者说,自然也可以用这样的概念来解释。例如,在种子长成树的自然生成中,树的"身体"是质料,树的"灵魂"是形式,而自然的生成活动就是灵魂和身体结合在一起形成一棵树的过程。不同于造房子,种子长成树的过程是由种子自身所蕴含的灵魂来主导和执行的,这个灵魂不断将种子的身体所含有的原初物质和从外界吸收进来的新的物质(这些都是树的质料)按照专属于树这个物种的本质结构(这就是树的形式)而整合在一起,从而使种子长成树苗、树苗长成大树。如果说砖头被工匠制作成了房子,那么种子就是自己把自己制作成了树。② 亚里士多德将自然与技艺相类比,实际上是将技艺观念深入自然观念的内部,使自然不再是无序的机械物质,而拥有内在的目的论秩序,这是他对柏拉图秩序思想的继承和推进:"在《蒂迈欧》中,技艺是从外部起作用的,而现在成了自然自身运作的内在特征。"③

亚里士多德不仅继承和推进了柏拉图关于自然秩序的思想,也继承和推进了柏拉图关于政治秩序的思想,只不过他不再用单一的"善"之理念来统合宇宙论和政治哲学,而是继续运用自然与技艺类比的方法:

---

① 亚里士多德:《物理学》,199a30 以下;徐译本,页 53。
② 参见亚里士多德《论灵魂》,412a5 以下;《论动物的生成》,738b5 以下。
③ Friedrich Solsmen, "Nature as Craftsman in Greek Thought", *Journal of the History of Ideas*, Vol. 24, No. 4 (Oct.–Dec., 1963), p. 487; 另见陈斯一《从柏拉图的容器到亚里士多德的质料》,《清华西方哲学研究》2019 年第 1 期,页 147—160;吴国盛《自然的发现》,《北京大学学报》(哲学社会科学版) 2008 年第 2 期,页 62;丁耘《哲学在中国思想中重新开始的可能性》,《中国社会科学》2013 年第 4 期,页 18—20。

每一种技艺与探究,类似地,每一种行动与选择,似乎都指向某种善,因此,人们正确地宣称所有事物都以善为目的。①

无论过度还是不及都会摧毁善,而中道维护之。因此,我们说好的工匠在从事制作的时候要着眼于此;如果德性比任何技艺都更精确、更好,正如自然也是如此,那么德性也应该是善于击准中道的。②

技艺追求善,也就是过度与不及之间的中道,自然同样如此,而专属于人的自然活动就是人的选择和行动构成的伦理生活。进一步讲,由于"人就自然而言是政治的动物",③不同个体的选择和行动还要构成城邦共同体的政治生活,"所有城邦都是一种共同体,而所有共同体的建立都是为了某种善"(《政治学》1252a1–2)。正如个人的伦理活动被比作技艺活动,城邦也被比作形式和质料相结合的技艺产品,其形式是政体,其质料是人民:

> 如果城邦确实是一种共同体,一种公民参与政体的共同体,那么,一旦政体的形式发生改变,城邦似乎也就必然不再是同一个城邦了……与此类似,对于任何一种共同体或复合物来说,一旦其形式发生了变化,它就不再是同一个了。(《政治学》1276b1–8)

> 正如编织工、造船匠或其他工匠必须拥有适于其工作的质料(质料准备得越好,技艺产品就必然越好),政治家和立法者也必须拥有合适的质料。(《政治学》1326a1–6)

政治家和立法者需要的质料就是城邦的居民,或者说,是城邦居民应该具备的政治禀赋和政治天性,而所谓立法,就是通过教育

---

① 亚里士多德:《尼各马可伦理学》,1094a1—3,笔者的翻译。
② 亚里士多德:《尼各马可伦理学》,1106b9—16,笔者的翻译。
③ 亚里士多德:《政治学》,1253a1—3,笔者的翻译。后文出自同一文献的引文,随文夹注《政治学》和贝克码。

将自然人塑造成公民,通过统治与被统治的制度将公民组合成政体的政治技艺。从本质上讲,亚里士多德的伦理学和政治学研究的就是如何建构个人的生活秩序和城邦的政治秩序,或者说个人的灵魂形式和城邦的政体形式,而贯穿其中的核心线索仍然是技艺与自然(人性)的类比。①

通过技艺与自然的类比,亚里士多德似乎建构了一整套严丝合缝的自然秩序与伦理政治秩序,在他的论述中,我们不再能够找到柏拉图为宇宙深处的盲目必然性和政治生活无法摆脱的昏暗洞穴保留的位置。不过,笔者认为,这种差别更多的是双方采用的不同书写方式造成的:柏拉图对话就文体而言毕竟是一种戏剧性的叙事,而亚里士多德留存至今的著作都是规范性的学科性论述。实际上,亚里士多德并不缺乏对无序的敏锐感知,他不仅承认自然也会出"差错",②而且还极富洞见地提出,尽管人就自然而言是城邦的动物,但是城邦无法涵盖人性的全部;尽管城邦之外的存在非神即兽,但是神性与兽性都是内在于人性的极端部分。③进一步讲,虽然亚里士多德的写作是非诗性的,但是他对古希腊诗歌的理解颇为深刻;尽管亚里士多德对"制作"的形式—质料分析是其思想大厦的基石,但是他自己的制作科学并非木匠学或建筑学,而是《诗学》。作为最独特的"制作",诗歌的形式是古希腊教化的真正源泉,而在《诗学》中,亚里士多德指出,诗歌的本质是模仿:

> 尽管有些东西本身对于视觉来说是痛苦的,比如令人望而生厌的动物和尸体的外形,但我们却喜欢观看对这些东西模仿得最

---

① 参见陈斯一《亚里士多德论政治优先性》,《中国社会科学报》2016年2月23日;陈斯一《亚里士多德论家庭与城邦》,《北京大学学报》(哲学社会科学版)2017年第3期,页93—99。关于亚里士多德形质论思想的伦理政治后果,参见吴飞《人伦的"解体":形质论传统中的家国焦虑》,北京:生活·读书·新知三联书店,2017。

② 参见亚里士多德《物理学》,199a35以下。

③ 参见亚里士多德《尼各马可伦理学》,1145a15—27;《政治学》1253a3—4、a27—29。

为精确的图画。原因恰恰在于：求知不仅对于哲学家是一种极大的乐事，而且对于其他一般的人也不失为一件快活的事情。①

模仿对象（令人望而生厌的事物）和模仿品（对其精确地再现）之间的反差，以最鲜明的方式凸显出模仿艺术的认知旨趣，古希腊绘画如此，古希腊史诗更是如此。在《伊利亚特》的一个著名段落，荷马在描述战士之死的时候以一种"亚里士多德式"的方式透露出史诗作为模仿艺术的技法：

> 他就像黑杨树那样倒在地上的尘土里，
> 那棵树生长在一块大洼地的凹陷地带，
> 树干光滑，顶上长出茂盛的枝叶，
> 造车的工匠用发亮的铁刀把它砍倒，
> 要把它弄弯来做漂亮战车的轮缘，
> 它现在躺在河岸上面，等待风干。②

无论青铜时代的迈锡尼王朝及其古希腊后人多么勇猛好战，《伊利亚特》的"质料"——战争、杀戮、死亡，都无疑令人望而生厌。③然而，荷马正是要以一种接近哲思静观的肃穆和崇高，将这些狄奥尼索斯的"质料"塑成一种阿波罗的"形式"。④正如工匠把繁茂苗壮的黑杨树砍倒、弄弯，造成漂亮的战车，年轻战士之死被诗人赋予英雄

---

① 亚里士多德：《诗学》，1448b10 以下；译文引自亚里士多德《论诗》，崔延强译，苗力田主编《亚里士多德全集》（第九卷），北京：中国人民大学出版社，2016，页 645。

② 死者为西摩埃西奥斯；译文引自荷马《伊利亚特》，4.557—562，罗念生、王焕生译，北京：人民文学出版社，2003，页 94。

③ 参见 Simone Weil, "The Iliad, or the Poem of Force", *Chicago Review*, Vol. 18, No. 2 (1965), pp. 5–30。

④ 关于《伊利亚特》的形式结构，特别是环形布局（ring composition）的特征，参见 Cedric H. Whitman, *Homer and the Heroic Tradition*, New York: W. W. Norton & Company, 1965, p. 255 以下。

六部格的诗意和韵律，让"观众"暂时超越生命必朽的悲哀，触及缪斯女神的不朽。在亚里士多德看来，这应该是史诗作为模仿的至高意义。

亚里士多德的《诗学》是一部富有教育意义的作品，他心目中的最佳政体就是通过诗歌（和音乐）教育来形塑人性。不同于柏拉图将作为模仿品的诗歌贬低为理念的"副本之副本"，[①] 亚里士多德认为诗歌通过具有认知意义的模仿揭示"支配人类生活的自然原则、人类施展物理和精神能力的内在法则"，而立法者对诗歌的运用，就是将这样一种认知用作教育的形塑力量，"用它来把活生生的人塑造成预先设想的形式，就像陶匠模塑陶土、雕刻家雕琢石头"。笔者在引言中指出，耶格尔实际上是用亚里士多德的语言概括了古希腊文化形塑人性的教化理念，这一概念虽然是准确的，但是耶格尔忽视了古希腊教化的主要方式是诗歌教育，尤其是悲剧教育。悲剧展现了人类与命运的残酷斗争、不同原则无法兼顾的冲突、德性的伟大与局限、生命的高贵与脆弱……恰恰是通过对苦难的再现以及对恐惧、怜悯等情感的净化，悲剧实现了对灵魂的教化。悲剧教育是用狄奥尼索斯的"质料"来建构阿波罗的"形式"，通过直面生存之无序的真相来建构灵魂的秩序，从这个角度看，亚里士多德的诗歌教育理论与尼采的悲剧观是殊途同归的。[②] 这样看来，亚里士多德的哲学体系其实不像阿多诺和列维纳斯批评的那样，用"逻各斯的霸权"压制了鲜活的生存经验，而是在自然哲学和政治哲学，尤其在诗学和诗歌教育的领域，都保留了形式和质料、秩序和无序的张力。

总　结

耶格尔在《教化》的导论中盛赞古希腊教化理想背后的秩序观，而阿多诺、列维纳斯则对古希腊秩序观及其缔造的西方哲学传统提出了激烈的批评。笔者认为，虽然以上两种观点针锋相对，但是双方都

[①]　柏拉图：《理想国》，596a 以下。

[②]　参见陈斯一《亚里士多德论诗乐教育》，《北京大学教育评论》2019年第 1 期，页 30—41。

只看到了古希腊思想强调秩序的一面，相比之下，尼采对古希腊文化特质的理解更加深刻，但他将悲剧和哲学对立起来的观点失之偏颇。在笔者看来，尼采提出的阿波罗精神与狄奥尼索斯精神的张力，实质上就是秩序和无序的张力，这种张力贯穿从史诗、悲剧到哲学的古希腊思想史。一言以蔽之，古希腊文化缔造自然秩序和政治秩序的强烈冲动，实则源自古希腊人对宇宙和人生本然无序的深刻体认。因此，想要更加原本地把握古希腊文化的特性，我们必须重视古希腊思想中秩序和无序的悲剧性张力，研究其根源和演变。

《教化》写于第二次世界大战前后。耶格尔没有提及这场战争，只在导论的末尾写道："在此关头，当我们的整个文明被强有力的历史经验所震动，从而再次开始审视她自己的价值时，古典学术也必须再次评估古代世界的教育价值。"（《教化》英译本，页 xxix）在德国与英法美为敌的"强有力的历史经验"中，耶格尔试图返回古希腊文明与东方文明对立的格局，以寻求"我们的整个文明"的生命力源泉。在《教化》中译本的前言中，刘小枫评述了耶格尔的学术生涯，尤其重视第一次世界大战对青年耶格尔的影响：

> 第一次世界大战让耶格尔深受震撼。对他来说，这场战争充分表明，基督教欧洲的文明传统已然崩溃……德意志的政治成长所遭遇的困难以及基督教欧洲文明所面临的危机让耶格尔深切感到，古典学必须走出象牙塔，成为普通人文教育的基础。[①]

《教化》的出版就是这份努力的最终成果，从这个角度看，《教化》的写作以及耶格尔复苏古典教育的理想，本身也带有某种悲剧色彩。

然而，单从《教化》的导论来看，我们很难还原耶格尔对战争的态度。如果西方各民族国家的文明是古希腊文明的子嗣，继承了古希腊文明的"形式和理念"，那么按理说，以欧洲内战为中心的两次世界大战就并未完全违背古希腊文明的精神，毕竟，古希腊文明根源性

---

① 耶格尔：《教化：古希腊文化的理想》，页 3—4。

的形式感是由战争史诗所建立的,而且在古希腊文明最灿烂的时刻,"真正的文化"内部也发生了旷日持久的战争,"对于希腊人和一部分蛮族而言,这是迄今为止最大的骚动,甚至可以说波及差不多整个人类。"① 尽管雅典帝国的伟业失败了,但是古希腊文化最早也最忠实的继承者——罗马,最终征服了当时已知的世界。耶格尔并非没有设想过这样一种可能:在未来的某一刻,"真正的文化"再次通过"历史的力量"将全人类统一在一起(《教化》英译本,页 xvi);毕竟,正如阿多诺所言,"伟大的哲学"都具有绝对主义的征服激情:"伟大的哲学伴有一种不宽容任何他物而又以一切理性的狡猾来追求所有他物的妄想狂似的热忱。"②

在尼采看来,古希腊人的伟大之处在于,他们在深刻领悟了生命的全部苦难之后仍然选择拥抱生命。或许,古希腊人也比其他民族的人更加清楚地知道,一种从狄奥尼索斯的深渊中艰难创生的阿波罗秩序将永远伴随征服与被征服的残酷斗争。重读《教化》让笔者想到,对于辉煌而短暂的古希腊文明,热爱和平的人们不妨在满怀敬意的同时,也保持一份清醒的警惕。

【作者简介】

陈斯一,哲学博士,北京大学外国哲学研究所研究员,北京大学哲学系长聘副教授,山东大学古希腊思想研究中心客座研究员。研究领域为伦理学、政治哲学、古希腊罗马哲学、基督教思想。主持国家社会科学基金后期资助项目"柏拉图的《会饮篇》研究"(21FZXB045)。

---

① 修昔底德:《伯罗奔尼撒战争史》,1.1;译文引自修昔底德《伯罗奔尼撒战争史》(修订译本),何元国翻译、编注,北京:中国社会科学出版社,2024,页 2。

② 阿多诺:《否定的辩证法》,页 21。

谁来教育王者？

——《奥德赛》"特勒马科斯游纪"的政治寓意*

贺方婴

（中国社会科学院外国文学研究所）

政治家必须是明智的，统治者所受的教育也应该与众不同，因而王室的子女在骑术和军事方面都显得训练有素。正如欧里庇得斯说："我不要各种琐屑的技艺，一心盼求治国的要道。"

——亚里士多德《政治学》，1227a18—19[1]

1689 年，38 岁的费奈隆（François Fénelon, 1651—1715）被擢升为太子保傅，受命教育法王路易十四的皇孙，年仅 7 岁的勃艮第公爵。为了引导这位淘气的小公爵、法兰西未来的君王，费奈隆精心写作了哲理小说《特勒马科斯历险记》（成书于 1693—1694 年）。[2] 在费奈隆的传世之作中，这部作品对后世影响最大，也最为重要，与波舒

---

* 本文原刊于刘小枫主编《古典学研究（第二辑）：荷马的阐释》，上海：华东师范大学出版社，2018。

[1] 中译采用《政治学》，颜一、秦典华译，收入苗力田主编《亚里士多德全集》（第九卷），北京：中国人民大学出版社，1994，页 80。

[2] 参见费奈隆《寓言的教诲——〈特勒马科斯历险记〉》（Delphine Reguig-Naya ed., *Fénelon, les leçons de la fable, Les Aventures de Télémaque*, Paris: PUF/CNED, 2009）；《特勒马科斯，奥德修斯之子》（*Telemachus, Son of Ulysses*, Raymond Geuss and Quentin Skinner eds., Patrick Riley trans and notes, Cambridge: Cambridge University Press, 1994）；《奥德修斯之子，特勒马科斯历险记》（*The Adventures of Telemachus, the Son of Ulysses*, Brack Jr. ed., Tobias Smollett trans., Athens: University of Georgia Press, 2014）。

哀的《普遍历史》齐名，法国文史家称此书是"一把打开十八世纪想象博物馆的金钥匙"。① 在费奈隆的这部小说的引导下，任性顽劣的公爵变得举止有度，谨慎自制，《特勒马科斯历险记》也因此名声大噪。据说，在十八世纪，这部小说所拥有的读者仅次于《圣经》，后世自然也出现了不少模仿之作。②

史诗《奥德赛》③在前四卷中讲述了奥德修斯的儿子特勒马科斯出海探寻父亲音讯的故事，费奈隆化用这个故事，让他笔下的特勒马科斯在密涅瓦女神（智慧女神）化身的曼托尔（Mentor）的陪伴下出海寻父，以此为线索，在智慧的引导下见识和学习沿途各国的政制与习俗，历尽艰险，最终，特勒马科斯带着一种王者的眼光与见识返回伊塔卡。

费奈隆一方面以故事来教育王储，要培养其政治眼光；另一方面又借此表达了他本人对法国政体改革的政治主张：书中乌托邦式的城邦"贝提克"（Bétique）成了费奈隆暗自鼓动法国君主推行政体改革的楷模。费奈隆的政治主张是，改革绝对君主制，施行有限君主制。费奈隆的政治主张和写作方式对启蒙时期的思想家影响极大，达朗贝尔写过《费奈隆颂》，孟德斯鸠的《波斯人的信札》可以说是在模仿费奈隆，即采用游记形式表达政治观点。卢梭的《爱弥儿》④把《特勒

---

① Jean-Claude Bonnet, *La Naissance du Pantheon: Essai sur le culte des grands hommes*, Paris: Fayard, 1998.

② 关于《特勒马科斯历险记》一书的影响，参见赖利（Patrick Riley）的英译本导言，《奥德修斯之子，特勒马科斯历险记》，页 xvi—xvii。

③ 本文凡引用《奥德赛》原文，依据《荷马史诗（五卷本）》（Homer, *Homeri Opera in five volu*mes, D. B. Munro and T. W. Allen eds., Oxford: Oxford University Press, 1920）。参见现代译本、笺注本：《荷马的〈奥德赛〉》（*The Odyssey of Home*r, trans and with an introduction by Richmond Lattimore, New York: Harper Collins, 1967）；《荷马〈奥德赛〉的笺注》（Heubeck Alfered, West Stephanie and J. B. Hainsworth eds., *A Commentary on Homer's Odyssey*, New York: Oxford University Press, 1989）。本文凡引用《奥德赛》（随文简写《奥》）诗行及译名，除特别说明之外，均采用王焕生先生译本（北京：人民文学出版社，1997），个别语词依希腊文原文校订。

④ 卢梭的《爱弥儿》法文原文依据《卢梭全集》（*Œuvres complètes*, B. Gagnebin et M. Raymond eds., Paris: Gallimard, 1959–1995），参考布鲁姆的英译本《爱弥儿，或论教育》（J.-J. Rousseau, *Emile, or On Education*, Allan（转下页）

马科斯历险记》奉为圭臬：在《爱弥儿》第五卷我们看到，在导师的精心安排下，爱弥儿外出游历时随身携带着费奈隆的《特勒马科斯历险记》。

当然，费奈隆的《特勒马科斯历险记》是写给法兰西未来的君王的书，卢梭的《爱弥儿》显然不是教育王子，但它要教育谁呢？无论是谁，都绝不可能如作者在书中所言，是要教育所有公民。我们也许可以说，卢梭想要教育未来民主时代的潜在王者，让他们懂得如何面对各种政治难题，在智慧的陪伴下重新返回"伊塔卡"。

一 《奥德赛》头四卷的结构与意图

凭靠费奈隆和卢梭等先哲的眼光来重读《奥德赛》第一至四卷，笔者解决了一个长期以来的困惑：这四卷对于整部史诗而言意味着什么？为什么荷马以奥德修斯的儿子特勒马科斯出海探寻父亲音讯的故事开篇？事实上，这并非仅仅是笔者才有的困惑，历来不少研究者对于这四卷的结构及其在整部史诗中的作用也不得其解：以奥德修斯返乡之旅为叙事主线的《奥德赛》，居然以四卷之长的篇幅记述一些与奥德修斯返乡行动无关的事，直到第五卷，主人公奥德修斯才出场，而他在前四卷完全缺席。[1]

的确，就整部史诗而言，头四卷完全可以独立成篇，是一个完整的"特勒马科斯离乡之旅"的故事。由于这四卷显得完全游离于整部史诗之外，于是有论者认为，这表明史诗作者的手法不成熟，很可能是口传时期的游吟诗人因应现场演唱的粗糙之作。[2] 然而，从特勒马科斯作为潜在王者的身份入手来看第一至四卷，正如费奈隆

（接上页）Bloom trans. and notes, New York: Basic Books, 1979）。中译参见李平沤译《爱弥儿》，北京：商务印书馆，1978。

[1] Heubeck Alfered, West Stephanie and J. B. Hainsworth eds., *A Commentary on Homer's Odyssey*, p. 67.

[2] Milman Parry, *The making of Homeric verse*, Adam Parry ed., NewYork: Oxford University Press, 1987.

和卢梭的慧眼所见，开篇四卷所记述的潜在王者的成长和教育历程，堪称为整部史诗奠定了基调：特勒马科斯难道不像是离乡之前的奥德修斯吗？诗人似乎暗示：两代伊塔卡的王都必须离开故土，才能在返回后认识故土的本相，而这种返回必然带来城邦的更新，甚至带来一场革命。

当然，奥德修斯与特勒马科斯的返回具有不同的意味。因此，我们值得问：王者的离乡对于政治共同体意味着什么？特勒马科斯在《奥德赛》前四卷的离乡故事的政治寓意究竟是什么，这个故事与奥德修斯的离乡故事有何内在关系？探究这些问题，对笔者来说，是极具挑战也极为让人愉悦的学习。

首先，《奥德赛》前四卷让我们看到三个城邦，即伊塔卡、皮洛斯和斯巴达。它们显得品质各异，各有欠缺，分别代表现实中的三种城邦样式：失序的城邦、虔敬的城邦、欲望的城邦。王子特勒马科斯属于伊塔卡，他理解自己所属的甚至将要统治的这个城邦吗？诗人似乎暗示，特勒马科斯只有在认识另外两个城邦的前提下，才能认识自己所属的城邦。

有意思的是，城邦伊塔卡和特勒马科斯的出场，都有智慧女神雅典娜的显身，似乎唯有在智慧的帮助下，特勒马科斯才能看清所属城邦的内在品质。此外，这三个首先出场的现实城邦与第六卷后出场的斯克里埃岛，独目巨人库克洛普斯部落形成对照，似乎它们共同构成反思最好的城邦政制的现实基础。用今天的话说，现实的城邦就是政治状态，即处于自然状态与理想状态之间的状态。倘若如此，我们就可以说，《奥德赛》隐含这样一个主题：在一种现实与理想的张力之中探讨什么是人类最好的生活方式。不仅如此，诗人还设计了一种城邦之外的视角——神的视角，似乎诸神也在俯视察看特勒马科斯面对的三个城邦，或者说暗示，特勒马科斯还需要置身于城邦之外来审视政治共同体的优劣。

《奥德赛》前四卷出现的三个城邦中，唯独伊塔卡处于内在冲突之中。通过雅典娜之口，荷马一开始就描述了年迈的先王拉埃尔特斯的艰苦处境（1.189—193），暗示奥德修斯与父亲拉埃尔特斯之间的权力交接可能存在不义。[1]在奥德修斯远征特洛伊的二十年中，伊塔卡一直处于王权空位状态：先王拉埃尔特斯避居乡下，王后佩涅洛佩被排除在实际统治之外。特勒马科斯曾这样面斥母亲佩涅洛佩：

> 现在你还是回房去操持自己的事情，
> 看守机杼和纺锤，吩咐那些女奴们
> 认真干活，谈话是所有男人们的事情，尤其
> 是我，因为这个家的权力属于我。（1.356—359）

事实上，不仅伊塔卡的王权不属于特勒马科斯，即便在自己家里，他也没有管治权力。由于王者长期缺席，阿开奥斯的贵族子弟团伙实际操控着城邦，失去君主的城邦处于随时分裂和发生内乱的危急状态：一群游手好闲的贵族子弟以求婚为名长期霸占王室，王后佩涅洛佩为保护幼子特勒马科斯，忍辱负重与这些无赖周旋。城邦如此混乱、失序，这让我们看到，一个已经进入文明状态的政治共同体仍然可能退回到实质上的自然状态。借用当今一位政治学家的说法：

> 在自然状态中，一个人可能缺少力量来强行他的权利，他也可能没有能力向一个侵犯其权利的强大对手进行惩罚和索取赔偿。[2]

可以说，《奥德赛》把陷入自然状态的文明城邦作为叙事的开端，就此而言，诗人讲述了一个城邦从混乱失序走向秩序重建的过程。在这幅气势恢宏的史诗画卷中，特勒马科斯站在这一宏大叙事的起点，或者说他的成长起点就是伊塔卡城逐渐堕落，一步步陷入最坏状态的过程。因此，特勒马科斯的成长（由自然走向文明）与伊塔卡城的堕落（由文明走向自然），刚好形成互为反向的运动。通过展现城邦的

---

[1] 参见 Heubeck Alfered, West Stephanie and J. B. Hainsworth eds., *A Commentary on Homer's Odyssey*, p. 101.

[2] 罗伯特·诺奇克：《无政府、国家和乌托邦》，姚大志译，北京：中国社会科学出版社，2008，页13。

最坏状态，诗人提出了这样的问题：王者缺席的城邦是否有必要重新迎回自己的君王？而且，返回属己城邦的王者又该如何为已经降至自然状态的城邦重建政治秩序？

由此来看，整部《奥德赛》的结构发人深省：卷五至卷十二描述在海外漂泊的奥德修斯在返城之前的种种奇遇与所见所闻，尤其是他见识过城邦的两极——最好的政治共同体（费埃克斯国）和最坏的前政治状态（独目巨人族部落）。从卷十三起，诗人用全诗一半篇幅集中展现回城的王者如何重建伊塔卡王国的政治秩序。

倘若以城邦为界，《奥德赛》前半部分主要讲述离开共同体的王者的域外之行，后半部分讲述王者返回共同体后的行动，两部分共同构成了王者的完整行动链。头四卷所讲述的特勒马科斯离乡寻父的故事，则是这个链条上不可或缺的关键环节，与奥德修斯的返城之旅共同构成王者在城邦之外的政治行动。特勒马科斯所见识的三个现实城邦，与奥德修斯所经历的最好和最坏的"言辞中的城邦"，① 则共同构成了城邦的整全面相。

我们还应该注意到，对奥德修斯初到费埃克斯人居住的斯克里埃岛和返回伊塔卡时的描写，诗人采用了相同的叙事模式：昏睡—苏醒。甚至奥德修斯苏醒后的第一句话，自我询问的句式也相同：

> ὤ μοι ἐγώ, τέων αὖτε βροτῶν ἐς γαῖαν ἱκάνω; ῥ᾽ οἵ γ᾽ ὑβρισταί τε καὶ ἄγριοι οὐδὲ δίκαιοι, ἦε φιλόξεινοι καί σφιν νόος ἐστὶ θεουδής.
>
> 天哪，我如今到了什么样的国土？这里的居民是强横野蛮，不正义，还是好客，敬神？(6.119—121)

这显然不是信笔所至，因为，奥德修斯的船队初到库克洛普斯们居住的岛屿时，诗人也采用了相同的句式来探询此地的情况。尤其是奥德修斯对伊塔卡的描述，与他对斯克里埃岛地理位置的描述极其

---

① 因为费埃克斯人的斯克里埃岛与独目巨人岛都是奥德修斯个人经历过的地方，严格来说这两个地方仅仅存在于他的讲述与回忆之中，是用言辞构建的城邦。

相似（对观 9.21—28、6.204—205）。换言之，斯克里埃岛与伊塔卡的自然环境相同，政治品质则相异。伊塔卡、斯克里埃岛、库克洛普斯们生活的岛，显得分别具有如下三种特征：不正义、好客与野蛮（6.119—121、13.200—201、9.175—176）。似乎斯克里埃岛是伊塔卡理应达到的状态，而独目巨人岛的自然状态则是伊塔卡的现状。求婚者的生活方式与卷六中我们所看到的费埃克斯人悠闲、享受的宴饮理想生活方式，处于一种平行叙事关系之中。诗人似乎是在提醒我们思考，政治共同体中的幸福是否一定依赖于王者的统治。①

此外，奥德修斯在独目巨人岛上和他重返伊塔卡时都隐匿了本名，采用化名。失去名字意味着失去了王者身份，除非他获得最后胜利，否则，奥德修斯将永远失去他的真实身份。与此相反，留在伊塔卡的特勒马科斯虽以本名居王子之位，却由于城邦的失序而不能获得应有的权柄，他的王储身份形同虚设。因此，对他来说，最要紧的是想方设法夺回王位继承权，成为伊塔卡城名实相副的王。换言之，诗人以城邦危机为起点，借机将两代王者的故事巧妙地联结在一起。

如果诗人的上述笔法都不是偶然，那么，我们就值得紧贴诗人的叙事来体会他的思考。

二　特勒马科斯被迫离开城邦

《奥德赛》开篇不久，雅典娜就化身外乡人门特斯（Μέντη）来到伊塔卡，借这个藏在异乡人面具下的女神视角，诗人引领我们以一个异乡人的目光审视这个失去王的城邦。当雅典娜站在奥德修斯的宅院前：

> 她看见那些傲慢的求婚人，这时他们
> 正在门厅前一心一意地玩骰子取乐，
> 坐在被他们宰杀的那些肥牛的革皮上。

---

① Heubeck Alfered, West Stephanie and J. B. Hainsworth eds., *A Commentary on Homer's Odyssey*, pp. 289, 341.

随从和敏捷的友伴们在为他们忙碌，
有些人正用双耳调缸把酒与水掺和，
有些人正在用多孔的海绵擦抹餐桌，
摆放整齐，有些人正把一堆堆肉分割。（1.106—112）

雅典娜注意到，奥德修斯的独子特勒马科斯坐在这群求婚人中间，表面平静却内心焦急。这些由"统治各个海岛的一个个贵族首领"（1.245）和"伊塔卡的众多首领"（1.248）构成的求婚人团体入侵并霸占了国王的家业（1.245—247）。随后的情节表明，"当地贵族心爱的子弟们"已然构成了一个利益同盟，他们联手操纵奥德修斯的家奴，霸占他的财产（1.144—151），还左右着伊塔卡的政治权力机构——平民大会（2.84—259）。显然，求婚人内部已然达成某种政治共识：以求婚为名夺取奥德修斯的家产，推翻奥德修斯王族的统治，夺取伊塔卡的统治权（22.49—52）。审慎的佩涅洛佩用自己的智谋拖延求婚人图穷匕见的最后时刻，以确保王子长大成人。随着特勒马科斯成人，王位合法继承者的身份愈加突出，王子的王权和家主意识也日益增强，佩涅洛佩和求婚人都意识到了，眼下彼此之间的均衡态势迟早会被打破。

可是，求婚人这个利益群体群龙无首，缺乏一个精明能干、能全面掌控局面的灵魂人物，彼此钩心斗角。大多数求婚人觉得，维持现状最好，但少数有野心者则志在夺取王权：比如老谋深算的欧律马科斯（1.399—411）、野心勃勃的安提诺奥斯（2.85—129）、粗暴的勒奥克里托斯（2.242—259），这些野心家是特勒马科斯继承王位的强大障碍。心怀鬼胎的求婚人心照不宣地挥霍奥德修斯的家产，尽管特勒马科斯是伊塔卡王位的唯一继承人，却因自幼受到这股政治势力压制（1.312—315），①没有机会积蓄自己的军事力量，从而毫无抵御能力。

---

① 按照古老的王位继承原则，"继承权只在男子之间传递"（查士丁尼：《法学总论》，III，I，15；III，2.3），另参见库朗热《古代城邦——古希腊罗马祭祀、权利和政制研究》，谭立铸等译，上海：华东师范大学出版社，2006，页65。

随着特勒马科斯长大成人，由于他的王储身份，其处境越发险恶。特勒马科斯已经感觉到，自己非但无法守护王室家财，他本人也很可能被除掉（1.250—251）。因此，当雅典娜首次看到特勒马科斯的时候，他表面上安然端坐在求婚人中间，与他们同吃同喝，似乎融为一体，实际上是为了隐藏自己内心的愤怒和惶恐。然而，双方的平衡状态已经相当脆弱，战斗一触即发。

求婚人群体未敢轻举妄动最重要的原因是：国王奥德修斯的行踪是个谜。这意味着，王者虽然不在场，仍然有一种震慑威力。反过来说，即便王者在场但没有权威，恶势力同样会觊觎王权。有人说，奥德修斯以个人威权而非立法施行统治，因此，他一旦外出，君主个人威权就消失，其财产就自然成了众人作恶的诱饵。其实，法律得靠王权支撑，否则就形同虚设。

雅典娜目睹的宴饮场景，是伊塔卡城邦失序的隐喻：一场没有主人的宴饮，客人们自由狂欢，人人作主，上下失位。潜在的主人特勒马科斯和王后佩涅洛佩被排除在外，伊塔卡王室内廷的失序状态，导致城邦内部也陷入不义。诗人让我们看到，在政治恶势力当道的这些年间，奥德修斯家中丑闻不断。伊塔卡人民对王室丑闻表现冷漠，似乎求婚人的恶劣行径与他们的生活毫不相干。这会让我们想到卢梭的说法：人民是否会在乎政治共同体的德性和安危，殊为可疑。倘若如此，伊塔卡城邦政制的重大缺陷究竟何在，就颇费思量：政治秩序难道基于君主依靠个人威权建立起的统治，随着君主本人缺席，其统治秩序也随之分崩离析？或者奥德修斯还并非成熟的君主，尽管他颇有智慧和谋略，却没有考虑到，自己一旦离开城邦，城邦必然内乱？倘若如此，成熟的君主意味着深谙人性幽暗的深渊，否则就会太过信任世人？无论如何，奥德修斯的确是在自己下行到冥府，洞悉过人性的幽暗，尤其是见识过独目巨人的自然状态和费埃克斯人的理想城邦后，最终才成为整顿朝纲、铁腕治国的成熟王者。

雅典娜目睹的宴饮场景展示了王权不在场的城邦状态的三种基本要素：求婚人的恶势力集团、作为王室的佩涅洛佩母子和伊塔卡人民。显然，政治紧张仅仅发生在前两者之间，人民仅仅显得是政治冲突的场所。佩涅洛佩母子所代表的王权势力与城邦中的政治恶势力处于相持局面,这种局面随时会因恶势力的主动出击而被打破,一旦城邦陷入内乱状态,人民必然落入悲惨的境遇。因此,相对于奥德修斯是否还会归来的疑惑,我们更值得追问:失去君主的王国是否还需要重新迎回王者?除了佩涅洛佩母子,城邦是否期待或应该期待奥德修斯归来?

这样的问题绝非无中生有,如沃格林所言,这是世界历史对政治哲学提出的重大问题:

> 《奥德赛》中政制无序的征候,其范围之广,比《伊利亚特》有过之而无不及。为了军事上的目标,军队在战场上众志成城,不料制度已经病入膏肓,将胜利葬送。因此,理解晚期亚该亚政治文化,两部史诗可谓珠联璧合。如果只知道《伊利亚特》中的制度,那么就难以断定它们是否反映了亚该亚王国的政治秩序,或者只是一支战时联合部队的特殊组织;但是,《奥德赛》证明,兵临特洛伊城下的军队的政制,大体上与王国的政制相呼应。如果单凭《奥德赛》知道群龙无首的伊塔卡王国死气沉沉,那我们就无法判断,它还没那么坏时秩序是如何运作的;但是,《伊利亚特》表明了这一种政制运作起来是有效率的,至少能够保证打胜仗。①

然而,希腊人的战绩越辉煌,城邦内部的败坏越令人担忧。求婚人群体其实代表贵族势力,或者说,荷马的诗作记录了古希腊政制从君主制转向贵族制的历史时刻。城邦会铭记第一代建城者的名字和建城时间,把建城者与天上的神意联系起来,从而,王权世袭具有了神圣的合法性。但是,这种权杖的神性并不能保障王权政制的永不旁落,随着贵族势力的成长,新生的政治人自然会重新寻求当年因部落统一被迫失去的权利。随后的问题是:要么推翻王制施行少数人统治

---

① 埃里克·沃格林:《城邦的世界》,陈周旺译,南京:译林出版社,2012,页147。

的贵族制，要么施行君主制与贵族制的混合。

　　无论哪种情形，选择都取决于如何回答这样一个问题：王者对一个政治共同体来说是必不可少的吗？由此来看，《奥德赛》讲述的一个王者的自我认知和自我锻造的故事，对当时的希腊人来说的确是一个切实的政治哲学问题。我们看到，诗人荷马讲述的这个故事，同时也是一个王者与城邦相互寻找、相互认识的故事。失去君主的伊塔卡看似自由自在、人人平等、各自作主，似乎文明程度很高。然而，这个城邦却因失去君主的引领而陷入不义与恶斗，内乱一触即发。

　　在奥德修斯离开的二十年间，开始时伊塔卡因君主的余威还在尚能维持正常秩序，自第十七年开始，随着城邦对君主威权的记忆消退，求婚人团伙开始觊觎对城邦的支配权。[①]奥德修斯离开的二十年是伊塔卡逐渐失去秩序的二十年。从王族到长老会的贵族，以及构成求婚人主体的一百多名贵族领主，几近彻底败坏。蛰伏二十年的储君特勒马科斯能凭靠人民整治腐败吗？他让传令官通知召开平民大会，对人民的代表们哭诉。一些百姓对王室困境表示深深同情，但绝大多数人依然表现冷漠。面对求婚人欧律诺摩斯、安提诺奥斯的公然挑衅，特勒马科斯指望获得人民的代表们——伊塔卡民众的支持，然而他对城邦民众的首次公开演说并未获得支持，尽管获得绝大多数民众的同情，但是他们依然表现得保守而怯懦，一方面人民对这位法定的未来君王表现出顺从与臣服：

> （特勒马科斯）这样激动地说完，把权杖扔到地上，
> 忍不住泪水纵流，人们深深同情他。
> 整个会场寂然无声息，没有人胆敢用
> 粗暴无力的言辞反驳特勒马科斯。（2.80—84）

　　另一方面，当求婚人安提诺奥斯当众斥责、侮辱特勒马科斯时，

[①] 在奥德修斯离家的第十七年，特勒马科斯即将长大成人时，求婚人就开始"霸占"奥德修斯的王宫（2.89—90）。

伊塔卡人却沉默不语。只有当伊塔卡城的上空盘旋着象征城邦死亡凶兆的苍鹰时，公民大会的代表们才"个个震惊、心中疑虑，将会发生不测的事情"（2.158—159）。荷马的诗行印证了卢梭对民众心性的看法：人民天然不会有关切共同利益的德性，他们对于城邦的现状和未来漠不关心，仅对个人利益得失斤斤计较。悲愤的门托尔如此诅咒善忘的伊塔卡人民：

> 伊塔卡人啊，现在请你们听我说话，
> 但愿再不会有哪位执掌权杖的王者仁慈、
> 亲切、和蔼，让正义常驻自己的心灵，
> 但愿他永远暴虐无度，行为不正义。
> 若是人们都已把神样的奥德修斯忘记，
> 他曾经统治他们，待他们亲爱如慈父。
> 我不想指责那些厚颜无耻的求婚人。
> 做事强横又暴戾，心地狡诈不纯良，
> 他们拿自己的生命冒险，强行消耗
> 奥德修斯的家产，以为他们不会回返。
> 现在我谴责其他参加会议的人们，
> 你们全都静默地安坐，一言不发，
> 人数虽多，却不想劝阻少数求婚人。（2.229—241）

门托尔的话还没来得及在民众中引起反应，求婚人集团中的勒奥克里托斯就起身反驳他，实际上勒奥克里托斯是在威胁广场上的民众："为果腹同众人作对不是件容易的事情。"（2.245）随即他就"遣散了广场的集会"，好像主持大会的不是王子，而是他。刚刚还可能被门托尔的话激起反抗求婚人的民众们，此刻如同驯服的羔羊般被驱赶回圈，"纷纷回家，各人做各自的事情"（2.258）。政治共同体的大多数人"性如湍水"，他们成为国王与贵族发生冲突时的争夺对象，双方在势力均衡时，都期待将民众拉入自己的阵营。民众的认同成了执政权力的合法性来源，殊不知，古风时期的诗人早就向我们指明了大多数灵魂的天性：柔弱易折。因此无奈的门托尔才会发出如此诅咒，沃格林认为门托尔的诅咒意味着伊塔卡的无序已经波及人民，面对由无耻贵族组成的求婚人集团，伊塔卡的人民"患得患失，令人作呕"：

> 腐烂已经到了人民，如果将来王权一朝沦为暴政，那他们也是罪有应得。①

人们难免感到诧异：离城之前，奥德修斯为何没有为城邦留下忠诚而有力的城邦卫士？好的君主政体从来离不开贤者阶层的支撑。我们看到，在特勒马科斯召集的平民大会上，现身支持他的门托尔是贵族，奥德修斯出发前曾将城邦交托给他。然而，伊塔卡政治态势恶化的现实反衬出门托尔的失职，这表明奥德修斯识人不明。他似乎对自己的统治和城邦都非常自信，没有考虑到，城邦会遗忘他，甚至背叛他。由此来看，门托尔是一个贵族阶层中的贤者，但他缺乏能力。

在《奥德赛》头两卷，荷马就让我们看到一个失序城邦的现状，城邦内部的成员都失去了灵魂中的正义。这样的问题并非荷马时代才会遇到，毋宁说，这是政治状态经常会遭遇的情形。如果要说古人伟大，那么，他们的伟大就在于，懂得政治状态的永恒问题是统治阶层的灵魂秩序问题——如政治思想史家沃格林所言：

> 荷马的卓越成就，在于他用我们已经研究过的朴素符号，为理解灵魂而奋斗。荷马敏锐地捕捉到，一个社会的无序，就是社会成员灵魂的无序，特别是统治阶级灵魂的无序。②

结束"失序的城邦"这一节之前不妨回顾一下，陷入内乱的伊塔卡失去了什么？除了君主不在，在这个城邦里也看不到任何敬神的祭祀。换言之，伊塔卡失去了礼法秩序，随之而来的是政治乱象。

---

① 埃里克·沃格林：《城邦的世界》，页170。
② 埃里克·沃格林：《城邦的世界》，页177。

母邦的失序和危机逼迫特勒马科斯离乡乞援,或者说,特勒马科斯的离乡动机是被迫自保,这与奥德修斯的离乡动机不同,前者的处境无疑更为紧急和危险。王子特勒马科斯在绝境中只好到外国求援,在今天的我们看来,荷马笔下的这个故事颇有现代国际政治的味道。

三 涅斯托尔的虔敬与叹息

特勒马科斯首先向皮洛斯人求援。这个城邦与后来出场的斯巴达、斯克里埃岛最大的区别是,皮洛斯人似乎最为虔敬。在《奥德赛》第三卷开篇我们看到,特勒马科斯临近皮洛斯城海岸线时,他让船停泊在城邦边缘,因为,这时有数千皮洛斯人正在宽广的海滩上献祭震地神波塞冬,全城海祭的场面庄重肃穆——这场献祭堪称荷马笔下最为壮观的全城祭祀:

> 当地的居民们正在海滩上奉献祭礼,
> 把全身纯黑①的牡牛献给黑发的震地神。
> 献祭的人们分成九队,每队五百人,
> 各队前摆着九条牛作为奉献的祭品。(3.4—9)

为什么诗人让这个初次踏出国门的王储见识一场如此庄严肃穆的祭祀?踏上异邦土地的特勒马科斯看来相当尊重当地的习俗,他一直等到皮洛斯人献祭结束,才让自己的船队驶入港湾,停船登岸。关于古代城邦的祭祀,库朗热曾写道:

> 每个氏族都有它的特殊的祭祀仪式。在希腊,证明某人同属一氏族的回答是:"他自长久以来,就参与了这个共同的祭祀。"……氏族的神只保佑他的本族人,不接受外族人的祷告,外

---

① 献祭黑色的牺牲一般都是用于祭祀冥府(或神秘)的力量,不过波塞冬与冥府的哈得斯一样,是地下神灵,参见 Heubeck Alfered, West Stephanie and J. B. Hainsworth eds., *A Commentary on Homer's Odyssey*, p. 160, n. 6。

人不准参与祭祀,古人以为,若外人参与祭礼,甚至只列席了祭祀,就会得罪氏族的神,族人都因此获得个大不敬的罪名……没有比同氏族人之间的关系再密切的了。由于共同祭祀的关系,他们在生活中互相帮助。[1]

踏上皮洛斯岛的土地后,诗人让我们看到,少年特勒马科斯相当遵礼,哪怕是异邦的礼法。此外,从整个第三卷来看,诗人都在突出皮洛斯人敬神的品质。继开场浩大的海祭波塞冬仪式之后,诗人让我们看到,涅斯托尔的幼子佩西斯特拉托斯在招待两位异乡客——化作门托尔的雅典娜与特勒马科斯之前,先邀请他们向波塞冬献酒奠(3.44—45),宴请结束后,皮洛斯人仍在"行完祭奠,又尽情地喝过酒"后才各自安歇(3.342)。诗人告诉我们,皮洛斯人的虔敬来自他们的如下信念:"所有凡人都需要神明的助佑。"(3.48)然而,吊诡的是,在特洛伊之战结束后,希腊盟军内部出现分裂,皮洛斯王涅斯托尔本人的虔敬却被质疑。当时,阿伽门农为首的"祭祀派"与墨涅拉奥斯为首的"速归派"在何时返乡的问题上产生了分歧:

> 墨涅拉奥斯要求全体阿开奥斯人
> 立即沿着大海宽阔的背脊回返,
> 阿伽门农全然不同意,因为他想
> 让人们留下奉献神圣的百牲祭礼,
> 消除雅典娜令人畏惧的强烈愤怒。(3.141—145)

在这场分裂中,涅斯托尔支持墨涅拉奥斯阵营,极力主张全军迅速返乡。阿伽门农主张,希腊人应该留下来,举行神圣的百牲祭,以平息雅典娜"令人畏惧的强烈愤怒"(3.145)。涅斯托尔则反对说:

---

[1] 库朗热:《古代城邦——古希腊罗马祭祀、权利和政制研究》,页92—93。

> 愚蠢啊，殊不知女神不会听取祈祷，
> 永生的神明们不会很快改变意愿。（3.146—147）

雅典娜的在场，使得英雄涅斯托尔对雅典娜等诸神的抱怨既显得有谐剧意味，又深含严肃的问题。阿尔菲瑞德（Alfered）认为，涅斯托尔的"速归派"实际上选择了一条更为艰险的返回路线，他在诸神的帮助下，才能迅速平安抵家。[①] 但是，阿尔菲瑞德忽略了文本中的一个关键细节：涅斯托尔固然承认，受神明指示自己才能平安返回（3.172），但他在前面已经认定，宙斯压根儿不想让希腊人平安返乡。正是由于自认为看穿了宙斯的意图，涅斯托尔抱怨父神 σχέτλιος［残忍无情］（3.160）。由此来看，涅斯托尔在 146—147 行的叹息使得他下令全城向波塞冬祭祀的动机就显得可疑：既然涅斯托尔认为神并不看重凡人的祭祀，他为何又要号令全城大张旗鼓地祭祀呢？

看来，第三卷的叙事显得颇为吊诡：皮洛斯国王本人都不相信神圣祭祀的意义，开场时呈现的如此壮观的全城祭礼场景又有何意义呢？按照古史学家库朗热的看法：

> （古人）城邦祭祀的主要礼仪是这样一类（人神共餐共饮的）共餐，在这种公餐中，全体公民都集中起来，一齐向城邦的保护神表示敬礼。公餐的习俗，在希腊各处都有。古人相信城邦的命运与公餐的兴废有关。《奥德赛》中有关于公餐的描写……古人又称（这种公餐为）神餐，餐前与餐后都必须祷告和祭奠一番。[②]

这种人类学式的史学知识并不能为我们解惑，但提醒我们注意到一个意味深长的细节：涅斯托尔的小儿子佩西斯特拉托斯没有认出伪装的雅典娜，误将女神当作普通异乡客款待，在邀请女神分享祭祀公

[①] Heubeck Alfered, West Stephanie and J. B. Hains worth eds., *A Commentary on Homer's Odyssey*, p. 170.

[②] 库朗热：《古代城邦——古希腊罗马祭祀、权利和政制研究》，页 145。括号中的内容为引者所补。

餐之前，先祭奠皮洛斯城邦的守护神波塞冬。藏在凡人面相背后的智慧女神雅典娜没有揭穿真相，而是顺应了佩西斯特拉托斯的邀请，以凡人身份向波塞冬行祭奠礼。但是，诗人知道雅典娜的真实身份，而且让作为读者的我们知道她的真相，这意味着，雅典娜是以虚假身份参加这场祭奠的。因此，诗人在描述完这一颇具谐剧色彩的场面后，随即点破雅典娜祭祀的虚假："女神这样祷告完，她自己正实现一切。"（3.62）由于敬拜者本身是神，雅典娜能自主地实现自己的祈告，但她所祈告的对象并非自己，而是另一个自己无须依赖和仰靠的神。换言之，这个雅典娜的假祈告细节很有可能暗示，皮洛斯的王者涅斯托尔自身就有能力和智慧实现自己向神祈告的平安归家的愿望。说到底，王者的虔敬其实是一种表演，其目的是要同伴和子民安心跟从他的指挥，军心和民心都有所凭靠。涅斯托尔像雅典娜一样，心知肚明地装得很虔敬。

涅斯托尔不无得意地告诉特勒马科斯，他与善谋的奥德修斯想法一致，在盟军的大小事务上，两人都有相同的判断和意见。唯独在返航这件事上，两人出现了巨大分歧。涅斯托尔向特勒马科斯提到他父亲，其实是在暗中批评奥德修斯的智慧不如自己。涅斯托尔要让特勒马科斯懂得的智慧是什么呢？

《奥德赛》第三卷是整部史诗中唯一一处描述全城祭祀的场面，我们还应该注意到，自从特勒马科斯一行踏入皮洛斯境内以来，各种敬神仪礼和场景不断出现。尽管诗人在第三卷向特勒马科斯呈现了一个虔敬的城邦，但诗人的内在叙述却呈现出与文本表面的明显矛盾：率领全城公祭的国王内心其实并不相信神对凡人的允诺。表面上遵守城邦习俗，向城邦守护神施行祭礼的异邦人（女神雅典娜），其实内心并不相信她当下的祭祀行为；反之，雅典娜女神则暗指那些并不信仰外邦守护神的异邦人。倘若如此，荷马笔下的天神与人君之间的关系，就显得相当含糊。在古代城邦中，国王掌管城邦祭祀，承载着政治首领与宗教首领的双重身份，城邦王位属于"第一个建立城邦祭坛的人"，这意味着国王的权力与诸神密不可分：

在古代，城邦的首领或君主并非由武力而获得，若说第一位君主是一位幸运的战士，那就错了，君主的权威出自圣火宗教，一如亚里士多德所说。宗教在城邦中立君主，就像它在家庭中立家长一样。①

但是，皮洛斯王的虔敬在诗人叙事手法的铺陈之下显得可疑，看似敬神实则不然，皮洛斯城邦人民的虔敬也可疑吗？未必如此。卷三开头的祭祀场景是人民在祭祀，王者不在城邦。这意味着，皮洛斯城邦的君主利用宗教对城邦施行教化颇为成功，使得王权有稳固的基础，民众顺从王权如同敬重神权，即便王者不在城邦，也没有出现伊塔卡那样的混乱。从这个角度反省伊塔卡失序的根源，我们至少可以得到一个暂时的答案：伊塔卡的王权不如皮洛斯稳固，是因为城邦的基础缺乏宗教，仅仅依靠王者的个人权威。由于伊塔卡的王权缺乏宗教基础，王权更迭时就会出现权力争夺。事实上，伊塔卡在失去君主的二十年间，王权的维系很可能基于民众对奥德修斯个人魅力的记忆，一旦这种记忆消失，各色有政治爱欲的人（求婚人）便成为王权最有力的觊觎者。

按涅斯托尔的回忆，善谋的奥德修斯在归程祭祀上显得立场摇摆，他先是追随"速归派"的涅斯托尔一方，在归程途中却又与这派产生激烈纷争，造成希腊盟军第二次分裂。这次分裂导致奥德修斯率部离开涅斯托尔和斯巴达王墨涅拉奥斯的队伍，返回特洛伊追随阿伽门农的"祭祀派"。诗人设计的这一情节突转让读者从侧面认识到了虔敬的另一面：人对神的虔敬并不意味着，神必然会应答凡人的祈告。②

---

① 库朗热：《古代城邦——古希腊罗马祭祀、权利和政制研究》，页166。
② 格里芬认为《奥德赛》中的神明正义虽方式不同，但无处不在，意义重大，正如宙斯在《奥德赛》第一卷所昭示的，"人类的苦难是他们无视神明指令的结果。故而他认为《奥德赛》的意义并非在于讲述一个英雄冒险的故事，史诗始于众神对于史诗英雄命运的干预，人物的命运轨迹无一不是神意的安排，换言之，荷马的英雄世界是一个没有偶然性的世界"。（加斯帕·格里芬：《荷马史诗中的生与死》，刘淳译，张巍校，北京：北京大学出版社，2015，页165）

不同意献百牲祭的"速归派"虽历经周折，最终平安返乡，专程留下献祭的阿伽门农和奥德修斯，并没有得到祈告所希望的东西。尽管如此，特勒马科斯在这个虔敬的城邦首先学到的是让人民敬神，这是城邦政治秩序的基础。诗人让我们看到，无论是佩涅洛佩，还是奥德修斯当年留下的城邦护卫门托尔，都没有为城邦举行过祭祀典礼，更不用说避世于乡下的先王。如今的实证式古典学家会说，皮洛斯全城海祭的动机是什么呢？城邦是否曾陷入一场内在的血腥动乱，亟须祭祀来净化城邦？即便考古发掘证明有这么回事，但诗人并没有提到全城海祭的动机。如果我们宁愿从荷马那里学到智慧，而非从如今的实证科学那里学到知识，那么，我们就应该认为，卷三开场的海祭的浩大场面要揭示的是礼法与城邦王政有某种隐秘关系。

表面虔敬、内心精明的王者涅斯托尔面对特勒马科斯的哭诉，显得无动于衷，尽管印证了传闻中伊塔卡被无赖求婚人霸占的现状，权衡利弊后的涅斯托尔对特勒马科斯溢于言表的期待始终不表态，反而劝特勒马科斯要信奉神明的眷顾，相信伊塔卡会在女神的帮助下恢复安宁。对于涅斯托尔的精明势利，年轻气盛的王子特勒马科斯忍不住反驳说：

> 尊敬的老前辈，我看你的这些话难实现，
> 你的话太夸张，实令我惊讶。我诚然期望，
> 但不会实现，即使神明们希望也难成。（3.225—228）

见到特勒马科斯公然说出渎神的话，化身门托尔的雅典娜忍不住出言批评，并反驳说神会按自己的意愿成就一切。不过，涅斯托尔虽然对神的说法不置一词，但是他仍然维持着表面的虔敬。随后，他向特勒马科斯讲述了阿伽门农离开特洛伊，回城之后死于一场阴谋的经过。涅斯托尔追忆中的阿伽门农是一个敬神且尊崇习俗的英雄，他虽急于返乡，却仍能为风暴中死去的同伴举行葬礼，然而这样一个虔敬的王者却落得一个被妻子与情夫合谋杀死在自己的王宫里的悲惨下

场，史诗的情节突转无疑消解了城邦虔敬与幸福之间的必然性。明知道敬神未必能如愿，王者仍然尊重与护佑民众脆弱的心智，这是特勒马科斯在皮洛斯应该学到的知识。

四　王者应如何看待自己的自然欲望？

特勒马科斯离开皮洛斯时，很可能不免失望。因为，离开伊塔卡时，为回击无耻的求婚人安提诺奥斯的挑衅，他曾自信地扬言，会从皮洛斯或斯巴达搬来救兵，灭杀求婚人，让他们"领受可悲的死亡"（2.315—320）。逞一时口舌之勇后，特勒马科斯来到皮洛斯，没料到涅斯托尔会如此精明势利。起初，他只是试探性地向涅斯托尔提到，伊塔卡和母亲如今深陷惨境，期待涅斯托尔主动出手相助。精明老练的涅斯托尔避重就轻，不接话题。特勒马科斯只好转而打探父亲的音讯，绝口不提希望涅斯托尔出兵相救。特勒马科斯没有得到任何实质性承诺就离开了皮洛斯，在雅典娜的指引下，由涅斯托尔之子佩西斯特拉托斯陪伴，去往斯巴达向国王墨涅拉奥斯乞援。

第四卷开篇第一句就提到斯巴达的地势："群山间平旷的拉刻岱蒙。"（4.1）对于以农业为主的古代城邦而言，斯巴达城背靠大陆的自然地理条件相当优越，与四面环海的岛国伊塔卡相比，斯巴达明显更利于农耕业。按现代政治地理思想（如孟德斯鸠）的观点，不同的自然环境，似乎会给城邦和民性带来不同的影响。在第六卷我们会看到，斯克里埃岛的自然环境与伊塔卡相似，似乎海岛式的城邦更容易陷入内乱。

两位少年到达墨涅拉奥斯的居所时，王室恰好在举办盛大婚宴：墨涅拉奥斯正既嫁女又娶媳妇。他遵守自己先前与阿基琉斯的约定，把女儿嫁往婚郎当王的米尔弥冬城，又为儿子娶到斯巴达贵族之女为新妇。这一爱欲隐然在场的情节意味着，身为斯巴达的王，墨涅拉奥斯正处于十年来最为欢畅和得意的时刻。我们知道，他是为数不多的几个能从特洛伊战争中平安归来的英雄之一，而且实现了希腊人参与特洛伊战争的全部目的：财富和女人。他的妻子海伦被诱，则是这场漫长战争的起因。

诗人为什么如此设计情节？为什么让潜在的王者特勒马科斯和佩西斯特拉托斯恰好出现在斯巴达国王感觉是自己人生最为圆满的时刻？荷马希望王子学到何种政治智慧？

首先应该注意墨涅拉奥斯在《奥德赛》中如何出场。当故友之子特勒马科斯刚来到"声名显赫的"墨涅拉奥斯居所时，他正与王族亲友们饮酒作乐，欣赏歌人与优伶的歌唱和舞蹈。墨涅拉奥斯机敏的侍伴埃特奥纽斯见到两位异乡少年后，没有立刻把他们带到宴饮席前，而是急忙向国王禀报，试探性地询问如何应付外面两位"仪容有如伟大的宙斯"的异乡人：热情款待还是请客人离开？由此可见，即使在墨涅拉奥斯最为放松和高兴的时候，他的侍从依然严阵以待守护王者的权威，丝毫不敢懈怠。特勒马科斯初到皮洛斯拜见国王涅斯托尔的情景，与此完全不同：

> 涅斯托尔和儿子们坐在那里，同伴们
> 在他们近旁准备饮宴，叉烤牛肉。
> 他们看见来客，全都一个个走上前，
> 伸手欢迎客人，请客人一起入座。
> 涅斯托尔之子佩西斯特拉托斯首先走近，
> 紧紧抓住两人的手，邀请他们饮宴。（3.32—37）

与殷勤好客的涅斯托尔相比，斯巴达王显得严厉且谨慎，不轻易相信人。在高朋满座的宴席上，他毫不客气地训斥侍从的愚蠢，似乎对他没有友善接待异乡客非常生气（4.30—36）。按荷马时代的宾客权（the law of hospitality），如何接待外乡人既体现教养，也是一种礼法规定：

> 希腊人非常注重宾客权，主客任一方若违反都会招来众怒甚至"神的报复"（宙斯是宾客之神），帕里斯受到墨涅拉奥斯贵宾

般的款待，却拐走后者的妻子，因而是违反了宾客权。①

可见，侍从的迟疑多少让墨涅拉奥斯在众多宾客面前失了面子。为了挽回这一局面，墨涅拉奥斯下令快去迎接来客。尽管如此，深谙墨涅拉奥斯脾性的侍从仍然没有马上把特勒马科斯和佩西斯特拉托斯带到宴席，而是待两人沐浴更衣后，才带到墨涅拉奥斯身旁落座。为什么斯巴达国王对两位王子的到来很兴奋？难道真的是他有教养和遵守礼法？其实，婚宴场合正好是国王展示显赫财富的机会，墨涅拉奥斯似乎很喜欢向众人显示自己的财富和奢华。事实上，他听到了特勒马科斯向佩西斯特拉托斯倾诉，自己非常羡慕墨涅拉奥斯的财富，接下来诗人就让墨涅拉奥斯谈起理想城邦。

特勒马科斯一直对自己的家财被求婚人剥夺耿耿于怀，换言之，他首先关切的不是城邦安危，而是如何保住自己即将继承的家财。特勒马科斯对皮洛斯城邦规模宏大的全城祭祀无动于衷，毫不诧异，如今他却对墨涅拉奥斯的王宫之美惊讶不已：

> 二人一见，惊诧神裔王者的宫殿美，
> 似有太阳和皓月发出的璀璨光辉，
> 闪烁于显赫的墨涅拉奥斯高大的宫殿里。（4.43—45）

诗人让我们看到，未来的伊塔卡王特勒马科斯并不在意异邦的德性品质，对主人的怠慢也毫不在意，酒足饭饱之后，他与佩西斯特拉托斯窃窃私语，话题仍然是财富和奢华：

> 涅斯托尔之子，我的知心好朋友，
> 你看这些回音萦绕的宫室里到处是
> 闪光的青铜、黄金、琥珀、白银和象牙。

---

① 德罗伊森：《希腊化史：亚历山大大帝》，陈早译，上海：华东师范大学出版社，2017，页8，注1。ξενία 一词特指古希腊人习俗中的访客之谊。

>奥林波斯的宙斯的宫殿大概也是这样,
>它们多么丰富啊,看了真令我羡慕。(4.71—75)

这一细节表明,这位潜在王者并不知道,什么是真正的王权。王子并非生下来就有王者品质,真正的王者需要教育。[①]诗人没有说特勒马科斯有"孩子气",也没有说他肤浅幼稚,缺乏政治嗅觉。这让我们想起,随后在第六卷,诗人以相同笔法描述了奥德修斯初次到达陌生城邦时的第一反应,这似乎在暗示,返乡的奥德修斯才是特勒马科斯值得效仿的榜样,因为奥德修斯才是成熟的王者。

奥德修斯首先关心这个陌生城邦是否正义和虔敬,而非富饶抑或贫穷。对于费埃克斯人"受到神明赏赐的"天然环境和丰饶物产,奥德修斯只是带着"歆羡""伫立观赏",并不感到惊异。诗人以相同笔法描述了奥德修斯在国王阿尔基诺奥斯"似有太阳和皓月发出的璀璨光芒"的宫殿前的表现:他在"青铜宫门前,站住反复思虑"(7.83)。诗人没有交代奥德修斯内心在思虑什么,但他显然对宫殿的华美毫无兴趣,而是在意异乡城邦的德性品质。诗人让我们看到,在相同的场景,奥德修斯父子的表现如此不同。这种差异既凸显了特勒马科斯在德性上的欠缺,也昭示了奥德修斯离乡—返乡的意义:伊塔卡城的政治失序表明,奥德修斯在离乡前与现在的特勒马科斯相似,欠缺治邦的政治德性。

可以说,《奥德赛》前三卷以特勒马科斯为主角,以他的视角既展示奥德修斯离乡后的伊塔卡城的政治失序,又以特勒马科斯代指离乡前的奥德修斯,从而展示了王者德性对于城邦的极端重要性。从特勒马科斯成长为奥德修斯,这之间的距离就是奥德修斯二十年异乡漂泊的历练。由此可以理解,为何在随后的二十卷中,诗人着力记叙奥德修斯作为王者的历练和成长。

[①] 对比色诺芬在《居鲁士劝学录》中描述的外公阿斯提亚格如何教育年少的波斯王子居鲁士,可见奥德修斯外出征战的二十年间,在对王子特勒马科斯的教育上,佩涅洛佩与老王拉埃尔特斯没有担负起教育王储的职责。中译参见色诺芬《居鲁士的教育》,沈默译笺,北京:华夏出版社,2007,卷一。

诗人并没有停留于奥德修斯父子两代王之间的对比，在头四卷出场的两个王者即皮洛斯王和斯巴达王，同样经历了九死一生的离乡才重返城邦，他们与尚未出场的伊塔卡王奥德修斯形成了内在的比照。与奥德修斯不同，斯巴达王更为看重城邦的自然条件，渴望永久的丰饶，似乎是为打消异乡人对自己财富的觊觎，他向两位"陌生"的异乡少年即实际上的潜在王者①描述的理想美地——利比亚，是一个有着得天独厚的地理环境，能远离战事纷争，且土地出产极为丰富的遥远国度。独特的自然优势确保了利比亚的财富能"永存不朽"，正如"宙斯的宫殿和财富永存不朽"。

显然，作为斯巴达之王，墨涅拉奥斯心中的理想国的首要特征是：永久持存的财富。他羡慕利比亚拥有无须辛苦争取，仅凭宙斯神赐予便能拥有的不朽丰饶，而非如他一般要"忍受了无数艰辛和飘泊"，要出生入死十八年后才能把这些令世人艳羡的财富运回斯巴达。治邦者的眼界决定了城邦的整体品质，而特勒马科斯还是少年，难免目光短浅，尚未具备真正的王者眼光，容易受到自然欲望的诱惑。相比之下，外出征战多年的返城王者则因经历丰富而老练和精明，信奉如今所谓的政治现实主义。

表面上看，特勒马科斯与斯巴达王对理想国度的描述差异颇大：一个羡慕眼前的财富，一个渴望永久的富饶，但就其本质而言，两人都受自然欲望驱使，崇拜财富，不关注城邦的德性品质。因而，特勒马科斯与墨涅拉奥斯之间的差异仅仅是前者的治邦经验和人世经验的双重欠缺所致，本质上两人皆受自然欲望支配。此外，墨涅拉奥斯本质上是个相当势利的人，从他对特勒马科斯以及伊塔卡的艰难处境的冷漠（并没有向故人之子施以援手，而对方的生父为他出征十年，生

---

① 《奥德赛》第三卷对涅斯托尔之子佩西斯特拉托斯的描述语是：士兵的首领。从史诗描述佩西斯特拉托斯与特勒马科斯两人相处的细节来看（3.36—37、3.400—401、4.69—75），涅斯托尔可能有与伊塔卡政治联姻的意图，他指使最小的女儿波吕卡斯特为特勒马科斯沐浴、打扮（3.464—465）。他派出儿子佩西斯特拉托斯陪特勒马科斯前往斯巴达求援，似乎颇有暗中观察墨涅拉奥斯实力和行动的意图。

死未卜），他后来赠送特勒马科斯的礼物也由三匹马和一辆马车转为一口调缸。至此，特勒马科斯出城之后，先后见了两位王者：涅斯托尔和墨涅拉奥斯。

王者品质代表着城邦品质，墨涅拉奥斯在特勒马科斯身份识别上的行事，表现出他精明、虚伪和冷酷的本质。在回忆往事时，墨涅拉奥斯虽然流露出悔意与伤感（4.95—100），却在特勒马科斯表明自己的故友之子的真实身份后，一再怀疑他的来意和动机（4.116—120）。特勒马科斯哭诉，母邦伊塔卡在求婚人的逼迫下，奥德修斯的家国处境凶险，然而墨涅拉奥斯的内心仍冷漠地在计算得失。事实上，老谋深算的墨涅拉奥斯早就从特勒马科斯与奥德修斯酷肖的相貌中猜到了什么。经过几次试探，他故意提到奥德修斯，眼见对方的反应激动难抑时，才肯最终确认异乡少年的真实身份。不过，墨涅拉奥斯太世故、太精明了，他故意不点破真相，心里反复盘算：究竟是等特勒马科斯主动讲述来历，还是亲自挑明。这种盘算背后隐藏着墨涅拉奥斯对于个人财富得失的计较。其实，之前的涅斯托尔与后来出场的海伦都明确说到，特勒马科斯与奥德修斯有着极其相似的容貌。不过，涅斯托尔与墨涅拉奥斯一样世故，直待特勒马科斯自己说出身份后，他才承认父子两人相貌极其相似，唯有天真的海伦在与特勒马科斯初次见面时，就明确指出了这一点。诗人在第一卷，就有这样的笔法：让雅典娜向特勒马科斯说出他与父亲奥德修斯有"惊人的相似"（1.209）。但是，外形酷肖并不意味着灵魂类型一致，特勒马科斯得等到奥德修斯对其施行王者教育后，他才可能成长为合格的王者。

墨涅拉奥斯面对曾生死与共的战友奥德修斯遗孤的困境和城邦的危机毫无恻隐之心，遑论出兵相助。虚伪精明的墨涅拉奥斯最后只想通过礼赠四轮马车，赶快打发特勒马科斯二人离开斯巴达。诗人通过勾画王者墨涅拉奥斯的势利和虚伪，让我们看到他的城邦受制于人性的自然欲望。倘若联系柏拉图在《王制》（又译《理想国》）中描述的城邦的三个等级，那么，墨涅拉奥斯治下的斯巴达差不多可对应于猪的城邦，即城邦的最低阶段。这类城邦受欲望牵引，仅满足于生存需要，追求物质丰裕，毫不关心城邦的正义和邦民的德性。

某种程度上讲，皮洛斯王和斯巴达王都是诗人为王子特勒马科斯的灵魂历险所设计的两类王者德性：或虔敬，或精明。学会辨识灵魂的不同德性，正是特勒马科斯的灵魂成长必不可少的历练。只有见识了不同的灵魂德性，才会认识到城邦品质与王者品质息息相关的重要性，才会理解其父奥德修斯的高贵与智慧，对于一个德性的城邦何其重要。

因此，在《奥德赛》头四卷，诗人荷马隐身于诗句中，他没有借笔下人物之口说，何种城邦值得追慕。通过平行描述第一卷中失去王者的伊塔卡，第三卷涅斯托尔治下的皮洛斯，第四卷墨涅拉奥斯治下的斯巴达，以及第六卷的费埃克斯人国度，诗人悄然呈现了自己对城邦品质的评断：城邦的品质取决于王者拥有何种品质。

结语：王者古今有别？

在卢梭的《爱弥儿》"游历"一章中我们读到，爱弥儿的老师比较了西班牙人、法国人、英国人和德国人外出游历时的不同特点。他认为，相较于法国人关注艺术、英国人好访古迹、德国人追慕名人，只有西班牙人外出游历能给自己的国家带回有益的东西，因为他们首先关心"该国的政治制度、风俗和治安状况"。①

卢梭紧接着就引入古今对比：古人虽极少外出游历，彼此之间却知根知底，而今人呢，虽相处同一个时代，却隔阂重重。卢梭列举了荷马和希罗多德、塔西佗笔下的例子，并告诉我们，这些伟大的古代诗人和史家具有穿透时空的眼光，乃因他们拥有深邃的凭靠政治经历得来的政治见识。古人看重叙述而非论述，原因亦在于此：只有通过展示政治经历，我们才能懂得，古人对于人世的透彻认识远非今人所能比拟。

---

① 参见卢梭《爱弥儿》中译本，页694。

【作者简介】

贺方婴，中国社会科学院外国文学研究所研究员，中国社会科学院大学外国语学院教授，中国外国文学学会古典学研究分会秘书长，中国社会科学院古典文明研究中心秘书长，《古典学研究》期刊执行主编。主要从事西方古典学、近代法国政治哲学研究。

赫拉克利特与赫西俄德[*]

吴雅凌

（上海社会科学院宗教研究所）

以弗所的赫拉克利特（Heraclitus of Ephesus）以晦涩的思想和语言著称。在德国学者第尔斯（Hermann Diels）和克兰兹（Walther Kranz）编修的前苏格拉底哲人残篇总录的基础上，陆续问世的现代赫拉克利特版本一次次洗牌，打乱再重新编排古代作者转录的一百来条箴言，以不同逻辑秩序力图整顿这些发光的思想碎片。[①] 赫拉克利特虽采用散文书写，但在某种程度上也是诗人，极为讲究多重语义的交织和文字的音韵回响，他的箴言常有繁复的对仗关系和建筑般的精妙结构，柏拉图对话中把他称作"伊奥尼亚的缪斯"（《智术师》

---

[*] 本文系首次发表。

[①] 本文主要参考的赫拉克利特残篇版本：H. Diels, W. Kranz rev., *Die Fragmente der Vorsokratiker, griechisch und deutsch*, von Ⅰ–Ⅲ, Berlin-Grunewald: Weidmannsche Buchhandlung, 1951–1952（简称 DK）; G. S. Kirk, *Heraclitus. The Cosmic Fragments*, Cambridge: Cambridge University Press, 1954, 1959（简称 Kirk）; M. Marcovich, *Heraclitus. Greek Text with a Short Commentary*, Merida: Los Andes University Press, 1967（简称 Marcovich）; C. H. Kahn, *The Art and Thought of Heraclitus*, Cambridge: Cambridge University Press, 1979（简称 Kahn）; M. Conche, *Héraclite. Fragments*, Paris: PUF, 1986（简称 Conche）; J.-F. Pradeau, *Héraclite Fragments*, Paris: Flammarion, 2002（简称 Pradeau）。另参见刘小枫《浑在自然之神：读赫拉克利特残篇札记》，《西学断章》，上海：华东师范大学出版社，2016，页 3—25；吴雅凌《赫拉克利特与诗人》（上），《上海文化》2022 年第 11 期，页 100—116；吴雅凌《赫拉克利特与诗人》（下），《上海文化》2023 年第 1 期，页 115—127；S. Benardete, "On Heraclitus", *The Review of Metaphysics*, Vol. 53, No. 3 (Mar. 2000), pp. 613–633。

242d）。①

　　这位生逢公元前六世纪的思想家还以"重估一切价值"的犀利风格著称，据说后世的尼采和海德格尔受其影响颇深。赫拉克利特逐一考问既有的权威学说，也就不可避免地重新审视比之更早的神话诗人和诗教问题。在迄今流传的残篇中，各有三处点名荷马（DK 42、DK 56、DK 105）和赫西俄德（DK 40、DK 57、DK 106），②间接援用或影射之处不胜枚举。

　　本文围绕赫拉克利特与赫西俄德的互文关系，思考古希腊哲学与诗的最初相遇。如果说柏拉图对话让我们真切感到柏拉图对荷马的偏爱，那么赫西俄德有可能在赫拉克利特残篇中占有特别地位。从赫拉克利特对赫西俄德的判断中，我们有机会检验赫拉克利特对赫西俄德的洞见，而探究赫西俄德与赫拉克利特的思想渊源，也将帮助我们更好地理解赫西俄德。

　　本文关注古希腊早期神话诗与早期哲学的一种独特对驳，一种相互竞争也相互成就的思想生成形态。赫拉克利特反驳赫西俄德，同时也受赫西俄德影响。他抛弃神话叙事书写，以箴言形式建构了一种新的神学或宇宙论，以沉思"宇宙的生成"（cosmogony）取代了赫西俄德笔下的"诸神的生成"（theogony）。他深入赫西俄德有意保持缄默的幽境，探究灵魂在暗夜里的劳作状态，由此更新诗人关乎"劳作与时日"的古老教诲，迄今反响不绝。

一　赫拉克利特反赫西俄德

　　赫拉克利特直接点名赫西俄德的三条箴言均在不同程度上带有批

---

　　① 柏拉图：《智术师》，柯常咏译，刘小枫主编，刘小枫等译，《柏拉图全集：中短篇作品》（上卷），北京：华夏出版社，2023，页315。
　　② 本文统一使用DK版的赫拉克利特残篇编目，并随文标注编码。此外参考荷马《伊利亚特》，罗念生、王焕生译，上海：上海人民出版社，2016（简称《伊》，并随文标注卷数行码）；荷马《奥德赛》，王焕生译，上海：上海人民出版社，2014（简称《奥》，并随文标注卷数行码）；赫西俄德《神谱》（笺注本），吴雅凌译，北京：华夏出版社，2022（简称《神》，并随（转下页）

评口吻。有必要把这些判词放置在赫拉克利特生活时代的希腊文明传统背景下予以考虑。赫西俄德不是作为寻常意义的诗人被点名，而是作为共同体生活常识的权威被审视：

[DK 40]

πολυμαθίη νόον ἔχειν οὐ διδάσκει.

Ἡσίοδον γὰρ ἂν ἐδίδαξε καὶ Πυθαγόρην αὖτίς τε Ξενοφάνεά τε καὶ Ἑκαταῖον.

博学不教诲人的心智；

否则早就教会赫西俄德和毕达哥拉斯，还有克塞诺芬尼和赫卡塔乌斯。①

第 40 条残篇提到四名"博学"（πολυμαθία）的典范，并按生平年代排序。前两位是过去时代的人，其中萨摩斯的毕达哥拉斯（Pythagoras of Samos）在残篇中出现三次（DK 40、DK 81、DK 129）。后两位是赫拉克利特的同时代人，克罗丰的克塞诺芬尼（Xenophanes of Colophon）②和米利都的赫卡塔乌斯（Hecataeus of Miletus）③在残篇中仅出现一次。这四位博学者在赫拉克利特时代影响广远。

赫西俄德不仅如史家希罗多德所言，和荷马齐名，"把诸神的家

（接上页）文标注行码）；赫西俄德《劳作与时日》（笺注本），吴雅凌译，北京：华夏出版社，2023（简称《劳》，并随文标注行码）。

① 本文中的赫拉克利特译文均由作者所译。

② 克罗丰的克塞诺芬尼（约前 570—前 480）反对荷马以降的神话叙事及神人同形同性说（Anthropomorphism），参见基尔克等《前苏格拉底哲学家——原文精选的批评史》，聂敏里译，上海：华东师范大学出版社，2014，页 250—257；D. Babut, "Sur la « théologie » de Xénophane", *Parerga. Choix d'articles de Daniel Babut (1974-1994)*, Lyon : Maison de l'Orient et de la Méditerranée Jean Pouilloux, 1994, pp. 47-86。

③ 米利都的赫卡塔乌斯（前 550—前 475）是散文体史家，据希罗多德转述，著有现存三百余条残篇的带地图的《环球纪事》（*Periodos ges*），以及一部仿效赫西俄德的《谱系》（*Genealogiai*），其中追溯作者本人的家世和神族起源，参见《希罗多德历史 希腊波斯战争史》，王以铸译，北京：商务印书馆，1997，页 174（2.143）。

世教给希腊人"(《希罗多德历史 希腊波斯战争史》2.53)，[1] 也如喜剧诗人阿里斯托芬所言，"传授农作术、耕种的时令、收获的季节"(《蛙》1033)。[2] 两种教诲分别对应两部传世诗篇《神谱》和《劳作与时日》。有学者主张将后半句读成："否则早就教会赫西俄德，还有毕达哥拉斯，还有克塞诺芬尼和赫卡塔乌斯。"[3] 这样一来，赫西俄德位列博学名录之首，不只因为其生平年代最早，辈分最高，还因为他在博学方面最有权威性和影响力。

赫拉克利特对四位博学者的评判首先涉及"知识，学问"($\mu\acute{\alpha}\theta\eta\mu\alpha$)与"心智"($\nu\acute{o}o\varsigma$)这个对子。简单地说，知识的多少未必能决定心智的高下，博学者未必是高贵者，比如赫拉克利特两度强调毕达哥拉斯的"博学"(DK 40、DK 129)，但也两度强调后者的"骗术"(DK 129、DK 81)，毕达哥拉斯固然"在所有人中最娴于探究"($\acute{\iota}\sigma\tau o\rho\acute{\iota}\eta$, DK 129)，却是"头号骗术家"($\kappa o\pi\acute{\iota}\delta\omega\nu\ \acute{\alpha}\rho\chi\eta\gamma\acute{o}\varsigma$, DK 81)。

赫拉克利特的评判进而涉及"学"($\mu\acute{\alpha}\theta\eta\sigma\iota\varsigma$)与"教"($\delta\iota\delta\acute{\alpha}\sigma\kappa\omega$)这个对子。这四位博学者的心智未被教会，或者说他们的心智高低被质疑，然而恰恰是他们身居共同体生活的高位，教诲、引导并影响古希腊众人，被誉为"最多数人的教师"——

[DK 57]

διδάσκαλος δὲ πλείστων Ἡσίοδος.

τοῦτον ἐπίστανται πλεῖστα εἰδέναι, ὅστις ἡμέρην καὶ εὐφρόνην οὐκ ἐγίνωσκεν.

ἔστι γὰρ ἕν.

最多数人的教师是赫西俄德；

他们尊认他知道最多东西，他不能知觉日与夜；

---

[1] 《希罗多德历史 希腊波斯战争史》，页 335。

[2] 阿里斯托芬：《蛙》，《阿里斯托芬喜剧六种》，罗念生译，上海：上海人民出版社，2004，页 445。

[3] D. Babut, "Héraclite critique des poètes et des savants", *Parerga. Choix d'articles de Daniel Babut (1974–1994)*, Lyon: Maison de l'Orient et de la Méditerranée Jean Pouilloux, 1994, pp. 123–155, 494.

[日夜]是一。

第57条残篇同样围绕教与学展开思辨。最高级形容词"最大的，最多的"（πλεῖστος）两度连用，分指"最多数人"和"最多东西"，申明赫西俄德在人群中的影响和地位。众人看待这位诗人是向上仰望的，动词ἐφίστημι本义是"安放在上方"，试译"尊认"。名词"教师"（διδάσκαλος），呼应第40条残篇中的动词"教"（διδάσκω）。"知道最多"，呼应第40条残篇的"博学"。此外，"多"与结尾的"一"（εἷς）形成对比，似暗示赫西俄德能知"多"而不能领悟"一"，由此呼应句中两个动词指向的两类认知：诗人有能力"看见，知道"（εἴδω），而没有能力"知觉，判断"（γιγνώσκω）。后一种认知的名词γνώμη在赫拉克利特残篇中多次出现，试译"真知"。①

日与夜是生而为人的必有经验。依据赫拉克利特的判断，赫西俄德不知日夜，也就是没有明白至为日常的常识，没有参透至为根本的生命奥妙。对于众人的教师来说，这是再严厉不过的批评。反过来看，赫拉克利特以日与夜这个对子点明赫西俄德对希腊众人的教诲要害，某种程度上可以看成赫拉克利特对赫西俄德的洞见：

[DK 106]

... Ἡράκλειτος ἐπέπληξεν Ἡσιόδωι τὰς μὲν ἀγαθὰς ποιουμένωι, τὰς δὲ φαύλας (Op. 765ff.), ὡς ⟨ἀγνοοῦντι φύσιν ἡμέρας ἁπάσης μίαν οὖσαν⟩.

……赫拉克利特指责赫西俄德制作出若干吉日和若干凶日（《劳》765起），"殊不知每一天的自然属性是一"。

第106条残篇出自普鲁塔克的转述（《卡米拉斯传》19），② 其中援

---

① 赫拉克利特残篇谈真知（γνώμη），参见 DK 41、DK 78，另参见 DK 1、DK 17、DK 57、DK 86。
② 普鲁塔克：《希腊罗马名人传》，吴彭鹏等译，北京：商务印书馆，1999，页285。

引赫拉克利特对赫西俄德的判词："不知每一天的自然属性是一。"否定前缀动词"不知"（ἀγνοέω）呼应第57条残篇中的否定副词与动词连用的"不能知觉"（οὐκ ἐγίνωσκεν）。依据赫拉克利特的评判，《劳作与时日》篇末（765—828）谈时日吉凶，没有触摸到时日的"自然属性"或"本质"（φύσιν）。动词"制作"（ποιέω）也指"作诗"，诗人的工作本质是模仿，有别于前文提到的第二种认知，也就是哲学追求"真知"（γνώμη）。

如何看待这三条箴言的关联，历来说法不一。有的学者主张将第40条与第57条相连，有的主张将第57条与第106条相连，也有的主张三条箴言分开理解。[①] 赫拉克利特批评赫西俄德，究竟集中指向一处，抑或分指两处、三处？赫西俄德"不知日夜同一"与"不知每一天的自然属性是一"是否同一批评？第106条残篇中的 ἅπας 既指"每"也指"全"，与"天，白天"（ἡμέρος）连用，既指"每天"，也指"全天，整天"，而后一种语义不单指白天，也包含黑夜。[②] 看来，想要理解赫拉克利特的批评，我们有必要重新思考如下问题：什么是赫西俄德诗中的"日与夜"？

二 赫西俄德的日与夜

在希腊文中，ἡμέρα 的本义是"白天，天，日"，引申为"日子，时日，生活"。首字大写的 Hemera 指白天神，音译"赫墨拉"，在《神谱》出现两次。一次是黑夜生下白天，白天是黑夜的孩子（《神》

[①] 第40条与第57条相连，参见 Kahn, 117—109。第57条与第106条相连，后者或系前者的变文，参见 Kirk, 159 起。三条分开看，第106条影射《劳作与时日》第765行起，而第57条影射《神谱》第213行等处说法，参见 Marcovich, 61 起、222 起、319 起。还有学者断言，要么"普鲁塔克误读赫拉克利特"（Conche, 384—387），要么普鲁塔克在区分时日吉凶上添加了赫拉克利特残篇中没有的道德意味（Pradeau, 230）。

[②] 为了解释"每一天的自然属性是一"，有学者联系塞涅卡在《致鲁西里乌斯书》中的摘引，"每一天等同所有天"（unus dies par omni est, 12.7–8），每一天由二十四小时构成（Kirk, 157），也有学者联系第99条残篇，主张赫拉克利特将一天的自然属性理解为火元素（Marcovich, 21）。

124），一次是白天与黑夜交替轮换（《神》744—757）。该词在《劳作与时日》中尤其重要，不但在通用标题中与"劳作"并称（Ἔργα καὶ Ἡμέραι），而且整首长诗有近半篇幅谈时日，除普鲁塔克提到的吉凶时日篇章以外，还详细交代一年中的农时历法（《劳》383—617）。除 ἡμέρα（天，白天）的单数形式（ἡμέρη，《劳》102、825）和复数形式（ἡμέραι，《劳》769、822）各在诗中出现两次以外，赫西俄德两首诗中还十数次使用变体 ἦμαρ 指称时间。①

赫拉克利特用 εὐφρόνη 指称黑夜，该词由 εὖ［好］和 φρόνημα［心思，心意］组成，字面意思是"好心思，好心情"，转指"好时光"。值得注意的是，这个词在赫西俄德笔下仅出现一次。《劳作与时日》中提到"夜（εὐφρόναι）长好节省"（《劳》560），特指寒冬里的长夜，既省粮食，又让农夫和耕牛得到休息，冬天的夜是休养生息的好时光，对应寒冬里辛劳的白天（《劳》557）。

除此以外，赫西俄德在两首诗中一概用 νύξ 指称黑夜，② 首字大写的 Nux 指夜神，音译"纽克斯"，是从混沌（Chaos）出生的神（《神》123）。混沌指无序无光的原初状态，与秩序（Cosmos，转指"宇宙"）相对。在《神谱》中，混沌有两个孩子，其中黑夜是对原初混沌的时间性延展，而虚冥（Erebos，《神》123）作为空间性延展，成为赫西俄德彼岸想象的重要构成部分。与原初混沌相对应的光明世界无他，就是宙斯王政下的奥林波斯秩序。夜神首次出现在《神谱》开篇缪斯的第一次歌唱中，被形容为"黑暗的夜"（Νύκτα μέλαιναν，《神》20），指向某种诗歌降临以前的世界图景，某种开蒙以前的灵魂状态。

因为这样，赫西俄德笔下的夜神（Νύξ）既不给人"好心情"，也

---

① 赫西俄德笔下的"白天"（ἦμαρ），参见《劳》43、385、488、504、524、562、565、612、663、765、772、792，《神》59、291、305、390、401、657、667、722、836、955 等。

② 赫西俄德笔下的"黑夜"（νύξ），以《神谱》为例，主格形式参见《神》211、213、224、726、748、757，属格形式参见《神》107、124、275、525、744、758 等。

不是"好时光"。和荷马一样，赫西俄德也称"可怕的夜神"（Νὺξ ὀλοή，《神》224、757，《奥》11.19 等），又称可怕的夜神独自生下一群可怕的孩子，诸如"可怕的厄运神"（《神》211），"可怕的不和神"（《神》226）。《神谱》中的夜神世家（《神》211—232）是散布在天地间的暗黑力量，是从潘多拉打开的瓶口逃逸到人间的灾祸（《劳》94—104），是光明秩序的挑衅者和破坏者。神王宙斯在夜神面前"不得不息怒"，因为夜神"能制服天神和凡人"，就连宙斯也"不想得罪行动迅速的黑夜"（《伊》14.259—261）。

相较于人的认知能力，黑夜不可捉摸，让人不安。在赫西俄德笔下，黑夜是几代神王争权神话的永恒场所，克洛诺斯（Cronos）在夜里使计谋废黜了老父乌兰诺斯（Ouranos，《神》176），宙斯秘密出生在"飞速消逝的黑夜"（《神》481），不久打败父亲克洛诺斯做了王。赫西俄德的两首诗的通用标题有三个命题："诸神的生成"（Θεογονία）、"劳作"（Ἔργα）和"白天"（Ἡμέραι）。某种程度上，这三个关键词隐约指向第四个命题，也就是赫西俄德谨慎对待的黑夜。诸神的生成对应属人的劳作，人类活动的白天对应诸神活动的黑夜——之所以说诸神在夜里活动，无影无形，一定程度上是因为人的肉眼能力和认知限度。赫西俄德为此说，"黑夜属于极乐神们"（《劳》730），似乎正是这行诗引出了赫拉克利特的批评。

日与夜，人与神，在一定程度上搭建起赫西俄德诗歌的认知坐标。赫拉克利特批评诗人不知日夜同一，不知每一天的自然属性是一，是不是指诗人分开谈日与夜，只顾区分而忽略关系？黑夜与白天这对母子不可能转化辈分关系，诗中描绘的自然现象里日夜交替而无交集（《神》744—755），《神谱》多谈诸神相爱相杀的黑夜，《劳作与时日》专说人世的秩序艰难，或人类劳作的白日，种种对应，是否意味着诗人不谙阴阳转换，不能理解万物无时不在循环转变中？

本文主张，在上述解释可能之外，赫拉克利特批评赫西俄德笔下的日与夜，还从根本上与赫西俄德的劳作教诲问题相连。在诗人笔下，黑夜之所以是"好时光"，只因夜长经济，在寒冬里省粮省力。人类的劳作一味发生在白天，至于黑夜与劳作的隐秘联系，赫西俄德讳莫如深。作为众人的教师，早期神话诗人有意保持缄默，让这个话题停留在不可言说的地带。

在赫西俄德诗中，最接近灵魂的劳作的表述发生在农夫的闲暇时刻。《劳作与时日》有大段诗文讲述一年中的冬歇（《劳》504—546）和夏歇（《劳》582—596），并以两个具体生活场景呈现人生的两个特殊时刻：作为一家之主，他勤苦劳作，照顾家中老幼，特别是深闺中的女儿，承担文明社会中的伦理责任，这是一个人的城邦时刻；到了夏日，他需要离群独处，在树下冥想蝉鸣的秘密，在正午时刻保持清醒。在赫西俄德笔下，灵魂的劳作不是发生在黑夜里，而是发生在太阳光下，依稀呼应柏拉图《斐德若》开场，苏格拉底在夏日正午走出雅典城的静观时刻（《斐德若》229a—230d）。①

三　另一种黑夜传统

黑夜不可言说，赫拉克利特恰恰要打破或重新定义言说与不可言说的分界，为黑夜重新命名，使之成为灵魂劳作的好时光。赫拉克利特残篇以 εὐφρόνη［好时光］替代赫西俄德诗中的 νὺξ［黑夜］，依托的是另一种古老权威，是另一位诗人俄耳甫斯冠名的秘教传统。简单地说，俄耳甫斯神谱中的黑夜形象取代赫西俄德诗中的大地（Gaia，《神》117）或荷马诗中的大洋（Oceanos，《伊》14.201），成为众神的始祖，向诸神预言未来，代表古老至高的智慧。与"好心情，好时光"相连的黑夜形象不属于赫西俄德或荷马传统，而仅见于俄耳甫斯神谱。②

在赫拉克利特的残篇中，"在夜里"（ἐν εὐφρόνηι）转而指向另一

---

① 柏拉图：《柏拉图四书》，刘小枫编译，北京：生活·读书·新知三联书店，2015，页284—288。

② 以俄耳甫斯祷歌为例，夜神的修饰语包括"好心情"（εὐφροσύνη）、"可贵的"（τερπνή，3.5）、"爱所有人"（φίλη πάντων，3.7）、"丰裕迷人的极乐神"（μάκαιρα πολυόλβιε ποθεινή，3.12）等，详见吴雅凌《俄耳甫斯祷歌中的黑夜和宇宙起源传统》，《外国文学研究》2021年第5期，页152—163。

种属人的劳作状态。"人在夜里点火",成为灵魂在死生醒睡中的知觉标记。夜里虽无太阳光照,但有火燃烧的黑夜,有可能成为灵魂得到神秘光照的好时光:

[DK 26]

ἄνθρωπος ἐν εὐφρόνηι φάος ἅπτεται ἑαυτῶι [ἀποθανὼν] ἀποσβεσθεὶς ὄψεις,

ζῶν δὲ ἅπτεται τεθνεῶτος εὕδων, [ἀποσβεσθεὶς ὄψεις], ἐγρηγορὼς ἅπτεται εὕδοντος.

人在夜里点火,闭上双眼,

他活了,但因睡着才触摸到死的,醒了才触摸到睡的。

第26条箴言有不同的解释可能。表面上,赫拉克利特一如既往地批评世人冥顽不化——"听而不明,在场而形同不在"(DK 34)。[①] 但细看句中有不止一处双关,字里行间全是深意。动词 ἅπτω 连用三次,指"点燃""触摸"或"感知"。动词 ἀποσβέννυμι [灭,熄灭] 与名词 ὄψις [景象,眼,视力] 连做分词,既指"闭眼"或"熄灭视力",也指"灭诸种幻象"。两处异文,似是古代注家将"闭眼"(ἀποσβεσθεὶς ὄψεις) 与"死"(ἀποθνήσκω-θνήσκω)等同,是否赫拉克利特本意,犹未可知。

开场通常读作"人在夜里为自己点火",但未尝不可理解为"人在夜里,火自燃烧",呼应赫拉克利特宇宙论中的火元素的重要意义:"这宇宙对万物来说是同样的东西,不是由任何神或人所造。它从前是,现在是,未来依旧是一团永活的火(πῦρ ἀείζωον),有尺度地点燃,有尺度地熄灭。"(DK 30)在赫拉克利特笔下,火是宇宙的本原,宇宙中有无时无处不在燃烧的火,不为任何神或任何人所造,其生灭不以任何一种认知为转移。永活的火是"第二太阳"(ἕτερον ἥλιον,

---

① 现代版本(如 Marcovich, 238; Kahn, 214)常释作:"人在夜里为自己点火,尽管他视力熄灭;虽然活着,他在睡着时触摸到死的;虽然醒着,他触摸到睡着的。"

DK 134），是灵魂暗夜里可能迎来的另一种光照。

人在认知的黑夜里点火，作为一次精神行动，就是模仿并尽力触摸永活的火。[①]夜里点火，还呼应点燃火把行入会礼的古代秘教教义：

[DK 14]

τίσι δὴ μαντεύεται Ἡράκλειτος ὁ Ἐφέσιος; ⟨νυκτιπόλοις, μάγοις, βάκχοις, λήναις, μύσταις⟩. τούτοις ἀπειλεῖ τὰ μετὰ θάνατον, τούτοις μαντεύεται τὸ πῦρ. ⟨τὰ γὰρ νομιζόμενα κατ' ἀνθρώπους μυστήρια ἀνιερωστὶ μυεῦνται⟩.

以弗所的赫拉克利特为谁传神谕？为那夜游的、行巫的、酒神信徒、狂女们和新入会的。他将这些人从死里驱赶出，为这些人传火的神谕。因为人们习惯奉行的秘教入会礼是渎神的。

在第 14 条箴言中，赫拉克利特犹如秘教祭司，为特定人群传火的神谕（μαντεύεται τὸ πῦρ）。在这一特定人群中，夜游者（νυκτιπόλος，或"在夜间游行的"）排首位。一方面，比起古希腊城邦官方祭祀传统，赫拉克利特显得更倾向于持守一个人或一小群人的献祭仪式（DK 69）；另一方面，赫拉克利特将彼时盛行的诸种秘教入会礼（另参 DK 15）判定为"渎神的"（ἀναιδής），如普鲁塔克所言："许多属神的东西，依赫拉克利特之见，我们由于不信神而无知。"（DK 86）大多数秘教信徒无法抵达真实的认知，唯有正确奉行的极罕见的秘仪（DK 69）才有可能通达真实。赫拉克利特残篇中的极罕见的秘仪与其说是宗教的，不如说是哲学的。无独有偶，柏拉图笔下的苏格拉底为了探讨"正确地热爱过智慧的人"，恰恰援引俄耳甫斯箴言："手执酒神杖者多，酒神信徒少。"（《斐多》69c–d）[②]

赫拉克利特通过重新命名，把黑夜引入赫西俄德选择保持缄默的地带，通过探究灵魂的尽头与出路（DK 45、DK 115），为属人的思

---

① 赫拉克利特残篇谈火，参见 DK 14、DK 26、DK 31、DK 43、DK 64、DK 65、DK 66、DK 67、DK 76、DK 90 等。

② 柏拉图：《柏拉图四书》，页 432—433。

想在暗夜里引进新的光照,由此更新赫西俄德写下的"劳作与时日",重新界定宇宙秩序与道德秩序之间的、自然与政治之间的古老教诲。

值得注意的是,赫拉克利特残篇中的灵魂的劳作与火相连,很可能特别受到赫西俄德影响。在古希腊神话传统中,神王宙斯与火相连。明光的宙斯,也是打雷的宙斯、掌管天火的宙斯。赫西俄德在两部诗篇中反复强调宙斯以火为名的意志。相形之下,荷马史诗并不刻意突出宙斯的绝对王权。赫拉克利特残篇中两度提到宙斯之名,均与赫西俄德有关:

[DK 120]

ἠοῦς καὶ ἑσπέρας τέρματα ἡ ἄρκτος καὶ ἀντίον τῆς ἄρκτου οὖρος αἰθρίου Διός.

日出与日落的分界是大熊座,对面是明光的宙斯的守望者。

[DK 32]

ἕν, τὸ σοφὸν μοῦνον λέγεσθαι οὐκ ἐθέλει καὶ ἐθέλει Ζηνὸς ὄνομα.

一,那独一的智慧,不愿和愿以宙斯之名被说起。

第120条残篇直接化用自《劳作与时日》(《劳》564—567、610)。与大熊星座相对的"守望者"(οὖρος),即大角星(Ἀρκτοῦρος),字面意思是"大熊的守望者",因总像跟在大熊星后面升起而得名。在赫西俄德笔下,每年春季二、三月的日落时分,大角星首次出现在空中,正值葡萄修枝时节,等到夏末秋初,大角星改为日出时分现身,正值葡萄收成的酿酒时节。一方面,农夫一年中的葡萄种植和酿酒技艺,依稀呼应酒神崇拜传统。另一方面,日出日落星辰运转,赫西俄德笔下的时间秩序,在赫拉克利特残篇中转化为第32条残篇中的"一"(ἕν)或"独一的智慧"(σοφὸν μοῦνον)的思辨。"明光的宙斯"(αἰθρίου Διό)既是日出日落的响应,也隐约指向另一种太阳光照,暗合灵魂劳作的神秘语境。

赫拉克利特将永活的火称为"霹雳"(κεραυνός, DK 64—66),

而霹雳本系宙斯的光明武器（《神》140—141），与混沌黑夜的神话背景构成对比。宙斯两度发起神战，提坦大战（《神》617—719）和提丰大战（《神》820—880），世界两度陷入茫茫战火，回归天地未开的混沌状态，宙斯凭靠天火武器重新创世。提坦和提丰均系大地之子，赫西俄德笔下的宙斯神战故而直接呼应赫拉克利特笔下的元素转换："火活土之亡"（DK 80，另参 DK 31a），换言之，宙斯代表的火元素肃清大地或土元素代表的原生力量，重新整顿宇宙秩序，建立奥林波斯光明世界。

赫拉克利特强调火的卓越性，进而主张，对灵魂来说，干燥比潮湿好。"灵魂是干燥的光，最有智慧也最好。"（DK 118）迷失的灵魂被贬称为潮湿的灵魂："那忘了路通往何处的人"（DK 71），犹如"喝醉的人踉跄被小孩子牵着走，他不知去向何处，他的灵魂潮湿"（DK 117）。后世传说赫拉克利特死于水肿病（《名哲言行录》9.3—4），[①] 或系与此相关的戏谑隐喻。上述说法呼应赫西俄德笔下异常复杂的水元素叙事。众所周知，依山而居的赫西俄德对大海心存畏惧，不赞同荷马英雄出海历险的生活方式（《劳》236、687）。在《神谱》中，起初三分世界，天、山、海呈降序叙事，大海是被贬低的（《神》126—132），就连海神家族也一样呈降序叙事，从神到兽，从永生到有死，家族成员渐次沦落，多数成了被宙斯的英雄儿子斩除的妖怪（《神》233—336）。赫西俄德在诗中两度承认自身的认知缺陷（《神》369，《劳》649），均与水元素有关。种种细节表明，赫拉克利特的元素思考从根本上受到赫西俄德影响，而这是我们理解赫拉克利特反驳赫西俄德所不应忽略的前提。

四　真实与似真之间

赫西俄德对赫拉克利特的根本影响，还表现在思想方式和言说方

[①] 第欧根尼·拉尔修：《名哲言行录》，徐开来、溥林译，桂林：广西师范大学出版社，2010，页434。

式的探究。在赫拉克利特的传世残篇中，第 1 条篇幅最长，或系前苏格拉底哲人留下的最长的散文体文本。自这条残篇起，赫拉克利特显得有志定义和构建一种全新的思想和言说：

[DK 1]

δὲ λόγου τοῦδ' ἐόντος ἀεὶ ἀξύνετοι γίνονται ἄνθρωποι καὶ πρόσθεν ἢ ἀκοῦσαι καὶ ἀκούσαντες τὸ πρῶτον.

γινομένων γὰρ πάντων κατὰ τὸν λόγον τόνδε ἀπείροισιν ἐοίκασι, πειρώμενοι καὶ ἐπέων καὶ ἔργων τοιούτων, ὁκοίων ἐγὼ διηγεῦμαι κατὰ φύσιν διαιρέων ἕκαστον καὶ φράζων ὅκως ἔχει.

τοὺς δὲ ἄλλους ἀνθρώπους λανθάνει ὁκόσα ἐγερθέντες ποιοῦσιν, ὅκωσπερ ὁκόσα εὕδοντες ἐπιλανθάνονται.

这永在的逻各斯，人们是不能知的，无论在听闻前还是头一次听闻后。

万物依循这逻各斯生成，他们对此显得无经验，虽然他们经验过这样的言辞与劳作，也就是我描述的按自然分辨每一物，并解释此物何以成其所是。

其余人忘了醒着制作过什么，正如忘了睡着的事。

第 1 条残篇含三句话，有完整规范的环形结构。首尾两句说世人不能知的常态，中间一句说"我"在人世间的认知出路。开头两度听闻（ἀκούω），对应结尾两度遗忘（λανθάνω）。听闻前与听闻后、醒与睡，就常人而言如有天壤之别，在"我"眼里全是错，终归混沌一片。世人的经验（πειρώμενοι）或无经验（ἀπείροισιν），对照"我"之分辨（διαιρέω）和解释（φράζω）。其余人的无知和遗忘，对照"我"的知和经验，等等。"我"在人群中，从来如是。"我"与世人有近乎决绝的分别，却是赫拉克利特的独特修辞。

赫拉克利特将"这永在的逻各斯"（λόγου τοῦδ' ἐόντος ἀεὶ）树立为某种绝对标准，某种凭靠经验或认知也未必捕捉到的真实。残篇中的 logos 依稀呼应前文提及的"一"（εἷς）、"智慧"（σοφός）、"真知"

(γνώμη)，以及"神"(θεός)、[1]"自然"(φύσις)[2]等用语。依据赫拉克利特残篇中的界定，logos 既是"共同的""对谁都一样"(ξυνός，DK 2)，又是"我描述"(ἐγὼ διηγεῦμαι，DK 1)的，是属于赫拉克利特本人的"言辞与劳作"(ἐπέων καὶ ἔργων)。

"言辞与劳作"位居第 1 条谋篇的心脏地带，标记从世人(ἄνθρ-ωποι)到"我"(ἐγώ)的过渡，同时预示我之成为我，终须将关注的目光转向其余人(ἄλλους ἀνθρώπους)。赫拉克利特用三句话搭建一个带有宇宙论意味的哲学图景，在细密的语文编织中给出一个个符号性暗示。在永在与此在之间，在一与万象之间，在天地之间，在死生醒睡之间，是属人的言辞与劳作。"言辞与劳作"让人第一时间想到赫拉克利特以前的神话诗人。"言辞，字"(ἔπος)的复数形式转指叙事诗或史诗，与抒情诗(μέλη)相对；"劳作"(ἔργων)既指荷马英雄的战斗(如《伊》2.338)，也指赫西俄德笔下的小人物的日常劳作。

赫拉克利特的 logos 作为全新概念，首先是相较于早期神话诗人而言。荷马和赫西俄德不区别而混用 logos 与 mythos 等词。《劳作与时日》连讲三个故事，以 logos 指第二个人类种族神话(《劳》106)，以 ainos 指第三个莺与鹞的寓言(《劳》202)。《奥德赛》中的奥德修斯也讲过一个试探人的虚假但"动听的 ainos"(《奥》14.508)。在早期神话诗人那里，这几个词的本义均系"说话"或"故事"。[3] 仅以 logos 的单数形式在古诗中的最早出处为例：

Εἰ δ' ἐθέλεις, ἕτερόν τοι ἐγὼ λόγον ἐκκορυφώσω
εὖ καὶ ἐπισταμένως. σὺ δ' ἐνὶ φρεσὶ βάλλεο σῇσιν.
如果你愿意，我再扼要讲个故事，

---

[1] 赫拉克利特残篇论神(θεός)，参见 DK 5、DK 24、DK 50、DK 67、DK 78、DK 83、DK 85、DK 132。
[2] 赫拉克利特残篇论自然(φύσις)，参见 DK 1、DK 112、DK 123。
[3] 周作人：《关于伊索寓言》，钟叔河编《周作人文类编⑧·希腊之馀光》，长沙：湖南文艺出版社，1998，页 243。"在希腊古代这只称为故事，有'洛果斯'(logos)，'缪朵斯'(mythos)以及'埃诺斯'(ainos)几种说法，原意都是'说话'。"

好而巧妙，你要记在心上。(《劳》106—107)

诗人言说本是深思熟虑的行动，神话本是有所寄托的言辞。赫西俄德申明，他会把故事讲得"好而巧妙"（εὖ καὶ ἐπισταμένως）。第一个形容词"好"（εὖ）又译"恰当"。第二个形容词"巧妙"（ἐφίστημι）也用来形容王者在人群中发言，调解纠纷（《神》87）。赫西俄德讲过二鸟相争的寓言（《劳》202—212），以此譬喻两种"缪斯宠爱的人"（《神》96—97），或两类拥有言辞天分的人，一类是诗人（《神》96—103），也就是寓言里的莺（古希腊文 ἀοιδός 与 ἀηδόνα 谐音），一类是王者（《神》80—93），也就是寓言里的鹰。依据赫西俄德的措辞，诗人与王者均拥有巧妙的言辞能力，但似乎唯有诗人的言辞被称为好的。

《神谱》开篇，赫西俄德自述在山中牧羊时遇见缪斯。宙斯的女儿们从开花的月桂树上摘下美好的杖枝，交到他手里，这一标志性的动作使他成为诗人。缪斯还训话提点他：

ἴδμεν ψεύδεα πολλὰ λέγειν ἐτύμοισιν ὁμοῖα,
ἴδμεν δ' εὖτ' ἐθέλωμεν ἀληθέα γηρύσασθαι.
我们能把种种谎言说得如真的一般。
但只要乐意，我们也能咏唱真实。(《神》27—28)

缪斯的训话中区分了两种 logos，一种是直接抵达真实（ἀληθέα,《神》28）的诗唱，另一种是似真的言辞，或"说得如真的一般"（λέγειν ἐτύμοισιν ὁμοῖα,《神》27）。这让人不得不问，赫西俄德的诗唱究竟是真实还是似真，又或者，哪部分诗唱是真实，哪部分诗唱是似真？有鉴于诗人不止一次承认身为凡人的言辞限度（《神》369），莫非只有缪斯女神才享有两种 logos 的荣誉？《劳作与时日》开篇，赫西俄德宣称要"述说真相"（ἐτήτυμα μυθησαίμην,《劳》10），其中动词"说，述说"（μυθέομαι）与名词 μῦθος-muthos 同根，而"真相，真情"（ἐτήτυμος）既不直接等同于"真实"（ἀληθέα），也与"似真的"（ἐτύμοισιν ὁμοῖα）有所区别，而似乎介于两者之间。

有鉴于《神谱》第 27 行与《奥德赛》一行诗接近，也就是奥德修斯施展言辞骗术，在妻子面前"说了许多谎话，说得如真的一样"(ἴσκε ψεύδεα πολλὰ λέγων ἐτύμοισιν ὁμοῖα,《奥》19.293)，赫西俄德区分两种 logos，尤其值得与《奥德赛》参照对读。赫西俄德笔下的"真相，真情"(ἐτήτυμος)在《奥德赛》中八次与动词"告诉"(ἀγορεύω，本义是"在公民大会说话，公开说")连用，[①] 唯独一次与名词 muthos 连用，恰恰是耐人寻味的否定句式，也就是佩涅洛佩否认奥德修斯归来是真事(οὐκ ἔσθ' ὅδε μῦθος ἐτήτυμος,《奥》23.62)。

两相对比似乎表明，在赫西俄德的两部传世诗篇中，明显带有教化年轻人意图的《劳作与时日》既不是缪斯式的真实的咏唱，也不是奥德修斯式的言辞骗术，而是值得众人关注的公开言辞，能够在理想状态下形成有益的教诲。在 1939 年写给友人克莱因（Jacob Klein）的信中，施特劳斯（Leo Strauss）谈及赫西俄德的标题含义，或可印证我们理解相关问题的思路：

　　……我肯定明白了 Erga（劳作）和 Hemerai（白天）是什么意思……去掉构成标题的每个字眼，替换成从诗本身可以印证的与之相对的字眼：epe kai nyktes（诗与黑夜，或言说与黑夜），即委婉地说话。这首诗的主题是莺与鹰，也就是歌人与王之间的竞赛，包含某种显白的 hoi polloi（公众的）道德（后者也就是对劳作的赞颂的显白性几乎就在表面）。赫西俄德无疑是歌人。[②]

赫西俄德在诗中没有说尽一切："一半比全部值得多。"(πλέον ἥμισυ παντός,《劳》40) 诗人既给出有益城邦教化的显白教诲，也留下隐微书写的暗示。仅就属人的认知探究而言，显密两路殊途同归、互为印证。赫西俄德在诗中避而不谈灵魂(ψῡχή)，也只字不提灵魂

[①] 在《奥德赛》中，ἀγόρευσον ἐτήτυμον［告知真情］出现七处，参见《奥》1.174、4.645、3.232、14.186、24.258、297、403。

[②] 施特劳斯：《回归古典政治哲学：施特劳斯通信集》，朱雁冰、何鸿藻译，北京：华夏出版社，2017，页 308，译文有更动。

在黑夜的劳作，如施特劳斯所言，只说出"劳作与白天"（Ἔργα καὶ Ἡμέραι）这一半真实，而没有明说"诗与黑夜"（Ἔπη καὶ Νύκτες）的另一半真实。在言说与不言说之间，在真实与似真之间，种种微妙的关键直指诗人与王之争（《神》80—103，《劳》202—212）。

何谓诗人在黑夜中的劳作？施特劳斯在同一封信中谈及《神谱》对开端的思考。① 诗如何接近太初，诗人如何言说世界的开端，一种有限意义的言说如何可能触及不可言说之处？稍后自然哲学的努力方向与此近乎一致。《神谱》开篇不仅点明诗人与王之争（《神》80—103），更提及缪斯的三次歌唱，帮助我们进一步理解赫西俄德没有明说的另一半真实。缪斯第一次在夜里歌唱（《神》9—10），第二次在奥林波斯山顶歌唱（《神》35—43），第三次在人间赐给诗人一支歌（《神》104）。三次歌唱呼应三种诗的生成，从黑暗的夜，到明光的宙斯天庭，再回归人间，依稀呼应赫拉克利特的第1条残篇中从"世人"出走的"我"又落实到"其余人"的心路历程，与稍后柏拉图洞穴神话的政治哲学譬喻一脉相承。

赫西俄德区分两种言说，据说是为了批评荷马诗中的奥德修斯，进而影射以荷马为代表的英雄诗唱传统。② 柏拉图将诗人们驱逐出理想国，理由是他们没有以有益城邦的正确方式表现诸神和人类世界（《理想国》377d—392c）。③ 与其说哲人打败了诗人，毋宁说，每个时代有志向的人均在思考并践行同一问题并发生不可避免的争议：什么样的logos对当时当地的共同体生活而言不仅是巧妙的更是好的？作为赫西俄德最严厉的批评者之一，赫拉克利特或许也是赫西俄德的最深刻的解释者。正如赫西俄德在公元前八世纪的赫利孔山村书写下了反思荷马传统的新诗篇，赫拉克利特在公元前六世纪的以弗所月神庙编织着哲学与诗相争的新乐章，从柏拉图迄今回响不绝。

---

① 施特劳斯：《回归古典政治哲学：施特劳斯通信集》，页307。
② 居代·德拉孔波编：《赫西俄德：神话之艺》，吴雅凌译，北京：华夏出版社，2021，页9—11。
③ 柏拉图：《理想国》，王扬译，北京：华夏出版社，2023，页69—92。

【作者简介】

　　吴雅凌，上海社会科学院宗教研究所研究员，法国巴黎第三大学比较文学硕士、博士，法国人文科学基金会访问学者，法国国家图书中心访问学者。研究方向：古典诗学、比较古典学。主持国家社会科学基金一般项目"《荷马颂诗》翻译、注释和研究"（24BWW029）等。

试论希罗多德《历史》开篇[*]

黄俊松

（中山大学博雅学院）

在《历史》(*Historiai*)开篇（序言及1.1—5），[①]希罗多德讲述了他撰述史书的目的，为他的史书奠定了基调。如果分析一下他的具体表述，就会发现，他的整部史书的方法、主题以及风格其实都已蕴含在了这一开端中。

一 《历史》的序言

在《历史》的序言中，希罗多德说道：

> 哈利卡尔那索斯人希罗多德将他的探究（historiēs）呈现（apodexis）在这里，是为了人类（anthrōpōn）过去的事情不至于随时间而泯灭，也为了希腊人和野蛮人所做出的那些伟大的、值得惊叹的功绩（erga megala te kai thōmasta），尤其是他们之间爆发战争的原因，不至于湮没。

---

[*] 本文原刊于《海南大学学报》（人文社会科学版）2018年第1期。
[①] 本文中的《历史》引文随文标注章节号码，中译本主要参考《希罗多德历史 希腊波斯战争史》，王以铸译，北京：商务印书馆，1959，个别文句和字词有改动；希腊文本参考A. D. Godley, *Herodotus: The Persian Wars*, Cambridge, Massachusetts: Harvard University Press, 1926; 英译本参考Robert B. Strassler ed., *The Landmark Herodotus*: *The Histories*, Andrea L. Purvis trans., New York: Anchor Books, 2007。

首先得注意他的表述。希腊文句中这里出现的第一个词是作者"希罗多德"，第二个词是作者的故乡"哈利卡尔那索斯"，与之前荷马、赫西俄德的诗歌不同，希罗多德在他这部散文体杰作的开头诉诸的是他自己，而不是缪斯女神。他的故乡是小亚多利安人（Dorian）的希腊城邦，位于爱奥尼亚人（Ionian）的大邦米利都的下方，当时又是波斯帝国的臣属，在地理位置上处在希腊人和波斯人的交界地带，是一个模糊的、尴尬的地方。在希罗多德的地理想象中，小亚的希腊人尤其是爱奥尼亚人处在东西南北的正中，地理条件、气候条件得天独厚（1.142），但在希罗多德的史书中，他却对小亚的希腊人颇有微词，因为他们政治上是一盘散沙而且毫无操守。可以说，希罗多德对他的故乡毫无眷恋，但切不可忽视小亚的文化对他的影响。古希腊最早的启蒙发生在小亚的爱奥尼亚，所谓的米利都三贤（泰勒斯、阿纳克西曼德、阿那克西美尼）开始摆脱神话、诉诸人的理性来思索世界的本源。希罗多德显然受到了他们的影响，但对他来说，更为重要的是他的前辈米利都的赫卡泰欧斯（Hecataeus of Miletus）。赫卡泰欧斯推进了地理学和谱系学的研究，并且采取了一种新的方法或态度，"在选择事实和想象之间的确找到了一种客观的准则，他不再受缪斯女神操纵，而是从其他民族那里寻找证据，与非希腊的传说相比，希腊的传说被证实是荒谬可笑的"。[1] 希罗多德在他的史书中许多地方都提到了赫卡泰欧斯（2.143、5.36、5.125、6.137）。虽然对他有所批评，但是在对地理学、民族志或习俗的描述中，在对神话故事所进行的理性处理上，读者们依然能够看出赫卡泰欧斯对他的影响。

第三个词是"探究"（historiēs），亦即"历史"；第四个词是"呈现"（apodexis），有表演的意味。这里暗示了希罗多德是在朗读他的作品，而且有一群听众围绕着他，[2] 那群听众显然是希腊人，因为他的著作是用爱奥尼亚方言写成的。这里显示了希罗多德和希腊史诗传统

---

[1] 莫米利亚诺：《现代史学的古典基础》，冯洁音译，上海：华东师范大学出版社，2009，页41。

[2] 参见 Robert B. Strassler, *The Landmark Herodotus: The Histories*, p. 3.

的关联：他的史书和诗歌一样，都是在向听众展示。

接下来，希罗多德讲述了他呈现其"探究"或"历史"的三个目的：一是记录人类的往事，二是记录希腊人和野蛮人的"伟大的、值得惊叹的功绩"，三是探究希腊人和野蛮人之间战争的原因。这里同样要注意他的表述。

第一，希罗多德的历史不仅仅是记录史事，而且还要探究史事的原因。从他的史书中可以看到，他不仅仅是流水账式地记录过去发生的事情，而且还将事情的前因后果、来龙去脉勾勒了出来，于是整部史书就像一幅有条理、有系统的历史画卷。当然，希罗多德也在他所呈现的这种因果关系中，赋予了他的道德教诲和政治教诲。此外，希罗多德不但探讨了人事方面的原因，还探索自然事物的原因，比如埃及土地、河流、气候的成因（参见2.4—34）。

第二，人类当然包括希腊人和野蛮人，但区别在于，人类是同一的，而希腊人和野蛮人则是分殊的。只有在分殊化的基础上，希罗多德才说他们做出了"伟大的、值得惊叹的功绩"，至于人类，则既不伟大也不值得惊叹，而仅仅只有平淡无奇的"过去的事情"。[①]

第三，"功绩"（erga）一词是荷马的词汇，意指英雄们的战绩，但希罗多德扩展了其内涵。他不但记述了希腊人和野蛮人的战绩，而且还记述了他们的水利工程和土木工程，比如戴奥凯斯的宫殿、巴比伦人的城墙、埃及人的金字塔、波斯人的赫勒斯滂大桥，等等。当然，希罗多德记述的功绩主要还是涉及战争方面，正如他的史书通常被认为是描述希腊人和波斯人之间的那场"波斯战争"，这就会让人们想起荷马史诗所描述的希腊联军和特洛伊人之间的那场"特洛伊战争"，都是以敌方的名字来命名的，因而可以看出希罗多德对于史诗的继承。

第四，希罗多德说是要探究希腊人和野蛮人之间爆发战争的原因，但这里，首先要注意参战的两方：并不是所有的希腊人，而主要是当时希腊人中最优秀的雅典人和斯巴达人；也不是所有的野蛮人，

---

① Seth Benardete, *Herodotean Inquiries*, South Bend, Indiana: St. Augustine's Press, 1999, p. 1.

而是当时野蛮人中最优秀的波斯人。① 为什么以雅典、斯巴达为首的希腊人和波斯人之间会爆发战争？这里暂且抛开希罗多德的具体描述，先来笼统地对照一下他和修昔底德。众所周知，希罗多德的历史或探究主要包括三个主题，即习俗（nomos）、政体和战争，而修昔底德的史书则仅仅包括两个主题，即政体和战争。② 为什么修昔底德略去了习俗？考虑到雅典人修昔底德描述的是雅典帝国和斯巴达同盟或伯罗奔尼撒同盟之间的那场"伯罗奔尼撒战争"，是希腊人和希腊人之间的战争，而希罗多德描述的则是以雅典、斯巴达为首的希腊同盟和波斯人之间的战争，是希腊人和野蛮人的战争，因此，修昔底德不必涉及习俗，而希罗多德则必须涉及习俗。恰如柏拉图所言，希腊人和野蛮人天然就是敌人（enemies by nature）。③

二　波斯人、腓尼基人和希腊人

由于希罗多德是要探究希腊人和波斯人之间爆发战争的原因，于是在简短的序曲之后，他转而开始详细讲述波斯人对于战争原因的说法，然后简短讲述了腓尼基人的说法，中间还提到（但是并没有讲述）希腊人的说法，最后才讲述了自己的看法。

他说，"有学问的（oi logioi）波斯人"认为最初是腓尼基人引起了争端（1.1），接着就讲述了波斯人所讲述的四个抢女人的故事。那些波斯人是"oi logioi"，"logios"义为"有学问的"，或是与"诗人"（poiētēs）相区别的散文家或编年史家，各个译本译法不一，有译"博学的"，④ 有译"过去之事的权威"，⑤ 但都意指波斯的史家。历史学家

---

① Seth Benardete, *Herodotean Inquiries*, p. 1.
② 莫米利亚诺：《历史与传记》，见 F. I. 芬利主编《希腊的遗产》，张强等译，上海：上海人民出版社，2004，页 177。
③ 柏拉图：《理想国》470c，英译本参见 *The Republic of Plato*, Allan Bloom trans., New York: Basic Books, 1991。
④ A. D. Godley, *Herodotus*: *The Persian Wars*, p. 3.
⑤ Robert B. Strassler ed., *The Landmark Herodotus*: *The Histories*, Andrea L. Purvis trans., New York: Anchor Books, 2007, p. 3.

们可以证实波斯确有史家和史学，但遗憾的是波斯史学传统并没有流传下来，有关波斯的史事只能依赖希罗多德。① 但接下来的问题是，读者们能够相信希罗多德对于波斯的说法吗？众所周知，"历史之父"希罗多德还有另外一个绰号"谎言之父"，在他对各个民族的描述中，读者们很难相信那些奇奇怪怪的习俗、人种乃至动物，诸如印度人要吃掉自己父亲的尸体（3.38）、埃塞俄比亚人和印度人的精子是黑色的（3.101）、阿拉伯的兔子仿佛是卵生动物（3.108）、利比亚有狗头人以及眼睛长在胸部的人（4.191），等等。此外，希罗多德史书的可靠性也无法通过现代史学的金科玉律"二重证据法"来加以确证，尤其是他对斯奇提亚（Scythia）的描述，很多地方根本就没有考古遗迹可循。② 所有这一切都让读者们怀疑希罗多德究竟是在记录史事还是在杜撰故事。那么，他在《历史》开篇所讲述的波斯史家的说法到底可不可信呢？

幸运的是，1835年在伊朗西部发现的"贝希斯敦铭文"（Behistun Inscription）证实了希罗多德说法的可靠性。这一铭文用三种文字记录了波斯国王大流士一世的功绩。铭文刻在一块高达三百英尺的岩石上，莫米利亚诺认为，"我们不知道大流士王究竟是写给人还是写给神看的……只有职业攀岩者或者神才能看到"，但是铭文的内容"让我们了解到一些波斯人对于历史的态度，首先，它表明波斯人能够用第一人称撰写自传；其次，这种记录基本真实明了，没有什么神异的介入"。③ 在"没有什么神异的介入"这一点上，希罗多德所讲述的波斯人的说法基本上与铭文的特征一致，而且在他的史书中可以看到，在吕底亚、希腊的故事中，有着诸多神谕的因素，而在波斯的故事中则没有神谕的因素，那里只提到了美地亚—波斯人的梦（1.107—108、1.209、7.12、7.14）。

---

① 莫米利亚诺：《现代史学的古典基础》，页4—5。

② François Hartog, *The Mirror of Herodotus: The Representation of the Other in the Writing of History*, Janet Lloyd, Berkeley and Los Angeles trans., California: University of California Press, 1988, pp. 3-4.

③ 莫米利亚诺：《现代史学的古典基础》，页8。

波斯史家一共讲述了四个抢女人的故事。首先是腓尼基人抢走了希腊地方的阿尔戈斯国王的女儿伊奥（Io），把她带到了埃及；然后是希腊人抢走了腓尼基地方的推罗国王的女儿欧罗巴（Europa），希罗多德认为那些希腊人多半是克里特人；再然后是希腊人又抢走了科尔启斯地方的国王的女儿美狄亚（Medea）；最后是普里阿摩斯的儿子亚历山大（帕里斯）抢走了希腊的海伦（Helen）。

波斯史家认为，事情到目前为止，只不过是相互抢女人而已，但是后来，希腊人就要负更大的责任，因为在波斯人入侵欧洲之前，希腊人就入侵亚洲了。这指的是特洛伊战争的事情。在波斯史家看来："抢女人确实是一件不正义（adikōn）之人干的事情，但是为了被抢走的女人而进行报复，那就太愚蠢了，明白事理的人根本不会在乎那些女人，因为很明显，如果那些女人完全不自愿，她们是不会被劫走的。"（1.4）波斯史家认为，希腊人为了海伦而摧毁了特洛伊，从此他们就将希腊人看作自己的敌人。希罗多德解释说："这是因为波斯人认为亚洲和生活在那里的所有野蛮人的部落都是他们自己的，而欧洲和希腊民族跟他们则是分离的、相区别的。"（1.4）

在讲述完波斯史家的说法之后，希罗多德还简略提及了腓尼基人对于伊奥的说法。在腓尼基人看来，他们把伊奥带到埃及完全不是抢劫，因为伊奥和他们在阿尔戈斯的一个船长私通，在发现自己怀孕后，羞于面对父母，于是就心甘情愿地和他们乘船走了。

在讲述波斯人说法的时候，希罗多德还提到他们的说法"和希腊人的说法不同"（1.2），但是他并没有讲述希腊人的说法，为什么呢？如果考虑到希罗多德是在向一群希腊听众呈现他的探究，那么就会认识到希腊的听众自然熟悉有关那些故事的希腊版本，因而无须赘述。希腊人的说法都是由诗人所传达的，那四个抢女人的故事主要是有关神和英雄的故事：是赫拉把伊奥赶到了埃及，是宙斯把欧罗巴送到了克里特，美狄亚是阿尔戈斯船和金羊毛故事的女主角，而海伦则是特洛伊英雄故事的女主角。

在希腊版本的故事中，神人是同形同性的，神不断地介入英雄们的世界；而在波斯版本和腓尼基版本的故事中，则没有神的介入，他们的说法是一种去神话的说法。可以想见,当希罗多德向沉浸在希腊版本中的希腊听众讲述波斯版本和腓尼基版本时,希腊听众的心中会有多么大的震动!正如当火葬自己父亲的希腊人听到印度人要吃掉自己父亲的尸体时所感受到的震动一样。之所以这样,是因为他们的传统或习俗不同,恰如品达(Pindar)所言:"习俗乃是万物的君王。"(3.38)

除了波斯人、腓尼基人的说法,希罗多德还提到了埃及人关于伊奥和海伦的说法。如果对照一下波斯人、埃及人和希腊人的宗教习俗,就可以更深刻地了解他们的说法为何不一样。[①]

希腊人的神明多是人的形象,这点无须多言。而波斯人的神则不一样:"他们不会竖起神像、神殿和祭坛,他们认为搞这些名堂的人是愚蠢的。他们之所以这么觉得,我推测是因为他们和希腊人不同,他们不相信诸神有着人的样子。他们的习俗是登上最高的山峰,在那里向宙斯献祭,他们确实是把整个苍穹称作宙斯。他们同样也向日、月、土、火、水、风献祭。这是他们自古以来的献祭对象。"(1.131)

看得出来,波斯人的神明都是一些超越于人(super-human)的自然物,由此也可以明白:波斯史家的说法中为什么没有神明的介入,为什么是去神话的说法,以及贝希斯敦铭文为何铭刻于矗立在苍穹的岩石上。

当波斯人侵入希腊时,他们毫无顾忌地就焚毁了希腊人的神殿;但是在希腊人看来,这种行为严重冒犯了他们的宗教习俗,使他们同仇敌忾。雅典人坚决地说道:"首先和最主要的,是我们诸神的神像和神殿被烧毁和摧毁,因此我们必须给干出这一勾当的人以最大的报复,而不是和他缔结协定。其次,雅典人背叛希腊人是极不妥当的,因为我们全体希腊人有着相同血缘和语言的纽带,我们共同建立了神庙,共同向诸神献祭,我们的生活方式也是相同的。"(8.144)

[①] 参见 Seth Benardete, *Herodotean Inquiries*, pp. 9–11。

三　希腊人和埃及人

再来看看埃及的神。埃及的神都是一些低于人的（sub-human）动物形象：伊西司的外形是一个妇女但有牝牛的一对角，正如希腊人的伊奥（2.41）；宙斯的神像有一个牡羊的头（2.42）；在埃及，"所有动物，不管和人住在一起的还是不住在一起的，都被认为是神圣的"（2.65）。埃及人奉动物为神明，自然就会对人世生活有所贬低（2.66、77）；在埃及漫长的历史中，只有一首歌（2.79）；如果与希腊比较，就可以看到，虽然希腊的神明几乎都来自埃及，但是埃及人并没有像希腊人那样构想出一系列生动绚烂的神话故事，"埃及人是完全不相信英雄的"（2.50）。

埃及人并不像希腊人那样具有诗性，这在他们关于海伦的故事中也可以看出来。希罗多德说埃及的祭司告诉他亚历山大抢走海伦之后并没有返回特洛伊，而是在归程中被风吹到了埃及，当时的埃及国王普罗透斯（Proteus）在听说了亚历山大的不义之行后，扣留了海伦，只让亚历山大和他的同伴返回（2.113—115）。这一版本的故事到了荷马的史诗中就发生了变形：首先是海伦被抢到了特洛伊，由此引发了特洛伊战争；其次是埃及国王变成了墨涅拉奥斯口中的埃及老海神（《奥德赛》4.365）。① 对于埃及祭司和荷马的不同说法，希罗多德评论说："在我看来，荷马也是听说过这一版本的。但是这一版本不像他所用的另一个版本那样适合于他的史诗创作，因此他就放弃了它，但他同时又在各处显示出他是知道这一版本的。"（2.116）

埃及祭司可以算是埃及的史家（2.142），而且希罗多德说，埃及人"在全人类当中是最用心保存过去的记忆的人，而在我所请教的人们当中，也从来没有人有这样多的历史知识"（2.77）。不过，与希腊人的神话比较起来，埃及人的故事显得平淡无奇，这在多铎那神托所

---

① 荷马：《奥德赛》，王焕生译，北京：人民文学出版社，1997，页67。

的故事中也可以体现出来。希罗多德说,埃及祭司告诉他腓尼基人从底比斯抢走了两个女祭司,一个被卖到利比亚,另一个被卖到希腊,那两个女人在那两个地方第一次建立了神托所(2.54)。埃及祭司的故事到此结束,平淡至极,但希罗多德又讲述了多铎那的女祭司的说法。她们说:

> 两只黑鸽子从埃及的底比斯起飞,一只飞到利比亚,一只飞到多铎那;多铎那的那只落到一棵橡树上,口出人言,说那里必须设立一座宙斯神的神托所;多铎那的居民知道这乃是神的意旨,于是他们便建立了一座宣示神托的神殿。(2.55)

看得出来,希腊人的说法充满了诗性的想象力,就和希腊版本的四个抢女人的故事一样生动。不过最后,希罗多德还是评论道:"我认为多铎那人是把那个女人称为鸽子的,因为她是野蛮人,她说的话在他们听来就像鸟叫一样。然而不久那个女人便说出了他们可以懂得的话,这便说明了何以他们说鸽子讲出了人言;只要她用她的野蛮话讲话,他们就认为她的声音像是一只鸟的声音。要知道,鸽子怎么能讲人话呢?再者,多铎那人说鸽子是黑的,这意思是说,那个女人是埃及人。"(2.57)与对海伦的故事一样,希罗多德也对多铎那女祭司的说法进行了去神话的还原,但是通过他的还原,读者们依然能够看出希腊人与埃及人的区别。简言之,希腊人之所以有那样的说法,乃是因为他们是充满想象力的诗性的民族。

四 地理与习俗

通过上述比较式的分析,大体可以认识到,对于同一事件或同一事物,不同民族之所以有不同说法乃是因为他们的宗教习俗不同,现在让我们回到波斯史家的说法,继续探讨希腊人和野蛮人之间爆发战争的原因。波斯史家承认抢女人乃是不义之行,但是他们认为,希腊人为了女人而摧毁亚洲的一座城池,那就是更大的不义了,他们亚洲人根本不会在乎个把女人。为什么对于同一个抢女人的事情，他们和希腊人的看法或反应截然有别呢？通过上述对于习俗的比较分析，或许可以说，这是因为他们的习俗不同，由于习俗不同，则有关正义等抽象的道德概念也就不同。对于不同的民族来说，并不存在一个普世公认的正义标准。这才是他们之间爆发战争的原因，他们之间的冲突归根结底是习俗的冲突或曰文明的冲突。

在讲述完波斯史家的说法之后，希罗多德评论说，波斯人眼中有着"我们亚洲人"和"他们希腊人"的区别，而且其后在描述波斯习俗时，希罗多德也说道：

> 他们最尊重离他们最近的民族，认为这个民族仅次于他们自己，离得稍远的则尊重的程度也就差些，余此类推，离得越远，尊重的程度也就越差。这种看法的理由是，他们相信自己在所有方面都是全人类中最优秀的，至于其他的人，则住得离他们越近，也就越发优越，住得离他们最远，也就一定是人类中最差的了。（1.134）

看得出来，波斯人是以自己所处的地理位置为中心，然后辐射出去，认为离他们越远的地方也就越"野蛮"，他们认为自己是"天朝上国"。

其实，那个时代的任何民族莫不如此。比如埃及，埃及的国王说"埃及人在智慧方面比所有其他的野蛮人要优秀"（2.121），"埃及人避免采用希腊人的习俗，而一般来说，也就是避免采用任何其他民族的风俗"（2.91），"埃及人称所有讲其他语言的人为野蛮人"（2.158）。再比如斯奇提亚，"斯奇提亚人和其他的人们一样，他们对于野蛮人的任何习俗，都是极其不愿意采纳的，特别是对于希腊的习俗"（4.76），"斯奇提亚人是这样一丝不苟地遵守着自己的习俗，对于那些把外国的习俗加到他们自己的习俗之上的人们，他们就是这样惩罚的"（4.80），如此等等，不一而足。

不一样的习俗对应着不一样的地理位置，此所谓"一方水土养一方人",尤其在古代交通不便利的情况下,更是如此。希罗多德对于习俗的描述和他对于地理的描述在这种意义上是重叠的,比如在讲埃及的习俗时,他说道:"不仅埃及气候的性质、河流的性质和其他地方相反,而且埃及人的大部分习俗也和所有其他人的习俗恰恰相反。"(2.35)

由此可以看到,在希罗多德所呈现的这幅居住在各地域的各民族的历史图景中,他们相互之间的战争或敌意,往往可以归因于各自的习俗差异。在这个意义上,不但希腊人和野蛮人的战争,而且不同族群之间的战争,其最深的根源都是习俗。由此也就可以明白希罗多德为何要在《历史》的前四卷浓墨重彩地描绘各种地理与习俗,直到卷五之后才进入波斯战争这一主题。

五 希罗多德

习俗与习俗之间的冲突无法用统一的、普世的标准来衡量,也就是说,对于各种习俗,人们无法判定孰是孰非、孰对孰错。[1] 因此,希罗多德在讲述完波斯人和腓尼基人的说法之后,放弃了正义与不义的话题,转而申明自己的叙述原则:"这两种说法中哪一个说法合乎事实,我不想去论述。"(1.5)他申明的这一原则贯穿《历史》的始终(4.195、7.152)。

在正式进入他的吕底亚故事之前,他又申明了自己的另一个原则:

---

[1] 习俗(nomos)的相对性问题最终会逼出自然(physis)的问题,这是智者们思考的主题,希罗多德身处智者时代,显然也受到了这一思潮的影响。有关希罗多德对于习俗的态度问题,我们要注意其两面性:一方面,在《历史》中,那些违反习俗的僭主或国王,都会受到报应,而且有的报应如"几何学般精确"(参见 1.11、3.64、3.129),在这一点上希罗多德似乎是在维持着传统的神义论;但另一方面,比如在卷二的埃及篇章中,在"逃走者"(2.30)和"小偷"(2.121)的故事中,希罗多德似乎对那些违反习俗的反叛者的智慧有所欣赏。此外,希罗多德描写了各种各样的习俗,对它们加以比较研究,这就已经表明他超越或凌驾于传统习俗之上了。

不管人类的（anthrōpōn）城邦是大是小我都要同样加以叙述，因为先前强大的城邦，现在有许多已经变得弱小了；而在我的时代强大的城邦，在先前却又是弱小的。这二者我所以都要不加区别地讲述，是因为我知道，人类（anthrōpēiēn）的幸福是决不会长久停留在一个地方的。（1.5）

在这里，希罗多德转到了城邦（包括野蛮人的国家）兴亡和人类幸福的主题。在接下来的史书中，有关野蛮人，读者们会看到吕底亚的兴亡、美地亚的兴亡、波斯的兴起以及居鲁士的兴亡，考虑到《历史》后五卷描述的波斯战争最后以波斯战败而告终，因而在某种意义上也可以说，《历史》讲述了波斯的"兴亡"；有关希腊人，读者们会看到一个个小亚希腊城邦或僭主以及希腊本土僭主的兴亡；在卷一中，雅典和斯巴达极为弱小，但是他们战胜了波斯之后，在希罗多德的时代，也就是伯里克利的时代，他们都极为强大。①

对于城邦或僭主的兴亡故事，无论是希腊人的还是野蛮人的，希罗多德都同样加以叙述。这似乎又把读者们带到了《历史》的开头，他在那里说他要呈现希腊人和野蛮人的"功绩"。但区别在于，在这个新的开头，希罗多德没有说那些兴亡故事是"伟大的、值得惊叹的"。他不加区别地认为，希腊人和野蛮人作为人类其幸福都是极为无常的，这就让人类显得渺小或微不足道。在《历史》的开头，同一化的人类只有平淡无奇的"过去的事情"；在这个新的开头，同一化的人类本身又被分殊化，因为相对于神来说，人类是有死的，而且福祸无常。正如雅典人梭伦所说："对于任何事情，我们都必须注意它的结尾，因为神往往不过是叫许多人看到幸福的一个影子，随后便把

---

① 希罗多德于公元前447—前443年待在雅典，之后去了意大利的图里直到终老。他的卒年一般认为是在公元前431年之后，也就是在伯罗奔尼撒战争爆发之后。如果考虑到他与伯里克利的亲密关系，则他很可能是在借波斯兴亡的历史来警告雅典领导人：雅典帝国不断地扩张，奴役其他希腊人，很可能会重蹈波斯帝国当年入侵希腊惨败而归的覆辙。详见拉夫劳普《希罗多德、政治思想与史书的意蕴》，吴小锋编译《希罗多德的王霸之辨》，北京：华夏出版社，2011，页282—317。

他们推上了毁灭的道路。"（1.32）也正如波斯大臣阿尔塔巴诺斯所说："神不过只是让我们尝到生存的一点点甜味，不过就是在这一点上，它显然都是嫉妒的。"（7.46）

在《历史》开篇的最后，希罗多德给人类的生活定下了一个悲惨的基调，然后，他又开始对人类内部进行分殊化，从向希腊人行不义的那位吕底亚僭主克洛伊索斯开始讲起，接着，"希腊人和野蛮人所做出的那些伟大的、值得惊叹的功绩"以及"他们之间爆发战争的原因"便逐一得到展示。在这个意义上，希罗多德又再次回到了荷马史诗的传统。[1]

【作者简介】

黄俊松，哲学博士，中山大学博雅学院副教授，研究专长：柏拉图，古希腊哲学、史学和文学，西方政治哲学和古典学。主持国家社会科学基金后期资助项目"柏拉图《理想国》中的政治哲学研究"（21FZXB043）。

---

[1] 在神义论的主题上，希罗多德延续着荷马传统，可对照荷马《伊利亚特》，罗念生、王焕生译，北京：人民文学出版社，1994，1.1—7, 17.441—448。此外，在《历史》中，希罗多德也多次向荷马"致敬"，最明显的几处是：第一，《历史》一书有着一个大致的几何结构，这与《伊利亚特》类似，比较 John L. Myres, *Herodotus: Father of History*, Oxford: The Clarendon Press, 1953, pp. 118-134 和 Cedric D. Whitman, *Homer and the Heroic Tradition*, Cambridge: Harvard University Press, 1958, pp. 249-284；第二，在主题上，《历史》与《伊利亚特》类似，都是在讲希腊人和非希腊人的战争；第三，在对战争的具体描写上，比如两军兵力大盘点，希罗多德与荷马的处理和偏向都类似，对照《历史》（7.61 以下）和《伊利亚特》（2.494—877）。

赫利俄斯的龙车

——欧里庇得斯《美狄亚》中的修辞与伦理*

罗 峰

（华东师范大学外语学院）

《美狄亚》(Medea) 是一部独具魅力的作品。剧中同名女主人公个性鲜明：她敢爱敢恨、行事果决、不甘受辱，让人无法不联想到荷马与索福克勒斯笔下同样激荡人心的"英雄"人物。[①] 但全剧在美狄亚酣畅淋漓的复仇之上，似乎又密布着一重令人难以参透的雾障。这种朦胧感直至剧末仍挥之不去，就像驾着太阳神赫利俄斯（Helios）的龙车高悬半空，以凯旋之态傲视这人间世的美狄亚一样。在那一

---

* 本文系国家社会科学基金重大项目"中外戏剧经典的跨文化阐释与传播"（20&ZD283）的阶段性成果；曾以《欧里庇得斯〈美狄亚〉中的修辞与伦理》为题刊于《外国文学研究》2022 年第 2 期。

① 关于荷马式英雄的特质及美狄亚身上显著的"英雄"气质，参见 B. Knox, "The *Medea of Euripides*", in *Word and Action*, Baltimore and London: The John Hopkins University Press, 1979, p. 297; Emily A. McDermott, *Euripides' Medea: The Incarnation of Disorder*, University Park: The Pennsylvania State University Press, 1989, p. 1; Elizabeth Bryson Bongie, "Heroic Elements in the *Medea of Euripides*", *Transactions of the American Philological Association (1974-　)*, Vol. 107，1977, pp. 27–56; R. Rehm, "*Medea* and the logos of the Heroic", *Eranos*，Vol. 87，2，1989, pp. 97–115; Charles Segal, "Euripides' *Medea*: Vengeance, Reversal, and Closure"，*Pallas*，No. 45，1996, pp. 15–44; 特斯托雷《欧里庇得斯与血气》，李小均译，载《古典诗文绎读·西学卷·古代编（上）》，刘小枫选编，李世祥等译，北京：华夏出版社，2008，页 215。

刻，美狄亚俨然成了神（Conacher, pp. 194-195）。① 但似乎也只在这一刻，美狄亚显得像神祇——我们显然没法说服自己，谋害亲骨肉后逃之夭夭的美狄亚真的成了神。匪夷所思的是，当伊阿宋援引古老的复仇伦理向她索要"血债血偿"的正义时，美狄亚玄秘莫测地宣称："因为我的祖父赫利俄斯送了我这辆龙车，好让我逃脱敌人的毒手。"② 言下之意，美狄亚逃脱罪责，也具有某种"神性"。果真如此，那么，何以在欧里庇得斯笔下，成功的作恶者竟与神性联系在了一起？③

一　美狄亚的修辞

在剧中并不打眼的一处，欧里庇得斯以微妙而反讽的笔法暗示，到了他的时代（Rehm, 98），荷马史诗推崇备至的传统英雄主义经历了何种蜕变："倘若命运不叫我成名……我就连比俄尔甫斯所唱的还要动听的歌也不想唱了。"（542—544 行）伊阿宋（Jason）在与美狄亚的"对骂"中表示，美狄亚宣称施予他的"恩惠"，他不仅已通过让美狄亚蜚声希腊偿还，"你还得到比给我的恩惠大得多的利益"（532—533 行）。而剧本早前已经层层铺垫明示，伊阿宋背信弃义、为一己之利抛妻弃子，因此"毫无发言权"(Schein, p.57)。④ 的确，"名声"是古希腊传统英雄最看重之物，但伊阿宋在充满功利算计的语境中谈及"名声"，颇为反讽。阿喀琉斯（Achilles）的愤怒之所以打动人心，

---

① D. J. Conacher, *Euripidean Drama: Myth, Theme and Structure*, Toronto: University of Toronto Press, 1967.
② 所有引文均引自罗念生译本，据古希腊原文略有改动，以下随文注行码。《美狄亚》中译见《罗念生全集》第三卷，上海：上海人民出版社，2004，1316、1321–1322 行。
③ 西格尔将美狄亚视为"罪犯"；对比迈克德摩特：伊阿宋虽非君子，但绝非"罪犯"（Charles Segal, "Euripides' Medea: Vengeance, Reversal, and Closure", *Pallas*, No. 45, 1996, p. 18; Emily A. McDermott, *Euripides' Medea: The Incarnation of Disorder*, p. 230）。
④ Seth L. Schein, "Philia in Euripides' *Medea*", *Cabinet of the Muses: Essays on Classical and Comparative Literature in Honor of Thomas G. Rosenmeyer*, M. Griffith and D. J., Mastronarde eds., Atlanta: Scholars Press, 1990.

乃因希腊首领阿伽门农（Agamemnon）违反正义分配原则，辱没了他作为战士的荣耀。通过预先去除荷马笔下传统英雄伊阿宋的光环，欧里庇得斯质疑了传统英雄主义。值得注意的是，伊阿宋此话虽轻描淡写，却指向剧中价值含混乃至道德崩塌的根源。这种根源与其说与他孜孜以求的"名声"有关，不如说与他弃如敝屣的"俄尔甫斯"的妙音相关。更确切地说，与弹奏这种曲调的能力有关。只不过，伊阿宋没能意识到，剧中具备这种能力之人正是他的对手，而这种曲调也已有了质变。

欧里庇得斯借伊阿宋此言不但表明，到了他的时代，传统英雄主义仅残存对"名声"的空洞渴慕，还道尽伊阿宋与美狄亚言语交锋的无力感。这种无力感恰因伊阿宋轻易舍弃了杰出英雄人物必备的一种能力：杰出的说服力（Ager, pp. 19–20）。[①]事实上，传统英雄价值体系不仅包含对英雄人物体力和战斗力的要求，对他们的"劝谕"或"说服"能力同样有期待：他们不仅要有卓越的行动力，还要能说服他人接受自己的意志（Bongie, p.30）。[②]通过让伊阿宋关注英雄主义带来的"名声"，而忽略传统英雄必备的"说服"能力（实际上伊阿宋也无行动力，475—482行），欧里庇得斯暗示，荷马以降的英雄品质有了怎样的变化。

如果说剧中有谁表现得更接近荷马式的英雄人物，此人非美狄亚莫属。剧中的美狄亚俨然荷马式英雄的完美代言：她不仅拥有卓越的行动力——美狄亚代替伊阿宋完成了所有英雄历险、最彻底地报复了敌人，还拥有超凡的"说服"力，对言说对象总有着某种不可抗拒的魔力，其言辞显得"比俄尔甫斯的歌声更动听"（Ager, pp. 11–27）。如果说此剧开篇借乳母之口否定了荷马史诗波澜壮阔的英雄历险，那么，欧里庇得斯将用整剧的篇幅以同样惊心动魄的笔触描写一位新式女英雄的崛起。与美狄亚卓越的行动力相得益彰的是她出众的说服力：她一上场就显示出掌控全局的能力。不仅如此，美狄亚还暗示，

[①] Britta, Ager, "Song Sweeter than Orpheus': Euripides' 'Medea' 542–544," *Mnemosyne,* Vol. 68, Fasc. 1 (2015).

[②] Elizabeth Bryson, Bongie, "Heroic Elements in the *Medea* of Euripides", *Transactions of the American Philological Association* (1974–   ), Vol. 107 (1977).

她要以"女性"身份谱写专属自己的故事。① 打一开始,欧里庇得斯就赋予美狄亚充分的自我意识。而通过隐退幕后预设一种不偏不倚的视角,诗人也以一种独具匠心的笔法让我们相信,美狄亚随后的言行充分可信。

显而易见,美狄亚之所以能步步为营推进复仇计划,与她总能劝服言说对象密不可分:倘若科林斯国王克瑞翁(Kreon)不为所动,未应允美狄亚多待一天的请求,那么,美狄亚就没法为自己的复仇行动赢得时间,而他和女儿也不会死于非命;同样,倘若雅典国王埃勾斯(Aegeus)没有允诺为美狄亚提供庇护,那么,美狄亚即便复仇成功,也只能亡命天涯,而没法像剧末那样以胜利者的姿态傲然离场。美狄亚究竟凭借何种言说技巧竟能让人言听计从,如闻听俄尔甫斯音乐的草木山石和飞禽走兽那样亦步亦趋——伊阿宋面对美狄亚就束手无策?

从很大程度上讲,美狄亚的说服力与她充满修辞的言说技巧密不可分。美狄亚一上场就表现出卓然的演说能力。在开场白中,欧里庇得斯向我们呈现的美狄亚满怀仇恨、性格暴躁。对美狄亚忠心耿耿,与之朝夕相伴的乳母还严令保傅勿让孩子们靠近,"当心她暴戾的脾气、仇恨的性情"(102—104行)。截然不同于乳母开场呈现的美狄亚,面对歌队(公众)的美狄亚显得出奇冷静而克制。私人领域的美狄亚与公众领域的美狄亚呈现出巨大反差。很明显,正式上场的美狄亚经过刻意伪装——目的很明确,她要说服歌队。从这个意义上讲,乳母先前的所有铺垫,都成了美狄亚的靶子。如此一来,乳母和美狄亚的言辞就奇妙地呈现为论辩中的正反方。美狄亚的确擅长演说,她一开始就有的放矢(215—216行)。通过劝说歌队消除偏见,美狄亚为接下来的劝谕铺平了道路。由于美狄亚面对歌队(公众),她的言说由此带上了强烈的公共演说意味。

美狄亚这段发言充满修辞(230—243行)。她没有直接诉及自己的处境,而是先通过频繁诉诸一种更宽泛的普遍性("我们女人"),

---

① 雷姆注意到,美狄亚此处所用句式在古希腊悲剧中非比寻常,相当于在发表"正式宣言"。而此处的动词 τέκτονες 含"艺匠、设计者和诗人"之义(Rush Rehm, "*Medea* and the Λóγος of the Heroic", p. 101)。

使歌队（由科林斯女人组成）产生共情：由于对女人的普遍处境感同身受，由科林斯女人组成的歌队站在了美狄亚（外邦女人）一方。同样，美狄亚也没有一上来就控诉伊阿宋，而是诉诸社会对女性的普遍不公，让歌队直面婚姻中的女性共同的困境。通过在公共演说中暂时隐遁作为个体的美狄亚，不仅获得了更为普遍也更为客观的立场，还把自己打造成遭遇不公的女性的代言人。美狄亚也不复是乳母口中愤愤不平的弃妇，而俨然成了正义的化身。但随后，美狄亚提到自己分外悲惨的个体境遇，以彰示"你们"与"我"之别："你们"有"城邦"、有"家乡"、有"丰富的生活"和"朋友"，而"我""无母、弟兄、亲人"（252—257行）。事实上，她也无邦（apolis）可依——对于这点，美狄亚讳莫如深。

美狄亚运用的双重言说的修辞策略，是其劝说成功的重要保障：她一方面充分利用女人的视角凸显男女差异，强调女性在男性主导的社会中的无助，另一方面又悄然抹去男女的天然之别："我宁愿提着盾牌大战三场，也不愿生一次孩子。"（250—251行）女人生子与武士上战场，原本指向男女（依天然差异）在城邦中的分工协作，经美狄亚之口却陡然构成紧张。此言表明，美狄亚既是女人，却又非普通女子。美狄亚的确深谙何时该示强（265—266行），何时又该示弱。

美狄亚此番话成效显著。歌队应承了美狄亚协助其复仇的请求（267—268行）（Bongie, p. 37）。更重要的是，通过"刻意与歌队建立联盟"，美狄亚已为随后的报复行动奠定了公众基础（Schein, p. 65）。美狄亚以同样的修辞技巧赢得了科林斯国王克瑞翁和雅典国王埃勾斯的同情。在这两场戏中，美狄亚同样以乞援者的姿态出现在舞台上。

克瑞翁直言不讳，出于对女儿安危的考虑，他必须驱逐美狄亚。克瑞翁的决定乃是基于对美狄亚的耳闻："你天生很聪明，懂得很多法术"，现在更对伊阿宋心生怨怼、对王室充满敌视，还扬言报复（282—290行）。美狄亚通过有意曲解克瑞翁所谓的"聪明"，试图打消克瑞翁的顾虑。克瑞翁起初不为所动，直到美狄亚诉诸克瑞翁为人父的处境（340—350行）。正是这个心软的决定，彻底改写了克瑞翁和女儿的命运（对比柏拉图《会饮》195e）。

经美狄亚劝说，克瑞翁为她实施复仇争取了至关重要的一天。但美狄亚并未马上行动，而是通过与雅典国王埃勾斯结盟，确保复仇后能全身而退。美狄亚一方面诉诸神圣的友爱，控诉伊阿宋为一己私利破坏夫妻"友爱"，另一方面抓住埃勾斯求子心切，通过许诺为他延续香火与之缔结互惠盟约（726—727 行）。

在为美狄亚实施复仇铺垫的这几场戏中，美狄亚显示出精湛的言说技巧和出色的劝服能力。美狄亚能不动声色地使对方受控于无形，盖因她熟谙人性的弱点，尤擅利用他人的同情，左右其判断（亚里士多德，《修辞学》1377b）。然而，通过呈现美狄亚言行的前后矛盾，剧作指向了古典时期的雅典社会价值的普遍混乱（Schein, p. 57）。而这种混乱，也通过对美狄亚式的修辞的呈现与那场对雅典影响深远的智术师启蒙运动关联在一起。

二 启蒙的自利与伦理困境

公元前 5 世纪中叶始，雅典涌现了一类收费教学的新派教师。周游列邦的智术师涌入雅典，以教授从政必备的修辞术为名，吸引了大批世家子弟。欧里庇得斯创作《美狄亚》之时，智术介入城邦带来的影响已日益凸显。在这场堪称"雅典启蒙运动"的智术师运动中，智术师切实影响了雅典政治。在雅典民主制"高度竞技性的文化"背景中（戈尔德希尔，页 3），[1] 修辞术允诺的说服技艺是"获取权力的关键手段"（Conacher, p. 9）。为了证明修辞术是真正的技艺，他们不惜把演说家等同政治家，声称政治决定取决于演说术、修辞术等"说服"的技艺。但修辞术隐含的危险也不言而喻（Kennedy, p. 34）。[2] 实际上，智术师启蒙引发了一系列新问题：他们否定传统神话，重新解释自然与礼法及人类文明的起源。智术师极力推崇的修辞术代表一种

---

[1] 戈尔德希尔、奥斯本编：《表演文化与雅典民主政制》，李向利、熊宸等译，北京：华夏出版社，2014。

[2] G. Kennedy, *The Art of Persuasion in Greece*, Princeton: Princeton University Press, 1963.

价值观：一切皆流、万物相对，任何事物都能得出相反的观点，其中蕴含的价值相对主义已威胁了传统价值体系。他们还力图让人相信，真与善取决于个人的"说服"力，而让更弱的观点变得更强正是他们所擅。高尔吉亚就因双重论证闻名。智术师对雅典社会带来的普遍影响，引起当时作家的警惕。埃斯库罗斯批评了钻营私利的"智术师"（σοφιστής，62—63 行）。阿里斯托芬更鞭辟入里戏仿了智术师对修辞术的滥用。在《美狄亚》中，通过以极端方式呈现修辞术对社会和政治的强大反噬力，欧里庇得斯显示出其反智术师的一面。①

剧中美狄亚精心择取的言辞不仅充满修辞，还与实际行动互生龃龉，深深打上了智术师的烙印。美狄亚一开始就呈现出两副截然不同的面相：面对公众时冷静克制，私下愤懑暴戾。登台亮相的美狄亚充满理性、懂得克制、深谙修辞和演说，与乳母所言和美狄亚的暗自嗟叹对比鲜明。美狄亚的真实面相，就在这种张力中若隐若现。尽管美狄亚出场通过修辞术演说左右了歌队的"判断"，但亚里士多德提醒我们注意言说者的意图（亚里士多德，1377b–1378a 以下）。② 尤其考虑到，面对公众的美狄亚总是戴着面具。要揭开美狄亚的神秘面具，准确判断其言行，须充分注意其意图。

剧本开篇借乳母悔不当初的喟叹透露，美狄亚远非深居简出、"世事不谙"，她享受着任何城邦女人（甚至男人）都无法企及的自由。美狄亚不仅跟随伊阿宋亲历了阿尔戈斯探险，还能自由出入王宫，与科林斯国王和雅典国王对谈。何况，迥异于"我们女人"，美狄亚早已因夺取金羊毛的壮举名扬希腊。此外，私下追悔莫及的美狄亚还透露了一个惊天秘密："我现在惭愧杀了我兄弟。"（166—167 行）而这个秘密，令美狄亚凶残的一面浮出水面。

---

① 关于欧里庇得斯与智术师错综复杂的关系，参见 Desmond J. Conacher, *Euripides and the Sophists: Some Dramatic Treatments of Philosophical Ideas*, London: Gerald Duckworth & Co. Ltd., 1998. 笔者详细梳理了欧里庇得斯批评史上有关诗人与智术师关系的论争，参见罗峰《诗人抑或哲人：论欧里庇得斯批评传统》，《浙江学刊》2014 年第 3 期。

② 亚里士多德：《修辞学》，罗念生译，收于《罗念生全集》卷一，上海：上海人民出版社，2007。

尽管通过颇具修辞地谴责伊阿宋违背公义（"誓言"和"友爱"），美狄亚试图将她与对手打造成"最坏的"（κάκιστος，229 行）丈夫与"高贵的"妻子（Bongie, p. 97），但随着她刻意隐去的事实逐渐显露，美狄亚的另一面相也愈见清晰。美狄亚的确有恩于伊阿宋，还一路披荆斩棘，为他夺取金羊毛扫清障碍——其中就包括残杀手足（167 行）、谋害佩利阿斯（Pelias, 9 行）。这一切皆美狄亚自愿所为（43—44 行，对比 255 行）：为了自由追逐爱欲，她甘冒天下之大不韪。因此，当美狄亚在舞台上悔不该"背弃父亲，背弃家乡"时，其身后拖曳着弑兄叛邦挥之不去的阴影。美狄亚也悲惨地沦为"无城邦之人"（apolis）。[1]

美狄亚奋不顾身追求的爱欲显得尤与女性有关。有学者就认定，此剧借美狄亚的女性处境质疑了"传统价值和理想"（Rehm, p. 97）。[2] 其实，美狄亚屡屡诉诸女人的独特处境，乃是出于修辞目的。剧中的美狄亚显然更接近传统诗人笔下的男英雄。一个简单的事实：剧中无人比美狄亚更认同传统英雄准则，尤其是"损敌"原则（Bongie, p. 39）。不过，无论美狄亚多具备男英雄的特质，欧里庇得斯又的确凸显了她的女性处境。我们又当如何理解美狄亚身上的这种矛盾？

毫无疑问，欧里庇得斯以极富感染力的笔触把美狄亚刻画成充满矛盾的个体（罗峰，页 659）。[3] 一定程度上讲，这种矛盾彰显于美狄亚崇奉的赫卡特（Hecate）女神。回归家庭生活的美狄亚供奉的不是传统家灶神赫斯提阿（Hestia），而是三头三身的赫卡特：她既能看护又能毁灭家庭（吴雅凌，416–452 行）。[4] 通过选择更为复杂（更多可能性）的赫卡特，诗人恰如其分地暗示了美狄亚这类人的悖谬潜能：她们对于专属男性的卓越天生有着同样（若非更强）的爱欲，通常心高气傲，对社会不公有着天然的敏感。从这个意义上讲，《美狄亚》讲

---

[1]　D. J. Conacher, "Medea apolis: on Euripides 'Dramatization of the Crisis of the polis", Alan H. Summerstein et al. eds., *Tragedy, Comedy and the Polis*, Bari: Levante Editori, 1993, pp. 219–239.

[2]　Rehm, R. , "*Medea* and the logos of the Heroic", Eranos 87.2（1989）.

[3]　罗峰：《欧里庇得斯的启蒙：评〈酒神的伴侣〉中的盲先知忒瑞西阿斯》，《国外文学》2016 年第 3 期。

[4]　吴雅凌撰：《神谱笺释》，北京：华夏出版社，2010。

述的是被男性英雄价值规范的女子，汲汲追求与之同等（若非更）卓越的故事。由此不难理解，为何美狄亚从未控诉传统英雄价值，反而显得是这套准则最坚定的捍卫者。然而，通过以弑子的极端方式提请我们关注这种准则可能导向的可怕后果，欧里庇得斯警惕了随"启蒙的自利"（enlightened self-interest）而来的困境（Rehm, p. 110）。

说到底，由启蒙的自利带来的困境与爱欲的解放有关。如果说《理想国》中的苏格拉底试图通过极力证明血气是理智的盟友，表明血气与理智有多近（柏拉图，《理想国》439d–440b），那么，欧里庇得斯则欲借笔下的美狄亚表明，血气貌似与理智离得近，却更亲近欲望。当美狄亚选择挥剑砍向亲生骨肉时，其大义凛然的面具瞬间揭开，一个为追逐充满自爱的爱欲的新式女英雄赫然显现（Luo Feng, pp.647–649）。

美狄亚做出杀子决定，貌似指向理性的限度（1078—1079 行），实则指向启蒙理性对传统价值的破坏。或者说，由智术师启蒙理性带来的去价值化，使理性不再是"一"（One），而显得是"多"（Many）——"理性"（λόγος）成了平等竞争的"诸言辞"（λόγοι）（Rehm, p. 110）。由于抽离了诸理性背后的价值，评判标准也由伦理学意义上的"好"，沦为"修辞术"意义上的好，这就为基于"自利"的辩护奠定了基础。美狄亚表示，她能"漂亮地"（καλλίνικοι，765 行）战胜敌人。一旦手段可以勾销目的的好坏，言辞就能服务于犯罪。剧末以神的姿态凯旋的美狄亚就宣示了诸价值平等化的后果：言行无好坏之别，唯有胜负之分。①

悲剧英雄的行动往往有其强大的逻辑支撑。无论索福克勒斯笔下的埃阿斯（Ajax）、安提戈涅（Antigone），还是欧里庇得斯笔下的珀吕克塞娜（Polyxena），都深深服膺于自己崇奉的信条舍身忘我。通过让美狄亚蓄意弑子，欧里庇得斯揭示了受启蒙的自利驱使的新式英雄与传统英雄的根本分野：如果说传统英雄为坚守价值宁可舍生取

---

① 《美狄亚》是一部"关于话语的悲剧"（a tragedy of discourse），参见 Deborah Boedeker, "Euripides' *Medea* and the Vanity of ΛΟΓΟΙ", p. 97。

义，美狄亚则为了"自爱"不惜弑子。① 美狄亚虽不断诉诸"扶友损敌"的英雄准则（383 行、398 行、404 行、782 行、797 行、807 行、1049 行、1362 行），但她显然服膺于一套遭启蒙自利败坏的原则。严格来说，这种败坏由美狄亚和伊阿宋联手完成：无论伊阿宋功利地理解"扶友"，抑或美狄亚出于自爱"损敌"，皆源于一种启蒙的自利。通过以极端方式揭示"扶友损敌"准则可能出现的偏差，欧里庇得斯不仅质疑了传统英雄主义，还更根本地剑指民主制下的爱欲解放。欧里庇得斯洞悉了日益走向失控的雅典民主制无从避免的困局：对自由和欲望的鼓励，使得孕育于雅典民主制中的个人主义如脱缰的野马。

《美狄亚》以触目惊心的笔触描写了个人主义推向极致的可怕后果。美狄亚的复仇行动受一种强力逻辑支配：宁可作恶也不忍受邪恶。② 由于美狄亚追求一种去价值的英雄主义：传统英雄主义追求卓越，沦为追求胜利，胜利取代荣耀本身，成了行为的目标：强力即正义。支配美狄亚行动的逻辑，也由传统伦理色彩浓郁的"扶友损敌"沦为庸俗的对等互惠（平等主义）。事实上，剧中两位主角都服膺于这种平等主义：伊阿宋大言不惭地宣称，他让美狄亚名扬天下已回报了她的"友爱"；美狄亚也不惜以弑子作为对伊阿宋忘恩负义的回报。

在构成此剧道德中心的弑子那场戏中，通过呈现美狄亚备受訾议的选择，欧里庇得斯进一步指向了维持这种平等主义的困难及其内含的困境。伊阿宋停妻另娶令美狄亚蒙耻。这种伤害历久弥新，因而不可饶恕。美狄亚对平等的普遍诉求暗含在她把为伊阿宋所生之子视为互惠的"友爱"中。这也注定她终将对亲子挥剑相向：牺牲他人（包括至亲）远比让自己陷入任何可能的伤害可取（382—383 行）。孩子的生死，不过是她索要互惠对等的筹码。两相权衡，亲生骨肉真切的

---

① 拙文详析了美狄亚弑子引发的伦理混乱，参见 Luo Feng, "Revenge and Ethics in Euripides' *Medea*", *Interdisciplinary Studies of Literature*, Vol.3, No.4,（Dec., 2019）, pp. 641–654。西格尔一针见血地指出，美狄亚的复仇不是英雄行为，而是犯罪（Charles Segal, "Euripides' *Medea*: Vengeance, Reversal, and Closure", p. 18）。

② 对比苏格拉底的观点：宁可忍受邪恶也不作恶（《克力同》49a3–d1；《高尔吉亚》469b12、507d5–e5）。

死，终究敌不过美狄亚对受敌人嘲笑的想象。通过让美狄亚把暴力指向亲子，欧里庇得斯揭示了雅典民主制下传统英雄主义的彻底败坏：如果说美狄亚最初捍卫婚姻和家庭正义还有那么点英雄主义，那么，随着她弑子后驾上赫利俄斯的龙车逃脱惩罚，诗人进而揭示了一种随启蒙的自利而来的道德虚无。

三 "赫利俄斯的龙车"：个人主义与道德虚无

在古希腊悲剧作品中，弑亲乃罪大恶极。弑亲者要接受残酷的惩罚。俄狄浦斯弑君（父）娶母，给城邦和家族带来灭顶之灾。在这点上，欧里庇得斯笔下的《美狄亚》有过之而无不及。美狄亚弑杀国王和公主，谋害亲子，对城邦（polis）和家庭（oikos）同样是双重毁灭。差别在于，俄狄浦斯因不知情杀父娶母，并以戳瞎双目、自我放逐的方式接受惩罚（Summerstein et al., p. 220）。[1] 美狄亚蓄意杀子，却不仅未受惩罚，还借助赫利俄斯的龙车的意象，以神义的方式悍然昭示着最终的凯旋。这岂不意味着美狄亚的作恶具有某种合法性？

对于欧里庇得斯在剧末明显成问题的处理方式，学界聚讼难断。美狄亚驾上赫利俄斯的龙车逃离科林斯之时俨然为神（Knox, pp. 297-302）。[2] 伊阿宋咒骂她为"牝狮"和海妖"斯库拉"（1358—1359行）。美狄亚还将逃往雅典，过着凡人的生活。美狄亚究竟是神、兽还是人？剧中由美狄亚引发的价值含混源于"人性，太人性"的部分。在西格尔（C. Segal）看来，高悬半空的美狄亚，更像是"极为人性的激情"与"伪神力"（quasi-divine power）的含混结合（22）。

欧里庇得斯很可能通过以一种傲然挑衅的方式从根本上撼动古希腊人根深蒂固的正义观，揭示雅典民主制内含的悖谬及其导向的道德虚无：雅典民主制内含的价值鼓励民众追逐自由和爱欲，为个人主

---

[1] Alan H. Summerstein et al. eds., *Tragedy, Comedy and the Polis*, Bari: Levante Editori, 1993.

[2] B. M. W. Knox, *Word and Action: Essays on the Ancient Theater*, Baltimore and London: The John Hopkins University Press, 1979.

义与爱欲的解放提供了沃土和合法性。而由智术师修辞术的介入导致的价值标准的缺失，最终也必然由自利的个人主义遁入道德虚无。欧里庇得斯借"赫利俄斯的龙车"这一意象揭示出雅典民主制的内在困境：大胆追逐爱欲的个体犯下罪行，最终却能冠冕堂皇地以神圣之名逃之夭夭。个人主义与道德虚无堪称雅典民主制下奋不顾身追逐爱欲结出的并蒂"恶之花"。在剧末，通过让美狄亚驾上太阳神的龙车逃走，欧里庇得斯以反讽的笔法钩沉了自利的个人主义与虚无主义的深刻关联。

诗人为此剧设置的场景，是一个传统英雄价值体系已然分崩离析的新世界。这种迹象一开始就借乳母在追忆中否定荷马史诗得以凸显。剧中人物虽沿用着荷马笔下英雄人物的语词，却已沦为空洞的说辞。诗人洞悉，旧时代的准则不仅早已无法适应新时代的变化，还有被滥用的危险。美狄亚对伊阿宋的控诉，就集中于他"对语言的滥用"（Boedeker, p. 95）。①但通过表明美狄亚本人同样滥用了语词，此剧指向了一种普遍的败坏。在谴责伊阿宋时，美狄亚首先作出了"反智术性修辞"（anti-sophistic rhetoric）的姿态（Boedeker, p. 102）。这种做法不仅是古希腊演说术惯用的技巧，在古希腊悲剧中也司空见惯。在《酒神的伴侣》中，忒拜盲先知忒瑞西阿斯（Tereisias）就通过攻击智术师式的修辞术，撇清与智术的关系搞启蒙。②普契（Pietro Pucci）就发现，美狄亚的说法同样完全基于"自利"（108）。

倘若对修辞术的滥用仅停留在言辞层面，那么，修辞术无非充当诸言辞竞技的工具。在描写美狄亚复仇行动前，欧里庇得斯铺陈了美狄亚与他人的言辞竞技。这种笔法不仅有助于营造悬而未决、扣人心弦的氛围，还服务于一个更根本的目的：如果说前四场戏充分呈现了随修辞术滥用而来的价值混乱，那么，通过在切实的复仇行动中呈现美狄亚如何由最初受"损敌"的观念驱使，到逐渐敌我不分（弑

---

① Deborah Boedeker, "Euripides' *Medea* and the Vanity of ΛΟΓΟΙ." *Classical Philology*, Vol. 86, No. 2（Apr., 1991）: 9.
② 罗峰：《欧里庇得斯的启蒙：评〈酒神的伴侣〉中的盲先知忒瑞西阿斯》，《国外文学》2016 年第 3 期，页 69—77。

子）的变化，欧里庇得斯向我们揭示了由启蒙的自利带来的道德虚无。这种道德虚无的出现，与一种"虚无的利己主义"（nihilistic self-interest）相伴相生：人人皆可将自利合法化（Schein, p. 60）。而这种合法性，就通过剧末赫利俄斯的龙车这一意象悍然昭示。

在欧里庇得斯笔下，诸神的隐或显都成问题。剧末端坐龙车的美狄亚宛若遗世绝尘的神。她不仅无须为自己的罪恶担责，还以预告对手伊阿宋（荷马式的英雄）惨死的方式，宣告了自由个体的全胜。随着现实与荷马的世界渐行渐远，剧本最终揭开了一个传统诸神缺位的新世界：诸神仅在作为吁求对象时隐现。而剧末的赫利俄斯的龙车，愈发凸显了这种虚无感：美狄亚弑子后堂而皇之地逃走，剧末却吊诡地以一阕老生常谈的出场歌为这种颇成问题的神义一锤定音：一切出人意料之事，皆源自（遁形的）宙斯的"分配"（1415—1419 行）。

欧里庇得斯以极端方式传达了对雅典民主制内含悖谬的深刻洞见：传统诸神的缺位，为人人为自己立法留出了空间，也吊诡地为极端个人主义的神化提供了依据。爱欲解放之后，必然是对个人主义的神化。美狄亚式的灵魂，正是雅典民主制在城邦中播下的无数奋不顾身追逐爱欲的种子之一。此剧隐藏的另一条线索，正是美狄亚奋不顾身自由追求爱欲：自始至终，美狄亚就在为自己立法。通过摈除（否认）诸神在美狄亚与伊阿宋结合中扮演的角色（比较品达《皮托竞技凯歌》4.213-219；伊阿宋的发言，526—531 行），把剧中两位主角的婚姻呈现为个体的自由结合——纽带是相互的誓言（20—23 行），欧里庇得斯为我们揭开了剧中的首次爱欲解放，结果是美狄亚脱离城邦和家族约束（弑兄叛邦）。随着剧幕拉开，随后呈现的是一个由爱欲解放带来普遍败坏的世界：对于美狄亚最初损友（父兄）扶敌（伊阿宋）的行为，剧中不曾有一人存有异议，美狄亚还因此"名扬希腊"。荷马式的英雄价值已悄然被一种新的德性观取代："谁不这样呢？你现在才知道谁都爱人不如爱己吗？"（85—86 行）

从某种意义上说，《美狄亚》呈现了古老价值观随时代更替的变迁。欧里庇得斯不仅揭示了旧式英雄主义模棱两可的特性——随着修辞术的泛滥，旧价值甚至可能沦为工具，也揭示了由智术带来的价值混乱和道德崩溃：传统神（赫利俄斯）已沦为一种修辞，成了作恶者的护身符。在一种启蒙的自利驱使下，"爱人不如爱己"取代了传统悲剧人物的舍生取义，成为剧中人物普遍的行为准则。荷马式英雄对于德性和伦理的强调，也因爱欲高低之分的消弭，被强力所取代。而当个体爱欲之间发生冲突时，人们总是倾向于牺牲他人，包括至亲。[1] 因此，在这种新的德性观之下，强力自然被神化：人们既无惩罚恶的能力，也丧失了惩罚恶的合法性。诗人在剧末为弑子的美狄亚提供的出路，实则传达出一种深深的道德虚无感。

这种虚无感最初借歌队之口道出："如今，那神圣的河水向上逆流，一切秩序和宇宙都颠倒了。"（410—411行）而后又由信使传达："这不是我第一次把人生看作幻影……"（1228—1229行）

结　语

在《美狄亚》中，欧里庇得斯借助一种独特的女性视角，从根本上质疑了传统诗歌颂扬的英雄准则。美狄亚显然是传统英雄价值最坚定的捍卫者，却吊诡地彻底否定了荷马以降的英雄主义。剧中的伊阿宋和美狄亚出于自利诉诸"扶友损敌"，悖谬地联手连根拔除了城邦的根基——家庭。一边通过小心翼翼地让美狄亚以极富修辞技巧的言说维持观众的同情，另一边又揭示其惨绝人寰的复仇行动带来的价值混乱，欧里庇得斯不仅充分展示了人性的复杂，还指向了智术师启蒙给政治带来的恶果。欧里庇得斯显明，美狄亚自始至终追求的"扶友"和"损敌"，不过是一种启蒙的自利败坏的英雄主义。他由此一针见血地指出此剧价值混乱的核心：由智术师引入城邦的修辞术为自利的个人主义提供了理性支撑。美狄亚在奋不顾身自由追逐爱欲中弑兄叛邦、手刃亲子。欧里庇得斯通过以"赫利俄斯的龙车"作为全剧的解决方案，反讽地揭示了他对深藏雅典民主制内无法调和的矛盾的

---

[1] 美狄亚"一如既往地自私"（self-serving as ever），详见 Seth L. Schein, "Philia in Euripides' *Medea*", p. 68。

洞见：由于雅典民主制以追求爱欲与自由为旨归，鼓励个体按照各自的天性追逐爱欲，这就为自利的个人主义提供了沃土。这种个人主义暗藏的危险，将由智术师的启蒙带来的价值相对主义推向极端。

如果说荷马笔下（成问题）的英雄主义同样暗藏走向个人主义的危险，那么，这种个人主义仍未受更高的善引领，把个体导向追求卓越，为获得不朽留下余地。智术师启蒙带来的对价值的普遍质疑和对道德的漠视，导向的则是自利的个人主义。剧中的道德虚无在美狄亚弑子后驾着"赫利俄斯的龙车"逃逸时臻至顶峰。通过让罪恶滔天的美狄亚安坐"赫利俄斯的龙车"，欧里庇得斯不仅深刻揭示了个人主义与道德虚无的内在关联，还发人深省地预见了柏拉图关于民主制必然走向僭主制的哲学论证：为满足个体自然欲望敢于大胆作恶的人就是僭主。①

【作者简介】

罗峰，华东师范大学英语系研究员（教授），紫江优秀青年学者，博士生导师，主要从事古希腊悲剧、莎士比亚戏剧、西方古典哲学、中西古典诗学及跨学科研究。主持国家社会科学基金青年项目"欧里庇得斯悲剧与现代性问题研究"（15CWW023）等。

---

① 柏拉图《理想国》卷八和卷九集中详细论证了极端民主制必将转向僭主制的过程。

修昔底德论必要性[*]

李隽旸

（中国社会科学院世界经济与政治研究所）

一 围绕"迫使"与"必要性"的战争归因与权力理论

依据修昔底德（Thucydides）的同时代文本和对修昔底德的古代注疏，[①] 本文以如下方式重构修昔底德的权力理论。修昔底德笔下有两个最重要的城邦国家对外政策决策场景：一是雅典场景，雅典决定发展帝国主义；二是斯巴达场景，斯巴达决定对雅典宣战。两者都以"必要性"为核心，且具有同样的构成要素：困境、恐惧和主动决策。雅典场景与斯巴达场景组成场景序列，形成了权力互动过程。必要性场景及其序列构成了修昔底德的权力理论，修昔底德的权力理论属于一种现实主义理论，可以用决策场景的核心要素将其命名为"必要性现实主义"。本文重构修昔底德权力理论的起点是修昔底德的战争归因句。[②]

---

[*] 本文系国家社会科学基金青年项目"'修昔底德陷阱'问题研究"（18CGJ007）的阶段性成果，主要内容曾发表于《世界经济与政治》2020 年第 9 期。

[①] 希腊化时代亚历山大缪斯宫图书馆的学者们曾为古风时代及古典时代的希腊作品撰写注疏解释。撰写注解的这些作者，名字往往没有流传下来，今天的研究者以"古代注疏家"（scholiast）指称。关于修昔底德史书古代编注的概况，参见 Alexander Kleinlogel ed., *Scholia Graeca in Thucydidem*, Berlin & Boston: De Gruyter, 2019, pp.155–159。

[②] 本文采用《利德尔－斯科特希英字典》附表标准缩写古代作家与作品名字，参见 Henry George Liddell and Robert Scott, *A Greek-English Lexicon*, Oxford: Clarendon Press, 1996, pp. xvi, xix, xxiii, xxiv, xxxvii。基于批判性理解的翻译是本文论证的第一个步骤，因此译文力求贴字，未贴字的补充性内容以括号标出。

T1 (Th. 1.23.6) [①]

... τὴν μὲν γὰρ ἀληθεστάτην πρόφασιν, ἀφανεστάτην δὲ λόγῳ, τοὺς Ἀθηναίους ἡγοῦμαι μεγάλους γιγνομένους καὶ φόβον παρέχοντας τοῖς Λακεδαιμονίοις <u>ἀναγκάσαι</u> ἐς τὸ πολεμεῖν.

……因为我相信，最真实的原因——但同时也是极少被提及（的原因）——（是）雅典人正在变强大、（雅典人）给<u>拉栖代梦</u>人带来了恐惧，迫使（他们）[②]进入战争。

针对后半句"雅典人正在变强大……迫使（他们）进入战争"，古代注疏家解释如下：[③]

T2 (Schol. *Th.* 1.23.6)

τοὺς Ἀθηναίους ... ἀναγκάσαι ἐς τὸ πολεμεῖν: τὰ ὀνόματα ῥήματα ἐποίησεν· βούλεται γὰρ δηλοῦν ὅτι μεγάλοι γινόμενοι οἱ Ἀθηναῖοι <u>ἀνάγκην</u> παρέσχον τοῦ πολέμου.

"雅典人……迫使（他们）进入战争"：他把动词（"作战"）变成了名词（"战争"）；因为他想阐明，变得强大的雅典人带来了战争的必要性。

修昔底德用来描述斯巴达宣战决定的动词是"迫使"（T1: ἀναγκάσαι），古代注疏家则使用了其同源名词"必要性"（T2: ἀνάγκη）。因为在现代语言中没有准确的对应词，所以单纯通过翻译[④]无法准确

---

① 本文引述时所依据的修昔底德文本是：Tucidide, *Thucydidis Historiae Vol. I. Libri I–II*, G. B. Alberti ed., Romae: Typis Publicae Officinae Polygraphicae, 1972。

② 以下称"拉栖代梦"为"斯巴达"。

③ Alexander Kleinlogel, ed., *Scholia Graeca in Thucydidem*, p. 317.

④ 笔者认为，ἀνάγκη 应当译为"必要性"而非更常见的"必然性"。ἀνάγκη 被译为"必然性"的原因是，英文研究者将 ἀνάγκη 译为 necessity，中文译者采用 necessity 一词的含义转译为"必然性"。necessity 本身（转下页）

理解这个动词，更无法准确理解修昔底德借该词描述的行动场景及权力过程。修昔底德在战争归因句所作出的评论与其雅典帝国主义叙事具有共性，他使用了同一个动词，构成了一类叙事模式，进而提供了一种解释框架。[①] 本文将证明，基于必要性这一记载权力实施与互动的通用模式可以重构修昔底德的权力理论。

在战争归因句中，修昔底德以"迫使"即"必要性"为核心构造了斯巴达行使权力的场景，这是修昔底德史书中最为重要的一个对外政策决策场景。本文第二部分会详细说明"斯巴达场景"的微观构造，即困境、恐惧与主动决策。第三部分将提供围绕"迫使"/"必要性"形成的第二个决策场景"雅典场景"，其中同样含有困境、恐惧与主动决策三个要素。第四部分会简要论证，修昔底德围绕必要性塑造的决策场景是一个关于权力的场景。故此我们有理由将上述决策场景视为其权力理论的微观展现。第五部分会说明雅典场景与斯巴达场景的关系：围绕"迫使"与"必要性"两个决策场景形成了一个交替决策序列、一个权力互动过程。这就是修昔底德权力理论的动态面向。

基于必要性对修昔底德权力理论进行重构主要获益于三类关于必要性的研究。第一类是关于公元前五世纪必要性概念的基础研究，包括词语发展史与语义学研究[②]以及基于同时代悲剧文本的伦理学讨

（接上页）确实有"必然性"这一义项，但是，necessity 一词作为 ἀνάγκη 之英译的时候，就需要与 ἀνάγκη 具有同样的内涵和外延。本文接下来将证明，ἀνάγκη 一词有"必要性"的意思，不含"必然性"的意思。关于 necessity 一词所具有的"必然性"义项，参见《牛津英语词典》necessity 词条 7.b: "an unavoidable compulsion or obligation of doing something"。本文讨论的 necessity 基于 3.b: "the constraining power of circumstances; a condition or state of things compelling to a certain course of action"；参见 *Oxford English Dictionary*, CD-Rom Version, Oxford: Oxford University Press, 2009.

① 在阅读修昔底德时，我们不能将作者评论视为作者观点的直接表达。作者评论的一个重要作用是为全书提供一个解释框架和一类叙事模式。David Gribble, "Narrator Interventions in Thucydides", *Journal of Hellenic Studies*, Vol. 118, 1998, p. 57.

② Wilhelm Gundel, *Beiträge zur Entwicklungsgeschichte der Begriffe Ananke und Heimarmene*, Gießen: Lange Verlag, 1914; Heinz Schreck-（转下页）

论。① 必要性的构词史、在悲剧中的用法及相关伦理学讨论将成为透视修昔底德权力场景的显微镜。第二类研究关注修昔底德史书中出现的"必要性"/"迫使":其中一部分研究试图涵盖修昔底德书中出现的所有相关内容,② 本文的关注点则在于与政治权力相关的必要性。另一部分研究从特定问题出发,研究修昔底德的必要性概念。③ 本文试图成为后一类研究中的一个新例。第三类研究围绕必要性,将修昔底德与其他作家——如史家希罗多德、④ 前苏格拉底哲学家、⑤ 悲剧诗人索福克勒斯(Sophocles)⑥——比较,以阐明修昔底德对必要性概念的发展和贡献。本文采用同样的比较研究进路:因为悲剧诗人埃斯库罗斯(Aeschylus)笔下阿伽门农(Agamemnon)的困境主要体现为个人层面上的行为体与结构关系的紧张,所以经过这一比较研究揭示的修昔底德必要性概念,能够为国际关系中的行为体与结构关系提供新见解。

(接上页) enberg, *ANANKE: Untersuchungen zur Geschichte des Wortgebrauchs*, München: C. H. Beck Verlag, 1964.

① 玛莎·C. 纳斯鲍姆:《善的脆弱性:古希腊悲剧与哲学中的运气与伦理》,徐向东、陆萌译,南京:译林出版社,2018,页33—72、680;伯纳德·威廉斯:《羞耻与必然性》,吴天岳译,北京:北京大学出版社,2014,页142—182。

② Martin Ostwald, *ANAΓKH in Thucydides*, Atlanta: Scholars Press, 1988; Mark Fisher and Kinch Hoekstra, "22 Thucydides and the Politics of Necessity", in Ryan K. Balot, Sara Forsdyke and Edith Forster eds., *The Oxford Handbook of Thucydides*, Oxford: Oxford University Press, 2017, pp. 373–390.

③ Peter R. Pouncey, *The Necessities of War: A Study of Thucydides' Pessimism*, New York: Columbia University Press, 1981; C. W. MacLeod, "Reason and Necessity: Thucydides Ⅲ 9–14, 37–48", *Journal of Hellenic Studies*, Vol. 98, 1978, pp. 64–78; David James, "The Concept of Practical Necessity from Thucydides to Marx", *Theoria: A Journal of Social and Political Theory*, Vol. 61, No. 138, 2014, pp. 1–17.

④ Rosaria Vignolo Munson, "Ananke in Herodotus", *Journal of Hellenic Studies*, Vol. 121, 2001, pp. 30–50.

⑤ J. D. Noonan, "Thucydides 1.23.6: Dionysius of Halicarnassus and the Scholion", *Greek, Roman, and Byzantine Studies*, Vol. 33, No. 1, 1992, pp. 37–49.

⑥ 伯纳德·威廉斯:《羞耻与必然性》,页178—179。

二 斯巴达场景：发动战争

本文从战争归因句开始（T1）重构修昔底德权力理论。该句的前半句是关于战争的不同"原因"（T1: πρόφασις）的性质讨论，在此不作讨论。后半句的主句是"我相信"（T1: ἡγοῦμαι），"我相信"的具体内容由描述雅典的两个动词分词结构和描述斯巴达的一个动词不定式结构组成。第一个分词结构"雅典人正在变强大"（T1: τοὺς Ἀθηναίους ... μεγάλους γιγνομένους）描述行为体面临的困境，第二个分词结构"给斯巴达人带来了恐惧"（T1: φόβον παρέχοντας τοῖς Λακεδαιμονίοις）描述行为体的恐惧，不定式结构"迫使（他们）进入战争"（T1: ἀναγκάσαι ἐς τὸ πολεμεῖν）则指向行为体的主动决策。本部分将论证在公元前五世纪雅典的语境中，围绕"迫使"/"必要性"一词所形成的典型行动场景，其基本结构由"困境""恐惧""主动决策"三要素构成。

（一）困境

"迫使"/"必要性"一词首先指向行动者面临的困境。"迫使"（ἀναγκάζειν）这个动词来源于名词ἀνάγκη，[①] 名词本义是"轭""镣"或者"奴役"。古风时期的作者将该词用在具体的锁铐场景或主奴关系中。进入公元前五世纪——修昔底德生活和写作的时代——以后，ἀνάγκη的含义逐渐抽象化，被用来描述行为体面临的各类困境。[②] 其含义不再局限于锁具和镣铐，也可以指限制行为体的各种情势与条

[①] Robert Beekes, *Etymological Dictionary of Greek*, Leiden and Boston: Brill, 2009, p. 79.

[②] 最开始，比喻用法开启了词义抽象化的进程；接着，词性活用继续了这一趋势；动词的出现应当是词义抽象化的最后阶段。在这一过程中，这个名词逐渐失去本义，获得抽象含义。施莱肯贝格为这一演变过程给出了足够有说服力的文本证据，详见 Heinz Schreckenberg, *ANANKE: Untersuchungen zur Geschichte des Wortgebrauchs*, p. 29。

件。根据这一抽象含义（而非其本义），ἀνάγκη 在现代语言中被译为：（1）英语中的"压力"（pressure）、"必要性"（necessity）、"困境"（predicament）；（2）德语中的"困境"（zwangslage）、"必要性"（notwindigkeit）、"困难"（bedrängnis）；（3）法语中的"限制"（contraignant）。该词体现了困境但并不直接体现必然性，因此将 ἀνάγκη 译为"必然性"有失妥当。ἀνάγκη 的动词是 ἀναγκάζειν，常见译法有"强迫""迫使""用强力完成"[1]等。因为是在名词 ἀνάγκη 的"压力""困境""强力"等义项上发展而来的，所以动词的主动形式 ἀναγκάζειν 指明了其宾语所面临的"困境"，是一种朝向特定方向的压力。

词义发展史提示我们，构成"迫使"/"必要性"所刻画的行动场景的第一个要素是困境。在修昔底德战争归因句（T1）中，在斯巴达场景中，第一个现在分词结构"雅典人正在变强大"就是行为体斯巴达面临的困境。与同时代的一段文本对照，[2] 并用名词"必要性"来替代动词"迫使"，能够更细致地理解"迫使"所刻画的行动场景。埃斯库罗斯笔下的阿伽门农率亚该亚人远征到奥利斯的时候，"……狂风……（使）亚该亚人滞留港口，滞留引发饥馑"，[3] "摧毁亚该亚的年轻菁华"。[4] 为此，阿伽门农需要杀掉并献祭亲生女儿伊菲革涅亚（Iphigenia）以平息风暴，继续远征，避免士兵死亡和远征失败。于是，他

T3 (A. *Ag.* 218–222) [5]
ἐπεὶ δ' ἀνάγκας ἔδυ λέπαδνον
φρενὸς πνέων δυσσεβῆ τροπαίαν

---

[1] George Liddell and Robert Scott, *A Greek-English Lexicon*, p. 100.
[2] 霍恩布劳尔注意到埃斯库罗斯所写的阿伽门农决策与修昔底德所写的斯巴达决策之间的相似，但他并未详细阐明两段文本因何相似，详见 Simon Hornblower, *A Commentary on Thucydides, Volume Ⅰ: Books Ⅰ–Ⅲ*, Oxford: Clarendon Press, 1997, p. 66。
[3] *A. A.* 188–189: Martin L. West ed., *Aeschyli Agamemnon*, Berlin: De Gruyter, 2008, p. 12.
[4] *A. A.* 196–197: Martin L. West ed., *Aeschyli Agamemnon*, p. 13.
[5] Martin L. West ed., *Aeschyli Agamemnon*, p. 14.

> ἄναγνον, ἀνίερον, τόθεν
> τὸ παντότολμον φρονεῖν μετέγνω.

　　自打套上必要性的绞索，吹着心志转变之风，（这风儿）不虔敬、不神圣、渎神，从这一刻开始他改变主意，于是心志变得无恶不作。

　　阿伽门农不牺牲女儿就必须抛弃军队的困难境地，被埃斯库罗斯比喻为"必要性的绞索"（T3: ἀνάγκας … λέπαδνον），"套上"这一绞索后，阿伽门农就"改变了心志"。古代注疏家对战争归因句的注解（T2）和词义发展史提示我们，可以用动词"迫使"替代名词"必要性"，因此这句话可以被改写为"绞索迫使阿伽门农转变心志"。这样一来，这个句子就与修昔底德的战争归因句一样了。因此，阿伽门农的行动场景与斯巴达的行动场景也是类似的：困境"迫使"行为体行动。这两个例子告诉我们，"困境"是围绕必要性形成的行动场景中的结构要素。下文将证明在这类场景中还存在"恐惧"与"主动决策"这两个要素。

（二）恐惧

　　必要性场景的第二要素是行为体的恐惧。恐惧属于心理因素。罗萨莉亚·穆森（Rosaria Vignolo Munson）在探究希罗多德的必要性概念时，认为心理因素属于困境的一类：最开始的时候，希罗多德将神、君主等具体因素视为困境；后来，修昔底德将心理因素等抽象因素也视为困境。[①] 笔者认为心理因素独立于困境，应被视为围绕必要性形成的行动场景中的第二个要素。在修昔底德的政治史述中，这个心理因素往往是恐惧。

　　一个看似自我矛盾的现象能够从反面证明心理因素在这类行动场景中是独立发挥作用的。这个现象就是虽然选择艰难、受制于困境，但是一旦作出选择，悲剧主角就狂热地执行其决策。玛莎·纳斯鲍

[①] Rosaria Vignolo Munson, "Ananke in Herodotus", pp. 30–50.

姆（Martha C. Nussbaum）观察到，埃斯库罗斯笔下的阿伽门农就是如此（T3），《七将攻忒拜》（Septem contra Thebas）中的埃忒俄克勒（Eteocles）也是如此。① 莱斯基想要替阿伽门农摆脱道德责任，但他也不得不承认，埃斯库罗斯笔下的悲剧主角莫不如此：阿伽门农、埃忒俄克勒、《奠酒人》（Choephoroe）中的俄瑞斯忒斯（Orestes）、《波斯人》（Persae）中的薛西斯（Xerxes），都因为艰难决策之后的狂热心理，遭到剧中歌队②批评。③ 歌队批评的不是他们的决策，而是他们决策之后的狂热。决策可以受制于"困境"，但狂热会源于"困境"吗？不会。因此，狂热等心理因素是独立的。

同样，在斯巴达场景中，也有必要把恐惧这一心理要素从困境和主动决策之中剥离出来视为独立要素。影响斯巴达在困境中作出决策的心理要素"恐惧"，被修昔底德写在战争归因句的第二个现在时分词中"给斯巴达人带去恐惧"（T1: φόβον παρέχοντας τοῖς Λακεδαιμονίοις）。然而，紧接其后的不定式结构"迫使进入战争"④ 没有后接其他动词不定式或直接宾语，因此读者无法获知是谁受到了迫

---

① 阿伽门农做出选择之后，马上就把与这一决策相关的态度和情感也合理化了。玛莎·C.纳斯鲍姆：《善的脆弱性：古希腊悲剧与哲学中的运气与伦理》，页 50、54—55。

② 一般认为，歌队在悲剧中的作用类似旁观者，歌队唱词或反映"理想化的观众"的看法，或反映当时社会的普遍常识。John Gould, "13. Tragedy and Collective Experience", in M. S. Silk, ed., *Tragedy and the Tragic: Greek Theatre and Beyond*, Oxford: Clarendon Press, 1996, pp. 217–243; Simon Goldhill, "14. Collectivity and Otherness – the Authority of the Tragic Chorus: Response to Gould", in M. S. Silk, ed., *Tragedy and the Tragic: Greek Theatre and Beyond*, pp. 244–257.

③ Albin Lesky, "Decision and Responsibility in the Tragedy of Aeschylus", *Journal of Hellenic Studies*, Vol. 86, 1966, pp. 82, 84, 85; N. G. L. Hammond, "Personal Freedom and Its Limitations in the *Oresteia*", *Journal of Hellenic Studies*, Vol. 85, 1965, p. 48.

④ 需要简单说明，"迫使"不定式位于修昔底德说的"我相信"之后，是间接引语中的不定式，在"我相信"这个句子的间接引语从句中，承担谓语动词作用。参见 Herbert Weir Smyth, "2016 (a): Infinitives as Object in Indirect Discourse", in *Greek Grammar*, Cambridge: Harvard University Press, 2002, p. 449。

使、又采取了何种行动。① 现代语言译本的译者们无论出于语法结构的需要，还是出于澄清语意的需要，都给"迫使"一词补上了直接宾语。② 马丁·奥斯特瓦尔德（Martin Ostwald）指出，这种做法改变了原文，使之变成 ἀναγκάσαι [αὐτοὺς] ἐς τὸ πολεμεῖν，即"迫使（他们）进入战争"。③ 但原文并没有指明到底是迫使谁进入了战争。有学者认为是斯巴达人，奥斯特瓦尔德认为是雅典人和斯巴达人。④

笔者认为，"迫使"的宾语是斯巴达人。"雅典正在变强大"是给斯巴达人而非给其他人带去了恐惧，因此"雅典正在变强大"是斯巴达人的心理认知，既不是实际情况，也不是作者的看法。将"雅典正在变强大"视为斯巴达人对困境的心理认知，可知心理要素并不直接等同于困境，心理要素是行动场景中的独立因素。经典现实主义将恐惧视为人性的自然延伸，而结构现实主义将恐惧视为体系结构的后果。恐惧源于困境但独立于困境，由人性和结构共同造就。这提示我们修昔底德的理论倾向在经典现实主义与结构现实主义之间。

（三）主动决策

接下来笔者将论证围绕"必要性"/"被迫"形成的行动场景中，行为体作出的决策具有主动性。必要性场景的第三要素是行为体的主动决策。

在大部分情况下，ἀναγκάζειν 作为动词的用法是，后接宾语名词和其他动词的不定式，形成"迫使某行为体（宾语名词）去做某事（其他动词不定式）"的含义。"迫使"/"必要性"意味着宾语所指称的行为体有所行动。继续先前对阿伽门农和斯巴达的对比分析可以揭示，这种行动尽管受到"困境"限制，但这种决策含有自由意志和行

---

① George Liddell and Robert Scott, *A Greek-English Lexicon*, p. 100.
② 例如，布岱法文译本的译法是 les contraignant ainsi à la guerre，增加了代词"他们"（les），而娄卜英文译本的译法是 and forced them to war，增加了代词"他们"（them）。
③ Martin Ostwald, *ANAΓKH in Thucydides*, p. 3.
④ Martin Ostwald, *ANAΓKH in Thucydides*, pp. 3–4.

为体的主动性。

埃斯库罗斯没用动词，而是用名词来描述阿伽门农的行动场景：尽管面临困境，但是阿伽门农"套上了必要性的绞索"（T3: ἀνάγκας ἔδυ λέπαδνον）。首先，前文已经提到，"必要性"一词的本义就是枷锁，所以将必要性比喻为枷锁，在公元前五世纪很常见。① 修昔底德应该很熟悉这一比喻。公元前 405 年上演的欧里庇得斯遗作《伊菲革涅亚在奥利斯》，也使用了类似比喻"必要性的镣铐"。② 公元前 458 年③ 到公元前 405 年这一时间跨度，足够覆盖修昔底德的成长和写作时间，④ 修昔底德所使用的动词与公元前458年上演的《阿伽门农》与公元前 405 年上演的《伊菲革涅亚在奥利斯》中所使用的名词描述了大致相同的含义。更重要的是，当阿伽门农"套上了"（T3: ἔδυ）绞索时，这个动词是主动形式而不是被动形式，体现的是一个主动的动作。⑤ 在直接使用动词描述斯巴达行动的战争归因句中，我们——特

---

① Heinz Schreckenberg, *ANANKE*, p. 37; K. J. Dover, "Some Neglected Aspects of Agamemnon's Dilemma", *Journal of Hellenic Studies*, Vol. 93, 1973, p. 65.

② 弗伦克指出，欧里庇得斯在《伊菲革涅亚在奥利斯》中也使用了同样的比喻：E. *IA*. 443 (ἐς οἷ' ἀνάγκης ζεύγματ' ἐμπεπτώκαμεν), 511 (ἀλλ' ἥκομεν γὰρ εἰς ἀναγκαίας τύχας). Eduard Fraenkel, *Aeschylus: Agamemnon, Vol. II (Commentary on 1–1055)*, Oxford: Clarendon Press, 2003, p. 127。同时参见"镣铐；绑带"（ζεῦγμα）一词的字典释义，George Liddell and Robert Scott, *A Greek-English Lexicon*, p. 754。

③ 这是埃斯库罗斯《阿伽门农》公开上演的时间。参见 Martin L. West, ed., "Hypothesis", in *Aeschyli Agamemnon,* p. 2。

④ 修昔底德出生应当不晚于公元前 454 年，死亡不早于公元前 400 年。公元前 458 年上演的《阿伽门农》是他出生前后的作品，反映了他接受教育时的周遭语境。关于修昔底德与欧里庇得斯共有的五世纪晚期智识语境，参见 John H. Finley, Jr., *Three Essays on Thucydides*, Cambridge: Harvard University Press, 1967, pp. 1–54。修昔底德生卒年份的具体推算方法，参见 Luciano Canfora, "Biographical Obscurities and Problems of Composition", in Antonios Rengakos and Antonios Tsakmakis eds., *Brill's Companion to Thucydides*, Leiden: Brill, 2006, p. 3。

⑤ "套上"这个动作表明了阿伽门农"对必要性的自愿屈从"，参见 David Raeburn and Olivier Thomas, *The Agamemnon of Aeschylus: A Commentary for Students*, Oxford: Oxford University Press, 2011, pp. 91–92。

别是今天不用希腊语读修昔底德的我们——看不见斯巴达的动作，只能看见词义抽象化以后的动词所指明的困境。正因为如此，一些修昔底德研究者视战争爆发为"必然"，只看到了结构的作用，忽视了行为体的作用。阿伽门农的例子则揭示，无论困境多强大，行为体本身始终会做出一个动作。将"必要性"/"困境"加诸自身的是阿伽门农本人，而被困境"迫使"进入战争的斯巴达人，事实上是战争的主动发起者。埃斯库罗斯的阿伽门农和修昔底德的斯巴达人都是"迫使"/"必要性"场景中的行动者。他们在行动时有多少自愿成分，是否应该为自己的行动负责，关于这两个问题学界并无一致意见。根据现有证据不难论证，阿伽门农和斯巴达人的行动都是主动决策。

先看阿伽门农。要论证阿伽门农有自由意志，只需讨论并反驳敌对观点的解释策略。[1] 试图为阿伽门农洗脱伦理责任就需要尽可能证明他没有行动自由。这一阵营的学者或者被迫承认阿伽门农拥有一定的决策选项余地，然后将决策的理由归给环境困难；[2] 或者不得不承认阿伽门农的自主意愿，但将决策与困境融为一体，然后拒绝承认这些不能独立存在的决策能够产生合理的伦理评价。[3] 第一种策略表明阿

---

[1] 认为阿伽门农拥有自由意志，因而要对行动负责的观点很多，这些观点全部可以直接用来佐证笔者的观点。参见玛莎·C. 纳斯鲍姆：《善的脆弱性：古希腊悲剧与哲学中的运气与伦理》，页 41—57；伯纳德·威廉斯《羞耻与必然性》，页 145；Albin Lesky, "Decision and Responsibility in the Tragedy of Aeschylus", *Journal of Hellenic Studies*, Vol. 86, 1966, p. 81; E. R. Dodds, "Morals and Politics in the *Oresteia*", *Proceedings of the Cambridge Philological Society*, Vol. 6, 1960, pp. 27–29; David Raeburn and Olivier Thomas, "4.3.2 Necessity & Fate", in *Agamemnon of Aeschylus*, p. xxxviii。

[2] 多弗认为阿伽门农并非没有其他选择，弗伦克指出是行动的法律后果导致阿伽门农作出他的决策。详见 K. J. Dover, "Some Neglected Aspects of Agamemnon's Dilemma", *Journal of Hellenic Studies*, Vol. 93, 1973, p. 65; Eduard Fraenkel, *Aeschylus: Agamemnon, Vol. II (Commentary on 1-1055)*, pp. 122–123。

[3] 例如，莱斯基可以声称"必要性影响下的选择不是自愿选择"，但是接着他不得不承认"必要性和个人意愿密不可分"。详见 Albin Lesky, "Decision and Responsibility in the Tragedy of Aeschylus", *Journal of Hellenic Studies*, Vol. 86, 1966, p. 82。

伽门农并非毫无选择余地，第二种策略则拒绝伦理评价而非决策及其主动性的存在。因此无论第一种策略还是第二种策略，阿伽门农的个人意愿和决策的主动性都无法被排除，主动决策这一要素以不同形态寄居在行动场景中。

再来看斯巴达。考虑事实，斯巴达人作出的是主动决策；考察史家意愿，他也没有暗示或者试图证明斯巴达的宣战行动中没有主动性。在斯巴达公民大会上，他们通过呼喊和站队投票，大多数人认定和约已遭破坏，是雅典人违背了和约；① 在伯罗奔尼撒同盟大会上，绝大多数盟邦投票决议开战；② 对于主动宣战，斯巴达人耿耿于怀，直到《尼基阿斯和约》破裂后大战第二阶段再启时，他们仍然认为战争第一阶段的失败应该归咎于自己；他们耿耿于怀的两个过错③ 实际上则表明，是斯巴达人自己违背和约，主动宣战。

因此，修昔底德写战争归因句（T1）是在为斯巴达人辩护，是在强调斯巴达人宣战时的"困境"。但是强调行动场景中的一个要素"困境"，不等于抹杀场景中的另一个要素"主动决策"。修昔底德既无法抹杀宣战这一行动场景中斯巴达人的自由意志，也不想抹杀。奥斯特瓦尔德考察了史书中所有的"迫使"／"必要性"用法之后断言，没有证据表明修昔底德视事件展开的每一步及其顺序都是由"必要性"直接决定的。④ 迈克利奥也认为，"必要性"一词既不意味"命中注定"，也不意味"毫无选择"。⑤ 康纳则说，该词既不是"哲学上的确定性"，也不是"实践中的必然性"。⑥ 另一方面，努南指出，修昔

---

① Th. 1.87：斯巴达人投票决议，认为雅典已经破坏了和约。

② Th. 1.125：伯罗奔尼撒同盟盟邦投票赞成开战。

③ Th. 7.18.2：两个过错，一个是忒拜人（Thebans）在和平时期主动进犯普拉提阿（Plataea），引起大战战端；另一个是斯巴达人不接受雅典人根据三十年和约条款提出的仲裁请求，而自行投票判定和约破裂，重启战争。

④ Martin Ostwald, *ANAΓKH in Thucydides*, p. 52.

⑤ C. W. MacLeod, "Reason and Necessity: Thucydides III 9–14, 37–48", *Journal of Hellenic Studies*, Vol. 98, 1978, p. 64, n. 1. 霍恩布鲁尔采信了他的看法，参见 Simon Hornblower, *A Commentary on Thucydides, Volume I: Books I–III*, p. 66。

⑥ W. Robert Connor, *Thucydides*, p. 32, n. 31.

底德使用动词"迫使"而非古代注疏家提议的名词"必要性",表明修昔底德想要兑现在措辞和归因上与诗歌传统拉开距离的诺言。① 在古希腊的诗歌传统中,人类无力干涉"神的必要性""宇宙的必要性"等困境形式;修昔底德无视这类困境,只关注人类可以发挥主观能动作用的那类困境。② 而人类要能够对困境发挥主观能动作用,首先就必须具备行动主动性。

综上所述,通过比照同时代的阿伽门农行动场景,笔者还原了斯巴达行动场景中的三个要素:困境、恐惧、主动决策。接下来笔者将证明这三个要素是修昔底德史书中同类行动场景的通用叙事模式,因为史书中还存在一个围绕必要性的行动场景,而这一行动场景涉及的对外政策决定——雅典决定发展帝国——与斯巴达宣战这一决策同等重要且联系紧密。

三 雅典场景:发展且不放弃帝国

在斯巴达场景中,"雅典正在变强大"被斯巴达视为困境要素。同时,雅典帝国的发展和维持这一过程本身同样属于由"迫使"/"必要性"所刻画的这类行动场景。

---

① 修昔底德在史书中专门谈论他的撰史方法的章节坦白,他的史书将不会像诗歌一样含有引人入胜的动听故事:"在听觉上,(我的史书)将因为缺少故事而显得没有那么令人愉悦。"(Th. 1.22.4.1–3)

② 努南指出,因为"必要"这个名词会唤起同时代读者对"神的必要性"(θείη ἀνάγκη)、"宇宙的必要性"(ἀνάγκη κόσμου)的联想,所以修昔底德没有像此处的古代注疏家和另外一位古代修辞家狄奥尼修斯建议的那样使用名词来写这个句子,例如使用 πολέμον κατ' ἀνάγκη, ἀνάγκην πολέμου 等简洁的表达。详见 J. D. Noonan, "Thucydides 1.23.6: Dionysius of Halicarnassus and the Scholion", *Greek, Roman, and Byzantine Studies*, Vol. 33, No. 1, 1992, pp. 37–49。但是笔者对努南的论断有一个保留意见:像埃斯库罗斯自然地遵从史诗传统那样使用名词形式,未必不能描绘人类能够行动的一个场景。如前文所述,埃斯库罗斯的办法是加上"套上"这个主动形式的动词,以明确行为体的自由意志。

（一）雅典场景

雅典场景的文本基础是修昔底德史书第一卷的雅典人演说（Th. 1.73–78）。大战爆发之前，伯罗奔尼撒同盟及其他希腊城邦在斯巴达集会，遭到雅典不公正对待的各个城邦提出对雅典的控诉。面对各方控诉，一位没有具名的雅典使节发表了一篇帝国辩护词。在演说中，他这样阐明雅典发展帝国的决定与原因：

T4 (Th. 1.75.3)

ἐξ αὐτοῦ δὲ τοῦ ἔργου κατηναγκάσθημεν τὸ πρῶτον προαγαγεῖν αὐτὴν ἐς τόδε, μάλιστα μὲν ὑπὸ δέους, ἔπειτα καὶ τιμῆς, ὕστερον καὶ ὠφελίας.

因为此事（之性质）自身，我们受（以下因素的）强力迫使，起初发展（帝国）到如此程度：最重要的是恐惧，接着是荣誉，后来是利益。

雅典使节在此使用的是"迫使"一词的加强变体——"强力迫使"（T4: κατηναγκάσθημεν）①——和被动语态来描述雅典的决策场景。在先前的斯巴达场景中，修昔底德使用了"迫使"一词的主动语态。初步看来，在这个句子描述的决策场景中，"恐惧""荣誉""利益"是困境，"起初发展（帝国）到如此程度"体现了雅典的主动决策，"此事（之性质）自身"则是连接困境与决策的第二要素。但笔者认为并非如此。为了说明这一点，有必要对照雅典使节接下来的一段话。

T5 (Th. 1.76.2)

οὕτως οὐδ᾽ ἡμεῖς θαυμαστὸν οὐδὲν πεποιήκαμεν οὐδ᾽ ἀπὸ τοῦ ἀνθρωπείου τρόπου, εἰ ἀρχήν τε διδομένην ἐδεξάμεθα καὶ ταύτην

---

① κατ-αναγκάζω 的构成是 κατὰ-ἀναγκάζω。ἀναγκάζω 就是前面讨论的"迫使"一词，κατὰ- 作为动词前缀，一般起强调作用（George Liddell and Robert Scott, *A Greek-English Lexicon*, p. 883）。

μὴ ἀνεῖμεν ὑπὸ ⟨τριῶν⟩ τῶν μεγίστων νικηθέντες, τιμῆς καὶ δέους καὶ ὠφελίας ...

如果说我们被（三个）最重要的（理据）——荣誉、恐惧、利益——打败，接受了交来的帝国并且不放弃这个（帝国），（那么，）我们这样行事并不令人惊讶，也没有违反人之常情……

这段话（T5）是对上一段话（T4）的部分重复。在如此紧邻的两段话中，雅典使节的看法和意图不可能有什么不同。因此，此处演说中的重复是为了强调，为了给听众留下更深刻的印象。所以，这两段文字形成互文，相互揭示含义。

（二）困境

首先，我们借助古代注疏家对修昔底德这段文字的注解，来确定该必要性场景中的困境要素。笔者认为，雅典使节重复了两次的"恐惧、荣誉、利益"并不是场景中的困境因素。虽然雅典使节说，发展帝国受到这三个动机的"强力迫使"，接着又说，雅典人被这三个动机"打败"（T5: νικηθέντες）。然而，根据第二节对词语使用环境的描述，根据埃斯库罗斯和欧里庇得斯等同时代作品，我们知道，在修昔底德的时代，"迫使"/"必要性"一词仍然能够令人清楚地联想到某种具体的镣铐或锁具。在这样的语境下，将恐惧等心理活动直接视为困境，可能导致真正的具体困境被遮蔽。因此，在确定该场景中的困境要素时，我们需要寻找造成恐惧等心理活动的具体事态。这样才更符合这个词语在这个时代的用法。具体是什么事态导致了雅典的恐惧？修昔底德笔下的雅典使节没有直接说明，为这段话作注解的古代注疏家则指出了雅典恐惧的两种可能来源：[①]

T6 (Schol. *Th*. 1.75.3)
ὑπὸ δέους: τοῦ βαρβάρου ἢ τῶν κακῶς παθόντων ἐν τῇ ἀρχῇ

[①] Alexander Kleinlogel ed., *Scholia Graeca in Thucydidem*, p. 391.

ὑπηκόων.

　　被恐惧：对蛮族（的恐惧）或是对在帝国内艰难忍受的属邦（的恐惧）。

据此，雅典恐惧的是波斯入侵和帝国属邦暴动。雅典决策场景中的困境要素是这两个事态，而非抵抗波斯带来的荣誉和控制属邦所获得的利益。

（三）恐惧

在雅典场景中，荣誉和利益不是困境，也不是心理要素；只有恐惧是心理要素。这一点与斯巴达场景一样。行为体的总体决策是"发展（帝国）到如此程度"（T4: προαγαγεῖν αὐτὴν ἐς τόδε），具体分为两步。第一步，雅典"接受了交来的帝国"（T5: ἀρχήν ... διδομένην ἐδεξάμεθα）；第二步，雅典"不放弃这个（帝国）"（T5: ταύτην μὴ ἀνεῖμεν）。古代注疏家的解释（T6）告诉我们，雅典既恐惧波斯入侵，又恐惧属邦暴动，那么我们可以推断，波斯是第一阶段的困境，属邦是第二阶段的困境，荣誉和利益分别属于这两个阶段，影响雅典人在那一阶段的决策。对雅典的整体决策"发展（帝国）到如此程度"持续发挥作用的只有恐惧。[①] 换言之，雅典场景中一以贯之的心理要素和斯巴达场景一样仍是恐惧。

（四）主动决策

雅典场景中的决策同样是一个主动的决策。这一场景中的决策即"发展（帝国）到如此程度"一语，是由"迫使"的衍生词"强力迫使"引导的。通过前文对阿伽门农场景和斯巴达场景的归纳可

---

① "恐惧"一词适用于雅典帝国主义的整个历程，而非仅仅适用于雅典帝国主义两个阶段（接受帝国和不放弃帝国）当中的一个，是因为引导"恐惧"的副词是"最重要的"（T4: μάλιστα），它的时间含义较弱，主要限定的是程度。这一引导副词没有对"恐惧"作过强的时间限定，我们有理由推定，雅典人感到的"恐惧"可以适用于帝国主义的整个发展历程。

知，使用"必要性"/"迫使"来刻画的决策场景，无论包含什么样的困境，最后的决策都是出于主动。无论如何，雅典人面临的困境不会超出受到宙斯等神明限制的阿伽门农。因此，雅典决定要"接受帝国"和"不放弃帝国"并"发展（帝国）到如此之程度"是主动为之的。

可以看到，修昔底德在写作雅典发展并不放弃帝国这一行动场景时，使用了与斯巴达宣战场景一样的叙事模式。两个场景都由"迫使"/"必要性"刻画，都具有这一场景类型的三个要素，行动结构相同。与之相对，这一时期的另一位史家希罗多德从未使用这一词语和这一模式来记载雅典的扩张决策。[①] 所以有理由认为，围绕"必要性"/"迫使"来建立政治决策场景是修昔底德史书中一以贯之的叙事模式，这一模式为修昔底德所特有。这一叙事模式为进一步提炼修昔底德的权力理论提供了微观基础。

四　修昔底德的权力场景

现在我们来论证这类行动场景属于权力场景，以便构造修昔底德权力理论的静态基础，从而为构造修昔底德权力理论的动态过程做准备。笔者作出这一论断的理论依据来自亚里士多德（Aristotle），文本依据则来自修昔底德史书第五卷的弥罗斯对话。

亚里士多德以考察"与生活相关的行动"的伦理学作为政治学的基础，[②] 这表明从行动场景中提炼出政治学理论是可能的。同时，雅典人在弥罗斯对话中的一段发言可以证明修昔底德关于政治权力的看法与"必要性"密切相关。雅典使节说：

---

① Rosaria Vignolo Munson, "Ananke in Herodotus", pp. 41–42.
② Arist. *EN.* I.3 1095a2–4. 关于政治学特别是亚里士多德的政治学为何以研判个体行为方式的伦理学为基础以及关于该问题的学术讨论的大致状况，可参见 A. W. H. Adkins, "The Connection between Aristotle's Ethics and Politics", *Political Theory*, Vol. 12, No. 1, 1984, pp. 29–49。

T7 (Th. 5.89.1.7–9)

... ἐπισταμένους πρὸς εἰδότας ὅτι δίκαια μὲν ἐν τῷ ἀνθρωπείῳ λόγῳ <u>ἀπὸ τῆς ἴσης ἀνάγκης</u> κρίνεται, δυνατὰ δὲ οἱ προύχοντες πράσσουσι καὶ οἱ ἀσθενεῖς ξυγχωροῦσιν.

……你我都清楚，实践理性之中的正义取决于双方必要性相等，而拥有权力的一方行动，没有权力的一方默许。

这句话及其古代注解表明，在修昔底德看来可以用必要性来界定权力。在这句话中，"你我都清楚"的具体内容分为两个分句，描述了两种不同的双边关系。这两个分句通过 μέν–δέ 连接，表明这两种关系形成了对比。① 前一个分句描述的双边关系中，双方拥有的"必要性相等"（T7: ἀπὸ τῆς ἴσης ἀνάγκης）；因为两个分句形成对比，所以后一个分句描述的就是必要性不相等的关系。此时，修昔底德改变了措辞，他把必要性不对等的双方分别称为"拥有权力的"（T7: οἱ προύχοντες πράσσουσι）和"没有权力的"（T7: οἱ ἀσθενεῖς）。② 这样我们就发现，修昔底德是在用权力反映必要性的状况。

古代注解将拥有"必要性相等"（T7: ἀπὸ τῆς ἴσης ἀνάγκη）直接解释为"拥有相同的权力"（T8: ἴσην ἰσχὺν ἔχωσι）:③

---

① 连接词 μέν–δέ 通常引导一组相反的内容。J. D. Denniston, *The Greek Particles*, Oxford: Clarendon Press, 1954, p. 165.

② 在三个中文译本中，此处的两个主语都被译为"强者"和"弱者"，而这两个主语的字面意思分别是"拥有权力的"和"没有权力的"。前者以动词分词形式写出，直译是"那些拥有权力的人"；后者以形容词指代，这个形容词的构成方法是在"权力"（σθενής）一词前加上否定性前缀 ἀ-。两个主语同时使用了权力掌握状况来表达必要性，这不可能是修昔底德随便选的词，他是要借助必要性来谈论权力。参见 George Liddell and Robert Scott, *A Greek-English Lexicon*, p. 256；修昔底德《伯罗奔尼撒战争史》，谢德风译，北京：商务印书馆，2014，页 466；修昔底德《伯罗奔尼撒战争史》，徐松岩译，桂林：广西师范大学出版社，2014，页 313；修昔底德《伯罗奔尼撒战争史》（修订译本），何元国翻译、编注，北京：中国社会科学出版社，2024，页 350。

③ Alexander Kleinlogel ed., *Scholia Graeca in Thucydidem*, p. 794.

T8 (Schol. *Th*. 5.89)

⟨ἐν τῷ ἀνθρωπείῳ λόγῳ:⟩ ὁ ἀνθρώπινος λογισμὸς τὸ δίκαιον τότε ἐξετάξει, ὅταν ἴσην ἰσχὺν ἔχωσι οἱ κρινόμενοι· ὅταν δὲ οἱ ἕτεροι προέχωσιν ἰσχύι, προστάττουσι πᾶν τὸ δυνατόν, καὶ οἱ ἥττονες οὐκ ἀντιλέγουσιν.

（实践理性之中）那时的人类盘算重视正义，只要各方拥有相同的权力；但只要一方拥有更多的权力，他们就会全力使用权力，而较弱一方无法说不。

古代注疏家确认了修昔底德将必要性与权力联系起来这一事实，但是否全盘接受这一古代注解，我们应该审慎。戈姆（A. W. Gomme）指出，"必要性"一词在此处语境中的具体含义，最接近雅典场景中的"恐惧、荣誉、利益"（T5: ὑπὸ δέους ... τιμῆς ... ὠφελίας）。[①] 笔者不完全接受戈姆的观点，本文第三部分已经论证恐惧、荣誉、利益背后的波斯入侵和属邦暴动才是雅典场景中的困境要素。笔者认为，修昔底德用必要性状况指示了权力所有状况，但他没有将必要性状况等同于权力所有状况。修昔底德此处所说的必要性指的是行为体面临的困境，是行为体即将决策时拥有的选项池，与阿伽门农场景、斯巴达场景和雅典场景中的必要性是同一种要素。

此外，这句话及其古代注解还表明由必要性界定的权力反映在行动决策之中："拥有权力的（一方）行动"（T7），"只要一方拥有……权力，他们就会……使用权力"（T8）。行为体作出决策，就是在使用权力。必要性场景的第三要素决策及其主动性也出现在这段文本描述的权力场景中。

雅典使节对弥罗斯人说的这番话塑造了一个权力场景。通过上述分析我们看到，这个权力场景既指涉了必要性，又指涉了决策及其

[①] A. W. Gomme, A. Andrewes and K. J. Dover, *A Historical Commentary on Thucydides, Volume Ⅳ: Books V 25-Ⅶ*, Oxford: Clarendon Press, 1978, p. 163.

主动性，是一个必要性场景，与斯巴达场景和雅典场景具有类似的结构。同时，修昔底德试图通过雅典使节的看法来呈现"那个时代"（T8：τότε）关于权力的普遍看法，这种看法和他自己在斯巴达场景与雅典场景中塑造的场景含有一样的要素。弥罗斯对话和雅典场景属于叙事部分的演说词，斯巴达场景属于作者评论。只有当叙事内容与作者评论相同的时候，我们才能推定反映在这处叙事里的看法也是修昔底德本人的看法。据此可以推断，弥罗斯对话中雅典使节的话反映了修昔底德本人的看法。修昔底德的权力理论基于他反复刻画的这个必要性场景。

五　场景的性质与序列

围绕必要性形成的不同权力场景存在如下联系。雅典场景中的主动决策要素"发展（帝国）到如此程度"，构成了斯巴达场景中的困境要素"雅典人正在变强大"。将"迫使"/"必要性"引导的多个权力场景前后相连，就得到了一个场景序列。基于上一部分结论可以推断出这个场景序列刻画了权力的互动过程。

（一）场景序列

由"迫使"/"必要性"刻画的多个行动场景，如果一直在行动者 A 和 B 之间展开，就可以如下方式连接在一起。用 $\Delta[t]_A$ 来描述时刻 t[①] 的行为体 A 的行动场景。$\Delta[t]_A$(necessity) 指示 A 在这一场景中面临的困境，即"必要性"（ἀνάγκη, necessity），$\Delta[t]_A$(fear) 指示 A 基于困境采取行动时所感受到的恐惧，$\Delta[t]_A$(decision) 指示 A 的主动决策。这些指示标记的值对应某一历史事实。加上另外一个行为体 B 以后，可以将多个场景组成的序列描述如表 1 所示：

---

① 在表 1 中，暂时假定时间以决策场景为单位推进，线性匀速流逝。

表1　　　　　　　　　　　　　　　场景序列

时刻	行动场景	第一要素：困境	第二要素：恐惧	第三要素：主动性
1	$\Delta[t]_A$	$\Delta[t]_A(necessity)$	$\Delta[t]_A(fear)$	$\Delta[t]_A(decision)$
2	$\Delta[t+1]_B$	$\Delta[t+1]_B(necessity)$	$\Delta[t+1]_B(fear)$	$\Delta[t+1]_B(decision)$
3	$\Delta[t+2]_A$	$\Delta[t+2]_A(necessity)$	$\Delta[t+2]_A(fear)$	$\Delta[t+2]_A(decision)$
4	$\Delta[t+3]_B$	$\Delta[t+3]_B(necessity)$	$\Delta[t+3]_B(fear)$	$\Delta[t+3]_B(decision)$
5	…	…	…	…

资料来源：笔者自制。

必要性场景之间存在链接法则P。相邻场景的连接方式是，行为体困境来自上一时刻的对手决策，即 $\Delta[t+1]_B(necessity) = \Delta[t]_A(decision)$，$\Delta[t]_A(necessity) = \Delta[t-1]_B(decision)$。这里使用的等号可以理解为赋值等号，即先决策的行为体塑造后决策的行为体的可选决策项，也就是后决策行为体所面临的困境。① 在表格中，这一链接法则用表格单元的相同底色标记。

前文已经分别用文字还原过斯巴达宣战场景和雅典帝国主义场景，这些场景还可以使用场景序列来呈现。雅典在50年时期 [Pentekontaetia, P] 发展帝国主义的行动场景，用 $\Delta[P]_A$ 指示；斯巴达在公元前431年宣战的行动场景，用 $\Delta[431]_S$ 指示。结合文本证据与历史描述的场景序列如表2所示。两个突出显示的灰色格子表明链接法则P：斯巴达场景的困境要素来自上一场景中雅典的决策。

---

① 笔者清楚就单一行为体而言，决策选项可以通过必要性传递，严格来说是否成立存在哲学上的争论。参见Erik Carlson, "Incompatibilism and the Transfer of Power Necessity", *Noûs*, Vol. 34, No. 2, 2000, pp. 277-290。本文考虑的是一对战略对手。本文暂且基于有利于本文论证及一般常识的观点，作出以下就哲学讨论而言是粗放的，但就本文论证来说精度足够的假定：决策选项池即必要性。

表 2　　　　　　　　　　序列中的雅典场景与斯巴达场景

$\Delta[P]_A$ 雅典帝国场景及其文本证据	$\Delta[P]_A$(necessity) 波斯、属邦（T6）	$\Delta[P]_A$(fear) "恐惧、荣誉、利益"，主要是恐惧（T4、T5）	$\Delta[P]_A$(decision) "接受了交来的帝国并且不放弃这个（帝国）"（T5），"受……强力迫使，发展（帝国）到如此程度"（T4）
$\Delta[431]_S$ 斯巴达宣战场景及其文本证据	$\Delta[431]_S$(necessity) "雅典人正在变强大"（T1）	$\Delta[431]_S$(fear) "给拉栖代梦人带来了恐惧"（T1）	$\Delta[431]_S$(decision) "迫使（他们）进入战争"（T1）

资料来源：笔者自制。

（二）选项池变动

在政治历史和现实中，随着时间流逝，场景序列中的行动者选项池 $\Delta[t]_A$(necessity) 不断发生变动。选项池可能越来越大，也可能时而变大、时而变小。令人印象最深刻的可能情形是选项池越来越小，危机不断升级。在这种情形中，决策选项池在开始的时候比较大，可以粗略认为行为体的决策接近完全自由选择。接着，行为体每作出一个选择（包括选择无所作为），决策选项池就缩小一些。最后所剩的极小选项池就有可能被称为"必然"。这一过程并不是跌入一个既已成型的陷阱，而更像电线或鞋带在不经意间逐渐缠绕成团。在双方交替决策行动的时候，决策选项池随着时间流逝而逐渐坍缩。

是什么使选项池随时间流逝发生变化？"迫使"/"必要性"主导的场景类型的结构可以对此作出解释。根据链接法则 P，困境要素和主动决策要素彼此交替，不足以刻画事态恶化；事态变化的动力往往来自行为体的恐惧。在必要性场景中，当前场景的困境要素与上一个场景的决策要素虽然由链接法则 P 相连，但是在当前场景中，困境与主动决策并不直接相连，连通二者的是恐惧。雅典场景与斯巴达场景中，两个行为体在受到"迫使"后，决策都是在"恐惧"① 中作出的。

修昔底德笔下的困境与决策是相互独立的，所以在他看来，任何决策都不是必然的。② 以恐惧为代表的心理要素的不确定性确保了困境和决策之间不存在任何"必然"联系，行为体的主动决策有可能明智也有可能愚蠢。必要性场景及其序列构成了修昔底德的权力理论，这一理论框架对未来的预测是开放而非封闭的。

六　结论

本文重构了修昔底德关于帝国和战争的叙事模式以及基于这一叙事模式所提炼的权力理论。我们可以看到，修昔底德笔下的雅典场景和斯巴达场景，比"修昔底德陷阱"所描述的要更精巧复杂；修昔底德的必要性现实主义也基于比结构现实主义更完备、更具体的权力本体论。因此，修昔底德的战争与帝国叙事和必要性现实主义就比"修昔底德陷阱"叙事和结构现实主义更加适于解释和预测当下时刻及其切近未来。

【作者简介】

李隽旸，法学博士（国际政治学），中国社会科学院世界经济与政治研究所副研究员，研究专长为修昔底德、战争史、国际关系理论。主持国家社会科学基金青年项目"'修昔底德陷阱'问题研究"（18CGJ007）。

---

① 雅典：δέος, "fear", Th. 1.75.3(T4), 76.2(T5)；斯巴达：φόβος, "panic fear", Th. 1.23.6 (T1)。

② 德罗米利指出，修昔底德会区分"必然"(inevitable) 和"必要"(necessary)。J. de Romilly, "Theory of Athenian Imperialism", in Jacqueline de Romilly, *Thucydides and the Athenian Imperialism*, Salem and New Hampshire: Ayer Company Publishers, 1988, pp. 320–321.

苏格拉底与家庭
——兼论中西文明比较的一个面相*

彭 磊

（中国人民大学文学院古典文明研究中心）

家庭之于中西方哲学有着明显不同的意义。儒家思想将家庭抬高到人伦本体的地位，由"亲亲"而"尊尊"，以"孝悌"为仁之本，五伦中有三伦涉及家庭，君臣之伦也由父子之伦延伸而来。相形之下，家庭在西方从未获得如此之高的地位。亚里士多德《政治学》有言，"人依照自然是城邦的动物"（1253a2–3），[①]城邦虽由家庭发展而来，但城邦才是人的自然目的的实现，因而在存在的等级上远远高于家庭。西方哲学在古典时期更重视城邦或国家，近代以来则高扬"个体"，进一步消解家庭的伦理地位。[②]

家庭对于城邦或国家的存续无疑非常重要，[③]但家庭从未构成西方哲学的一个核心命题，在作为西方哲学发端的苏格拉底那里便是如此。众所周知，苏格拉底在《理想国》中为了城邦取消了卫士阶层的

---

* 本文系国家社会科学基金青年项目"色诺芬四部苏格拉底作品的译注与研究"（18CZX043）的阶段性成果，原刊于《中山大学学报》（社会科学版）2023年第3期。

① 亚里士多德：《政治学》，吴寿彭译，北京：商务印书馆，2017，页7。引文据希腊文有调整，所据希腊文版本为 W. L. Newman ed., *The Politics of Aristotle*, Oxford: Clarendon Press, 1887–1902.

② 详见孙向晨《论家：个体与亲亲》，上海：华东师范大学出版社，2019，页115—147。

③ 详见库朗热《古代城邦——古希腊罗马祭祀、权利和政制研究》，谭立铸等译，上海：华东师范大学出版社，2006，页84—89。

家庭，实行共产共妻。除此之外，柏拉图对话以及色诺芬的作品中还有诸多关于苏格拉底家庭的描述以及苏格拉底对家庭的论述，从中我们可以看到苏格拉底其人与家庭的关系，苏格拉底如何从哲学出发看待家庭。本文通过集中考察柏拉图和色诺芬的相关文本，[①]试图表明苏格拉底为何不"爱"家，哲学与家庭之间为何有一种张力。

一 不在家的苏格拉底

在柏拉图对话中，苏格拉底的对话者无一是其家人，对话地点无一位于其家中。苏格拉底终日游荡在外，与各类年轻人对话，俨然无家之人。但苏格拉底无疑有家庭，他在申辩席上说过："我是父母生的，也有家庭，还有三个儿子，一个已经是小伙子，有两个还是小孩。"（《苏格拉底的申辩》34d）

苏格拉底出身平民，父亲索弗戎尼斯科斯（Sophroniskus）是石雕匠，母亲斐纳瑞忒斯（Phainaretes）是助产妇（《阿尔喀比亚德前篇》131e3-4）。[②] 苏格拉底的父亲早死，母亲改嫁后生下帕特洛克勒斯（Patrocles），也就是苏格拉底同母异父的兄弟（见《欧蒂德谟》297d-e）。苏格拉底在对话中偶尔被称作或自称"索弗戎尼斯科斯之子"（见《欧蒂德谟》297e、298b，《拉克斯》180d7、181a1），由于Sophroniskus的词根义为"智慧的"（Sophron），苏格拉底还曾借此戏称自己是"智慧之子"，因而不得随意谈论那些未经审视的事物（《希琵阿斯前篇》298b11）。苏格拉底还将自己的哲学比作母亲从事的助产术：他自己并不教授和生产智慧，而只是通过检审性的提问引导对话者走向智慧，只负责为其接生（《泰阿泰德》149a-151d）。

[①] 本文所引柏拉图作品皆依刘小枫主编《柏拉图全集》，北京：华夏出版社，2023；所引色诺芬作品（《回忆苏格拉底》《会饮》《治家者》）皆由笔者自希腊文译出，所据希腊文版本为 E. C. Marchant ed., *Xenophontis opera omnia*, Vol. 2, Oxford: Oxford University Press, 1912。

[②] 另见第欧根尼·拉尔修《名哲言行录》，徐开来、溥林译，桂林：广西师范大学出版社，2010，页151。

根据第欧根尼·拉尔修的记载，苏格拉底有三个儿子，分别叫朗普洛克莱斯（Lamprocles）、索弗戎尼斯科斯（Sophroniscus）和墨涅克赛诺斯（Menexenus）。① 但柏拉图没有提到他们的名字，也从未让他们出现在任何对话中。苏格拉底受审被处死时70岁，三个儿子都未成年，最小的儿子还在襁褓中（《苏格拉底的申辩》34d,《斐多》60a）。根据《克里同》中"法律"与苏格拉底虚拟的对话（54a–b），"法律"劝苏格拉底不要把孩子看得比正义更重要：如果他带孩子一起逃到外邦，孩子们就得跟他一起在外飘零；如果他只身逃到外邦，把孩子们留在雅典，他的朋友们自然会照顾这些孩子，他本人即便死了也没有关系。因此，即便是为了孩子考虑，苏格拉底也要选择死在雅典，而不是逃亡外邦。

依据《斐多》，在苏格拉底被处死前，妻子克珊提姵（Xanthippe）一早就来探监，甚至比苏格拉底的同伴们到得还早（60a–b）。她为丈夫捶胸痛哭，就像"妇人们惯常那样"（60a）。在柏拉图的作品中，这是克珊提姵的唯一一次出现。她表现得并不凶悍，而就是一个寻常女人，甚至被赞为"温柔和深情的妻子"（tender and affectionate wife）。② 需要注意的是，克珊提姵的出现是在正式对话开始前，而且苏格拉底与她没有言语的交流，只是让克里同安排人把她带回家（60a）。在克珊提姵看来，丈夫苏格拉底惯常做的事情就是与"朋友们"相互"说话"，但对于"说话"的内容，克珊提姵毫无所知（60a）。克珊提姵不能理解苏格拉底与朋友们实际是在进行哲学意义上的"对话"，她完全被排除在苏格拉底的哲学之外。就在苏格拉底饮鸩赴死前，三个儿子和他家的"妇女们"都到了，苏格拉底向家人做了最后的吩咐，并催促他们离开，以免他们看到他濒死的场景而痛哭流涕（116b）。由此可见，苏格拉底对待家庭并非无情，能够照拂

---

① 第欧根尼·拉尔修：《名哲言行录》，页157。

② 语出 W. D. Geddes ed., *Platonis Phaedo*, London: Macmillan & Co. Ltd., 1885, p. 9; 另见 Debra Nails, *The People of Plato: A Prosopography of Plato and Other Socratics*, Indianapolis: Hackett Publishing Company, Inc., 2002, pp. 299-300。

家人的情绪和感受，但非常冷静克制。

色诺芬对苏格拉底家庭的描绘跟柏拉图非常相似。色诺芬在其《会饮》的结尾说，参加宴饮的人被激起了爱欲，未婚者发誓要结婚，已婚者登上马背去找妻子，已婚的苏格拉底却留了下来，表现得像个老单身汉（色诺芬《会饮》9.7）。[1] 而在柏拉图《会饮》的结尾，苏格拉底聊了一宿，天亮后又在外像往常那样消磨了一整天，傍晚才回家歇息（柏拉图《会饮》223d）。施特劳斯（Leo Strauss）就此评论说，苏格拉底回家仅仅为了睡觉，他总不在家，对属于家的东西没有爱欲。[2]

色诺芬同样只提到一次克珊提娴的名字，但他着力把克珊提娴刻画为"悍妇"。依据《会饮》中的说法，克珊提娴"不仅是现在，还是过去和未来最难搞的妻子"（《会饮》2.10）。苏格拉底对此开玩笑地辩解说：

> 我看到那些想要成为优秀骑兵的人不是去拥有那些最温顺的马，而是拥有那些烈马。因为他们相信，如果能够掌控这样的马，将会很容易应对其他的马。而也想应对人和与人交往的我拥有了她，我深知，如果我受得了她，将会很容易与其他所有的人相处。（《会饮》2.10）

苏格拉底与克珊提娴组成家庭，不是出于爱情、生育或生活互助的需要，而是苏格拉底学习有关人世的知识的方式，是为满足苏格拉底的求知欲。苏格拉底积极入世，他原本指望能驯服克珊提娴这匹烈马，但他失败了，于是他放弃了教育妻子——克珊提娴某种意义上让苏格拉底认识到"美德不可教"，人世的经验融入了苏格拉底的哲学。第欧根尼·拉尔修在为苏格拉底作传时引述了色诺芬的这个说法，还

---

[1] 参见施特劳斯《色诺芬的苏格拉底》，高诺英译，上海：华东师范大学出版社，2011，页164。

[2] 参见施特劳斯《论柏拉图的〈会饮〉》，邱立波译，伯纳德特编，北京：华夏出版社，2012，页388。

提到克珊提姵谩骂苏格拉底并用水泼他的故事。① 克珊提姵由此逐渐成为悍妻、泼妇的代名词，至17—18世纪，苏格拉底和妻子之间的争吵更是成了喜剧热衷的主题。②

亚里士多德指出，家庭包含父子、夫妻和主奴三种关系（《政治学》1253b1–10、1259a37–b17）。③ 柏拉图和色诺芬展现了苏格拉底的父子、夫妻关系，但都没有说苏格拉底拥有奴隶。由于奴隶是从事家庭生产必需的，苏格拉底不拥有奴隶，也就表明他不从事家庭生产，不是"治家者"（《苏格拉底的申辩》36b）。苏格拉底长年打赤脚，无论寒暑都是同一件衣服，饮食通常只有面包和水，其生活在旁人看来甚至连奴隶还不如（色诺芬《回忆苏格拉底》1.6.2）。据他自己说，他全部的家产只有5明纳（色诺芬《治家者》2.3），而当时一个奴隶的价格可达5明纳或10明纳（色诺芬《回忆苏格拉底》2.5.2）。苏格拉底丝毫不为家庭生计操心，也不考虑供养孩子，其家人生活之窘迫可想而知。④ 由此看来，确如18世纪初一位德国古典学家所说："苏格拉底不是称职的丈夫，亦非可称道的父亲。"⑤ 由此我们可以反思西塞罗的著名说法："苏格拉底第一个把哲学从天上唤下，并将其安置于城邦之中，甚至还把它导向家舍（in domus etiam introduxit），又迫使它追问生活、各种习俗以及诸多善和恶的事情。"（《图斯库路姆论辩集》5.4）⑥ 所谓"把哲学""导向家舍"，更多的是西塞罗作为罗马人的关切，而非苏格拉底的关切，苏格拉底的哲学并不在"家"中。

---

① 参见第欧根尼·拉尔修《名哲言行录》，页167。
② 参见 Peter Brown, "The Comic Socrates", in *Socrates from Antiquity to the Enlightenment*, Michael Trapp ed., London and New York: Routledge, 2007, pp. 6–15。
③ 亚里士多德：《政治学》，页10、36—37。
④ A. Boeckh, *The Public Economy of Athens*, G. C. Lewis trans., London: John W. Parker, 1842, pp. 109–112.
⑤ Friedrich Mentz, Socrates nec officiosus maritus nec laudandus pater familias, Leipzig, 1716.
⑥ 西塞罗：《图斯库路姆论辩集》，顾枝鹰译注，上海：华东师范大学出版社，2022，页205。

二 苏格拉底对家庭伦理的重构

苏格拉底受到的指控包含两条罪名，不敬城邦所敬的神以及败坏青年（《苏格拉底的申辩》24b–c）。苏格拉底的哲学不仅将家庭排除在外，还对家庭伦理构成极大的挑战，败坏青年的内容之一就是教导青年人蔑视家庭："他的罪行（从城邦的立场来看）正在于他瓦解了家庭生活的有效性，消除了单个家庭成员在整个家庭的怀抱中所遵循的自然规律——孝敬。"[1]

在色诺芬《回忆苏格拉底》中，一位无名的"控告者"指控苏格拉底教导人侮慢父亲和轻蔑亲属。控告者说，苏格拉底劝说同伴相信他使他们比自己的父亲更智慧，还暗示智慧的儿子将无知的父亲囚禁起来是合法的；苏格拉底还说，亲属也许没有什么益处，因为医生对病人有益，讼师对吃官司的人有益；朋友也要能够有益于彼此，而不是空有善意（1.2.49–55）。父亲和亲属自身并不值得尊重，除非他们智慧和有益处。苏格拉底"说服年轻人相信他自己是最智慧的，并且也最能使别人智慧"（1.2.52），由此苏格拉底就以自己的权威替代了父亲和亲属的权威。

对于这一指控，色诺芬坦承苏格拉底说过这些，并补充苏格拉底的其他说法：人们会很快埋葬死去的亲人，因为他们的灵魂离去，而理智只产生于灵魂之中；每个人都会去除自己身上无用和无益的东西，比如指甲、毛发和茧皮。色诺芬指出，苏格拉底说这些并不是在教导活埋父亲或自残，而是劝勉每个人成为尽可能理智和有益的人，要赢得父亲、兄弟和其他人的尊重，就要努力带给他们益处。换言之，仅仅血缘上的纽带换不来尊重，要凭靠理智有益于亲人才能受到尊重。而且，苏格拉底强调让同伴审视自己对于亲人是否有益，而不

---

[1] 克尔凯郭尔：《论反讽概念》，汤晨溪译，北京：中国社会科学出版社，2005，页157。

是审视亲人对自己是否有益。①从色诺芬的辩驳来看，苏格拉底确实破坏了基于血缘的优势地位建立的家庭伦理，但苏格拉底也指出了建立基于理智的家庭伦理的途径，儿子因其理智而应得到父亲的尊重，父亲更应当凭借智慧得到儿子的尊重。因此，指控苏格拉底教导侮慢父亲和轻蔑亲属，并不完全符合苏格拉底看待家庭伦理的态度。

苏格拉底以智慧重构家庭伦理，无知者当服从和尊重有知者，而非儿子始终服从父亲，或父亲始终服从儿子。这一立场同样贯穿于柏拉图对话中。在柏拉图的《吕西斯》中，苏格拉底围绕吕西斯与其父母的关系提出，在儿子无知的事情上，父亲会统治儿子，不许他随心所欲，可当父亲认为儿子思虑更周全时，父亲便会把他自己和他的东西都交付于儿子，受儿子统治（《吕西斯》207d–209c）。当游叙弗伦以杀人罪控告自己的父亲时，苏格拉底并没有简单地支持游叙弗伦或为父亲辩护，而是审查自认为比父亲和其他家人更智慧的游叙弗伦，揭示其在虔敬问题上的无知（《游叙弗伦》4a–5d）。

柏拉图亦提供了苏格拉底挑战传统家庭伦理的证据，比如克里提阿是卡尔米德的堂兄和监护人，卡尔米德崇奉克里提阿的智慧和权威，苏格拉底先后诘问两人，着意在卡尔米德面前暴露克里提阿智慧的欠缺，最终卡尔米德一方面继续听从克里提阿，另一方面允诺要追随苏格拉底，不管怎样都不离开（《卡尔米德》155a、176b–c）。②苏格拉底还曾在阿尔喀比亚德面前质疑其监护人伯利克勒斯的智慧以及是否能使人变得智慧，在谈话最后，阿尔喀比亚德迫不及待地要转而侍奉苏格拉底（《阿尔喀比亚德前篇》118b–119a、135d，另比较《回忆苏格拉底》1.2.40–46 阿尔喀比亚德对伯利克勒斯的诘问）。但是，与其说这些年轻人被苏格拉底败坏，不如说苏格拉底的哲学教育给予他们最大的益处，使他们变得更好、更智慧。所以吊诡的是，苏格拉底在审判席上指出，倘若他确实败坏了一些青年，这些青年的家人作

---

① 参见 V. J. Gray, *The Framing of Socrates*, Stuttgart: Steiner, 1998, pp. 51–52。

② 参见彭磊《苏格拉底的明智：〈卡尔米德〉绎读》，北京：华夏出版社，2015。

为间接受害者将上庭指证,但现场的多对父子、兄弟无一上前做证(《苏格拉底的申辩》33d–34b)。

除此之外,色诺芬还呈现了苏格拉底重构家庭伦理的另一个向度。在《回忆苏格拉底》中,色诺芬记录了苏格拉底父子唯一的一场对话,也是唯一展现苏格拉底如何治理自己家庭的对话(《回忆苏格拉底》2.2)。苏格拉底发现他的大儿子朗普洛克莱斯生母亲的气,苏格拉底就劝导他孝敬母亲。他提出,负恩是完全不义的,而一个人所受父母的恩惠最大:首先,父母赋予孩子宝贵的生命;其次,生育不是情欲的副产品,而是婚姻的目的,为此男人倾力"为将要出生的孩子们预先准备他认为在生活方面对他们有好处的一切"(对比苏格拉底的父亲角色),女人则受孕生下孩子,之后还要哺育和照料;最后,父母为孩子的教育倾尽所能,力图让孩子成为尽可能最好的人。苏格拉底意在激发儿子对父母尤其是母亲的感恩之心,从而夸大了父母对孩子的恩惠,似乎父母生养孩子完全是无私的。[①] 朗普洛克莱斯虽然感激母亲的恩情,但他声称没人受得了母亲的坏脾气。这样一个母亲显然不知道如何教育孩子。但苏格拉底说,母亲对儿子始终心怀善意(eunous),哪怕在责骂儿子时也没有恶意,换言之,母亲爱儿子,"在所有人中最爱你"(2.2.13)。苏格拉底在此没有诉诸理智的权威,而是诉诸母亲的恩惠和爱来要求儿子的孝敬。但不止于此,苏格拉底还提出了一种功利主义的考虑。一个人需要侍奉他人来换取他人的帮助和善意,因此更应该侍奉最爱自己的母亲;一个人如果不侍奉父母,就会受到城邦的惩罚,并被剥夺统治资格,因为城邦认为侍奉父母是虔敬、高贵和正义的体现。为此苏格拉底劝勉儿子侍奉母亲,以免诸神认为他忘恩而不愿助佑,人们认为他负恩而不愿与他交朋友。侍奉父母可以博取诸神的庇佑和他人的帮助,而不是完全出于对父母恩惠的回报。

[①] 就此对比色诺芬《治家者》7.10-12:贤人伊斯霍玛霍斯对苏格拉底说到,他与妻子缔结婚姻不是出于情欲,而是寻找在"家产"和"子女"两方面最好的伙伴,他们生育和教育子女是为了获得尽可能最好的"同盟"和"赡养者",婚姻和生育无疑带有一定的自利性。

同样在《回忆苏格拉底》中，苏格拉底还曾劝解两兄弟之间的不和（2.3），并具有更赤裸的功利主义色彩。苏格拉底首先强调兄弟的价值，提出兄弟比钱财更有用，兄弟比没有血缘关系的邦民更容易成为相互帮助的朋友，而且有兄弟的人更受尊敬，更少受到侵害。他还将兄弟关系比拟为狗与主人的关系，狗为主人看守羊群，狗见到主人如果怒吠，主人不会生气，而是好好对它，让它缓和下来。面对兄弟的伤害，不能选择报复，而是要像对待一个"熟人""朋友""异乡人"一样，先主动施与恩惠，以此换来兄弟的回报和友爱。苏格拉底从非常实用且自利的角度论证兄弟的价值，劝说兄弟结成基于恩惠和益处的朋友，其背后是大多数人所持的实用主义的友爱观（亚里士多德《尼各马可伦理学》1156a6–b6）。① 苏格拉底调解两兄弟的关系，不是诉诸兄弟之亲情，而是诉诸利益算计，甚而建议像驯狗一样驯服兄弟，由此抹杀了兄弟与非血缘的利益关系的区别。

借用儒家思想中的"孝悌"来说，无论教育儿子侍奉母亲，还是劝导兄弟和解，苏格拉底都没有完全从孝、悌的角度论证孝、悌的善，他更多的是把孝、悌作为达成某种善的手段。侍奉父母某种程度上是为了避免城邦的惩罚，得到诸神的庇佑和朋友的帮助；善待兄弟，是因为兄弟可以成为朋友和帮手，进而服务于自己的利益。苏格拉底把血缘关系泛化为非血缘的利益关系，或说基于恩惠与感恩的互惠关系，致使孝悌本身的善岌岌可危。但苏格拉底提到，城邦认为不侍奉父母的人就不虔敬、高贵和正义。城邦会从德性的角度看待孝悌，维护并抬高家庭伦理的地位。苏格拉底则把孝悌还原为利益的考量，并依据利益解构家庭伦理，可谓戳穿了城邦对家庭伦理的道德包装。进一步说，苏格拉底不仅消解了家庭伦理的主体性，还质疑了城邦层面的德性：所谓虔敬、高贵和正义都包含功利的考虑，因而并非纯然的善。苏格拉底以城邦公民之间功利的互惠关系来审视家庭伦理，实际基于他对不涉功利的纯粹德性的追寻和反思。在这种纯粹德性的鉴照之下，城

---

① 亚里士多德：《尼各马可伦理学》，廖申白译注，北京：商务印书馆，2003，页231—233。

邦内的德性和家庭内的孝敬都显示了功利主义色彩。

综合柏拉图和色诺芬的记述，可以看到苏格拉底从两个向度重构家庭伦理。一是依据智慧确立家庭中的权威，另一是从功利角度解构家庭伦理。儒家传统强调立爱自亲始、立敬自长始，从血缘关系推及非血缘关系，血缘为本，渐次向外扩展；苏格拉底则以非血缘的朋友关系——基于智慧或基于益处的朋友——为本，向外推及血缘关系，无疑降低了家庭伦理的地位。希腊语中 philos 一词含义极广，既可指血亲之爱，又可指朋友之爱，这构成了苏格拉底混同两者的基础。但是，希腊语同时用"必然的"（anankaios）一词指示有血缘的亲属关系，因为亲属是无法选择的，而朋友则是可以自由选择的，在此意义上，朋友是更高的善。对苏格拉底而言，"朋友"这一主题比"家庭"更具哲学意味，我们也就不奇怪，为什么在柏拉图和色诺芬笔下苏格拉底更多谈论朋友而非家庭。

三　苏格拉底对治家的政治—哲学阐释

苏格拉底不治家，柏拉图笔下的苏格拉底很少专门谈论治家，除了偶尔将治家与治邦对举（《卡尔米德》171e、172d，《会饮》209a，《阿尔喀比亚德前篇》133e，《情敌》138c，《普罗塔戈拉》319a），并没有将治家作为一个谈话主题。但在色诺芬笔下，苏格拉底却多次谈论"治家"（oikonomia）这一不起眼的主题——色诺芬的《治家者》（*Oikonomicus*，旧译"经济论"或"齐家"），[①] 记录的就是苏格拉底论治家的长篇对话。在这篇通常被视为西方经济学鼻祖的作品中，苏格拉底实际超越了对治家的习俗性理解，将治家上升到了政治和哲学层面。

在《治家者》开篇，苏格拉底提出，治家正如"医术、冶金术和木工术"一样是一种知识，虽然几乎所有人都治家，但并非所有治家者都拥有这一知识，因此就产生了好治家者与坏治家者的区别。根

[①] 色诺芬：《经济论/雅典的收入》，张伯健、陆大年译，北京：商务印书馆，1961；施特劳斯：《色诺芬的苏格拉底言辞——〈齐家〉义疏》，杜佳译，上海：华东师范大学出版社，2010。

据对话的论证，好治家者不仅能治理好自己的家产，也能治理好别人所委托的家产，即量入为出并使家产增加。将治家视为一种知识，并将治家扩展到并非自己的家产上，是苏格拉底特有的定义。① 对话后半部分苏格拉底与贤人伊斯霍玛霍斯（Ischomachus）的对话表明，根据习俗性的理解，治家仅限于治理自己的家产，并且治家主要依靠勤劳或对家产的关切（epimeleia），并不依靠知识（《治家者》20章）。② 普通意义上的治家者凭靠勤劳和诸神的福佑治理好自己的家产（11.8），并不认为需要某种知识，好治家者与坏治家者的区别仅在于前者勤劳、后者怠惰（20.20–21）。假如治家是一种具有普遍意义的知识，那就意味着治家可以成为哲学讨论的主题。

通常而言，家产（oikos）就是一个人所拥有的东西（1.5），包括家人、奴隶、牲畜、房屋、土地以及家庭所生产和消耗的一切物质等。③ 但苏格拉底通过引入"好"和"有益"的概念表明，一个东西构成某人的财富需要两个前提条件，一是拥有权，二是对此人好和有益，这要求此人知道如何使用它（1.5–9）。④ 苏格拉底着重强调了第二个条件，"同一些东西对于知道使用的人是财富，对于不知道使用的人不是财富"（1.10）；哪怕是金钱，如果一个人不知道如何使用金钱，金钱对他有害而无益，因此就不是财富。苏格拉底撼动了人们对财富的普遍假设。普通的财产不是财富（chremata），除非它的所有者懂得如何使用它。知识是财富必要的组成部分，因为它将有害的东西变为有益的东西。⑤ 对于谋求增长财富的治家者来说，最重要的是追求知

---

① 施特劳斯：《色诺芬的苏格拉底言辞——〈齐家〉义疏》，页 107。

② W. Ambler, "On the *Oeconomicus*", Robert C. Bartlett ed., *Xenophon: The Shorter Socratic Writings*, Ithaca: Cornell University Press, p. 114.

③ S. B. Pomeroy, *Xenophon Oeconomicus*, Oxford: Clarendon Press, 1994, p. 31.

④ C. Natali, "Socrates dans l'*Économique* de Xénophon", G. Dherby, J.-B.Gourinet ed., *Socrate et les Socratiques*, Paris: Librairie Philosophique J. Vrin, 2001, pp. 276–277.

⑤ G. Danzig, *Apologizing for Socrates: How Plato and Xenophon Created our Socrates*, Lanham, MD: Lexington Books, 2010, p. 244.

识，而不是拥有更多财产。只要我们拥有相关的知识，任何东西都会是我们的财富。这将大大扩展治家的范畴，一切有助于获得益处的技艺都将被纳入治家。① 苏格拉底指出，治家包括使用朋友和敌人并从他们身上获益，因此朋友和敌人也属于财富的一部分，战争的知识与和平的知识同样是治家所需的知识（1.14–17）。治家将不再仅仅局限于家庭，而包括家庭外的朋友和敌人。

治家涉及许多方面的知识，但苏格拉底一贫如洗，既不务农也不经商，对妻子的教育也很失败，从普通的标准来看，他在各方面都不是一个好治家者。当对话者克利托布洛斯（Critoboulus）请求他帮自己治理家产时，苏格拉底否认自己能治理好家产，并许诺可以向他指出在各个方面他所知道的有知识的人（2.9–18）。苏格拉底建议克利托布洛斯模仿波斯王：作为世上最富有的人，波斯王是治家者的最高典范，其通过战争和农作"治家"（4.4）。苏格拉底极力推荐克利托布洛斯投身农作，他赞美农作既能增加家产，又能使人身体强健、富有男子气，更有助于培养政治德性，塑造保卫城邦的好公民，因为农民比其他人更勇敢，更倾向于保卫自己的田地（5.1、5.4–7、5.13–15、6.6–10）。将增加家产作为治家的目的，是由克利托布洛斯在对话开头提出的（1.4），反映了治家在古希腊人生活中狭隘的"经济"含义。为了教育克利托布洛斯，苏格拉底起初接受了这一含义，随后推荐农作作为治家的方式，逐步打破家庭与城邦之间的界限，更多从道德和政治角度看待治家，以期引导克利托布洛斯成为一个有美德的雅典贤人。② 在苏格拉底这里，治家不只是一个经济论题，而事关道德和政治，对话后续转入叙述苏格拉底与贤人伊斯霍玛霍斯曾经的谈话就顺理成章了。

苏格拉底还曾提出对于贫富的新定义："凡所有不足以满足其需要的人是穷人，凡所有不仅足够而且有余的人是富人。"（《回忆苏格拉底》4.2.37）苏格拉底虽然不从事任何经济生产，但他依然有微薄

---

① W. Ambler, "On the *Oeconomicus*", p. 106.
② G. Danzig, *Apologizing for Socrates*, pp. 245–246.

的家产，对于满足其需要绰绰有余，因此他反倒比那些拥有财富但入不敷出的人更富有。以克利托布洛斯来说，他拥有的财富虽然是苏格拉底的一百倍，但他却为举行丰厚的献祭、结交朋友和履行城邦加在富人身上的义务而入不敷出（《治家者》2.2–7，比较色诺芬《会饮》4.29–45）。鉴于苏格拉底的"富有"，他一定是一位非同寻常的治家者，但他在何种意义上治家？在经济层面，苏格拉底推荐农作作为雅典贤人的治家方式，但他本人不事农作，遑论其他谋生手段。苏格拉底提到，如果他额外需要什么，他的朋友会乐于帮助他，向他提供资助（《治家者》2.8），而这是因为他常常以其智慧和谈话帮助朋友——朋友就是苏格拉底的财富。[①] 此外，苏格拉底将自己身体的需要降到最低，对于身体性的快乐和痛苦非常自制（《回忆苏格拉底》1.2.1），并最大限度上避开对诸神的义务（献祭）和对城邦的义务。苏格拉底之所以能够如此，就是因为热爱智慧带给他一种更高的快乐，使他超脱了身体方面的快乐（《回忆苏格拉底》1.6.8–9），同时，热爱智慧也使他摆脱了对诸神的依赖和对荣誉的渴求，成为一个真正自由的人。因此，"治家"这个主题就从一个很实际的层面展现了苏格拉底独特的生活方式。治家作为一种知识，是关于"好"和"有益"的知识，苏格拉底致力于追寻这样一种知识，在此意义上，苏格拉底才是真正的治家者。[②]

另需要特别注意的是，苏格拉底讨论治家，往往牵涉治邦，柏拉图笔下的苏格拉底常常对举甚至混同治家与治邦两者（最明显的例证见《情敌》138c），色诺芬笔下的苏格拉底则径直声称两者是一回事。在《回忆苏格拉底》第三卷第4章，一位久经沙场的战士没能当选雅典的将领，当选的却是一个只知道赚钱的治家者。老兵对此非常不满，认为治家者只知道经营私产，不懂带兵打仗。苏格拉底则为治家者辩护，认为善于治家的人会是优秀的将领，治邦与治家并无本质差别，"处理私事和处理公事只在数量上有分别，其他方面都相似"，而

---

① 施特劳斯：《色诺芬的苏格拉底言辞——〈齐家〉义疏》，页116—117。
② W. Ambler, "On the *Oeconomicus*", p. 108.

且治邦与治家统治的都是同一些人，因此懂得用这些人，私事和公事都会干得好（《回忆苏格拉底》3.4.12）。

苏格拉底的这一说法显然很成问题，治家和治邦都涉及统治，但两种统治的对象有实质不同。在古希腊的语境下，治邦是民主制的统治，自由和平等的公民选举城邦的统治者，让其负责谋求城邦的安全和福祉，城邦统治者更像是被统治者的奴仆（《回忆苏格拉底》2.1.8–9）。治家涉及父亲对子女、丈夫对妻子、主人对奴隶的统治，在这三种统治关系中，"家主"（despotēs）都享有绝对权威，施行王者式的统治。①《治家者》主要讨论了主人对奴隶的统治，苏格拉底将这一统治类比于王者式的统治："谁要是能够使某些人适合统治众人，显然他就能够教导他们适合做众人的主人；谁要是能使某些人适合做主人，也就能使他们适合做王者。"（《治家者》13.5）柏拉图《治邦者》中的爱利亚异乡人（Eleatic stranger）亦教导小苏格拉底称，"治邦者、王者、家主和治家者"分享了"王者的技艺"，"王政、治邦或治家的技艺"实际是同一种知识（258e–259d）。"家主"就是家庭中的"王者"，善于治家者是波斯式王者统治的缩小版。因此，苏格拉底和爱利亚异乡人将治家与治邦等同起来，并不是以城邦的形态来构拟家庭，不是着眼于家庭内所有成员的自由和平等，而是以家庭的形态构拟城邦，为"王者的技艺"张目。苏格拉底声称治邦与治家没有本质区别无疑是故意犯错，因为城邦中的统治是基于政治自由和平等的统治，被选作统治者的公民并不能像对待奴隶一样对待其他公民，而家庭中的统治是家主对子女、妻子和奴隶的王者式统治。但城邦为何要像家庭一样由王者统治而非施行民主统治？这是因为，正如苏格拉底以智慧重构家庭伦理一样，苏格拉底认为统治的资格基于知识和智慧

---

① "丈夫对妻子，父亲对子女的治理虽然同样为对于自由人的统治，但也有所不同，父子关系好像君王的统治，夫妇关系则好像城邦政体……男女在家庭间地位虽属平等，可是类似民众对那轮流担任的执政的崇敬，丈夫就终身受到妻子的尊重"（亚里士多德，《政治学》1259a39–1259b10，页36—37），"男女间的关系也自然地存在着高低的分别，也就是统治与被统治的关系"（《政治学》1254b13–14，页15）。

而非自由和平等，而城邦公民在知识和智慧上并非平等，无知者应受智慧者统治，并进而受最智慧者统治，最智慧者的王政才是最合乎自然的统治。通过治家与治邦的类比，苏格拉底表达了他的王政理想。

亚里士多德在《政治学》开篇辨析家庭与城邦之别，正是针对一种苏格拉底式的观点，这种观点认为治邦者、王者、治家者与家主是同一的，家庭与城邦没有本质差异，只有数量上的多寡之别（1252a7-16）。① 亚里士多德承认王政与家政的同构关系，但认为城邦才是最合乎人的自然目的的政治组织形式，城邦统治的特性恰在于平等且自由的公民轮流统治和被统治（1277a25–1277b16，1279a8–13）。② 亚里士多德为城邦政制辩护，因而区分家庭与城邦；苏格拉底为王政张本，因而混同家庭与城邦。两者取径不同，但着眼点都在于政制而非家庭。苏格拉底在治家与治邦之间建立的类比不适用于雅典城邦，但却为古典中国的"家国同构"和"忠孝一体"提供了某种论证。正因为家庭与城邦的本质差异，苏格拉底才较少谈论家庭，他谈论治家实际指向城邦的理想政制而非现实统治。

结　语

通过梳理柏拉图和色诺芬的相关文本，本文试图勾勒一幅有关"苏格拉底与家庭"的完整图景。家庭可以作为一个观察苏格拉底生活方式的独特视角。苏格拉底有家却不在家中；他从"智慧"和"益处"两方面重构家庭伦理，对传统的家庭伦理构成挑战；他对治家的讨论也远离传统的治家观念，带有浓厚的哲学色彩。毋庸赘言，苏格拉底所代表的哲学的生活方式与家庭相冲突。通过全面审视这一冲突的原因与内涵，我们看到，家庭在中西古典思想中的不同地位，首先源于中西（先秦—古希腊）不同的政治结构，其次源于中西哲学的不同趋向，儒家哲学将家庭作为人伦和政治的根基，而西方哲学从一开

---

① 亚里士多德：《政治学》，页 3—4。
② 亚里士多德：《政治学》，页 126—127、135。

始就要超越血缘和家庭的限制，走向知识和智慧的权威。苏格拉底与家庭的关系，或可作为中西文明比较的一个面相。

【作者简介】

彭磊，哲学博士，中国人民大学文学院教授，古典学教研室主任，古典文明研究中心副主任，研究专长为西方古典学，尤其擅长古希腊哲学、戏剧、史书经典的研究。主持国家社会科学基金青年项目"色诺芬四部苏格拉底作品的译注与研究"（18CZX043）等。

教化与真理视域中的诗

——重思柏拉图对诗的批评[*]

詹文杰

（中国社会科学院哲学研究所）

"诗与哲学之争"一再被人们谈起，而最早把它形成为问题并产生重大影响的人是柏拉图。在《理想国》第十卷，柏拉图让自己笔下的苏格拉底对"诗"提出了非常集中且严厉的批评，甚至主张把诗人从理想国中驱逐出去。从此，"诗与哲学之争"正式成了西方思想史上的一桩公案。哲学的支持者站在一边为柏拉图辩护，而诗的同情者则站在另一边为诗人申冤，另外还有居间调停的人，认为柏拉图对诗的敌意只是表面现象，而实际上他对诗非常友好，甚至他自己根本上就是一位诗人。究竟什么是这里所说的"诗"和"哲学"？应该怎么来理解这桩公案？它对我们有什么启发？对于这些问题，国内学界近年已经有不少讨论，本文的主要目标不是与之进行论争，而是试图对这些问题做出一种更为清晰和深入的阐释。

一 古希腊语境中的"诗"和"哲学"

要理解柏拉图对诗的批评，我们首先有必要弄清楚"诗"这个词的基本涵义，尤其是它在古希腊语境中的意思，因为古今中外关于"诗"可能有不同的观念。《尚书·舜典》有一个说法："诗言志，

---

[*] 本文原载于《世界哲学》2012年第5期。个别文字略有修正。

歌永言，声依永，律和声"，其大意是说，诗是表达人的情感和意愿的语言，而歌是把这种语言延长和吟唱出来，音调要符合所吟唱的语言，而音高要与音调相协调。在这里，我们看到"诗""歌"和"音乐"乃是合为一体的，诗即歌词，它总要配合音乐在歌唱中才能得到完整的表现。然而，当现代汉语把诗界定为"文学体裁的一种"的时候，诗的原始形象已经基本剥落了。我们通常用"诗"来翻译希腊语的 ποίησις，该词是出自动词 ποιέω［制作，做］的抽象名词，广义上指"制作""创作"，狭义上指"诗歌创作"，它有时相当于"诗艺"（ποιητική），有时相当于"诗歌作品"（ποίημα）。[1] 有三个词可以帮助我们了解古希腊语境中的诗，分别是 μῦθος［故事］、ἀοιδή［歌曲］和 μουσική［文艺］。[2] 从内容方面讲，诗就是故事，因而诗人被等同于"编故事的人"（μυθολόγος），类似我们今天说的"作家"或"编剧"。[3] 从形式方面讲，诗就是歌曲，它具有韵律性或音乐性。于是我们可以说，诗就是以韵律性的语言说唱故事。故事性相比于韵律性更为关键。柏拉图谈及诗的时候总涉及故事性而未必涉及韵律性。[4] 亚里士多德也说："诗人与其说是韵文的制作者，不如说是故事的制作者。"[5] 从这个意义上说，古希腊语境中的"诗"更接近所谓"虚构文学"或"想象文学"。此外，如果考虑到 ποίησις 不仅指一种"文

---

[1] 正如厄姆森（Urmson）在《希腊哲学词典》中指出的，ποίησις 可以指诗歌的创作，也可以指诗歌本身。参见 J. O. Urmson, *The Greek Philosophical Vocabulary*, London: Duckworth, 1990, p. 137。

[2] μουσική 狭义上指音乐，广义上指精神方面的一切才能和技艺（只能大概译作"文化—艺术"）。

[3] 诗人的主要工作被说成"编故事"或"讲故事"（μυθολογεῖν），详见柏拉图《理想国》392d2。另见柏拉图《斐多》61b："一个诗人真要想成为诗人，必须编故事，而非做论证。"本文凡引用柏拉图和亚里士多德的著作，均为作者所译，其中柏拉图作品参见 J. Burnet ed., *Platonis Opera*, 5 vols., Oxford: Clarendon Press, 1899–1907, 亚里士多德作品参见 J. Barnes ed., *Aristotle: The Complete Works*, Princeton, New York: Princeton University Press, 1995, 以下不再说明。

[4] 参见 N. Gulley, "Plato on Poetry", in *Greece & Rome*, Second Series, Vol. 24, No. 2, Oct., 1977, p.154。

[5] 亚里士多德:《诗学》1451b27–28。

学作品"而且指作品的整个创作和实现过程,那么,"文艺"这个词比"诗"更能准确地传达出它的意思。柏拉图有时候也把 μουσική [文艺] 和 ποίησις [诗艺] 混作一谈,尽管前者的涵义严格上比后者的要宽泛一些。①

古希腊语境中的诗人与我们当今所谓诗人也不尽相同。诗人是最早的"文人",而历史家和哲学家之流是后来产生的。最早的诗人甚至还不是"文人",因为他们可能还不懂文字。《伊利亚特》和《奥德赛》的作者荷马很可能是一个文盲,不会写字的;然而不会写不要紧,会唱就行,而据说荷马就是一位弹唱艺人。荷马和赫西俄德的作品里也没有把诗人叫作 ποιητής,而是叫作 ἀοιδός [歌者,说唱艺人]。"口传"是更原始的文化传播方式,而文字书写是后来才兴起和繁荣的;随着文字书写的发达,逐渐有人把传唱下来的诗歌用文字记下来,于是像荷马史诗之类的作品才有了文字记载。从此,诗人才从"歌者"变成了"作家"。至于那些专职吟唱现成史诗作品的人,则被称为"吟诵家"或"游吟诗人"(ῥαψῳδός)——柏拉图在《伊翁》中批评的伊翁就属于这样的"吟诵家"。诗人原来一身兼任编剧和演员两职(自编自唱),后来有了专门的演员,诗人就演变成了编剧和导演,例如埃斯库罗斯和索福克勒斯这些诗人就是这样。

诗人在古代曾经具有非常高的社会地位。

> 确实有一个时期,诗人被看作最有智慧的人;他不仅是游唱艺人,而且是圣贤,是战争与和平时期的参谋。在古代雅典,人们并不是从哲学家、科学家或官方宗教寻求关于人与世界的启蒙,而是从诗人、剧作家,从荷马和赫西俄德那里寻求启蒙。②

---

① 在《理想国》第三卷(376e 以下),苏格拉底希望讨论关于 μουσική [文艺] 方面的教育,而实际谈论的就是 ποίησις [诗艺]。在《斐多》60d 以下,苏格拉底说,他常常梦到有个声音对他说"去从事文艺",他原先以为哲学是最伟大的文艺,后来怀疑文艺的意思就是平常的诗艺。

② W. E. Arnett, "Poetry and Science", in *The Journal of Aesthetics and Art Criticism*, Vol. 14, No. 4, Jun., 1956, p. 445.

诗人在宗教和伦理教化方面起着很大的作用，他们在某种意义上是"先知—通灵者"（προφήτης, μάντις）①和"教化者"（παιδευτής），因为诗人常常以言说"神"为自己的本职，而且他们在创作和歌唱关于诸神和英雄的故事时候，总不免提供给听众某种世界观、人生观和价值观，总是发挥着精神熏陶或者"教化"的作用。在那个时期，诗是主要的文化作品，被大众看作智慧的主要承载形式。诗歌作品的主题非常广泛，涉及天上地下、可见不可见的一切，包括神、人乃至世间万物，历史、风俗和社会制度，等等。在一般民众看来，诗人是百科全书式的"大师"，因为"诗人知道一切技艺，知道一切与善恶有关的人事，还知道神事"（《理想国》598e）。诗歌作品，尤其是荷马史诗，是希腊儿童学习的重要"教材"，而且一般有文化的希腊人对荷马、赫西俄德等人的诗歌都很熟悉，是人们日常引用的"经典"，几乎有着类似后来《圣经》的地位。由于一些经典诗歌流行很广，影响很深，其承载的道德观念是当时社会的主流意识形态，并代表着希腊人的传统文化。

不可否认，诗人们的许多作品在陶冶性情、塑造品格方面是富有教育意义的。但是，诗歌的内容毕竟带有想象性和虚构性，不能被当作真实历史和科学知识来对待。而且，诗歌传达的思想观点有时候比较模棱两可，可以被人任意解释。此外，一些"不够资格"的诗人很可能写一些"低俗"或者"道德上不正确"的诗歌来。于是就出现了这样的境况：一方面，诗歌在传统教化机制中具有权威地位，另一方面，诗歌自身存在不容忽视的毛病。于是，很早就开始有人出来批评诗人，而荷马和赫西俄德自然首当其冲。史上记载的批评者当中有两个人比较著名，一个是克塞诺芬尼，一个是赫拉克利特。克塞诺芬尼说："荷马和赫西俄德把对人而言可耻和可指责的一切都加之于众神，如偷盗、通奸和相互欺诈。"②赫拉克利特批评赫西俄德光有"博学"

---

① 详见柏拉图《理想国》366b1-2: "ποιηταὶ καὶ προφῆται τῶν θεῶν"。在这里，诗人与先知被相提并论。

② DK 21B11 = KRS 166。DK 指 H. Diels, revised by W. Kranz, *Die Fragmente der Vorsokratiker*, Vol. 1, 6th edition, Berlin: Weidmann, 1951。（转下页）

没有"智慧"。① 他又说:"荷马应该被逐出赛会并加以鞭笞,阿尔其罗科也是一样。"② 他还说群众是缺乏理智的,"因为他们相信民间说唱艺人,把庸众当成教师,而不知道多数人是卑劣的,少数人是优秀的"。③ 这里所谓"民间说唱艺人"（δήμων ἀοιδοί）,指的就是荷马之类的人。赫拉克利特这话放到今天可能依然不乏同情者。上述两人对诗人的不满有类似的地方,都认为诗人不是最有智慧的人,诗人的话不可信,不过,前者更强调诗人对神的描写是错误的,后者更强调诗人缺乏真正的理智和智慧。柏拉图说哲学与诗之争"古已有之",由此可见一斑。

诗一旦被当作思想和知识的载体,它就不再是一种单纯的"语言形式",而被当成了一种特定的"心智状态"（state of mind）。正如波兰美学史家塔塔尔凯维奇（W. Tatarkiewicz）在《诗之概念》一文中所示,诗的含义实际有两方面,"诗……确实是基于语言的一门艺术。但是,诗还有更为一般的含义……它很难去界定,因为它不是那么明确:诗表达某种特定的心智状态"。④ 在公元前六世纪至前五世纪,古希腊文化中逐渐发展出一种与诗不同甚至对立的新的"语言形式—心智状态":它放弃韵律而采用无韵的"白话",它褪去"故事"形式而采用一种纯粹说理或"论证"（λόγος）的表达方式,它超越直观和想象而诉诸抽象概念和逻辑推理,它不满足于"揣测"或"意见"而宣称追求"真理"。这种新的"语言—心智"形式最终获得了 φιλοσοφία ［哲学］之名。不过,φιλοσοφία 最初比我们今天所谓"哲学"要广义得多,它毋宁指称一种泛泛的"理智主义"（intellectualism）。⑤ 历史、

（接上页）KRS 指 G. S. Kirk, J. E. Raven and M. Schofield, *The Presocratic Philosophers*, 2nd edition, Cambridge: Cambridge University Press, 1983。

① DK 22B40 = KRS 255。
② DK 22B42。
③ DK 22B104。
④ W. Tatarkiewicz, "The Concept of Poetry", *Dialectics and Humanism*, Vol. II, No. 2, spring 1975, p. 13.
⑤ 哈夫洛克（E. A. Havelock）把早期的 philosophy 理解为"理智主义",这点很有启发意义。参见 E. A. Havelock, *Preface to Plato*, Cambridge, MA: The Belknap Press of Harvard University Press, 1963, p. 284。

地理、天文、医学以及早期的自然哲学，都从属于这种理智主义。根据英国古典学家哈夫洛克的考察，诗歌的繁荣与"口头"为主的传播方式密不可分，而理智主义的兴起与"书写"的发达有关，因此他把"诗性的"（poetic）心智状态又称为"口语的"（oral）心智状态。前柏拉图时期的人们主要不是通过阅读（书籍）而是通过聆听（游吟诗人以及剧场演员的吟唱）来获得公共教养。在口传文化时期，即使哲学家（例如，巴门尼德、克塞诺芬尼、恩培多克勒）也习惯于采用诗歌的方式向公众传达信息。文字书写的发达带来了文化传播方式的变革，也对语言形式和心智形式产生了重大影响（例如，文字书写比口语更适合表达抽象概念，更追求概念的统一性和逻辑的一贯性），理智主义在这个背景下得以兴起。

在"自然"的解释和"历史"的记述方面，理智主义很快就压倒了诗性想象，不过，在"道德"或"人生"领域，诗性说教和戏剧故事一直发挥着更大的影响，至少在前柏拉图时代是这样。缘此，哲学在这个时期主要意味着宇宙论或自然哲学。然而，理智性的反思绝不会把"道德"领域当作自己的禁区。所谓"苏格拉底把哲学从天上唤到人间"，指的就是理智开始明显地转向对于"道德"的关注。作为苏格拉底的弟子，柏拉图沿着理智主义的方向发展出了真正的"道德哲学"。这种新兴的理智主义对传统的诗性教化感到不满，试图全面夺取"教化"（παιδεία）的主导权，这就是柏拉图所谓"哲学与诗之争"的思想史背景。

二　诗与教化

尽管柏拉图认为真正的教化或最高的教化只能通过哲学才能实现，但是他没有简单地排斥诗的教育意义。实际上，他在《理想国》第二至三卷肯定了诗歌在"基础教育"方面的积极意义。柏拉图主张，城邦的护卫者阶层"在年少的时候"需要用"文艺"和"体育"来进行教育。这里所谓"文艺"也就是"诗歌—音乐"。柏拉图详细讨论了诗歌的内容、形式、功能和目的。诗歌的内容即"言论"

（λóγος），它总体上分为"真的"和"假的"。所谓"假言论"实际指"故事"（μῦθος）。"真言论"的涵义虽然没有被点明，但不难知道它指"哲学"。（详见《理想国》376e以下）如果全部教育都只允许讲"真言论"，那就根本不允许编造任何"故事"，也就是说，"哲学—科学—历史"应该彻底替代"诗—文学—故事"。柏拉图没有坚持这样极端的主张，至少他认为对儿童应该首先讲"故事"。故事有好坏之分。坏故事把神描述为丑恶的、彼此争斗的、变化多端的、说谎的和作恶的；好故事把神描述为全善的、纯一不变的和不说谎的。坏故事渲染死亡的可怕、英雄的懦弱，表现过分的激情；好故事描写英雄的节制、勇敢和坚忍。坏故事鼓吹坏人过幸福的生活，好人过痛苦的人生，好故事恰恰相反。因此，柏拉图认为必须对故事进行审查，只允许讲好故事，禁止讲坏故事。

关于诗歌的"表达方式"（λέξις），柏拉图做出这样的分类：一种是诗人自己的直接叙述（例如颂诗和抒情诗），另一种是诗人对角色人物的模仿或扮演（例如戏剧），第三种是前两种的混合体（例如史诗）。这种分类法很特别，它基于对"模仿"或"角色扮演"的突出强调。柏拉图对模仿非常警惕，认为不加选择地模仿会使人变坏。显然，柏拉图在做出上述分类的时候带着价值判断，即直接叙述比角色扮演更"好"。"模仿"（μίμησις）对于理解柏拉图的"文艺理论"而言至关重要，我们将在后面做进一步阐释。

诗歌无论在形式还是内容方面都有好坏之分。坏诗歌败坏人的心灵，但是好诗歌可以陶冶灵魂，使青少年形成"和谐""温驯"的性格，热爱"美好的事物"。（详见《理想国》403c）由此可见，柏拉图有条件地肯定了诗的教育功能。然而，柏拉图在《理想国》第十卷对诗展开了激烈而彻底的攻击。他在论证的开端就给出一个严重的指控，也就是说，诗"似乎会败坏每一位不懂它的真实本性、没有解毒剂的听众的理智（διάνοια）"（《理想国》595b5–6）。这个跳跃似乎很突然，也颇让人费解：为什么柏拉图要在《理想国》接近结尾的地方展开对诗的总体批判？要理解这个问题，需要我们重新思考《理想国》的主题，从所谓"政治"转向"教育"或"教化"问题。在我看来，灵魂教化这个主题在《理想国》中如果不是比国家治理这个主题更为根本的话，那么至少是与之地位相当——尽管人们把更多目光投向了后者。须知，探讨国家中"大写的正义"也是为了洞察灵魂中"小写的正义"。

"教化"是柏拉图考察诗的基本视域。对他而言，"文艺"绝不是个体娱乐游戏的领域，而是向公众传达各种知识和道德教训的载体。柏拉图在《理想国》第十卷以结论性的方式说：哲学与诗之间"这场斗争是重大的，甚至比人们设想的还要重大，它关乎人们成为好人还是成为坏人，因此，既不能让荣誉、金钱和权力，也不能让诗把我们引诱到对正义和其他美德漠不关心的地步"（《理想国》608b）。对于"荣誉、金钱和权力"的反思构成了《理想国》第八至九卷的内容，接下来的第十卷对"诗"的批评显然是这种反思的继续。如果我们只把眼光放在"模仿"这个关键词上，忽略"美德"和"教化"问题，这就全然错过了作者的根本意图。因为只有从"教化"的视域才能看清为什么在这篇谈论"正义"的对话录当中要一再对诗展开批评。

在《理想国》的开端处，作者就让我们感受到"诗"对一般民众的道德观念有着重要的影响。人们习惯于把诗人的观点当作权威来援引，譬如，凯发卢斯援引索福克勒斯和品达，玻勒玛库斯援引西蒙尼得。西蒙尼得甚至被说成"既智慧又神性的人"。然而，柏拉图对诗人也提出了质疑："对于正义是什么，西蒙尼得似乎是以诗人的方式在说谜语。"（《理想国》332b9–c1）在这里，"诗人"的说话方式被等同于"说谜语"，即说一些似是而非、模棱两可的话。这已经隐约透露出柏拉图批判诗人和诗的基本态度。

在《理想国》第二卷，柏拉图通过阿迪曼图之口表明，诗人提供的道德观念是模棱两可的：一方面，诗人宣扬"善有善报，恶有恶报"，这在引导人走正道方面有积极意义；另一方面，诗人还鼓吹另一种说法，即正义的生活是艰苦而不幸的，不正义的生活反倒是容易、有福甚至是荣耀的，因为恶人作恶后可以通过献祭来收买诸神。诗在"正义观"方面的混乱绝不只意味着诗"在某个方面"有缺陷，而意味着诗"本身"存在问题，因为"诗"自身声称的事业就是"申纲纪、正风气"。[①] 显然，在柏拉图看来，以诗为主要载体的传统教化体系存在根本弊端，并不能提供"道德"或"正义"的纯粹概念。如果我们明白《理想国》的雄心首先不是提供一种"政治理论"，而是救治这种传统的教化机制，重振纲纪，再塑风气，那么，我们就不会把第十卷对诗的攻击看作"离题话"，而会看作题中应有之义。

如果说第二至三卷关注的是初级教育，那么，第十卷已经把视野转向了一般意义上的教化。尽管好诗可以促进一个孩子的"和谐"性格，但是，如果这个孩子到了成年仍然迷恋诗，成为一位"戏迷"或"声色的爱好者"（详见《理想国》476a9 以下），那么，他就不可能成为一位合格的"爱智者—哲学家"，从而也不能成长为柏拉图式的"新人类"。然而，戏剧和其他各种诗歌对人们具有太大的诱惑力和"毒害性"，柏拉图如果要想把希腊的青年才俊从剧场吸引到自己的学园，就必须首先把剧场的"毒害性"告知他们，让他们拥有关于戏剧和其他诗歌的"解毒剂"（ φάρμακον ）。这种解毒剂就是柏拉图在"形而上学—知识论"层面上对诗的指控，关于这点我们将在下一节展开具体阐释。

除了"形而上学—知识论"层面上的指控之外，柏拉图对诗还提出了某种"语言—心理"层面上的指控。作为一种特定的语言形式，"诗"与"修辞术"密切相关，或者说，诗在广义上从属于修辞术，因为其目标在于"说服"而非"教导"，它利用修辞的技巧压倒辩证法的论证。诗人能利用语词来谈论一切，而且他使用韵律、节奏与和声等手段大大增加了语言的"魅力"（ κήλησις ）。如果脱掉诗的音乐色彩，那么这些诗就会失去它的魅力（详见《理想国》601a–b）。柏拉图在《高尔吉亚》中直接表示，作为一种修辞术的"诗"提供的是"快乐"，既不能传达"知识"，也不能促进"美德"。[②] 正如前面所说，如果诗歌只有娱乐功能，那么它对于"理想国"而言没有必要性。非

---

① 参见赫西俄德《神谱》第 66 行：缪斯们咏唱的主题就是"普全的纲纪（ nomos ）与风气（ ethos ）"。

② 参见柏拉图《高尔吉亚》502b 以下。

但没有必要性，而且有害处，因为它诉诸"灵魂中低劣的部分"，即"情感"（$\tau\grave{o}\ \pi\acute{\alpha}\theta o\varsigma$）。柏拉图并没有否认诗在"审美"方面的特殊效果，但是强烈的道德主义使他在此把快乐与美德隔离开来甚至对立起来了。

在这里，柏拉图明显引入了"心理学"（灵魂学）的视野。"既然我们已经辨别了灵魂的各个部分，那么不接受它（作为模仿术的诗歌）的理由就显得更充分了。"（《理想国》595a5–b1）我们知道《理想国》第四卷把灵魂主要分为三个部分，即"理性""激情"和"欲望"，不过，第十卷没有重申这种三分法，而是采用简单的二分法，即"优秀的部分"（理性）和"低劣的部分"（情感）。

> 诗人激励、培育和加强心灵中低劣的部分，从而破坏理性的部分，就好像让坏人统治城邦，让他们危害好人一样。（《理想国》605a–c）

> 当我们必须让这些情感枯萎死亡的时候，诗歌却在给它们浇水施肥；当我们必须统治情感，以便我们可以生活得更美好、更幸福，而不是更糟糕、更可悲时，诗歌却让情感统治了我们。（《理想国》606d）

在柏拉图看来，灵魂内部若干部分是分裂和冲突的，既有承受痛苦和快乐的情感，又有克制苦乐的理性，情感伴随着放纵、悲痛、激动、暴躁、善变和懦弱，而理性伴随着克制、冷静和勇敢。由此推论，似乎理性本身就意味着美德，而情感本身就是美德的反面了。这样看来，诗歌怂恿情感直接意味着败坏道德。这是柏拉图从心理学视野中对诗提出的一个严重指控。

这种彻底排斥"情感"的主张显然太过于极端了，柏拉图本人似乎也意识到了这点。在《理想国》第十卷中，柏拉图借苏格拉底之口说，如果诗歌的拥护者有足够的理由说明诗歌不仅是令人愉快的，而且是对城邦和个人有益的，那么，诗歌仍然可以从"流放"中回到"理想国"：

> 我们也应该让他们——不是诗人而是诗人之友——用无韵律的论说进行辩护，让他们辩护，诗歌不仅带来快乐，而且给城邦和人类生活带来益处；我们将耐心聆听。如果诗歌不仅带来快乐而且带来益处，我们当然就获益了。(《理想国》607d–e)

实际上，《理想国》第九卷已经对快乐的各种性质和层次作出了区分。不是所有的快乐都是不好的。快乐有高级的，也有低级的。沉迷于低级的快乐是需要抵制的，而高级的快乐并不妨碍美德的养成。那么，谁有能力判断某种快乐是高级的还是低级的呢？换言之，谁能充当立法者呢？柏拉图认为这样的人应该是最优秀的、最有教养的人，也就是哲学家：

> 判断文艺的标准是快乐，但不是任意某个人的快乐；那种让最优秀的、接受良好教育的人感到快乐的文艺差不多是最好的，当然，那种让在美德和教化方面最为卓越的人感到快乐的文艺尤为优秀。①

柏拉图终究没有要求哲学家或者纯粹的理智主义者完全拒斥情感，做到"不动心"(apathy)，而只是要求情感接受理智的监管，不能让"诗歌"与"低级的快乐"联合起来"在灵魂中建立起恶的体制"(《理想国》605b7–8)。对柏拉图而言，教化与政治是同一件事情的两面，因而诗在教化方面的意义也就是它在政治方面的意义。

三　诗与真理

柏拉图对诗的批评是从"教化"的视域出发的，而真正的教化意味着对于教化本身的反思。在他看来，教化意味着获得关于"善"

---

① 柏拉图：《法律篇》(又译《法篇》《法义》)658e–659a。

和"正义"的知识，洞察到"美德"本身的真理或真相。真相的对立面是幻相、遮蔽和欺骗，在柏拉图这里，也就是所谓"臆见—意见"（δόξα）。只有哲学才洞见到"正义本身""美德本身"，诗所呈现的是正义和美德的"幻相"（φάντασμα）或"影像"（εἴδωλον），因为诗人一时说正义是这样，一时说正义是那样，永远也把握不到正义的"一""本身"或"理念"。诗提供的不是知识本身，而属于"臆见"一类的东西。当柏拉图在《理想国》第五卷做出"知识"和"臆见"的区分的时候，他心中已然想着爱智者与诗人的区分、"理念爱好者"与"声色爱好者"的区分。诗人及其追随者（戏迷）就是与"爱智者"相区分的"爱臆见者"。在《理想国》第七卷关于爱智者的培养课程中，首先是数学和算术，然后是几何、天文学、和声学，最后是辩证法，就是没有诗的地位，因为诗作为"臆见"关注的是"生灭变化"（γένεσις），而非"本质"（οὐσία）。（详见《理想国》521d–522b）如果说儿童由于理智的不成熟而只能接受"影像"的话，那么理智成熟的人就应该告别"影像"或"意见"而追求"理念"或"知识"。

这样，对诗的批评就从一般的教化视域转向了知识视域或真理视域。如果说诗在教化视域中还有一定的积极意义，即通过音调、韵律和故事为理智尚未成熟的人提供"习性"（ἔθος）方面的熏陶，让他们举止"温雅得体"（详见《理想国》522a3–b1），[1]那么，真理视域中的诗是全然消极的。从真理视域出发，柏拉图关于诗主要提出了两种论证，一种是"迷狂论"，另一种是"模仿论"。"迷狂论"是从诗人的能力或灵魂状况来说的，而"模仿论"是从诗歌作品的思想内容来说的，前者主要反映在《伊翁》中，也包括《申辩》和《斐德罗》的某些段落，后者主要体现在《理想国》第十卷中。从诗人的灵魂状况来看，柏拉图认为诗人在作诗的时候并不是处于理智的状态，而是处于迷狂或出神的状态，因此，诗人的能力算不上一门技艺或知识，而他们之所以有时候能够说出某些不错的话，是出

---

[1] 柏拉图在此使用了 εὐαρμοστία [随和、温雅] 和 εὐρυθμία [好节奏、匀称] 这两个词，姑且合译作"温雅得体"。

于神明的感召或启示，但是他们对自己说出来的话缺乏理解，就像做预言的先知或祭司一样。① 可能有人会说，既然诗人是"代神立言"，他们所说的东西岂不是比"人言"更高明吗？"神启"（或作"灵感"）不是比"理智"更高吗？或许是这样。欧洲中世纪的神学家几乎都认为神启高于理智。但是，柏拉图认为理智、知识和技艺更接近于"智慧"，而不是非理智的"迷狂"。他在这里完全继承了希腊理性主义思潮的立场。

然而，柏拉图也没有把迷狂完全看作消极的东西。在《斐德罗》（244-245）中，他提出了几种不同类型的迷狂，其中一种是所谓"缪斯的迷狂"，也就是诗人在创作诗歌的时候具有的迷狂：

> 这种迷狂捕获一个温和、单纯的灵魂，唤醒并激励它通往歌唱和其他诗歌艺术，赞颂古代的丰功伟绩，教化子孙后代。以为凭借技艺就足以成为一名诗人而没有这种缪斯迷狂的人来到诗歌的门槛，当然是无功而返；理智健全者的诗歌在迷狂者的诗歌面前显得黯淡无光。②

迷狂对于诗歌是必要的，处于理智状态的人写的诗歌反倒没有处于迷狂状态的人写的诗歌"好"。从诗歌的立场来看，"技艺"反倒不是什么有益的东西。但是，如果有人把这里为诗和迷狂所作的辩护看作柏拉图为批评诗而做的忏悔，那么他显然也弄错了。因为在这篇对话录的后面（《斐德罗》248e），柏拉图仍然把"诗人和其他从事模仿的人"的灵魂归为第六等级的灵魂，距离第一等级的哲学家灵魂还有很远的距离。我们看到，诗与"模仿"在《斐德罗》这里已经被关联起来了，它很可能建基于《理想国》第十卷中对诗的考察。在《理想国》中，诗人的能力没有像《伊翁》那样被界定为一种"迷狂"，而是被说成某种"模仿技艺"。如果说柏拉图通过"迷狂说"揭示了诗

---

① 参见柏拉图《申辩》22b–c；《伊翁》533e、534b、534c。
② 柏拉图：《斐德罗》245。

人的"非理性"特征,从而间接说明诗的"非真理"特征,那么他通过"模仿说"是想直接说明诗的"非真理"性质。"理性"和"真"恰恰是哲学为自己圈划地盘时所树立的基本界标。

在《理想国》第三卷,"模仿"只是戏剧这个特定类型的诗的特征,而在第十卷,它被视为诗的一般特征。要解释这点,首先要说明柏拉图所说"模仿"的多重涵义。"模仿"首先可以表示"扮演",[①]譬如一个演员扮演医生(即医生的言行举止),这是第三卷的主要用法。"模仿"还可以表示"仿造"或"再现",譬如一个画家在画布上再现一张床的外观,这是第十卷的主要用法。当柏拉图把诗人归属于"模仿者"的时候,他并没有仔细区分这两种不同意义上的"模仿"。诗人的创作活动本身被看作一种模仿,即通过语言或文字"再现"某个事物或某件事情;诗人(或演员)的表演活动也被看作一种模仿,即通过言行"扮演"某个实践者的实践方式。其实,"扮演"可以考虑为一种特定方式的"再现",它不是使用外在工具而是使用自己的身体。有时候,学生的学习活动和成人的吟诵活动也被说成"模仿",它们都是某种意义上的"扮演"。"模仿—扮演"不仅标识了诗的创作者的创作活动,而且刻画了诗的接受者的接受活动,这恐怕是柏拉图用它来界定"诗艺"之一般特征的理由所在。

既然"诗艺"被归结为一种"模仿技艺",那么,接下来就需要从"技艺"的视域出发来考察它究竟是怎样一种技艺。"作诗"与做木工、医治病人、带兵打仗和治理国家之类的工作都不同,后面这些活动属于某种专门技艺,而"作诗"似乎不是某种专门技艺,而是集所有技艺于一身的"智慧大全",因为"诗"的主题无所不包,而诗人显得无所不知。诗人"言说一切东西",因而他似乎"知道一切东西",甚至能够"制作一切东西"。柏拉图认为诗的"阿喀琉斯之踵"就在于"制作一切东西"这点。诗人顶着"制作者"($ποιητής$)这个头衔,其实并不真正"制作"什么东西,而只是以特定的方式"再

[①] "让自己在声音和姿态上与另一个人相似也就是模仿那个相似的人,对吗?"(《理想国》393c5–6)

现—表现"一切东西。于是，"作诗技艺"就只能是像绘画一样的"再现技艺"或"模仿技艺"。关于床的绘画并不真正制造一张床，只是表现床的"表象"，同样，关于美德的诗歌并不真正制作出美德，而只是表现了美德的"表象"。"再现—模仿"不是真正意义上的"制作"，因而"模仿术"不是真正意义上的"技艺"。这样，诗人就不配享有"制作者"（ποιητής）这个头衔，他们最多是一些"模仿者"（μιμητής）。"模仿者"这个词在古希腊人听起来有"假冒者"或"表演者—戏子"的意思，它甚至被拿来与"魔术师"（骗子）相提并论（《理想国》598d）。柏拉图对诗人的这种贬斥是很严重的，因为对于古希腊人而言，公民或正经人首先凭借"技艺"而非其他东西得以在城邦里"安身立命"。如果诗人并不"制作"什么东西，只是"演戏"，那么，他对城邦而言就没有什么必要性。如果诗人说自己提供了消遣，给人带来了快乐，这对于柏拉图而言也没有任何说服力，因为在他看来，"娱乐"并不是必要的，相反可能还有坏处。在《理想国》第二卷（369以下），所谓"健康的城邦"只需要农夫、各种工匠和商人，而"发高烧的城邦"才会出现"模仿者"（戏子），包括诗人及其助手（例如，各种歌舞演员、吟诵家）。

究竟什么是"再现—模仿"，它跟真正意义上的"制作"有何不同？为了说明这点，柏拉图提供了一种更深层的形而上学解释。他首先区分了存在者的三个等级：最高层次的是"理念"（εἶδος）或"恒是—本质"（ὃ ἔστιν），其次是分有特定理念的具体事物，最低层次的是"影像"，即关于具体事物的再现，例如，镜子中的映像。这种分类的标准是所谓"真"或"真实性"——它不是存在者层面的而是存在论层面的分类。制作理念的神和制作具体器物的工匠更有资格被称为"作家"，而所谓"作家—诗人"就像"画家"一样只是制作影像，更应该被称作"模仿者"而非"作家"。

如果模仿者提供的"影像"或"摹本"能够很好地"再现—还原"被模仿的事物（"原本"），那么，这种模仿对"原本"不也是一种揭示吗？"影像"难道没有一丁点儿"真实性"吗？为了避免这种质疑，柏拉图作出了更进一步的设定，即模仿有两种，一种是对事物真相的模仿，一种是对事物表象的模仿（详见《理想国》598a 以下），而诗艺属于后者。这样，对"模仿活动"本身的批评在某种程度上被消解了，问题转到了"模仿的对象"上。柏拉图认为，诗人缺乏对理念世界的认识，因此他们"模仿"的东西是一些"表象"或"幻像"（τὸ φαινόμενον）。诗人自身没有知识，因而他提供的东西不可能是知识，那些对诗"信以为真"的人其实是受了欺骗。把"诗艺"直接归结为"欺骗"，这是柏拉图对诗的"毒害性"的第一个严重指控。这个指控比前面把诗艺等同于"迷狂"更为严重，因为诗人在迷狂的状态下能够"说出许多不错的话"，只是他自己对这些话缺乏理解而已。

诗乃至一般的"文学—艺术"是关于"表象"的表达，而哲学是关于"本质"或"理念"的表达，这是柏拉图的一个基本论断。这个论断几乎影响了后世所有柏拉图主义者，包括我们比较熟悉的黑格尔。从这个视野看，诗与哲学的关系是不可协调的：追求洞见本质的哲学必定要反对沉迷于表象的诗。在哲学看来，诗提供的"故事"是虚构的而不是真实的，诗沉迷于"感情"（πάθος）而妨碍理性（这点后面还要继续说明），诗是孩子气的而不是成熟的。如果说"诗"在各个领域上的意见在传统上被看作"权威"的话，那么，柏拉图的这些批评确实瓦解了这样一种局面。柏拉图对"诗"的"解魅"为"哲学—科学"带来了自身发展的空间，然而，它也很容易带给人们一个过分乐观的革命性幻想："诗—文学"的蒙昧时代要被"哲学—科学"的成熟时代所取代。

无论是把诗看作关于表象的表达，还是把诗艺看作某种意义上的欺骗，都是从"认知"的视野来考察诗。这种"知识主义"的视域本身是从属于哲学的。如果"诗"的职能主要不在于提供"专业知识"而在于其他方面，那么，哪怕"诗"不提供任何"专业知识"，也不能因此就必然否定它的价值。亚里士多德就曾明白指出"诗"的任务不是提供某种专门知识，他认为，诗人可以犯一些特殊知识领域上的错误，这不算是诗艺本身的缺点，而且，为了达到诗的效果，诗人描述的东西可以是"不真实的"，因为诗所关注的不是事情"真是这样"，而是事情"应当如此"。① 亚里士多德的说法并非毫无道理，因为要求一切文学都成为"科学"（Wissenschaft）几乎是疯狂的主张。然而，这样的批评没有击中柏拉图的要害，因为他不仅批评诗在"专业知识"方面的缺乏，更重要的是缺乏关于"道德"或"正义"本身之"真相"的洞见。如果我们不把《理想国》第十卷中的"诗与哲学之争"理解为文学与科学之争，而是理解为道德方面的流俗意见与道德哲学之间的冲突，那么我们对于柏拉图所谓诗的"非真理性"将会抱以更大的同情。事情似乎是这样：为了领会道德的"理念"，诗人必须学习"辩证法"从而转变为"道德哲学家"——这就好比普通的"手工艺人"必须学习"工艺理论"从而转变为"技师—技术家"——这正好符合柏拉图本人的人生轨迹。

四　诗的胜利？

至此我们获得一个印象：尽管柏拉图承认诗在某种程度上的教育作用，但是他对诗的基本态度是消极的。诗是非理性的"迷狂"的产物；诗是关于事物表象的不准确再现，它没能提供关于正义或道德的真正概念；诗激发情感而伤害理智，它利用修辞术和音乐来控制听众的快乐和痛苦从而实现"说服"甚至"蛊惑—蒙蔽"，而不是通过冷静的交谈来实现"教导—启蒙"。然而，柏拉图在《斐多》（60d 以下）的叙述似乎扭转了整个局面。这篇对话录的开端部分颇有深意地提到，临刑前的苏格拉底居然搁置哲学而开始创作诗歌。"苏格拉底"说，自己常做同一个梦，梦中有声音吩咐他"从事文艺"，而他曾以为哲学是"最伟大的文艺"（μεγίστη μουσική），因而自己从事哲学就是听从了这个吩咐，但是，

> 自从我受到审判，而这位神（按：阿波罗）的节日又使处死我的时间推延，我想，莫非那个梦经常吩咐我去从事的是

---

① 亚里士多德：《诗学》1460b–1461b。

这种通俗的文艺（δημώδης μουσική），我应该去从事而不应拒绝。因为在我离世之前，听从这个梦去创作一些诗歌来洗罪（ἀφοσιώσασθαι），这样会稳当一些。①

哲学与"诗歌—音乐"都从属于广义上的"文艺"（μουσική），而狭义的"文艺"特指"诗歌—音乐"。苏格拉底把缺乏音乐性的哲学说成"最伟大的文艺"，这很可能是哲学家的一相情愿，对于大众而言，文艺就是"诗歌—音乐"。一位哲学家以为整个"文教事业"的顶峰就是"哲学—辩证法—科学"，然而在临死前似乎突然意识到文教事业可能更接近于大众化的"诗歌—音乐—文学"，这的确非常有戏剧性。这似乎意味着哲学家低下了自己高贵的头颅，向诗人表示尊敬，甚至为自己的"哲学式傲慢"表示忏悔。古典学家尼采在《悲剧的诞生》一书曾经对苏格拉底临死前对哲学的质疑和对艺术的拥抱有过生动的描述和分析，他站在"诗歌—艺术"的立场上尖刻地嘲讽了作为"逻辑学家—理智主义者"的苏格拉底。② 如果对真理的追求最终是一场幻梦，那么哲学家搭建起来的"理念世界"与诗人们描绘的"表象世界"就没有什么根本的区别。正是基于这样的设想，极端的后现代主义者们开始鼓吹科学与小说（fiction）没有本质的区别。

实际上，只要柏拉图以"正义""美德"和"灵魂不朽"为言说的主题，那么，他一开始就与诗人站在同一个阵营里。不过，他试图通过辩证法"哲学地"探讨"正义"，这又是受了苏格拉底的影响。辩证法的目标在于为正义寻求一个普遍定义（理念），而诗追求的不是定义，是直接给听众的灵魂灌输一种特定的正义观念。探求正义定义的过程本身（哲学）最终要成为教导一种正义观的活动（教化），否则就没有意义。正义观念究竟是通过"辩证法"逻辑地推论出来的（美德是一种知识），还是以神秘的方式从神那里领受而来的（美德是

---

① 柏拉图：《斐多》61a4-b1。
② 参见 F. Nietzsche, *Basic Writings of Nietzsche*, W. Kaufmann trans., New York: The Modern Library, 1968, pp. 92–93。

一种"神启"），这个问题仍然是开放的。^① 哪怕柏拉图也不否认关于"善"的领会需要一种直觉，一种内在的、精神性的洞见，而不是单靠逻辑推理，因为这种知识"不像其他学问那样可以表述，而是通过长期与其本身共在，然后它会突然在灵魂中生长出来——就像火被点着时闪出的光一样——并自身保养自身"。② 这更接近柏拉图所谓的"神启"或"迷狂"而不是"理智"。此外我们也不能忘记，柏拉图除了操练辩证法之外，还跟诗人一样创作"寓言—故事"（μῦθος）。

从历史上看，诗产生在前，哲学出现在后，诗代表着"传统文化"，哲学则代表着"新潮思想"。哲学与诗之争，不是什么"学科"之争，而是"新思想"与"旧文化"之争。荷马是"诗"或"旧文化"的代表，柏拉图是"哲学"或"新思想"的先锋，由此也就不难理解，为什么"哲学与诗之争"由柏拉图自觉提出来，而且矛头直指荷马。柏拉图的任务既是批评诗歌和传统文化，也是为整个希腊理性主义思潮的正当性做辩护。伴随着柏拉图的批评，哲学几乎取代诗成为教化的代名词，这深刻地影响了西方文明的历史。直到有一天，从哲学中脱胎而出的科学成为"新思想"的代表，并且把哲学（玄学）看作有待扬弃的"旧文化"，这个时候，"哲学"才仿佛觉悟到自己其实不过就是"诗"。由此看来，19 世纪末至 20 世纪中期发生的"两种文化（科学与文学）之争"和"科玄之争"并不是什么新鲜的东西，它们不过是"诗与哲学之争"的现代翻版而已。

【作者简介】

詹文杰，哲学博士，中国社会科学院哲学研究所研究员、西方哲学史研究室副主任，研究专长为古希腊哲学。主持国家社会科学基金青年项目"柏拉图的知识论研究"（10CZX030）。

---

① 详见柏拉图《美诺》99e 以下。
② 柏拉图：《第七封信》341c–d。

分裂之家的友谊

——柏拉图《法律篇》中的共同体[*]

李　猛

（北京大学哲学系）

一　分裂之家

众所周知，柏拉图在晚年的《法律篇》（又译《法篇》《法义》）中特别重视 φιλία［友谊］在立法中的作用："在制定法律时，立法者必须着眼于三样东西，也就是，他为之立法的城邦变得自由、与自身为友（φίλη）并具有理智。"（701d7-9，参见 693b3-5、693c3-4、693c9-10、693d10-e1、743c5-7、756e12-a5、862c3）[①] 在分析波斯与雅典的政治兴衰时，尤其强调城邦中存在的 φιλία，对于良好政体的决定性作用（694a8、5d3、7d6、8c3、9c1、701d）。伴随对 φιλία 的重视和强调，《法律篇》将家庭作为考察立法原理的基本模式：

> 雅典人：让我们再考虑考虑这一点：如果某地方有许多兄

---

[*] 本文原载于《中国社会科学院大学学报》2022 年第 6 期。

[①] 《法律篇》的中文译文依据林志猛《柏拉图〈法义〉研究、翻译和笺注》，上海：华东师范大学出版社，2019。部分译文据原文有改动，不一一注明：Plato, *Platonis Opera Volume V*, John Burnet ed., Oxford: Oxford University Press, 1907。文本的理解参考了以下注释：Edwin Bourdieu England ed. with intro. and notes., *The Laws of Plato*, Manchester: Manchester University Press, 1921; Klaus Schöpsdau trans. and comm., *Nomoi*, Göttingen: Vandenhoeck & Ruprecht, 1994–2011。

弟,为同一个男人和同一个女人所生,他们中不义的多,正义的极少,这一点儿也不奇怪吧?……

刚才提到的那些兄弟,他们想必需要一位法官吧?……哪一种会更好:(1)一个法官消灭他们中的坏蛋,安排较好的人自己统治自己,或者(2)另一个法官让好人来统治,并允许坏人活着,使他们自愿受统治;(3)但我们也该说说第三个,更卓越的,法官:如果终究应该有这么一个法官的话,他能接管这个四分五裂的家庭,不消灭任何人,反而为他们的来日制定法律来调解,以守护他们彼此之间的 φιλία(627c3—628a4)。

雅典人的对话伙伴立即回应说,第三种法官要好得多。这引起了注释者的困惑:如果第二种法官就能让坏人"自愿"接受统治,第三种法官的卓越体现在何处呢?《法律篇》的经典注疏家英格兰(Edwin Bourdieu England)批评德国学者里特尔(C. Ritter)试图将手稿中的"自愿"改为"不自愿"来区分第二种法官和第三种法官的做法,他指出,第三种法官胜过第二种法官之处在于,他将第二种情形中少数人的个人统治转变为法律统治,在法律统治下,比在个人统治下,多数人与少数人更可能成为朋友。制定法律实现的"调解"就是第二种情形中的"自愿",但第三种法官做了更多,友谊的存在意味着,多数人认为,服从法律对他们自己有利。当代德国学者舍普斯道(Klaus Schöpsdau)赞同英格兰的看法,认为第二种法官(坏人自愿服从好人)已经符合《理想国》中对节制($\sigma\omega\phi\rho\sigma\sigma\acute{\upsilon}\nu\eta$)的定义(*Resp.* 389d,431b),但第三种法官能够"通过法律保持长久的和解,并确保友爱",从而建立了"正确的法"($\dot{o}\rho\theta\grave{o}\varsigma\ \nu\acute{o}\mu o\varsigma$)的尺度,因此,雅典人的对话伙伴才会马上指出,第三种法官不只是法官,同时还是立法者。[①] 换言之,是法律建立的秩序,而非作为个人德性的 $\sigma\omega\phi\rho\sigma\sigma\acute{\upsilon}\nu\eta$,区分了这两种情形,决定了第三种法官的卓越。迈耶

---

① 参见 Edwin Bourdieu England ed. with intro. and notes., *The Laws of Plato*, I. pp. 202–203; Klaus Schöpsdau trans. and comm., *Nomoi*, I. pp. 164–165。

（Susan Sauvé Meyer）不同意这一看法，认为这里的关键不在于法律提供的持久安排，而在于第三种法官在双方建立的和解，使他们不再是主人与臣民的对立两方，而是朋友，这一友谊使坏人改过自新，因此所有兄弟都成了好人。[1]

表面上看，英格兰—舍普斯道的法律化解读和迈耶的道德化解读，只是强调的重点略有不同，其实并无太大分歧。因为，第三种法官，显然是通过制定法律，来创造和解与 φιλία，从而使这个家庭免于四分五裂。法律是维持 φιλία 的前提，而 φιλία 则是法律得以成功避免分裂的标志。但这两种解读确实有个根本的分歧，那就是法律所维护的 φιλία 的性质。道德化的解读强调公民之所以彼此形成 φιλία，是因为法律秩序使所有坏人都转变为好人，从而避免了内部的冲突。[2] 因此，标志着城邦道德教育成果的 φιλία，是有德君子之间的友谊。出于类似的理解，有学者才主张，柏拉图在《法律篇》中比《理想国》更具理想主义，相信可以通过教育让更多的人——不仅限于哲学家，也包括非哲学家——达到真正的德性，从而像分裂之家的类比暗示的，整个城邦的公民，都有可能实现真正的德性，建立彼此真正的友谊。[3]

法律化解读，之所以弱化德性，强调立法者通过法律建立稳定持久的统治关系的重要性，乃是因为在第三种法官的描述中，统治与被统治在德性上的区分被搁置了，而法律秩序代替人的统治克服了一家的分裂。如何通过这一秩序实现和解与 φιλία，成为法官乃至立法者关注的焦点。《法律篇》对 φιλία 的官方定义，仍然采用的是标准的表述——"德性相似者或平等者之间的关系，我们称之为 φίλος"

---

[1] 参见 Susan Sauvé Meyer, *Plato: Laws 1 and 2*, Oxford: Oxford University Press, 2015, p. 91。

[2] 参见 Susan Sauvé Meyer, *Plato: Laws 1 and 2*, pp. 91–92。

[3] 参见 Christopher Bobonich, *Plato's Utopia Recast: His Later Ethics and Politics*, Oxford: Oxford University Press, 2002, Ch. 2; Charles Kahn, "From Republic to Laws: A Discussion of Christopher Bobonich, *Plato's Utopia Recast*", *Oxford Studies in Ancient Philosophy*, Vol. 26, 2004, pp. 337–362; Luc Brisson, "Ethics and Politics in Plato's *Laws*", *Oxford Studies in Ancient Philosophy*, Vol. 28, 2005, pp. 93–121。

(837a6–7),^①那么，法律秩序为了实现和解建立的 $φιλία$，是否针对的是平等实现德性的好人呢？对友谊的德性平等理解在解释上面临不少挑战。

雅典人之所以采取"分裂之家"来类比城邦立法的目标，是为了纠正他的多利安对话伙伴对胜利模式的热衷和执着——他们甚至愿意承认个人内部同样是分裂的，"自己战胜自己，是所有胜利中首要和最好的"(626e2–3)。但在城邦中，数量占多数的不义者如果通过联合在力量上胜过正义者，那么，胜利模式本身就有可能沦为一种"强权即公理"的强者逻辑，本身并不能提供一个无可争议的标准（627b-c、638a、641c、comp. 890a）。而考虑到胜利模式同样适用于"自己对自己的战争"，那么，城邦灌输勇敢德性，培养公民战士，获得战争胜利这一大众道德观念，就在个体灵魂和城邦层面遭遇潜在的张力或矛盾。柏拉图引入分裂之家的类比，是要通过法律创造的和解与友谊，来解决"不义者更多"给德性的胜利模式带来的困难，战胜模式不仅无法恰当规定政治生活的根本目标（"最好的东西既非战争，也非内战"），而且更为致命的是，不义者在数量上的优势（"不义的多"）意味着，只有联合多数人的力量，城邦才能建立必然性的统治秩序（比较 690b4–6 和 628d1–2）。三个法官的选择分别是消灭不义者，让不义者自愿服从、与不义者和解。政治生活不可能采取第一种法官的做法，而第三种法官通过法律所建立的和解恰恰是要在不义者与正义者之间建立 $φιλία$，而不是仅仅让正义者战胜不义者。这是《法律篇》在

---

① 只有好人之间才存在真正的友谊，是柏拉图—亚里士多德传统对友谊问题的经典阐述，《尼各马可伦理学》对此有大量讨论（*EN.* 1156b7ff., 1157a20ff., 1159a33–b7）。但当亚里士多德将好人之间的德性友谊作为友谊"原初和严格"的形式，如何理解其他种类的友谊与这一"完善友谊"的"相似"（1157a30–32、1156b7、1157a1、1157b4–5、1158b5–8），就成为值得研究的重要课题，本文试图考察《法律篇》中的类似问题。参见 M. Bordt, *Platon, Lysis: Übersetzung und Kommentar*, Göttingen: Vandenhoeck und Ruprecht, 1998, pp.73–75; W. W. Fortenbaugh, "Aristotle's Analysis of Friendship: Function and Analogy, Resemblance, and Focal Meaning", *Phronesis*, Vol. 20, No. 1, 1975, pp. 51–62; John M. Cooper, "Aristotle on the Forms of Friendship", *The Review of Metaphysics*, Vol. 30, No. 4, 1977, pp. 619–648。

《理想国》的城邦与灵魂的类比之间插入分裂之家类比的用意，也是把握《法律篇》所建立的 Magnesia 政体性质的关键。[1]

二　始于划分

《法律篇》建立的政治秩序，努力的方向只是"次佳"的政体。

---

[1]　亚里士多德认为，《法律篇》的政体是民主制与寡头制的折中，而且更倾向于寡头制（*Pol.* 1265b27–1266a30）。莫罗发现，按照亚里士多德自己的定义，玛格内西亚（Magnesia）的政体在许多地方是民主制的，尤其类似雅典在梭伦时代的古老民主制，尽管柏拉图的立法动机可能像亚里士多德所言是寡头取向的。参见 Glenn R. Morrow, *Plato's Cretan City: A Historical Interpretation of the Laws,* Princeton: Princeton University Press, 1960, pp. 153ff, 528–530。皮埃拉尔受莫塞有关雅典公元前四世纪民主危机的理论的影响，认定《法律篇》阐述的是一种温和的民主制，其中被亚里士多德误以为是寡头制的因素，甚至可以理解为某种代议制。参见 Marcel Piérart, *Platon et la cité grecque: Théorie et réalité dans la constitution des Lois,* Paris: Les Belles Lettres, 2008, pp. 86, 204, 208; Claude Mossé, *La Fin de La Démocratie Athénienne,* Paris: Presses Universitaires de France, 1962, pp. 234–253。波波尼奇从对《法律篇》普遍德性共同体的理解得出结论，《法律篇》实现了某种德性的民主制，所有公民都摆脱了政治上的被动角色，积极参与这一德性共同体的政治实践。参见 Christopher Bobonich, *Plato's Utopia Recast: His Later Ethics and Politics,* pp. 436–449。施特劳斯在评论分裂之家的类比时指出，第二种法官建立的是严格的贵族制（即让好人统治坏人），因此胜过第三种法官，在后者的法律统治下，好人和坏人都有权统治。迈耶之所以提出对分裂之家的道德化解读，就是为了反对施特劳斯的这一贵族制理解。参见 Leo Strauss, *The Argument and the Action of Plato's Laws*, Chicago: The University of Chicago Press, 1975, p. 5。当然也有不少学者建议从混合政体的角度理解《法律篇》，但混合本身的性质仍需要判定，是民主取向（参见 Glenn R. Morrow, *Plato's Cretan City: A Historical Interpretation of the Laws,* pp. 521ff），还是贵族取向（μετ' εὐδοξίας πλήθους ἀριστοκρατία. *Menex.* 238d）。参见 Klaus Schöpsdau trans. and comm., *Nomoi,* I. p. 123; Manuel Knoll, "Platons Konzeption der Mischverfassung in den *Nomoi* und ihr aristokratischer Character", in Manuel Knoll and Francisco L. Lisi eds., *Platons Nomoi: Die politische Herrschaft von Vernunft und Gesetz,* Berlin: Nomos, 2017, pp. 23–48。对混合政体理解，特别是民主制倾向的混合政体理解的批评，参见 Francisco Leonardo Lisi, "Plato and the Rule of Law", *Méthexis,* Vol. 26, No. 1, 2013, pp. 85–87。本文尝试考察，柏拉图在《法律篇》中建立的政治秩序，是一种德性的民主制，还是隐蔽的寡头制或所谓扩大的贵族制。

但建构次佳政体的正确方法是，首先考虑就德性而言的最佳政体，然后以之为"样板"（παράδειγμα），"抓住它，竭尽全力寻求最大程度接近它的政体"（739a–3）。《法律篇》努力模仿的这个样板，就是《理想国》中的最佳政体，就德性而言，它"最正确地规定"了城邦所需遵循的原则："朋友的东西是共同的"（κοινὰ τὰ φίλων，739c2）——妇女、儿童、用品等，乃至自然而言私人的身体和感觉都属于公共领域。最好的城邦实现了"最高可能的统一性"。在这个城邦中作为"朋友"，意味着以完全共同的或公共的方式[1]使用所有东西，甚至包括我们的双眼和双手。在这一完美的共同体中，人的生活达到了彻底公共化，灵魂德性建立了绝对的统治，因此彼此完全平等，城邦建构了各种机制来消除身体自然上的私有倾向对共同体可能带来的威胁。[2]但只有诸神或神子才是这个完美统一的城邦的够格居民，而《法律篇》则是为人立法（732e、853c），因此远未达到这样的统一性。这种第二等的统一性是这一城邦在《法律篇》中被称为次佳城邦的主要

---

[1] 本文没有严格区分公共（δημόσιος）与共同（κοινός），将二者作为基本同义的概念（780a）。

[2] 将《法律篇》的最佳城邦等同于《理想国》中的"美丽城"所面临的一个主要困难是，后者的"共同"仅限于护卫者，而《法律篇》则似乎适用于整个城邦，参见 André Laks, "In What Sense is the City of the *Laws* a Second Best One?", in Francisco. L. Lisi ed., *Plato's Laws and Its Historical Significance: selected papers of the 1. International Congress on Ancient thought*, St. Augustin: Academia Verlag, 2001, p.109; Alexander Fuks, "Plato and the Social Question: The Problem of Poverty and Riches in the 'Laws'", *Ancient Society*, Vol.10, 1979, pp.71–75; Doyne Dawson, *Cities of the Gods: Communist Utopias in Greek Thought*, Oxford: Oxford University Press, 1992, pp.71–91. 不过，这一点恰恰表明，无论《理想国》，还是《法律篇》，作为城邦样板的都是德性平等的朋友在完全统一意义上的横贯共同体。而《理想国》中出于城邦与灵魂类比的结构原则建立的工匠等级，其生活和教育在后面的讨论中几乎完全被忽视了（*Pol.* 1264b34–38）："快乐和痛苦的共同体，使城邦团结起来，当所有的城邦公民都对同一得失有着尽可能相同的欢欣和痛苦"（*Resp.* 462b）。这种德性平等的友谊及其制度安排事实上仅限于统治者（"护卫者"），因此，在《理想国》中，统治与友谊是不统一的，统治关系并不涉及友谊，友谊只限于统治者内部。但《法律篇》考虑的关键问题是统治者与被统治者之间的纵贯共同体，这是"分裂之家"类比的目的，也是《法律篇》的 φιλία 为评论者所忽视的独特性。

原因（739a5、739e3–7）。

次佳城邦作为"属人"的城邦，如何就人可能的方式仿效诸神城邦中的共同呢？"首先让他们划分土地和家宅吧"（739e8）。《法律篇》的共同体始于"划分"，它的统一性是在划分和分配的基础上构成的（746d–e）。构成城邦的单位实际上不是公民个人，而是具有土地—家宅的有形空间定位和分隔的法律单位（737e1–5）。[①] 这一单位，虽然广泛借助了自然力量，但却是人为设置并维持的。法律是理智（"人身上的不朽力量"，906b2–4）考虑人性因素进行的安排或分配（714a2）。[②] 个人必须通过这一划分和分配形成的法律单位，才能获得在城邦参与各种公共活动的资格。一旦超出或破坏这一基本划分

---

① 就《法律篇》的立法框架而言，城邦划分的最基本单位是"份地"（κλῆρος），人以"家户"的方式占据由两块良劣搭配的地块构成的份地；以份地为标准确定每家的动产上限和下限，并划分等级；占据份地的家户组成12个部落，并依据同一原理，依据份地—家宅的划分"建立氏族、乡社和村庄，以及政治单位和行军排列……"（737c–738b、744c–745e、746d–e）。参见 Trevor Saunders, "The Property Class and the Value of the ΚΛΗΡΟΣ in Plato's *Laws*", *Eranos*, Vol. 59, 1961, pp.29–39; Jean-François Pradeau, "L'économie politique des *Lois*: remarques sur l'institution des ΚΛΗΡΟΙ", *Cahiers du Centre Gustave Glotz*, Vol. 11, 2000, pp. 28–36。

② 英格兰在注释"法律是理智的分配"时猜测，西塞罗在《论法律》中将"法律"与"分配"联系在一起时（*De Legibus*, I.19），非常可能想到的是这一段落。尽管当代学者更倾向于援引《米诺斯篇》317a–318a，《法律篇》或许可能性更大，毕竟《论法律》至少两次明确提及柏拉图的这部对话（*De Legibus*, I.15, II.14）。参见 Carl Werner Müller, "Cicero, Antisthenes, und der pseudoplatonische 'Minos' über das Gesetz", *Rheinisches Museum für Philologie*, N. F., 138. Bd., H. 3/4, 1995, pp. 247–265。但西塞罗接下来就将这一点理解为个人应得意义上的分配（suum cuique tribuendo），这一西蒙尼德式的正义概念，是《理想国》批判性考察正义问题的出发点（*Resp.* 331e），而在我们看来，《法律篇》对最佳城邦的模仿，同样是为了在分配上克服这一方式的弱点，建立友谊的分配，而非个人应得的分配（特别见 744b6，参见 695d）。参见 Edwin Bourdieu England ed. with intro. and notes., *The Laws of Plato*, I. p. 442。对这一概念的自然权利理解（当然更多直接援引查士丁尼法典的类似表述），构成了现代自然法道德哲学的基础（suum 及其私人空间作为私人财产领域）。参见 Hugo Grotius, *The Rights of War and Peace*, Richard Tuck ed., Indianapolis: Liberty Fund, 2005, I.ii.i.5。

单位，将受到惩罚，被充公或排除在城邦之外（财产，744e–745a；土地，843b；人口，741e）。城邦设立的惩罚，一项最严厉的手段就是剥夺个人的这一资格（871a、873b–d、881d，参见 867c 和 864e）。

5040 这个近乎神授的数目（737e–738b、771a–c），象征了整个城邦以划分为基础，并不断进行分配而建立的统一性，因此，必须竭尽全力予以维持（740b–e）。在这个意义上，我们可以说，《法律篇》的共同体是划分和分配的共同体。作为法律建立的基本单位，对城邦土地的占据与家宅的存续，都被视为神圣性的（955e6–7），①是属于城邦的，而并非私人自由处置的财产或所有权："让划分应当这样理解：每位收到这一份地的公民应该认为，而他应该照看这一份地，作为父邦的一部分，胜于孩子对于母亲的照看"（740a3–7，参见 856d）；在考虑家宅的继承人时，"应当以如下的方式和道理来思考：5040 个家宅都不是居住在其中的人和整个家族的，而无论就公共，还是私人而言，都属于城邦的"（877d6–e1）；进而，"你们自己和这份财物都不属于你们，而是属于你们整个家族，包括过世和将来的，而更根本的，整个家族和财产，都属于城邦"（923a7–b2）。由家宅和份地（及其配备的基本财物）的具体空间安排构成的法律单位，是立法始终努力维持的城邦基础。无论是婚姻、继承、土地分配，还是教育、货币与贸易的安排，都旨在保障这一基础单位的稳固。财产的登记是法律维护者的主要工作（754d）。城邦的平等与统一性，都是建立在这一划分和分配的基础上（741a–c）。

划分意味着"属人的城邦"中的生活不是完全共同的：划分首先是以否定共同活动的形式出现的（740a1）；②在划分的界限内，允许个

---

① "每个城邦自然地走向神圣化这些划分"，差别只在于是否正确地进行了划分，或者所建立的分配更加幸福（771b7–c1）。城邦的划分和分配，具有神圣性质，这是其公共性的重要标志。

② 与之形成鲜明对比的是，《理想国》中对护卫者生活方式的安排，是以否定私人生活方式的形式出现的："他们是否应该如此生活和居住：首先，没有任何私人获取的东西，除非绝对必需……像在军营中一样，他们共同生活"（416d–e）；"这些妇女，全都是所有这些男子共同的，没有一个妇女和任何一个男子私人地生活在一起；并且，孩子也是共同的"（457d）。

人根据私人偏爱生活（740b、924d-e），根据个人意愿使用土地和财物（779b）。[1]因此，在《法律篇》中，家宅经常被称为"私人"的空间（796d4、890b3、818b3、790b2、788a6、910b-c）。除少数当值议员，大部分人"在大多数时间里，都可以处理自己的私人事务，并管理自己的家宅"（758b5-7）："妇女、孩子和家宅管理都是私人的，而且所有这些事情都由我们每个人私下来安排"（807b5-6）。

划分形成的这一私人空间，给城邦的统一带来了根本的困难。因为在家宅的私人空间中，自然会产生生活私人化的倾向。生活中有大量细小之事，源于每个人不可见的"痛苦、快乐和欲望"（788a6-8）。[2]考虑到身体在自然上的私人属性（τὰ φύσει ἴδια，739c7），快乐、痛苦与欲望，作为《法律篇》"属人的城邦"始终关注的人性因素（732e），往往倾向于以公共不可见的私人方式规定人的生活，从而导致公民之间杂多而彼此之间不相似的性情（788b2-3）。而且，许多发生在私人身上的事情难以通过公共的方式来安排（925e8-10、788c-790e）。人性的自然倾向，以及约定俗成的习惯，都构成公共可见性的障碍（781c）。人性的私人倾向，乃至由此产生的生活的私人化是城邦统一的敌人。

但正是由于人性中难以根除的私人性（875b6-8），人才不是万物的尺度，人与人共同生活的城邦也不能依据人性的尺度来安排，而要追寻和仿效神的尺度，让属人的善追随神的善（716c、631b-d、905e-906b）。依据神的尺度来照看人的性情倾向，这是《法律

---

[1] 对生活私人性的"界限"或"边界"最强烈的表述出现在商业交易法律的纲领中："只要有可能，任何人都不能动我的物品，移动一点儿也不行，除非获得我的完全同意。而且，我有头脑的话，也会以同样方式，对待他人的东西。"（913a，参见 842e-843b）但这一类似私有财产的界限，在《法律篇》中，作为法律建构的产物，而非自然的权利，始终面临重新分配的可能，而且政治对这一私人界限的不断变更和重新分配，是建立平等，"保存城邦最重要的根源"（684d-e、736c-e）。参见 Alexander Fuks, "Plato and the Social Question: The Problem of Poverty and Riches in the 'Laws'", pp. 49-53.

[2] 这正是《理想国》建立城邦统一性面临的最大挑战："既然一切都是私人的，快乐和痛苦也成了私人的。"（*Resp.* 464d）

篇》中次佳城邦依据法律秩序建立共同体的意图。这一所谓"神圣必然性",就是建构和安排这个基于划分和分配的共同体所需的技艺(817e–820d)。①《法律篇》虽然承认因划分而形成的私人空间和私人生活的存在,但却断然否定这一私人空间是完全受制于私人激情的"自由"空间:

> 谁打算为城邦颁布法律,规定人们在从事公共与共同的实践时应如何生活,却认为不必对私人的事务施加强制,而每个人皆可随心所欲地过自己的日常生活,一切事情都不必进行安排,没有法律管理私人事务,却要人们的生活会自愿接受让法律管理公共和共同的事务,谁这样想就不正确。(780a,参见790b)

私人空间不是"无法"的空间,同样受城邦法律秩序的管理和强制。无论是家宅内的父母子女或主奴关系,还是土地和财物的一般使用,乃至具体的生计和消费行为,都是《法律篇》立法的范围。

对私人空间的立法,考虑的不是私人利益的协调,而是公共生活的统一。从这一政治术的基本原理出发,城邦的法律将私人家庭作为与公共攸关的事务加以照看,而出于公共利益建立的良好秩序会既有利于公,也有利于私(875a–b)。因为人性欠缺体会公共利益的视角,而且即使认识到公共利益,也没有能力和意愿始终按此行事,私人空间内的生活才必须处于法律秩序之下,受法律的强制(874e–875a)。《法律篇》由此建立了理解公私关系的次序,基于法律对私人事务的公共政治管理,是人们"自愿"接受政治统治的条件。对于政治中公共秩序的接受,不取决于人性自然的能力和意愿,而取决于法律对私人空间的安排和建构。"自愿"本身并非私人性的,不是政治的合法性前提,而是城邦规定公共实践的政治效果。

如何理解《法律篇》通过划分与分配仿效最佳政体的"次佳"

---

① 因此,尺度的学问仅次于推理和数的知识,对于城邦的自由人来说,是不可或缺的教育内容,它们都与城邦中的划分和分配息息相关(817e–820d)。

呢？《理想国》在勾勒最佳政体败坏的过程中第一个提及的城邦是荣誉政体，荣誉政体的建立源于最佳城邦本身完美的公共性与败坏这一公共性的私人性之间的妥协，妥协的结果就是划分。① 《法律篇》保留了《理想国》的这一洞见，但将这一人性作用下的被动妥协，转化为城邦立法的基础，依据公共关切的政治技艺，采用各种划分与分配的机制，对出于私人关切的生活进行照看：法律建构的私人生活，斩断私人与金银的关联（"任何人不得作为私人占有金银。"742a2–3）；禁止城邦公民从事零售或批发的贸易（919d）；除非必要，禁止以私人身份出访（950d）；对孩子进行广泛的公共教育（794a、808e–809a、765e–766a）；对城邦男女公民都努力实行公餐制（780b）；私人房屋的建筑必须同时考虑城邦的需要（763d）；在一些特殊情况下，公共官员甚至可以进入私人房屋监督其生活（784c）。《法律篇》的立法，在神圣化城邦的划分和分配的同时，对私人的商业和贸易活动进行最大可能的限制，反对以私人快乐作为评判城邦公共生活的标准（658e–659a），试图把划分形成的私人生活转变为公共秩序的一部分。

因此，虽然在《法律篇》中，家宅经常与私人性联系在一起，但严格来说，城邦通过立法的划分和分配建立的家宅，与自然上属于私人的身体不同。纯属私人的偏爱与激情，都可能与家宅的运转与维系产生冲突；② 通过土地财产制度、公共教育和公餐制等安排，家宅不

---

① "一旦产生内战，两类人会倾向各自的方向，铁和铜这类人，会朝向财物，获取土地、房屋和金银，而金和银一类人，就自然而言是富有的而非贫穷的，会趋向于德性和古老的体制，彼此较量、相互对抗，他们妥协达成一致，划分土地和家宅，让它们属于私人，而那些以前作为自由的朋友或受惠者为他们所保护的人，现在都被他们所奴役，沦为附庸或家奴，而他们自己则专注于战争，以防范这些人。"（Resp. 547b2–c5）

② 份地的划分和维持，要克服土地自然的差异以及耕作者个人能力的差异（745b–d）；而家宅的维持则必须面对人性中私人偏爱和性欲等各种自然激情以及疾病和战争等必然性的挑战（740b–741a）；婚姻中个人自然的性情倾向与财富偏好，会导致城邦的失衡，因此法律的序曲劝诫道，"每个人在婚姻上必须追求的对城邦有利，而不是令自己最快乐"（773b–c）；性格不合的离婚，会受到公共权威的监管和劝解，只有在"子女够多"的情况下，离异和再次结合才是相互照看（929e–930b）。

断受到公共权力的管控与重新分配。城邦的法律通过神圣化和惩罚的双重手段稳定家宅内的各种关系，维护家宅秩序，从而为城邦内人与人之间的 φιλία 提供稳定的基础。Magnesia 的家宅，不仅不是私人的自由空间，也不是单纯由血缘和情感缔造的自然性的人类关系，而是通过法律秩序不断建构的一个政治单位。[①]"公共与私人""城邦与私人""共同与私人"是《法律篇》所建立的城邦面对的人类生活的两个主要方面（尤其见 767b–c、702a–b、713e、808b）。公私的严格划分，可以说是雅典民主制的历史产物，而且在民主制的发展过程中，通过消除各种在"家"关系基础上形成的地方社区，使作为纯粹私的空间的"家宅"，与城邦共同体之"公"形成了鲜明的对立。[②]《法律篇》的立法建构，是对民主制的这一社会结构的重组。基于份地划分形成的"家"，同时受到"公"与"私"两个方面的作用，既在城邦法律的监管下得以建构和维系，同时又依赖私人性的快乐、痛苦和欲望来规定其内的大部分活动。正是借助这种"私人—家宅—城邦"的准三元结构（909b），城邦得以通过对私人生活的公共化来模仿最佳城邦中几乎完全排除私人性的"共同体—城邦"。《法律篇》中"分裂之家"的类比，是在《理想国》中著名的城邦与灵魂的类比之中，插入了扮演双重角色的"家"，要理解这一城邦中友谊与共同体的形态，就必须考虑始于划分的这一公私关系对完全统一的共同体的模仿。

三　共同使用与互惠

我们已经看到，《法律篇》面对的不是拥有真正德性的神子们，而是就人性考虑的人（853c、732e）。就人性而言，绝大多数人都想要多得（这与"分裂之家"中不正义者居多的判断是一致的。918d、

[①] 参见 Jean-François Pradeau, *Plato and the City: A New Introduction to Plato's Political Thought*, Janet Lloyd trans., Exeter: University of Exeter Press, 2002, pp.149ff。

[②] 参见 S. C. Humphreys, *The Family, Women and Death: Comparative Studies*, Ann Arbor: The University of Michigan Press, 1993, pp. 9, 31。

906c），这种对财富的爱欲，导致对私人财物的关切会挤压并最终消灭关注公共生活的闲暇（831c3–8），并因贫富分化而摧毁城邦的基础（735e–736b）。《法律篇》对人性的诊断与《理想国》没有根本差别，但《法律篇》建立的法律秩序，是以划分和分配为基础照看人性的私人性情倾向，仿效《理想国》神子们的共同体，在私人生活中实现德性的教育。因此，《法律篇》对土地与家宅的划分，其旨趣和目标都并非完全自由的私人生活方式（对比 699e–701c），特别是财产的自由占有与借助货币媒介的自由流动，而是次佳城邦安排私人空间的法律"建构"（参见 807b）。那么，在这一仿效最佳城邦的法律秩序中，共同体和友谊是何种形态呢？

《法律篇》中次佳城邦对最佳城邦"样板"的仿效，主要是在使用的环节上，通过共同使用与互惠纽带的方式，在城邦中建立友谊，避免因为人性中过度自爱导致的多得倾向，使城邦分裂为穷人与富人两个派系，最终瓦解城邦的统一性（731e、875b、919b–c、744d, comp. *Resp.* 551c）。亚里士多德在《政治学》中对这一问题进行了全面检讨（*Pol.* 1262b37–1264b26），其基本结论正是《法律篇》的方案："我们主张，占有不应该，像某些人说的那样，是共同的，而使用则应以朋友的方式，是共同的。"（1329b43–1330a2）[1]

公餐制无疑是柏拉图在《法律篇》中建立公共使用财物所尝试的关键机制。不过，由于《法律篇》始终没有兑现系统讨论这一制度的承诺（783b–c、842b），许多学者怀疑柏拉图对于是否要采用公餐制有所犹豫，甚至猜测这一制度与家宅等私人生活安排有冲突。[2] 但从《法律篇》的论述看，柏拉图处理公餐制的用意和思路都很清楚，公餐制

---

[1] 参见 Ernst Barker, *Greek Political Theory: Plato and His Predecessors*, London: Metheun, 1960, p. 371。

[2] 参见 Louis Gernet, *Platon. Oeuvres Complètes. XI. Les Lois*, Paris: Les Belles Lettres, 2006, Introduction, pp. xcixff; Pauline Schmitt Pantel, *La Cité au banquet: Histoire des repas publics dans les cités grecques*, Paris: Sorbonne, 2013, pp. 234–237. 参见戴维（E. David）对制度冲突问题的澄清：E. David, "The Spartan Syssitia and Plato's *Laws*", *The American Journal of Philology*, Vol. 99, No. 4, 1978, pp. 486–495。

是制衡乃至控制私人生活方式的重要手段，防范人性因私人活动发展出威胁共同体的性情倾向。[1] 因此，最为详尽而且明确的公餐安排，是针对官员和旨在训练青年的乡管（ἀγρονόμοι），[2] 而且一旦缺席公餐，就被视为背叛城邦而受到严厉惩罚（762c–d）。对于城邦所有男性公民来说，结婚前后都要参加公餐（780a–b），避免婚姻形成的私人生活动摇城邦的公共生活。但要充分实现对最佳城邦的模仿，就必须对妇女同样施行公餐制，从而避免与妇女联系在一起的私人生活处于法律秩序之外（780e–781d）。考虑到妇女可以担任公职，并服兵役（785b），妇女公餐制的建议无疑是《法律篇》整体构想的内在组成部分。但能否实现这一在许多人眼中是"不自然""令人惊奇"，甚至是"可怕"的制度（839d、780c），却要取决于城邦面对自然与习俗的障碍，借助统一的公共法律秩序重塑人性的可能性（"像是在用蜡塑造一个城邦和公民们"，746a）。[3] 无论公餐制具体实施到何种程度，通过对公餐的公共监管和神圣仪式，城邦建立了与私人家宅明确区分的公共空间和时间（806e–807a、762c），规定了城邦公民之间主要的交往形式，促进了公民彼此的熟识（948e），从而成为城邦内政治友谊的主要载体。

公餐制并非 Magnesia 居民唯一的共同使用方式，《法律篇》还提及了他们在其他方面的分享，比如邻里对水源的共享，城邦居民对不可储存的水果的共享等（844b8、844c5、844d4、845b2）。值得注意的是，《法律篇》称这些方式为"共享"（κοινωνεῖν 或 κοινωνία），并

---

[1] 参见 Glenn R. Morrow, *Plato's Cretan City: A Historical Interpretation of the Laws,* pp. 389–398。

[2] 有关乡管在《法律篇》中的重要性，参见 Luc Brisson, "Les *agronómoi* dans les *lois* de Platon et leur possible lien avec le *nukterinòs súllogos*", in Samuel Scolnicov and Luc Brisson eds., *Plato's Laws: From Theory into Practice. Proceedings of the VI Symposium Platonicum: Selected Papers*, St. Augustin: Academia Verlag, 2003, pp. 221–226。

[3] 参见 Trevor J. Saunders, "Notes on the *Laws* of Plato", *Bulletin Supplement*, No. 28, 1972, pp. 45–49; Klaus Schöpsdau, "Syssitien für Frauen: eine platonische Utopie", in Samuel Scolnicov and Luc Brisson eds., *Plato's Laws: From Theory into Practice. Proceedings of the VI Symposium Platonicum: Selected Papers*, pp. 243–256。

不一定意味着这些使用依赖不分彼此的共同生活，而许多时候恰恰是建立在对划分与分配的维护之上。类似的"共同使用"还体现在城邦对奢侈品的排除上。

禁止奢侈品是《法律篇》仿效最佳城邦的共同使用的一个重要机制：城邦限制任何非必需品的进口（847c），考虑城邦中各地区的工匠主要是为农耕提供基本服务（848e），城邦中也从根源上排除了奢侈品的生产（842d–e）。加上城邦在最大限度上限制货币的使用（742a–c），可以说城邦的生活主要集中在农产品等必需品上。公餐制的饮食安排就是培养人们习惯基于必需品的生活方式（762e，参见806d）。要使城邦的公民成为朋友，相互友好，《法律篇》认为，"在城邦里不应有金银，也不该通过劳力的职业或高利贷或其他各种可耻的行当，赚大钱。唯有种地出产和带来的东西，诸如此类的东西，才不会迫使人因赚钱而忽视了金钱自然所为的那些事情"（743c–d）。城邦居民的幸福和彼此友好，要求其生活对物品的使用限制在土地耕种直接间接产生的必需品，从而使人不会因金钱的多得忽视城邦生活的真正目的。这样，即使在公餐制的公共生活方式之外，人们私人生活中对物品的使用，也严格受限于必需品本身的目的，借助使用本身的自然性确保了某种最低限度的共同性，避免了贫富的极端差距（774c–d），从而与《理想国》普遍采用公餐制以及其他公共生活安排来治疗奢侈城邦的发烧，形成了富有启发意义的对照（对比 Resp. 372c–373d）。[1] 利用物的自然性，次佳城邦补救了它在灵魂德性上的欠缺。

从这一角度可以更好地理解城邦对贸易活动的严格限制。《法律篇》中的立法规定，"那些拥有份地的5040个家宅中谁都不能自愿或非自愿地成为零售商和批发商"（919d5）。学者们普遍注意到，市场贸易在 Magnesia 中的作用非常有限：只有工匠侨民和外邦人才通过市场贸易获得所需的食品和农产品（每月一次，849b），城邦自由公

---

[1] 参见 Michael Jackson and Damian Grace, "Commensality, Politics, and Plato", *Gastronomica*, Vol. 17, No. 2, 2017, p. 54，不过有必要指出，玛格内西亚并非《理想国》中所谓"健康的城邦"，也不是完全淳朴的共同体，而是既有恶，也有德性（对比 679e 和 678a）。

民和奴隶的生活必需品都依靠公共分配（848a–b）。① 不过，市场的有限作用，并非城邦限制贸易的理由，只是这一限制的后果。柏拉图指出，因为所有的零售贸易，"就自然而言"，是"让原本分配不等、不均的东西都得到均等、均匀的分配"（918b），对于一个始于划分的城邦而言，这本来做的是好事，而非伤害，但要实现这一理想化的平等，就要求从业者具有远超普通人的德性和知识（"依自然本性和最高教育成长"的"最好的人"）。商业活动本身立法面对的现实，不是把人作为"友伴"（ὡς ἑταίρους）来友善对待（φιλικὰ ξένια），而是仿佛俘获的仇敌，用来榨取赎金。牟利使市场贸易成为某种敌对性的关系，而与之相对的，能够实现"均等分配"的是一种友谊性的关系。因此，"神要再次恢复、安顿他们"（919d4–5）——禁止城邦划分的家宅参与商业贸易，是为了以不同的方式进行"分配"，从而建立友谊，避免敌对与派系。事实上，工匠承担的工作本身，如果摆脱赚钱的欲望，恰恰是团结共同体的重要纽带（μεγάλας κοινωνίας，921c4）。《法律篇》的立法就是企图以别的方式实现这一"工作"。在公餐制的共同使用与受到极大限制的市场贸易之间，仍有一种重要的"经济"活动形式，这就是属于 φιλία 的互惠服务。②

Magnesia 的法律在禁止城邦公民参与商业活动的同时，还禁止公民向其他私人提供"劳役服务"（διακονία），因为这是不自由的（ἀνελεύθερος，919d）。《法律篇》第一卷在讨论公民教育时就针对城邦职业做了原则性的规定，"任何旨在赚钱，着眼体力或其他某种无关理智和正义的才智，都应称为劳力的（βάναυσος）和不自由的"（644a3–5）。对物品、身体和灵魂的非自由处置都被视为"劳力的"，

---

① 参见 Susan Sauvé Meyer, "The Moral Dangers of Labour and Commerce in Plato's *Laws*", in Samuel Scolnicov and Luc Brisson eds., *Plato's Laws: From Theory into Practice. Proceedings of the VI Symposium Platonicum: Selected Papers*, pp. 207–214。

② 波兰尼很早就指出这一点对于理解古代社会的重要意义，但他不吝赞美的亚里士多德的洞见，或许许多地方源于《法律篇》的有关论述。参见卡尔·波兰尼《大转型：我们时代的政治与经济起源》，冯钢、刘阳译，北京：当代世界出版社，2020，第四章，特别是页54–55。

因为这种行业会扭曲"自由的性情"（741e5-6，参见 Resp. 495d-e），从而使城邦失去信任与友好（705a）。因此，城邦禁止以劳力的形式牟利（743d3），甚至家奴也不能从事这类活动，提供技艺服务的工匠只能是由城邦共同体之外的侨民承担。①但《法律篇》并没有不分差别地贬斥技艺，②Magnesia 的公民也没有完全摆脱劳役和服务，为城邦毫无回报地提供公共服务仍然是公民必须履行的义务（955c-d）。法律所禁止的，是公民不能以获取报酬为目的为其他私人从事这类活动，甚至连担任各种教师获取报酬，也仅限于外邦人（813e、804d、742a）。③不过，针对劳役服务的法律有一个重要的例外："对任何不能提供对等服务的私人，除非父母、家中长辈或其他所有年长者外，作为自由人，也能以自由的方式为他们服务。"（919d-e）也就是说，自由民，不仅需要为城邦做公共服务承担劳役，也向私人提供服务，后者包含两类人，一类是"父母、家中长辈或其他所有年长者"，另一类

---

① 许多学者将这一点视为寡头政治对工匠或劳动的偏见。参见 G. 格劳茨《古希腊的劳作》，解光云译，上海：格致出版社，2010，页 160–162；P. A. Brunt, "The Model City of Plato's *Laws*", *Studies in Greek History and Thought*, Oxford: Clarendon Press, 1993, p. 264。撇开希腊对劳动的看法这一复杂问题（参见 Robert Muller, "Travail et nature dans l'antiquité: A propos de la distinction entre les métiers serviles et les métiers libéraux", *Revue Philosophique de la France et de l'Étranger*, Vol. 180, No. 4, 1990, pp. 609–624），就柏拉图—亚里士多德传统来说，公民身份与劳力或劳动的分离，是为了鼓励或迫使公民专注于政治生活，而且，在自由公民的政治活动与劳力活动之间建立的对立，也是维护公民共同体统一性的一个措施。这也是为什么在《法律篇》中，劳力者在城邦中的地位有时甚至不如奴隶（*Pol.* 1260a40-b3, 1277b34ff, 1337b5-22, 1328b24-1329a18）。参见 W. L. Newman ed., *The Politics of Aristotle*, Oxford: Clarendon Press, 1887, I.111ff; Harry Adams, "Aristotle on 'The Vulgar': An Ethical and Social Examination", *Interpretation*, Vol. 29, No. 2, 2001–2002, pp. 133–152。

② 《法律篇》中的立法强调，工匠受神的庇佑，通过技艺为城邦生活提供各种所需物品，一直在照看乡土和民众（920d8-e5）。而立法者自己也是某种"工匠"（746c-d，参见 709c-d）。参见 Pierre Vidal-Naquet, "A Study in Ambiguity: Artisans in the Platonic City", *The Black Hunter: Forms of Thought and Forms of Society in the Greek World*, trans. Andrew Szegedy-Maszak, Baltimore: The John Hopkins University Press, 1986, pp. 224–245。

③ 参见 P. A. Brunt, "The Model City of Plato's *Laws*", p. 251。

则是"提供对等服务的私人"(ἰδιώταις τοῖς μὴ ἐξ ἴσου ἑαυτῷ),为这些私人提供服务,不是作为后者的奴隶,而是作为自由人为自由人服务,双方是对等的,这与为城邦"不求回报"的公共服务不同,[1]是有回报的,回报的"礼物"恰恰表明这一服务不是为了赚钱,而是出于 φιλία。

作为希腊政治社会生活的重要概念,φιλία 的复杂性在近年来的研究中受到了越来越多的关注。φιλία 所涉及的人与人之间的关系,远不止现代生活通常所谓的"朋友",而是从近亲开始,涵盖亲属、主仆、朋友、公民(友伴)关系,甚至与外邦人建立的仪式性宾客关系。[2] 而且在 φίλοι 之间的关系中,φιλία 不仅指其中个人性的情感,也往往涉及人际关系的礼尚往来中高度形式化甚至带有法律色彩的相互义务,乃至个人面对整个共同体需要承担的各种道德责任的敬重。[3]

---

[1] 这里的"没有回报"不仅意味着没有酬劳,也意味着禁止收受作为礼物的"贿赂"(762a4, comp. 885d4-5、905d5)。参见 Klaus Schöpsdau trans. and comm., *Nomoi*, III .561-562; F. D. Harvey, "Dona ferentes: Some Aspects of Bribery in Greek Politics", *History of Political Thought*, Vol. 6, No. 1/2, 1985, pp. 98-99。

[2] 参见 Émile Benveniste, *Dictionary of Indo-european Concepts and Society*, Elizabeth Palmer trans., Chicago: Hau Books, 2016, pp. 273-288; Lynette G. Mitchell, *Greeks Bearing Gifts: The Public Use of Private Relationships in the Greek World, 435-323BC*, Cambridge: Cambridge University Press, 1997, pp. 9-14; Gabriel Herman, *Ritualised Friendship and the Greek City*, Cambridge: Cambridge University Press, 1987, pp. 10-40。

[3] 参见 Paul Millett, *Lending and Borrowing in Ancient Greece*, Cambridge: Cambridge University Press, 1991, pp. 109-126。本维尼斯特特别强调,在荷马史诗中,αἰδώς 与 φίλος 始终关联在一起:"父母,姻亲,家仆,朋友,所有这些以 αἰδώς 的相互义务联结在一起的人们都是 φίλοι。"见 Émile Benveniste, *Dictionary of Indo-european Concepts and Society*, p. 278。戈德希尔在本维尼斯特研究的基础上总结说,φίλος 是通过一个人的人际关系来标识出他在社会中位置的一种方式。φίλος 这一称谓或范畴不仅用来标识感情,而更主要的是一系列复杂的义务、责任和权利。参见西蒙·戈德希尔《阅读希腊悲剧》,章丹晨、黄政培译,北京:生活·读书·新知三联书店,2020,页 133-134。无论针对何种具体关系,φιλία 始终强调的是这些关系中"长期持久的相互团结纽带"。见 Tazuko Angela van Berkel, *The Economics of Friendship: Conception of Reciprocity in Classical Greece,* Leiden: Brill, 2020, p. 20。受亚里士(转下页)

这些因素，是我们充分理解《法律篇》建立的 φιλία 不可或缺的环节。《法律篇》通过划分和分配构成的私人空间，作为政治技艺的立法产物，其真正目的，不是实现私人利益，而是建立城邦互惠性友谊的基础，这是弥合分裂之家的真正纽带。φιλία 的这一意涵，在《法律篇》对城邦内许多人际关系的规定中有充分的体现。

首先，让我们看第四卷对父母的尊崇：

> 再接下来是尊崇在世的父母，债务人应该偿还第一笔欠债和最大的欠债，这是他首要的责任，他应当认为，自己获得和拥有的一切都属于生他、养他的人。他应该竭尽全力为用这些为他们服务——首先是财产，其次是有关身体的东西，第三是有关灵魂的东西。这样，他就会偿还给年轻人放的旧债——各种照顾和为他忍受的辛苦——并回报老人们在年老时尤其需要的东西……（717b6–c7）

这里，雅典人使用回报（ἀποδίδωμι）、偿还（ἀποτίνω）和债款（ὀφείλημα）的债务模式来描述父母与子女之间的关系。考虑到亏欠之多，对父母的回报，是子女首先要做的，而且应该将自己的一切回报给父母，这是城邦建立的子女对父母的生活规范（718a3–4）。对父母的敬重，受到法律特殊的维护（930e–932d），因为这一应尽的义务（δέον）回馈了父母在养育和教育上的"照顾"（参见 926e–927c）。家是构成人的互惠义务最基本的关系，"在人活着时，所有的亲人都应来帮助"（959b）。

对于狭义的"朋友"（φίλος=ἑταῖρος），存在同样的互惠原理：

（接上页）多德在《尼各马可伦理学》中对友谊的经典分析的影响，我们往往比较重视着眼于德性的友谊，但对基于利用和快乐的友谊重视不够，从而系统性地忽视了 φιλία 概念中的互惠关系，以及在此基础上形成的"团结"。参见 Arthur W. A. Adkins, "'Friendship' and 'Self-Sufficiency' in Homer and Aristotle", *The Classical Quarterly*, Vol. 13, No. 1, 1963, pp. 30–45。

> 关于朋友和同伴，一个人会在生活的交往中得到他们的善待，只要这个人更高地看待他们为其提供的服务的价值和重要性，并认为自己给予朋友们的恩惠，在价值上低于朋友们和同伴们给他的恩惠。（729c9–d6）

立法者给予朋友关系的这一告诫，建议朋友之间应在内心中更多"考虑"他人服务的价值，从而克制每个人天性中过高估价自己的自爱（731e–732a），从而才能获得"善待"（εὐμενεῖς）。[1] 这一建议本身就是以互惠关系的存在为前提的。

任何旨在换取金钱，而非着眼德性的交换，都是城邦坚决反对的，这是法律序曲的一个重要主题（727e–728a）。《法律篇》通过划分和分配建立的法律秩序，要求公民之间，出于赚钱或牟利之外的考虑，进行各种互惠性的帮助和服务，特别是对长辈和老人（例如774b、880b），未能给予帮助的居民有时会遭到严厉的惩罚（881d–e、920d）。但或许最令人惊讶的是，《法律篇》也从这一角度阐述城邦的公共服务。整个城邦的自由公民首先是作为战士为城邦提供服务，城邦的官员是由这些战士选举而成的（753b）。而这些战士被描述为由法律"支付荣誉"（μισθοὶ）的"另一种工匠"（921e2、921d8），因此也在某种意义上将其公共服务理解为一种"交易"（συμβόλαιον，913a、922a、956b）。[2] 这一论述表明，尽管根据城邦对职业的原则性规定，公民不得从事"劳力的职业或高利贷或其他各种可耻的行当"，而是专注于"保护和维持城邦的公共秩序"（846d），但公民承担的政治技艺，并没有完全脱离互惠意义上的服务，而且在这个意义上，与工匠所承担的工作并非完全不同。而对出色完成城邦工作的战士分配

---

[1] 参见 Edwin Bourdieu England ed. with intro. and notes., *The Laws of Plato*, I. pp. 480–481.

[2] 参见 Pierre Vidal-Naquet, "A Study in Ambiguity: Artisans in the Platonic City", *The Black Hunte : Forms of Thought and Forms of Society in the Greek World*, Andrew Szegedy-Maszak trans., Baltimore: The John Hopkins University Press, 1986, pp. 232–234; Trevor J. Saunders, "Artisans in the City-planning of Plato's Magnesia", *Bulletin of the Institute of Classical Studies*, No. 29, 1982, pp. 46–47.

的荣誉,之所以被说成是一种"支付",虽然与古代世界通过公共服务(liturgy)建立的集体庇护制不同,[1]但也隐晦地承认,城邦公民在履行基本的公民职责时,并非完全出于个人德性的动机,而是涉及某种互惠意义上的交换(对比726a和870c)。只不过与牟利性质的雇佣不同,后者使一切政治的荣誉和高贵($τὰ\ λεγόμενα\ τίμια\ καὶ\ καλὰ\ κατὰ\ πόλιν$)都丧失了意义(对比697e–698a和921d),而互惠意义上的"交易",正是为了在这一城邦中实现友谊,甚至正义。[2]与许多评论者的印象不同,《法律篇》的立法语用学并没有完全排除与交换和雇佣有关的表达,它只是以德性和友谊的互惠取代了牟利性质的交换。

在《法律篇》中,还有一个显著体现公民之间互惠性关系的地方,多少有些出人意料,是在惩罚论中。立法者在惩罚中应分辨不义与伤害,通过法律补偿伤害,从而在伤害方和受害方之间创造友谊(862b–d、864c)。补偿作为维护社会成员友谊的方式,是通过回报性正义(reciprocal justice)的方式实现的。而真正针对不义进行的惩罚是在伤害的补偿之外进行的(933e–934a)。这一区分很好地揭示了城邦通过法律秩序实现的友谊关系与个人灵魂意义上的德性之间的微妙分别。《法律篇》并非在立法中不考虑后者,恰恰相反,从法律序曲的劝导到贯穿一生的教育安排乃至最终的夜监会都着眼于此,但Magnesia的立法基于划分和分配所建立的秩序始终致力于维持一种共同体成员之间的互惠关系,而不论他们是德性上平等的,还是有差异的。即使在涉及不义的犯罪中,仍然需要维护伤害者与被伤害者之间最基本的友谊。《法律篇》

---

[1] 参见芬利《古代世界的政治》,晏绍祥、黄洋译,北京:商务印书馆,2013,页32–64;Pauline Schmitt Pantel, *La Cité au banquet: Histoire des repas publics dans les cités grecques*, Paris: Sorbonne, 2013, p. 245; Paul Veyne, *Bread and Circuses: Historical Sociology and Political Pluralism*, Brian Pearce trans., London: Penguin Books, 1990, pp. 71–83。

[2] 亚里士多德称这种$φιλία$为"政治友谊",参见斯科菲尔德对《优台谟伦理学》有关段落的考察,遗憾的是他没有注意到《法律篇》与这一问题的关系:Malcolm Schofield, *Saving the City: Philosopher-Kings and Other Classical Paradigms*, London: Routledge, 1999, pp. 72–87。

惩罚论对补偿的讨论清晰地展现了这一共同体友谊的性质。①

因此，分裂之家的 φιλία，并非最佳城邦中由具有真正知识的灵魂对身体和物品的共同使用，以及在德性平等意义下的友好和信任，而是对这一完美统一性就人性可能进行的仿效。次佳城邦虽然没有实现物与人（身和情感）最大限度的共同，但可以通过财产、婚姻、荣誉、官职、教育与惩罚等制度安排，通过物在使用上的稳定互惠，实现公民在情感上的友善和信任。每个人被作为与城邦划分的份地相对应的家宅的一员，承担维持生计、管理家政、养育孩子、敬重老人、帮助邻里和朋友、维护城邦公共秩序和保卫城邦的一系列照看，这一系列"照看"或"照顾"，而非对自我的照看，是《法律篇》作为立法目标的 φιλία 的焦点。

那么，从划分开始对私人生活的承认，以及从公共角度对私人空间的重构和监管，乃至在此基础上的共同使用和互惠帮助，在多大程度上能够实现这一"属人的城邦"在德性上的统一性呢？《法律篇》的法律秩序以德性为目标，但达致德性的手段相当多样化：

> 共同体的居民，无论自然上是男是女，是老是少，整个一生都应做出各种认真的努力，达到这一目标，能终究成为好人，拥有适合于人的灵魂德性——无论这是源于从事某项事业，还是源于某种习性，或者某种财物获取方式，或者欲望、意见或某刻学到的什么东西。（770c–d）

在这个重要段落中，柏拉图明确指出了《法律篇》立法和未来修订法律的基本原理，② 即法律的安排是要建立让 Magneisa 的居民成为好人的多种方式。不仅教育培养的性格（"习性"）和"学习"（对比 770d 和 643e），而且在城邦的日常生活中担负的工作或"事业"，以

---

① 参见 Trevor J. Saunders, *Plato's Penal Code: Tradition, Controversy, and Reform in Greek Penology*, Oxford: Clarendon Press, 1994, pp. 179, 351, 355。

② 参见 Klaus Schöpsdau trans. and comm., *Nomoi*, Göttingen: Vandenhoeck & Ruprecht, 1994–2011, Ⅱ . p. 445。

及财物的获取或分配，乃至在各种公共活动中形成的"欲望和意见"，都是这一共同体成员通向德性的道路。但这里作为立法目标的灵魂德性，即所谓每个人为了成为好人所拥有的灵魂德性，从而成为好人，指的不仅不是基于真正知识意义上的德性，而只是"适合于人"而非神子的灵魂德性，[1] 而且更为重要的是，对于立法者来说，应该把灵魂德性在共同团体成员中的存在状态，看作法律秩序建立的各种不同安排的结果，无论是个人性情中的习性和欲望、意见、学识，还是事业和财物获取的诸方面安排。在这个基于划分和分配的城邦中，无论大事小情，法律秩序对城邦公私事务的全面照看，都是在方方面面"聚合"城邦的立法努力（793c–d）。但德性之路的多样性也意味着，城邦公民的德性，存在方式和程度上的广泛的差异，因此，分裂之家的 φιλία 主要不是哲学友谊，而是具有这一德性多样性的公民之间的政治友谊。让具有不同德性的公民组成统一的城邦，除了法律秩序的普遍照看和物的互惠使用，如何处理他们之间的统治关系，从而使友谊的和解克制派系的内战，就成了非常重要的问题。

四　创造友谊的平等

在"分裂之家"的类比中，第三种法官与第二种法官的一个关键区别是以法律的统治取代了人的直接统治。在《法律篇》中，当对话伙伴追问他们要建立的城邦的政体性质时，雅典人对提及各种政体及其混合的答案都不满意，[2] 而是断定这些都是奴役或派系，他提议的以神命名的政体，实际上是模仿克洛诺斯神话时代的生活方式，用"比

---

[1] 从《法律篇》的论述看，这一适合人的灵魂德性，指的更多是在人的灵魂中对快乐和痛苦的感受，在此基础上拥有知识，便成为"完善（τέλειος）的人"（653a–b）。《法律篇》更关心成为好人的灵魂德性，而非成为完善的人的方式（参见我们在第五部分的讨论）。参见 Christopher Bobonich, "Persuasion, Compulsion and Freedom in Plato's *Laws*", *The Classical Quarterly*, Vol. 41, No. 2, 1991, p. 380, n. 59。

[2] 参见 Martin Ostwald, *Oligarchia: The Development of a Constitutional Form in Ancient Greece*, Stuttgart: Franz Steiner Verlag, 2000, pp. 34–35。

人更神圣、更好的族群"来统治人,因为"人性根本不足以管理人事",这就是"法"(712c–715d、823c–d)。法治取代人治,被普遍视为《法律篇》政治秩序的根本特点,并以法律统治下的平等作为理解这一城邦友谊和共同体的出发点。

然而《法律篇》在以"序曲"的形式勾勒了"政体的真正法律纲领"之后就指出:

> 恰如在一张网或其他任何织物中,纬线和经线不能用相同的材料来编制,经线必定在德性上有所不同……因此,就应该以某种合乎道理的方式将那些在城邦中统治的人与只受过少许教育的考验和巩固的人区别开,因为政体有两部分:一是指派统治的人,另外则是颁布给统治官员的法律。(734e–735a)

人的统治与法律的统治是构成政体的两个部分,而且法律是分派给人的,因此,人的统治不仅是《法律篇》建立的政体必不可少的组成部分,而且是判定其在法律秩序下建立的政体性质的关键。《法律篇》的次佳城邦与《政治家篇》中的"次佳"(*Politicus*, 300b–c)的一个关键差别就在于,《法律篇》的法治依赖有德性的君子的引导。《法律篇》开篇对会饮的长篇分析,提供了把握人的统治与法律秩序之间关系的基本原理,指引我们恰当理解分裂之家的友谊。

我们已经看到,在《法律篇》通过划分与分配建立的共同体中,公餐制扮演了一个相当重要的角色。但在《法律篇》开篇的讨论中,公餐制却和体育锻炼一起,作为体现战胜模式的典型制度,受到雅典人的批评(636a,参见625c)。作为历史事实,公餐与会饮可以说是同一公共制度紧密关联的两个环节,[1]但《法律篇》的立法原理却力图以着眼友谊的会饮模式矫正着眼战争的公餐模式。在雅典的外邦人看

---

[1] 参见 Pauline Schmitt Pantel, *La Cité au banquet: Histoire des repas publics dans les cités grecques*, pp. 234–236; Oswyn Murry, "War and the Symposium", in William J. Slater ed., *Dinning in a Classical Context*, Ann Arbor: The University of Michigan Press, 1991, pp. 92–94。

来，会饮与公餐相比，更有利于作为立法目标的 $\phi\iota\lambda\acute{\iota}\alpha$，而公餐却不利于城邦团结，有导致内战的危险。《法律篇》在制度上对公餐制的具体实施，反而始终贯彻的是会饮模式的指导原理（780e–781a、948e）。

希腊的会饮，作为一项文雅的安排，具有从奠酒开始的一系列宗教仪轨和交往程式（Plato, *Symp.* 176a；参见 Aristophanes, *Wasps.* 1208–15），因此，构成了城邦通过某种互惠仪式建构公共性，特别是不平等者之间互惠关系的重要制度。[1] 除了音乐伴奏之外，参与者往往在这一混杂游戏与严肃的气氛中，利用吟诗来展现自身的才华。会饮中某种半戏谑性的竞争，同时又悬搁了在会饮场合之外人与人在地位与立场上的种种鸿沟和分歧，而这一泯灭社会生活差异的统一性，其实是在某种轮流饮酒与发言的仪轨条件下建立的。通过共同饮酒搁置的规矩，是在具有强烈宗教色彩的仪轨中完成的，而雅典人强调的"会饮领导者"首先就是这一仪轨的引导者。[2]

考虑到会饮制度在形式性仪轨及其互惠结构下营造的轻松友善的气氛，会饮本身轻松友善的气氛，无疑是以之出发讨论城邦共同体的一个理由。《法律篇》开篇雅典人对会饮的讨论，集中在会饮有助于培养人经受快乐的考验，但这一激情训练的效果，却取决于会饮是否有"统治者"的引导。在和平时期要建立共同体和朋友之间的友善交往，就必须要有"统治者"，无人统治或统治不善，都不是这样交往进行的正确方式（639c–641a）。因此，《法律篇》讨论会饮的部分，很少提及会饮制度轻松友善的这一面，[3] 而始终关注在统治者的引导下，

---

[1] 参见 Pauline Schmitt Pantel, *La Cité au banquet: Histoire des repas publics dans les cités grecques*, pp. 243–252。

[2] 参见 François Lissarrague, *The Aesthetics of the Greek Banquet: Images of Wine and Ritual*, Andrew Szegedy-Maszak trans., Princeton: Princeton University Press, 1990, pp. 25–28; Stephen Halliwell, *Greek Laughter: A Study of Cultural Psychology from Homer to Early Christianity*, Cambridge: Cambridge University Press, 2008, pp. 113–119。

[3] 这被看作好的会饮制度要解决的问题（636e–637b，对比 649a–b、671b），这一没有领导的自由被视为民主制的典型特征（对比 *Resp.*（转下页）

会饮如何通过羞耻和敬畏引导"自愿服从"(671d),从而避免多利安政体担心的狂妄($ὕβρις$,637a)。正确领导的会饮,不仅能洞察参与者的自然本性(第一卷),而且能够成为一种持续教育公民的手段(第二卷),"在沉默、言说、饮酒和音乐上保持有度($κατὰ\ μέρος$)",否则法律会使它愿意服从(671c10、671d10)。雅典人将会饮带来的友谊与战争胜利带来的无教养做了对比,前者在灵魂中植入敬畏(672d9),而后者则往往使人"更加狂妄"($ὕβρις$,641c4),而这一狂妄则是导致内战的主要原因(690d6—692a9)。愿意遵守共同生活的秩序,形成一种"秩序意识"($τάξεως\ αἴσθησις$),在《法律篇》的讨论中成为 $φιλία$ 的重要标志。教养和敬畏,是会饮中形成的人与人的 $φιλία$ 的构成要素。而会饮中的这一"自愿服从",是在清醒的领导者指导下建立的"友善交往",其核心意涵就是:"在其所有共处时按照法律,并时时遵守清醒者给不清醒者发布的命令"(671e9—2a2)——在这种情形下,他们就"比以前更是朋友,而不像现在是敌人"。换言之,会饮作为立法原理的出发点,在于它揭示了"统治下的正确交往"的形式($ὀρθῶς\ κοινωνοῦσαν\ μετ'\ ἄρχοντος$,639c3—4)。[①] 人在这种形式下的交往,通过友谊建立了对统治和秩序的自愿服从,而这一"自愿"是任何稳定的政治秩序都不可或缺的环节。这就是为什么会饮的首领,既被称为"法律的守护者"(671d5),又被称为"友谊的守护者"(640c9—d1)。分裂之家中的第三种法官,正是通过建立法律秩序,维护友谊,来解决大部分统治关系难以实现的"自愿"问题。

考察会饮制度阐明的"统治下的正确交往"的基本原理在《法律

(接上页)562d,参见 701a—b)。参见 Jean-François Pradeau, "L'ébriété démocratique la critique platonicienne de la démocratie dans les *Lois*", *The Journal of Hellenic Studies*, Vol. 124, 2004, pp. 108—124。

① 这当然并非会饮作为社会制度的历史特征,而是柏拉图的哲学升华。参见 Anton Powell, "Kosmos ou désordre? L'euphémisme au cœur du symposion", in Vincent Azoulay et al. eds., *Le Banquet de Pauline Schmitt Pantel: Genre, mœurs et politique dans l'Antiquité grecque et romanine*, Paris: Sorbonne, 2012, pp. 439—453。

篇》的官职论中得到具体的落实。

《法律篇》在第六卷中设计了一系列相当复杂的选举程序，为城邦建立的法律秩序，指派统治的官员。官员选举或者说荣誉分配的原则，依据的是两种不同的平等。一种是抽签，另一种则根据德性和教育按比例分配。从政治正义的原则考虑，城邦应该完全采取比例原则，这是一种自然平等，雅典人称之为"最真和最好的平等"（757b6-7），出于衡平和宽容而采取抽签平等会损耗"正确正义"的完美和精确（参见 697b3-5）。但《法律篇》的立法目标是兼顾正义与友谊，甚至作为属人的城邦，重视友谊更甚于正义（对比 713e 和 693b-c，参见 Aristotle, *Eth. Nic.* 1155a23-32）。为了实现城邦的友谊，Magnesia 的官职选任在原则上是混合两种平等，混合的方式是：同时采用两种平等手段；尽可能多采取第二种，而少采取第一种，以接近真正的平等；模糊这两种平等的区分。具体的选举安排体现了这种"必然性的强迫"而进行的混合。官职同时采取抽签和选举，重要的官员主要通过选举（753c-d、756c-e），最重要的甚至采取秘密投票（766b），相对次要的官员尽量采取抽签；混合抽签与选举，或者要求在提名人选中选举，或者对抽签结果进行复查；要求所有公民都参与选举（763e）；等等。

《法律篇》对官员选举的立法原理和具体制度的细致讨论，揭示了这一城邦作为共同体的基本特征：城邦尽可能让每个公民都参与公共生活，但大部分人并非因为"德性和教育"而获得统治资格，而是为了避免内战危险（757d2-4，comp. 697c9-11），以抽签的平等分有了城邦的荣誉。柏拉图以比例分配作为实现城邦公民自然平等的主要手段，这清楚地揭示了城邦成员在德性上的多样性最终仍然体现了德性上的根本差异："奴隶和主人绝不会成为朋友，烂人和正派人也绝不会成为朋友，倘若他们在荣誉方面都平等的话。这两种情形都使政体充满了内乱。"（756e11-757a3）城邦要避免内乱，就必须在承认和考虑德性差异的基础上分配荣誉，否则无法在具有不同德性的人之间创造友谊。这就要充分使用能够体现德性差异的比例平等方式，但又要同时通过混合、妥协和折中的方式，模糊比例平等与衡平和"算术平等"的差别，从而使德性的高低差异呈现为多样性的分化。如果严格以符合政治正义的自然平等方式区分统治者与被统治者，最终可能会导致在荣誉的分配上，形成了公与私的壁垒，将许多人完全排除在共同体的公共生活之外（696a6–8），而参与政治生活，担负公共职责，本身有助于所有公民德性的培养，但考虑到公民之间德性的差异，这一具有教育意义的共同参与只能通过"混合"或"混淆"不同形式的平等，特别是混合不同统治资格（690a–c）的方式实现。

不过，为了在官职的遴选中实现混合的平等，《法律篇》不仅借助各种选举的方式，还考虑了财产等级和年龄两个主要的限制性资格，二者替代德性，成为建构 Magnesia 统治关系的关键标准。

亚里士多德对《法律篇》的一个重要批评是，在官职选任中考虑财产等级是典型的寡头制做法。[①]《法律篇》为了避免城邦中出现贫富两极分化和派系纷争做了大量努力，[②]因此，将城邦公民依据财产多少划分等级，似乎是一个多少出乎意料的安排。如果这一安排的意图是为了有利于富人阶层垄断行政权力，柏拉图或许会更多针对最重要的官职进行财产资格限制，而《法律篇》的财产资格限制更多的是针对一些不太重要的官职。[③]有的学者因此转而认为，Magnesia 并没有为公民留下太多牟利的空间，财产等级只是在建城初期存在，之后会慢

[①] 亚里士多德认为，强制较高财产等级的公民参与公民大会、公共会议和选举（764a、765c），履行更多公共职责（759e–760a、763e），豁免较低等级公民的相关政治义务（765c），乃至在议事会选举中在四个等级间均分名额（756c），并强迫高等级投票（765b–e），这些都是偏向富人的寡头制做法。但批评《法律篇》"试图让大部分官员来自富裕阶层，最高官员来自最高阶层"并不准确（*Pol.* 1266a7–22）。参见 W. L. Newman ed., *The Politics of Aristotle*, Oxford: Clarendon Press, 1887, II. p. 278–279。克罗斯科指出，《理想国》中提到，寡头制无法在推崇财富和保持节制之间保持平衡（555c、556a–b），而《法律篇》可以看作柏拉图在这方面的尝试。参见 George Klosko, *The Development of Plato's Political Theory*, Oxford: Oxford University Press, 2007, p. 230。

[②] 参见 Alexander Fuks, "Plato and the Social Question: The Problem of Poverty and Riches in the 'Laws'", pp. 33–78。

[③] 参见 Glenn R. Morrow, *Plato's Cretan City: A Historical Interpretation of the Laws*, pp. 229–238; Luc Brisson, "Ethics and Politics in Plato's *Laws*", *Oxford Studies in Ancient Philosophy*, Vol. 28, 2005, pp. 106–116。

慢丧失作用，甚至断定，"划分财产等级因此是无意义的"。[1] 但这一安排不仅仅是对城邦初建时人们携带的财物的让步，而是有更为深刻的正面理由：

> 出于诸种原因，并为了城邦中的机会平等，就必须有不平等的荣誉等级。这样，官职、税负和分得就应根据每个人的应得来分配，归于每个人的荣誉就不仅取决于他祖先和自己的德性，以及身体的力量和俊美，而且取决于他利用财物或贫困的方式。从而避免纷争，因为，根据合比例的不平等，荣誉和官职将尽可能平等地分配。（744b5–c）

柏拉图认为，是为了实现"城邦中的机会平等"（$τῶν\ κατὰ\ πόλιν\ καιρῶν\ ἰσότης$），[2] 避免"纷争"，才根据一个人"利用财物或贫困的方式"，建立荣誉等级（$τιμήματα$）。荣誉等级，在城邦中是作为对荣誉和官职（也包括税负和物品分配）进行比例分配的一个尺度建构的，其中包含了德性的意涵（而且考虑了体现世代德性——"他祖先的德性"——的出身），但却主要依据财产建立的。[3]

---

[1] 参见 P. A. Brunt, "The Model City of Plato's *Laws*", *Studies in Greek History and Thought*, Oxford: Clarendon Press, 1993, pp. 260ff. 这一看法多少忽视了城邦居民（及其奴隶）在复杂的家政经营方面的差异（807e–808b，《法律篇》直接列举的原因见 744e，参见 740a），以及在人性中根深蒂固的爱财的欲望（870a 称之为人性中"影响多数人最常见、最强烈的渴望"，参见 831c）。财产等级的设立，是《法律篇》节制这一欲望的系统努力的一部分。不过，这一看法最大的问题是没有意识到，财产等级是城邦具有重大政治意义的法律建构，而不是社会不平等的自然后果。

[2] 在《法律篇》中，命运（$τύχη$）或"机会"指的是人事中政治技艺不能完全控制的各种力量（708e–709c，参见 Ari. *Eth. Nic.* 11046–10），就荣誉分配而言，抽签是玛格内西亚解决命运平等的主要方式，而建立荣誉等级，可以说是上文所说的某种混合两种平等的方式，将某种政治分配的技艺与机会平等结合在一起。

[3] 虽然这里提及的是"财富的使用"，而非"财富"本身，但实际的等级划分，显然依据的是外在的财产标准，而非桑德斯（Saunders）强调的道德价值。参见 Trevor J. Saunders, "Notes on the *Laws* of Plato", *Bulletin Supplement*, No. 28, 1972, pp. 45–49, no.32。

《法律篇》以议事会的选举为范例试图表明，基于财产等级的选举程序可以实现"创造友谊的平等"（754e）。柏拉图设计了一个复杂的选举程序，采取多轮书面公开投票的方式，并强制较高等级的公民参与投票。这一选举程序明显倾向于较高等级，或者用柏拉图的话说，具有较强的比例平等色彩。西塞罗在《论法律》中提出了类似的选举制度安排，他的理由是这一制度"提供了自由的形象，维持好人的权威，消除了争执的原因"（...libertatis species datur, auctoritas bonorum retinetur, contentionis causa tollitur. Cicero, *De Leg.* 3.33–39）。[1]《法律篇》对于官职选任中偏重考虑较高等级（特别是公共服务方面的职位要求高等级公民承担更多公共事务）给出的直接理由是"这些人应该有能力和闲暇照管公共事务"（763d）。这一理由值得严肃对待，[2]它表明，虽然在立法原理上，《法律篇》鼓励和引导所有公民都致力于公共事务，把"保护和维持城邦的公共秩序"作为其唯一的"技艺"（846d–847a），但因为存在私人空间与私人生活，特别考虑到Magnesia的地理条件对土地产出的限制（705b），较低财产等级的公民可能需要投入更多时间和精力照看私人事务，才能维持生计，对公共政治生活的完全参与只是公民理想的生活方式。城邦的公共性，不可能抹消私人生活的存在，这也意味着闲暇和真正的德性一样，在玛格内西亚都不可能普遍平等地分配。事实上，即使《法律篇》的城邦需要在时间上毫无间歇地照看或"监管"（$\varphi\upsilon\lambda\alpha\kappa\hat{\eta}\varsigma$），Magnesia 的议

---

[1] 参见 C. Nicolet, "Cicéron, Platon et le vote secret", *Historia: Zeitschrift für Alte Geschichte*, Bd. 19, H. 1, 1970, pp. 58–65; Andrew R. Dyck, *A Commentary on Cicero, De Legibus*, Ann Arbor: The University of Michigan, 2004, pp. 523–525。芬利：《古代世界的政治》，页 56。

[2] 有学者指出，从农业法的规定看，低等级的公民可能需要承担农业劳动，因此不具有从事政治活动需要的闲暇。参见 Thanassis Samaras, "Leisured Aristocrats or Warrior-Farmers? Leisure in Plato's *Laws*", *Classical Philology*, Vol. 107, No. 1, Jan. 2012, pp. 7–9。从文本看，农业法的规定并不排除奴隶承担耕作的可能性（*Pol.* 1265a115–16）。参见 Klaus Schöpsdau trans. and comm., *Nomoi*, III. pp. 215–216。因此，我们并不需要从公民承担农业劳动的角度理解柏拉图对低等级公民缺乏闲暇的判断，更根本的原因是划分和分配产生的私人生活。

员在不当值时，仍然容许处置其私人事务和家庭事务（758a–b），甚至夜监会的成员都不具有完全脱离私人活动的闲暇（961b）。[1] 因此，依据财产划分荣誉等级的立法用意是，财产越多的人，除了为城邦贡献更多税收，[2] 还应该无偿进行公共服务，并且用照管公共事务替代对私人财富的关切。担任公职，照看公共事务，也因此被支付更高的荣誉，成为《法律篇》仿效《理想国》的财物公共使用的一个近似替代品。在这个意义上，荣誉等级这一分配尺度是以公共生活中德性贵族制的方式（混合了某种意义上的抽签平等）对抗私人生活中贫富分化导致的财富寡头制倾向。因此，虽然财产本身并非荣誉等级成员的统治资格，[3] 但财产却实际上"替代"德性和教育成为比例平等的主要尺度。问题就在于，这一替代，究竟是在德性贵族制的基础上提供了足够的机会平等，还是只创造了掩盖寡头统治的自由门面。[4]

年龄是另一个代替德性的荣誉分配标准。不仅在官职遴选方面，年龄是一个重要的资格（755a、759d、765d），而且在涉及城邦法律的讨论修订问题的事务，都被视为老人的特权（659a–e、951c、961a–b）。与财富等级不同，年龄本身就是一个重要的统治资格（690a7–9）。但在《法律篇》中，年龄在荣誉分配上的重要性更多源于其与智慧的某种联系或相似。"老年人代表理智"（965a1），《法律篇》的政治安排中，许多时候将年龄等同于明智（665d、659d、640d）。年龄

---

[1] 柏拉图明确地描述了这一生活方式："他们会适度地备有必需品，技艺事务交给他人打理，农地委托奴隶耕种，土地出产足以让人们过上规矩的生活"（806d–e），和接下来的男女公餐制一样，这样的生活是玛格内西亚的理想。参见 Paul Veyne, *Bread and Circuses: Historical Sociology and Political Pluralism*, p. 47。

[2] 参见 Edwin Bourdieu England ed. with intro. and notes., *The Laws of Plato*, I. p. 533。

[3] "我们在你的城邦里分配官职，不会基于某人的财富或拥有任何这类的东西，如体力、身形或高贵的出身。凡是最听命于已经制定的法律，并在城邦中赢得这种胜利的人，我们认为，必须把侍奉诸神的服务赋予他，最高的服务给予第一名，第二高的给予第二等掌控的人，依此理，按相同的比例分配给其后的各色人等。"（715b–c）

[4] 莫罗对此也不免犹疑。参见 Glenn R. Morrow, *Plato's Cretan City: A Historical Interpretation of the Laws*, p. 131。

对理智的近似作用,正如财产对于"德性和教育"的替代作用一样,构成了《法律篇》的政治安排模仿德性和正义的方式。

总的来说,《法律篇》通过混合两种平等,用财富与年龄替代德性与教育发挥分配作用,实现了更大程度的分享,诱导或强迫更多人从私人生活进入公共生活,从而在创造友谊的平等中提供领导。《法律篇》是次佳政体,是就人性而言尽可能仿效"朋友之间一切共同"的最佳政体。这种仿效采取的具体方式就是模仿——"整个政体的构建,都是在模仿最美丽和最好的生活方式"(817b4)。[①]《法律篇》采用财产等级和年龄都是模仿德性的机制。那么《法律篇》在政体和立法上的模仿,是否正确(667e–668c),就要看它能否在公民的灵魂中产生与真正德性相似的效果,从而在城邦中创造共同体需要的友谊。

五　完全德性

在《法律篇》中,立法者要考虑的立法目标除了 $\phi\iota\lambda\iota\alpha$,还有明智($\phi\rho\acute{o}\nu\eta\sigma\iota\varsigma$)和节制($\sigma\omega\phi\rho\sigma\sigma\upsilon\nu\eta$),但雅典人在二者之间建立了一种同一性:"当我们说立法者应注意节制、明智和 $\phi\iota\lambda\iota\alpha$,这些目标并非不同,而是相同的"(693c3–5)。如何理解 $\phi\iota\lambda\iota\alpha$ 与明智—节制的这种同一性呢?

德性整体论可以说是《法律篇》最核心的立法原理。柏拉图在开篇就通过对多利安政体(特别是公餐制)的批判强调,立法不能仅依据部分德性(勇敢),而应着眼于全体德性(630e2–3,参见 688b2–3)。《法律篇》的这一核心原则,又被进一步发展为立法的善等级原则,即在立法考虑各种善时,"属人的善参照属神的善,而所有属神的善则参照领头的理智"(631d5–7)。在柏拉图看来,这意味着,城邦从婚姻生育到丧葬对生活和交往的全面安排(631d–e),都着眼整体的德性,从而最终"参照领头的理智"。围绕荣誉、惩罚、财富和身体健

[①]　Létitia Mouze, *Le Législateur et le poète. Une interprétation des "Lois" de Platon*, Villeneuve d'Ascq: Presses Universitaires du Septentrion, 2005, pp. 84–94, 332–354.

康建立的法律秩序，教导和规定公民在经历生活的种种幸与不幸时，其灵魂的激情反应是否符合德性。城邦的立法，通过对属人的善的分配和照看，规定人的灵魂中属神的善，这也是为什么柏拉图认定这一城邦是依据神的尺度为人立法的政体（713a）。①

如果说，在柏拉图的其他对话中，德性整体论主要探讨的是，人与世界之间"真"的关系，以何种方式统领和规定了人的各种堪称卓越的品质，那么在《法律篇》中，德性整体论则主要考虑的是如何在人的政治生活中"引发理智"的问题。因为根据立法中属人的善的"参照"等级，"立法者应该尽力给城邦引发（ἐμποιεῖν）理智，并逐出不理智"（688e6–8），②明智、智慧或理智就是立法的直接目标（701d9），如何在城邦建立属人的善与属神的善的参照关系，从中体现出对理智的参照，是立法的一贯考虑。对教育的重视，对经济生活的监管，法律维护者广泛的权力以及夜监会的设置，都贯彻了这一点。③

---

① 因此，《法律篇》作为立法原理阐述的善等级论，并非针对个人，而是针对城邦。"如果一个城邦取得了较大的善，它也会取得较小的善"（631b–c）。参见 Susan Sauvé Meyer, *Plato: Laws 1 and 2*, Oxford: Oxford University Press, 2015, pp. 108–110。试图在此处修订抄本以满足他的个体化理解的英格兰也不得不承认，巴德姆（Badham）订正抄本的尝试非常勉强。参见 Edwin Bourdieu England ed. with intro. and notes., *The Laws of Plato*, I. p.212。波波尼奇事实上已经放弃了之前追随英格兰的抄本释读（p.124），但仍然坚持认为他之前从公民普遍德性的激进角度对善等级论的理解不受影响。参见 Christopher Bobonich, *Plato's Utopia Recast: His Later Ethics and Politics*, p. 509, n. 42; Christopher Bobonich, "Plato's Theory of Goods in the *Laws* and the *Philebus*", *Proceedings of the Boston Area Colloquium in Ancient Philosophy*, Vol.11, 1995, pp. 101–136。

② 参见 Ada Babette Hentschke, *Politik und Philosophie bei Plato und Aristoteles. Die Stellung der "Nomoi" im Platonischen Gesamtwerk und die politische Theorie des Aristoteles*, Frankfurt: Vittorio Klostermann, 2004, p. 212。

③ 不少学者认为夜监会（νυκτερινός σύλλογος）只是柏拉图创作《法律篇》在最后临时添加的安排，但《法律篇》在第一卷的立法原理中就指出，"制定法律的人要为所有这些法律设置维护者——其中有的维护者受明智引导，有的则受真的意见引导——这样，理智就会束缚这一切法律，并可以宣告它们追随的是节制和正义，而非财富或爱荣誉"（632c–d）。参见 Luc Brisson, "Ethics and Politics in Plato's *Laws*", pp. 109–111。对于《法律篇》要实现的德性统一而言，严格来说，夜监会才真正拥有所有德性，并能在知识上考察（转下页）

立法者在城邦中引发理智面对的"最大的无知"是"快乐和痛苦与符合理性的意见的不一致"。在这种状态下，虽然一个人可能有正确的意见，从而对善和高贵作出了正确的判断，但却并不喜欢好和高贵的东西。[①] 正确意见产生的判断不是关键，恰当的情感反应才最重要。因此，这种"无知"或"不理智"，与技艺或知识上的无知不同，被柏拉图称为一种"最不和谐的无知"（689a9–c1）。在个人灵魂中，作为被统治者的苦乐感受部分反对"知识或意见或理性这些自然的统治者"，而在城邦中，作为被统治者的多数，"拒绝服从统治者和法律"，也同样属于这种无知。《法律篇》无论在立法原理的阐述，还是具体的制度安排上，都竭尽全力在城邦中遏制这种无知。《理想国》中借助城邦与灵魂的类比呈现的统治结构，在《法律篇》中仍然有效，[②] 只不过，在这个围绕人性建立的城邦，法律替代理智统治，通过法律努力建立人的生活对理智的追随。[③] 这一努力的焦点，不是灵魂的理性部分，而是着眼于灵魂中感受苦乐的所谓非理性部分："对于探究法律的人来说，他们绝大部分的思考都关涉城邦和个人性情中的快乐和痛苦"（638d5–9，参见 631e–632a）。雅典人借助"神的玩具"的

（接上页）甚至把握德性统一的道理（"受明智引导"），最终完美地实现立法的目标（962a–964d，comp. 705e–706a）。夜监会之所以被称为"神圣之会"（ὁ θεῖος σύλλογος，969b），正是因为它是城邦法律秩序中"神的尺度"的维护者，因此，也是整个城邦追随理智的关键，城邦是在这个意义上，而非在权力的意义上，被"托付"给它（969b）。

① 参见 Francisco Leonardo Lisi, "Plato and the Rule of Law", p. 95。
② 参见 Trevor J. Saunders, "The Structure of the Soul and the State in Plato's Laws", *Eranos*, Vol. 60, 1962, p. 42。
③ "即便有人知道这些事情的本性如此，充分掌握了技艺，而且不居任何人之下，也就是作为专制城邦，他也绝不会固守这个信念，毕生把促进城邦公共事务放在首位，让私人的追随公共的。必朽的自然本性总会驱使他多得，一味行私，不顾道理地趋乐避苦，把这两者放在正义和善之前。在自身之中产生黑暗，从而使自身和整个城邦都充满了恶。当然，如果会有人，在自然本性上足够优秀，蒙神眷顾，生来就足以达到专制者的位置，就不需要任何法律来统治他。因为，没有什么法律或秩序强过知识，理智屈从于任何东西或受其奴役，都不正当，而应统治一切——如果就自然而言，理智是真正意义上的自由的话。但现在，事实上，无论在哪里或以任何形式，这种人存在的可能微乎其微。因此，我们必须选择次佳的做法，求助秩序和法律"。（875b–d）

人性神话解释了这样做的理由——就人灵魂内部的动力而言，牵引我们通向德性的理性绳索，神圣、高贵但温和，而其他绳索，快乐、激情和欲望，则往往更有力量，因此理性的牵引始终需要其他力量的协助。"玩具"神话从力量关系[1]重构了人类灵魂的道德心理学，为《法律篇》的立法提供了核心的思路：法律，作为"理智的分配"，一方面需要追随"理性思虑"，以理智为引导，但另一方面需要为其寻找力量的帮手，以实现理智在更大范围的分布。理性成为城邦共同法，针对人们关于快乐和痛苦未来状态的意见，即"预见"（ἐλπίς），建立了何为好坏的道理，城邦在这方面的"公共判断"（δόγμα πόλεως κοινὸν），就是法律。但这一公共判断，只有借助个体灵魂中快乐、欲望和激情的力量，才能建立与道理的引导相一致的灵魂力量格局，而不是形成内部的对抗，或失控（644c–645b）。使灵魂中的情感力量与法律中的公共判断相和谐，就是会饮模式的目标，而这一努力的关键是使灵魂中趋于勇敢地预见（θάρσος），通过"饮酒"，"在节制变得完美"（645d–650b）。[2]会饮友谊中的敬畏，使城邦未来的公民战士，在城邦的公共生活中培养对法律的真正服从，这是立法的焦点（631e–632b），也是教育和惩罚的关键。

《法律篇》在第二卷中对何为"正确教育"（653a）的考察，系统地发展了这一思路。在系统考察教育之前，《法律篇》的第一卷就将教育的核心定位在"正确的养育"上，也就是通过引导孩子的快乐和欲望，从童年开始就培养孩子成为一个"完美的公民"，具有承担政治活动的德性。城邦排除劳力工作与牟利技艺的法律安排，都与这一教育目标有关。在这方面受过正确养育的人，"差不多就是好人"（644a，即"能高贵行事的人"，πράττοιεν καλῶς，641c）。正确的教育所培养

---

[1] 参见 André Laks, *Médiation et coercition. Pour une lecture des Lois de Platon*, Villeneuve d'Ascq: Presses Universitaires du Septentrion, 2005, pp. 46–47。

[2] 参见 Susan Sauvé Meyer, "Pleasure, Pain, and 'Anticipation' in Plato's *Laws*, Book I", in Richard Patterson, Vassilis Karasmanis, Arnold Hermann, eds., *Presocratics and Plato: Festschrift at Delphi in Honor of Charles Kahn*, Las Vegas: Parmenides Publishing, 2012, pp. 322–328。

的德性，是指公民实践的德性（τοῦ πράγματος ἀρετή），即"懂得如何依正义统治和被统治"，因此，教育在德性上致力的完美，主要作为共同体成员，担负城邦事务的完美，而并不需要个人达到理智和德性意义上的完美（Resp. 487a），而是能够"战胜许多诱使他陷于无耻和不义的快乐和欲望"。这种意义上的德性就是我们在会饮原理中发现的服从法律的"敬畏"（647a–d）。正确地感受快乐和痛苦，要比对什么是好、什么是坏形成正确的看法，或者能够正确地表达他理解的看法更重要，成为受过良好教育最重要的标志（654c4–d4）。正是这种正确养育意义上的教育，在《法律篇》中作为教育的第一个明确定义出现——"我将孩子最初形成的德性称为教育"，即通过习惯的训练使孩子的"快乐和爱（φιλία）、痛苦和恨在他们的灵魂中得到正确的形成"，一旦理性出现，这些情感就能与理性取得和谐（653b）。正确养育在训练快乐和痛苦在理性（λόγος）出现前就要建立与理性的这种前定和谐，《法律篇》将这种和谐视为"完整德性"（σύμπασα ἀρετή，653b7）。在《法律篇》再次讨论这一问题时，这种"和谐"被明确规定为"吸引并带领孩子走向法律宣布为正确的道理"，游戏和歌曲都是引导孩子灵魂的"咒语"，从而能够从中建立与法律的"正确道理"相和谐的情感感受习惯，"让孩子的灵魂遵循并感受到像老人那样的快乐和痛苦"（659d–e）。最终，或许令人惊讶的是，这一教育概念并没有局限在孩子的"正确养育"上，而是延伸到老人的教育。在老人的合唱表演中，音乐就像会饮中的酒，使他们的灵魂像孩子一样受到了重新塑造，从而能够"被拥有教育和塑造灵魂所需要的知识和能力的人"所引导（670d–671c）。城邦的公共制度和法律秩序，始终努力将公民作为孩子一样教育。[①]

如果说《理想国》的教育，关注的是统治的德性，其巅峰是"哲学家—王"，那么《法律篇》侧重的则是服从法律，与法律的道理保持和谐的德性，塑造这一被统治者的自愿服从的德性（"法律的奴

[①] 参见 André Laks, *Médiation et coercition. Pour une lecture des Lois de Platon*, pp. 168–169。

役")是"立法术与政治术的巅峰"(657a)。[①] 这一教育造就的自愿接受法律奴役,甚至将这一奴役视为高贵的荣誉的灵魂,是每一个人获得城邦统治资格,充分参与城邦共同体的前提:

> 每个人必须认识到,没有人会成为值得称赞的主人,除非他曾经是一名奴隶,并认识到,获得高贵荣誉的方式应该是高贵地受奴役($καλῶς\ δουλεῦσαι$),而非高贵地统治($καλῶς\ ἄρξαι$)。首要的奴役是受法律奴役(因为这其实是受诸神奴役),接下来是年轻人始终受他们的长辈,以及那些过着可敬生活的人的奴役。(762e,参见839c、700a)

构成《法律篇》全部政治体系基础的这一所谓"主奴辩证法",[②] 不仅申明了从孩子到成人的一生教育的宗旨,也透露了法律监管城邦公私生活的动机(942a-c)。城邦在经济社会生活中通过互惠和混合所建立的友谊,正是基于这一"高贵的受奴役",而自愿接受这一法律秩序,并在情感上与此和谐一致,认同其中的高贵,则是城邦教育的目的——法是主人,担任官职的大部分"统治者"则是法律的奴隶。这些高贵的奴隶,作为神的玩具,成功地在灵魂中培育了与城邦公共尺度相一致的情感,这是这个建立在神的尺度下的城邦维持安全的关键(715d),也是实现分裂之家和解的前提。[③] 节制就是这种"高贵的

[①] 耶格尔甚至猜测这是腓力(Philip of Opus)为《法律篇》补写《厄庇诺米斯篇》的原因。参见韦尔纳·耶格尔《教化:古希腊文化的理想》第三卷,陈文庆译,上海:华东师范大学出版社,2021,页261;Leonardo Tarán, *Academica: Plato, Philip of Opus and the Pseudo-Platonic Epinomis*, Philadelphia: American Philosophical Society, 1975, p. 113, n. 508; Luc Brisson, "Ethics and Politics in Plato's *Laws*", pp. 110–111。

[②] 参见 Francisco Leonardo Lisi, "Plato and the Rule of Law", p. 93; Francisco Lisi, "Der Begriff des Gesetzes in Platons *Nomoi*", in M. Knoll and F.Lisi ed., *Platons Nomoi. Die politische Herrschaft von Vernunft und Gesetz*, pp. 111-113。

[③] 参见 R. F. Stalley, *An Introduction to Plato's Laws*, Oxford: Basil Blackwell, 1983, pp. 84–86。

被奴役"中的德性（*Resp.* 431d–e）。①

聚焦于快乐和痛苦的和谐教育，作为城邦"参照领头的理智"进行立法的主要方式，是《法律篇》依据神的尺度对人性立法的关键。从这一原理出发，《法律篇》围绕节制落实以理智为领导的德性一体论（全面德性）。在《法律篇》的德性一体论中，节制作为第二德性，包含了理智，②和勇敢一起构成了处于第三位的正义，是德性一体的枢纽（631c–d）。因此，在前两卷的原理性讨论中，雅典人主要是通过节制来矫正多利安政体中对勇敢的过度偏重，③并用节制的和谐模式解释如何教育公民"战胜许多诱使他陷于无耻和不义的快乐和欲望"。④

《法律篇》开篇两卷对会饮与公餐的权衡，之所以经常被当作离题的讨论（682e10），就是因为《法律篇》通过节制矫正勇敢从而处理德性统一性问题的新方案没有得到充分的重视。⑤事实上，多利安

---

① 参见 Trevor Saunders, "The Structure of the Soul and the State in Plato's *Laws*", p. 48。

② 采取优西比乌（Eusebius）的修订，读作 μετὰ νοῦ，参见 Susan Sauvé Meyer, *Plato: Laws 1 and 2*, pp. 112–113; Klaus Schöpsdau trans. and comm., *Nomoi*, I. pp. 183–184。

③ 勇敢与节制之间的这一对立，在《高尔吉亚》中就已经得到戏剧性的处理（492b）。参见 Helen North, *Sophrosyne: Self-Knowledge and Self-Restraint in Greek Literature*, Ithaca: Cornell University Press, 1966, pp. 97, 102–108。

④ 柏拉图在《普罗泰戈拉》《拉希斯》和《高尔吉亚》等作品中已经借助节制概念的复杂意涵，探讨了德性的统一性问题。《法律篇》的做法可以说是汇聚了柏拉图之前对话中处理节制的一些重要线索。参见 Adriaan Rademaker, *Sophrosyne and the Rhetoric of Self-Restraint: Polysemy & Persuasive Use of an Ancient Greek Value Term*, Leiden: Brill, 2005, pp. 293–356。

⑤ 在《理想国》中，类似的努力主要是借助正义概念实现的："但真正说来，正义……不是有关一个人外在地做他自己的事情，而是有关他的内在，真正有关他本人和他自己的。他并不让自己之中任何部分去做别的部分的事，也不允许灵魂中任何部类去操心别的事情，相反，他是真正把属于自己的安排好，自己统治自己，建立好的秩序，成为自身的朋友（φίλον γενόμενον ἑαυτῷ），让三个部分和谐，就像音阶中的三个音符——最低、最高和中间的，以及如何还有，一切在这些之间的——他把所有这些绑在一起，完全合众为一（ἕνα γενόμενον ἐκ πολλῶν），清明（σώφρων）、和谐的一。只有这样，无论是获取财物、照看身体、某件政治事务或有关私人商务，他才算做了事。而在所有这些他认为并称为正义而高贵的事中，都保存了这样的习性"（443c–e）。

政体的立法原理所强调的"主宰自我""战胜自我"和"统治自我",都是柏拉图通过节制考虑德性统一问题时反复出现的主题,[①]但在《法律篇》中,考虑到多利安立法原理背后的普遍战争图景,这一典型柏拉图的德性模式,虽然保证了城邦中较好的人"支配"较坏的人(627b8),但实际上把后者当作了战争中的敌人(626d–627a),因此,这种统治并不属于"最好之列",而成为城邦的"分裂之家"不得不面对的处境(628d1–2)。不能弥合这一点,就无法成为"正确意义的政治家"或"严格意义上的立法者"(628d7–10)。

节制要求公民在快乐,而不仅在痛苦上自控(632eff、647c–d),这一要求的目的是使公民不至于遭受快乐的征服和奴役(633d–3、635d),从而能够适度地取用人自然产生的快乐,从而获得幸福(636d–e)。这一努力的基础是对教育在人生中意义的理解。考虑到人生所经历的重负($\epsilon\pi\iota\pi o\nu o\varsigma$,653d2、666a6、815e1),人渴望通过快乐获得喘息,城邦因此设立了节日。《法律篇》中节日的神圣性,不仅是城邦对公民私人生活进行划分与分配的重要手段,也与教育息息相关。借助节日的宗教色彩,城邦通过教育对在重负下生活的人进行始终不懈的养育与矫正(816b–d、653d)。《法律篇》第二卷针对狄奥尼索斯合唱队的长篇讨论,着眼的是已经承担工作负担的成人,而非孩子或青年。正是基于青年的阿波罗合唱队与儿童的缪斯合唱队加上这个成人合唱队,雅典人才能说服他的对话伙伴同意,"每个成人和孩子,自由民和奴隶,女人和男人,乃至整个城邦,都不应该停止歌唱"(665c)。《法律篇》中神的尺度与人性的现实交汇在教育作为政治生活的核心这一点上。节制的和谐模式实现的完全德性,通过节日的公共性,不断调和与矫正私人生活可能带来的分歧和败坏,从而在城邦中建立和解和友谊,这可以看作会饮原理的实现。

《法律篇》建立的城邦,作为政体,其理想是"城邦享有最大的闲暇,人们彼此间是自由"(832d)。划分土地与家宅,对公私生活

[①] 参见 Adriaan Rademaker, *Sophrosyne and the Rhetoric of Self-Restraint: Polysemy & Persuasive Use of an Ancient Greek Value Term*, pp. 293–356。

进行法律的照看，在自然必需的基础上维持有度的生活，不是为了在 Magnesia 建立一个"猪的城邦"，喂肥一帮牲畜（对比 807a 与 *Resp.* 372d，参见 831d–e），而是通过闲暇中的自由活动，让公民在游戏中实现城邦在德性上的统一。Magnesia 不是兵营或工场，"献祭、节日与合唱"三位一体的教育形式，是《法律篇》政治秩序，也是生活方式中最为重要的部分，它将划分和分配建构的城邦社会生活，聚合在一起。Magnesia 城邦的公共性，首先不是体现在公民大会与议事会的"审议公共性"上，而是体现在节日的公共性上。① 合唱才是 Magnesia 政治生活和法律秩序的灵魂，② 也构成了分裂之家友谊的拱顶石。城邦通过公共生活中始终不懈的教育，在公民中培养了"公众德性"（δημόσιαι ἀρεταί），在这一德性的意义上，而非基于真正知识的明智（968a），③ 才是《法律篇》友谊的基础。

六 小结：古典时代的共同体

我们今天对古代社会的理解，仍然深受十九世纪政治社会思想家的三阶段社会发展图式，特别是其中的共同体（Gemeinschaft）

---

① 莫罗对第六卷的分析，面临的一个重大困难就是无法准确厘定在雅典民主制度中发挥重要作用的这些公民议事活动在《法律篇》中的功能，而与柏拉图在这些制度上吝啬的论述相比，他对合唱和节日的法律规定则不厌其烦地详尽，因为后者才是这一城邦作为共同体的真正焦点。整个城邦的空间与时间的结构主要是节日性的，而非议事性的。参见 Glenn R. Morrow, *Plato's Cretan City: A Historical Interpretation of the Laws,* pp. 157ff; Luc Brisson, "Les Magistratures non Judiciaires dans les *Lois*", *Cahiers du Centre Gustave Glotz*, Vol. 11, 2000, pp. 85–101。

② 参见 Barbara Kowalzig, "Changing Choral Worlds: Song-Dance and Society in Athens and Beyond", in Penelope Murray and Peter Wilson eds., *Music and the Muses: The Culture of "Mousike" in the Classical Athenian City,* Oxford: Oxford University Press, 2004, pp. 43ff。

③ 二者的区别对应第六卷讨论的官员与全书最终讨论的夜监会的分工（967e–969b）。参见 Trevor Saunders, "The Structure of the Soul and the State in Plato's *Laws*", p. 54。

神话的影响。① 正如《法律篇》在第三卷明确指出的，即使就理想形式而言，古代社会也并非没有统治关系、不知邪恶与正义为何物的淳朴的山民共同体。对古代社会的研究，必须跳出这种小的友爱共同体与大型阶级斗争社会的二元对立，思考其中人际关系、社会团结与统治关系的基本形态，并由此重构其中人类生活方式及其秩序。考虑到《法律篇》对亚里士多德《政治学》的深刻影响，可以说，柏拉图在《法律篇》中对共同体问题的探索，在西方政治概念的形成过程中发挥了决定性的作用，而这一点仍未受到充分的重视和研究。

芬利曾经指出，古典时代的"共同体"必须具备以下要素：

（1）成员必须是自由人；（2）他们必须具有共同的目标，或大或小，或短暂，或长久；（3）他们必须分享某些东西，诸如地域、物品、祭祀、用餐、追求某种好的生活的欲望、负担或不幸；（4）必须存在 $\varphi\iota\lambda\iota\alpha$（通常被不恰当地译为"友谊"），即相互性，以及正义——简单说，我们可以将之简化为相互关系中的"公平"。②

从我们对《法律篇》的分析可以看出，分裂之家的友谊，是规定这一共同体性质的关键。《法律篇》中的"分裂之家"，建立了一种与《理想国》中"神子"的哲学友谊不同的政治友谊，从而展现了这一共同体聚合的机制和潜在的张力。在整个共同体中，成员身份是通过划分和分配的方式建构起来的；共同体虽然也采用分享实现公共性，但更多借助对私人空间的管控，通过使用在自然上的必然性，以及芬利所谓作为"相互性"的 $\varphi\iota\lambda\iota\alpha$，实现对神子共同体中完全共同使用的仿效；这一共同体的相互关系，并非自发形成的生活秩序，因

---

① 参见 Patricia Springborg, "Politics, Primordialism, and Orientalism: Marx, Aristotle, and the Myth of Gemeinschaft", *The American Political Science Review*, Vol. 80, No. 1, 1986, pp. 185–211。

② 参见 M. I. Finley, "Aristotle and Economic Analysis", *Past & Present*, No. 47, May, 1970, p. 8; 芬利《古代民主与现代民主》，郭小凌、郭子林译，北京：商务印书馆，2016，页 22。

此，需要借助统治和服从来实现法律秩序对私人生活的监控；法律秩序背后的统治关系，要求城邦在考虑德性差异的前提下混合不同形式的平等，促进共同体的友谊，避免内战的危险；最后，共同体的法律秩序与政治关系，建立在通过持续不断的教育在城邦公民的灵魂层面造就对法律的自愿服从，这一服从的德性，作为公众德性，体现在一种与理性相和谐的情感感受和秩序意识中，从而使这个基于划分与分配的城邦能实现"自由、友谊和理智"的立法目标。亚里士多德关于城邦作为"共同体"的著名学说，可以说是柏拉图《法律篇》中阐述的 φιλία 形式的系统发展。

对《法律篇》所建立和守护的 φιλία 性质的误解，很大程度在于将其简单等同为城邦中公民之间的友谊关系或友善情感。事实上，作为《法律篇》立法目标的"友谊"指的是"城邦与自身为友"（693b4、701d9）。如果说个人"与自身为友"，在于实现灵魂各部分之间的和谐（Resp. 443d），那么，"城邦与自身为友"就是实现城邦各部分之间的和谐。这一和谐当然包括城邦居民彼此之间的人际友谊（ἀλλήλοις φίλοι，743c）、彼此的信任和友善（705a、628c），乃至彼此之间的归属感（738d），但与灵魂内部的和谐一样，更为重要的是，要在统治部分和被统治部分之间建立和睦关系。《法律篇》从划分土地、建立家宅开始的一系列所谓经济社会政治安排，都是这一努力的一部分。因此，《法律篇》的友谊论，不仅涉及城邦居民作为公民，在公众德性意义上的平等和团结，[1] 也涉及在德性差异前提下的统治与服从。《法律篇》的友谊论，也是《法律篇》的政体论。《法律篇》中城邦立法始终考虑的三个目标，"自由，明智，与自身为友"（693b，参见 701d），自由是民主制的标志，理智是君主制的根据，而友谊则是联结、混合与折中这两种原则的关键环节（esp. 756e）。[2] 因此，《法律篇》试图

---

[1] 在这个意义上，φίλοι 与 πολῖται [公民] 几乎同义，与敌人相对（761a4、761d8、743c9）。

[2] 参见 Kajetan Gantar, "Eine Polis in Freundschaft mit sich selbst", in Justus Cobet et al. ed., *Dialogos: für Harald Patzer zum 65. Geburtstag von seinen Freunden u. Schülern*, Wiesbaden: F. Steiner, 1975, p. 61.

以划分形成的私人生活为出发点，系统重构民主制的基础（其原理是以节制改造自由，这就是具有领导的会饮模式，comp. 693b–c），[①]通过法律这一神的尺度，而非神的直接统治，实现理智在城邦的分配。无论是节制的民主，还是尺度化的君主，最终都体现在城邦作为友谊建构的一系列安排上。因此，在城邦的三个立法目标中，友谊是枢纽，这是判定其政体的基准。无论将其理解为德性民主制，还是法律君主制，都没有抓住要害。

当然，《法律篇》不是历史事实，而是对古典时代共同体的哲学反思和理性设想。[②]因此，与芬利的论述相比，《法律篇》中的共同体，在探讨城邦的政治经济生活安排时，始终着眼于灵魂的整体德性，而不仅仅是社会结构与政治制度，后者作为法律秩序分配的手段或结果，是灵魂秩序在城邦层面的再现。历史学家不谈灵魂。但柏拉图在《法律篇》中对分裂之家问题的系统思考，却触及古代政治经济的关键历史问题。在韦伯、波兰尼和芬利重新理解古代社会与资本主义社会迥异的社会机制的努力中，始终面对的一个重大问题，就是如何在社会经济和政治层面把握民主制与贵族制的关系。这既是政治哲学的核心问题，也是古代历史的枢纽现象。古典社会的 $φιλία$，无论就理念，还是制度，都与这一问题息息相关。在这里，哲学与历史面对的是同一个困难。

柏拉图在分裂之家中试图建立的 $φιλία$，努力要防治和对抗的 $στάσις$，既可能是一种贫富分化构成的准阶级式的对立，也可能会借助血缘等氏族纽带以及各种 $φιλία$ 关系构成的庇护性派系。《法律篇》中的法律秩序，在防止前者的同时，也在努力避免后者，因此，《法律篇》在建构共同体时，没有采取纲常关系的自然主义形态，而是借助

[①] 参见 Jean-François Pradeau, "L'ébriété démocratique la critique platonicienne de la démocratie dans les *Lois*", *The Journal of Hellenic Studies*, Vol. 124, 2004, pp. 108–124。

[②] 强调《法律篇》现实主义的读者不应忘记柏拉图清醒的告诫："可能无法找到这样的人，他们会毫无怨言地以这样的方式生活在一起……立法者一直谈论的各个方面，几乎像是在说梦话，或像用蜡来塑造一个城邦和公民们。"（746a–b）对比芬利《古代世界的政治》，页 156—157。

立法秩序，在公共划分城邦土地的基础上将家宅重构为公共生活的基本单位，再针对这一单位进行各种分配，形成互惠性的相互关系。这一努力，与克里斯蒂尼当年在雅典的改革一样（尽管直接目标和措施都大为不同），是在划分与分配基础上对公共秩序的重构，[1]而私人空间必须纳入公共秩序进行不断的分配和监管。

但这就意味着城邦需要发展一种与古典的直接民主制在精神上迥异的管理方式。韦伯早就敏锐地指出，"每一种直接民主都有趋于'显贵行政'（Honoratiorenverwaltung）的倾向"。[2]古典政治的寡头制，仿佛直接民主制的影子，不断通过各种庇护关系和人际网络，在自由的表面之下再生产出具有高度道德色彩的权威和借助私人关系影响政治的各种渠道。这些大多可以归入 $\phi\iota\lambda\iota\alpha$ 的历史范畴。[3]而节庆、表演、公餐，以及公共仪式和服务，乃至私人会饮，作为这种 $\phi\iota\lambda\iota\alpha$ 的具体体现，实际上都可能像摩尔当年一针见血所言，"是对不平等的仪式化认定"（ritualized affirmation of inequality）。[4]

《法律篇》如何通过重构公私关系来避免 $\phi\iota\lambda\iota\alpha$ 成为滋生不同类型的派系政治的渊薮，利用公共秩序对私人生活的建构遏制全面的寡

---

[1] 参见 Pierre Lévêque and Pierre Vidal-Naquet, *Cleisthenes the Athenians: An Essay on the Representation of Space and Time in Greek Political Thought from the End of the Sixth Century to the Death of Plato*, New Jewsey: Humanities Press, 1992；梅耶《古希腊政治的起源》，王师译，上海：华东师范大学出版社，2013，页 82—132。

[2] 参见韦伯《经济与社会》，阎克文译，上海：上海人民出版社，2010，页 408；Paul Veyne, *Bread and Circuses: Historical Sociology and Political Pluralism*, p. 83。

[3] 柏拉图对这一现象的反思，贯穿在他对寄生关系和谄媚民众的技艺的批判中。参见 Jean-Claude Fraisse, *Philia: La notion d'amitié dans la philosophie antique*, Paris: J. Vrin, 1974, p. 168。

[4] 参见 Barrington More, Jr., *Injustice: The Social Bases of Obedience and Revolt*, New York: MacMillan, 1978, p. 41；芬利《古代世界的政治》，页 46；Pauline Schmitt Pantel, La *Cité au banquet: Histoire des repas publics dans les cités grecques*, pp. 244–252; Josiah Ober, *Mass and Elite in Democratic Athens: Rhetoric, Ideology, and the Power of the People*, Princeton: Princeton University Press, 1989。

头制，这仍需要更为深入的研究。不过，有一个细节或许可以帮助我们理解柏拉图的用心。研究者经常感到困惑的一点是，在雅典，正如我们在柏拉图的《会饮篇》所看到的，会饮更多的是发生在私人空间中的朋友聚会，[①]而在《法律篇》中，柏拉图则将会饮斯巴达化了，将之改造为公共制度。会饮和公餐的花费将个人贡献的税款用于公共目的（955e），因此会饮成为通过统治缔造友谊和团结的公共空间，而非私人发展庇护关系乃至形成阴谋与派系的场合。会饮的公共化，象征了《法律篇》通过政治技艺和法律秩序为人性建立神的尺度的悲剧性努力。法律秩序的悲剧性在于，与音乐和游戏一样，一方面，这一神的尺度要求尽可能全面统一地照看人的生活，因此就像埃及的神圣艺术一样，法律应始终致力于保持不变（797a–c）；但另一方面，这一针对所有人的公共尺度，就必须更多诉诸情感，而非缺乏力量的理性，"以这样那样的方式不断改变，以各种各样的方式展现多样性"，从而让服从公共尺度的人能够获得快乐（665c）。二者始终面临不小的张力。《法律篇》试图通过模仿最好的生活方式成为"最真的悲剧"（817b），但如何把本性上私人的快乐持续地重构为公共的节日和合唱，是《法律篇》的共同体面临的一个艰巨的使命。对于试图建构"与自身为友"的城邦而言，人性根深蒂固的"自爱"（"每个人生来都是自己的朋友"）是一个似乎难以克服的障碍。[②]《法律篇》对最佳城邦的模仿，承认人性这一根本的私人性，最多只能借助城邦友谊来限制过度的自爱，引导盲目的自我照看（731d–732b）。因此，运用友谊的政体来节制民主，实现对理智的追随，始终受限于人性的这一基本条件。寡头制就是友谊的政体在人性上无法解除的危险。

[①] 在《理想国》描述政体败坏的过程中，这种会饮及其友谊形式是一个重要的线索（*Resp.* 488c、568e–569a、572e–573a）。参见 Manuela Tecușan, "Logos Sympotikos: Patterns of the Irrational in Philosophical Drinking: Plato outside the Symposium", in Oswyn Murray ed., *Sympotica: A Symposium on the Symposium*, Oxford: Clarendon Press, 1990, pp. 238–240。

[②] 参见 Hans-Jürgen Fuchs, *Entfredung und Nazißmus: Semantische Untersuchungen zur Geschichte der* »Selbstbezogenheit« *als Vorgeschichte von französisch* »amourpropre«, Stuttgard: J. B. Metzler, 1977, pp. 33–37。

【作者简介】

李猛，哲学博士，北京大学哲学系教授。主要研究领域为政治哲学、伦理学、古希腊哲学、早期现代哲学、社会理论。主持国家社会科学基金青年项目"中世纪晚期至十八世纪初自然法与现代道德哲学的兴起研究"（10CZX045）。

《斐多》中的存在与生命[*]

吴 飞

（北京大学哲学系）

柏拉图对话《斐多》的主题是灵魂不朽。不朽、灵魂、灵魂不朽等问题，在不少柏拉图对话中都反复讨论过。[①] 与其他对话相比，《斐多》的最独特之处，在于它是在苏格拉底死去的这一天，从生死角度来讨论这些问题的。因而灵魂不朽又可分别理解为"灵魂永远存在"或"灵魂永远活着"，正是这两种理解之间的偏差，造成了格贝与辛弥亚对苏格拉底的不理解；但也恰恰是"存在"与"生命"的双重含义，引导着对话的层层深入，并使《斐多》成为柏拉图阐释其理念论的一篇重要文本。因而，理解不朽当中的存在和生命双重含义，可以帮助我们更好地看待柏拉图哲学中的一些基本问题。

一 存在的前两个层次

《斐多》中隐含了"存在"的三个层次：物理性存在、生命性存在和哲学性存在。我们先看苏格拉底的这段话：

---

[*] 本文原载于《哲学研究》2019 年第 2 期。
[①] 不同对话中对不朽问题的讨论，可参考 David Sedly, "Three Kinds of Platonic Immortality", in *Body and Soul in Ancient Philosophy*, Dorothea Frede and Burkhard Reis eds., Berlin: Walter de Gruyter, 2007, pp. 145–161；对灵魂问题以及灵魂不朽的不同说法，可参考 Plato, *Phaedo*, translated with an introduction and commentary by R. Hackforth, Cambridge: Cambridge University Press, 1972, pp. 11, 19–23。

要知道，当一个人死了，他的可见部分，即身体，留在可见之处，我们称为尸体，就会遭受毁坏、分解和风化，不会直接遭受这些，而是保持相当一段时间，如果身体处在好的状况，又死在一个合适的季节，甚至会保持相当长的时间。如果身体萎缩了，但涂上香料，就像埃及人做的那样，就会在不可计数的时间里保持完整。身体的一些部分，像骨头、筋腱之类，简直可以说是不会坏。是不是？（80c2–d2）[①]

对存在的讨论，这段话提出了一个基础性的问题：到底什么是存在？什么是永远存在（即不朽）？如果完全按照日常语言中的"存在"概念，可以说，在人死之时，身体也并没有消失其"存在"，因为身体的基本形状和物质构成都还在；特别是骨骼、毛发之类，完全可以历数千年而不腐；像埃及人那样制成木乃伊的尸体，更会持久"存在"。这算不算身体的不朽和永存呢？说灵魂不朽，难道会是这个意义上的吗？在对话中，就连格贝和辛弥亚都不是从这个角度理解存在的。他们很清楚，人死了，真正意义上的身体就已经不存在了，留下的只是尸体，哪怕这具尸体多年不腐烂，那也和活人的身体有根本的不同。只有有生命，身体才算真正意义的存在；同样，只有有生命，灵魂也才算真正意义的存在。与身体相比，灵魂还留不下一具尸体存在，死去就是什么痕迹都没有了，如同烟云般消散。由此，我们可以看到"存在"的前两个层次。

尸体的存在便是第一个层次上的存在，即纯粹物理性的存在，无生命物都仅有这个层面上的存在，如一块石头只要不被风化、切割或以任何方式毁坏，都是存在的。

[①] 本文引用《斐多》，均为笔者根据伯内特（Burnet）的希腊文本（John Burnet ed., *Plato's Phaedo*, Oxford: Clarendon Press, 1911）翻译，并参考了 Hackforth 和 Gallop 两个英译文（R. Hackforth trans., *Plato's Phaedo*, Indianapolis: Bobbs-Merrill, 1955; David Gallop trans., *Plato's Phaedo*, Oxford: Clarendon Press, 1975）和王太庆与刘小枫的两个中译本（柏拉图：《柏拉图对话集》，王太庆译，北京：商务印书馆，2004；柏拉图：《柏拉图四书》，刘小枫编译，北京：生活·读书·新知三联书店，2015）。

第二个层次，是生命意义上的存在，我们不能以完全物理的方式理解有生命物的存在。一方面，物理构成的留存并不意味着一个生命的维持，无论人、动物、植物的尸体，都不等同于其有生命的身体；另一方面，生命的维持也未必意味着物理性构成的不变，在一个人的生命过程中，新陈代谢使他身体的物质构成早就改变多次了，但同一个人一直存在着。[1] 这个层面上的存在，就等于生命，格贝和辛弥亚都是在这个层面上理解灵魂之存在的。但是，通常对生命之理解，是将身体与灵魂合在一起说的，即如希腊传统，也是以灵魂为赋予身体以生命的那口气，[2] 二者并非两种不同的存在，当然更不是两种不同的生命。其后的亚里士多德反而更坚持了这一路向。但《斐多》一个非常明显的倾向，是将身体与灵魂分开，当作两种不同的存在，这才引出了对话的核心问题：灵魂到底是一种怎样的存在？如果按照传统理解或亚里士多德的理解，她就是身体的生命，那么，灵魂与身体是不可分的，二者只有结合，身体才会有生命，整个人就是活的，而身体与灵魂分开，身体就因失去其生命而死亡，这一点大家并无异议，但灵魂在离开身体之后如果还会有独立的存在，那是一种怎样的存在呢？格贝就是从这个角度，提出整篇对话的核心议题的：

> 苏格拉底，你说的大部分看上去都很美，只是关于灵魂的部分，人们很难接受，她离开了身体，就哪儿都不在了，在一个人死的那一天就被毁掉了，消灭了，一离开身体，就像空气或青烟一样消散了，在哪儿都根本不存在了。当然，如果她自己存在于某处，聚集起来，且摆脱你所说的那些不好，就有很大且很美的希望，苏格拉底，你说的是真的了。但是，可能还需要不少的论证和证据，来说明死去之人的灵魂还在，而且还有力量与理智。
> （69e10–70b4）

---

[1] 可以参考后来洛克对人格的同一性的讨论，洛克：《人类理解论》第二卷第 27 章第 9 节，关文运译，北京：商务印书馆，1959，页 309—311。

[2] 参考 Jan Bremmer, *The Early Greek Concept of the Soul*, Princeton: Princeton University Press, 1993。

在这一段里，格贝数次用"在"（εἰμί）来谈灵魂（ψυχή）。由于希腊文中 ψυχή 这个词的朴素含义，就是指带来生命的气息，因而，当格贝说"灵魂还在"的时候，他的意思其实就是"生命还在"，或者"还活着"。特别是最后一句话，当他说，死去之人的灵魂不仅在，而且还有力量和理智的时候，他的意思，就是这个灵魂是仍然活着的，虽然她所寄居的身体已经死去了。后来新柏拉图主义者普罗克鲁在理解灵魂的生命的时候说，灵魂的生命便在于她的认识能力。[1] 格贝和辛弥亚试图跟上苏格拉底的思路，但总免不了仍然将灵魂当作身体的生命，或者，将灵魂当作和身体类似的有生之存在，则她会像身体一样死亡，就是顺理成章的事情了。

二 理念的永恒存在

苏格拉底在提出哲学是死亡练习的时候，并不是在前两个层次上谈论存在，而是上升到了第三个层次，将灵魂当作一种永恒不变的存在，接近于美、善、正义等理念。在对话当中，他是通过对灵魂不朽的几次证明来阐明这一理解的。

在以回忆说来论证时，他以知识即回忆，证明人在出生之前已有知识，并且不是一般的知识，而是对"美本身""善本身""正义本身""虔敬本身"，以及所有被称为"本身存在"（αὐτὸ ὃ ἔστι）的知识（75d2）。这些某某本身，便是柏拉图最核心的哲学概念"理念"。[2] 苏格拉底又说：

> 如果像我们总在说的那些美、好，以及诸如此类的实体（οὐσία）都存在，如果我们把感官都转向它们，把我们以前所认

---

[1] 参见 Proclus, *Elements of Theology*, Por.184, Oxford: Oxford University Press, 1963, p. 161; Sebastian Ramon Philipp Gertz, *Death and Immortality in Late Neoplatonism: Studies on the Ancient Commentaries on Plato's* Phaedo, Leiden: Brill, 2011, pp. 170–171。

[2] 参见 W. D. Ross, *Plato's Theory of Ideas*, Oxofrd: Clarendon Press, 1953。

识的发现出来，再与现在存在的对比，那就必然是：如果这些对象存在，我们的灵魂在我们出生前就存在。如果这些不存在，我们的论证岂不就无意义了？（76d7–e5）

格贝和苏格拉底都强调灵魂的认识能力，但格贝将认识能力当作生命的一个维度，没有生命就没有认识，有认识能力就证明生命存在。苏格拉底更关心的，却是认识的对象。他已经假定了，美、善等理念是永恒存在，却又不可被感官认识的，因而人们无法在出生之后通过感官来认识它们，但这些理念又一直存在于我们的灵魂之内，那岂不是证明，灵魂在出生之前就认识了它们，而且与它们一样永恒？在苏格拉底与辛弥亚的这段对话里，甚至使用了 οὐσία 来描述理念的存在。① 将灵魂与理念相提并论，这种"存在"当然不是生成，不是可变化的存在状态，更不是格贝和辛弥亚所理解的"活着"，因而，此时的存在概念已经脱离了第二层次的生命性含义。辛弥亚和格贝接受了灵魂存在于出生之前的说法，却认为这并不能证明灵魂在人死后仍然存在：

> 苏格拉底，在我们死的时候灵魂还存在，在我看来并未得到证明，格贝刚刚所说的，大众的担心仍然成立，在人死的时候，灵魂会随风而散，其存在也就终结了。因为，虽然灵魂从某处来，与人的身体结合之前就存在，但这岂能排除，在她进入身体但又离开之后，终结自己，彻底毁灭？（77b1–9）

辛弥亚仍然没有在苏格拉底的层面上理解"存在"，而且也并未真正关心苏格拉底所说的理念。他现在的理解是：（1）灵魂是可以独立于身体，甚至先于身体而存在的；（2）这个灵魂可以与身体结合而存在；（3）但这个灵魂未必永远存在，很可能随着身体的死亡而死

---

① 参见 Fritz-Gregor Herrmann, *Words and Ideas: The Roots of Plato's Philosophy*, Swansea: The Classical Press of Wales, 2007, pp. 190–192。

亡。他理解的灵魂存在，仍然是活着的意思，只不过，他接受了，灵魂可以独立于身体而活着，但活着的东西，哪怕活得长一些，仍然有可能死亡。辛弥亚和格贝仍然在存在的第二个层次上打转，所以苏格拉底揶揄格贝和辛弥亚说："我看你和辛弥亚喜欢讨论更多，有一种孩子般的恐惧，在灵魂离开身体时，大风会把她吹散，特别是如果一个人死在大风天，而非风轻云淡之时。"（77d5-e2）

苏格拉底下一轮论证的要点就是：灵魂究竟是怎样一种存在？如果灵魂是生命之气，会被大风吹走，随着身体的死亡而消散，那就一定是复合物，复合物是随着时间变化的，简单物是永远不变，不会分解的。苏格拉底做这样的区分，仍然要引导到对理念的理解：

> 我们前面在问答时刚刚讨论的存在（οὐσία）是怎样的，是不是永远一样，而不会变得不同？善本身，美本身，每种本身存在，真正的存在（τὸ ὄν），会接受任何改变吗？这些当中每个本身存在，不都是完全单一，自身存在，总是一样的，从不有任何变化？（78d1-7）

苏格拉底对简单物之存在的讨论，仍然是接着前面一轮，意在阐明什么才是真正的存在，即我们所说的第三层次的存在，所以这一段中使用的 οὐσία 和 τὸ ὄν，都要与空气、大风、身体等可变的复合物相区分，因而也与日常用语中的"存在"相区分：

> 那些美的事物如何呢？比如美的人、美的马、美的衣服，以及其他与它们有同样的名字，称为平等的、美的，或诸如此类的名称的？它们永远如一吗？它们不是与之完全相反，即总在变化当中吗？（78d10-e4）

苏格拉底称为真正存在的，是不变的，不可见的，不可用感官认识，只能用理智认识，而分有这些真正存在之名的，都是可变的，可见的，可以用感官认识。在身体与灵魂之间，身体是可变、可见、可感的，灵魂是不可见的，因而应该更接近于那不变的存在，从而也就是不可毁坏的。苏格拉底将第一个层次和第二个层次上的存在都说成是复合物，只有第三个层次上的理念，才是绝对的简单物，是苏格拉底所理解的理念那种永恒不变的存在。

巴门尼德最早提出，真正的存在应该是永恒不变的，现在柏拉图继承并发扬了这一思想。[①] 理解存在的这一方式，与前两种较为日常的方式都非常不同，但在哲学家的思想中，却是最高的、真正的存在，另外两种存在都只是次要的、衍生的，甚至不真实的存在；只有通过巴门尼德和柏拉图对不变之存在的这种哲学性讨论，存在才真正成为一个哲学概念，甚至西方哲学史上最重要的哲学概念。毕达哥拉斯学派的格贝与辛弥亚虽然与苏格拉底很熟悉，但他们也并不了解理念的概念，不能从永恒不变的角度来理解存在，更不容易把它用到对灵魂的理解上。对于他们而言，由物理性存在上升到生命性的存在，已经是一种提升了，但再上升到永恒存在这个层面，就有了巨大的困难。但恰恰是由这两位不熟悉理念论的哲学青年，对苏格拉底的反复追问，推动我们理解存在与生命的实质关系。而导致二人无法彻底理解苏格拉底的一个最大障碍就是：第三层次的存在与第二层次的存在究竟是怎样的关系？我们可以清楚地看到第二层次的存在对第一层次的存在的超越，即由物理性存在上升到生命性存在，但由生命性存在是怎样上升到永恒不变的存在的？这种上升的必要性在什么地方？在柏拉图的其他对话中，如《会饮》和《理想国》，虽然同样谈了很多与理念相关的问题，并且都谈到了灵魂的上升，但都没有呈现出存在概念的这三个层次。《斐多》中的讨论，可以帮助我们更深入地理解存在概念的实质意义。

三 从生命质疑存在

在柏拉图对话中，苏格拉底的对话者虽然常常只能随声附和，但

[①] 参考 Francis MacDonald Cornford, *Plato and Parmenides*, London: Routledge, 2000, p. 28 以下。

大多不是平庸之辈，他们的发言我们不能轻易忽视。格贝和辛弥亚本身又是训练有素的年轻哲学家，且与苏格拉底颇有交往，因而他们所问的都不是愚蠢的问题，值得认真对待。他们之所以无法理解苏格拉底灵魂不朽的概念，还不只是因为孩子般的死亡恐惧，更重要的是，他们不理解第三层次的这种永恒不变的存在到底是什么，怎样用到灵魂和生命上面。在苏格拉底这一轮的证明完成之后，他们提出的两个质疑，都有着相当高的水准，而且可以说非常好地概括了人类理解灵魂的两种可能性，以至于和斐多对话的艾克克拉底都觉得说到自己心坎上了。

辛弥亚提出的反驳，是以琴和琴声来比喻，将灵魂理解为琴声的和谐。辛弥亚接受了灵魂是一种不可见的存在的说法，但仍然没有接受理念论，而认为这种不可见的灵魂就如同琴声一样，固然是一种存在，甚至是美好、神圣的存在，却必须依托于琴的物质架构。有琴在，琴声就存在，琴坏了，琴声也就不存在了。同样，灵魂虽然存在且神圣，但必须依赖于身体，身体毁坏了，灵魂也就不可能存在。艾克克拉底听完斐多的叙述后，表示赞同此说，这或许来自毕达哥拉斯学派，[①]或许只是当时的一种流行意见，[②]但都是有着极强力量的灵魂学说。今天绝大多数科学主义者，正是如此理解灵魂的。

格贝则接受了灵魂是比身体更高、存在时间更长的说法，却同样没有接受理念论，因而，他认为存在时间更长并不意味着不朽。他以老织工做比喻，说一个老织工一生可以穿坏很多件衣服，因为他存在的时间肯定比衣服长，但他终究还是会死的，最终死时穿着的那件衣服，会比他存在的时间长。因而身体与灵魂的关系也是如此，灵魂可能比身体活得长，甚至，如果接受转世说，灵魂可能在很多身体之中转世，因而活得比很多身体都长，但最后还是要死的，那么，她最后所在的那个身体，反而不比灵魂短寿了。

---

① 伯内特对 86b6 的注释，Plato, *Phaedo*, edited with introduction and notes by John Burnet, Oxford: Clarendon Press, 1989, p. 82。

② 关于这一理论的可能来源，参见 Guy Cromwell Fields, *Plato and His Contemporaries*, London: Routledge, 2013, p. 179。

二人都没有完整接受苏格拉底的理念论，而是各自接受了苏格拉底灵魂说中的一部分，辛弥亚接受的是不可见的存在，格贝接受的是灵魂是高于身体的存在。二者其实都是对生命性存在的理解。生命之存在，是一种超越物理意义的存在，那到底该怎样理解这种存在？或者说，怎样理解这种对物理性存在的超越？在辛弥亚看来，当物理构成足够精巧与和谐的时候，就会产生一种精神性的存在，琴声之于琴，灵魂之于身体，都是这样的存在。中国范缜的《神灭论》也讲了非常类似的道理："神之于质，犹利之于刃，形之于用，犹刃之于利，利之名非刃也，刃之名非利也。然而舍利无刃，舍刃无利，未闻刃没而利存，岂容形亡而神在？"[①]最终，辛弥亚对存在的理解也未能从第二层次上升到第三层次，而始终纠结于第二层次对第一层次的超越。

格贝以老织工与衣服之间的关系来类比灵魂与身体的关系，并反过来批评辛弥亚未能理解灵魂高于身体，因为在辛弥亚的理解中灵魂仍然要依赖于身体。而格贝所理解的高于身体，不仅要完全独立于身体，而且还要主宰身体而不是为身体所主宰，一个织工和他的衣服是符合这个关系的，织工制造了衣服，穿上衣服，而且一定比衣服的层次高很多，但仍然不是永恒的。那么，格贝理解的灵魂超越于身体之上，则是比身体更长久的生命性存在，可以持续很久，但无论持续多久，似乎总有终结，而不能真正不朽。这种理解已经比辛弥亚更接近于理念论了，因为苏格拉底自己也没有说，灵魂就等同于理念，而只是说灵魂能够认识理念，因而非常接近理念而已。在《蒂迈欧》中，那些被造的神并非不朽的，而只是被制造者赐予了不朽而已，这岂不仍然是低于理念的被造物吗？可以说，格贝已经在尽力理解第三层次的存在，但终究还是没能超出第二个层次。

格贝和辛弥亚最终还是无法上升到第三层次的存在，只能停留在第二层次的存在，因而就终究无法完全接受苏格拉底的说法。我们由此可以看到，从第二层次是不可能自然提升到第三层次的。无论是在

---

① 引自李延寿《南史》卷五十七《范云附范缜传》，北京：中华书局，1975年，页1421。

辛弥亚的思路中，由可见的物质理解不可见的精神，顺着这条思路去理解更高的精神性生命，还是在格贝的思路中，将短暂的生命延长下去，也终究无法达到永恒。苏格拉底将会告诉他们，第三层次并非从前两个层次的自然上升。

四　第三个层次的设定

但是，灵魂的上升不是柏拉图对话中经常出现的主题吗？弗利兰德（Paul Friedländer）区分了柏拉图对话中朝向善之样式的三种途径：一为《理想国》中走出洞穴逐渐见到阳光的途径；二为《会饮》和《菲德鲁斯》中爱者朝向永恒之美的途径；三为《斐多》中灵魂与身体分离的途径，他分别概括为：知识之路、爱欲之路和死亡之路。[1] 这三条道路都是由低到高地上升，至少前面两条路读起来都是非常自然和顺畅的。但唯独《斐多》中这条路，却是不那么自然的，而由这条路的角度来反观另外两条路，我们也可以清楚地看到那两条路的潜在问题：洞穴内外的设置，究竟是谁安排的？怎么就会有如此复杂而精巧的安排？爱欲之路上的每个环节，所遇到的美的事物都是一类的吗？特别是最高处的美本身，为什么会在那个地方？这二者毕竟都是比喻，柏拉图很容易就可以把比喻设置得很自然、很美好。相对而言，其实只有《斐多》中的上升之路是真实的，但这并不是苏格拉底所说的死亡之路，因为死亡之路也只是比喻，《斐多》中真正的上升之路，是由格贝与辛弥亚所理解的第二层次的存在上升到苏格拉底所理解的第三层次的存在。在对话的前半部分，兄弟二人无论如何也无法由第二个层次跨越到第三个层次。在进入到最后的论证之前，苏格拉底讲述了他自己的思想经历，即他自己所完成的上升，他的上升也并不是完成了兄弟二人所没能完成的自然上升，而是发生了一次意想不到的超越。

---

[1] Paul Friedländer, *Plato, 1: An Introduction*, Princeton: Princeton Univeristy Press, 1958, p. 64.

关于苏格拉底这段著名的自述，学术界历来存在很多争论，诸如此处列举的各种学说究竟属于哪些学派，这究竟是苏格拉底还是柏拉图的经历，或是一种更泛泛的思想历程，以及苏格拉底所列举的各个例子，细究都存在诸多问题。[①] 我们此处并不关心这些具体说法的历史真实，而是更多关注其思想上升的实质。从存在的三个层次来看，苏格拉底描述的，首先就是从第一层次到第二层次的上升，却在进一步上升时遇到了困难。

苏格拉底说，他年轻时追随自然哲学家，关心生长、毁灭、存在这三个大问题——这也正是整篇对话关注的主题。他描述自己的第一个阶段，虽然其中有些说法晦暗不明，但大致讲来，是一种物理式的解释，即以第一个层面的物理性存在解释一切，如冷热的压缩导致生命，人的思考是由血、气、火之类的物质构成的，以及感官、技艺、判断、知识等均归因于某种物理原因。等到他接触了阿那克萨戈拉的学说，心智（νοῦς）是万物的原因，其实是进入了第二个层次，生命性的或是精神性的存在。因而，万物的存在与生灭不再是物理原因机械组合的产物，而是由心智安排的。但苏格拉底并不满足于这个层次，他真正关心的是好，具有非常强烈的目的论，他不仅希望了解心智对万物的安排，而且要这种安排是最好的，"如果谁想要发现每种事物生成、毁灭、存在的原因，他要发现的是，它怎样存在、处于怎样的状态、如何行动最好"（97c5-d1）。正是这一点使他终于对阿那克萨戈拉失望了，举出了这个著名的例子：

> 在我看来，他很有可能说，苏格拉底做所有的事都是用心智做的，然后为了说出我做每件事的原因，就说首先，我现在坐在这儿的原因就是，我的身体由骨骼和筋腱组成，骨骼坚硬，由关节彼此相连，筋腱可紧可松，为皮肉所包，并与皮肉一起牵连骨骼。骨骼在其位置上运动，筋腱放松收紧，使我现在这样曲腿而

[①] 参考 Plato, *Phaedo*, translated with an introduction and commentary by R. Hackforth, pp. 127–132。

坐。他也会同样解释我们彼此之间的交谈，声音，空气，听觉，以及数不清的其他原因，而忘记说真正的原因，即，雅典人认为判我罪更好，我也认为坐在这儿更好，留下来遵从他们定下的惩罚更正义些。（98d6-e5）

苏格拉底此处讽刺的这种解释方法，是相当生物性的，但他试图将这种生物性解释归谬为一种非常机械的思路，似乎与前面那些完全物理性的解释没有什么区别，因为从苏格拉底的角度看，第一、第二层次的存在并没有根本的不同。我们不能误以为，他现在在以一种政治和道德的解释替代生物性的解释。如果是那样，就和格贝的做法差不多，仍然只是在第二个层次上纠缠，而无法进入到终极问题的讨论。苏格拉底所追求的，是一种能够解释至善、指引人们朝向至善的方法。因而，他仍然在关心大地的形状和运行方式，希望那些关乎宇宙的大问题能有一个终极的解释。所以，使苏格拉底最失望的在于，他发现无法沿着阿那克萨戈拉的思路自然上升了，阿那克萨戈拉的问题并不在于他的心智说还不彻底，而是在于，即使引入心智的概念，他仍然不知道什么是最好的。苏格拉底所希望的，不仅阿那克萨戈拉做不到，任何人都做不到："如有任何人能告诉我这样的原因，我非常乐于做他的学生。但我做不到，我自己发现不了，也不能从别人那里学到，于是我就转向次好的航行以寻求原因。"（99c6-d1）

"次好的航行"，是出自荷马《奥德赛》第十卷的典故，无风之时，不能扬帆远航，就只好划桨而行。苏格拉底无法直接通过哲学的思考达到至善，就只能采取一个次好的办法。他随后说，在日食之时直视太阳，无法了解太阳，却只会毁掉自己的眼睛，只能通过水中或镜子中的影子观察太阳。这种次好的办法是什么呢？

我害怕我要是用眼睛或别的任何一种感官直视事物，会完全毁掉我的灵魂。所以我认为要求助于言（λόγος），通过言来寻求真理。但也许我的比方不太恰当，因为我不认为在言中研究存在比在事中研究更像在影像中研究。我是这样做的：每一次我都设定一种言，我认为是最强的言，然后在我看来与它符合的，我就当做是真的，不论研究的是原因还是所有别的问题，如果不符合，就不是真的。（99e1–100a7）

看到格贝半懂不懂，他又解释说："我先设定美本身、善本身、大本身以及诸如此类的一切存在。"（100b5–7）"在我看来，如果除了美本身之外，有什么东西是美的，使它美的唯一原因是，它分有了美本身。"（100c4–6）

这一段，是柏拉图对话中对理念论非常标准的表述。而我们必须认真对待几次出现的"设定"一词。海科福斯辩护说，"设定"并不意味着它完全没有现实的基础，而只是一种主观假设，[①]但它毕竟是一种设定。无论如何，海科福斯也承认，次好的航行肯定不是最好的航行，那么它在何种意义上是较差的航行呢？

次好的航行与最好的航行的差别，就如同通过镜像看太阳与直视太阳的差别一样。只有通过直视，才能看到太阳的真实存在，但人眼没有能力不受伤地做到这一点，所以只能通过影像间接地去看。海科福斯认为，看太阳的这个比喻不可与《理想国》第六卷中的太阳喻相混淆，他以为，直视太阳就是以感官去看，通过影像去看比喻的就是通过言去看理念。[②] 若是这样，在柏拉图的体系中，通过言看理念当然比通过物理感官去看更高一层，那怎么会是次好的航行呢？我以为，《斐多》中的太阳确实与《理想国》中的太阳喻不一样，但两处讲的道理是相通的。所以不妨借助《理想国》的说法来反观《斐多》中的理念（海科福斯自己也用《理想国》第六卷来理解设定[③]）。在《理想国》第六卷中，苏格拉底说他无法直接研究

[①] 参见 Plato, *Phaedo*, translated with an introduction and commentary by R. Hackforth, p. 143。

[②] 参见 Plato, *Phaedo*, translated with an introduction and commentary by R. Hackforth, pp. 137–138。

[③] 参见 Plato, *Phaedo*, translated with an introduction and commentary by R. Hackforth, p. 141。

善，但可见的太阳就如同善所生的儿子，"太阳跟视觉和可见事物的关系，正好像可理知世界里面善本身跟理智和可理知事物的关系一样。"(《理想国》第六卷，508c1–2）柏拉图虽然说有善的理念、美的理念、正义的理念等，但他不认为自己真的已经认识这些理念，而只能通过研究可见的太阳，来接近这些理念。柏拉图有一个超越于存在的领域，是不可被直接研究的。①《斐多》中说的道理应该是一样的：阿那克萨戈拉及之前的哲学家，都试图直视真理，无论是通过完全物理的方式还是心智的方式，都失败了；苏格拉底转而以理念的方式研究真理，而不是直视真理，这应该就是他的次航。我以为，我们不能把直视真理理解为通过感官的方式看物理对象，而通过影像的方式看理解为通过思想看更高的理念，那就把本体和喻体混淆了（在比喻中，无论直视太阳还是看影像，其实都是感官之事，苏格拉底以这两个感官之事的关系来比喻的，应该是两个非感官之事之间的关系），因而就混淆了苏格拉底所讲的理念。我们若仔细玩味他所警告的那句话，"但也许我的比方不太恰当，因为我不认为在言中研究存在比在事中研究更像在影像中研究"，会发现他所否定的，正是海科福斯那样的理解。这里的言和事就分别对应于理性和感官，如果认为通过言来研究如同影像，通过事来研究更加真实，那恰好将苏格拉底的意思颠倒了过来。

所以，虽然柏拉图并不认为理念只是一种主观的假设，他也许真的相信美的理念、善的理念等是真实存在的，但他并不认为，他自己所把握的就是那个理念。此处"设定"的意思，并不是假想出来一个理念，而是假想他已经真正认识到了那个理念，可以从这个理念出发来审视万物，就如同《理想国》中太阳喻中的关系是一样的。

海科福斯还说，与《斐多》中的次航相比，《蒂迈欧》可以说就是最好的航行了，因为其中已经在直接研究宇宙万物的存在与生成。②但是，《蒂迈欧》中的万物生成毕竟也只是通过蒂迈欧讲的一个神话故

---

① 参见 Paul Friedländer, *Plato, 1: An Introduction*, p. 58。

② 参见 Plato, *Phaedo*, translated with an introduction and commentary by R. Hackforth, p. 137。

事，柏拉图从未肯定那就是宇宙之真相。《蒂迈欧》只是讲了一个更完整的次航而已，与《斐多》并无实质的不同。而成熟之后的柏拉图哲学虽然大谈理念，我们没有理由认为他已经完全否定《申辩》中的无知之知，而可以宣称哲学家能够直面宇宙之真理了。因而无论《斐多》《会饮》《理想国》还是《蒂迈欧》，虽然以较为正面的语气描述理念乃至宇宙论哲学，但其中都包含了回旋的余地，且强调自己说的理念只是设定。苏格拉底又说：

> 因而我不再理解或接受他们所说的其他的真正原因。如果有人告诉我，某物是美的，是因为它有亮丽的色彩或者形体，或别的诸如此类的东西，我根本不会理睬，因为我认为这很混乱，我只持一种简单、直接，也许愚蠢的方式：使得某物美的只有一个原因，即美本真的临在和分有，不论你叫它什么。（100c9–d9）

这里所批评的，并不是最好的航行，而是由下向上上升的思路，也正是格贝和辛弥亚所习惯的思路。柏拉图的理念论，是由上向下的思路，即先行设定最高的理念（不论柏拉图是否达到了这一理念，他相信有这样的最高理念，应该是没有问题的），然后将具体事物与之对比。《蒂迈欧》中便是秉承了这一思路，由上向下地描述宇宙之生成；新柏拉图主义的创世模式，也很好地继承了柏拉图的这一模式。

我们由此也就可以理解，为什么格贝和辛弥亚总无法由第二层次上升到第三层次，因为他们始终没有明白，第三层次是柏拉图设定的，而非自然上升的。《会饮》《理想国》中的上升，其实都不是自然上升，而是包含了跳跃的上升。比如在《理想国》的洞喻当中，走出洞穴的人需要改变他日常思维的模式，挣脱束缚，转过身来，才有可能走出洞穴，他在走出洞穴之后反观洞穴，会认为洞穴中的一切都是虚假的，尽管洞穴中其实也有很多层次。现在苏格拉底既经设定了善的理念，凡是未能达到理念层面的思考，就被他统统当作一个层次的，而无实质的不同。他每次论证都试图引导格贝和辛弥亚完成这一跳跃，但兄弟二人做不到。他们只能在第二层次上看待存在，而苏格拉底认为这与第一层次并无实质的区别，因而都不是真正的存在。

五　从存在层面看不朽

"大家都同意，每种理念都存在，其他事物因分有理念而得到了其名称。"（102b1–2）这句话开启了从理念来看待灵魂的讨论，讨论终于进入了第三层次的存在。在设定了理念世界的时候，柏拉图提升了对存在的理解，现在又想通过理念来提升对灵魂与生命的理解。第二个层次的存在与生命基本上是同一级别的概念，可以说，第二层次的存在就是生命，是可以自主运动的，有精神层面的存在。但第三层次的存在是绝对存在，是永恒不变的理念。而按照希腊人的理解，灵魂又与生命紧密相关。在理念层次上理解生命，有两种可能。第一种可能是，像在第二层次上一样，他可以把生命等同于存在，既然有绝对的存在，就有绝对的生命，绝对的存在就可以被理解为绝对的生命；分有绝对存在的，是有朽的存在，也是有朽的生命。后来经由新柏拉图主义发展到奥古斯丁的基督教思想，就是沿着这条思路发展的，认为神是绝对生命，天使、人、动植物都是被造的生命，因而并不会像上帝的生命那么绝对。这样理解的第三层次的存在，就是对第二层次的生命性存在的绝对化。

但在柏拉图的对话中，我们并没有看到这样的思路。《蒂迈欧》是新柏拉图主义和基督教思想的重要思想来源，但其中谈到造物者德牧格按照永恒存在创世，并没有说永恒存在是生命，则永恒存在没有被等同于生命。造物者在准备创世之时，经过思考，认为世界应该是有秩序的，而只有理性才是有秩序的，理性又必须存在于灵魂当中，于是他将整个宇宙造成一个生命，再依照这个包含一切的生命体来造其他的生命，直到造人。（《蒂迈欧》30b–c）这里的意思非常明确，不仅绝对存在不是一种生命，且德牧格自己也未必是一种生命，生命是由他造出来的。而在普罗提诺以降的新柏拉图主义者当中，灵魂或生命往往被当作创世三原则中的第三原则，较之《蒂迈欧》提升了生命的等级，但仍然没有将生命等同于存在。①奥古斯丁将这三原则改造为上帝的三个位格，上帝的绝对存在才被理解为绝对生命。把绝对存在又理解为绝对生命，其"生命"概念只能是比喻意义上的，是对存在的重复，并没有添加什么别的信息，反而模糊了存在与生命之间的差别。

为什么柏拉图和普罗提诺都不能让生命等同于存在？我认为，这是因为在他们看来，生命都不可能是永恒不变的。在《蒂迈欧》中，德牧格也不会让宇宙这个总的生命体永恒不变，而是让它在原地做圆周运动，是最接近于永恒的运动，但毕竟是运动，被造物不可能是永恒不变的。在《九章集》中，普罗提诺强调，时间产生了之后才会有灵魂。可以看出，柏拉图和古代柏拉图主义者都不认为生命可以是永恒不变的，因而不会让生命等同于永恒存在。——只是到奥古斯丁之后，这一点被抛弃了，此处暂不讨论。

参照《蒂迈欧》中的理解，再回过头来看《斐多》中的讨论，我们可以更好地理解，柏拉图为什么没有选择将绝对存在等同于绝对生命这种更简单的解决方式，而是试图以一种更困难的方式来理解生命问题，这便是在理念层次上理解生命的第二种可能。苏格拉底首先确立了两点：第一，理念是不能容纳其相反者的，如热不能同时为冷，高不能同时为矮；第二，理念与理念的分有者不同，如火不等于热，雪不等于冷。这两点既经确立，苏格拉底又推论说：分有理念者必然会有理念的特点，也会不容纳与其所分有的理念相反者，如雪分有了冷，因而雪也不能容纳热。于是，对灵魂的讨论便好像很顺畅地展开了：灵魂给身体带来生命，而死亡与生命相反，所以灵魂不能容纳死亡，不能死的就是不死的，所以灵魂是不死的。这个推理看似简单，其实蕴含着巨大的问题，曾困扰着不少《斐多》的研究者：灵魂究竟是一种理念，还是生命是理念，而灵魂只是理念的分有者？②在对话

---

① 参见 Pierre Hadot, *Porphyre et Victorinus*, Paris: Etudes Augustiniennes, 1968。

② 参见 Plato, *Phaedo*, translated with an introduction and commentary by R. Hackforth, p. 162。

的前半部分，苏格拉底一直在说灵魂可以认识理念，与理念很接近，甚至与理念是同类的，但始终没有说，灵魂就是一种理念。而到了现在这一段，按照他的表述方式，似乎生命是理念，灵魂是生命的分有者，火带来了热，火是热的理念的分有者，则灵魂对应于火，生命对应于热，都是属于理念世界的。但是，苏格拉底一直又在说相反的理念，如热和冷都是理念，那么，与生命相反的死亡，难道也是一个理念？或者，也可以理解成，灵魂是理念，生命是对灵魂的分有，因为灵魂带来了生命。但无论把生命和灵魂哪个当成是理念，它们和美、好这些理念显然都有着相当大的不同。

当把美、善等说成是理念，柏拉图心目中，就有一个永恒不变的美本身、善本身，分有这些理念的美的事物和善的事物都是变化当中的。但并没有一个永恒不变的生命本身，让个体灵魂的生命去分有它——绝对的永恒不可能是生命，因为生命一定是有变化的。或者，如果用《蒂迈欧》中的说法，宇宙总体是一个大的生命，其中的各个部分都分有了或模仿了它的生命，但这个生命并不能算作理念，它只是德牧格创造的可见世界的整体。它不是永恒不变的，而是模仿永恒不变的存在，在原地做圆周运动。而在《斐多》中，柏拉图既不肯明确地将生命说成是理念，又不肯说生命是被造的可见物。

无论灵魂还是生命，都类似于理念，但都不是标准的理念，我认为柏拉图是刻意保持了一种模糊性，这种模糊性贯穿了整篇对话。所以我们就可以理解，为什么在证明了灵魂不死之后，苏格拉底并没有结束他的论证，还要进一步证明，灵魂不仅是不死的，而且是不灭的：

> 如果不死的就不会毁灭，那么当死亡接近她时，灵魂就不会消亡。根据前面所说的，灵魂不会接纳死亡，就不会死，就如同我们说的，三既然是奇数，就不会变成偶数，或者火，以及火中的热，不会变成冷。（106b2–7）

> 同样，现在关于不死，如果我们同意了，她也是不灭的，那么她不仅是不死的（ἀθάνατος），而且是不灭的（ἀνώλεθρος）。（106c9–d1）

不死和不朽并不是同义反复，那它们究竟有什么不同？第一步证明灵魂不死，是说灵魂永远有生命，但柏拉图并不满足于此，是因为他还希望进一步证明，灵魂也是永恒存在的，所以第二步证明灵魂是不灭的，才是证明她不会消失其存在，因而才是最重要的。在柏拉图的哲学体系中，只有永恒存在才是最高的。只有生命才有死与不死的问题，但在证明不灭的时候，苏格拉底没有沿着"生命不死"的思路推展，而是先说，非偶数（即奇数）不灭，非热（即冷）不灭，非冷（即热）也不灭，然后才进一步推论，不死的也应该是不灭的。[①] 将不死与非偶数、非热、非冷相并列，苏格拉底在此把生命当作了一种理念，并且将灵魂等同于生命。盖洛普认为，灵魂是理念，个体灵魂是分有此理念的具体存在。[②] 如果这样理解，柏拉图就无法从灵魂理念的不死推出个体灵魂的不死，正如不能从热的不灭推出火的不可灭。同样，无论生命还是灵魂，柏拉图都是当作理念（虽然都不是标准的理念）来看待，这个证明才是有效的。由于理念都是永恒不灭的，所以不死的灵魂也是永恒不灭的。灵魂作为存在，已经超越了其作为生命的含义。

苏格拉底在前文不断重复，灵魂可以认识美本身、善本身、正义本身这些永恒理念。若将这些说法与此处的讨论结合起来看，灵魂不朽包含了三个方面的含义：第一，灵魂带来生命，所以是不死的；第二，灵魂作为理念，是永恒不灭的；第三，灵魂是可以认识各种永恒理念的。但若仔细分析的话，第一和第三点都更多的是生命的特点，唯有第二点才是永恒存在之理念的特点。柏拉图通过交错强调这三点，既努力把灵魂提升为一种永恒的存在，又深知灵魂/生命与其他理念的差异，并没有将它与其他理念看作完全相同的存在。即使到最

---

① 大卫·盖洛普认为，苏格拉底此处列举这几种理念，恰恰是为了将灵魂与它们区别开来。我们的观点与他正好相反。参见 Plato, *Phaedo*, translated with notes by David Gallop, Oxford: Clarendon Press, 1975, note to 105e10–107a1, pp. 216–217。

② 参见 Plato, *Phaedo*, translated with notes by David Gallop, note to 105c9–d12, p. 214。

后，生命的这种模糊性依然存在着，或许这就是让辛弥亚觉得意犹未尽之处。

设定永恒存在的理念，即从第二层次的存在跨越到第三层次，是柏拉图哲学最重要的特点，但从这个设定理解他所关心的生命与不朽的时候，又不得不破坏生命概念的特点；但柏拉图会尽可能保持生命的这种微妙之处。从新柏拉图主义到奥古斯丁的工作，在继续柏拉图对永恒存在的思考之时，也都试图消除这种模糊性，更好地从绝对存在的角度理解生命的理念。但当奥古斯丁将上帝的绝对存在也理解为绝对生命的时候，他虽然将绝对存在讲得更加完满，却也消除了柏拉图哲学中存在与生命的细微区分。

【作者简介】

吴飞，人类学博士，北京大学哲学系教授，北京大学礼学研究中心主任，研究领域包括经学、礼学、中西比较哲学、比较古典学等。主持国家社会科学基金重点项目"比较哲学视野下的性命论哲学研究"（20AZX010）等。

蜂后与主妇

——色诺芬《家政论》中社会教育理论在私人领域内的运用[*]

吕厚量

（中国社会科学院世界历史研究所）

一 导言

在现存希腊古典时期的史料中，绝大部分史学、政治学、诗歌与对话作品都以公共领域中的政治、军事元素为核心主题，详细探讨私人领域的著作如同凤毛麟角。作为这条基本规律的一个例外，以家庭事务为题材的色诺芬（Xenophon）对话体作品《家政论》（*Oeconomicus*）十分引人注目。然而，由于相关证据的匮乏与《家政论》创作背景的晦暗不明，从罗马帝国时期直到今日，学术界对于这部珍贵作品的性质与主旨一直存在着广泛争议。

公元前1世纪的伊壁鸠鲁派（Epicurean）哲学家斐洛德姆斯（Philodemus）将色诺芬的《家政论》视为一部哲学著作，同时声称其中的若干观点是难以理解的。在他看来，对话中身为哲学家的苏格拉底（Socrates）是不应当过问如何通过劳动积累财富的事情的。作为伊壁鸠鲁思想的信奉者，斐洛德姆斯相信妻子与家庭并非幸福的必备要素。他还指出，对话中的苏格拉底认为丈夫应当为妻子在家庭生活

---

[*] 本文原载于《妇女与性别史研究》第一辑，上海：上海三联书店，2016。

中的错误负责的说法是荒谬绝伦的。①现代学者们则将更多的注意力放在了《家政论》的史料价值上。希罗（L.R. Shero）宣称《家政论》中"好妻子"的原型是色诺芬本人的妻子菲勒希娅（Philesia），值得进行更加深入的史学考证。②奥斯特（Stewart Irvin Oost）的观点要比希罗谨慎得多，但他也认可将《家政论》视为对雅典贵族阶层关于家庭生活与性别关系基本观点的历史记录的看法；在奥斯特看来，色诺芬的学识尚不足以提出任何具备原创性的思想，其观点必然是从当时的社会现实中照搬过来的。③作为20世纪末以来《家政论》最主要的研究者之一，波默罗伊（Sarah B. Pomeroy）认为这部作品是"古希腊教谕体文学中唯一认识到家庭生活共同体（οἶκος）作为经济实体重要性的现存作品"，④探讨了"农业、哲学与社会、军事、文化、经济史"的宏博著作。⑤1994年，她出版了迄今为止《家政论》最为详尽、前沿的英文注疏，深入探讨了作品中关于社会性别、家庭生活、经济生产、宗教信仰等方面的信息。⑥她关于《家政论》作品性质的一个基本观点为：它是色诺芬体验过从政经历、万人远征和流放生涯等一系列坎坷后告别公共领域，转而关注家庭经济生产的产物。⑦克罗内贝拉（Leah Kronenbera）同样声称《家政论》反映了色诺芬批判

---

① 参见 Philod. *Oec.* 6.1-20。
② 参见 L. Shero, "Xenophon's Portrait of a Young Wife", *The Classical Weekly*, Vol. 26, No. 4, 1932, p. 19。
③ 参见 S. Oost, "Xenophon's Attitude towards Women", *The Classical World*, Vol. 71, No. 4, 1978, p. 225。
④ S. Pomeroy, "Slavery in the Greek Domestic Economy in the Light of Xenophon's *Oeconomicus*", in *Xenophon*, V. Gray, ed., Oxford: Oxford University Press, 2010, p. 31.
⑤ Xenophon, *Oeconomicus*, S. Pomeroy, trans., Oxford: Clarendon Press, 1994, p. vii.
⑥ 参见 Y. Too, "Review: *Oeconomicus*", *The Classical Review*, Vol. 45, No. 2, 1995, p. 247; P. Bradley, "Review: Sarah B. Pomeroy: Xenophon: *Oeconomicus: A Social and Historical Commentary*", Oxford：Clarendon Press, 1994, *The Classical World*, Vol. 92, No. 5, 1999, p. 477。
⑦ 参见 Xenophon, *Oeconomicus*, S. Pomeroy, trans., p. 5。

政治生活，转而倡导哲学家生活方式的个人见解。[1] 丹齐希（Gabriel Danzig）则提出了另一种饶有新意的见解，认为《家政论》的外在形式是一部关于实际事务的指南手册，与奥维德（Ovid）的《爱经》（*Ars amatoria*）类似；其本质是一部隐藏在经济学论文伪装之下的伦理学对话。[2]

可见，由于当今学界事实上缺乏关于《家政论》创作年代与背景的决定性证据，认识这部内容庞杂的作品的本质并非易事。然而，笔者认为，《家政论》文本中使用的例证、理论体系与具体结论为后世读者提供了若干宝贵线索，可以帮助我们更好地理解这篇重要对话的来源与性质。

二 《家政论》中的蜂后形象

首先，我们不妨来分析一下《家政论》7.17–37 中的一段描述。雅典城邦传统公民道德的代表、整篇对话核心思想的阐述者伊斯科马库斯（Ischomachus）[3] 在告诫自己的妻子要重视家务管理时说道：

> 我并不认为这些是微不足道的琐事，除非掌管蜂巢的蜂后（ἡ ἐν τῷ σμήνει ἡγεμὼν μέλιττα, 字面意为"掌管蜂巢的雌性蜜蜂"）的活动也是微不足道的。[4]

随后，他耐心地向妻子解释了蜂后的职责：她掌管全蜂巢的事务，禁止普通蜜蜂们无所事事，将它们派出蜂巢执行各种任务；她要牢记并妥善保管被带入蜂巢的每一件物品，并将它们公平地分配给全

---

[1] 参见 L. Kronenbera, *Allegories of Farming from Greece and Rome*, Cambridge: Cambridge University Press, 2009, p. 72.

[2] 参见 G. Danzig, "Why Socrates Was Not a Farmer: Xenophon's *Oeconomicus* as a Philosophical Dialogue", *Greece & Rome*, Vol. 50, No. 1, 2003, p. 57.

[3] 参见 L. Kronenbera, *Allegories of Farming from Greece and Rome*, p. 37.

[4] Xen. *Oec.* 7.17.

体蜜蜂；她负责监督蜂巢的营造工作，以便确保它建得迅捷而牢固；她还承担着抚育新生的幼蜂成长，并在其成熟后将它们派出蜂巢开辟新天地的使命。①

乍看上去，我们必须承认，对话中所描述的蜂后与主妇的确存在着共同点。然而，如果对这段文本的用词与内容进行具体分析的话，我们不难发现，蜂后的职责其实具有浓厚的政治色彩。为了更好地澄清这一点，笔者有必要对古典著作中蜜蜂形象的典型象征意义进行扼要分析。

古风时代希腊作家们所描述的蜜蜂形象通常带有神话色彩，但这些描述同样对今人的相关研究具有一定的启示意义。该时期对蜜蜂最著名的描述来自赫西俄德的《神谱》(Theogonia)。其中，作者宣称，作为"人间的祸害、可同富贵不可同贫贱的男性伴侣"，女性所扮演的角色与雄蜂相似：后者在工蜂搭建的白色蜂巢里养尊处优，"吞吃他人的劳动成果"。② 另一则值得注意的神话来自塞蒙尼德斯（Semonides of Amorgos）的作品，后者认为最勤劳的妇女是蜜蜂的化身，后者勤俭持家，"与恩爱的夫君白头偕老"，乃是"宙斯恩赐男人的最高馈赠"。③

笔者很难断定，色诺芬是否受到过上述两首诗的直接影响（我们甚至无从知晓色诺芬是否读过塞蒙尼德斯的诗篇）。但我们至少有理由认为，色诺芬笔下的蜜蜂形象并非直接来自赫西俄德，因为后者将女性比作邪恶的雄蜂，而非勤勉的蜂后。并且，可以肯定的是，在古希腊文化传统中，蜜蜂的形象有时是同女性和勤劳工作的品质紧密联系在一起的，那正是色诺芬试图在这一比喻中传达的含义。

不过，笔者认为，色诺芬想要表达的思想还不止于此。事实上，在古希腊文化语境中，蜂后的形象带有浓厚的政治意味。关于色诺芬同时代人对蜜蜂印象的最明确证据来自亚里士多德的动物学著作。在亚里士多德《论动物的繁殖》(De generatione animalium) 一书中，作者将蜂巢中的全体成员划分为蜜蜂（μελίττα）、雄蜂（κηφήν）与蜂

---

① Xen. *Oec.* 7.33–34.
② Hes. *Theog.* 590–599.
③ Semon. 7.83–93.

王（βασιλεύς）。① 其中使用的希腊语词汇"βασιλεύς"显然是政治性的。在《动物志》（*Historia animalium*）中，亚里士多德进一步指出，蜜蜂中存在着复杂且严格的社会等级划分：大部分"民众"受到两类"领袖"的统治，而这两类领袖又分为红黑两色，各自的尊贵程度也存在着差异。② 根据《动物志》中提出的理论，蜜蜂、人类、马蜂与鹤是四种进行"分工协作"（κοινὸν ἔργον）的"政治动物"（πολιτικαί）。③ 就连人类社会中的政治斗争也同样存在于蜂巢之中。亚里士多德相信，如果一个蜂巢中出现了过多的"领袖"，这个共同体就会由于党同伐异而走向分崩离析。④

更加可信的证据来自色诺芬本人的作品。值得注意的是，除《家政论》外，色诺芬还在《居鲁士的教育》（*Cyropaedia*）与《希腊史》（*Hellenica*）中两度使用过蜜蜂的比喻。而在这两个比喻中，蜂后的本体显然都是政治领袖。在《居鲁士的教育》中，阿塔巴祖斯（Artabazus）对居鲁士大帝（Cyrus the Great）赞美道："陛下啊，在我眼中，你是天生的王者，犹如蜂巢中的蜂群主宰一般。蜜蜂总是自愿地服从蜂王，从不弃他而去，而是永远紧紧相随——它们天生便具备服从他的神奇本能。而在我看来，世人也在同样的本能驱使下追随您的左右。"⑤ 色诺芬又在《希腊史》中写道："……但此刻特拉叙戴乌斯（Thrasydaeus）仍在自己酩酊大醉的地方酣睡。当民众听说他并未牺牲之后，他们从四面八方赶来聚集在他宅邸的四周，犹如一群蜜蜂簇拥着它们的领袖。"⑥ 可见，在色诺芬的语境中，蜂后的形象通常代表着杰出的政治领袖或军事将领。

---

① Aristot. *Gen. an.* 759a19–22.
② Aristot. *Hist. an.* 553a27–29.
③ Aristot. *Hist. an.* 488a2–9.
④ Aristot. *Hist. an.* 553b18–19.
⑤ Xen. *Cyr.* 5.1.24–25. 文中将蜂群领袖称为"蜂王"的说法略显蹊跷，同色诺芬《家政论》中的"蜂后"称谓存在出入。具体原因恐怕已难以澄清，但一些古希腊作家［如亚里士多德（Arist. *Gen. an.* 759a19–22）］确实认为蜂群领袖是雄性的。
⑥ Xen. *Hell.* 3.2.28.

罗斯卡拉（Fabio Roscalla）进一步指出，蜂后的比喻其实来自在波斯帝国境内广泛流传着的一种政治信仰，即波斯国王相当于其臣民的蜂后。除上述来自色诺芬《居鲁士的教育》的引文外，相关证据还包括埃斯库罗斯将波斯士兵称为"一群追随将领离开蜂巢的蜜蜂"的说法，① 以及《旧约·以赛亚篇》（Isaiah）7.18中将亚述（Assyria）国王比作蜜蜂的隐喻。② 总之，我们可以很有把握地断定，在希腊古典时期的文化语境中，蜜蜂的形象一般是顺从与勤勉的象征，而蜂后（经常被称作"蜂王"）则既可以代表持家有方的主妇，又可以代表一位享有威望的政治领袖。任何一位受过良好教育的古希腊知识精英都会在阅读《家政论》时意识到蜂后比喻的政治意味，而色诺芬本人同样必定对此心知肚明。

那么，色诺芬在此使用的比喻是否有欠妥当呢？笔者认为并非如此。在通读《家政论》全文后，我们会发现，色诺芬其实正是在自觉地建立私人领域同公共领域之间的联系与类比，并试图运用自己在现实生活与著述过程中形成的社会教育理论去构建一套家庭生活管理模式。与现代人的思维模式不同，色诺芬《家政论》中的私人领域并不构成公共领域的对立面；而这篇对话也远非对作者个人生活经历或典型雅典家庭组织模式的写实性记录。它事实上代表着在色诺芬思想体系中居于主导地位的社会教育理论在私人领域中的延伸与应用。

三 色诺芬《家政论》中公共领域经验的运用

（一）来自政治军事生活的例证

事实上，除蜂后的比喻暗含着政治含义外，《家政论》中大量例证都来自政治、军事生活领域。在5.15–16中，苏格拉底说道："领导

---

① Aesch. Per. 126–131.
② 具体分析见 R. Brock, "Xenophon's Political Imagery", in C. Tuplin, ed., *Xenophon and His World, Papers from a Conference Held in Liverpool in July 1999*, Stuttgart: Franz Steiner Verlag, 2004, p. 254。

士兵们与敌军对垒的将领必须犒赏奋不顾身的勇士，惩戒违抗将令的行为。在很多场合下，农夫也必须像将军激励士兵那样去鞭策自己的助手们。"①在8.4—22中，色诺芬接连使用了四个来自公共领域的例证。首先，他分别以步兵与海军为例，解释了家庭生活中秩序与纪律的必要性。②随后，他又描述了水手们高效地存放和取用甲板上各种工具的技巧，以此来说明对家庭生活用品进行合理分类与管理的重要性。③最后，色诺芬又对集市采买和家居用品的选择进行了类比，借以证明家务管理中目的性的重要意义。④而在9.15中，作者又建议好主妇要像将军检阅卫队一样定期对家庭生活中的方方面面进行检查：她有必要确保各种工具存放妥当，就像将领需要确保战马和骑兵队随时处于作战状态一样。⑤而在整篇对话的结尾处，色诺芬再次回归了水手与士兵的比喻。他指出，优秀的船长在指挥全体水手时可以做到举重若轻，操纵着舰只全速前进；而无能的船长则无法激励水手们的精神，还要在航程结束后饱受指责。战场上将军同士兵的关系亦是如此。这些道理都完全适用于家务管理活动。⑥

读过这些例证后，我们便不难理解苏格拉底在同伊斯科马库斯打趣时试图表达的意思了："伊斯科马库斯啊，赫拉在上，你的话表明，你的妻子其实拥有男性的智慧。"⑦这是因为伊斯科马库斯向妻子举出的例证大多来自军事与政治生活，它们所反映的是在古典希腊社会中男性居于绝对主导地位的公共领域中的行为要求。诚然，由于色诺芬本人曾担任过雇佣兵领袖与军事将领，其作品中例证的选择自然会留下他个人的生活经历与兴趣的烙印。然而，政治军事领域的例证在《家政论》中的频繁出现与所占比例之高还是可以在一定程度上说明，这篇对话的创作在很大程度上依赖于原本应用于公共领域的经验与理

---

① Xen. *Oec.* 5.15–16.
② Xen. *Oec.* 8.4–9.
③ Xen. *Oec.* 8.11–16.
④ Xen. *Oec.* 8.22.
⑤ Xen. *Oec.* 9.15.
⑥ Xen. *Oec.* 21.2–8.
⑦ Xen. *Oec.* 10.1.

论。可见，波默罗伊将《家政论》视为色诺芬在政治失意后试图远离公共生活的产物的创作动机解释恐怕是经不起推敲的。

（二）色诺芬社会教育理论在《家政论》中的应用

《家政论》的另一个特征在于，对话中对于私人领域的许多观点同色诺芬本人针对公共领域提出的社会教育理论在内容与论证形式上存在着惊人的相似性。在对话中苏格拉底与伊斯科马库斯的讨论语境中，家务管理的根本基础是主人和代表主人整顿家政的主妇的管理能力。对这一观点最具代表性的描述来自苏格拉底与家务管理方面的反面典型克瑞托布鲁斯（Critobulus）的对话：

> ἔχω δ' ἐπιδεῖξαι καὶ γυναιξὶ ταῖς γαμεταῖς τοὺς μὲν οὕτω χρωμένους ὥστε συνεργοὺς ἔχειν αὐτὰς εἰς τὸ συναύξειν τοὺς οἴκους, τοὺς δὲ ᾗ ὅτι πλεῖστον λυμαίνονται. Καὶ τούτου πότερα χρή, ὦ Σώκρατες, τὸν ἄνδρα αἰτιᾶσθαι ἢ τὴν γυναῖκα; Πρόβατον μέν, ἔφη ὁ Σωκράτης, ὡς ἐπὶ τὸ πολὺ ἂν κακῶς ἔχῃ, τὸν νομέα αἰτιώμεθα, καὶ ἵππος ὡς ἐπὶ τὸ πολὺ ἂν κακουργῇ, τὸν ἱππέα κακίζομεν· τῆς δὲ γυναικός, εἰ μὲν διδασκομένη ὑπὸ τοῦ ἀνδρὸς τἀγαθὰ κακοποιεῖ, ἴσως δικαίως ἂν ἡ γυνὴ τὴν αἰτίαν ἔχοι· εἰ δὲ μὴ διδάσκων τὰ καλὰ κἀγαθὰ ἀνεπιστήμονι τούτων χρῷτο, ἆρ' οὐ δικαίως ἂν ὁ ἀνὴρ τὴν αἰτίαν ἔχοι; (Xen. Oec. 3.10–11)

> 苏格拉底：我可以向你证明，有些男子教育妻子的方式可以促使仆人们更好地经营他们的产业；而另一些人的做法则会造成巨大的灾难。
>
> 克瑞托布鲁斯：那么应承担责任的是丈夫还是妻子呢？
>
> 苏格拉底：当山羊饲养不善的时候，人们通常都会指责牧人；当马匹状态不佳的时候，人们通常都会怪罪骑手。如果丈夫原本教导有方，但妻子仍旧败坏了家业的话，那么或许我们是有理由怪罪丈夫的；但如果丈夫没有把正确的道理教给妻子，致使她对家政管理一无所知的话，难道这位丈夫还不应该承担责任吗？

作为整篇对话后半部分的主要人物，伊斯科马库斯也表达了同样的观点。当他看到妻子不懂得如何存放家庭生活用品时，他首先进行了自我检讨："这不是你的错，而是我的问题。因为当我委托你管理家务的时候，我没有告诉你应在何处放置物品，以便你对家庭生活用品的存放与取用一目了然。"[1] 同样，在代表丈夫管理家务和领导仆人时，作为丈夫化身[2]的主妇同样有责任将必要的技术传授给手下的仆人。伊斯科马库斯告诫妻子道：

> ὦ γύναι, ἡδεῖαί σοι γίγνονται, ὁπόταν ἀνεπιστήμονα ταλασίας λαβοῦσα ἐπιστήμονα ποιήσῃς καὶ διπλασίου σοι ἀξία γένηται, καὶ ὁπόταν ἀνεπιστήμονα ταμιείας καὶ διακονίας παραλαβοῦσα ἐπιστήμονα καὶ πιστὴν καὶ διακονικὴν ποιησαμένη παντὸς ἀξίαν ἔχῃς…(Xen. Oec. 7.41)

> 妻子啊，你还有一件甜蜜的任务：当你发现一名女仆不懂得如何纺线的时候，你就要教给她这门技术，从而增加她自身的价值；当你发现一名女仆不善于料理家务或服侍主人时，你就要把她培养成一名业务熟练、忠诚体贴的仆人，使她成为一件无价之宝……

从上面引述的这三段文本来看，色诺芬提出的家政管理模式是非常清晰的。身为一家之长的丈夫无须直接去呵斥与惩罚仆人，而是应负责教育、帮助和支持自己的妻子成为一名"好主妇"；而这位主妇则可以承担起将必备的家务管理技巧传授给家中每一名仆人的职责。然而，值得注意的是，《家政论》中提出的这种组织模式并非出自原创。事实上，它是对色诺芬在其他历史、政治著作中提出的社会教育理论的直接照搬。

---

[1] Xen. Oec. 8.2.
[2] 参见 S. Joshel and S. Murnaghan, eds., *Women and Slaves in Greco-Roman Culture*, London & New York: Routledge, 1998, p. 15。

笔者认为，《家政论》的论证方式是对色诺芬的另一部著作《居鲁士的教育》导言部分的扩充与改写。在《家政论》的情境中，克瑞托布鲁斯因自己的私人生活经营不善而感到愧疚。苏格拉底向他指出了忽视家政管理艺术的巨大危险，并举出伊斯科马库斯作为这方面的榜样。色诺芬则在《居鲁士的教育》的序言中感叹道：

> Ἔννοιά ποθ' ἡμῖν ἐγένετο ὅσαι δημοκρατίαι κατελύθησαν ὑπὸ τῶν ἄλλως πως βουλομένων πολιτεύεσθαι μᾶλλον ἢ ἐν δημοκρατίᾳ, ὅσαι τ' αὖ μοναρχίαι, ὅσαι τε ὀλιγαρχίαι ἀνῄρηνται ἤδη ὑπὸ δήμων, καὶ ὅσοι τυραννεῖν ἐπιχειρήσαντες οἱ μὲν αὐτῶν καὶ ταχὺ πάμπαν κατελύθησαν, οἱ δὲ κἂν ὁποσονοῦν χρόνον ἄρχοντες διαγένωνται, θαυμάζονται ὡς σοφοί τε καὶ εὐτυχεῖς ἄνδρες γεγενημένοι. πολλοὺς δ' ἐδοκοῦμεν καταμεμαθηκέναι καὶ ἐν ἰδίοις οἴκοις τοὺς μὲν ἔχοντας καὶ πλείονας οἰκέτας, τοὺς δὲ καὶ πάνυ ὀλίγους, καὶ ὅμως οὐδὲ τοῖς ὀλίγοις τούτοις πάνυ τι δυναμένους χρῆσθαι πειθομένοις τοὺς δεσπότας. (Xen. *Cyr.* 1.1.1)

我们经常会想到，有多少民主政权是被那些宁愿生活在任何其他政治制度之下、也不肯再继续忍受民主制暴政的民众推翻的，历史上又有多少君主制与寡头制政权被自己的臣民废止。我们还会想到，许多取得绝对专制权力的个人要么只是昙花一现，迅速被赶下宝座；要么会在自己有时为期很短的统治期间成为千夫所指，令人无法想象他们之前如何竟会被视为睿智与幸福的人物。同样，我们看到，在许多个体家庭中，无论仆人数量多寡，总有一些主人连屈指可数的几个仆人都约束不住，尽管他们自己是名义上的一家之主。

该书接下来便介绍了居鲁士大帝的生平，以便解释这位优秀的统治者如何通过高超的政治手腕与成熟的统治体制建立了完美的社会秩序与公共道德，从而避免了导言中提到的种种灾难，实现了社会教育的目的——提升臣民的道德水准并使全社会达到和谐幸福的状态。居鲁士大帝所采用的行政管理模式同样与伊斯科马库斯的家政管理技巧有异曲同工之妙。

在色诺芬的《拉栖第蒙政制》（Lacedaimonion politeia）中，斯巴达君主莱库古（Lycurgus）的形象与居鲁士大帝和伊斯科马库斯如出一辙。色诺芬评价道："我对给予斯巴达人法律、以此帮助他们走向繁荣昌盛的莱库古的成就感到惊异；我认为他已达到人类智慧的巅峰。"[1] 根据色诺芬的记载，通过贤明的立法、严格的监督与自身的表率作用，莱库古在斯巴达社会中建立了令人赞叹的民风与秩序，为日后斯巴达的繁荣昌盛与建立霸权奠定了基础。可见，睿智的立法与民众的守法对于社会道德风尚的建立具有决定性意义。在另一部显然创作于作者晚年的作品《雅典的收入》（Poroi）中，色诺芬也承认，该观点是自己政治、历史观念中的核心理论。[2] 从这些文本中，我们不难找到同《家政论》所提出的家庭生活管理模式在本质上几近相同的公共领域治理原则：通过能力超群的领导人与严格的管理制度去实现组织模式的高效。《家政论》中的伊斯科马库斯与"好主妇"是家庭生活共同体中与波斯君主居鲁士和斯巴达君主莱库古一样的教育者。他们像居鲁士一样以身作则、树立道德楷模；像莱库古一样制定规则，并确保它们得到遵照执行。

在《家政论》设计的理想模式中，同好丈夫与好主妇共存的是一套理性的家庭生活秩序与约束机制。伊斯科马库斯对妻子说："妻子啊，对于世人而言，没有什么能比秩序更为重要。例如，一个歌队是由人构成的。但如果每个成员都各行其是的话，演唱出来的效果必定是一团糟，是无法为观众提供美的享受的。但如果他们按照有序的方式去进行表演和歌唱的话，同样一批演员就能达到令人满意的视觉与歌唱效果。"[3] 伊斯科马库斯进一步指出，"好主妇"的核心职责之一是"家法"（νομοφύλαξ ἐν τῇ οἰκίᾳ）的维护者。[4] 在《家政论》的语

---

[1] Xen. Lac. 1.1–2.
[2] Xen. Vect. 1.1.
[3] Xen. Oec. 8.3.
[4] Xen. Oec. 9.15.

境中，家法是用来确保家庭劳动秩序有条不紊和对仆人赏罚分明的家政规则。这一思想同样来自色诺芬本人的政治主张。在多部著作中，色诺芬都表达过受到尊奉的理性法律乃是社会道德教育核心支柱的观点。在《拉栖第蒙政制》中，斯巴达儿童所受教育的一个重要方面便是要学会遵纪守法。[1] 莱库古设计的政治制度将斯巴达青年随时置于法律的监督之下。[2] 这种法律不仅可以防止人民犯罪，还能促使他们通过正当手段去改善自己的生活状况。[3]《希耶罗》(Hiero) 中对僭主的批评言论之一便是认为他们自己无视法律与公共秩序，因此无法为自己的臣民树立正面榜样。[4] 可见，《家政论》中的家庭生活秩序与"家法"观念同样是规范社会秩序的"公法"的延伸。

《家政论》中提出的第三点主张是赏罚分明。这一要求同家法存在着天然联系，是培训干练仆人的基本手段。伊斯科马库斯认为，激励奴隶努力劳动的最好办法是向勤奋的奴隶提供充足的食物。[5] 家主和管家还应确保劳动者们的衣着质量存在高下之别，以便他们能够"将较好的衣服赏赐给勤勉的劳动者，而把较差的留给懒汉们"。[6] 相似的观点也出现在了色诺芬以政治为主题的传记与对话中。在《阿格西劳斯》(Agesilaus) 里，色诺芬称赞传主阿格西劳斯 (Agesilaus) 深谙奖赏朋友的艺术。[7] 在《希耶罗》中，他同样建议君主应学习在何时赏赐治下的臣民，以便为自己争取民心。[8] 即便在一些相对次要的细节中，我们同样可以看到色诺芬关于公共生活与道德教育的观念对《家政论》的影响。《家政论》12.5 中对管家忠诚品质的强调令我们想起《阿格西劳斯》中将忠诚视为将领最重要品质的观点；[9] 而《家政

---

[1] Xen. *Lac.* 4.6.
[2] Xen. *Lac.* 2.10–11.
[3] Xen. *Lac.* 10.5.
[4] Xen. *Hier.* 4.10–11.
[5] Xen. *Oec.* 13.9.
[6] Xen. *Oec.* 13.10–12.
[7] Xen. *Ages.* 1.17–19.
[8] Xen. *Hier.* 11.1.
[9] Xen. *Ages.* 2.1.

论》中在开展农业生产前咨询神意的做法也是同《长征记》(Anabasis)里强调战前占卜重要意义的思路一脉相承的。① 要之，大量证据表明，《家政论》中的核心观点直接脱胎于色诺芬关于政治、军事生活中管理原则的主张，尤其是他在《居鲁士的教育》《希耶罗》和《拉栖第蒙政制》等作品中提出的社会道德教育理论。色诺芬相信，这些来自公共领域的经验与原则完全适用于家庭生活，并几乎原封不动地将它们写进了《家政论》中。

（三）《家政论》中家庭生活组织者同政治领袖的相通性

更为令人信服的证据在于：色诺芬本人多次在《家政论》中指出，家庭生活管理乃是君主统治艺术的一个重要分支。在4.4中，苏格拉底宣称农业和征战乃是波斯国王最重视的两项事务。最伟大的波斯国王居鲁士大帝经常奖励农民中的佼佼者；而他本人最擅长的本领便是"耕种土地和保卫国土"。② 波斯国王们重视农业的真实原因当然主要在于他们对粮食供应的要求，而非对家内劳动情有独钟。但色诺芬无疑借此构建起了家政管理同政治统治之间的相通性。伊斯科马库斯和苏格拉底之间的对话提供了一个更加明显的例子。伊斯科马库斯担心，尽管他控制奴隶的手段十分有效，它却过于简单原始，恐怕会遭到苏格拉底的笑话。但苏格拉底却鼓励他说：

> Οὐ μὲν δὴ ἄξιόν γ', ἔφην ἐγώ, τὸ πρᾶγμα καταγέλωτος, ὦ Ἰσχόμαχε. ὅστις γάρ τοι ἀρχικοὺς ἀνθρώπων δύναται ποιεῖν, δῆλον ὅτι οὗτος καὶ δεσποτικοὺς ἀνθρώπων δύναται διδάσκειν, ὅστις δὲ δεσποτικοὺς δύναται ποιεῖν, καὶ βασιλικούς. ὥστε οὐ καταγέλωτός μοι δοκεῖ ἄξιος εἶναι ἀλλ' ἐπαίνου μεγάλου ὁ τοῦτο δυνάμενος ποιεῖν. (Xen. Oec. 13.5)

伊斯科马库斯啊，这当然不是什么值得笑话的事情。因为

---

① G. Danzig, "Why Socrates Was Not a Farmer: Xenophon's *Oeconomicus* as a Philosophical Dialogue", *Greece & Rome*, Vol. 50, No. 1, 2003, p. 72.

② Xen. *Oec.* 4.16.

能使人们学会如何统治他人的人显然也能帮助他们成为主宰；而能使人们成为优秀主宰的人就是精于帝王之道的人。因此，在我看来，懂得这门艺术的人是值得受到热烈赞美、而非受到嘲笑的。

此外，根据伊斯科马库斯的说法，城邦或帝国的法律也是可以直接应用于家政管理的。① 他自己便采用了德拉古（Draco）和梭伦（Solon）的若干法令去教育自己的奴隶要诚实做事。② 显然，在色诺芬看来，将公共法律照搬到家政管理中的做法不仅是可行的，而且是有益的和值得称许的。伊斯科马库斯还借用过波斯国王的一些法令，因为它们规定了如何对良善之人进行奖赏，可以弥补过分强调惩罚措施的德拉古、梭伦法令的不足。③ 笔者认为，将公共法律用于家务管理的办法不仅是伊斯科马库斯的主张，也代表了创作《家政论》的色诺芬本人的基本思想与写作思路。

另一方面，理想的家务管理者也必须具备国王的素质。④ 伊斯科马库斯要求自己的妻子要"像王后一样毫无保留地赞扬和表彰优秀的家庭成员，并对罪有应得者进行训斥与惩处"。⑤ 在全书结论中，他再度强调了优秀家政管理者与贤君之间的相通性：如果劳动者们"会在主人现身时受到鼓舞、精神抖擞、争先恐后地投入工作的话，我会认为这位主人已拥有一部分帝王才具"。⑥

要之，作为少有的一部以私人领域为主题的希腊古典时期作品，《家政论》广泛借用了公共领域中的情境、经验乃至人物形象。作品中的大量例子来自政治与军事生活；对话提出的主张其实是色诺芬本

---

① L. Kronenbera, *Allegories of Farming from Greece and Rome*, p. 58.
② Xen. *Oec.* 14.4.
③ Xen. *Oec.* 14.6–7.
④ S. Novo, *Economia ed etica nell' Economico di Senofonte*, Torino: G. Giappichelli, 1968, p. 96; S. Schorn, "Xenophons *Poroi* als philosophische Schrift", *Historia*, Bd. 60, H. 1, 2011, p. 65.
⑤ Xen. *Oec.* 9.15.
⑥ Xen. *Oec.* 21.10.

人社会教育理论的翻版；① 甚至作品中的理想家主与主妇角色也在一定程度上脱胎于公共生活中的国王与王后形象。

四 色诺芬《家政论》的渊源与本质

笔者认为，色诺芬运用公共领域中的经验与理论建构《家政论》的做法并非出自偶然，它是由雅典古典时期家庭生活的本质和色诺芬本人思想体系的特色所决定的。

首先，在雅典有产阶级的日常生活中，妻子是丈夫天然的教育对象。这一事实不仅受到当时社会性别观念的支撑，同时也是由夫妇间普遍存在的年龄差异所决定的。在《家政论》的情境中，克瑞托布鲁斯的妻子在出嫁时还处于孩提时代；② 而伊斯科马库斯的新娘只有 15 岁。③ 她们的知识与视野必定存在着很大的局限性。根据系统研究过相关铭文的古希腊社会史学者们的统计，在雅典古典时期的有产阶级内部，男子结婚时的平均年龄约为 30 岁，而女子普遍会在 14 岁左右出嫁。④ 在这种情况下，丈夫确实有必要传授给妻子一些日常生活技能，并为她的行为负责。⑤ 而雅典丈夫们心目中的理想新娘也应当是一位"肉体与心灵保持着童真状态的年轻少女"。⑥ 在这一社会背景下，夫妻之间的关系原本就十分接近于师生或主仆关系。这一基本状况为色诺芬将社会教育的经验与理论应用于家庭生活空间提供了可能。

此外，在雅典古典时代的文化背景下，《家政论》的读者们也很容易理解并接受政治与家庭生活之间存在的共通性。布罗克（Roger Brock）指出："在公元前 5 世纪的雅典思想史上，家庭经济的概念几乎毫无例外的总是同将政治家视为雅典人民之神（Demos）仆人

---

① S. Novo, *Economia ed etica nell' Economico di Senofonte*, p. 8.
② Xen. *Oec.* 3.13.
③ Xen. *Oec.* 7.5.
④ Xenophon, *Oeconomicus*, S. Pomeroy, trans., p. 268.
⑤ Xenophon, *Oeconomicus*, S. Pomeroy, trans., p. 231.
⑥ J. Dillon, *Salt & Olives, Morality and Custom in Ancient Greece*, Edinburgh: Edinburgh University Press, 2004, p. 10.

的观念和二者之间的共通性相联系着的。"① 这一思想在阿里斯托芬（Aristophanes）的剧本《骑士》（Equites）中得到了充分阐释。② 在柏拉图的语境下，政治统治艺术与家务管理的规律往往是相通的。③ 亚里士多德也报道说（尽管他本人对此进行了批驳），④ 当时的一些作家（或许包括柏拉图与色诺芬）相信，"民主政治家、国王、家主和奴隶主的必备素质是一样的，他们在身份角色方面并无差别，不同的只是各自下属的数目而已"。⑤ 在这种传统思维模式的影响下，色诺芬对政治统治与家务管理的类比自然是不足为奇的。

然而，色诺芬本人的思想特征毕竟在决定《家政论》的写作模式过程中发挥了更为重要的作用。在古典作家中，只有色诺芬的《家政论》与亚里士多德的《政治学》曾将家务管理作为独立主题进行过详细论述。这一现象并非出自偶然。在古典雅典社会的传统观念中，基础教育尤其是家庭范围内的教育活动通常属于妇女和奴仆的职责。雅典人普遍承认启蒙教育的重要意义，但对该教育职责的承担者则缺乏足够的尊重。德摩斯梯尼（Demosthenes）在嘲讽埃斯奇内斯（Aeschines）时说道："你教授文法，我上学念书；你教育孩童，我已长大成人；你是个小职员，我是城邦议员；你是个三流演员，我看你演戏；你曾被赶下舞台，而我就在台下起哄。"⑥ 可见，与职员和演员相似，启蒙教师在雅典古典时期的社会地位是很低的。负责陪读的教仆（παιδαγωγός）的命运还要更加悲惨。古希腊陶瓶画上的教仆形象通常为一名瘦弱秃顶、拄杖行走的异族老者，⑦ 其社会身份很可能为奴隶。与色诺芬同时代的一些作家，如柏拉图与伊索克拉底（Isocrates）

---

① Brock, "Xenophon's Political Imagery", p. 248.
② Brock, "Xenophon's Political Imagery", p. 248.
③ 参见 Pl. *Resp.* 600d; *Plt.* 258e–259c; *Prt.* 318e–319a; Brock, "Xenophon's Political Imagery", p. 248.
④ Arist. *Pol.* 1252a17–18.
⑤ Arist. *Pol.* 1252a9–11.
⑥ Dem. *De cor.* 265.
⑦ 参见 J. Christes, "Paidagogos", in *Der neue Pauly, Enzyklopädie der Antike* 9, H. Cancik and H. Schneider, eds., Stuttgart & Weimar: J.B. Metzler, 2000, col. 150.

强调过优秀哲学、修辞学教师的重要性。但尽管柏拉图和伊索克拉底认为道德规范、劳动技能等"基础教育内容"十分重要，他们对相关教育者的兴趣却远不及色诺芬那样浓厚。他们似乎与当时的多数雅典人一样想当然地认为，除适合接受哲学、修辞学教育的少数天才外，凡夫俗子们的道德教育都属于主妇、保姆、教仆等下人的职责。然而，在色诺芬本人独特的社会教育思想体系中，教育者在道德教育每一阶段中所发挥的作用都是至关重要的；[1] 理想的社会道德教育者应由全社会的领导者与组织者（如莱库古、居鲁士、阿格西劳斯、希耶罗等政治领袖）亲自担任。优秀的领导人可以通过身体力行、贤明立法、选贤任能、严明赏罚、虔敬神明等手段去提升整个社会的道德水平与精神面貌，从而向社会生活的方方面面施加积极影响。[2] 事实上，对道德教育和教育手段的强调在包括《家政论》在内的所有色诺芬现存著作中可谓俯拾皆是。[3] 在色诺芬眼中，作为私人领域中的教育者与组织者，家庭生活管理者的角色与职责同样是值得尊敬和深入研究的。

更重要的是，与柏拉图和亚里士多德不同，色诺芬所关注的重点不是抽象的哲学概念，而是具体可感的管理模式。这一思路促使他去打破不同领域间的界限，尝试构建一套宏观的、具备普遍适用性的思想体系。因此，我们可以从《希耶罗》《居鲁士的教育》《家政论》与《回忆苏格拉底》(*Memorabilia*) 辨认出大体相似、具备高度统一性的理论模式。作为研究家庭生活管理的先驱者之一，除赫西俄德《劳作与时日》等少数诗篇外，色诺芬恐怕找不到太多前人著述可资借鉴。因此，他将自己针对公共领域所提出的社会管理与教育模式引入了私人领域，创造了在希腊罗马文学史上影响深远的家政论体裁，并在对古典雅典社会私人领域的关注方面作出了前无古人的巨大贡献。

---

[1] Xen. *Cyr*. 1.2.2–14.

[2] 参见 V. Gray, "Xenophon", in *The Oxford Encyclopedia of Ancient Greece and Rome 7*, M. Gagarin and E. Fantham, eds., Oxford: Oxford University Press, 2010, p. 267。

[3] Xenophon, *Oeconomicus*, S. Pomeroy, trans., p. 267.

笔者认为,《家政论》既非对色诺芬本人及其妻子菲勒希娅家庭生活状况的如实记录,也不是作者在心灰意冷地告别政治生涯后另起炉灶的新作。诸如此类的假设并不符合这位戎马半生、遭流放 36 年之久的作家的生平经历。[①] 在本质上,《家政论》的写作代表着色诺芬在形成其公共领域社会教育理论体系后将之应用于私人领域的一次尝试。对话中的苏格拉底与伊斯科马库斯都是色诺芬本人社会教育思想的承载者。1964 年,弗雷德里克·贝克(Frederick Beck)在《古希腊教育史:公元前 450—前 350 年》(*Greek Education: 450–350 B.C.*)中断言:"对于教育史研究者而言,色诺芬是位引人注意、但又令人失望的作家。他在对教育主题及其哲学基础等问题上的贡献乏善可陈。"[②] 在贝克看来,色诺芬所描述的教育体系是不完整的,因为他完全忽视了文化教育的存在——在他的著述中"没有阅读与写作教育,没有对文学或数学的研究"。[③] 因此,他的教育体系中留下了大量本应得到重点关注的空白。[④] 然而,这一评价对色诺芬而言其实并不公平。事实上,柏拉图、伊索克拉底与色诺芬分别通过不同的方式对文化教育的重要性进行了强调。柏拉图在《理想国》《法律篇》等哲学著作中设计了文化教育的体系与方式;伊索克拉底将修辞学教育付诸实践,并设计了多种修辞学训练的写作模式;而色诺芬的多部作品则直接服务于文化与道德教育的目的。除《居鲁士的教育》《希耶罗》《拉栖第蒙政制》与《阿格西劳斯》外,《家政论》同样代表着色诺芬试图在古希腊知识界宣传自己的社会教育思想的执着努力;而这篇对话的独特之处在于,它还是将公共生活的经验与理论应用于家庭生活领域的一次尝试。色诺芬本人相信,居鲁士、阿格西劳斯和莱库古等伟大政治家在公共道德教育中发挥的积极影响和德拉古、梭伦、波斯君主的贤明立

[①] É. Delebecque, *Essai sur la vie de Xénophon*, Paris: Klincksieck, 1957, p. 499.

[②] F. Beck, *Greek Education, 450–350 B.C.*, London: Methuen, 1964, p. 244.

[③] F. Beck, *Greek Education, 450–350 B.C.*, p. 248.

[④] F. Beck, *Greek Education, 450–350 B.C.*, p. 253.

法都是适用于家庭生活与家内劳动管理的。他还相信,理性知识可以帮助世人获取财富与幸福,过上有秩序的生活。这部作品在古希腊罗马思想史上产生了若干重要影响。

首先,《家政论》将家庭生活空间视为公共领域的对等物与延伸,这在无形中突出了家庭生活的重要性,提升了在古希腊文学传统中处于被动、顺从地位的妇女作为家庭主妇的价值。这一认识视角是同赫西俄德、古希腊哲学家与阿提卡戏剧作家们的观念存在显著差异的。

在赫西俄德眼中,现实生活是悲惨的,[1]农业生产是宙斯施加给凡人的强制性惩罚。[2]他在劝诫手足兄弟时说,坚持劳动的目的只是避免更加严重的灾难。[3]总的来说,其他希腊作家们对家内劳动的态度要乐观些,但他们大多将家庭生活视为低于政治统治、军事活动与哲学思考的日常琐事。伪亚里士多德的《家政论》(*Oeconomica*)讨论了四种不同的管理模式,并断言私人生活中的家政管理是其中最无足重轻的一种。[4]亚里士多德也在《政治学》中宣称:"城邦显然在本质上先于家庭与个人存在,因为整体必然先于部分而存在。"[5]根据这一逻辑,部分(家庭)是无法脱离整体(城邦)而单独存在的;因此,它也必然是低等的和次要的。在阿提卡戏剧作家的多数作品中,妇女的职责是无条件顺从自己的丈夫,[6]她们的存在是无足轻重的,甚至是消极的。[7]色诺芬对此心知肚明,并通过苏格拉底之口转述了雅典民众对家务劳动的普遍轻视态度。[8]但他在《家政论》中提出的观点

---

[1] Hes. *Op*. 174–175.

[2] Hes. *Op*. 42–105.

[3] Hes. *Op*. 397–400.

[4] Arist. [*Oec*.] 1345b13–1346a13.

[5] Arist. *Pol*. 1253a19–20.

[6] Soph. *Aj*. 293; Eur. *Med*. 230–245.

[7] A. Gomme, "The Position of Women in Athens in the Fifth and Fourth Centuries", *Classical Philology*, Vol. 20, No. 1, 1925, p. 8; D. Willner, "The Oedipus Complex, Antigone, and Electra: The Woman as Hero and Victim", *American Anthropologist*, Vol. 84, No. 1, 1982, pp. 72–74; R. Seaford, "The Imprisonment of Women in Greek Tragedy", *The Journal of Hellenic Studies*, Vol. 110, 1990, p. 77.

[8] Xen. *Oec*. 4.2–3.

却可以显著提升家庭生活领域的地位。① 根据色诺芬的观点，家务劳动与公共生产劳动都是不可或缺的，只是诸神的意志将前者分配给妇女，而将后者分配给男子而已。② 当然，妇女的生活仍旧局限在家庭空间之内，③ 但她们所扮演的角色却是至关重要的和必不可少的。④ "好主妇"的价值得到了公正的承认，其职责已不再限于被动服从，责任重大的她们甚至有必要掌握书写的技能。⑤ 这幅图景是同阿提卡悲剧中所展示的、由男性主导一切的世界截然不同的。⑥ 即便这种生活模式并不符合雅典古典时期家庭生活的真实状况，或在当时的社会背景下根本不具备可操作性，《家政论》的流传对于提升妇女形象与社会地位的积极历史作用仍是不可磨灭的。

当然，在实行男权制的雅典社会中，《家政论》的主要用意还是纠正男性对家务管理的轻视态度，讴歌私人领域中积极从事农业生产的勤劳生活方式。色诺芬指出，财产对于不知道如何使用它们的人而言是毫无价值的。⑦ 反之，智慧的家主很容易将自己的私人生活经营得井井有条，走向富足与幸福。《家政论》并不要求人们一味俭省，而是鼓励他们去经营产业，通过正当的手段实现财产的增值。⑧ 糟糕的奴隶主即便使用镣铐也无法阻止自己的奴隶逃跑；而精于管理的主人不靠蛮力就能鼓励自己的仆人勤勉劳动。⑨ 这些睿智的家主并非传统意义上的古希腊贫贱村民，而是拥有伟大国王高贵品质的、以伊斯科

---

① Xenophon, *Oeconomicus*, S. Pomeroy, trans., p. 217.
② Xen. *Oec.* 7.22.
③ Xen. *Oec.* 7.29–31.
④ 参见 H. Wiemer, "Die gute Ehefrau im Wandel der Zeiten: von Xenophon zu Plutarch", *Hermes*, Jahrg. 133, H. 4, 2005, p. 427。
⑤ 参见 H. Wiemer, "Die gute Ehefrau im Wandel der Zeiten: von Xenophon zu Plutarch", p. 432。
⑥ 参见 R. Scaife, "Ritual and Persuasion in the House of Ischomachus", *The Classical Journal*, Vol. 90, No. 3, 1995, p. 232.
⑦ Xen. *Oec.* 1.12.
⑧ Xen. *Oec.* 7.15.
⑨ Xen. *Oec.* 3.4.

马库斯与苏格拉底①为代表的"高贵人物"（καλός κἀγαθός）。② 由于缺乏相关的史料证据，我们不清楚色诺芬的理论究竟在当时的雅典或其他地区产生了何种影响。但《家政论》留存至今的事实已足以证明色诺芬写作技巧的成功和这部作品在希腊古典世界影响力的存在。

在问世后的两千余年里，色诺芬的《家政论》长期被视为智慧的源泉，被希腊化时代以降的知识精英们不断阅读和引述。③ 它创建了古希腊文学中的家政论文体，④ 这一传统日后被伪亚里士多德［被一些古典学者指认为特奥弗拉斯图斯（Theophrastus）］与斐洛德姆斯所继承，⑤ 并对罗马时代的农业志写作传统产生了深刻影响。根据瓦罗（Varro）的说法，在他之前以农业为题材的著作已多达50余种。⑥ 西塞罗年轻时曾将色诺芬的《家政论》译成拉丁文，使之在罗马知识界广为流传。⑦ 色诺芬打通私人领域与公共领域界限的做法可能也对后世作家产生过影响。在瓦罗与维吉尔的农业题材作品中都出现过蜜蜂的比喻；⑧ 老伽图（Cato the Elder）在《农业志》(De agri cultura) 中提出，农业劳动的价值之一在于可以训练出优秀的战士；⑨ 亚里士多德也将对家庭成员职责的讨论作为其《政治学》的开篇。⑩ 这些写作方式可能都受到过色诺芬《家政论》传统的影响。

诚然，如果我们把《家政论》视为记录雅典古典时期家庭生活

---

① Xen. *Symp.* 1.

② Xen. *Oec.* 10.1; F. Bourriot, *Kalos Kagathos-Kalokagathia*, Hildesheim & Zürich & New York: Georg Olms Verlag, 1995, p. 319.

③ 参见 R. Saller, "Household and Gender", in *The Cambridge Economic History of the Greco-Roman World*, W. Scheidel, I. Morris, and R. Saller, eds., Cambridge: Cambridge University Press, 2007, p. 87。

④ 参见 Waterfield, "Xenophon's Socratic Mission", in C. Tuplin ed., *Xenophon and His World, Papers from a Conference Held in Liverpool in July 1999*, Stuttgart: Franz Steiner Verlag, 2004, p. 81。

⑤ Xenophon, *Oeconomicus*, S. Pomeroy, trans. p. 68.

⑥ Varro, *Rust.* 1.7–8.

⑦ Cic. *Off.* 2.87; Colum. *Rust.* 12, Praefatio 7; 12.2.6.

⑧ L. Kronenbera, *Allegories of Farming from Greece and Rome*, pp. 2–3.

⑨ Cato, *Agr.* Praefatio 4.

⑩ Arist. *Pol.* 1253b1–3.

的史料（如波默罗伊在其《家政论》注疏中的处理方式）或色诺芬个人家庭生活状况的真实写照［如安德森（J.K. Anderson）在其色诺芬传记中的材料使用原则①和上文中提到的希罗观点］的话，这份史料存在着十分显著的弱点。最严重的问题在于，这部著作是色诺芬本人将公共领域经验套用于家庭生活的一种建构，而身为男性与军人的作者自身或许对雅典家庭生活中的许多细节并不真正熟悉。我们无法确信，《家政论》中的各项记载都符合公元前5—4世纪雅典家庭生活的实际状况，或至少在当时的社会环境下是可能存在的。从社会性别的视角来看，《家政论》中树立的"好主妇"形象是一种典型的、基于男性立场的主观建构。②而多数探讨家庭生活管理主题的后世作家也抛弃了色诺芬认为公私领域可以完全对等的观点。伪亚里士多德的《家政论》在开篇处批评了色诺芬的基本研究方法，声称政治学与家政学的差异甚至比城邦与家庭生活共同体之间的差异还要大；并且政治世界中广泛存在的民主、寡头政体在家庭生活中根本找不到对应的元素，可见公共生活经验是不能简单地套用于家庭生活的。③可见，对色诺芬《家政论》特色的深入具体分析和对其中社会史信息的严格史料批判乃是当代婚姻家庭史学者合理使用这份重要文本的基本前提。

【作者简介】

吕厚量，古典学博士，中国社会科学院大学历史学院教授，中国社会科学院世界历史研究所世界古代中世纪史研究室研究员，研究专长为古希腊罗马史学。主持国家社会科学基金一般项目"公元前4世纪古希腊知识精英的历史记忆研究"（22BSS044）等。

---

① 参见 J. K. Anderson, *Xenophon*, London: Duckworth, 1974, p. 175。

② 参见 H. Wiemer, "Die gute Ehefrau im Wandel der Zeiten: von Xenophon zu Plutarch", p. 424。

③ 参见 Arist. [*Oec.*] 1343a1–5，亚里士多德也在一定程度上质疑了色诺芬等人采用的这种方法，见 Arist. *Pol.* 1252a8–18。

亚里士多德"被动努斯"说发微

——基于《论灵魂》3.4、3.5 的研究札记[*]

丁 耘

（中山大学哲学系）

本文尝试补上亚里士多德的灵魂学说和近代哲学（以及主要转用近代哲学的道体学心性学说）之间的环节。其中最重要的是力量与阶次这两块基石性的概念。

在斯宾诺莎、莱布尼兹以及德国唯心论和现象学那里纠结最深的力量与思维及表象之间的难题，在亚里士多德这里集中于努斯问题上。对在哲学史中得到深广开展的哲学活动（而非仅仅对亚里士多德本人）而言，努斯难题及其魅力大约体现在以下几个方面。

首先，努斯是人类特有的"灵魂"，与动植物（如果古人有相关的知识，也会将此序列一直推到有机物）特有的生命原理——隐德莱希有关。这种实现（隐德莱希）同时就是某一阶次的潜能。当然，并非所有阶次的灵魂或潜能都有思维与表现活动。从灵魂顺推出努斯——这也是《论灵魂》的论述顺序——固然不易，但从努斯逆推出作为灵魂的力量，则更为困难。前者是《论灵魂》文本的论述顺序，在丰富的现象学洞见之下，起作用的实际上是某种从普遍到特殊的亚氏定义秩序。逆推则不止一种方式，也会得到不同的结论，或毋宁说，得到对于"力量"（既是潜能，也是隐德莱希）的不同理解。

其次，如果考虑到亚里士多德第一哲学中努斯本身的第一实体地

---

[*] 本文原刊于《古典学研究》2023 年第 1 期。

位，那么从宇宙而非人身出发，将努斯归入某种统一的力量，这对亚氏传统来说就是过于激进乃至不可接受的。但如果《论灵魂》中的努斯可以逆推到灵魂（力量），同时这个文本的努斯学说和《形而上学》中的第一实体学说之间确实存在着不可否认的通道，那么在第一哲学中从努斯逆推到力量，的确可以一试。实际上，新柏拉图主义者——尤其是普罗提诺——对亚里士多德努斯学说的发挥包含了层次繁复的"逆推"环节。在从太一流溢出努斯的"顺衍"道路之前，新柏拉图主义者要取消逍遥派坚持的努斯的绝对第一性，就只有从努斯中推出更高的条件。在他们那里，这种条件虽然不能用比努斯更低的"灵魂"去命名，但并不拒绝——甚至也许只能——用权能（潜能、力量）去述谓。

最后，在近现代哲学中，一直存在着努斯与力量之间对于第一原理的争夺。但由于前者对后者的压倒性优势，这一争夺过程本身都被掩盖着。即便如此，我们还是可以在斯宾诺莎、莱布尼兹、谢林、后黑格尔哲学一直到晚期胡塞尔的探索中看到不止一条从努斯返回或前进到力量的线索。真正艰难而有意义的工作不是撇开努斯，而是从努斯出发逆推出力量。如果从黑格尔大全一体式的努斯出发，这种对力量的逆推主要就是谢林的道路。如果从笛卡尔、胡塞尔"我思"式的努斯出发，这种逆推就是斯宾诺莎、莱布尼兹及晚期胡塞尔的道路。

但为什么不直接从努斯传统的真正体系化源头——亚里士多德灵魂学说及相关的第一哲学沉思出发呢？这样出发会面临着怎样的歧途与出路呢？这些道路与上述那些道路会如何纠缠、交织、相互误导或殊途同归呢？

以上，就是这篇札记在自己问题学与方法学上的考虑。不要指望札记提供什么最终的结论，但它毕竟展示了一大片陌生疆土的草图。没有这些草图，开辟与耕作都是不可能的。

一 《论灵魂》中努斯学说的疑难

在《亚里士多德的神圣努斯》中，本恩耶特（Burnyeat）颇有风度地论证了亚里士多德《论灵魂》3.5 中的主动努斯就是《形而上学》第十二卷中的神圣努斯，乃至就是神。① 这一显然追随了阿佛洛狄西阿斯的亚历山大（Alexander of Aphrodisias）的解释，② 将《论灵魂》中的努斯概念区分为属人的与属神的。尽管在有关文本中，这一区分即使成立，也被掩盖在被动努斯与主动努斯的区分之下，因而在注疏史上极具争议。这里本恩耶特的基本依据是古代注疏家麦西纳的阿里斯托克勒斯（Aristocles of Messana，阿佛洛狄西阿斯的亚历山大的老师）的洞见——驱使亚里士多德提出神圣努斯学说的有两件事情：首先是努斯与感知的类比，其次是实现对潜能的在先性。③ 似乎有了这两条就能平滑顺畅地从 3.4 导出 3.5 乃至《形而上学》第十二卷的神圣努斯学说。④

然而，《论灵魂》第三卷这两章之间的平滑性并不是毫无疑义的。其中最关键乃至牵涉到努斯学说整体的，是此两章的"被动努斯"（另译"被影响的努斯"或"承受作用的努斯"，本文从旧译）之说。第 4 章对照了被动努斯与感知的同异，指出前者是可与身体分离的。⑤ 而在第 5 章又将被动努斯与主动努斯对照，指出前者是可朽的。（《论灵魂》430a25）"可与身体分离的"与"可朽的"是有差别的。无论是否矛盾，至少需要进一步解释。但这个表面的抵牾还不是真正的麻烦

---

① 参见 M. F. Burnyeat, *Aristotle's Divine Intellect*, Milwaukee: Marquette University Press, 2008, pp. 33, 42。

② 亚历山大的评注被本恩耶特视作"最好的，也是最纯正的亚里士多德派的"，这一点当然有争议。参见 M. F. Burnyeat, *Aristotle's Divine Intellect*, p. 42。亚历山大的解释更强，更坚决地认为主动努斯是由外而内的、神圣的，甚至就是第一因。参见 *Antike Interpretationen zur aristotelischen Lehre vom Geist, Texte von Theophrast, Alexander von Aphrodisias, Themistios, Johannes Philoponos, Priskian (bzw. >Simplikios<) und Stephanos (>Philoponos<)*, Herausgegeben von Hubertus Busche und Matthias Perkams, Hamburg: Felix Meiner Verlag, 2018, pp. 179, 185–187。

③ 详见 M. F. Burnyeat, *Aristotle's Divine Intellect*, p. 36。

④ 详见 M. F. Burnyeat, *Aristotle's Divine Intellect*, p. 33。

⑤ 详见《论灵魂》429b6。本文引用《论灵魂》时参考的版本是 Aristotles, *Üeber die Seele*, Griechisch-Deutsch, üebersetzt, mit einer Einleitung und Anmerkungen herausgegeben von Klaus Corcilius, Hamburg : Felix Meiner Verlag, 2017。中译文据原文，参考德英中诸译本自行译出。除个别地方，不再一一说明。

所在。第 5 章最有利于"神圣努斯"解释的，是这样一段话：

在事物的每一类别中，如同在整个自然中一样，一方面存在着某种质料（它潜在地是万有），另一方面还存在着原因和制作者，它制作了［引者按：也可译为"起用于"，即主动作用；或"做成了"］万有。两者的关系就仿佛技艺同承受作用的质料的关系一样。灵魂之中必定也有这一区别。一方面，努斯恰是这样，它生成万有；另一方面，努斯制作万有，正如某种状态，就像光一样。因为光以某种方式把潜在的颜色做成［引者按：此词为 poiei，即上文主动努斯的"制作"。但几乎各语种译本都无法保持这个词在字面上的一致性，除了都用 make 去翻译的本恩耶特］现实的颜色。这样的努斯是可分离的，不被动的［引者按：或译"不被影响的""不受作用的"］，不混杂的，既然它按其实体性（ousia）就是实现（energeia）；盖因主动者［引者按：还可译为"制作者""主动者""作用者""影响者"］总是比被动者［引者按：还可译为"受作用者""被影响者"］受尊崇，本原比质料受尊崇。（《论灵魂》430a10–20）

必须指出，这里以及整个第 6 章，固然基于感知与努斯的类比（但对这一类比的偏重端与上一章不同，下详）以及实现对潜能的优先性，但居于首位的（不仅在字面上，同时也在论证上）毫无疑问是自然与灵魂的类比。自然与灵魂虽然是不同学科的主题，但类比关系架起了桥梁。在自然问题上，对立存在于作为原因的制作者（主动者）与质料之间；在灵魂问题上，对立存在于作为原因的制作者（主动努斯）与被动努斯之间。既然类比（依比例）的四项（一比二等于三比四）中，第一、三两项是完全相同的（制作者），那么结论只能是，第二、四两项也完全相应：被动努斯不是类似于，而就是质料，正如主动努斯就是制作者。那么，如果被动努斯可朽，难道自然的质料也是可朽的吗？这个问题一时无法解答，让我们将这个类比看得更仔细些。

主动努斯是万物的制作者,但正如本恩耶特与希尔茨(C. Shields)都强调的那样,这是一种状态(希尔茨甚至将 hexis 译为 positive state),而非运动过程。① 制作万物就像光线将颜色照亮,使潜在的颜色变成现实的颜色。主动努斯制作万有(panta),被动努斯生成万有。

这是关键的一段。值得注意的有三点。首先,这里在第一个类比(自然与灵魂的类比)中嵌入了第二个类比(感知,或确切地说,视觉感知与努斯的类比)。其次,这里的感知努斯类比所对照的是柏拉图《理想国》中的日喻。这是研究界已经注意到的。② 并且,在视觉——日喻这个例子中,感知努斯类比与实现先于潜能实际上已合为一事。但此间最重要的是第三点——这里主动努斯制作的乃是万物,也就是宇宙。如果此章的主动努斯确如古今注疏者所云,等同于《形而上学》第十二卷第 7 章及第 9 章的神圣努斯,那么它也应该与后者一样,是宇宙的制作因。而被动努斯所生成的"万物",其义必须与主动努斯制作的万物保持一致,换言之也是宇宙。这样一来,自然与灵魂的类比就会显示其另外一面的含义:自然与宇宙的质料,就是被动努斯。我们要问的是,这层意义的被动努斯,是与灵魂中的被动努斯一样"可朽的"吗?

要解答这个问题,注疏家们对勘柏拉图对话的建议值得借鉴。但对照的文本不应当止于《理想国》(又译《王制》《政制》)及其日喻,必须同时将《蒂迈欧》考虑进来,主要理由有两点。

第一,《理想国》的日喻只是表明了主动努斯(在柏拉图那里是善的理念)的实现性,但努斯对宇宙的制作性则是《蒂迈欧》的主题。必须强调,《蒂迈欧》与《理想国》在柏拉图对话那里——无论就情节还是论理而言——本就是一脉相承的。

第二点也许更为重要。历代注疏家多未见及,《论灵魂》中对举以分说努斯的"神圣的""可朽的"这组限定词,是《蒂迈欧》里对

---

① 详见 Burnyeat, *Aristotle's Divine Intellect*, pp. 37f。又 Aristotle, *De Anima*, translated with an introduction and commentary by Christopher Shields, Oxford: Clarendon Press, 2016, pp. 61f。

② 详见 Burnyeat, *Aristotle's Divine Intellect*, pp. 41f。

举以分说两种灵魂或灵魂的两个部分的。①将《蒂迈欧》与《论灵魂》两者的灵魂、努斯论述对照，可以同时阐明二者。《论灵魂》3.4 提及，有一学派认为，灵魂是"形式的处所"（topon eidon，《论灵魂》429a28）。这一说法亚里士多德大体同意——除了一点：不可泛言"灵魂"，而应限制在努斯上。或者说得更确切些，柏拉图的宇宙灵魂（大全灵魂）本来就是努斯式的东西。（《论灵魂》407a4–5）概括地说，这段文本是我们提出 3.5 应该同时对勘《蒂迈欧》的基本理由。因为《蒂迈欧》69c–e 对于灵魂的区分，与《论灵魂》3.5 对于努斯的区分完全相同，只不过后者把灵魂限制到努斯之上，而这一限制，恰恰是《论灵魂》3.4 提及"形式处所"学说时主张的。

确认《蒂迈欧》之于《论灵魂》的重要性，其意义甚至超出一般研究者的预料。

首先，这对理解 3.4 那段文本所指的学派有帮助。一般研究者都认为这里指的就是柏拉图派，但也都表示无法找到确切的文本关联。②晚近的希尔茨注疏本猜测，也许其与《巴门尼德》132b5、133c5、134a10 或《美诺》80e–86d 有关。③但那些地方都只含糊说形式在灵魂中，并未出现亚里士多德表述中的关键词——"处所"。这一关键词对确定《论灵魂》的文本关联，乃至解读被动努斯学说，有重要的帮助。"处所"是《蒂迈欧》的制作宇宙论中第二条道路（基于被努斯说服的必然的论证）的关键概念。与完全用通种（例如，同、异）与数（特别是数之间的比例）推出宇宙和人的努斯道路不同，第二条道路尤其强调了前一条道路中没有的"容受者"（hypodoche，亦译"接收器""载体""承受者"。也有"假设"之义）。第二条道路有三个原理：第一是生成的东西，第二是在其中被生成的东西，第三是生成者

---

① 详见 Platon, *Timaios*, 69c–e。Platon, *Werke in acht Bänden, Griechisch und Deutsch,* Band 7, bearbeitet von Klaus Widdra, Deutsche Übersetzung von Hieronymus Müller und Friedrich Schleiermacher, Darmstadt: Wissenschaftliche Buchgesellschaft Sonderausg, 1972, pp. 142–145。

② 详见亚里士多德《灵魂论及其他》，吴寿彭译，北京：商务印书馆，1999 年，页 148 注 1。

③ 详见 Aristotle, *De Anima*, pp. 303f。

模仿的东西。第二种就是容受者,又可喻为母亲;第三种是模型,又可喻为父亲。第三种就是前一条道路所据的通种、理型等。第二条道路新增的就是这个犹如万物之母的"玄牝"。然而除"容受器"之外,柏拉图还用空间(chora,也有译者译为"处所"),乃至处所(topos,也有译者译为"地方")命名相同的东西。①

在亚里士多德看来,容受器所指显然就是自然的质料。柏拉图论述此概念时用的一些阐述(如"黄金"无论制作成何种金器,都是黄金)支持(但并非仅仅支持)这一理解。制作自然必须通过质料,而柏拉图的唯一错误在于混同了质料与空间(chora),如果不算混同了空间与处所(topos)的话。(《物理学》209b10–20)对于柏拉图的这几个关键概念及亚里士多德的批评,下文另行分析,这里先作一个阶段性的小结:有两条明确的线索指向了《蒂迈欧》与《论灵魂》的关联。一是神圣努斯与可朽努斯的区分及努斯与灵魂的混同;二是"处所"概念。虽然《蒂迈欧》并无"形式之处所"的明确表达,但它仍显然比希尔斯提出的那些既同样没有明确表述,又缺乏"处所"这个关键词的文本与《论灵魂》有更密切的关系。

对我们的研究而言,这一发现的意义绝非只是学术考证上的。换言之,我们的兴趣并非确认《论灵魂》3.4针对的是哪个学派的哪些文本,而是"形式的处所"这一被亚里士多德赞许的观点,对于理解《论灵魂》努斯学说有何帮助。这里可以暂时确定三点。

首先,在亚里士多德看来,"形式的处所"就是对努斯(或更确切地说,被动努斯)可以采纳的表述。提出者的瑕疵只是将此表述泛用于灵魂,而没有专用于努斯而已。(《论灵魂》429a28–29)

其次,对参上引《蒂迈欧》之说,可知形式的处所在自然学上对应于自然之质料,这点是亚里士多德所认可的。而柏拉图将质料当作空间则是亚里士多德所反对的。由于亚氏认为柏拉图也混同了空间与处所,那么也可以推出,柏拉图将质料混同于处所。在这种混同之

---

① 详见 Platon, *Timaios*, 50c–d, 52a–b; Platon, *Werke in achten Bänden, Griechisch und Deutsch*, pp. 90f, 94f。

下,"形式之处所"甚至相当于"形式之质料"。

最后,对勘 3.5 的自然灵魂类比可知,即使最弱的主张,也可断定被动努斯"相当于"自然的质料,进而与柏拉图的空间乃至处所概念有特别之关联。

这里出现了几个关键概念:被动努斯、质料、空间(以及处所)。理顺它们之间的关系乃是理清 3.4、3.5 的关键。学界对这两章的研究兴趣固然在于主动努斯,但主动努斯不可能在被动努斯意义模糊的情况下被单独澄清。此外,对被动努斯的研究还会呈现出另一些可能性,启发我们重新思考灵魂及努斯学说的整个研究框架。

二 被动努斯与感知

可以确认,如果可将自然的质料对应于被动努斯,那么,后者就是与宇宙意义上的主动努斯对应的、宇宙之被动努斯,而非属人意义上的、狭义的被动努斯。二者的最大区别在于,前者是不朽的,而后者并非如此。只有前者才能在严格的意义上"生成万物"。说灵魂内可朽的被动努斯能生成本身不朽、不殆的宇宙,只有援引新柏拉图主义的解释,将这里的"灵魂",理解为"宇宙灵魂";除此之外,没有其他的可能。无论亚里士多德意义上自然的原初质料,还是亚氏所不同意的、将质料理解为处所的柏拉图观点,都不会让质料进入生灭。由于"生成万物"的努斯显而易见的不朽性,它与属人的被动努斯,只能是同名异义的。但这里的"异义",不是指外在的歧义,而是属人与神圣,或——用后世哲学的术语——有限与无限的内在的(或者不如说"思辨的")区分。

宇宙的被动努斯也就是宇宙灵魂的"形式之处所",即可以接受形式的受动潜能与基底质料。为了让这个无疑超出了注疏传统的结论得到理解,要比传统更深地进入所谓"感知与努斯之间的类比"。此间预先提出两点。

首先,这一类比其实并不单调,其中至少交织了蜡板说与光照说两层,这两层都既用于感知,又用于努斯,且正是二者类比的精髓。就努斯那一面而言，蜡板说最终落实到被动努斯上，光照说则落实到主动努斯上。就此而言，实现对潜能的在先性已包含在感知与努斯的类比中。

其次，蜡板说可运用于一切感知，而光照说独见于视觉。被动努斯同时出现在这两个类比中。这一情况表明了被动努斯的"之间性"，即处于感知与主动努斯之间，同时与二者有所同异。而主动努斯看起来与感知有绝对的差异。换言之，感知与被动努斯的本质都是潜能与实现的关系，而主动努斯作为光，只是纯粹现实。不过，光仍然预设了透明的介质。在两个类比中，介质所喻的潜能与蜡板所喻的潜能并不一致。二者关系尚需深入研究。

从感知类比看被动努斯，观其同异，首先可以得到一个明显的结论，即感知与努斯共形而不同质。如指环形式印于蜡板，形式在指环、蜡板皆同，但指环与蜡板其质不同，主受动关系也不同。① 感知与被动努斯皆共此喻。文本中看似偏题的"点"运动，即就此实现形式的在自身"为一"，又分别属于两物（如指环、蜡板）的"为二"立论。② 必须指出的是，这一层涉及的并不只是感知与被动努斯的共同性，而是灵魂一般与感知、努斯的共性。甚至是一般变动中接受与主动关系的共性。因此这点虽然重要，但并非思感类比的要害，无法突出被动努斯的别义。

上文已示，被动努斯居于感知与主动努斯"之间"，与两端皆有同异。上述第一层考察的是亚里士多德所举思感之同（确切地说，是变动、灵魂、思、感四项之同）。不能否认，亚氏也明确举出了思感之异。重要的有两点，第一，感知对于所感的接受，有强度的范围。如过强的颜色无法被看到，过强的气味无法被嗅到。而被动努斯之思形式，没有强度限制。（《论灵魂》429b1–5）第二，被动努斯与感知

---

① 详见亚里士多德《论灵魂》，424a18–24，并412b1–10、417a15–22。另可参《论生成与消灭》1.7的观点：主动者与受动者必在种上相同，在属上相异。参见苗力田主编《亚里士多德全集》（第二卷），北京：中国人民大学出版社，1991，页424以下。

② 点既是一，又是二。在自身为一，不可分割。但被数了两次：前半线段的终点，后半线段的起点。这也是通过区分现在定义时间的理由。区分现在就是区分了过去与未来，引入了时间。详见《论灵魂》427a10–15。

不同，没有对应的肉体器官（这个观点犹如唯识学说，前五识皆有粗色根，但意识等没有）。这两点有内在关联，其实一也。正因为被动努斯与身体分离，故不带有肉体器官，而能接受感官无法接受的强度。这层差别尤其值得深思。其要害在被动努斯之"思"的界限。单从感知看，似乎"思"没有如"强度"那样的界限，但这是个明显的误解。被动努斯的"之间性"要求我们同时与主动努斯对照。如不虑及与此有关的古今哲学议题，上述两点不易澄清。此间试提三条。

首先，所谓强度，当是形式本身所有。在一定强度限度内，感与所感能共有形式，如热（过热过冷，身体皆不可感）。故形式有其强度。但视觉在感知中极为特殊，乃至殊胜，因为诸感知与努斯虽可类比，但唯视觉与努斯最为接近。柏拉图明示此义，亚里士多德亦顺用之。唯视觉所感者过强而不可感，此例只是光线，而非单纯颜色。柏拉图早就描绘过以目视光之"晕眩"。但见洞穴之火之晕眩可克服，见太阳本身之晕眩，似不能完满克服。注意，这个事实表明，强度只是形式之实现性。实现性与形式本身在一些情形下等同，但在另一些情形下要区别，例如颜色与光。

其次，一定要注意感知（尤其是视觉）与努斯相似性的适用范围。换言之，视觉在过于强烈的光线下的晕眩乃至失明[①]同样类比一种努斯状况：被动努斯无法不经过学习直视光明所比的东西——神圣

[①] 从经院哲学和近代哲学对于强度量和延展量的区分看，似乎亚里士多德在这里只涉及前者，即感官和属人努斯的力量在强度上的有限性。但在《论睡眠》第1章，以及更有名的《形而上学》第九卷第8章、第十二卷第7章中，他论及属人努斯和感官在延续量上的有限性。"觉醒"本身既是有强度的（内包的），也是延展的。这二者绝非毫无关系，亚里士多德将睡眠或昏沉界定为"由于过度觉醒产生的无力状态"。这里的"过度"，同样既是内包的，也是延展的。这对于从"量"上认识"力"（潜能及其实现）以及力与无力的悖论具有重要意义。力是有阶次的。这种阶次不仅包括了努斯与动物灵魂的区分，同样包含了力与自身的关系、力的力。能睡着就是能够无力的能力。睡眠只是高阶的力量的无力。但失眠同样是一种无力，即不能无力的无力。神的永恒不是人的失眠。这不是个别问题，亚里士多德指出，对于有灵魂的地方来说，"睡"与"醒"是普遍的。详见《论灵魂》2.1。又参见苗力田主编《亚里士多德全集》（第三卷），北京：中国人民大学出版社，1992，页149。

努斯乃至于神。在柏拉图的脉络下，这个问题更清楚，被动努斯不经过从洞穴底部上升这个艰难的全部学习历程，没有进入最高阶的实现活动，就无法凝视太一，哪怕它能够凝视其他形式。正如视觉能看太阳下的颜色，但不能看太阳本身那样。长时间地直视光源是超乎视觉的限度的；同样，凝视太一也是超乎被动努斯限度的。实际上，在亚氏提供的类比中，被动努斯和感官一样也是有限度的。这个限度既是他明言的持续量上的限度，也是他未曾明言的强度上的限度。沉思光的努斯已是参与到神圣性中的努斯了，不再是被动努斯。正是在这里，出现了亚里士多德传统与新柏拉图主义传统不可消除的区别。在后者那里，凝视太一的只能是神圣努斯，亦即主动努斯。被动努斯自身，正如亚里士多德在蜡板比喻里所说的那样，只能显示形式，不能显示光本身。光作为实现状态，指的就是主动努斯。

最后，不只有强度这一点，还有两点同样可以把被动努斯拉回感知而非主动努斯那端。被动努斯无法一直持续地思考万物，也无法同时思考万物，这当然更接近感官，而非主动努斯。强度是内包量，一直持续是绵延量，同时思考万物近乎广延量。换言之，以上得到的所有结论都是，人的被动努斯的实现是有限的、短暂的和局部的，而主动努斯才是无限的、永恒的与大全的。在这个意义上，主动努斯与被动努斯的区别，就是近代哲学理性与知性的区别。①

三　潜能与实现的阶次

以上我们考察了被动努斯"之间性"的一端，揭示了被动努斯作为有限努斯更近乎感知的那面。现在我们考察被动努斯"之间性"的另一端。但这两种努斯共有的微妙处与其说是被动努斯的"主动性"，毋宁说是主动努斯在某种意义上的"被动性"。这个主张并不像听上去那么惊人。被动努斯在类比上的对应物是蜡板，主动努斯在类比上的对应物是光。但光预设了它穿越于其中的"透明介质"。蜡板与介

---

① 例如在德国唯心论中，努斯可翻译为"理性"乃至"精神"，也可翻译为"知性"（Verstand）。

质的异同能够说明什么呢？

如果努斯确实能以自身为对象，那么尚未呈现任何字形的蜡板自身也是可被智觉（思、智思）的。如暂不承认这一智觉（因为它至少未被亚氏详论），那么可比作光洁蜡板的自在被动努斯仍然可借助潜能与实现的阶次学说确定。在《论灵魂》2.5 及 2.1，亚里士多德区分了相互对应的多阶次潜能。2.5 更多地说"潜能"（如有语法知识）的差别，按 2.1 的说法也可是多阶次"隐德莱希"（如有语法知识和用语法知识）。（《论灵魂》412a20–29、417a23–418a1）这一学说的要点是，潜能与实现不相割裂，甚至在确定的阶次关系中就是同一的。例如成人会说希腊语这个潜能，就是婴儿会说希腊语这个更低潜能的实现，又是正在说希腊语这个更高实现的潜能。因此，未显示字形的蜡板也是一种实现，无非低一阶次而已。正如大理石作为潜在的赫尔墨斯同时也作为石材本身现实地存在着，自在的被动努斯作为潜能也现实地存在着。但这样一种存在方式不同于任何存在者（与"说希腊语"的比喻不同的是，阶次的差别在这里就是存在方式的差别），正如蜡板潜在的是任何字形乃至一切字形（但作为人的被动努斯的喻体不可能同时是一切字形），但本身不同于任何字形。换言之，被动努斯自身只是形式之境域，而非任何形式。

在潜能学说中引入境域这个现象学概念是必要的。境域就是作为现实性边缘（也是被现实性预先规定的）的可能性（潜能）大全。[①] 与非现象学哲学的区别在于，现象学是通过对经验的先验化观察（而非概念思辨）抓住这一活生生起作用的"可能性"的。亚里士多德通过类比要呈现的，也是这样的"经验"。[②] 境域概念的长处是能说明可

---

① 详见 Edmund Hussel, *Cartesianische Meditationen and Pariser Vorträge*, Hua, BD. I, hrsg. and eingeleitet vou S. Strasser, Hague : Mantius Nijhoff, 1973, pp. 81f。参见胡塞尔《笛卡尔式的沉思》，张廷国译，北京：中国城市出版社，2002，页 60。

② 黑格尔与海德格尔都赞扬过亚里士多德对概念与经验的统一。黑格尔在这种统一中赞扬的是概念化（思辨），海德格尔赞扬的是经验化（现象学）。但既然是"统一"，他们看到的地方其实是一致的。换言之，思辨同时比知性形而上学和经验主义更加概念化和经验化。现象学更非不要概念，而是抓住了概念活生生的所与性——经验。

能性作为潜含"万有"者对特定形式的现实性的超越。这点适合被动努斯，但不适合并非在时间中逐渐智思"万有"的属人的主动努斯。

另外，亚里士多德的潜能阶次或实现阶次学说，是对现象学境域学说的重要推进。换言之，现象学只揭示了意识经验境域作为可能大全的一面，但按照亚氏的潜能实现阶次之说，境域在其自身仍是现实性，且必定存在着更深一层的、前意识的潜能。在亚氏的灵魂学说那里很清楚，先于被动努斯活动着的，还有动物灵魂与营养灵魂。但无论是亚里士多德研究，还是当代哲学研究，都没有走出最后的这一步。这些撇开努斯理解的"灵魂"，就是现象学及当代哲学一些其他学派所谓的"无意识"、身体乃至生命本身。古代哲学研究界的当前主流很像大户人家小姐失足，往往在无关紧要的细节上非常谨慎、保守，但在根本的思想洞见上宁可轻率委身于那些轻浮平庸的东西。论证"灵魂"，尤其是比努斯更加基本的"灵魂"，仅仅依靠对亚氏原文的疏证，终究是隔了一层，最终需要的是对前努斯、前思想、前意识的"灵魂"的现象学还原。当胡塞尔那些未刊手稿在现象学运动中开始浮现的时刻，这一工作便已开始，但尚未取得显著的系统成就。

不过，即便没有成熟的真正哲学方法，在前努斯的灵魂中寻找努斯的条件这层洞见，也足以使文本研究别开生面。更不必说，亚里士多德是一个真正基于经验（不是基于经验主义）的现象学家。亚氏本人的许多论点可以看成是无方法论自觉的现象学论述。其中潜能实现的阶次学说尤其可以在根基处战略性地推进现象学运动——这一层意义尚未被当前的哲学研究充分呈现。抓住被动努斯论题契入是有效的。被动努斯只是心识未用之状态。在亚里士多德那里，未用是"知（识）"、用是"观（照）"（《论灵魂》412a10–12）。用与不用皆是心识，故是否发用，条件在于前心识。例如，由于昏沉、劳累或疾病无法沉思。被动努斯无法持续发用（实现），并非灵魂毫无实现，而是回到了较低的潜能阶次中。甚至阶次之间，可再有主次关系（这就是《理想国》灵魂正义的实质）。如理性并非不活跃，但受低于理性的部分主宰。如人固未沉睡，但受情绪、欲望摆布，此时的灵魂中的最高实现仍是动物灵魂，与做梦没有实质区别。所以柏拉图说"僭主式人物就是那些醒着做别人只在睡梦中所做事的人"。如沉睡而无梦，情绪欲望皆未发动，则此时的最高实现是营养灵魂。

这就是说，不管努斯是否发用，无论努斯的最高实现定于主动还是被动努斯，在灵魂中一以贯之的只是潜能与实现的阶次。按照阶次学说，任何阶次的实现活动（包括主动努斯）都预设了低一阶次的潜能或实现，一如"正在说希腊语"预设了"会说希腊语"。所谓纯粹实现，并不是说没有对应的预设潜能，而是没有更高的实现阶次，自己不再是任何意义上的潜能。成人"会说希腊语"是婴孩语言能力的实现（第一实现），但同时又是成人的语言潜能。在这个例子中，第二实现（正在说希腊语）就是最高的实现阶次，本身不再是潜能了。

真正麻烦的，但也是最重要的问题在于，阶次是否有原初与终点？亚里士多德是不可能允许无始无终意义上的"无限"的。那么让我们把问题提得更加尖锐些：主动努斯——哪怕是神圣努斯——是否真正的最后实现？灵魂乃至一切事物的原初潜能阶次是什么？我们先考察主动努斯的问题。原初潜能阶次的问题会在这个考察过程中慢慢呈现出来。

神圣主动努斯与人的被动努斯的发用有本质区别。前者是不落入时间的状态，永恒在场，但并不是充满时间轴意义上的"永久"与持续。主动努斯的实现作为状态，与如天体的永久运动必须区别开来，前者是后者的根据。永久运动必在时间中。时间是过去现在未来。每一现在都有未来，也都会变为过去，也就是都有潜能。如果主动努斯的实现指的是在时间中持续沉思，那么时间中任一瞬间的沉思都指向未来的沉思，而未来的沉思在下一瞬间即从潜能转化为实现。换言之，任何一瞬间的沉思都伴随着更高阶的实现，因而不是最高实现。这意味着，作为最高沉思的实现，不能在时间中或在瞬间中。在我们看来，这就是亚里士多德强调主动努斯的实现是"状态"而非"生成"的基本理由。反过来，被动努斯的沉思"不能持久"，这意味着被动努斯是被"能持久"，亦即在时间中衡量的。在其实现状态下，也包含着指向未来亦即潜能的维度。这如同说，"正在讲希腊语"并非真正意义上的纯粹实现，因为谁也不可能同时讲出所有在语法上成立的希腊语句子。正在讲一个句子的瞬间，总有要说未说或刚被说掉的音节或单词，这些都并没有被"正在讲"，仍然只是成人的"语言能力"。这个分析也可用于蜡板喻。字形是在蜡板上，也是在蜡板中。蜡板在字母缝隙之中仍然存在，作为境域、底板与字同时存在。被动努斯之发用就是这样，潜能永远伴随着实现。至于这个潜能在别的系统中还有什么意义，我们下文处理。

四 高阶的被动努斯

与被动努斯的蜡板之喻对照的，是主动努斯的透明介质之喻。光类比主动努斯。但如将视觉学说对光的研究引入，则可知光是有条件的。这个条件就是允许光穿过的透明介质。即使光被亚里士多德解释为透明性本身的实现，光与介质的区别仍然不可抹杀。亚里士多德有时把尚未实现的透明介质本身说成"黑暗的"，有时又说成黑暗与透明共同的潜能或本性。[①] 必须注意，感知学说在《论灵魂》中有双重意义：第一重是独立的感知理论，但这方面更专门的讨论恐怕是《论感知与所感知》(Peri aisthescos kai aistheton)；与之相比第二重更为重要，感知学说的存在完全是为了类比努斯——全部《论灵魂》的终极因就是努斯。在视觉经验中，眼睛本身对应于被动努斯，光明对应于主动努斯。但这个比喻包含了一个最微妙的问题——在其中介质类比着什么？主动努斯或神圣努斯自身，难道仍需要一种条件，正如光明也需要介质那样吗？

提出这个问题，意味着超出了亚里士多德哲学现存的论述。但接住他的问题，推进他的观点，这恰恰是对亚里士多德作为一个哲人（而不只是古典学研究对象）的最大尊重。用哲学（而非专业学术）回应哲学，这就是哲学史如长河一般连绵不绝的秘密。一旦强调"精

---

① 详见《论灵魂》418b4–20、419b31；又参见《论感知与所感知》439a20–25 [苗力田主编：《亚里士多德全集》（第三卷），页104]。

确"性的专业学术压倒了真正的哲学回应，那么哲学就只能作为被解剖的历史对象死去。在亚里士多德坚实完整的表层论证中，神圣努斯作为神，就是最初的、最终的、最高的东西，不可能是什么有条件的东西。但光在柏拉图学统中的地位，就是引出超出努斯与存在的最高的东西——善的理念或曰太一。太一如日，只是流溢，并无思思之思的结构。亚里士多德在视觉研究中将视觉只追溯到光，既不提光源，又将光解释为使所见者被看见的实现状态。在努斯学说中以光喻神圣努斯，虽然先于、高于被动努斯，但仍然与之同名。这就是一方面让神圣努斯取代了太一在柏拉图统绪中的地位（作为光，神圣努斯是最高者），另一方面以努斯的智觉结构与实现状态为最高原理（神圣努斯仍与被动努斯同名），拒绝流溢。

不管是光源，还是介质，指的都是光之上还有更高"条件"，这一洞见，首先来自柏拉图统绪。新柏拉图主义强调太一对神圣努斯的在先性。这种"在先"的方式，既不是存在上在先，也不是作为实现先于潜能，也不是逻各斯上在先。换言之，这已超出了亚里士多德传统对本原及其作用方式的理解。但太一流溢对主动努斯的"在先"，在光源"先于"光明的意义上，仍是非常明显的。我们这里指出的是更隐蔽的那一层——透明介质对光明是否也"在先"，并且这种在先也不是上述三者呢？这点在柏拉图统绪中，并非毫无征兆。例如，海德格尔顺着柏拉图日喻逼问形而上学的条件，充分注意到了：

> 唯有透过光，显现者才能显示自己……但从光方面说，光又植根于某个敞开之境，某个自由之境；后者能在这里那里、此时彼时使光透出来。光在敞开之境中游戏运作，并在那里与黑暗相冲突……我们把这一允诺某种可能的让显现和显示的敞开性命名为空明（Lichtung）。①

---

① 海德格尔：《面向思的事情》，陈小文、孙周兴译，北京：商务印书馆，1996，页67。译文有改动。

这个 Lichtung，就是光喻中相当于介质的这层。甚至，普罗提诺提出的那个看似悖谬的概念——可智觉质料（一译"可理知质料"），指的也是这一层。因为，神圣努斯是思有、思形同一的。可理知质料，只不过是形式的逻辑基底（不是可感基底）——绝对主词而已。这里并非指述谓中，被形式表述的东西。而是说，作为柏拉图主义对形式（理念）的理解，在逻各斯（陈述）中处于谓词地位的东西本身必然被当作主词表述（如美自身、正义自身）。但这些谓词原先并非主词，而只是被主词化了。可理知质料则是主词的主词、主词本身，绝非从谓词中转化而来的东西，即一切主词中抽掉来自谓词的成分后剩余的东西。这种一切作为主词的理念的那个最初基底，也就是黑格尔所谓思有同一下作为"自在"状态下的概念（der Begriff nur an sich）的存在范畴。存在只能作为系词或谓词使用，但与思同一的存在，就是最接近可理知质料的第一个被主词化的谓词。

这一层意思是否为柏拉图传统的过度解释呢？我们的意见是，亚里士多德文本对此固然没有明示，但亦非毫无端倪。在《形而上学》第十二卷第 7 章中可以指出两点。第一，

> 如果神总是处于一种我们偶尔处于的如此善好的状态，这是值得惊异的。如果神处于更善好的状态，那就更值得惊异了。而神正是处于更善好的状态。（《形而上学》1072b24–26）[1]

这为新柏拉图主义高于神圣潜能的太一解释留下了余地。第二，更为重要的是，

> 因为努斯对于所智思者和实体是接受性的［潜能］。当努斯拥有（echon）所智思者和实体，它就实现（energei）。因而后者

---

[1] Aristoteles, *Metaphysik*, 1072b24–26. *Aristoteles' Metaphysik*, Zweiter Halbband, Griechisch-Deutsch, Neubearbeitung der Übersetzung von H.Bonitz, Griechischer Text in der Edition von W.Christ, Hamburg: Felix Meiner Verlag, 1991, pp. 256f.

［拥有］比前者［接受］更是努斯看上去拥有的神圣性东西。(《形而上学》1073b22–24)

原文很清楚，"拥有"与"实现"有关，"接受"与"潜能"有关。"拥有"的比"接受"的"更神圣"，即实现的努斯比潜能的努斯更神圣。《形而上学》12.7下文所举神圣努斯的实现活动，就是"观照"(theoria)，与《论灵魂》2.1中赋予比"知识"（通常被不严格地译为"具备知识"）更高阶的隐德莱希（通常被不严格地译为"使用知识"）的用词完全一致。换言之，从《论灵魂》2.1逆推《形而上学》12.7，可知后者谈论的努斯的未发状态（等待接受、潜能）其实也是一种初阶的隐德莱希。作为未铭刻字形的蜡板，被动努斯不外如是。这里留下了一个悬而未决的问题：神圣努斯是完全没有这种未发的"接受性"，还是具有这种接受性但永远处于发用、观照（通常译为"沉思"）的状态？

从文本上看，不可否认的是，神圣努斯既然是努斯，也必定"拥有"其所（智）思。关于一般的"拥有"概念，《形而上学》第五卷第23章有如是解释：

拥有某物，就是某物呈现于接受者之中；例如青铜拥有雕像的形式，身体有疾病。(《形而上学》1023a12–13)[①]

按照这一解释，拥有的前提是接受者。在神圣努斯那里，这一接受者不可能是可朽的被动努斯，而是神圣努斯内具的、形式必定预设的东西。这就是光喻中的"透明介质"对于努斯所意味的东西，但充满吊诡。

不同于在人的被动努斯，神圣努斯之受体乃是形式化了的质料、实现化了的潜能。因此，亚历山大在对《论灵魂》3.4、3.5的注疏中，

[①] 此章关于"拥有"，给出了四种含义。其他三种分别是占据（霸占）、（如容器般）包含、承受。显然都不合乎努斯拥有所思之义。

别开生面地在作为机能的被动潜能和主动努斯之间插入了另一种努斯——"质料性努斯"。① 这种努斯不会随前者朽坏，而只在智思实现中（因而随同主动努斯）呈现。换言之，这种解释将可朽的被动努斯与分离的被动努斯区分为两种努斯。将亚历山大的解释回扣原文，固然仍会面临进一步解释的困难。首先是可朽与分离都被亚里士多德称为"被动努斯"。其次，更重要的，即使"可朽"义的被动努斯也是有质料的。反过来，不朽的神圣努斯就其接受性而言也是潜能的。所以亚历山大对被动努斯作出更精细的区分是正确的，但区别不在潜能义努斯与质料义努斯之间，而在不同阶次之间。属人的可朽的努斯与神圣的不朽努斯都是有质料的。要将质料区分阶次，这是亚历山大解释的疏漏，但他开辟了在神圣努斯中确定质料性、接受者的解释方向，这无论如何是一个重要的贡献。

由此，普罗提诺接着亚历山大看到了所智思者的质料，同时发现了其吊诡性。但他只是列出，而没有深入其中。因而未曾看到，可智思质料的这种吊诡性实际上是一个更普遍问题的投射，即太一、神圣努斯、宇宙灵魂及人类灵魂在不同阶次上都包含着各自的"被动性"，而真正的绝对者不是位于本原位置的太一，而是这个唯一的阶次整体，不是"最尊贵者"，而是"最普遍者"。第一既然在一个序列整体中才有意义，那第一就预设了整体。整体既然先于第一，那么整体就是真正的第一。"最普遍者"才是真正的"最尊贵者"。如果像普罗提诺那样将太一视为真正的最高本原，那么阶次变化立刻就会被理解为流溢。但另一方面，亚里士多德的实现—潜能的阶次学说只在"说希腊语"的例子中透露，且只有三阶。我们要同时结合与推进柏拉图与亚里士多德之统，在柏拉图统绪中的太一、努斯、宇宙灵魂及人类灵魂等的完整领域中运用亚里士多德的实现—潜能阶次学说——这才是"被动努斯"疑难真正把我们引向的地方。

---

① *Two Greek Arsitotelian Commentators on the Intellect, The De Intellectu Attributed to Alexander of Aphrodisias and Themistius' Paraphrase of Aristotle De Anima 3.4–8*, with introduction, translation, commentary and notes by F M. Schroeder and R. B. Todd, Toronto: Pontifical Institute of Mediaeval Studies, 1990, pp. 47f。

五　处所、空间与质料

上文讨论了人类被动努斯与另一端——神圣努斯之关系。结论是，与其说被动努斯可被神圣化，不如说神圣努斯也包含其特有的被动性——即对可思形式的容受。即使可思形式永恒持续地呈现（这是主动努斯与人类被动努斯之实现活动的本质区别），也无法排除可思形式之下、神圣努斯内隐的被动性。换言之，人类努斯与神圣努斯的区分是永恒与否，而非有无容受性。

按照柏拉图统绪，三个本体或者本位（hypostasis）分别是太一、努斯、灵魂。灵魂复区分为宇宙灵魂与物身灵魂。其中能与亚里士多德统绪作明确对照的是努斯以下。太一先于、高于努斯，这是新柏拉图主义同亚里士多德争辩的首要问题。努斯特征是二氏之所共。所争者在于：有此特征之努斯是否有更高条件，从而不是第一性的。故从努斯出发进行对照，是进入柏、亚之争的最重要契机。可以理解，这就是新柏拉图主义的基本入手处。

神圣努斯的受体如透明介质般变现形式。在神圣努斯中，此形式并无自身之外的载体。因此神圣努斯中并无（结合载体与形式才能生成的）万物与宇宙。而作为宇宙的制作者，神圣努斯需要在自身之外的、能够接受形式的载体。这一载体，在柏拉图那里，就是接受器（玄牝）、处所。在亚里士多德那里，就是原初质料。载体是形式的接受者，没有载体与形式的结合，就不会有万物（或至少不会有形成万物的初始元素），这一观点是柏、亚二氏共有的。分歧在于，亚里士多德认为载体只是质料，不是空间及虚空，二者有分别，而柏拉图误将二者混同了。作为柏拉图最伟大解释者的普罗提诺，在这个问题上倒是追随亚里士多德的。①

---

① 在《九章集》2.4.10 里，普罗提诺引用了柏拉图《蒂迈欧》关于质料是靠着"虚假推理"把握的。但《蒂迈欧》里根本没有"质料"这个概念。在下一节中，他完全用亚里士多德在《物理学》中批评柏拉图的口吻（转下页）

本文在这一观点上，追随柏拉图，而非亚、普二氏。普罗提诺区分虚空或空间与质料的基本理由同样来自亚里士多德，故我们只需回应亚氏有关论证即可。

亚里士多德认为，柏拉图的功绩是探索认识"空间"（topo），[①]而其他人还在努力论证其存在。柏拉图的错误是两个混同，首先是混同了空间与处所，其次是混同了处所与质料。（《物理学》209b10–15）换言之，在亚里士多德看来，柏拉图把空间、处所、（原初）质料三者混为一谈了。作为破斥，亚氏主要辨析了空间与形质的区别，但没有辨析空间与处所的区别。不过研究者可以从前一区别推定后一区别。

亚里士多德认为，空间可与事物分离，因而不是形式。可包容事物，因而不是质料。（《物理学》209b30–35）所谓在某处的存在者（on），总是被理解为自身是某个东西，而在自身之外还有某个另外的东西。（《物理学》209b30–35）这三点是亚里士多德从事物考察空间本性的最重要结论。第一是分离性，第二是容受性，第三较为复杂，看起来是事物彼此之间的外在性，但这句话的重点在于：事物的彼此外在性是随同空间各部分的彼此外在性而来的。康德在解释概念上完全同一的两个个体之间的差异时，追溯到的就是作为直观的空间形式的部分彼此的外在性。[②]但在这里我们要推进一步，这个彼此外在性不仅存在于空间的部分之间，还存在于一切连续量的既分部分之间。换言之，亚里士多德的上述三条，第一与第三条指的都是作为量的空间。如果说在《范畴篇》中，量作为一个属性范畴，与"处所"一样

（接上页）说，"曾有人把质料等同于虚空（kenon）"。亚里士多德《物理学》4.7明确指出，把质料等同于虚空的人也正是把质料等同于空间（chora）的人。参见 Plotinus, *Ennead* II, with an English translation by Armstrong, Cambridge: Harvard University Press, 1966, pp. 126f, 132f.

① 上文我们随顺《论灵魂》中"形式之处所"的译法，将 topos 翻译为"处所"，从而将 chora 翻译为"空间"。在《蒂迈欧》中，二者虽然并用（亚氏甚至认为柏拉图混同了二者），但以 chora 为主。而在《物理学》中，亚里士多德讨论的主要是 topos，在此处（只在此处）我们讨论亚里士多德《物理学》，既随顺《物理学》主流中译文，同时更照顾到后学将同一个问题总是称为"空间"而非"处所"，故将 topos 翻译为"空间"。

② 详见康德《纯粹理性批判》A263/B319。

必须依附于个体事物的话，那么空间与处所的区别首先就是分离性上的区别。随着空间本身的量化，"量"范畴一样拥有"空间与处所"之间的区别，这既受到古典时期的几何学支持，更受到近代物理学与哲学支持。其中最重要的例证是康德对空间先天形式性的论证（可脱离物体被表象）。

但亚里士多德对空间的定义仍然是从与事物的关系出发的。拒绝虚空的基本理由就是"事物"在先。认识空间预设了认识事物；空间就是可被占据性。对虚空的拒绝归根结底就是对脱离了与现实性关系的纯粹潜能的拒绝。但如从与事物的关系界定空间，那么空间最重要的本性是上述的第二点——容受性，亦即空间的可被占据性。此本性就是通过事物界定空间，据此即可引出拒绝虚空的结论。

可被占据性仍然包含着疑难。首先，可被占据固然可说是一种受影响（被动）的潜能，但并没有一个主词（主词都是个体事物），乃至无法述谓"是什么"在被影响。其次，亚里士多德特地用"容器"来阐明空间的容受性——"容器无非是可移动的空间（topos）"（《物理学》209b29），但可被占据的含义恰恰是位置静止而外物运动（占据是一种运动）。亚氏强调容器的可移动，即为突显空间位置本身的不可移动。故空间位置在其"虚"（可被占据）之外，亦有"静"（不可移动）之义。但所有的事物其实都与容器一样，非但被外在空间包围，同样也包容了其内部的空间——事物本身的形状，事物无法脱离这个形状存在、被运动。换言之，事物的运动并非抽象点的运动，而是一个被充满的空间形状的运动。当其形状可变动但不可取消时，我们就得到了近代哲学用笛卡尔式思想实验还原出的质料概念。质料作为"广延物"的含义是它必须占据一处哪怕边界始终变动的位置。

位置可以没有事物、没有质料，但质料必须拥有位置，无论在外还是在内。这就是空间（位置）、处所、质料三者的先天关系。当强调位置的虚静性，可以与质料分离时，这就是"处所"或"接收器"。①

---

① 前者是柏拉图和亚里士多德的共同用语，后者是柏拉图独特的用语，更为准确。

当强调必有位置随同质料存在、运动时，这就是"空间"。注意，无论物理学、灵魂论还是形而上学，关键都是事物。空间只是事物存在与运动的条件。空间的所有这些特性都是从锚定事物特别是质料讲的。质料有实质边界（哪怕经常变动），即有不可入性。换言之，质料已有抵抗特定制作行为的"不受影响的潜能"（《形而上学》1046a13）。无论柏拉图，还是亚里士多德，在质料那里强调的都是（对形式的）接受性。亚里士多德为了说明人类灵魂中被动努斯的接受性，还特地将之与质料相比。在这一点上，柏拉图比亚里士多德更透彻：纯粹的接受性来自空间的虚静性，而非质料本身。质料已有不可入性，故已是第二阶次的接受性了。初阶是：虚静接受质料；次阶才是：质料接受形式。就空间位置可被质料占据，而质料又内具那个作为被充满位置的处所而言，空间、处所、质料三者是统一的。如果质料性归根结底首先是容受性，那么这就是来自位置的虚静性。这就是受亚里士多德及普罗提诺指责的柏拉图对质料与位置"混同"的缘由。进而，被动努斯本身并非宇宙论意义上的质料，但也是形式的容受者。在这个意义上，它被称为"形式的处所（位置）"，并无丝毫不妥。只不过，与宇宙论的质料不同，人类被动努斯只是形式的呈现境域，并不参与到被形式述谓的主词中去。

上面我们研究了处所、空间、质料的统一性。指出处所的虚静性与（在量那里体现的）外在性这两个根本特点。这两个特点在处所与质料那里可以统一。处所的虚静是有限的。与东方哲学的彻底的虚静与空性不同。一处容受了 A，就无法同时容受非 A。换言之，处所被充满和实现（潜在的处所可容万物，被实现的处所只能容一特定之物）之后，就呈现拒绝他物的外在性。不同于处所的虚静性，真正的空性是可容一多相即之事的。在空性中，事物彼此相入。在空间中，事物彼此不可入。

这里是通过诸类比解释"被动努斯"难题的最关键地方。处所类比是对努斯的视觉感知类比中最重要的一层，是"光喻"中隐微的那面。与物理学中的处所一样，灵魂论中人类被动努斯作为形式的处所也是有限的。它不同于神圣的努斯，只能逐个与逐次地呈现形式，所呈现之形式彼此外在、需要间接运动，而不能直觉地呈现"一即一切"的理念总体。哪怕外在性最终被扬弃，也需要运动的间接性。在黑格尔《逻辑学》（特别是本质论部分）中概念最终互入，但这也需要反思（反映）这个"运动"（互入更重要的不是状态，而就是反映这个运动），需要逻辑学内部的"时间过程"，而非直觉地顿成。这也是普罗提诺在坚持神圣努斯与人类努斯之别时强调的区分。

新柏拉图主义传承并发扬了亚历山大对亚里士多德努斯学说的解释。这一阐发不仅在神圣努斯与人属努斯间构筑了鸿沟，更重要的是为神圣努斯本身带来了张力。新柏拉图主义带来了亚里士多德传统排斥的太一维度，这就开出了神圣努斯对太一的转向论域。而在亚里士多德那里，更为明显的是神圣努斯本身具有"转向自身"与生—成宇宙万物这两个维度。在生—成宇宙的基本原理中，亚里士多德与柏拉图有一个首先必须强调的大相同处，即二子均以努斯本身为本原。在这共同性之下，关键差异则可提示两点。

首先，亚氏以神圣努斯之转向自身即为生成万物的原理，故神圣努斯就是宇宙努斯，不必单立不同于努斯的宇宙灵魂。[①] 神圣努斯的自我认识不是单纯的能所同一，而是通过分裂的统一，故必须激活质料、将之卷入隐德莱希的统一活动。神圣努斯的自我认识不是孤立的、封闭于自身之内的，它依其自身性的成立方式必然同时就是宇宙生成原理。对这一理路的发扬光大就是黑格尔体系。虽然《形而上学》第十二卷个别地方暗示了有高于神圣努斯的东西，但那种微妙缥缈的神同宇宙生成毫无关系，与神圣努斯自身的生成（如果可以这么说的话）的关系也从未被明确表述过。但在《蒂迈欧》那里，努斯必须借助凝视更高的善，才能制作宇宙。换言之，生成宇宙的原理高于宇宙，且它们之为本体，根本无需宇宙。宇宙的生成方式并非努斯转向自己、认识自己，而是转向高于自己的东西。

其次，在亚里士多德那里，主动努斯制作宇宙所需要的、在这一

[①] "宇宙（大全）灵魂显然是某种类似努斯的东西"，详见《论灵魂》407a5。无疑，亚氏这里的努斯不可能是属人的努斯。

努斯之外的东西，就是质料。但上文已释，对于《论灵魂》3.5 的较强解释可以主张，原初质料也是一种被动努斯。但我们立刻要加以限制，被动努斯是有阶次的，原初质料只是作为宇宙制作者的神圣主动努斯对应的被动努斯，既不同于人类的被动努斯，也不同于神圣努斯内具的被动努斯。神圣努斯即便只作为自我沉思而非宇宙制作者，也有内蕴的被动努斯。

六　结论

如果对亚里士多德的某种解释允许将宇宙制作者对应的原初质料也称为被动努斯，我们就可以在原理的一本化上得到两步重要的推进。

第一步是用潜能—实现的阶次贯穿从太一、努斯、灵魂乃至万物的一切区域。这是纵贯的一本化。第二步是，在任何一个阶次，形质的二元对立都可以被主被动这个一本内部的对立所取代。在万物生成这个问题上将质料名为被动努斯，是亚里士多德式进路的最大贡献：质料只是外在化的主动努斯自身。但如上所示，质料的外在性与容受性归根结底在于"处所"，又是亚氏所未见，而为柏氏所揭示者。我们的解释既是对柏、亚的糅合，也是对二子的扬弃。所谓宇宙的被动努斯就是主动努斯之外在化。与其称之为质料，不如称之为"处所"，甚至"玄牝"。作为主动努斯的对方，被动努斯首先并非"物质"，而是作为"物质"根本规定的"广延"。广延无非是同一者的自身外在性。广延性就是主动努斯的外化，外在于自己的主动努斯。只要将"外在性"贯彻到底，就能得到质料、宇宙中事物的一系列规定。主被动的这种一体关系，在每一个阶次上都存在，这可以称为横通的一本化。

上文已示，每一阶次都有相应于"被动努斯"的东西。阶次就是纵贯的一本化的阶次。这个一本的原理，就是潜能与实现的统一。所谓"阶次"，指的就是潜能与实现这个原初统一的区分方式。例如，在"说希腊语"这个例子中，第一实现就是第二潜能。如果这一统一方式可以普遍化，那么第 N 实现就是第 N+1 潜能。换言之，实现与潜能只是一事，只在不同阶次下才区分为潜能与实现。应当把这个拥有不同阶次的纵贯一本提炼出来，它才是至关重要的东西。一般而言，它可以被称为潜能（potenz）及其阶次，但同样可以被称为实现及其阶次。因为按照亚里士多德给出的范例，每一阶次的实现同时就是另一阶次的潜能——除了开始与结束。

我们要从这个"除了"追问那纵贯的一本。所有的潜能实现的阶次关系，是像亚里士多德所提范例那样只有三重，还是在开始与终结处都可以推溯？从范例看，的确只有第二潜能与第一实现之间是同一的，第一潜能与第二实现都不处在这种同一关系中。但我们仍然可以提出两处推进。

首先，这个范例的提出只是为了说明"努斯"在什么意义上既是一种潜能，也是一种实现。但整部《论灵魂》研究的是"灵魂"。努斯、感觉与其他生命性处于灵魂这个更大的统一性之中。在努斯区域中作为第一潜能的东西，从灵魂整体上看，实际上已是某种实现了。就那个范例说，婴儿有说希腊语的潜能，在于其发声器官、听觉器官等均发育良好，而这些器官又是如胎儿中某些潜在雏形的实现。处于潜在状态的努斯是动物灵魂的实现。在亚里士多德偏爱的沉睡例子中，动物灵魂甚至会以 Phantasia 的方式实现自己。当代"心理分析"的任务无非就是获得作为努斯第一潜能的动物灵魂之实现；而神经科学的任务就是作为动物灵魂第一潜能的植物灵魂之实现。潜能与实现的这种阶次纠缠将突破灵魂、身体、物体、元素，一直到"原初质料"层次。上文已经证明，原初质料仍是一种"实现"，即处所之"可被占据性"的实现。而处所本身是作为宇宙制作者的主动努斯之外在化的实现。

这是"向前追溯"更深的潜能是否也是实现的情形。那么向后追溯，更远的实现是否也是潜能呢？作为亚里士多德那里第一实现的神圣主动努斯，是否有更高的现实性呢？我们暂且留下这个问题，先给出一个结论，在各阶次间活跃着的就是统一的力量。它是同一个普遍的活力，被称为潜能还是实现，取决于定位在哪一阶次。

其次，如果把讨论局限于努斯，事情也许会看得更清楚。在"学习希腊语"这个范例中，潜能与现实虽然统一，但仍可以阶次对应的方式相区别。例如所获得的语言能力虽然是同一个东西，但它在不同的关系（不同的关系决定了不同的阶次）中仍然分别是潜能与实现。换言之，这种同一性只是相对的，虽是"同时"，但仍拥有"不同关系""不同方面"。不过，亚里士多德本人仍然点出了贯穿在潜能与现实中的同一者——"学习"，是"学习"让潜能转化为现实的（《论灵魂》417a30–417b15）。显然，学习是贯穿在第一潜能与第一实现（第二潜能）中的东西，它在两个阶次中都是实现着的，因而不落在潜能与实现的分别之中。对学习而言，没有什么阶次，只有过程。婴孩状态和获得语言能力的状态，只是同一个统一的学习活动的不同过程。因此学习是始终在活动的能力，在任何一个阶次中都同时、在同一个方面是潜能与实现。而且，在任何一个阶次中，学习作为同一个不可分割的东西，都既是被动潜能的实现（习得，被照亮），也是主动潜能的实现（去学，照亮）。换言之，在努斯之内，学习既是纵贯的同一者，也是横通的同一者。

于是，在"说希腊语"这个范例中，真正重要的东西还不是潜能与实现依阶次的差异与同一，而是隐藏在其下的，既跨越阶次，也跨越主被动的"学习"。它是唯一的、始终在活动的努斯能力，始终通过活动作为自身存在的能力。

此间立刻要澄清两点。

首先，学习不是一种特殊的、狭义的努斯能力，而就是努斯能力本身。是一切具体努斯能力作为第二潜能被实现的条件。因此这里的学习不只是亚里士多德用来与"教授"对立的那种接受性的潜能（《物理学》202b1–25）。正在学习时，被接受的是学到的知识，而不是学习能力本身。学习能力是学习的前提，而不是被学到的现成东西。学习能力是接受的前提，是在接受知识时始终在作用着的。更有意思的是，恰恰在"学母语"这一最重要的"学以成人"（人就是会说话的动物，说得更确切些，是会说母语的动物）过程中，不存在那种明确的教授环节。存在于语言世界中就是学习本身。

其次，学习也贯穿于"第二实现"中。一方面，使用语言仍是一种学习（即使排除在获得第一实现过程中的牙牙学语意义上的"使用语言"），即将语言运用到语境中，同时获得新的经验。有获得物就是学习。同时，在一些极端情况下，例如长期不使用语言，发声器官与语言能力会退化。也就是说，随着第二实现的长期缺席，第一实现也将退化。第二实现（使用）就是对第一实现（能力）的保持。换言之，第二实现同样也是学习。

学习这一范例是在努斯中呈现的一种超越了潜能与实现的区分、主被动的区分与阶次分别的力量。我们这里发现的是一具有普遍结构的、超越了努斯的东西。如果仍然用亚里士多德以及柏拉图的术语称呼，这就是力量（dynamis）。通过以上的澄清，我们可以明白，对此术语不能只理解其潜能一面。它同时就是实现与隐德莱希。力量就是最原初的外化。说得更确切些，就是活动着回到自身，而自身就是正在外化的东西。换言之，力量性就是潜能的实现化与实现的潜能化之统一。这一结构，在近代哲学中关于力的思辨中看得比较清楚，但由于近代哲学对灵魂与力量的割裂，灵魂与努斯的这一结构反而被遮蔽了。上文用"学习"这个范例，恰恰想在灵魂与努斯中发掘出真正的力量结构。

努斯即思者，思必有所思。所思即现形。属人之努斯，其思不可持续、其所思并非大全。如"属人之努斯"可被称为"心"（更确切地说，应该按中国学术传统称作"人心"，以与"道心"区别），则此心并不永恒、整全，有危有殆。在西学求知传统中，此危殆就是思的可中断性（偏离也是一种中断）。对可中断性的解释，在亚里士多德就是潜能实现之区别。既然沉思潜能是固有的，而实现不是持续拥有的，那么其实现如有原因，必在此潜能之外。此潜能不能据自己就实现，是为"被动"，其字面义是被作用、被影响。"主动性"直译固然是"制作性"的，但按 3.5 的比喻，只是说赋予形式的东西，即决定一物脱离质料而"是什么"的原因。被动努斯自在的就是潜能，可以是一切，而现实究竟"是什么"，不取决于被动努斯，而是取决于形式，归根结底取决于赋予形式者。《论灵魂》3.5 有明显转用《理想国》第六卷日喻处——赋予形式者就是"光"。赋予形式者也可以理解为太上形式，形式之形式，被柏拉图称为善的"形式"（然而此转释甚精微，涉及无限有限间关系，亦涉及"强度"量，且留待他日研究）。亚里士多德之转用在于废日喻留光喻，赋予形式者只是光。亚里士多德对光的解释是：实现状态。光就是形式的实现状态。换言之，就是成为目的因的形式因自己，是形式的隐德莱希（也就是"达成目的"这个状态）。

　　然而，亚里士多德对光作为实现状态的解释，可以有两个含义。第一就是事物的形相，第二是透明介质本身。依前者，最终原理就是形式或理念的隐德莱希；依后者，可通向更高的本原，通向流溢说。透明介质是事物形相呈现的条件，故形式之实现、呈现仍有条件，即自在的神圣努斯。神圣努斯在其自身就是光，并非为了照亮形式。所以神圣努斯的"主动性"，只是对属人努斯的被动性而言的。就其自身而言，只是光的自然放射，无所谓主动被动。换言之，亚里士多德对柏拉图分离的"善的理念"的批评无法消除光对形式而言的分离性。光表示的东西并非形式本身的隐德莱希，而是这个隐德莱希的"条件"。更不必说，在某些不那么主流的诠释传统中，"介质"或"空明"本身还是光的条件。

【作者简介】

　　丁耘，哲学博士，中山大学哲学系长聘教授，中山大学古典学研究中心执行主任，中国比较文学学会古典学专业委员会现任理事长。专长为现象学、德国古典哲学、古希腊哲学、比较哲学。

论西塞罗的理性批判*

程志敏

（海南大学人文学院社科中心）

没有人会否认理性的崇高地位和强大力量，但正是这一点让许多思想家忧心忡忡。在他们看来，理性固然（可以）是评判一切的标准（之一），但要放心让理性去审判，必须首先批判理性。但谁才有资格来审查"理性"这部"根本大法"？当然是以理性思辨为志业的哲学家，不过，谁又有资格来审查"哲学家"的资格？

"理性"在现代哲学中早已成为思想的"硬核"，但随着德国古典哲学的式微，"理性的毁灭"又使之走向了"偶像的黄昏"。我们究竟应该如何看待理性？海德格尔对"逻格斯"（logos）的阐释未必会让所有人接受，但他的问题本身却极富启发性："人们把它（引者按：指 logos）解释为 Ratio、Verbum、世界法则、逻辑和思想之必然性、意义、理性等。其中总是一再透露出一种呼声，要求把理性当作有为和无为的尺度。可是，要是理性同时与非理性和反理性一道，固执于那种相同耽搁的同一层面上，而这种耽搁就是忘记了思考理性的本质来源以及对其到达的参与，那么，理性到底能做些什么呢？"[①]我们且借助西塞罗的著作首先思考理性的本质来源，然后再来看理性到底能够做些什么。

---

* 本文原刊于《当代社会科学（英文）》（*Contemporary Social Sciences*）2020 年第 3 期。

① 马丁·海德格尔：《演讲与论文集》，孙周兴译，北京：生活·读书·新知三联书店，2005，页220。

一 理性的神圣性

人兽之别在于理性，人凭借这种认识能力而结成共同体，形成共同的语言（oratio）、共同的习惯和共同的生活——西塞罗把 ratio 和 oratio 联系起来，正符合古希腊 logos 思想中两个最主要的内涵。人摆脱了必不可少事务纠缠的时候，"为了生活幸福，必须认识事物，无论是隐秘的或者是令人惊异的"。① 人天生就有求知的倾向（见《论至善》5.48 的 cognitionis amor et scientiae），这让我们想起了亚里士多德《形而上学》开篇的著名判断，但与亚里士多德不同的是，西塞罗对"幸福"的理解更接近于柏拉图。希腊语的 logos 同时包含 ratio 和 oratio 之意，最好的例子是亚里士多德《政治学》1253a 所谓人是拥有 logos 的动物。这里必须强调，"为了生活幸福"乃是"理性"的职责所系，而不仅仅是认识。我们的肉眼无法看到更深刻的东西，如智慧和正义，尤其无法探测到人类生活所需的事件的原因（causa），更无法解释其理由（explicare rationem），于是我们就需要"理性"（ratio）来找出万物存在的理由或方式（ratio，《论至善》2.52，《论义务》1.15）。

真理需要靠 ratio 才能发现（《论构思》1.3），智慧就是神界和人间事物以及涉及这些事物的原因（causarum）的知识，爱智慧即哲学，因此，西塞罗赋予理性极高地位的同时，也就给哲学戴上了花环："如果有人贬责哲学爱好，那我真不明白，他认为还有什么东西值得称赞"，② 毕竟，"哲学是不朽的神明赠给人类生活的最丰富、最旺盛、

---

① 《论义务》1.12–13、107, 2.11,《论至善》2.45–46,《论神性》2.16。本文所引西塞罗著作，主要来自王焕生的译文。

② 《论义务》2.5、1.153, Tusc. 4.27,《论学园》1.7（Cicero, On Academic Scepticism, trans. by C. Brittain, Indianapolis: Hackett Publishing Company, Inc., 2006, p. 89; Loeb 本，页 416）；另参色诺芬《回忆苏格拉底》4.6.7。智慧在于探查原因，见亚里士多德《形而上学》982a。相反的看法见塞涅卡《书简》89.5（Loeb 本，页 380）。另参《斐德若》所谓"神样的哲学"（239b），《蒂迈欧》47b。

最卓越的礼物"(《论法律》1.58，另参《论至善》3.75），那么，反过来亦可以说，理性就是神明赐给人类最好的礼物。在柏拉图那里，哲学关乎灵魂，是对神圣智慧的渴求。(《名哲言行录》3.63）[①]

西塞罗设定的人类四种高尚行为中，首先就是"对真理的洞察和领悟"，也就是"认识真理"，它与人的天性有着最为密切的关系，"事实上，我们所有的人都被强烈的认识和求知欲望所吸引和驱动，认为能在这方面出类拔萃是美好的事情，视谬见、错误、无知、被蒙骗为不光彩和可耻"。(《论义务》1.15）西塞罗又把这"四主德"合并成三种，第一种就"在于洞察每件事物中什么是真实的、可靠的，什么是于每个人都合适的，什么是一贯的，每件事物是由何产生的，每种现象的原因（causa）是什么"(《论义务》2.18）。这大约可以对应于"立言""立德"和"立功"，即所谓"三不朽"。理性是人类生活（且不说幸福生活）所需的基本智性前提条件：如果没有理性或智慧为我们分别或判断万物，我们整个生活就混乱不堪了，"只有让肉眼不再眼尖，思想的视见才开始看得锐利"(柏拉图《会饮》219a，刘小枫译文）。

与伊壁鸠鲁主义诉诸身体感觉和快乐不同，西塞罗把判断的权威交给了理性——当然，仅有理性还不行，还需要辅之以神事和人事的知识，也就是"智慧"，其次还要以德性为辅，理性由之才能统治每一种事物。(《论至善》)2.37）（理性）认识和欲望是灵魂的两个方面，思维认识寻找真理，因此，我们需要把思维用于最好的事物，让欲望服从于理智，[②] "理性本身就是伟大而高贵的（amplum atque magnificum），更适合命令而不是服从"(《论至善》2.46）。唯有"道法自然"，人类才不会迷失方向，上古先贤有云：

致虚极，守静笃。万物并作，吾以观复。夫物芸芸，各复归

[①] 参见第欧根尼·拉尔修《名哲言行录》，徐开来、溥林译，桂林：广西师范大学出版社，2010，页321。

[②] 《论义务》1.100–101、132、141、2.18,《论共和国》1.60、6.29。"道法自然"即斯多亚学派所强调的"与自然一致"。

其根。归根曰静,是谓复命;复命曰常,知常曰明。不知常,妄作,凶。知常容,容乃公,公乃全,全乃天,天乃道,道乃久,没身不殆。(《道德经》第十六章)

理性之所以伟大而高贵,是因为它直接来自神明或自然,神明创造人类的时候,"希望人成为其他一切事物的基础"(《论法律》1.27)。在培根看来,古人认为人之所以被挑选出来尊重神意(providentiae),原因就在于唯有人的自然才具备"思想"(mentem)和"理智"(intellectum),而这就是神意的安排。理性和思想不可能来自无感觉和无理性的东西,而且人乃是整个世界的中心。[①] 神明除了为人类装备其他动物所具有的一切能力之外(《论神性》2.154以下,《论至善》1.23),还特别恩赐了理性,

> 这种我们称之为人的有预见能力、感觉敏锐、感情复杂、善于观察、能够记忆、富有理性和智力、被置于可以说是最佳的状态的动物是由至高的神明创造的。因为在如此众多种类的生物及其各种不同的天性中,只有一种人具有理性,能思维,而其他一切生物则缺乏这种能力。有什么——我不是说在人身上,而是说在整个天空和大地——比理性更神圣?(《论法律》1.22)

没有什么比理性更神圣(《论神性》1.37、2.16),是因为神明也拥有理性(《论法律》2.10)。古人普遍相信"统治整个自然的是不朽的神明们的力量或本性、理性、权利、智慧和意愿"(《论法律》1.21)。西塞罗整部《论神性》就是从本体论、宇宙论和目的论等角度来论证至高无上且和谐完美的宇宙或神是有理智的(intellegentem),就在于它有理性,理智与理性几乎可以无差别地换用。"就这样,因为没有什么比理性更美好,它既存在于人,也存在于神,因此人和神

[①] 参见培根《论古人的智慧》,刘小枫编,李春长译,北京:华夏出版社,2006,页63。译文有较大改动。

的第一种共有物便是理性。"(《论法律》1.23)宇宙是神明和人类共同的社会,人性相亲相共的基础和纽带便在于理性,人与神是世界上最高的存在物,因为他们所具有的理性是最高的能力。天性有等差,存在有等级,(《论义务》1.11)而理性就是判断标准,甚至可以说,"自然理性"(naturae ratio)乃是"神界和人间的法律"(lex divina et humana,《论义务》3.23;另参《论占卜》1.90、130、2.37),人神都需尊奉之,这才是宇宙中的 isonomia[同等的法]或 ius gentium[万民法]!

当我们在谈论理性的神圣性时,特别需要注意西塞罗上引那句话中的"我不是说在人身上",因此,神具有理性这一说法可能是一种论证策略(神明超越于理性之上),其目的是要表明人在兽性之外也具有神圣性。消极地说,人具有理性是因为人"分有"了神明的神圣性;积极地讲,是神明把理性赐给了人类,人类的理性来自神明。因此,理性归根结底是属人的。当我们说理性的神圣性时,其实是在说人的神圣性。后世的理性观在斩断神性这一维度后,理性的神圣性就只能归诸"自因",无论启蒙哲人如何抬高理性的地位,实际上已经消解了理性的崇高地位。

那么,神明为什么要把理性赐给人类?仁慈的神明为了能够让人过上美好的生活,不仅赐给了食物、各种技艺,还把灵魂、理性和智慧赐给人类,是为了让人能够像人一样,甚至像神一样生活——西塞罗以灵魂(animus)、思想(mens)和理智(intellegentia)的神圣性来佐证理性的神圣性。这种能力唯有人类才具有,而它产生于神明,也只有人的灵魂才让人类具有神的观念,认识到神的存在。既然理性在人身上乃是最美好和最神圣的东西(《论至善》5.38、57),便是人兽最大区别所在,人就不能活得毫无善恶、尊严和虔敬。因此,人兽之别不在于理性,而在于"义务",因为人终归是向上的(erectior),因此,"由于我们全都具有理性和使我们超越于野兽的优势,由此而产生一切高尚和合适,由此我们探究认识义务的方法"(《论义务》1.105–107)——这才是理性的神圣性之目的所在。

二　中性的理性

理性虽然神圣，但那是针对神明而言，一旦到了人身上，便不可避免沾染人这种有限存在的有限性，否则，被赐予了神圣理性的人就不会犯罪作恶了，那么，人世间的恶又从何而来，难道只能推到神明头上？任由欲望泛滥，当然会出现恶，但即便让理性统管一切，也无法阻止甚至消除恶，正因为人类过分依赖神意和理性，神明一直被错误地当成了人间恶的"替罪羊"——宙斯曾委屈地说：

> 可悲啊，凡人总是归咎于我们天神，说什么灾祸由我们遣送，其实是他们因自己丧失理智，超越命限遭不幸。(《奥德赛》1.32-34，王焕生译文)

这位神人之父急于撇清自己的责任或罪过（aitia），却没有意识到人间恶的神义论辩难本身十分困难，更无法靠"理智"和"命限"的说辞就能彻底解决"恶"的问题——"恶"本与人息息相关，甚至是人的存在论处境，只要人存在，终归免不了"恶"。但与恶斗争，却是属人的命定的辛劳，在这个过程中，理性或理智不是解决"恶"最有效的手段，恰恰相反，有些"恶"本来就是"理性"造就的！抱薪救火，岂不殆哉！

神赐的理性或理智固然锋利（acies，《论至善》5.57），然而，如果运用不当（perverse uterentur 或 male uti，《论神性》3.70），人类反受其害：既然有"神圣的理性"，必然就有"败坏的理性"或"堕落的理性"（《论至善》2.58）。以理性为基础的"哲学"尽管也是"神圣的礼物"，但如果"哲思"有误，同样也会让人误入歧途：有些哲学不仅不能帮助或激励我们变得更好，其本身反而会败坏我们的天性（《论至善》3.11，另参《优提德摩斯》307b-c），历史上让我们蒙羞的哲学家不在少数（《论法律》1.50），尽管他们并不缺乏愿望和才能

(《论共和国》3.13）；人类以理性之名干出来的"好事"竟然让人类自己羞愧不已者也所在多有——"如果身体上的缺陷都能令人产生某种厌恶，那么被玷污了的灵魂的败坏和丑恶又该令人觉得怎样地可恶啊！"（《论义务》3.105）或者如苏格拉底所说："你知道押上自己的灵魂是在冒怎样一种危险吗？"（《普罗塔戈拉》313a，刘小枫译文）

现代哲人兴高采烈以为至高无上的理性及其副产品（即科学技术）能够在没有上帝的世界里独立地解决宇宙的一切问题，从而提出了"人为自然立法"的著名口号，但殊不知理性或技术本身就是一把双刃剑：

> 正是由于技术，人类才获得了进行宗教活动的用具，才美化了国家和生活，同时也产生了淫具和致命的武器。……因为技术具有两面性，既可用于伤害又可用于治疗，在大多数情况下，技术都可消解自身的威力。①

以理性为本质的人类缺乏理性则无法存活，但"不道德的发明创造"以及"科学的为非作歹"也屡见不鲜，毕竟，理性、智慧、斯芬克斯之谜本身就具有双重性（two conditions）。②

所以，拥有理性本身没有什么了不起，关键在于如何使用。在古典思想中，"用"比"有"更根本，正如"明智"高于"智慧"，关注"用"的"伦理学"和"实践哲学"而非讨论"有"的"形而上学"才是"第一哲学"。只有知道如何使用的人，而非生产或制造的人，才真正懂得，因为使用者才拥有知识（《理想国》601c–602a），而仅仅拥有，本身毫无益处。我们不能以拥有理性为满足，还要用之，更要正确地运用，而知识就在于指明如何正确运用那些好东西，并以之更正自己的行为。否则，不公正地使用，就会"颠覆"之。（《论共和国》2.51）

---

① 培根：《论古人的智慧》，页50。
② 参见培根《论古人的智慧》，页49、74。

西塞罗在《论神性》中以悲剧《美狄亚》和《阿特柔斯》为例，深入说明了理性的中性特质：清醒的 ratiocinari［理性推导］的最终结果却可能是机关算尽（machinari）的自我极端毁灭（nefariam pestem），因为这时的理性已经蜕化成"狡猾的理性"（callida ratione，《论神性》3.66），它就是一切"恶"（malorum）的始作俑者：理性与罪恶（scelus）总是相生相伴。而野兽都不会有这种神明因仁慈而唯一赐给人类的疯狂理性。尽管理性与思想或认识相关，不过一旦变成狡计，最高的理性（summa ratione）也就成了最大的恶（summa inprobitate，《论神性》3.67—69）——这才是"理性的狡计"的真实内涵。①

凭理性而犯罪的事情不仅仅发生在舞台上，我们日常生活中更是如此，而且所犯罪恶更大：在任何家庭、法庭、元老院（库里亚）、选举场所、盟邦、行省中，我们既能在正确的行为背后看到理性，也能在邪恶的举动背后找到理性，而且很少有人很少时候有正确的行为，相反的情况却比比皆是：试想，虽说欲望是理性的敌人（《论老年》42），但有哪一件欲望、贪婪和犯罪行为不是早就规划好的，哪一件没有灵魂和认知的参与，换言之，哪一件不是"美好的理性"（bona ratio）之杰作？（《论神性》3.71）

大奸巨恶和小偷小摸的欺骗、狡诈、犯罪以及其他一切错误的行为，无不靠理性来实施，这些罪恶不是假"理性"之名，而是行"理性"之实，正如尼采所控诉的"啊，理性，是严肃，是控制感情，是一切叫作反复思考的灰暗的东西，是人的一切特权和珍宝：但它们的代价是多么昂贵啊！在一切'善的事物'的根据上，又有多少鲜血和恐怖啊！……"②能够正确（美好）运用理性者少之又少，这种人终归会遭无以计数的邪恶运用理性的人的毒手。这样一来，神赐的理性不仅不能让人受益，反而让人上当受骗，（《论神性》3.75）单纯弘扬理

---

① 另参黑格尔《小逻辑》，贺麟译，北京：商务印书馆，1980，页394—395（贺麟译作"理性的机巧"）；《历史哲学》，王造时译，上海：上海书店出版社，2001，页33。

② 尼采：《论道德的谱系·善恶之彼岸》，谢地坤、宋祖良、刘桂环译，桂林：漓江出版社，2007，页38—39。

性者，不可不鉴。

面对这样的境况，我们甚至可以极端地说：如果不朽的神明没有赐给我们这种"理性"也许还会好一些，我们不会把聪明、机智、诡计、机灵当成理性，也就不会产生如此多的灾难。（《论神性》3.69）每一种意见都来自理性，如果那是真理性，则就是美好的理性，而如果是恶的理性，我们的意见可就错了。所以，

> 我们从神明那里拥有了理性，就算我们真拥有，但那究竟是好的理性还是不好的理性却取决于我们自己。神明赐人类以理性，那本身不是什么仁慈之举，因为神明倘要伤害人类，还有什么能够比得上把这样一种理性能力赐给人类更好的呢？而如果理性不是屈居于不义、不节制和懦弱，那么，这些恶又从何而来呢？（《论神性》3.71）

理性不是万能的，甚至不绝对是良善的，端赖我们是否使用得当，因而善恶最终"取决于我们"（a nobis）。或可以中性的理性比天道，超越于善恶之上（如尼采所谓"超善恶"），古人云"天行无常，不为尧存，不为桀亡"（《荀子·天道》），"祸福无不自己求之者"（《孟子·公孙丑上》），①否则，人世之恶缘何来哉？反之，人世多恶，必与人的理性休戚相关。

我们既不能因为自己不善运用神明和祖宗赐予的遗产，就认为这种恩赐本身毫无益处，（《论神性》3.70，《论义务》1.121）更不能耽于自己禀受了神明最高的恩赐而对理性的界限毫无察觉：关键在于正确地对待和利用"正确的理性"，因为"越伟大越神圣的东西，越需要小心：理性如果能够得到很好的运用（adhibita），就能发现最好的东西，如果置之不理，则会陷入到无穷的错误之中"（Tusc. 4.58）。灵魂伟大神圣，即如苏格拉底说："无论对世人还是神们来说，无论是

---

① 另参西塞罗《论学园》2.39，见 Cicero, *On Academic Scepticism*, trans. by C. Brittain, Indianapolis: Hackett Publishing Company, Inc., 2006, p. 24（Loeb 本，页 516）。

现在还是将来，珍贵者莫过于灵魂"（《斐德若》241c），"灵魂是某种会通天的东西"（《斐德若》242c）；但即便如此，亦需小心待之，况且人类灵魂不单纯等于理性（还有神性、德性和感性），灵魂的功能在于能够"很好地"运用理性，而能够"最好地"运用理性者即为圣贤。

空谈理性，毫无意义，必须以"正确"冠之：应该追求本身就是正确和美好的东西（《论法律》1.37、48），因为"自然希望一切正确、和谐、一致的事物"（《论义务》3.35）。西塞罗特别强调 rectum 一词，无论我们把它理解为"正确的""真正的"（《论法律》3.2，《论义务》2.45），还是"美好的"，它都是对"理性"的一种必不可少的限制。灵魂不是因为偏离理性就错误，而是偏离了"正确的理性"才是错误的。（*Tusc.* 4.61）只有"正确的生活方式"（recte vivendi ratio）或"正确的生活理性"才能够让人变得更好。（《论法律》1.32）

西塞罗在论证"自然法"时描绘了一种理想的或理论的状态："凡被赋予理性者，自然赋予他们的必定是正确的理性，因此也便赋予了他们法律，因为法律是允行禁止的正确理性"（《论法律》1.33、42、2.10）。自然法就是"正确的理性"，西塞罗在其著名的定义中如是说：

> 真正的法律乃是正确的理性，与自然相吻合，适用于所有的人，稳定，恒常，以命令法方式召唤履行义务，以禁止的方式阻止犯罪行为，但它不会徒然地对好人行命令和禁止，以命令和禁止感召坏人。（《论共和国》3.33）

而西塞罗意义上的"义务"（officiis）不是一种"被迫"（如英语的 obligation）或"职责"（duty），而是本身即正确（rectum）者，也就是希腊语 kat-orthoma［义务，公正的行为］所表示的根据"正确"（orthos）而来的绝对命令。

这种绝对命令来自神明，而不是来自理性本身（理性不能自证其合法性，否则就违背了理性自身的要求），当然是永恒的，因为"一切正确的、合理的都是永恒的"，这种最高的法律本身就是神明的灵智（divina mens，《论法律》2.11），或者说"那第一的和终极的法律乃是靠理性令一切或行或止的神明的灵智"（《论法律》2.8）。这种绝对命令无疑是正确的和值得称赞的，因为神明能够判断正误甚至为"正确"赋值（《论法律》2.10）。西塞罗虽然以神明自身的神圣性来为人的理性的神圣性担保，说"既然理性存在于人和神中间，那么在人和神中间存在的应该是一种正确的共同理性"（recta ratio communis，《论法律》1.23），但从根本上说，正确的理性恐怕远非人力所能及，唯神明或宇宙才拥有完美而绝对的理性，甚至（借用斯多亚派的说法）那渗透万物的正确理性本身就是"那统治、主宰万物的宙斯"（《名哲言行录》7.88）。

所以，理性不是最高的，还必须有某种更好的东西，如神性和德性，来保证理性的"合理性"：一旦理性缺乏善意和高尚的加持，它就有可能变成奸猾（astutia）、恶意或诡诈（malitia），尽管它想装扮成"明智"（prudentia），其实与后者毫不相关，相距甚远，因为作为理论德性的"明智"才是真正的智慧，其核心在于善恶的选择。（《论义务》3.71）"如果促使我们成为正直之人的不是高尚的德性本身，而是某种好处和利益，那么我们便是狡猾之徒（callidi），而不是正直之人。"（《论法律》1.41）但人世间处处可见的是，"有些人由于缺乏洞察能力，从而常常对机敏、狡猾之人感到钦佩，把诡诈视为智慧。必须使他们摆脱谬误，把他们的思想引向这样的认识，使他们理解，他们只有靠高尚的思想和正义的行为，而不是靠欺骗和诡诈，才能达到他们希望达到的目的"（《论义务》2.10，另参1.33）。

古代神话中的普罗米修斯可谓诡诈和狂妄的象征，其悲惨的结局不能像近代思想家那样理解为"革命"和"殉道"，而要像古人那样将其视为不知天高地厚的下场。人类因为有了理性，并由此发展出能够改变一切的技术，于是就觉得可以跟神明比肩了，结局当然不妙：

> 有人大肆颂扬人类的本性和现行的技艺，有人对自己拥有的东西沾沾自喜，认为当前传授的科学完美无缺。这些人首先缺乏对神性自然的尊重，狂妄自大，几乎要与完美的自然比试高低；

其次，他们无益于人类，因为他们自认为已达到事物的顶点，万事大吉了，不需要再向前追寻。①

培根在《学术的进展》开篇就谈到了知识让人自高自大：Scientia inflate；培根还大量利用古人的教诲告诫人们，正是知识导致了人类的堕落。这样一来，受到神明和自然的严酷惩罚也就没有什么好奇怪的了。为了说明"人性"，尤其是理性的狂妄，培根还"杜撰"了普罗米修斯强奸真正的智慧女神雅典娜的故事，为普罗米修斯罪上加罪。在培根看来，普罗米修斯试图强暴（vitiate tentasset）密涅瓦这个故事旨在说明：

> 人类似乎经常犯这样的罪行，因为技艺和知识使他们忘乎所以，试图把感觉和理性凌驾于神性之上，必然会导致无穷无尽的烦恼和痛苦。因此，人若无意于异端邪说，必须谦虚谨慎地区分神性和人性，分清理智和信仰。②

此外，我们在讨论理性的时候，还必须时刻记住"善"，因为善意（beneficentia）乃是人性（naturae hominis），或者说，人天生就有与利害无关的良善（innatam probitatem gratuitam，《论至善》2.99）。"性本善"是古典思想的普遍预设，"如果公平、诚信和正义不是来源于自然，而如果全都只能追溯到功利之上的话，那么，就再也找不到良善之人了"（《论至善》2.59）。其他如义务、孝顺、智慧、爱国、虔敬等，都是来源于自然（参《论至善》3.22–23、32等）。西塞罗在其著作中大量谈到天生的"是非之心""羞恶之心""恻隐之心"等孟子所谓"四端"，这就是下文所讨论的 recta natura［正确的自然，纯粹的天性］。但这并不是说古人没有认识到人性中"恶"的力量，因为欲望也来源于自然（《论至善》1.53），古典思想的一切设计都是针对

---

① 培根：《论古人的智慧》，页 65。
② 培根：《论古人的智慧》，页 69。

这一点而来的。

　　人只有以此为目标，才是人。而逐渐滑落成"逻辑斯蒂"的"理性"只是工于算计的狡诈，故"人是理性的动物"这一命题太过模棱两可，甚至可以说"理性"不是人的本性，"善"才是，只有善行形成的共同关系才是强有力和牢固的，"善"是人类共同的庇护所。就算"理性"是黄金，甚至是"点石成金"的能力，但如果不懂得如何（正确使用），它也毫无价值。理性自身固然有巨大的价值，但"价值"（aestimatio, axia）这个模棱两可的词与"善恶"无关（《论至善》3.34）。所以，归根结底，理性只是一种工具，它犹如吉革斯（Gyges）的戒指，威力无穷，但端赖使用者：智慧的贤德之人（sapiens）以之追求高尚，而其他人则可能用来作恶。（《论义务》3.38–39，《理想国》359c 以下）善用者固可行大善，恶用者更能为大恶。

三　理性的限度

　　人既有神性的一面，也有着萎靡、低贱、消沉和倦怠之类的天性，"而假如人性仅限于此（引者按：指后者）的话，则世上没有什么比人类更丑陋的了——然而，人拥有理性这位统治一切的女王，她经过努力可以变成完美的德性"，人类的责任就是要让理性统治，最终走向德性。理性"仿佛一个城堡中的王，统治别的部分。理性如果发命令，别的部分都当奴仆，就能够让人的心灵中别的部分都保持正义"（《上帝之城》14.19）。[1] 如果我们天生就具有德性的种子，那么德性成熟之后，"自然"就能引导我们过上美好的生活，则不需要理性的教诲（rationem doctrinam, Tusc. 3.2）。但心灵易为妄念所误，故而就需要理性的帮助，而理性的功能旨在辅助我们达到德性，不然，理性则当不起"女王"之名矣。

　　就算理性具有强大的认识功能，是人类生活必不可少的生存手

---

[1] 奥古斯丁：《上帝之城：驳异教徒》，吴飞译，上海：上海三联书店，2007，中卷，页 215。

段,(《论义务》1.13)但究竟应该认识什么、怎样认识以及理性认识的自身限度,亦是需要认真检讨的问题:如果任由理性走向努斯化或知识论化,理性必然会丧失自身丰富的含义而变成一种中性的工具,[①]假如我们再把这种毫无生命力的手段当作哲学的主要膜拜对象,则包括哲学在内的整个人类思想就必然走向狭隘而最终在理性太阳的烧灼下日渐干涸:人类或许"由于师心自用,错误地爱上了一部分,而以部分为整体"——奥古斯丁接着说:

> 因此,只有谦虚的虔诚能引导我们回到你身边,使你清除我们的恶习,使你赦免悔过自新者的罪业,使你俯听桎梏者的呻吟,解脱我们自作自受的锁链,只有我们不再以贪得无厌而结果丧失一切,更爱自身过于爱你万善之源的私心,向你竖起假自由的触角。

——我们完全可以从神学语境之外的视角来观照人类当下的处境及其与古人教诲的关系。[②]

理性这种求知或认识(如亚里士多德《形而上学》开篇所谓 eidenai)乃是人的天性,或者说"与人的天性关系最密切",因而为了幸福的生活(beate uiuendum)而认识真理,当然就是高尚的行为。但这只是第一种"高尚",另外还有三种"高尚",西塞罗《论义务》的绝大部分篇幅都在阐述后面三种,其取舍已不难明了。就在简单论及理性认识的高尚性后,西塞罗马上给予了严格的限制——这种既符合自然又高尚的活动应该避免这样的错误:"把过分巨大的努力和过多的时间花在晦涩难懂,其实并不需要理解的问题上。"(《论义务》1.19)真正困难的认识不是"晦涩难懂,其实并不需要理解"的那些自然哲学或形而上学问题,而是"认识自己"。

---

① 另参见叔本华《作为意志和表象的世界》,石冲白译,杨一之校,北京:商务印书馆,1982,页220。
② 参见奥古斯丁《忏悔录》上册,吴飞译,上海:上海三联书店,2007,页47。

脱离行动的纯粹思辨与义务相悖，也就丧失了自身的高尚性，因为"秩序、坚定、节制以及一切与它们类似的品质属于需要行动的范畴，而不只是进行智力的思考。只要我们对日常生活中各种事情能保持一定的分寸和秩序，我们便能保持道德的高尚和尊严"（《论义务》1.17）。要之，"德性的全部荣誉在于行动"（《论义务》1.19）。行动和语言是密不可分的双重智慧（ancipitem sapientiam，《论演说家》3.59、72—73）。康德也说过实践理性占有优先与纯粹理性的地位：因为这是"先天地基于理性本身，因而是必然的。因为没有这种隶属关系，就会产生理性与自身本身的一种冲突。……而且思辨理性的兴趣也是有条件的，惟有在实践中应用才是完整的"。①

哲学家如果由于天资和身体等原因无法承担事功而沉溺于理性认识，尚可原谅，否则就应该予以谴责，因为"管理国家的人丝毫不亚于，而且甚至可以说超过哲学家们"（《论义务》1.71-72）。而毕达哥拉斯、德谟克利特和阿那克萨戈拉这样的哲学家：

> 不涉足国家管理，完全献身于认识事物（cognitionem rerum）。这样的生活以自身的平静和追求知识本身蕴含的、令人无可比拟地陶醉的愉快比有益于国家赢得了更多的追随者。就这样，由于从事这种研究的是一些具有非常杰出的才能，高度地拥有自由、空闲的时间的人，因此这些学识渊博的人由于自己完全不受政务缠绕，又具有丰富的才能，因而认为远远超过必要地从事对事物的探查和研究是自己的职责。在古代，众所周知的那门科学实际上显然既教授正确地行为，又教授优美地说话。并非不同的学者，而是同一些人，他们既是生活的导师，又是语言的导师。（《论演说家》3.57，王焕生译文）

西塞罗"远远超过必要"（quam erat necesse）这句话就是对沉溺

---

① 康德：《实践理性批判》，《康德著作全集》第5卷，李秋零主编，北京：中国人民大学出版社，2007，页129。

于认识的理性哲人最深刻的批判。同样，苏格拉底对阿那克萨戈拉也经历了"扬弃"的过程（《斐多》97c–99d，另参《申辩》26d）。与此相反，亚里士多德不仅正面评价阿那克萨戈拉，并把这类哲人所代表的"智慧"视为高于"明智"，从而颠倒了哲学的内在价值体系，兼综了"努斯和知识"的智慧者从此追求"罕见的、深奥的、困难的、非人力之所能及，但却没有实用价值，因为，他们所追求的不是对人有益的东西"。①

就连非哲学人士都知道，我们不能"一心扑在没有止境的物质追求上，跨过了人生基本需要的界限"（《理想国》373d9–10），理性亦然，哲学亦然。哲学从毕达哥拉斯那里开始出现了转折，尽管"哲学"通常被视为由毕达哥拉斯所发明，但这时的哲学已经不是"古代"的哲学，因此，我们有必要去探查"哲学之前的哲学"，或许那才是真正的哲学，也就是西塞罗在这里所说的"古代"（vetus）的哲学，毕竟，智慧在古代的含义不（仅仅）是亚里士多德所说的寻找原因，而是指导我们如何正确地行事（ὀρθῶς πράττειν，《优提德摩斯》280a），否则，又该在何处安放智慧（《优提德摩斯》279c1）？海德格尔看到了"智慧"的含义在于"并不是指一种单纯的把握，而是指某种行为"，但在进一步解释那是一种什么样的行为时，试图另辟蹊径而显得晦涩甚至偏离了正道，他说：

> 是那种保持在终有一死者的逗留之所中的行为。终有一死者的逗留依循的是采集着的置放向来已经在眼前呈放者那里让呈放于眼前的东西。因此，sophon 指的是那个能够依循被指派者、顺应于被指派者、适宜于被指派者（动身上路）的东西。②

---

① 引自亚里士多德《尼各马可伦理学》1141b，《亚里士多德全集》第八卷，苗力田译，北京：中国人民大学出版社，2016，页127。另参《形而上学》982b、984b，《物理学》184a10–16，《尼各马可伦理学》1143a–b。西塞罗赞扬阿那克萨戈拉对死亡的淡然平静的态度，见 *Tusc.* 1.104、3.30–3.58。

② 海德格尔：《演讲与论文集》，页231。

西塞罗与柏拉图一样,对亚里士多德钟爱的 vita contemplativa[思辨的生活]予以严格的限制,思辨的幸福不是最高的幸福。[1] 人的理性本能的确会让人走向思辨,但思辨只是人类认识的初级阶段!(《论至善》4.18)当我们在试图论证智慧者的幸福在于精神时,可能没有看到他们的痛苦也正在于此,而且其程度也相应地非常大,所以,我们不能以精神上(思辨)的幸福或快乐为唯一标准,而是"必须找到另外的至善"(《论至善》2.108–109)。

思辨研究在西塞罗的终极善之体系中一直地位不高,他虽然常常表现出对思辨和实干都很尊重,但无疑大大地偏向于后者。西塞罗不会不公正地对待思辨哲人,不会迫使他们放弃自己追求的目标,而是让他们安安静静地在自己的花园里悠闲地沉思,享受自以为是的幸福,但西塞罗要求这帮人不要到处宣扬他们关于智慧与政治的分离学说,而是要对此"像保守秘仪秘密一样保持沉默",这倒不是出于哲人与城邦之间天然的冲突,而是因为"思辨的幸福"这一说法本身就自相矛盾,因为如果他们要说服人去信仰他们那种独善其身的快乐,他们自己就不可能享受自己最向往的悠闲生活了。最好不要让这种高高在上的"哲人"去从政,否则会是愚蠢之举。

而"高尚"和"尊贵"的东西也需要适度或节制(moderatia),既无过之,也无不及,因为"所有的德性都因节制而处于中道(mediocritate)"[2]——这是最重要的处事原则,只有这样,才能让一切东西处于自己的位置中:我们"不仅应该约束自己的手,而且也应该约束自己的眼睛"(《论义务》1.141—144)。理性就像太阳,在其应然的位置上,必然能够造福人类,但如果离开其位置,变得失控和不"节制"(moderatione),地球必然就会因过热而被烧毁!(《论神性》2.92)[3]

---

[1] 见亚里士多德《尼各马可伦理学》1177a12 以下(即思辨最幸福),《形而上学》1072b。参见 J. M. Cooper, *Reason and Human Good in Aristotle*, Indianapolis: Hackett Publishing Company, 1986, 155ff。另参《论至善》5.11。

[2] 西塞罗《为穆瑞纳辩护》(Pro Murena)63,中文参《西塞罗全集·演说词卷》(上),王晓朝译,北京:人民出版社,2008,页 868—869。

[3] 《论构思》2.94, *Tusc.* 3.16、36、4.34,《论义务》1.96、98、143、3.116;另参柏拉图《斐多》99d–e。

对人来说也是一样，"理性"这个太阳能够帮助我们看清楚万事万物，但如果我们老是盯着这个伟大的光源看，也会弄瞎自己的双眼！无论对人的理性思考还是立身行事，节制都是第一要求：没有什么比它更令人赞叹的了（《论义务》2.48），因为节制与正义和知识一样都是灵魂"向下"看到的美好事物（《斐德若》247d）。

理性是自然对我们的恩赐，节制、自制和敬畏同样是自然赋予我们的"本性"（《论义务》1.98）。更有甚者，正是"节制"敦促我们遵守理性的选择，因而似乎高于理性，正如行动高于判断（《论至善》1.47）：节制乃是"真正理性"（vera ratio）的声音（《论至善》1.52、71），节制就是真正的智慧（《普罗塔戈拉》332a、333b–d、358c）。而正确运用理性本身就意味着节制，泛滥不节的理性当然谈不上正确。"服从理性"就是要达到"节制或克制"（modestiam vel tempreantiam，《论至善》2.60；另参《论义务》2.18），西塞罗以此来对应理解古希腊的 sophrosyne（*Tusc.* 3.16）。

理性、哲学也需要节制或适度（moderata，《论演说家》2.156），"要知道，如果真的在哲学方面取得了什么成就，那么我们就应该相信，即使我们能够瞒过所有的神明和凡人，我们也不应该贪婪地，不应该不公正地，不应该放荡地，不应该毫无节制地做任何事情"（《论义务》3.37），因此，包括"爱智慧"在内的任何"爱"都需要节制，不能陷入疯狂之中，（*Tusc.* 4.75–76）不正确和不恰当的爱会败坏真正的爱，也会毁灭爱的对象，同样，哲学也可能会败坏"神圣的智慧"（《斐德若》239e）。理性发疯的后果远胜于欲望的泛滥，哲学言辞的打击和咬伤会让人"比遭过蛇咬更痛"（《会饮》218a）。这是一种病，而非神志清醒——不能控制自己，便会变得心思低劣（《斐德若》231d）。

理性在于节制，而不是任由欲望牵着走——理性和欲望并非决然对立，因为"理性"如果不节制，也会变成一种贪婪的欲望。节制与肆心相对，"当趋向最好的东西的意见凭靠理性引领和掌权时，这种权力的名称就叫节制。可是，若欲望毫无理性地拖拽我们追求种种快乐，并且在我们身上施行统治，这种统治就叫做肆心"（《斐德若》237e–238a）。理性的统治也不可过度，理性固然可能爱人类，但有节制而不肆心的"爱"才是美的、属天的、神圣的，不节制的爱会摧毁一切，节制本为实践智慧之首。① 后世的哲学遗忘的不是"存在"，而是自身的"节制"！

总之，理性与 moderatia、prudentia 和 temperantia 密切相关，这几个词意思相近，都表示"节制""自制""克制"或"审慎"之意，要之，理性不可无限制地自我放纵。否则，理性思辨就会陷入无限的时空之中，因为看不到最终的边界而找不到可以落脚（insistere）之处（《论神性》1.54）：理性缺乏节制的自我无限膨胀终究会让我们的灵魂没有安放的地方——现代哲人谱写了如此多的"安魂曲"，恐怕都不如"节制"本身，因为它可能是我们安身立命的唯一办法。

四　结语

理性就像最浓烈的酒，如果"不经过适度调和"，而是完全像"纯粹的自由"（meracam libertatem），这种漫无节制的放纵必然会导致"理性的暴政"，其结果"几乎都会变成它的相反状态"，理性的过度自由不仅不能让人变成自己的主人，反而会变成理性和他人的奴隶：这就是古代关于"自由与奴役"的真正教导。② 作为完美理性的德性虽然教导我们要节制、温和、仁慈，但在至高无上的国家利益受到威胁时，也需要严厉，即宽严相济。③ 德性要求我们为人温良恭让，却不希望过度而变成懦弱萎靡。所以，直面风暴的勇气虽然可嘉，但在必要的时候懂得"收帆"则更为明智，因为这是航海家最宝贵的经验："我们要尽力避免'被吹得胀鼓鼓'，要好自为之。"（《快乐的科

---

① 柏拉图《会饮》181c、187d—e、188a、196c、209a、216d、219d。包括柏拉图在内的古典思想家所有思考都是在同"肆心"做斗争。

② 《论共和国》1.66—68，这里是在引用柏拉图《理想国》卷九开篇所批判的僭政，另参 1.62（因自由过度而陷入了惊人的疯狂）。关于"理性的暴政"，另参本文结语中所引尼采的话。

③ 《论义务》1.88，《为穆瑞纳辩护》（Pro Murena）6，参见《西塞罗全集·演说词卷》（上），王晓朝译，北京：人民出版社，2008，页 840—841（Loeb 本，页 192）。

学》318条）[①]

　　自制的理性就是一种真正的智慧，即明智或理智（phronesis），[②]这种"自制"本身就是"睿智"（prudentia），就能预见未来（providere，《论共和国》6.1），预知吉凶，扬善弃恶（《论法律》1.60），循之而动则无咎矣。睿智者的理性和思想就足以成为法律：《论法律》在表达这个命题时最先用的是 prudentis（1.19），后来则直接用 sapientis（2.8），足以说明 prudentia［自制、睿智］就是 sapientia［智慧］：这才是理性所能带给我们的真正的智慧。[③]明智、智慧、思想（mens）、理智（intellegentia）、理性（ratio）与 prudentia 密不可分，正如古希腊语的 sophia、nous、phronesis、logos 与 sophrosyne 不可分离一样。

　　理性或智慧作为最主要的德性之一，不在于空谈思辨和沉思自然——那是"努斯"的任务，但理性不能衰减为努斯。尽管努斯是"灵魂的舵手"（《斐德若》247c），但不是灵魂的全部，更不是一种神圣的东西——这是现代人的一种僭越，启蒙运动所强调的"理性"其实是古希腊人所说的"努斯"。努斯不是智慧，智慧在于 vivendi doctrina［生活的教导］或 ars vivendi［生活的艺术，《论至善》1.42、2.37，《论义务》1.53］。

　　人类必须制止理性和判断力的自负和狂妄，因为"飞鸟一样抽象的哲学"（培根语）对于人类来说，并没有什么益处，这样"极高明"却不能够"道中庸"的哲学其实也没有多高明，更多的是"夸夸其谈、胡言乱语"。毕竟，"神造万物，各按其时成为美好，又将永生安置在世人心里。然而，神从始至终的作为，人不能参透"（《圣经·传

　　[①] 尼采：《快乐的科学》，黄明嘉译，桂林：漓江出版社，2007，页194。另参尼采《希腊悲剧时代的哲学》，李超杰译，北京：商务印书馆，2006，页6—7。

　　[②] 参见普鲁塔克《论机运》97e（Loeb本，卷二，页76），见包利民、俞建青、曹瑞涛译《古典共和精神的捍卫：普鲁塔克文选》，北京：中国社会科学出版社，2005，页198。

　　[③] 《论义务》1.15 把 prudentia 和 sapientia 相提并论，即说明二者不可分；《论至善》3.65 则把 prudentia 和 ratio 合成一个词组。另参 Tusc. 5.101。智慧在于节制（temperantia，《论至善》1.47）。

道书》3:11）。试图探知神的秘密，即便不遭到神明的惩罚，至少也会淹没于"无限"之中。

尽管我们需要对一些深奥艰涩有所了解，否则"便会对许多重要问题茫然无知"（《论共和国》1.19），但也必须有所节制，毕竟，很多诸如"另一个太阳"之类看似了不起的研究即便能够成立，归根结底也"不是什么值得烦扰的事情，或者我们完全不可能认识这些现象，或者即使能够清楚地认识它们，但我们也不会因为这些知识而变得更优越、更幸福"，而"应该研究那些能使我们成为对国家有用的人的科学"，因为"这才是智慧的最光荣的义务，德性的最高表现和责任"（《论共和国》1.32–33）。

总之，我们需要记住，理性有大小之分（努斯只是"小理性"），也有善恶之别（《论神性》3.71），不能简单地神化它，否则就会陷入"理性的暴政"。当然，过分贬低理性，忽视了理性的神圣性，导致"理性的毁灭"（即卢卡奇所谓 Zerstörung der Vernunft），又会让本以理性为存在基础的人类走向虚无主义。

【作者简介】

程志敏，哲学博士，洪堡学者，海南大学人文学院社科中心教授，博士生导师，主要从事西方哲学和古典学的研究。主持国家社会科学基金一般项目"培根著作集翻译与研究"（18BZX093）等。

李维论共和政治的安全困境[*]

韩 潮

（同济大学人文学院）

一 李维的自由叙事

在《建城以来史》第二卷的开篇，李维曾有一段设问，奠定了《建城以来史》的自由史叙事的基调。

> 如果一群绵羊和流浪汉在不可侵犯的庇护所内拥有了自由，或者说至少拥有了不被侵犯的权利，如果他们已然抛弃了对国王的恐惧，受到保民官掀起的风暴的煽动，开始和这个异己的城市里的元老发生了争执，在妻子儿女的纽带以及对这片土地的爱还没有把他们紧密地联系在一起之前，究竟会发生什么？这个国家很有可能在它成熟之前就已经分崩离析了。但如果在"平和、节制的谕令权力"（tranquilla moderatio imperii）的呵护下，这个国家则可以培育到享受着成熟的权力带来的自由果实。（2.1.4-6）[①]

考虑到第二卷开篇描述的是罗马刚刚摆脱了王政之后的史事，相

---

[*] 本文部分内容曾发表于《寻访马克思 复旦政治哲学评论》第 10 辑，上海：上海人民出版社，2018；发表时论文名称为《李维论自由与品级之争》。

[①] 本文引用所据版本为 Livy, *History of Rome*, B. O. Foster trans., Vol. I, Vol. II , Loeb Classical Library, Cambridge, mass.: Harvard University Press, 1919, 1922。后文出自同一文献的引文，随文夹注。

当多的文献误以为此段文字表达了李维对王政的怀念。我们认为,这一判断首先是对罗马"谕令权"(imperii)的误解,[①] 李维此处绝非为君主制做必要性辩护,imperii(谕令)并不等于 regnum(王权);其次,这一判断也是对李维的历史叙事的逻辑的误解,李维这里所描述的并不是王政与自由的冲突,而是罗马从王政中摆脱之后,整个城市所面临的新的自由危机。这个新危机的呈现形式表现为,当王政作为平民和贵族的共同敌人消失之后,自由就成了一个难以安顿的东西。平民与贵族之间的冲突可能会带来一种致命的危险——在其后的章节里,李维多次表达了这样的一种观念,城邦的内部纷争是毒药(venenum,2.44.9、3.67.6),这可能是因为,他观察到,在罗马史的某些时刻,"一个城分裂为两个城"(duas civitates,2.44.9、4.4.10)。

李维此段叙述的真正要点在于,他区分了自由的幼年期和成熟期:在自由的幼年时期,自由本身是一种危险的存在;但在自由成熟之后,自由则是可以享用的甜蜜果实。如果说,自由的扩张是包括李维在内的所有罗马史叙事始终要面对的单向性风险,那么,自由的幼年期和成熟期的区分实际上毋宁是表达了这样的一种立场:既肯定自由的价值,又对自由的可能危险持有强烈的警惕,至少,在自由还没有成熟到可以成为甜蜜的果实之前,它始终都是一种让叙事者警醒的存在。

事实上,李维曾经借执政官克劳狄乌斯之口反讽地提出过一个自由的定义,"罗马的自由难道不就意味着,不再尊重元老院、不再尊重行政长官、不再尊重法律和祖先的传统、不再尊重祖辈定下的条例和军事纪律?"(5.6.17)尽管这是一个特定语境里基于贵族立场的反讽表述,并不能表明李维本人对自由观念的态度,但防止自由成为肆意(licentia),应当是李维一贯的立场。

[①] 相当多的文献误解了这段李维使用的表述 tranquilla moderatio imperii [平和、节制的谕令权力],尽管在此前的第一卷的 imperii 的确大多数时候就是指 regnum [王权],但 imperii 仍旧是王所拥有的某种谕令权。并且在第一次王位缺位期,由十名长老行使最高谕令权,每个人轮流享有具有最高谕令权的象征[insignibus imperii],比如牙座等,这种情况下我们没有理由称之为王。

而在另一处，当平民要求恢复保民官和上诉权时，李维说，保民官和上诉权是自由的两个帮手，但他同样借十人团使者之口向平民指出，"你们需要的是盾牌而不是剑"（3.53.9.）。如果说，保民官和上诉权是自由的盾牌——这仿佛预告了后世卢梭所言及的那种消极性权力——那么"自由之剑"在使者口中则意味着，平民在自由时像僭主（dominari）一样对待他们的对手（3.53.7）。自由的含混性在于，它不可能被一种纯粹消极性的权力所限定，盾牌随时可能转化为剑。历史学家的使命是揭示这种含混性，而不是让这种含混性因为理论的介入而消失，因为，含混性是历史的一部分，自由的含混性当然也是如此。

很难说李维有某种明确一贯的自由观念。有学者认为，李维对于平民派一贯有强烈的敌意，他完全采取了一套西塞罗式的论证策略：突出自由的危险，强调过分的自由会随之而转化为对"王政"的图谋，而这很可能是一种由西塞罗首先引入拉丁文献的、反对平民派的标准策略。[①] 李维对西塞罗的汲取当然是毫无疑问的，对于平民的肆意和王政阴谋之间的可能关联他或许采取了西塞罗的看法，但他是否称得上标准的"反平民派"则并不那么确定。

事实上，在《建城以来史》第三卷和第四卷，李维多次使用了类似于 aequa libertas［平等的自由或平等权利］式的表达，[②] 而在第三卷十二表法的制订过程中，李维甚至使用了类似于亚里士多德《政治学》第三卷中的标准式民主制论证："多数人的建议和能力要更有分量。"（3.34.4）

另外，李维在他所描述的阶序之争中并没有流露出对贵族行为的称许。事实上，肆意（licentia）这个词在李维那里不仅是对平民的自由不受限制的批评，而且也是对贵族的权力不受限制的批评。李维甚至在一处借执政官之口说道，拥有更多的权力就有更多的轻率和肆意（3.21.5）。

---

① 参见 Robin Seager, "'Populares' in Livy and the Livian Tradition", *The Classical Quarterly*, Vol. 27, No. 2 (1977), pp. 379–380。

② 参见例如 aequandae libertatis（3.31.7）、exaequandae sit libertatis（3.39.8）、aequa libertas（4.5.1）、aequae libertatis（4.5.5）。

更为关键的是，只要我们注意到李维对共和国早期历史上真正面临危机的时刻——即十人团事件——贵族阶层不堪表现的描述，就会发现李维对贵族不留情面的批评了。其时，当十人团接管了共和国的最高权力，尤其是取消了平民的上诉权之后，李维描述了一段狄奥尼修斯没有涉猎的贵族心理。李维说，当平民原本希望贵族出于对奴役的恐惧会表现出一些自由的气息，但贵族却既憎恨十人团也憎恨平民，他们认为平民罪有应得，正是平民对自由的过分渴求才导致了奴役的局面。他们甚至希望局面更加糟糕，那么就有可能让城邦中不满的心理激发出对此前贵族统治的留恋。部分贵族青年甚至成了十人团的助手，他们公开表示，他们只要自己可以肆意妄为（licentia），全体人民的自由不在他们的考虑之中（3.37.8）。其后不久，罗马面临外敌，十人团不得不征召元老院进入库里亚与十人团会面，而当时贵族元老由于恐惧的原因，已经退回到自己的庄园里，不再关心公共事务了。平民原本认为贵族会拒绝十人团的征召，他们也会基于同样的理由拒绝征召；而如果元老院接受了征召，则无异于确认了十人团的召集权的正当性。但是，按照李维的说法，后来贵族到场的人数竟然比他们想象的还要多。于是，平民一致认为，贵族背叛了自由。（3.38.13）李维更为刻薄的描述还在于，按照李维的表述，当贵族们响应十人团的召集进入会场时，他们表现出的顺从甚至要超出他们言辞中的顺从。（3.39.1）

李维这一段的心理刻画或许部分是基于他对共和国晚期元老院的不堪表现的再现，但其中所蕴含的春秋笔法毋宁是说，在共和国自由面临威胁的时刻，贵族的自私、胆怯和懦弱决定了他们并不是维护共和国自由可以依赖的力量。

更何况，在第九卷中，李维曾记述了一段弗拉维乌斯的故事，其中包括弗拉维乌斯在罗马广场上用白板公开了曾经为大祭司和贵族秘密保存的诉讼规则等与贵族对抗的事件，李维在记述完这些事件之后，还特意补充了一句，"另外我还想提一件事，尽管这件事本身并不重要，但却可以展示平民如何运用自己的自由与贵族的傲慢（superbiam）相抗衡"（9.46.8）。这件逸事是说，弗拉维乌斯尽管担任了市政官（curule aedile），但作为被释奴的儿子却为显贵所轻视，有一次他去看望生病的同僚，当他进门时，几个显贵出身的青年故意约好了坐在椅子上不站起来，弗拉维乌斯于是让下属将象牙座椅搬过来，端坐在牙座上注视着他的敌人。（9.46.9）从李维对弗拉维乌斯的叙事来看，很难想象李维会是某些学者笔下"刻意突出自由危险"的"反平民派"史学家。

实际上，李维的历史叙事很难说带有明显的倾向性，他几乎不偏不倚、允执厥中、一视同仁地看待贵族和平民各自的缺陷与美德。当李维演说词中执政官昆克蒂乌斯（Quinctius）说出等级的纷争是城邦的毒药时，他强调的是，这是因为"我们的权力（imperii）和你们的自由统统没有限制"（3.67.6）；而当此前另一处出现城邦内部纷争是城邦的毒药时，李维则指出，由于元老院的明智（consiliis）和平民的耐心（patientia），罗马长期以来才能抵御这一危险（2.44.9）。与此相似的例子还很多，当然，仅仅依靠罗列是不可能验证李维是否真正做到了不偏不倚地对待平民和贵族，下文我们将证明，在李维那里还存在着一层更为基本、更为深刻的动力学机制的分析。

二　李维的安全困境

李维在第三卷中曾有一句广为传颂的著名感叹——"有节制地捍卫自由是多么艰难啊"，[1] 但人们往往忽视了其后李维对此句所作的说明。在笔者看来，其意义要比此前的感叹大得多，李维是这样表述的：

> 每一方表面上都平等待人，实际却暗中提升自己的地位、压制对方；每一方都对别人带来的畏惧保持警觉，实则却让对方感到畏惧；每一方都试图不被伤害，实则却给别人带来伤害——这好像是必然的，不伤害别人就被别人伤害。（3.65.11）

---

[1] *Adeo moderatio tuendae libertatis...in difficiliest.*（3.65.11）

如果仔细体味这里的表达，或许会发现李维实际上描述了一个比修昔底德更加普泛化的安全困境。如果说修昔底德表达的是国际政治的安全困境，那么李维表达的毋宁是城邦内部的派性政治的安全困境。当然，它们同样都基于畏惧的心理，同样出于对对方的不信任和猜忌，出于对可能存在的危险的忌惮，并且同样因此不得不首先采取行动。李维是否有可能经由某个希腊来源形成了这样的思想，① 我们姑且放在一边不论，但这里的相似似乎诱惑我们采取一个烂俗的表述——"李维陷阱"，一个派性政治不可避免的困境。

李维绝不是偶然提到了这一想法，类似的表述在李维那里还不止这一处，李维笔下的十人团使者也曾这样告诫平民，"你们憎恨残酷，却因此流于残酷！"（3.53.7）——更为关键的是，在李维笔下，推翻王政后罗马的第一个内部纷争毋宁就肇始于这里的安全困境。这可以作为《建城以来史》的基本历史动力学机制的一个明证。

按照李维的说法，在推翻最后一个国王"高傲者塔克文"的统治之后，除了布鲁图斯之外，共和国的另一个执政官是塔克文家族的成员塔克文·克拉提努斯（L. Tarquinius Collatinus）。李维说，这个人没有犯任何错，但他的名字不受人们欢迎，人们认为他的名字就是对自由的威胁（2.2.4）。因为人们觉得这个家族长期执掌王位，必定不愿以普通人的身份在共和国生活。这种想法起先只是在少部分人之间流传，其后很多平民的猜忌之心（suspicio）被激起，于是布鲁图斯只好响应已经对这个名字无法信任的平民的呼声，请他的同僚离开罗马。问题是，尽管起因很可能是空穴来风，但后来事情的演变却似乎验证了人们的猜测。当执政官塔克文被逐出之后，塔克文家族和城邦里幸存的王党果然发动了一场针对共和国的阴谋。

这个故事的真实与否以及其是不是某个传说体系的一部分暂且不论，这里的关键是李维的叙述方式，他事实上力图塑造一个由空穴来风的恐惧演变为真实恐惧的政治过程。在执政官塔克文·克拉提努斯

---

① 奥格尔维并没有能体会到李维的这一层意味，在他的评注里提供的修昔底德段落和色诺芬段落都与这里的深层心理无关；R. M. Ogilvie, *A Commentary on Livy, Books 1–5*, Oxford: Clarendon Press, 1965. p. 516。

被逐出罗马之前，李维并没有交代塔克文家族及城内的王党分子是否的确存在着阴谋的企图，相反，李维用若干描述倾向于让读者认为，最初的怀疑是空穴来风。首先，李维最初对这件事的评论是，"人民试图在每一个微小的细节方面都捍卫共和国的自由，或许已经超出了某个限度"，然后他以一种反讽的语气提到，克拉提努斯除了他的名字之外没有错误（2.2.4）。其次，当布鲁图斯在会场上发言时，李维提到，他并不情愿发言，如果不是出于对国家的爱，他宁愿保持沉默（2.2.5）；而在发言中，当布鲁图斯敦请克拉提努斯自愿退出以消除人民对王政的恐惧时，他使用的竟然是一个极为不确定的表达，"或许是出于恐惧"（uano forsitan metu.2.2.7）。通过这些描述和评论，李维试图让读者感觉到这是一个完全由猜忌引起的驱逐。由于李维在第二卷第二节描述对克拉提努斯的驱逐时并没有提到同时期城内王党的存在和行动，读者事实上并不清楚当驱逐发生时是否已经有阴谋在策划，因此，李维力图让克拉提努斯在驱逐事件上表现为一个彻底的无辜者。而在第二卷第三节描写塔克文家族对罗马发动的战争和城内的阴谋时，李维首先提到了战争发生的时间，"尽管战争还是不出意料地发生了，但是比人们预计的时间要晚得多"（2.3.1）。这一表述与其说意在确定阴谋和战争发生的时间，还不如说意在将驱逐事件与城内的阴谋拉开一段时间间距；因为，如果驱逐事件发生时，城内还没有阴谋存在，那么驱逐事件本身在当时就是没有根据的，尽管后来发生了塔克文家族对罗马的战争，但这可以归结为对罗马的驱逐行为的报复。在因果关系上，空穴来风的恐惧在前，真实的恐惧在后，只不过空穴来风的恐惧终究演变为真实的恐惧。

对比其他相关史料，我们会发现，无论在狄奥尼修斯那里（5.2）还是普鲁塔克那里（Poplicola.7），塔克文家族复辟的阴谋都酝酿在先，塔克文·克拉提努斯尽管没有直接参与阴谋，但由于其表现了一定的倾向性，对阴谋叛乱者表现得不够果断，因此才被共和国驱逐出境。在这一史述传统中，布鲁图斯正是力主将其驱逐出境的主要推动者，塔克文·克拉提努斯绝不能算是无辜的；但从另一个角度看，西塞罗在《论共和国》中提到，罗马人的确因为对克拉提努斯的家属关系产生怀疑从而驱逐了克拉提努斯，并且因为憎恨这个名字，把塔克文家族的其他成员也驱逐出罗马（2.53）；并且在《论义务》里，他认为，驱逐塔克文家族可能显得有不公正之处，但出于国家利益的考虑仍旧是高尚的（3.40）。

李维的史料来源很可能不同于普鲁塔克和狄奥尼修斯，或许他继承了与西塞罗相同的某些史料来源，①但也有一种可能，他完全知道与普鲁塔克和狄奥尼修斯相似的史料来源而选择了另一种不同的史料传统。但无论哪一种可能性都不能表明他受到了西塞罗道德哲学的影响，事实上李维根本并不关心西塞罗那里的公正（iusta）或高尚（honesta），他对克拉提努斯退位事件的评论从没有使用过西塞罗式的道德判断，他并不关心克拉提努斯退位事件是否公正或高尚，李维只是通过他的叙事技巧让读者感觉到，这是一个由可能存在的阴谋演化为真实存在的阴谋的事件、一个由空穴来风的恐惧最终演变为真实恐惧的事件。由于这个冲突是共和国建立之后的第一次城邦内乱，因而，我们不得不说，这几乎和上述第三卷中李维自己描述的安全困境构成了一种完美的呼应：李维笔下的克拉提努斯退位事件，难道不恰恰是因为一方试图不被伤害，才导致给另一方带来了伤害？难道不恰恰是因为一方对另一方过于畏惧，才导致让另一方真正感受到了畏惧？自由的盾牌难道不恰恰成为自由之剑？

李维通过他对城邦第一次内乱的叙述，表达了他对城邦内乱成因的剖析，从中我们不难发现李维本人的悲观视角和冷静观察。在这个意义上，李维不仅是道德史家而且也是敏锐的现实主义者，在某种意义上，李维继承了修昔底德乃至于波里庇乌斯一系现实主义史学的

---

① 两位希腊作者狄奥尼修斯和普鲁塔克很可能拥有同一个史料来源，西塞罗和李维有可能继承了同一个拉丁传统；但是，奥格尔维认为，克拉提努斯的这段传说与希腊的陶片放逐法极为近似，在这个故事背后很可能有一个希腊的模型，但他不能解释为什么两位希腊作者反倒没有使用这个所谓的陶片放逐法模型。参见 R. M. Ogilvie, *A Commentary on Livy, Books 1–5*, p. 239；关于克拉提努斯问题的讨论，另见 R. A. Bauman, "The Abdication of 'Collatinus'", *Acta Classica*, Vol. 9 (1966), pp. 129–141. 但是 Ogilvie 和 Bauman 的研究都更多关注的是克拉提努斯是自愿退位还是被剥夺了谕令权，而没有关注到李维的叙事技巧。

冷峻传统。只是长期以来，罗马史学界对于李维史学的评价过于偏重其道德性的一面，通常只是将李维史学界定于为罗马读者提供历史中的道德典范的叙事文献，并由此对李维史学的实证性表示怀疑。他们或者认为，李维的道德史观影响了他在各个史料传统之间的选择的看法，因而其历史性让位于道德性；[1]或者认为，李维对历史的篡改并非出于错误而是出于他的道德规划。[2]类似的看法在罗马史学界可谓屡见不鲜。但如果我们注意到李维在克拉提努斯退位事件为代表的共和国内乱问题上所持有的派性政治观点，那么或许我们应当说，李维的历史叙述当然存在着某种规划，但其规划并不完全是道德性的。只有注意到更加具有去道德化意味的李维的历史叙事机制，我们才不会轻率地认为，李维不过是"刻意突出自由危险"的"反平民派"史学家。基于李维本人所揭示的这种派性政治的安全困境，李维事实上根本不会一味倒向贵族的品级，同样也不会一味倒向平民的自由。李维在贵族和平民之间的阶序之争中保持的那种难得的不偏不倚性，不是因为他天生是个折衷主义者，而是因为无论是哪一种价值，也无论其中的哪一种价值具有何种的崇高性，只要它们从属于派系政治，那么从派系政治的安全困境来看，都是类似的结局——不伤害别人就被别人伤害。

三 节制

当然，正统史学观点并非完全没有道理，李维不只是一个现实主义者，他同时还是一个道德史家。从他的历史叙述中，我们能看到的理论上走出"派系政治的安全困境"的方案多多少少带有道德性的意味。例如，在克拉提努斯退位事件发生之后的当年，执政官瓦莱里乌斯同样遭遇了类似的安全困境，按照李维的说法，当时在布鲁图斯因与塔克文家族引来的外敌作战捐躯之后，共和国剩下唯一的执政官瓦莱里乌斯，

---

[1] Gary Forsythe, *Livy and Early Rome: A Study in Historical Method and Judgment*, Stuttgart: Franz Steiner Verlag, 1999, p. 66.

[2] P. G. Walsh, *Livius T. Livy*, *His Historical Aims and Methods*, Cambridge: Cambridge University Press, 1961, pp.82–109. 尤其是第 109 页。

平民开始对瓦莱里乌斯产生怀疑，又有一种新的流言开始出现，认为他迟迟没有补选同僚执政官是有觊觎王位之心，认为他在罗马七丘之一的威立亚山头试图修建的城堡是为夺取王位而做的准备。瓦莱里乌斯面对流言的回应方式则是召开平民大会，并且在平民大会的会场上面对平民时主动放低象征"命令权"的"法西斯"，李维说，这等于是承认执政官的威严和权力要低于人民（2.7.7）。此后瓦莱里乌斯在大会上的一段发言更似乎是李维对安全困境的一个回答：

> 是否在你们心目中，从来就没有一种不受你们质疑的美德（virtus）？我这个国王曾经的死敌，竟然也会追求国王的权力？我住在山上的城堡里，是不是就意味着我对我们的同胞公民感到畏惧（metum）？这样一个微不足道的原因就足以毁掉我的声名？你们的信心如此脆弱，你们难道不在乎我是谁，只在乎我住在哪儿吧？帕布里乌斯·瓦莱里乌斯的房屋不会成为你们自由的威胁；你们的威立亚山是安全的。我将把我的房子迁到山脚的平地上，你们可以住在高处，比你们怀疑的公民住得还要高。让那些比帕布里乌斯·瓦莱里乌斯更加能得到"自由"信任的人住在威立亚山上吧。（2.7.10–11）

根据李维的记述，瓦莱里乌斯的发言赢得了人民的信任，他随后提出法案规定，任何图谋王位的人必须被剥夺生命和财产，此外他还确立了平民的上诉权，使得形势倒转，非但一扫而空人民对瓦莱里乌斯的怀疑，而且他赢得了人民的爱戴以至于被称为"普布利科拉"（Publicola）即所谓的"人民之友"。[①] 李维试图给出的走出"派系政治的安全困境"的方法，毫无疑问是一个颇具道德性的方案。瓦莱里乌斯之所以能摆脱"畏惧引发畏惧"的困境，其措施尽管是名义上减弱执政官的威严、许以平民以上诉权的自由以达成妥协，但如此行事

---

① 一般称为"人民之友"或"人民所爱"，即 populi 与 colere 的结合；但现代学术界对此普遍有所怀疑。

却总归寄托于一个拥有足够美德的措施发动者。瓦莱里乌斯的美德并非不受质疑,但他终究重建了平民对于美德的信任。

在第四卷开篇更为著名的、促使贵族和平民通婚的坎努利乌斯演说中,坎努利乌斯提出了一种可能是贵族立场的观点:之所以平民和贵族之间没有爆发战争,是因为"更强大的一方是克制(modestus)的一方"(4.5.3);而在此后不久,当通婚危机得以解决,执政军政官第一次选举之后,李维更发出了一段类似于"太史公曰"的感叹,"现在到哪里去找这样一个克制(modestiam)、公正和高尚的人啊,而这些品质那时候竟然几乎所有人都具备"(4.6.12)。

李维这段带着伤怀感叹的历史解释几乎毫无例外遭到了当代历史学家的嘲笑,比如主张执政官年表全属后世家族伪造的霍洛韦(R. Holloway)在其论文的开篇就引用了李维的这段话,以此作为执政军政官的历史全无可信的证据,他指出,李维的这段话并不能掩盖局面的"荒诞";[1] 康奈尔尽管对李维的叙述报以同情,但对李维的这段话同样嗤之以鼻——"假如排除了李维的解释中诉诸高尚动机的一面,那么李维的话似乎并不像看起来那么蠢(silly)"。[2]

我相信,当代史学家的嘲讽一定是基于他们对历史的道德解释的不信任。但我们不能低估李维的道德叙事的复杂性,这一方面是因为,在派性政治的安全困境的前提下,我们甚至无法确定李维本人的道德倾向性,他究竟是青睐于平民派的道德观念抑或是贵族派的道德观念,究竟是推崇品级还是推崇自由;另一方面,我们也需要区分不同层次的道德观念:在李维的道德叙事里,某些道德观念如品级和自由是某种意义上具有实质性内涵冲突的道德观念,因为它们几乎附着在某个特定的社会群体,而节制(moderatio)或克制(modestia)则是这种冲突性道德的修正和限制。而正是这些对冲突性道德的修正和限制,作为一种美德,成为李维那里走出"派系政治的安全困境"的起点。

---

[1] R. Ross Holloway, "Who Were the *Tribuni Militum Consulari Potestate*?", *L'Antiquité Classique*, Vol. 77 (2008), p. 107.

[2] Tim Cornell, *The Beginnings of Rome: Italy and Rome from the Bronze Age to the Punic Wars (c.1000-264 BC)*, London: Routledge, 2012, p. 335.

正如威尔苏斯基所指出的那样，在罗马政治语汇里，"限制和节制是使得 libertas［自由］、licentia［肆意妄为］得以区分的概念……没有节制，自由就会沦为肆意妄为"。[1] 这几乎是在西塞罗等晚期共和派那里被惯常使用的表述，李维当然也不例外，在他那里不乏这样的表述，比如："必须有所节制地使用自由；在适当的限制下，自由无论对于城邦还是个人来说都是福祉；而一旦超出限度，就是对其他人的威胁，并且也会给自由的使用者带来烦恼甚至伤害"（34.49.8）；"平民的肆意妄为在于他们不受限制地运用自由"（23.2.1）；[2] 等等。

但节制也并不只是施加于平民自由的限制，在贵族一面，节制也有同样的效用。当贵族出身的执政军政官在一场混乱的冲突中被平民用石头砸死，新当选的执政官没有寻求报复或大规模惩治时，李维称其拥有极大的克制（4.51.3）；而在另一场平民和贵族的暴力冲突中，元老院受到了平民的攻击，执政官阿皮乌斯指责平民的肆意妄为，他主张选出一位独裁官，看看"哪一个平民胆敢侵犯掌握其生命的独裁官的威严（majestas），看看他们还敢不敢殴打独裁官的侍从"，李维说，阿皮乌斯的提议过于严厉，所以被否决了，贵族选择了最为克制的建议（2.30.1）。从阿皮乌斯的建议被否决来看，阿皮乌斯的所谓"威严"亦即与"品级"意涵相似的概念，如同平民的"自由"一般同样是个受到制约的概念。"威严"一旦逾越了其界限，也同样会被指责为"傲慢"或"肆意妄为"；事实上，李维的确在另一处提到，拥有更多的权力就有更多的轻率和肆意（3.21.5）。

因此，无论是贵族的"品级"还是平民的"自由"，都受到了"节制"的制约。节制的制约初看上去似乎只是一种道德性的修正，但从其涉及的具体场合来说，无一不是在政治上起到了促进阶层和解的作用。换言之，如果品级和自由是附着在某个特定的社会群体，并

---

[1] Ch. Wirszubski, *Libertas as a Political Idea at Rome during the Late Republic and Early Principate*, Cambridge: Cambridge University Press, 1950, p. 7.

[2] 此处两例及分析参见 Ch. Wirszubski, *Libertas as a Political Idea at Rome during the Late Republic and Early Principate*, Cambridge: Cambridge University Press, 1950, p. 7。

因此具有实质性内涵冲突的道德观念,那么,节制就是一种在阶层之间促进阶层和解、妥协的道德观念;如果前者是政治性的美德,那么后者就是宪制性的美德——如果说在李维那里存在着某种宪政主义,那么他的宪政主义的代名词绝不是自由而是节制。

过去我们对罗马宪政史的研究过于关注实定法领域,乃至于宪政史几乎成了罗马法研究的一部分,对宪政史的研究成为一种扁平的、形式化的制度史研究。近来这种模式已经得到了相当多的反省,比如维亚克(Franz Wieacker)就强调某些超出法律之外的因素,如政治行为的道德规则在宪政史发展中的作用,在他看来,这些道德规则尽管并不是公法的一部分,但实际上却构成了公法系统的坚实基础。而他所言及的这些道德观念就包括此前我们已经提及的auctoritas,dignitas,gratia,honos等。①

反过来当我们考察李维的史述笔法时,同样有必要注意到李维通过道德观念可能传达出的宪制构想。卢斯(T. J. Luce)曾经准确地指出,"李维并不赞同波里庇乌斯对制度比如罗马宪法的强调,对李维来说,人更重要,并且,重要的不只是人是如何做的,更重要的是,人是如何想的"。② 不错,在《建城以来史》的前言中,李维就曾提醒读者注意,要观察战争与和平时期的生活(vita)、习俗(mores)、人(viri)和人的品质(artes),正是凭借这些罗马才得以产生和壮大。(praefatio 1.9)李维并不是不关注宪制,但宪制在李维那里是具体的、活生生的,宪制就体现于罗马的生活、习俗、人和人的品质之中,由生活在其中的人亦即这些人所秉持的道德观念所推动。在某种意义上,当李维谈论美德时,毋宁说他是强调阶层的政治能力。

以节制为代表的一组道德观念——比如medium,mitis,modestia,

---

① 参见 Franz Wieacker, *Römische Rechtsgeschichte. Abschn. 1: Einleitung, Quellenkunde, Frühzeit und Republik*, München: C.H. Beck, 1988;另见 Karl-J. Hölkeskamp, *Reconstructing the Roman Republic: An Ancient Political Culture and Modern Research*, Princeton, NJ: Princeton University Press, 2010, pp. 16–17。

② T. J. Luce, *Livius T. Livy: The Composition of His History*, Princeton, NJ: Princeton University Press, 1977, pp. 230–231.

temperantia[①]——事实上就是李维的宪制构想的一部分，李维试图通过这些道德观念说明他的宪制动力学机制：罗马的阶序之争如何没有走向全面的内战，而是一步步达成和解并形成一个和睦（concordia）的政体。这一点尤其体现在其前五卷的构思之中，考虑到前五卷很可能曾经单独编辑成书面世，有理由认为其中或许包含着李维对于罗马宪制的历史哲学构想。正如卢斯指出的那样，"李维全书的前五卷，明显是存在着一些主题式的规划：比如第二卷的 libertas，第三卷的 moderatio-modestia[②] 和第四卷的 moderatio 以及第五卷的 pietas"；[③] 奥格维尔的观点与卢斯稍有差别，他认为，modestia 的主题出现于第三卷末，并在第四卷的前半部分主导了李维的叙述。[④] 大体而言，如果我们细读李维的前五卷文本，就多少会感觉到他对相关主题的精心安排，而这种主题性的安排有时甚至会影响到对整个编年史时间段的叙述内容的处理。[⑤]

更为关键的是，如果我们把前五卷作为一个独立的部分，那么当第五卷的尾声部分来到了整个前五卷最后的节点亦即卡米卢斯对罗马的重建时，一个戏剧性的高潮将会在这里出现。李维曾经提到，重建罗马的卡米卢斯是"罗慕路斯""祖国之父""另一个建国者"（5.49.7）；他还曾提到，卡米卢斯重建罗马这一年是罗马建城以来的第 365 年（即公元前 390 年，5.54.5）。而迈尔斯曾经敏锐地指出，

---

① 与其相近的观念参见 medium（2.30.1），mitis（1.48.9），modestia（30.42.14），temperantia（34.22.5、38.56.11）；与其对立的观念参见 acer（27.34.2–3），asperitas（45.10.10），crudelitas（8.33.13），discordia（2.1.6），licentia（45.18.6），promptus（27.34.2–3）。参见 T. J. Moore, *Artistry and Ideology: Livy's Vocabulary of Virtue*, Frankfurt am Main: Athenaum, 1989. p. 74。

② T. J. Moore 指出，modestia 和 moderatio 还存在着一些差异，虽然它们一般都是指自我限制（self-restraint），但 moderatio 一般用于掌握权力的人，modestia 则一般用于处于他人支配下的人。参见 T. J. Moore, *Artistry and Ideology: Livy's Vocabulary of Virtue*, p. 75。奥格维尔的观点与其相似，他认为，moderatio 一般用于有机会使用权力的人，而 modestia 一般指有怨气的人（R. M. Ogilvie, *A Commentary on Livy, Books 1–5*, p. 514）。

③ T. J. Luce, *Livius T. Livy: The Composition of His History*, Princeton, NJ: Princeton University Press, 1977, p. 231.

④ 参见 R. M. Ogilvie, *A Commentary on Livy, Books 1–5*, p. 526。

⑤ 参见 R. M. Ogilvie, *A Commentary on Livy, Books 1–5*, p. 526。

如果我们按照罗马人的算法，从罗马建国到卡米卢斯重建罗马的时间段恰好等于从卡米卢斯重建罗马到公元前27年的时间段，而公元前27年很可能就是李维出版最初五卷的时间节点，也是奥古斯都声称重建罗马的时间节点。①

在李维那里，卡米卢斯之所以有如此高的地位，很可能是基于两点：其一，卡米卢斯结束了罗马和维爱之间的战争，赶走了高卢人；其二，卡米卢斯建立了所谓罗马的"和睦秩序"（concordia ordinum）。尽管李维没有像普鲁塔克和奥维德那样提及卡米卢斯正是康科狄娅（Concordia）神庙的建立者，②他也没有明确说明这座于公元前367年建立的神庙象征着贵族和平民之间长期的阶序之争的结束，但李维的确说过，在独裁官卡米卢斯的协调下，城邦的两个阶层之间长期的纷争最终走向了和睦。（Concordia, 6.42.12）莫米利阿诺说，在李维笔下，和睦秩序（concordia ordinum）就此正式宣布为西塞罗和波里庇乌斯意义上的"混合政体"。③

这个和睦秩序本身是否可以等同于波里庇乌斯的混合政体其实完全可以另当别论，这里真正的关节之处在于，如何走入这个"和睦秩序"。换言之，历史中的混合政体是如何可能的？本质上相异的混合政体诸成分是如何结合在一起的？它们为什么没有走向排斥或分裂？

当然，这也是我们在"李维"这一节真正关注的问题。而李维不同于波里庇乌斯之处也恰恰就在此处。由于波里庇乌斯《历史》第六卷中的宪政考古学部分现已遗失，我们几乎已经不太可能了解波里庇乌斯对罗马宪政史演进的基本看法，但是在此之前，他却提出过混

---

① Gary B. Miles, *Livy: Reconstructing Early Rome*, Ithaca: Cornell University Press, 1997, p. 95.

② 关于康科狄娅神庙的创建争议，参见 A. Momigliano, "Camillus and Concord", *The Classical Quarterly*, Vol. 36, No. 3/4 (Oct. 1942), pp. 115–117。

③ A. Momigliano, "Camillus and Concord", *The Classical Quarterly*, Vol. 36, No. 3/4 (Oct. 1942), p. 119.

合政体得以可能的基本原则，这个原则通常被视作均衡制约，按照斯科菲尔德的看法，波里庇乌斯的平衡从根本上说是一种"恐惧平衡"（balance of fear），[1] 也就是说，政体的某一成分基于对另一种成分的恐惧，而导致相互之间形成某种平衡。西塞罗在《论共和国》里很可能继承了波里庇乌斯的看法，他同样认为，

> 当一方害怕另一方的时候（无论是一个人害怕另一个人，还是一个阶层害怕另一个阶层），那时候谁也不相信自己的力量，便会在人民和强有力的人们之间形成契约，由此便产生西庇阿所称赞的混合政体。（3.23）[2]

但对于李维来说，城邦却是因为恐惧（timor）而使得国家被分裂（2.57.3）；在城邦的第一次内乱即克拉提努斯退位事件里，布鲁图斯要求克拉提努斯退位时就明确提出，"你要消除城邦的恐惧（metum）"（2.27），而我们知道这正是前述李维那里的"派系政治的安全困境"的典范史例；更何况李维对"派系政治的安全困境"的正面表述同样明确确认了恐惧的破坏性后果——"每一方都对别人带来的畏惧（metuant）保持警觉，实则却让对方感到畏惧（metuendos）"（3.65.11）。[3] 因此，李维毋宁是对波里庇乌斯乃至于西塞罗的"恐惧平衡"提出了强烈的质疑。而即便我们认为，李维的"和睦秩序"的确采纳了波里庇乌斯或西塞罗的混合政体学说的部分因素，他对这一

---

[1] M. Schofield, "Social and Political Thought", in K. Algra, J. Barnes, J. Mansfeld, and M. Schofield eds., *The Cambridge History of Hellenistic Philosophy*, Cambridge: Cambridge University Press, 2008, p. 748.

[2] Sed cum alius alium timet, et homo hominem et ordo ordinem.

[3] 基本上 metus 和 timor 是恐惧的两种最常见的表达形式，两者之间的区别仅仅是风格学的；每个作者对这两个词的选择各有不同。参见 Ana-Cristina Halichias, "The Terminology of Fear in the Sallustian Monographies *De Coniuratione Catilinæ* and *De Bello Iugurthino*", in Maria-Luiza Dumitru Oancea, Ana-Cristina Halichias and Nicolae-Andrei Popa eds., *Expressions of Fear from Antiquity to the Contemporary World*, Cambridge: Cambridge Scholars Publishing, 2016, pp. 80–81。

政体的形成机制却一定持有自己的独立见解。李维事实上是用他的史述笔法向波里庇乌斯和西塞罗提出了质疑：这个所谓的"恐惧平衡"在多大程度上是可能的？如果这种平衡存在，那么这种平衡又究竟是怎样避免分裂、达成合作的？

由于波里庇乌斯文献的丧失，我们无从得知在他那里恐惧是如何达成妥协和合作的。而从李维本人的史述笔法来看，毫无疑问是节制而非恐惧才能让城邦走向平衡、和睦。李维对罗马人的节制的推崇在某种意义上甚至让他断然否认哲学的意义，他曾在一处提到，"即便存在着某个想象中的而不是现实中的智慧者的城邦（sapientium civitas），我仍然认为，他们也不可能做到［像当时的罗马人那样］，领导者对权力如此之克制，人民如此之良善"（26.22.14）。尽管不能说李维这里一定是对哲学家的"恐惧平衡"感到不满的缘故，但他的确明白无误地表示，甚至哲学家的城邦构想也不能做到罗马人曾经凭借历史经验达到的节制的高度，或者说，哲学家根本想象不到罗马人可能做到如何节制？！

【作者简介】

韩潮，哲学博士，同济大学人文学院教授，主要研究领域包括文艺复兴哲学、古典政治思想。主持国家社会科学基金一般项目"柏拉图与希腊民主理论的难题研究"（19BZX086）等。

"柏拉图式的爱"的发明

——文艺复兴哲人斐奇诺的哲学继承与创新

梁中和

（四川大学哲学系）

在我们的时代，大众对柏拉图的全部理解几乎只剩了"柏拉图式的爱"，而且往往只将其看作少年的浪漫主义情怀，在他们眼中这种排斥肉体接触的"精神性恋爱"注定是镜花水月，既没有实惠也难以实现。大众需要的爱大多靠触觉、视觉开启，靠相互占有和博弈维持，在一些没有意识到灵魂存在的躯腔里，的确很难理解何谓精神性的爱。

因此对现代人而言，要恰当理解"柏拉图式的爱"，遇到的首要问题就是如何意识到"灵魂"的存在，意识到在满足口腹、下体之欲以外，这个肉身中还有一种精神力量，叫作"灵魂"，也许现代人很难想象，原来只有灵魂，才是爱的真正载体。

斐奇诺是历史上第一位明确提出"柏拉图式的爱"的人，对斐奇诺同时代人而言，灵魂问题只是有些模糊，还很少有人质疑或忘却人有灵魂。因此对斐奇诺而言，问题只在于解释灵魂如何去爱：

> 灵魂如何爱身体？
> 灵魂如何爱灵魂？
> 灵魂如何爱至高的存在？

在介绍斐奇诺对"柏拉图式的爱"的解答之前，我们先简单回顾他之前的古代思想家如何看待这些问题。

一 灵魂与爱的诞生：苏格拉底以来的思想渊源

苏格拉底和几位青年的爱情自古以来人皆知之，如果以现代病理学的眼光把当时男性之间特别是男性长者和青年之间的爱恋，看作一种有机体和心理病因的性倒错、同性恋，那么必将错过苏格拉底对爱的看法。从苏格拉底和他最重要的爱人阿尔喀比亚德之间的对话《阿尔喀比亚德前篇》中我们知道，苏格拉底说的他所爱的其实是阿尔喀比亚德的灵魂，因为人即灵魂（《阿尔喀比亚德前篇》131c）。而且据色诺芬讲，苏格拉底对青年人的渴慕也不在于其年轻的身体，而在于他们更适于完善德性的灵魂（《回忆苏格拉底》4.1.2）。

从柏拉图"早期"对话《吕西斯》看，苏格拉底所中意的男性之间的友爱是基于知识、智慧和善的，德性有客观的标准，用以反对当时流行的"同类相聚""反者相聚"等自然法则支配下的解释。就柏拉图本人而言，虽然我们很难区分苏格拉底和柏拉图的具体观点，但是柏拉图论爱的著名著作《会饮》给出的爱的解释纷繁复杂，足以为后世解读各种意义上的爱情提供丰富的思想资源。其中肯定了《吕西斯》未决的问题，说人在本性上只向往美和善的事物，这应该是柏拉图继承自苏格拉底的笃定观念。《会饮》中相对而言代表苏格拉底—柏拉图的观点的内容要数苏格拉底转述的第俄提玛的话，第俄提玛说爱一方面来自贫乏，另一方面永远追求美和善，爱神是介于神与人之间的存在，就其贫乏而言类似于人，就其本性上追求美善而言则近乎神，有死的人只有通过爱才能获得延续，不光靠肉体的生育还有精神的延续，苏格拉底作为著名的精神助产士更偏重后者。柏拉图在《斐德若》中继续讨论爱欲的迷狂，一种超越理智人直接面对美善时产生的震撼和迷恋。就像灵魂驾驭着劣马拉着的马车，其冲动常使驾驭者为难，只有爱者的灵魂带着崇敬和畏惧追求被爱者时，劣马才得以被驯服，被爱者才能逐渐爱上恋爱者。这时也才出现一种爱的平衡和融洽。[①] 苏格

[①] 参见廖申白《亚里士多德友爱论研究》（郑州：河南人民出版社，2000，页37—48）中的分析。

拉底—柏拉图的爱是不离于性吸引的,架构了一种爱的阶梯,它开始于男性之间牧歌般的爱慕,而他们最终在对美善的共同倾慕中一起热爱智慧本身。①

后来亚里士多德在《尼各马可伦理学》和《尤台谟伦理学》中都对柏拉图解释的苏格拉底的爱进行了进一步分析,《尼各马可伦理学》卷八中呼应《吕西斯》中友爱的讨论,将友爱严格限定在人之间,而将人与物或物与物之间的感情排除出友爱的范围,他认为有三种友爱:因有用性而产生的爱、因快乐而生的爱、因善而生的爱,只有第三种爱存在于善人之间,是长久的。②从苏格拉底到亚里士多德有一种共同倾向,就是将真正的爱看作美、善和智慧的根本倾慕,这种倾慕是先天性的,也是适宜而合理的。

西塞罗在著名的《论友谊》中主要继承了亚里士多德的传统,认为友谊只存在于好人之间,他说的好人是指"他们的行为和生活无疑是高尚、清白、公正和慷慨的;他们不贪婪、不淫荡、不粗暴;他们有勇气去做自己认为正确的事情",并且将友谊明确定义为"对关于人和神的一切问题的看法完全一致,并且相互之间有一种亲善和挚爱",他说友谊是智慧之外神灵赐给人类最好的东西。他也继承苏格拉底—柏拉图传统,认为友谊出于本性的冲动而非求助他人。③

普罗提诺继承了柏拉图的学说,认为每个灵魂都向往美的爱,所有生命本性中都有这种爱,人类天生缺乏美善同时也天生渴望美善,因此他们需要回归更高的存在。④伪狄奥尼修斯也认为至善至美必然是万物所欲望、渴求和热爱的,神因为善而创造、完善和维持万物,并使它们回转。神圣的渴求是为了至善,伪狄奥尼修斯着力肯定了"欲望、欲求",他将渴求和爱看作意义完全一致的东西,"真正的渴

---

① 参见泰勒主编《从开端到柏拉图》,韩东晖等译,北京:中国人民大学出版社,2003,页475。

② 参见汪子嵩等《希腊哲学史》卷二,北京:人民出版社,1993,页458—459。

③ 参见西塞罗《论老年 论友谊 论责任》,徐奕春译,北京:商务印书馆,1998,页52、53、57。

④ 参见《九章集》3.5。

求"适合于《圣经》和上帝。这种至高的神圣渴求会产生迷狂出神，在下者回归在上者，正如圣保罗所说，"现在活着的不再是我，乃是基督在我里面活着"。伪狄奥尼修斯说圣保罗是真正的爱者，他在对上帝的爱中不再拥有自己。① 从伪狄奥尼修斯这里斐奇诺接受了"欲望"概念，也转承了圣保罗的在爱中消失自我的思想。

二 "柏拉图式的爱"发明的历程

斐奇诺被认为是"柏拉图式的爱"（amor platonicus）这一概念的发明者，主要是因为他的《〈会饮〉义疏》被译成意大利语、德语、法语后，才广泛传播起来，虽然真正首次提出这一概念是在斐奇诺的一封信中。

他认为一段爱的真实经验唤醒一个灵魂与上帝相连的自然欲求，爱可能是从感官因素开始，但那只是对真正的爱的准备，即对上帝之爱的准备。点燃人类共同欲念的美和善应该被理解为神的美和善的反映。我们对他人的爱其实真正地属于上帝。在哲学中爱人之间对真理的积极探求是爱的真正基础，也形成了爱人间的真正联系，真正神圣的爱是独立于性爱而存在的，是能够在同性或异性之间存在的。②

当时对于柏拉图式的爱有很多争论和攻击，特别是涉及同性恋爱方面。③ 斐奇诺反驳了人们对柏拉图品格的攻击，也捍卫了苏格拉底的名誉，他指出即使在对苏格拉底的指控中也没有对他非正常爱情的责难，然后他接着问道："你认为如果他已经带有这样的污点，没有逃脱这些恶习，那么那些指控者怎么会放过这个攻击他的把柄呢？"④ 他说谁胆敢诽谤柏拉图是因为"他沉溺于（欲）爱中太深"，

---

① 《论圣名》4.9–12，参见（托名）狄奥尼修斯《神秘神学》，包利民译，北京：生活·读书·新知三联书店，1998，页31—34。

② 参见 Craig Edward, (General Editor), *Routledge Encyclopedia of Philosophy*, Routledge, 1998, "Ficino,Marsilio" 词条。相关资料见词条文献注释部分。

③ 参见本书附录二。

④ 斐奇诺：《论爱》[Ficino, *Commentary on Plato's Symposium on Love*, S. Jayne (trans.), Dallas, 1985]，页155；*Commentaire*, p. 242。

应当为自己感到羞愧,"因为我们永远不能过分纵容自己,甚至不能满足有礼的、道德的和神圣的激情"。①

斐奇诺将柏拉图的爱与《圣经》中的爱的讨论联系了起来,他坚持认为苏格拉底在卡尔米德身上闪现出的一瞬间的燃烧的欲望,应该被重新解释,就像所罗门之歌一样,应该被看成有寓意的。②斐奇诺与前人相比,更是将柏拉图的爱基督教化;同时,斐奇诺还通过强调"柏拉图式的爱"在新柏拉图主义形而上学中的地位,使这个概念更受欢迎。斐奇诺很大程度上倚重普洛提诺的《九章集》卷一章六"论美"和卷三章五"论爱",将第俄提玛的爱的阶梯(《会饮》210a-12a)转变为灵魂本体的上升,通过天使的理智最终达到太一,也就是在新柏拉图主义那里相当于基督教的"上帝"。③

然而斐奇诺本人就真实地爱着一个男人,当然不是性爱意义上的爱,他的《〈会饮〉注疏》就是献给他的爱人乔万尼·卡瓦坎提(Giovanni Cavalcanti)的,他说尽管他之前已经从柏拉图那里了解了"爱"的定义和本质:"这神有大能,但祂却对我隐匿了三十四年。直到一位神圣的英雄,用来自天界的眸瞥见我,他神采奕奕地点点头,向我展示了这爱的伟力。"④这表明他的柏拉图式的爱的概念是较为男性化的,同时代人为他写的传记中也提到:"他痴迷于苏格拉底的那种爱,他曾经讨论苏格拉底对待青年的方式中的爱的主题,并为其辩护。"⑤

但是我们要清楚的是,斐奇诺明确谴责同性性行为,他认为那是

---

① 斐奇诺:《论爱》,页 41;拉丁文本参见 Ficin, *Commentaire sur le Banquet de Platon*, R. Marcel ed., Paris: Les Belles Lettres, 1956, p. 143。

② 参见斐奇诺《斐奇诺全集》卷二, *Opera Omnia*, Basel, 1576, 页 1304;相似的说法亦参见斐奇诺注释《斐德若》,见 M.J.B. Allen, *Marsilio Ficino and the Phaedran Charioteer*, Berkeley: University of California Press, 1981, pp. 78-79;以及 James Hankins, *Plato in the Italian Renaissance,* New York: E.J. Brill, 1990, Vol. 1, p. 313。

③ 参见斐奇诺《论爱》,页 136—145;*Commentaire*, pp. 230–239。

④ P.O. Kristeller, *Supplementum Ficinianum*, 2 vols, Florence: Leo S. Olschki, 1937, Vol. 1, p. 87。

⑤ Giovanni Corsi, *Vita Marsili Ficini*, 在斐奇诺《书信集》卷三,页 144;拉丁文本见 R. Marcel, *Marcel Ficin,* Pairs: Belles Lettres, 1958, p. 686。

"违背自然秩序的"。但是他认为这并不影响人们通过男性之间的爱,来帮助柏拉图式的灵魂向终极之美的精神性上升。在斐奇诺看来,寻求低等的爱的男人,只是寻求物理的"受精和繁衍"(《会饮》206e),寻求"欲望"的满足,寻求一个美人儿,来生育"俊美的后代";而追求更高的神圣之爱的人,则属意于灵魂而非身体,意欲教导"那些俊美的男子",并且从其卓越的外表看到内在的德性。[①] 在这神圣的攀升的旅程中,斐奇诺认为我们应该以神为导引,以一位男性为伙伴。[②]

从斐奇诺对年长者与少年男子的爱的简述,我们可以了解柏拉图式的爱的大体内容:

> 爱首先源自上帝,然后穿过天使和灵魂,如同穿过玻璃一般;从灵魂那里它很容易进入准备好接受它的身体之中。然后,从一位年轻之人的身体中,它照射出来,特别是通过眼睛,这灵魂的透明窗户。它向上飞着,穿过空气,射进了年长者的眼睛之中,穿透其灵魂,并点燃了他的欲望,于是它疗治着这受伤的灵魂,并平息着点燃的欲望,它带领它们去往它自身起源的地方,一步一步地,首先到达被爱之人的身体,然后是灵魂,然后是天使,最后到达上帝,这一光芒的最初起源。(*DA*,6.10)[③]

下面我们就详细论述斐奇诺眼中这由具体到宏大的爱的旅程。

三 灵魂归宁途中的爱侣:作为精神引导的"柏拉图式的爱"

斐奇诺的"柏拉图式的爱"也分意义层级,我们要想了解其最高

---

① 参见斐奇诺《论爱》,页 54、131—132;*Commentaire*, pp. 155, 225。

② 参见斐奇诺《书信集》卷一,页 96—97;《斐奇诺全集》,页 633—634。参见 Jill Kraye, *Classical Traditions in Renaissance Philosophy*, London: Routledge, 2002, pp. Ⅲ , 78–79。

③ DA 是斐奇诺《论爱》(*De Amore*)的缩写,这里指《论爱》第六篇谈话第十章,以下均依此例。

的意义必须从起步说起，首先是灵魂对身体的爱和两性之间的爱，其次是灵魂之间的超越性别的爱，最后再讨论其"柏拉图式的爱"的内在理论层次和最高奥义。

（一）灵魂对身体的爱和两性之爱：爱愿与婚姻

从灵魂与身体的关系来看，灵魂似乎只是受制于身体，对身体似乎没有爱，灵魂只是将自己回归神圣的本性带到身体中来，因为它本性上是活动和有作用的，它一定会转向其本性上的最初对非物质者的渴念，而这种渴念将其完全转向了无形无象者。（PTH，APP，25）①但在斐奇诺看来人们不必因为自己总是屈从于身体而烦恼，因为那不是因为他们屈从于某种势力，而是屈从于爱，正是爱使得灵魂有机缘进入身体，身体也才有了生命，正是因为爱，人们才给予子女和自己的手工艺品以灵魂。比如一个母亲爱自己的孩子就像爱自己的手工艺品一样，母亲因为爱孩子常屈从于孩子，有时是对的，有时则是溺爱，灵魂之于身体也是如此。因此灵魂屈从于身体并非本性使然，特别是在反思过程中反对它，即便是赞同也不是因为生性，也不是被迫，而是因为爱，这便是灵魂对身体的爱。（PTH，9.3.8）斐奇诺说在柏拉图看来，这种爱是满溢的生命给予最切近者以生命的丰沛欲望。（PTH，13.4.3）这是一种丰足者与物分享生命的欲望，是一种美好的甚至是必然的愿望，我们姑且称之为"爱愿"。

当然灵魂对身体的这种爱愿是有限的，特别是就人类而言。因为身体不是灵魂的源泉，这点很清楚，自杀就是个例子，斐奇诺认为只有人才会自杀，动物是不会的，可见人可以因为厌弃身体而主动要求脱离它。（PTH，9.3.8）这种尴尬的爱是由灵魂的角色和地位决定的，因为灵魂本身是思想和形体之间的界限，它不光渴望神圣的事物，而且也由于自然的眷顾和爱，从而和物质搅在一起。这种自然的爱将灵

---

① Marsilio Ficino, *Platonic Theology*, Volume 1–6, English translation by Michael J.B. Allen, Latin text edited by James Hankins with William Bowen, *Theologica Platonica*, English & Latin, Cambridge, Mass.: Harvard University Press, 1975–2009.

魂和身体结合在一起，而且它将灵魂禁锢在身体中，每天鼓动它去不断滋养身体。灵魂的感知能力和欲望得到滋养，这时灵魂不光爱身体，而且延伸到了其他和身体相关的事物，变得越来越贪婪和随意，这时就形成一种恶习，甚至成了一种死亡，灵性的死亡，它为自己编织的网太密太厚，已经把自己包裹起来了，不除去它就无法让灵性苏醒。（PTH, 16.7.12-13）但是我们不能说灵魂因为服侍身体或被身体玷污了而更不神圣，灵魂并未被身体玷污，只是太爱身体了而败坏了自己。（PTH, 16.7.19）

因此灵魂出于爱而进入身体，同样出于爱而离开它，（PTH, 16.7.15）前者是自然赋予、生命的爱愿所赐，后者则是本性要求、源头的召唤。它对身体的爱是正当合法的，有理由有根源的，但需要注意的是不要过度地溺爱身体，要保持对神圣事物开放的灵性，而不至于被物质障蔽了本性。

以此推论，既然灵魂爱自己的身体，那么为了身体的感官愉悦，当然也就爱异性的身体，因为两性结合毕竟会满足身体的正当需要，这是两个灵魂相互接近的门径。一般认为柏拉图式的爱是精神性的，其实斐奇诺的"柏拉图式的爱"并不妨害两性之间的关系，斐奇诺说人们在说两个灵魂相互接近时首先是身体相互接近并不奇怪，他认为性的结合不是罪（Non malum est concubtius），因为在向往善的时候自然会那样，罪恶在于夫妻俩灵魂中缺乏节制。身体的繁衍并不是来自不节制，而是来自性的结合。在这种繁衍中，上帝不是因为这种性结合的欲念来分配灵魂的，而是根据恩典的法则，这法则在永恒中从事物一开始就注视着性结合的频率和次数。（PTH, 18.3.8）因此身体之间的结合如果也算一种爱的话，它只不过是为灵魂的诞生和分配做准备，只是人们的灵魂追求善的最初脚步。因此斐奇诺不光不反对男女之间的性关系，而且认为那是自然本性的要求，罪孽在于不节制。

由性别参与和主导的人际关系的最高形式莫过于婚姻，斐奇诺对婚姻是赞赏的，虽然是在不同的意义层次上。他认为婚姻中最重要的是双方的人品和个性，女人挑选的男人应该是像泰米斯托克勒斯

（Themistocles）说的那种"他需要钱而不是钱需要他的人"，男人挑选女人时只要知道普拉图斯（Plautus）说的"她带着好品质来就是带了足够的嫁妆"就行了。（Letters，5.39）这是在世俗的意义上讲，斐奇诺还认为如果一个人是神圣的，那么他的婚姻会通过生育而保存人类的种族。① 妻子和家庭会给人以甜美的安慰，或至少可以给人以最强大的道德哲学方面的激励，苏格拉底就曾坦承他从自己妻子那里学到的道德哲学比从阿那克萨格拉或阿凯劳斯（Archelaus）那里学到的自然哲学还多。斐奇诺说自从人类被创造出来，没什么比婚姻建立得更早更重要，它位列神圣的秘义之中，在人群中享有最高的尊敬。它的威力一再得到尊重，智慧者也不鄙视它，因为他们看到婚姻有利于社会秩序而且不妨碍学习，它还让人们生活节制，让人认真对待时间。

斐奇诺说也有人不结婚，那是例外，柏拉图年轻时反对婚姻但是晚年反而悔恨，他献身于自然女神，才免于两种指责：一是忽视婚姻，二是没有子嗣。他在《法义》（721c、774a）中说没有娶妻者应该远离一切公职，并且当被课以重税。至尊赫尔墨斯也说这种被人类的法律判为完全无子嗣的，神圣的法则也会判定其为干枯无果的树木。在神圣的法则下只有两种人可以豁免：一是由于本性残缺而完全不适合婚姻的，二是将自己只献给智慧女神密涅瓦（Minerva）的，就像他们已经向一位妻子发誓。自然本身会原谅前者，但是如果誓志者追求爱神维纳斯，那么贞洁的智慧女神密涅瓦会谴责他们。

没有家庭和婚姻生活的人，没有经历对妻子儿女难以磨灭的爱的人，在斐奇诺看来不懂得如何真正地坚定地爱别人，没有家庭教他忍耐，他也永远不会容忍这个世界，也不懂得通过容忍而克服它。如果他没有面对过妻子和孩子的哭泣，也不会真正生出怜悯之心，如果心灵不熟悉不幸，就不知道如何救助苦难的人。最糟糕的是，不懂得如何料理家的人，也不会经常恳求上帝保佑其利益。这种人忽略了人间

---

① 在这点上斐奇诺与柏拉图的观点相合，参见柏拉图《法篇》卷四，721c。

自身律法中最重要的部分，忽略了对上帝的崇拜。没有婚姻护体，人很容易被剥光。人要和上帝一样，让子嗣和自己相像，让其繁衍，管理他们，引导他们。在地上的邦国获得执掌的技艺和权威，才配在天国尽职尽责。（Letters，3.34）

因此，斐奇诺在三个意义层面上肯定了婚姻，首先也是最重要的是婚姻有利于人们进入天国时有能力履行管理的职责，其次是有利于人类在人间发现和体证道德哲学，最后是有助于人们在现实中拥有爱和悲悯的能力。

斐奇诺肯定了灵魂对身体的爱和两性在婚姻中正当的爱，但是这些都还是"柏拉图式的爱"的基本层面。身体的结合毕竟比不上灵魂的吸引，两性婚姻中的爱毕竟受制于世俗事务和性别考虑，因此还有待超越，人间还有更高的爱。

（二）灵魂与灵魂的爱：在友谊中合一

斐奇诺用神话阐明了友谊的诞生及其与爱和信仰的关系：优雅之神感动了爱神，爱神生出信仰之神，信仰之神拥抱其父亲爱神，在这种拥抱的温暖中，爱产生了友谊之神。信仰之神喂养了这个爱的婴孩，让她逐渐成长，保护她免受摧残毁坏。万物都是越老越衰弱，但友谊却是越久越强大。因为意志是免费的，获得友谊无须昂贵的代价。信仰历久弥坚，也坚定了友谊。（Letters，1.56）

进一步阐发时，斐奇诺说按照柏拉图主义的观点，真正的友谊是两个男人生命的永恒合一。但是他认为生命合一只是说那些为同一目的工作的人，就像他们选择同一条路走向同一个终点。但是他认为真正恒久的友谊是在他们把目标设立在普遍而非单一、恒久而确切的责任上时产生的。斐奇诺论证说，人类总是在三个方面为他们认为好的东西努力，即灵魂的、身体的和外在财物，也就是说人们追求灵魂的德性、身体的愉悦和财物的富足。其中第一种追求物是确切而恒久的，另外两个则是变化而有朽的。因此生命的永久结合，亦即真正的友谊，只可能发生在那些一起追求着并非易变易逝的财富或感官享乐的人之间，只可能发生在有普遍的热忱和决断去追求和磨炼单一而永恒之灵魂德性的人之间，柏拉图称这种德性为"智慧"。斐奇诺认为柏拉图用太阳喻让人们认识到正是神让我们得以见到真理，也是神产生了真理，因此上帝对我们而言是道路、真理和生命：道路，正是因祂的光祂转向我们，引导我们回到祂那里，把我们聚合起来；真理，当我们转向祂时祂就向我们显现；生命，祂不断地滋养我们，沉思祂的灵魂并给予祂愉悦。一切智慧的基础就是对祂的渴慕，因此真正友谊要求灵魂德性的培育，而这又有赖于对上帝的敬拜和渴慕。斐奇诺甚至说决意培育灵魂者亦必培育上帝。(Letters, 1.51)

因此，真正的朋友就是相互帮助培育灵魂。灵魂的培育建基于德性的培育，德性即智慧，智慧即理解神圣者。神圣的光赐予这种知识，因此培育灵魂就是培育上帝本身。友谊就是两个灵魂（人）在共同培育上帝中的至高和谐。因此友谊从不只是两个人的事，而是两个人和上帝三者之间的事，友谊是人类生活的导引，它使我们联合起来成为一体。(Letters, 1.51) 有一次斐奇诺甚至说真正的友谊不需要语言，他说两个人有语言或相互通信就意味着总是相互临在的两个人分开了，和上帝亦然，他说上帝要他放下笔，不要分离自己和上帝。(Letters, 4.18) 那些没有上帝这唯一者参与的友谊就很危险，看起来越友好就越有害。(Letters, 4.19)

斐奇诺曾明确点明"柏拉图式的爱"和友谊的关系，他说"友谊"来自"柏拉图式的爱"，友谊在柏拉图式的爱中孕育、滋养和成长，这种柏拉图式的友谊比亲戚之间的关系还要可靠。在这种柏拉图式的爱所诞生的友谊之中出现的情况是，不同的身体拥有同一个灵魂。(Letters, 5, appendix letter)

可见斐奇诺眼中灵魂之间的交谊就是在对上帝的追寻和理解中合一，这也就是柏拉图式的爱产生的"真正友谊"，它是"柏拉图式的爱"的产物，是其在人间的功效和作用。但很明显人间的友谊不能囊括"柏拉图式的爱"的至高内容和功用，只有在爱中与上帝合一才是柏拉图式的爱的归宿和目的。

四　灵魂在爱里与上帝合一：作为神秘神学的"柏拉图式的爱"

在斐奇诺看来，爱一诞生便开始追寻美。他说当心灵第一次朝向上帝时爱便诞生了。上帝注入心中的光芒是爱的饮食，心中性情的增益使爱成长，心灵伸向上帝则是爱的催进，理念的成形则是爱的完善。一切形式和理念的结合我们在拉丁语中称之为 mundus（装饰、世界），在希腊语中称为 κόσμον，即一种装饰。这一"世界"或"装饰"的典雅就是美。

（一）爱与美的循环

爱在诞生之后便迅速使心灵受到美的吸引，它引导心灵从以往的丑陋走向现成的美貌。因此爱的情形就是将事物带往美，把丑陋者融合在美貌者中。（DA，1.3）可见世界的形式和理念结合的一刹那美便产生了，爱一开始的任务就是引导万物归向美。

斐奇诺在谈到人类的爱与美时说，爱就是一种享受美的渴念。[①]美是吸引人类灵魂朝向它的某种光芒。身体的美不过是色彩和线条装点中的光芒。灵魂的美只是教义与习俗的和谐中的光芒。就身体的美而言，只有眼睛才能享受，因为感受身体之光的，不是耳朵，不是嗅觉，不是味觉，也不是触觉，而是眼睛。如果只有眼睛可以辨认这种光，那么也只有眼睛才能享受它。既然爱不是别的，正是一种享受美的渴念，而这美只有眼睛才能感知，所以爱着身体的人仅仅满足于视觉。因此相应地，对于触觉的欲望就不是爱的一部分，也不是情人的某种激情，而毋宁是一种淫欲和卑鄙之人的烦恼。而就灵魂的光和美而言，我们只能靠理智来把握。所以，爱着灵魂之美的人，仅仅

[①] 其思想来源参见柏拉图《会饮》201a、《斐德若》237d–238c；普罗提诺《九章集》3.5.1；斐奇诺《书信集》46。

满足于理智的观察。在情人之间，美与美是相互交换的。就两位男子而言，一个男人用眼睛享受他所爱的青年男子的身体之美，而这位青年则通过理智享受着这个男人的灵魂之美。通过这种关联，仅仅拥有身体美的人，在灵魂上也变得美了；而仅仅拥有灵魂美的人，则让肉眼充满了形体美。所以，这是一种美妙的交换。对于双方来说都是崇高、有益而愉悦的。就德性来说，双方是一样的，因为学习和教导是一样崇高的。就愉悦感来说，年长的男人更强烈，他在视觉和理智上都感到愉快。但是就益处来说，年轻的男子获益更多，因为正如灵魂高于形体，获取灵魂之美亦高于对形体之美的获取。（*DA*，2.9）

相较于形体的美，斐奇诺更重视灵魂的美，他说人们终日忙碌于外在的资财，却忘了内在的耕耘。他说屋子里的一切相比灵魂美是最大的羞耻，一个人再穷也比屋里富足内心空洞的人富有。原因在于人就是灵魂，身体像一只野兽，过分关心身体就像不断喂养一只野兽一样，它会变得越来越残暴和强有力。（*Letters*，2.60）很明显，这时的人几乎等于禽兽了。

因此就人而言，形体的美在于形式，人的美在于灵魂，爱是对美的追求和享受，因此真爱在乎和享受的美也是形式和灵魂的美。人与人之间的爱其实是相互获取、充实对方的形体与灵魂的美，这种人与人之间的真爱容易发生在男性之间，因为男性之间分享的理性更多，更不容易堕入对感官享乐的追求，男性共同的精神追求也更多一些。男女之间限于性别之爱，男人之间则是精神的共同成长和培育，这是柏拉图式的爱在人与人之间实施的本义。

在斐奇诺那里爱和美实际在根本上是合一的，他认为上帝神圣的美产生了爱，亦即在万物中对其（美）自身的渴欲。因为如果上帝吸引世界归向自己，而世界也被吸引了，那么就有一定持续的吸引会再次回来，它开始于上帝，生发出世界，最终回归上帝，就像一种圈环，回到其出发的地方。这同一个环，从上帝到世界再从世界到上帝的环，有三个名字。因其生于上帝而又受到祂的吸引，便被称为美；由于它生发出迷恋它的世界，于是被叫作爱；由于回归其创作者，将其作品与祂结合，所以被唤作满足（享乐）。因此爱开始于美终止于满足。(DA, 2.2) 这也就是说上帝因其自身神圣的美善而生出这个爱的循环，这种循环既表现了上帝的美和祂对世界的爱，也说明了世界为什么爱上帝，为什么渴望回归上帝。这是从最根本的层面看上帝神圣的爱和美。

（二）爱作为向善的欲望

斐奇诺从柏拉图主义者那里继承了一切向善的思想传统，认为万物都来源于善，因此它们天生想要回归源头，万物的一切所作所为都来自善、借助善、为了善。(PTH, 2.7.2) 这种万物天生的根本性渴欲就是向善的欲望。这种渴欲不同于人的感官欲望，而是一种根本性的存在倾向，是包含在万物中最根本的倾向。(PTH, 2.11.12) 这种欲望本身是善的，它本身也来自最初的善，万物都是由于神圣的善的吸引而寻求善的。(PTH, 2.13.2) 万物的自然欲望都是指向善的，也就是指向生命和存在的。万物的一切欲望和行动由于来自善，因此也都是指向和归向善。(PTH, 5.4.8) 思想也自然而然渴欲生命脱离有朽的形体。(PTH, 8.2.13) 当然人的灵魂更不例外。

人的理性灵魂对第一真理和首要的善的渴欲是灵魂不朽的标志之一。理性灵魂构想出普遍的真理和至善的原则来追寻普遍的真和渴欲普遍的善。一切真实的事情都包含在普遍的真理中，一切善也都在普遍的善之中。因此理性灵魂不满于知道一个真理，而是一再地追寻，对善也一样。每一个真理和每一件善事都是上帝本身，祂是最初的真理和首要的善。人们最渴望对祂怎么样呢？成为祂。(PTH, 14.2)

（三）爱与沉思：与上帝合一的两条路径

对人而言，向善的欲望是来自意志的，正如理智通过沉思的原则来关心自己一样，意志会通过行动的原则亦即至善本身来关心自己。(PTH, 9.4.14) 理智以真理的方式考察自身，意志则以善的方式考察自身。理智要由真理满足，意志要由无限的善来满足，因此理智和意志都只能通过上帝得到满足，因为在上帝之中是真理和至善的全部理性原则。(PTH, 10.8.6) 也就是说理智只有通过沉思才能提高自身，意志则通过对至善的渴望，这种渴欲就是深层次爱的表现。因此人的理智和意志的这些趋向上帝的本性是灵魂回归上帝的根本凭助。理智向上帝回归的最高表现就是沉思，意志归向上帝的唯一道路就是爱，前者也是对真理的沉思，后者是对至善的爱，而上帝是最初的真理和首要的善。

斐奇诺认为万物都依照自身的自然能力以上帝为目标，它们都以各自的方式渴望变得像祂一样：缺乏生命的形体是通过存在，有生命的事物是通过生活，拥有感知的动物通过感知，理性存在通过理智。但是我们只有理解了上帝才可能像祂一样，我们的目标就是通过理智观察上帝，然后通过意志受享上帝，因为我们至高的善是我们的至高权能或属于它的最完善行为的最高对象。我们的最高权能是思想（头脑）和意志。它们最高的对象是普遍的真理和普遍而全然的善，亦即上帝。(PTH, 14.2.2)

可见斐奇诺将人归向上帝的道路分作两条：通过理智对至善的沉思进入上帝和通过意志对至善的爱进入上帝。前者注重先认识理解后融合，后者重视先以其为目标行动，去爱，去融合。用后世的术语说，前者属于认识论范围，后者属于实践论范围。同时斐奇诺其实更重视实践论维度的归途。这里我们要强调的是人的行动和意志，至善是人类行动和意志的动因和归宿，因此爱作为向善的欲望，也就是向善的意志。在斐奇诺那里，行动高于思考，意志高于理智，因此对至善的本能渴欲比对真理的理性探究更根本、更有力，通过意志更容易实现回归上帝的愿望和本性。因此，爱的神秘神学就在于如何实践这种向善的意志和行动，如何实现这种"爱"，如何在爱之中和上帝合一。

（四）灵魂和上帝在爱中合一

斐奇诺在《论爱》中描绘了灵魂回归上帝的途径。他创造性地诠释了阿里斯托芬在《会饮》中的神话，他说灵魂初生时是完整的，而一种想要和上帝齐平的骄傲造成了灵魂的分裂，他说灵魂初生时有一对孪生的光亮，但随后它使用其中一种而忽略了另一种，陷入了身体的深渊，就像陷进忘河（Letheum）一般，[①] 暂时忘记了自己。这时灵魂被感官和肉欲所控制，就像被侍卫和暴君控制了一样。但是随着身体日渐成熟，感官得到净化，再加上学习的作用，灵魂会稍稍苏醒。这时自然的光亮向外照射着，并寻求着自然事物的秩序。通过这种寻求，灵魂感知到自然世界这个庞大的器械有一位建造者。于是它想要看见和享有（cupit et possidere）祂，但只能通过神圣的光耀（diuino splendor）[②] 才能感知祂。灵魂的理智受到强烈的刺激，在自身光亮的驱使下想要恢复神圣的光亮。这种驱使和欲望就是真正的爱，在它的引导之下，人的一半渴慕着其自身的另一半，因为作为灵魂一半的自然光亮，想要在灵魂之中再次唤起那神圣的光亮，它是之前被忽略了的、作为同一灵魂之另一半的光亮。斐奇诺认为这条灵魂回归的途径早已被柏拉图看到。[③]

斐奇诺接下来描述了上帝之光进入灵魂后的情形。他说当上帝将自身的光注入灵魂时，祂让这光首先可以引导人类通往福乐，这福乐就在于受享上帝。这时的人被四种德性引领着：明智（prudentia）、勇气（fortitudine）、正义（justitia）和节制（temperantia）。明智首先向我们展示了福乐，其余三种德性，就像三条大道，引领我们通往福乐。为了达到这一目的，上帝在不同的灵魂中以不同的方式调试祂的光芒，以便使有些灵魂在明智的引领之下，通过勇气的作用再次寻找到它的创造者，有些则通过正义的作用，而另外一些则通过节制的作用。比如有些人为了崇拜上帝或为了荣耀或为了祖国，而勇敢地承受危险和死难；有些人正义地安排生活，他们既不伤害别人，也尽可能地不允许别人去伤害自己；还有一些人则通过守夜祷告、禁食和劳作来控制欲望。这三条大道都可以达到明智指给人们的同一福乐境界。

---

① 参见柏拉图《王制》卷十 621。柏拉图那里用的是 Ἀμελής [阿迈乐思河]，是希腊人传说中的冥河之一，饮其水便会遗忘过去，拉丁文化中称之为 Lethe 河。

② 这里是指从外部注入的灵魂之光，与自然之光相对而言。

③ 参见柏拉图《第二封信》312e，柏拉图给狄奥尼索斯（Dionysius）的信中所说的："人类灵魂想要通过观察与它自身相关的那些事物，来理解神圣事物。"

上帝自身的明智之中也包含这三种德性。人类灵魂急切地渴慕它们，希求通过运用而获得它们，然后紧紧地靠向它们并永远享有它们。

斐奇诺还生动地描摹了爱将人（亦即灵魂）引入天堂的情景，他说正是爱在分配福乐的等级赐予永久的欢愉。爱是仁慈的，祂首先引领灵魂来到天堂的桌旁，上面盛满美味佳肴和玉液琼浆；然后指派给每个灵魂一个座位；最后祂使他们永远甜蜜地留在那里。除了那些使天堂之王（celorum regi）感到喜悦的人，再没有谁能回到天堂。他们使祂喜悦，他们非常爱祂。而且斐奇诺进一步说，知识不能企及上帝不是因为知识不可靠，而是现世的知识远远不够，他说想在这世上真正认识（cognoscere）祂是完全不可能的。但是无论你是如何理解祂的，真正地去爱祂却不仅可能而且简单。那些认识上帝的人并不使祂喜悦，除非当他们认识祂时也爱着祂。那些认识上帝也爱上帝的人，上帝也爱他们，这不是因为他们认识祂，而是因为他们爱祂。正如人们并不会用爱拥抱那些认识他们的人，而只会拥抱那些爱他们的人。许多相互认识的人却互为敌人。因此斐奇诺说：

> 让我们重回天堂的不是对上帝的认知，而是爱。
> *Quod ergo nos celo restituit non dei cognitio est, sed amor.*

斐奇诺总结说爱有三种益处（beneficia）值得赞赏：

第一，使原先被分裂的人类重获整全，借此祂引领人们回归天堂；

第二，祂指派给每个灵魂一个属于他的座位，并且使所有人都对这一分配心满意足；

第三，祂通过自身某种爱根除所有嫌恶，祂源源不断地在灵魂中重又燃起光亮，使它获赐可爱而甘美的果实。（*DA*, 4.5–6）

以上这些都说明了"受享上帝"是斐奇诺提出的人（灵魂）与上帝合一的核心观念。这种受享不是占有式的"拥有"，而是完全的融合和分享,由于人的理智的局限性,通过认知和理解是无法企及上帝的,因此斐奇诺转向了一种意志哲学和神学,将至高的向善意志称为爱,将这种至高的爱认作回归天堂的唯一坦途。因此斐奇诺在《论爱》最后感慨地高呼:

> 让我们崇拜爱,祂对我们如此慈悲,在爱的引领下我们可以保全上帝的整全,可以说,保全慈悲,并用燃烧的爱去爱整全,我们也就可以用不朽的爱受享整全的上帝!(DA, 7.17)

五 余论

对"柏拉图式的爱"千百年来不乏承继和发扬,而且不限于哲学,对文学作品也有诸多深刻影响,并且扎扎实实地影响着现实中很多人的生命、生活。人们追逐爱情,进入婚姻时无不有对"爱"的体验和想法,而对友谊所彰显出的柏拉图式的爱,以及对生命的探索所展示出的柏拉图式的爱,都是弥足珍贵的人类经验。在现代,舍勒、蒂里希、沃拉斯托斯等都在各自的语境中对"爱"的论题有过创造性的阐发,对柏拉图式的爱也有一定的理解和看法。斐奇诺所传授的"柏拉图式的爱",让我们得以摒除对爱的诸种误解。我们以为爱是激情,轰轰烈烈、生死相许,总不免把爱期待为恒久的悸动,在激情消退时又不知所措难以为继。斐奇诺却说,爱是对美的渴慕,而美是和谐,因此在爱里我们需要节制、适度和高雅。强烈而狂野的冲动只会使理智混乱,而情欲的放纵更是爱要避免的,因为它让我们陷入疯狂,让我们与美背道而驰。我们要懂得用理智静享灵魂的美,以美的方式沉湎于爱中。我们以为爱是换取,各取所需,我给予所以我索要,时时不忘紧盯得失的天平。斐奇诺却说,爱着的人,是一个在自己身体中死去而在另一个身体中复活的灵魂。在爱里,只有离自己愈远,才能离爱人愈近。

斐奇诺告诉我们,爱无关形式,爱居于灵魂之中;爱也不寄予物质,是对美的渴求在我们心中点燃爱,而美是非物质的。我们想方设法得到爱，但爱不是技艺，是本能；爱不工巧，自然而然。斐奇诺说，爱人将被爱之人的形象刻于灵魂中，当被爱之人在爱人的镜中照见自己的形象时，就会身不由己地进入爱。"我们"从来不在爱之外，也不在爱之中，我们和爱没有分别。当一个男人想占有一个女人或所爱之人的时候，正如纪德所言，他其实只是"爱"她（他），我们往往在表达和实现自己强烈的"爱"时迷失了方向，陷入歧途，以为占有了就实现了爱；就像"哲人—爱智者"（philosophus）最终成了"学者"（philologus），于是对真理的追随和探索，堕为对知识的持守和转述。在不断的试错中，我们纠结彷徨，以为"爱"是一个人的事，或两个人的事，却忘记了它一直是我们共同存活的根由与源泉。

【作者简介】

梁中和，哲学博士，四川大学哲学系教授，主要研究古希腊哲学和文艺复兴哲学。主持国家社会科学基金一般项目"普罗克洛的'柏拉图对话评注'翻译与研究"（21BZX014）等。

海德格尔论亚里士多德的"努斯"概念[*]

熊 林

（四川大学哲学系）

对希腊思想的诠释伴随着海德格尔（Martin Heidegger）的一生。他在1923年夏季学期所开设的讲座课中曾说："在探索中，青年路德（Martin Luther）是我的伙伴，而他厌恶的亚里士多德（Aristoteles）是我的榜样；克尔凯郭尔（Kierkegaard）给予我推动，胡塞尔（Edmund Husserl）则赋予我双眼"。[①] 早在1907年，年仅18岁、还是一位中学生的海德格尔受布伦塔诺（Franz Clemens Brentano）博士论文《根据亚里士多德论"是者"的多重含义》（*Von der mannigfachen Bedeutung des Seienden nach Aristoteles*）的影响，对哲学产生了好奇。1963年暮年的海德格尔在其《我进入现象学之路》（Mein Weg in die Phänomenologie）一文中回忆说，是布伦塔诺的博士论文将他引上了哲学的道路："从哲学杂志的一些指点中我得知，胡塞尔的思维方式是由弗朗茨·布伦塔诺决定的。从1907年以来，布伦塔诺的论文《根据亚里士多德论'是者'的多重含义》就是我最初笨拙地尝试钻研哲学的拐杖了。当时，下面这些问题曾以相当含混的方式困扰着我：如果'是者'（das Seiende）在多重含义上被说，那么，哪一种含义是进

---

[*] 本文原刊于《哲学动态》2017年第3期。

[①] "Begleiter im Suchen wir der junge *Luther* und Vorbild *Aristoteles*, dem jener haßte. Stöße gab *Kierkegaard*, und die Augen hat mir *Husserl* eingesetzt." Martin Heidegger, GA 63, *Ontologie* (Hermeneutik der Faktizität), Vittorio Klostermann Frankfurt am Main, 1988, p. 5.

行引导的基本含义呢？什么叫做'是'（Sein）"？[1]

在 1927 年出版《是与时》（Sein und Zeit）之前，无论是在弗莱堡还是马堡，他的教学活动中最富有成果的内容就是对柏拉图（Platon），尤其是对亚里士多德思想的阐释。在这一时期，已经整理出版的与之相关的讲座稿有：1921/1922 年冬季学期弗莱堡讲座《对亚里士多德的现象学阐释》（Phänomenologische Interpretationen zu Aristoteles, GA 61）、1922 年夏季学期弗莱堡讲座《对亚里士多德是态学和逻辑学文选的现象学阐释》（Phänomenologische Interpretationen ausgewählter Abhandlungen des Aristoteles zu Ontologie und Logik, GA 62）、1924 年夏季学期马堡讲座《亚里士多德哲学的基本概念》（Grundbegriffe der Aristotelischen Philosophie, GA 18）、1924/1925 年冬季学期马堡讲座《柏拉图：〈智者〉》（Platon: Sophistes, GA 19）、1925/1926 年冬季学期马堡讲座《逻辑学：真之问题》（Logik: Die Frage nach der Wahrheit, GA 21）、1926 年夏季学期马堡讲座《古代哲学的基本概念》（Die Grundbegriffe der antiken Philosophie, GA 22）。可以说，这一时期对希腊思想尤其是对亚里士多德哲学的研究和诠释，对于海德格尔形成其《是与时》中的核心理论以及伴随其一生的"是之问题"（Seinsfrage）来说，都起着决定性的作用。尽管 20 世纪 30 年代后，海德格尔专题讲授和研究亚里士多德思想的作品不多，但他本人在 20 世纪 50 年代（1951/1952 年弗莱堡冬季学期讲座《什么叫思想？》）面对人们日益增长的尼采（Friedrich Wilhelm Nietzsche）思想研究兴趣时，依然对听课的学生给出了这样的建议：应暂时推迟对尼采的阅读，并首先研究亚里士多德 10 年或 15 年。[2]

---

[1] Martin Heidegger, GA 14. Zur Sache des Denkens, Vittorio Klostermann Frankfurt am Main, 2007, p. 93. 中文参见《面向思的事情》，陈小文、孙周兴译，北京：商务印书馆，1996，页 77。

[2] 参见 Martin Heidegger, GA 8, Was heißt Denken ?, Vittorio Klostermann Frankfurt am Main, 2002, p. 78。这句常被人提及的话的整个原文是：Aus all dem Angedeuteten dürfte klar geworden sein, daß man Nietzsche nicht ins Unbestimmte hinein lesen kann; daß jede Schrift ihren besonderen Charakter und ihre Grenze hat; daß vor allem die Hauptarbeit seines Denkens, die der Nachlaß（转下页）

本文尝试根据海德格尔在《柏拉图：〈智者〉》中对亚里士多德《尼各马可伦理学》（Ethica Nicomacheia）第六卷的阐释，来澄清亚里士多德哲学中的"努斯"（νοῦς）概念。从现今所能见到的海德格尔各种著作来看，他在 1924 年夏季学期于马堡的讲座《亚里士多德哲学的基本概念》中已经对努斯概念有所论及；但更为详细和清楚的阐释则主要存于《柏拉图：〈智者〉》一书中。该书源自他 1924/1925 年冬季学期在马堡的讲座；在该讲座中，海德格尔明确指出，"希腊哲学研究的基本问题是：是之问题（die Frage nach dem Sein）、是之意义问题（die Frage nach dem Sinn des Seins），并且典型地是真之问题（die Frage nach der Wahrheit）"。① 为了能深入理解柏拉图关于该问题的思想，依循"从清晰的东西到模糊的东西"这一诠释学原则，就需要亚里士多德哲学的引导。因此，除给出方法论原则的"预备思考"和"过渡"之外，整个讲座由"引导部分"和"主要部分"构成。引导部分以 ἀληθεύειν［去蔽］为主题，围绕亚里士多德《尼各马可伦理学》第六卷和第十卷第 6—7 章展开论述。

一 "努斯"作为一种占有本源的去蔽方式

"努斯"（νοῦς）是希腊哲学中的一个重要概念。这个词在荷马那儿已经被使用，但其词源一直是个谜，长期以来莫衷一是。② 最新的词源学研究认为，该词同动词 νέομαι［返回］和名词 νόστος［返乡 /

（接上页）enthält, Anforderungen stellt, denen wir nicht gewachsen sind. Darum ist es ratsam, Sie verschieben die Nietzschelektüre einstweilen und studieren zuvor zehn oder fünfzehn Jahre hindurch Aristoteles［从所有提示过的东西那里，下面这点应很清楚，那就是：一个人不能胡乱地阅读尼采；其每一部作品都有它的独特性格及其限度；尤其是遗著中所包含的主要思想，提出了我们所无法满足的各种要求。因此，可取的是：诸位暂时推迟对尼采的阅读，应首先研究亚里士多德 10 年或 15 年］。

① Martin Heidegger, GA 19, *Platon: Sophistes*, Vittorio Klostermann Frankfurt am Main, 1992, p. 190.

② 参见 Hjalmar Frisk, *Griechisches Etymologisches Wörterbuch*, Heidelberg, 1960; Robert Beekes, *Etymological Dictionary of Greek*, Brill, 2010。

归家] 有关联，如从黑暗返回光明，从死返回生。① 抛开语文学上的词源追溯，人们在哲学上更多地将之同派生出名词"思想""观念"（νόημα/νόησις）的动词 νοέω/νοεῖν［看］相联系。这一联系又使得它同希腊哲学中的另一核心概念"智慧"（σοφία）挂上钩，因为该词所源出的形容词 σαφής［清楚的/明白的］的词干乃"光"（φάος），前缀则意味着 σαόω/σώζω［拯救/保持］；所谓智慧，就是对光的一种保持。而作为将自己在其自身显露出来的"现象"（φαινόμενον），其词干也是"光"（φάος），某种东西在"光"中变得可见和可通达。亚里士多德曾把努斯同光进行类比，说："有着一种成为万物的努斯；还有着一种创制万物的努斯，它作为一种状态就像光一样：因为光在某种方式上使那些潜在的颜色变为现实的颜色。"② 海德格尔在《亚里士多德哲学的基本概念》中对之作了这样的解读：

> 正如通过光，一种颜色方才取得了其在此—是（Da-sein）、方才是在它的此中——只要该颜色处在光中，在此—是作为独特的照亮；同样，任何在此—是着的东西作为是着的东西，都需要一种根本性的照亮，以便是在此的。③

> 因此，νοῦς［努斯］就是从某物之外观于其中得以被看见的光。④

流传下来的各种残篇已经表明，在前苏格拉底哲学家中它已作为

---

① 参见 James H. Lesher, "The Meaning of ΝΟΥΣ in the Posterior Analytics", *Phronesis*, Vol. 18, No. 1 (1973), pp. 44–68; Douglas Frame, *Myth of Return in Early Greek Epic*, Yale University Press, 1978。

② Aristoteles, *De Anima*, 430a14–17: καὶ ἔστιν ὁ μὲν τοιοῦτος νοῦς τῷ πάντα γίνεσθαι, ὁ δὲ τῷ πάντα ποιεῖν, ὡς ἕξις τις, οἷον τὸ φῶς· τρόπον γάρ τινα καὶ τὸ φῶς ποιεῖ τὰ δυνάμει ὄντα χρώματα ἐνεργείᾳ χρώματα.

③ Martin Heidegger, GA 18, *Grundbegriffe der Aristotelischen Philosophie*, Vittorio Klostermann Frankfurt am Main, 2002, p. 200–201.

④ Martin Heidegger, GA 18, *Grundbegriffe der Aristotelischen Philosophie*, Vittorio Klostermann Frankfurt am Main, 2002, p. 201.

一个哲学概念被使用，一些人将之视为推动万物运动的宇宙原动力；①柏拉图在其对话中更是经常使用它，如在《斐勒柏》(Philebos)中，苏格拉底(Sokrates)说道：

> 所有有智慧的人都同意——由此他们自高自大——对于我们来说，努斯是天地之王。或许他们说得很好。②

> 它支持了以往那些人的断言，他们指出，努斯总是统治着万物。③

在其《国家篇》(又译《理想国》或《王制》)中，无论是"洞喻""日喻"还是"线喻"，柏拉图在某种意义上都把"努斯"或"看"视为最终直接把握"理念"的能力。亚里士多德基于希腊哲学开端处就已经呈现出来的精神面貌，明确把"逻各斯"(λόγος)和"努斯"(νοῦς)、把"说"(λέγειν)和"看"(νοεῖν)视为人同世界打交道的两种最为根本的方式。就这一点，无论是在前期的一些讲座中，还是在后来的《是与时》中，海德格尔都从不同角度反复指出：

> 古代是态学将在世界内照面的是者拿来作为其是之解释的范本性基础。而 νοεῖν [看]或 λόγος [逻各斯]则被当作通达这种是者的方法。④

逻各斯属于人的本质，努斯属于人身上的神性因素；前者是人的

---

① Aristoteles, *De Anima*, 404a25–27: Ἀναξαγόρας ψυχὴν εἶναι λέγει τὴν κινοῦσαν, καὶ εἴ τις ἄλλος εἴρηκεν ὡς τὸ πᾶν ἐκίνησε νοῦς. [阿那克萨戈拉说灵魂是进行推动的东西，还有人则认为"努斯"推动一切。]

② Platon, *Philebus*, 28c6–8: πάντες γὰρ συμφωνοῦσιν οἱ σοφοί, ἑαυτοὺς ὄντως σεμνύνοντες, ὡς νοῦς ἐστι βασιλεὺς ἡμῖν οὐρανοῦ τε καὶ γῆς.

③ Platon, *Philebus*, 30d7–8: ἀλλ' ἔστι τοῖς μὲν πάλαι ἀποφηναμένοις ὡς ἀεὶ τοῦ παντὸς νοῦς ἄρχει σύμμαχος ἐκείνοις.

④ Martin Heidegger, *Sein und Zeit*, Max Niemeyer Verlag Tübingen, 2006, p. 44.

本质规定，后者是人的最高规定。从本质或所是（οὐσία/Wesen）上说，人被规定为"具有逻各斯的动物/会说话的动物"（ζῷον λόγον ἔχον）；而作为努斯的努斯，并非人的是之规定（Seinsbestimmung），它仅仅是可在人身上发现的一种因素，一种具有神性的最高因素。[①]这种神性的因素在人同世界打交道中、在对真的揭示即"去蔽"（ἀληθεύειν）活动中，究竟扮演着何种角色，始终是令人困惑的。从现有文本来看，亚里士多德在其《后分析篇》（Analytica Posteriora）、《论灵魂》（De Anima）、《形而上学》（Metaphysica）第十二卷等著作中，都或多或少讨论了"努斯"的本质及其作用，尤其是在《论灵魂》中对努斯进行了一系列解说和分类，如明确提出了"理论性的努斯"（ὁ θεωρητικὸς νοῦς）和"实践性的努斯"（ὁ πρακτικὸς νοῦς）这一区分："为了某种东西而进行算计的、实践性的努斯，不同于着眼于某种终极东西的理论性的努斯。"[②]此外，对努斯的讨论相对集中和清楚的是《尼各马可伦理学》第六卷；为何一部同人的实践活动相关的伦理学著作要讨论这一似乎与之无甚关联的概念呢？

在《尼各马可伦理学》中，亚里士多德指出德性或美德（ἀρετή）分为两种：一种是伦理德性（ἡ ἠθικὴ ἀρετή），一种是理智德性（ἡ διανοητικὴ ἀρετή）。伦理德性通过习惯养成，习惯成自然；而理智德性在教育中形成和发展，它离不开经验的积累和时间。伦理德性是一种有意选择出来的状态（ἕξις προαιρετική），即处在相对于我们来说的那种中间状态："德性是一种中间，它以适中为目标。"[③]所谓中间（μεσότης），在形式上指的是在过度和不及之间的那种"中间"；在

[①] 参见 Aristoteles, De Anima, 414b16–19: ἐνίοις δὲ πρὸς τούτοις ὑπάρχει καὶ τὸ κατὰ τόπον κινητικόν, ἑτέροις δὲ καὶ τὸ διανοητικόν τε καὶ νοῦς, οἷον ἀνθρώποις καὶ εἴ τι τοιοῦτον ἕτερόν ἐστιν ἢ τιμιώτερον [此外，一些生物还具有位移的能力，而另一些则具有能够思想和努斯的能力，如人，甚或某些与之类似或高于他的生物]。

[②] Aristoteles, De Anima, 433a14–15: νοῦς δὲ ὁ ἕνεκά του λογιζόμενος καὶ ὁ πρακτικός· διαφέρει δὲ καὶ τοῦ θεωρητικοῦ τῷ τέλει.

[③] Aristoteles, Ethica Nicomacheia, 1106b27–28: μεσότης τις ἄρα ἐστὶν ἡ ἀρετή, στοχαστική γε οὖσα τοῦ μέσου.

内容上指的是要切中我们的各种 τὸ πάθος [感受/情感] 和 ἡ πρᾶξις [行动/实践] 中的那个"中间"。但这种"中间"是由 λόγος [逻各斯/尺度/理性]，严格讲是由 ὁ λόγος ὁ ὀρθός [正确的逻各斯] 来加以规定和确立的；因而伦理德性必须和理智德性相结合、离不开理智德性的指引。所以在讨论完各种伦理德性之后，亚里士多德进而在第六卷详细讨论了理智德性。理智德性指的是凭借灵魂中的逻各斯进行 ἀληθεύειν [去蔽/揭示出真]。所谓去蔽，也就是揭示出是者之是（Sein des Seiendes）；或者说，着眼于是（Sein），让是者在其自身中、如其所是地显现出来。在伦理德性中所显现出来的那个"中间"，无非就是作为行动的是者之是。根据亚里士多德的说法，去蔽的方式一共有五种：

  假定灵魂根据肯定或否定进行去蔽的方式有五种：它们是技艺（τέχνη）、知识（ἐπιστήμη）、明智（φρόνησις）、智慧（σοφία）和努斯（νοῦς）。①

亚里士多德在该卷对这五种理智德性进行了规定，并揭示出它们之间的区别和关联。在这五种去蔽方式中，同其他四种相比，对努斯的论述相对较少。关于努斯，他在《形而上学》第十二卷中曾这样讲道：

  关于努斯，存在着一些疑惑。它在诸现象中似乎是最神圣的，但它究竟如何会具有这点，则有着一些困难。②

---

① Aristoteles, *Ethica Nicomacheia*, 1139b15–17: ἔστω δὴ οἷς ἀληθεύει ἡ ψυχὴ τῷ καταφάναι ἢ ἀποφάναι, πέντε τὸν ἀριθμόν· ταῦτα δ' ἐστὶ τέχνη ἐπιστήμη φρόνησις σοφία νοῦς.

② Aristoteles, *Metaphysica*, 1074b15–17: Τὰ δὲ περὶ τὸν νοῦν ἔχει τινὰς ἀπορίας· δοκεῖ μὲν γὰρ εἶναι τῶν φαινομένων θειότατον, πῶς δ' ἔχων τοιοῦτος ἂν εἴη, ἔχει τινὰς δυσκολίας.

就该概念，海德格尔也说：

> 对于努斯，亚里士多德在这儿没有说出较为详细的东西。对于努斯，我们仍然经验到少许。总体来说，关于努斯，亚里士多德流传给我们的很少，它是将一些最大的困难提供给他的那种现象。或许亚里士多德已经在希腊人的是之解释（Seinsauslegung）的可能范围内，澄清了该现象。①

在《尼各马可伦理学》第六卷，亚里士多德指出人灵魂中的逻各斯有两种，他将其中一种称为"知识性的"（ἐπιστημονικός），另一种称为"算计性的"（λογιστικός）。这两者的区分乃是源自其所关涉的对象是何种对象、加以揭开的是者是何种是者。前者所关涉的是那些始终是的、不变化的是者，而后者所关涉的则是能够是别的情形的、有变化的是者。进言之，前者包含着知识和智慧这两种去蔽方式，后者包含技艺和明智这两种去蔽方式。海德格尔在解释中直观地将之图形化为：②

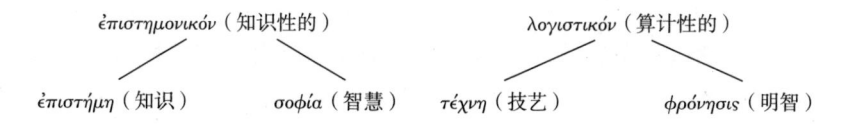

```
       ἐπιστημονικόν（知识性的）            λογιστικόν（算计性的）
        /            \                      /            \
ἐπιστήμη（知识）   σοφία（智慧）    τέχνη（技艺）    φρόνησις（明智）
```

海德格尔对这一图示的解释是：

> 在 ἐπιστημονικόν（知识性的）和 λογιστικόν（算计性的）之间的区分着眼于在谈及和谈论中（im Ansprechen und Besprechen）什么（Was）被揭开了而赢得；它从在 ἀληθεύειν（去蔽）中被占有的是者本身那里取得。……τέχνη（技艺）要处理的是下面这些物：它们首先要被创制出来，它们目前还不是它们将是的那种东西。φρόνησις（明智）让处境（Situation）变得可通达；诸形势

---

① Martin Heidegger, GA 19, *Platon: Sophistes*, p. 58.
② Martin Heidegger, GA 19, *Platon: Sophistes*, p. 28.

(Umstände) 在每一行动中总是复又不同。反之，$\epsilon\pi\iota\sigma\tau\eta\mu\eta$（知识）和 $\sigma o\phi\iota\alpha$（智慧）关涉那总是已经在此是、人们并不首先加以创制的东西。①

在"知识性的"和"算计性的"这两种去蔽类型中区分出四种去蔽方式，则是基于它们对各自所面对的是者之"本源"（$\dot{\alpha}\rho\chi\alpha\iota$）的揭开和保存："在多大程度上 $\dot{\alpha}\lambda\eta\theta\epsilon\upsilon\epsilon\iota\nu$ [去蔽] 的不同方式成功地在其 $\dot{\alpha}\rho\chi\eta$ [本源] 上揭开和保存了是者，也就是说，在多大程度上它们成功地在其真正的是上把握了是者，并且同时将之作为 $\dot{\epsilon}\xi\iota\varsigma$ [品质] 加以持守。"② 在前者中，智慧高于知识；在后者中，明智高于技艺。也即是说，在知识性的去蔽类型中，智慧是最高的去蔽方式；在算计性的去蔽类型中，明智是最高的去蔽方式。在这一结构中，努斯似乎并没有位置。但事实上，它作为人身上的神性因素，在两种类型中的各种去蔽方式那里，尤其在其两种最高去蔽方式，即智慧和明智那里，都发挥着作用："必须注意到，$\dot{\alpha}\lambda\eta\theta\epsilon\upsilon\epsilon\iota\nu$ [去蔽] 的所有这四种方式都位于 $\nu o\epsilon\hat{\iota}\nu$ [看] 那里；它们是 $\nu o\epsilon\hat{\iota}\nu$ [看] 的某种确定的实施方法，它们是 $\delta\iota\alpha\nu o\epsilon\hat{\iota}\nu$ [仔细看]。"③ 这四种去蔽方式在根本的意义上都不以本源为对象；只有努斯是把本源作为本源加以揭开的那种去蔽方式，只有它是在真正意义上以本源为目标的东西。亚里士多德本人指出：

> 既然知识是对普遍、必然的东西的一种把握，而对于要证明的东西和所有知识来说，都有着一些本源（因为知识要依赖逻各斯），那么，可知识的东西中的本源就既不是知识，也不是技艺和明智所能取得的。因为可知识的东西也就是可证明的东西，而技艺和明智所处理的乃是那些容许是别样情形的东西。智慧也无法抵达那些本源，因为对于智慧者来说，就是能够对某些东西给予证明。如果我们由之对那些不能或能是别的样子的东西进行去

---

① Martin Heidegger, GA 19, *Platon: Sophistes*, pp. 28–29.
② Martin Heidegger, GA 19, *Platon: Sophistes*, p. 142.
③ Martin Heidegger, GA 19, *Platon: Sophistes*, p. 28.

蔽和不再犯错的，是知识、明智、智慧和努斯，而前三者（我说的三者指明智、知识和智慧）中没有一个能够把握本源，那么，剩下的就只有努斯能把握本源。①

海德格尔认为，亚里士多德之所以这样讲，乃是因为技艺预设了本源；技艺所对准的乃是要加以创制的东西，其本源，即作品之"形式"（εἶδος）不在要被创制的东西身上，而是位于创制者的灵魂中。在创制活动中，起点和终点、本源和目的是同一的，即通过创制者的创制活动，其灵魂中的"形式"作为作品之预期的在场，得以再现和变为现成的东西。知识则奠基在本源的基础之上，它使用着本源，从某些自明的、预先知道的东西出发进行一系列的证明、演绎。即使是作为此是，即人的两种最高去蔽方式的智慧和明智，它们自身也不以本源为对象。本源乃是"最后的东西"或"最终的东西"（τὸ ἔσχατον），它是每一是者由之真正是其所是的东西。对各种最后、最终东西的揭示和把握是努斯的事情；然而，最后的东西既可以从开端的意义上讲，也可以从末端的意义上讲。但无论是开端的意义，还是末端的意义，"最终的东西""最后的东西"都意味着界限。在前者那里，它是证明由之开始的东西；在后者那里，它是行动由之开始的东西。也即是说，努斯在双重方向上把握最后、最终的东西。在理论领域，努斯关乎作为各种开端上的东西的本源，关乎那些始终"是"着的、不变化的是者的"各种最初的规定"（πρῶτοι ὅροι）；在实践领域，则关乎

---

① Aristoteles, *Ethica Nicomacheia*, 1140b31–1141a8: Ἐπεὶ δ' ἡ ἐπιστήμη περὶ τῶν καθόλου ἐστὶν ὑπόληψις καὶ τῶν ἐξ ἀνάγκης ὄντων, εἰσὶ δ' ἀρχαὶ τῶν ἀποδεικτῶν καὶ πάσης ἐπιστήμης (μετὰ λόγου γὰρ ἡ ἐπιστήμη), τῆς ἀρχῆς τοῦ ἐπιστητοῦ οὔτ' ἂν ἐπιστήμη εἴη οὔτε τέχνη οὔτε φρόνησις· τὸ μὲν γὰρ ἐπιστητὸν ἀποδεικτόν, αἱ δὲ τυγχάνουσιν οὖσαι περὶ τὰ ἐνδεχόμενα ἄλλως ἔχειν. οὐδὲ δὴ σοφία τούτων ἐστίν· τοῦ γὰρ σοφοῦ περὶ ἐνίων ἔχειν ἀπόδειξίν ἐστιν. εἰ δὴ οἷς ἀληθεύομεν καὶ μηδέποτε διαψευδόμεθα περὶ τὰ μὴ ἐνδεχόμενα ἢ καὶ ἐνδεχόμενα ἄλλως ἔχειν, ἐπιστήμη καὶ φρόνησίς ἐστι καὶ σοφία καὶ νοῦς, τούτων δὲ τῶν τριῶν μηδὲν ἐνδέχεται εἶναι (λέγω δὲ τρία φρόνησιν ἐπιστήμην σοφίαν), λείπεται νοῦν εἶναι τῶν ἀρχῶν.

作为各种末端上的东西的本源，关乎在各个最为特殊的意义上的最终的东西。用亚里士多德的话讲就是：

> 努斯在两个方面属于各种最后的东西。因为关乎各种最初规定和各种最后东西的，是努斯而不是逻各斯。就各种证明而言，努斯关乎的是各种不动的、最初的规定；在各种实践性的证明那里，它关乎的是最后的东西、可变的东西和其他前提。①

在"知识性的"和"算计性的"这两种去蔽类型中，基于同本源的关系，智慧和明智分别是其最高的去蔽方式，是此是同世界打交道的两种最高方式，是展开是者本身的两种最高可能性。海德格尔指出，"只要它们是此是之方式，那它们就构成了其是之类型：σοφία［智慧］是此是向着完整意义上的世界这种是者的被摆置地是（Gestelltsein），而 φρόνησις［明智］是此是向着向来每每本己的此是这种是者的被摆置地是"。② 由于智慧和明智这两者都同本源相关联，由于它们两者都以自己的方式是努斯，故亚里士多德将它们称作此是的两种"最好的品质"（βελτίστη ἕξις）。所有的讨论最终都会指向对智慧和明智的讨论，或者落脚到对理论智慧和实践智慧的讨论上。

此外还需注意的是：亚里士多德在这里就这些现象在内容上困难的基础那里所突出表达的东西，和在 φρόνησις［明智］和 σοφία［智慧］的名头下加以讨论的东西，是一样的，就是后来在理论理性和实践理性的名头下于哲学中提出来加以讨论的东西。当然，这种对理性能力的新近讨论，在哲学史之范围内已经历经了各种各样的影响并被这些影响所潜移默化，以至于没有

---

① Aristoteles, *Ethica Nicomacheia*, 1143a3–b3: καὶ ὁ νοῦς τῶν ἐσχάτων ἐπ' ἀμφότερα· καὶ γὰρ τῶν πρώτων ὅρων καὶ τῶν ἐσχάτων νοῦς ἐστι καὶ οὐ λόγος, καὶ ὁ μὲν κατὰ τὰς ἀποδείξεις τῶν ἀκινήτων ὅρων καὶ πρώτων, ὁ δ' ἐν ταῖς πρακτικαῖς τοῦ ἐσχάτου καὶ ἐνδεχομένου καὶ τῆς ἑτέρας προτάσεως.

② Martin Heidegger, GA 19, *Platon: Sophistes*, p. 164.

亚里士多德工作的指导，源始的基础就会变得难以认识。但另一方面，以康德对实践理性和理论理性的区分为引导线索，寻求对 φρόνησις［明智］和 σοφία［智慧］的一种理解则是不可能的。①

在我看来，基于 σοφία［智慧］和 φρόνησις［明智］而来的对 νοῦς［努斯］的理解，是取得对 νοῦς［努斯］这种困难现象的一种暂时性洞察的唯一道路。②

二 "努斯"在理论理性和实践理性中的作用

努斯的本己对象是本源。既然无论是理论领域还是实践领域都存在着本源，并且只有把握了本源才赢得了真正的去蔽，那么，努斯就必定会在这两个领域中起着作用。

努斯在理论领域（知识或科学）中的作用相对清楚。正如前面已经提到的，亚里士多德认为知识是对普遍必然的东西的一种把握，它在本质上具有可证明这一特性，即"它是一种由证明而来的状态"或"可证明的状态"（ἕξις ἀποδεικτική）。而任何的证明都总是以某些已经确立的东西为出发点，即对于要证明的东西来说都有着某种开端，它自身不可证明，它不是知识、不是知识所能把握的对象。知识之不同于经验，在于它能够进行教导和学习；而任何的教导和学习都假定了知识自身无法加以澄清，但又必须得由之出发的东西，这种东西被亚里士多德称为本源。一个人只有以某种方式确信或把握到某种知识得以展开的本源时，他才真正具有该知识，否则他仅仅是偶然地拥有它。这种开端性的东西是原初的、直接的、在本性上在先的东西，它统摄着整个证明，而努斯就是把握它的一种能力。海德格尔以数学为例，认为数学中的诸公理就是数学家以之为前提来进行证明的东西；数学家自身不讨论诸公理，而是用它们进行工作："在现代数学那里

---

① Martin Heidegger, GA 19, *Platon: Sophistes*, pp. 60–61.
② Martin Heidegger, GA 19, *Platon: Sophistes*, p. 144.

有着公理学。但是，人们注意到，数学家甚至数学地从事公理学。他们试图通过演绎和关系理论来证明诸公理，从而采用了其自身以诸公理为其基础的方法。然而，诸公理自身并未由此被澄清。"① 亚里士多德在《后分析篇》第二卷第 19 章中说道：

> 除了努斯，没有别的任何品质会比知识更为精确；证明中的诸本源是更为可认识的，而所有的知识则都依赖逻各斯。基于以上理由，就没有关于诸本源的知识。除了努斯，没有任何东西能够比知识更真，故努斯就是关乎诸本源的品质；有鉴于此，以及由于证明之本源不是证明，故知识之本源也不是知识。如果除了知识之外，我们不拥有其他真的品质，那么，努斯就是知识之本源。②

对此海德格尔提出：

> 从预先所知识的东西出发进行推断，是 $\epsilon\pi\iota\sigma\tau\eta\mu\eta$ [知识] 的传播方法。因而下面这点就是可能的：向某人传授某一确定的科学，只要那人占有一些确定的前提，那就无需他本人已经看清了或能够看清所有的实情。这种 $\mu\alpha\theta\eta\sigma\iota\varsigma$ [学习] 在数学那里被最为纯粹地形成。数学的诸公理都是一些 $\pi\rho o\gamma\iota\gamma\nu\omega\sigma\kappa\acute{o}\mu\epsilon\nu\alpha$ [预先知道的东西]，人们从它们出发进行一系列演绎，但却无需对那些公理具有某种真正的理解。数学家自身不讨论诸公理，而是用

---

① Martin Heidegger, GA 19, *Platon: Sophistes*, p. 36.
② Aristoteles, *Analytica Posteriora*, 100b8–100b15: καὶ οὐδὲν ἐπιστήμης ἀκριβέστερον ἄλλο γένος ἢ νοῦς, αἱ δ' ἀρχαὶ τῶν ἀποδείξεων γνωριμώτεραι, ἐπιστήμη δ' ἅπασα μετὰ λόγου ἐστί, τῶν ἀρχῶν ἐπιστήμη μὲν οὐκ ἂν εἴη, ἐπεὶ δ' οὐδὲν ἀληθέστερον ἐνδέχεται εἶναι ἐπιστήμης ἢ νοῦν, νοῦς ἂν εἴη τῶν ἀρχῶν, ἔκ τε τούτων σκοποῦσι καὶ ὅτι ἀποδείξεως ἀρχὴ οὐκ ἀπόδειξις, ὥστ' οὐδ' ἐπιστήμης ἐπιστήμη. εἰ οὖν μηδὲν ἄλλο παρ' ἐπιστήμην γένος ἔχομεν ἀληθές, ἐπιστήμης ἀρχή.

它们进行工作。①

由于知识之本源不是知识，知识不能证明它以之为前提的东西，因此，在根本意义上知识并不能完全展示是者作为是者；在"知识性的"这种去蔽类型中，最高的去蔽方式是智慧。但海德格尔认为，尽管亚里士多德赋予了智慧很高的地位，并且明确指出智慧是关于各种首要的原因和本源的认识，但它的本己对象并不是本源。在智慧那儿体现了努斯和知识的结合，它一方面在某种方式上同努斯相一致、要揭示出本源，另一方面又基于努斯所揭示出来的本源去认识那些由之出发的东西、根据本源来认识是者。同单纯以证明为基础的知识相比，智慧在某种意义上具有纯粹认识、纯粹"观望"（θεωρεῖν）这种实施方式，它是"静观性的生活"（βίος θεωρητικός），它成就出"理论"（θεωρία）。这种静观性的生活要得以可能，此时就必须从对生活之必需的各种操劳中解放出来，它得"有闲暇"（σχολάζειν）。但智慧又不如努斯那样真正地把本源当作自己的主题，它不是一种为了把本源作为本源而加以揭开的去蔽活动，而是为那些处在本源之下的是者寻找本源。因此，亚里士多德才会说"智慧既是努斯又是知识"（ὥστ' εἴη ἂν ἡ σοφία νοῦς καὶ ἐπιστήμη）。智慧并不是纯粹的看，只要它被人实施出来，而人的本质又是会说话的、具有逻各斯的动物，那它就离不开逻各斯（μετὰ λόγου）；而努斯自身这种看则是"没有逻各斯"（ἄνευ λόγου）的。在《大伦理学》（Magna Moralia）中，亚里士多德对之给出了这样明确的论说：

> 智慧是知识和努斯的结合（συγκειμένη）。因为智慧既关乎诸本源，也关乎知识所关涉的那些从诸本源而来的被证明的东西。就它关乎诸本源来说，它分有（μετέχει）努斯；就它关乎那些从诸本源出发、根据证明而来的是者来说，它分有知识。因此，显然智慧是努斯和知识的结合，从而它所关涉的，同努斯和知识所

---

① Martin Heidegger, GA 19, *Platon: Sophistes*, p. 36.

关涉的，是相同的东西。①

努斯揭示本源。它在实践领域中的表现又如何呢？要知道这点，首先就必须弄清楚实践领域中的本源是什么。

实践领域的对象就是此是（Dasein），即人自身，明智是实践领域中的一种理智德性，亚里士多德将之规定为"关于人的诸善、依赖逻各斯的、去蔽的、实践的品质"（ἕξιν εἶναι μετὰ λόγου ἀληθῆ περὶ τὰ ἀνθρώπινα ἀγαθὰ πρακτικήν）。这一规定，植根于希腊思想的背景中。古代有一本伪托柏拉图的著作《定义》（Definitiones），该书讨论了185个哲学概念。尽管后世大都肯定该书不可能是柏拉图所著，但一般认为将之归在"柏拉图学园"名下是没有太大问题的，它可能是当时柏拉图学园内部关于各种哲学术语讨论的汇编，约成书于公元前4世纪中期，并且亚里士多德本人也熟悉其中的一些讨论。该书对"明智"（φρόνησις）的定义是：

> 明智，指的是在其自身中同人的幸福相关的实践性的能力；关乎各种善和恶的知识；我们由之判断该做什么和不该做什么的状态。②

因此，明智的去蔽对象就是此是或人自身，它要同此是身上的那些遮蔽其自身的各种遮蔽倾向作斗争。人是具有情绪的动物，情绪能够左右人、使得他看不清自己，从而当人要去行动时就需要明智的拯

---

① Aristoteles, *Magna Moralia*, 1197a23–30: Ἡ δὲ σοφία ἐστὶν ἐξ ἐπιστήμης καὶ νοῦ συγκειμένη. ἔστιν γὰρ ἡ σοφία καὶ περὶ τὰς ἀρχὰς καὶ τὰ ἐκ τῶν ἀρχῶν ἤδη δεικνύμενα, περὶ ἃ ἡ ἐπιστήμη· ᾗ μὲν οὖν περὶ τὰς ἀρχάς, τοῦ νοῦ αὐτή μετέχει, ᾗ δὲ περὶ τὰ μετὰ τὰς ἀρχὰς μετ᾽ ἀποδείξεως ὄντα, τῆς ἐπιστήμης μετέχει· ὥστε δῆλον ὅτι ἡ σοφία ἐστὶν ἔκ τε νοῦ καὶ ἐπιστήμης συγκειμένη, ὥστ᾽ εἴη ἂν περὶ ταὐτά, περὶ ἃ καὶ ὁ νοῦς καὶ ἡ ἐπιστήμη.

② Platon, *Definitiones*, 411d5–7: φρόνησις δύναμις ποιητικὴ καθ᾽ αὑτὴν τῆς ἀνθρώπου εὐδαιμονίας· ἐπιστήμη ἀγαθῶν καὶ κακῶν· διάθεσις καθ᾽ ἣν κρίνομεν τί πρακτέον καὶ τί οὐ πρακτέον.

救，需要它揭示出真，使人在实践活动中能够"中的"，即切中那个"中间"：

> 只要 ἡδονή［快乐］和 λύπη［痛苦］属于人的基本规定，人就不断处在自己本身将自己本身加以遮蔽的危险中。因而 φρόνησις［明智］不是自明的东西，相反，它是一种必须在某一 προαίρεσις［选择］中被把握的任务。在 φρόνησις［明智］中，ἀ-ληθεύειν［去-蔽］之意义，即把那隐藏着的东西加以揭开之意义，在一种与众不同的意义上显现出来。①

如果说知识是通过证明来加以实行，智慧在某种意义上具有纯粹"观望"（θεωρεῖν）这种实施方式，那明智就是通过考虑、斟酌或权衡（βουλεύεσθαι/Überlegung）来加以实行，而这种考虑自身也具有"看"这种性质，只不过它不是静观，而是"环视"或"周察"（Umsicht），即对周遭形势（Umstände）、处境（Situtation）的判断，它是一种环视性的观望（umsichtiges Hinsehen）。前者的对象是始终是着的是者，后者的对象是能够是别的情形的是者，因为无人会对那些不可能是其他情形的东西进行考虑或斟酌，他也不会考虑他自身对之不能有所作为、不能加以实施的东西。既然明智关乎的是能够是别的情形的、生成变化着的是者，那它每次都是新的。人作为此是（Dasein），乃是具有时间性（Zeitlichekeit）的是者，由此也是历史性的（geschichtlich）是者；它基于时间性而来的历史性，使得它必须在活生生的生活处境中作出选择，让每次的选择都能切中目标、每次的行动都走在"中间"。简单地说，这种"中间"乃是时间的时机化或时间中的时机（καιρός ἐν χρόνῳ），用亚里士多德的话说，是"善"（ἀγαθόν）在"时间"（χρόνος）中的表现；具体说来，则是"在应该的时间、应该的场合、对应该的人、为了应该的目的、以应该的方式［进行感受和行动］"。② 因此，

---

① Martin Heidegger, GA 19, *Platon: Sophistes*, p. 52.

② Aristoteles, *Ethica Nicomacheia*, 1106b21–22: τὸ δ᾽ ὅτε δεῖ καὶ ἐφ᾽ οἷς καὶ πρὸς οὓς καὶ οὗ ἕνεκα καὶ ὡς δεῖ.

明智既不会如知识那样可以进行教导和学习，也不会发生在知识那里出现的那种"遗忘"（λήθη）：

> φρόνησις［明智］无非就是被置于运动中的、让某一行为变得透彻的良知。良知不可能被遗忘。但下面这点的确是可能的：良知加以揭开的东西能被 ἡδονή［快乐］和 λύπη［痛苦］、被各种激情所歪曲并变得不起作用。良知总是一再呈报自己。因此，既然 φρόνησις［明智］不具有 λήθη［遗忘］的可能性，那它就不是人们能称之为理论知识的那种 ἀληθεύειν［去蔽］方式。①

明智中的考虑或权衡关乎此是自身的是（Sein），关乎他自己的"好好地生活"（εὖ ζῆν）；在那儿他所看到的是他自身以及他自己的行为的"好"，好的行为自身就是终极性的东西，就是"目的"（τέλος），就是"为何之故"（οὗ ἕνεκα）。明智所进行的去蔽活动，在其自身就同实施者自身、同他的行动自身相关。此外，明智所关乎的那种"善"或"好"，不是从某种特定角度出发而来的"善"或"好"，而是"那些从总体上对好好地生活有益的东西"（πρὸς τὸ εὖ ζῆν ὅλως），即它始终将生活作为一个整体来看待。正是基于这种整体性，实践生活中的"善"或"好"就绝非"在旁边"，它永远不是现成的东西，既非事先已经摆在那儿有待我们去依循，也非事后方才来临，而是此是自身站出去将之生成、呈报出来，通过自己的选择不断地将之再现；它既是起点又是终点，也即是说，它既是本源又是目的。对此海德格尔指出：

> 由此随着作为 οὗ ἕνεκα［为何之故］的此是，φρόνησις［明智］中的考虑之 ἀρχή［本源］一举被把握。αἱ μὲν γὰρ ἀρχαὶ τῶν πρακτῶν τὸ οὗ ἕνεκα τὰ πρακτά.［要被实践的东西的本源就是要被实践的东西所为之的那种东西。］这些 ἀρχαί［本源］就是此是自身；此是无论如何都朝着它自己本身而处于那儿、立于

---

① Martin Heidegger, GA 19, *Platon: Sophistes*, p. 56.

那儿。此是是 $\varphi\rho\acute{o}\nu\eta\sigma\iota\varsigma$ [明智] 中的考虑之 $\grave{\alpha}\rho\chi\acute{\eta}$ [本源]。并且 $\varphi\rho\acute{o}\nu\eta\sigma\iota\varsigma$ [明智] 所考虑的东西，不是某种 $\pi\rho\hat{\alpha}\xi\iota\varsigma$ [实践] 于之终止的那种东西。一种结果对于行为之是来说并非构建性的，相反，它仅仅是 $\varepsilon\mathring{\upsilon}$ [好]，是怎样。$\varphi\rho\acute{o}\nu\eta\sigma\iota\varsigma$ [明智] 中的 $\tau\acute{\varepsilon}\lambda o\varsigma$ [目的] 就是 $\check{\alpha}\nu\theta\rho\omega\pi o\varsigma$ [人] 自身。①

既然实践领域中的本源和目的、起点和终点是同一的，因此在从起点到终点的进程中，此是所考虑的就不是"目的"（$\tau\acute{\varepsilon}\lambda o\varsigma$），而是考虑如何和通过什么东西来实现该目的。明智这种去蔽活动，自始至终都对准了要被实践的东西，从而在它那里不仅有着起点和终点的同一，而且有着目的和手段的统一。亚里士多德本人指出：

> 考虑不关乎目的，而是关乎通往目的的那些东西。因为医生不考虑他是否应使人健康，演说家不考虑他是否应说服人，政治家不考虑他是否应建立良好的秩序，其余的人也不会就目的来进行考虑。②

海德格尔对之的解释是，此是不会考虑目的，相反，目的是决心（$\beta o \upsilon \lambda \acute{\eta}$/Entschlossenheit）的对象。此是在实践行动中所考虑的是有助于前往目的东西，即考虑如何把已经下了决心的东西正确地实现出来：

> 医生不考虑他是否应进行医治，相反，他的生存之意义本身就包含这点，作为医生他已经下了决心做这件事。同样，演说家也不考虑他是否应进行劝说，因为他的生存之意义包含这点。$\grave{\alpha}\lambda\lambda\grave{\alpha}\ \theta\acute{\varepsilon}\mu\varepsilon\nu o\iota\ \tau\acute{\varepsilon}\lambda o\varsigma\ \pi\hat{\omega}\varsigma\ \kappa\alpha\grave{\iota}\ \delta\iota\grave{\alpha}\ \tau\acute{\iota}\nu\omega\nu\ \check{\varepsilon}\sigma\tau\alpha\iota\ \sigma\kappa o\pi o\hat{\upsilon}\sigma\iota\nu$. [相

---

① Martin Heidegger, GA 19, *Platon: Sophistes*, pp. 50–51.
② Aristoteles, *Ethica Nicomacheia*, 1112b11–15: βουλευόμεθα δ' οὐ περὶ τῶν τελῶν ἀλλὰ περὶ τῶν πρὸς τὰ τέλη. οὔτε γὰρ ἰατρὸς βουλεύεται εἰ ὑγιάσει, οὔτε ῥήτωρ εἰ πείσει, οὔτε πολιτικὸς εἰ εὐνομίαν ποιήσει, οὐδὲ τῶν λοιπῶν οὐδεὶς περὶ τοῦ τέλους.

反，当他们确立目的之后，他们考虑如何和通过什么东西来实现该目的。] 因而 τέλος [目的] 是一种 τέλος τεθέν [被设定了的目的]，即被设定了和固定下来了的目的。在他们的考虑中，他们都不把目光放在这种东西之上；相反，他们把目光放在 πῶς καὶ διὰ τίνων [如何和通过什么东西] 之上，即放在如何以及通过——何种——手段——和——方法（das Wie und Durch-welche-Mittel-und-Wege）之上。他们每次都在其行动的具体场所中进行环视，ἕως ἂν ἔλθωσιν ἐπὶ τὸ πρῶτον αἴτιον, ὃ ἐν τῇ εὑρέσει ἔσχατόν ἐστιν [直到他们抵达最初的原因，而它就是位于发现中的最后的东西]，直到他们在详细的考察中遇上他们由之出发能够进行介入的最初的 αἴτιον [原因]，而它就是在对整个实情的发现中考虑的最终的东西。①

占有那要被实践的东西的实施方法是考虑或权衡（βουλεύεσθαι），海德格尔将之称为环视性地去——同——自己——打商量（das umsichtige Mit-sich-zu-Rate-Gehen）。基于人的本质规定，这种考虑同样离不开逻各斯（μετὰ λόγου），从而在人那儿表现为一种"盘算"（λογίζεσθαι），即一种详细讨论（Durchsprechen）。实践领域中的这种盘算，有着类似知识领域中的证明结构或"推论"（συλλογισμός）结构，即考虑在结构上被置于一种推论中。在该推论结构中，大前提是：为了那基于决心而来的某种善，这样的东西应被做。小前提是：然而，各种形势和场所是如此这般的。结论是：因此，我要如此这般地行动。大前提中的"善"或"好"能够向来每每是不同的，因而明智所关涉的对象不是永恒的、始终是着的是者。小前提中所关涉的是对"最后的东西""最终的东西"的发现，盘算最终停留在它那儿，从而行动得以开始。亚里士多德指出："对于这些东西必须具有感觉，它就是努斯。"② 海德格尔对之的解释是：

---

① Martin Heidegger, GA 19, *Platon: Sophistes*, p. 162.
② Aristoteles, *Ethica Nicomacheia*, 1143b5: τούτων οὖν ἔχειν δεῖ αἴσθησιν, αὕτη δ' ἐστὶ νοῦς.

现在要求我们对之要具有 $αἴσθησις$［感觉］，即径直的知觉（schlichtes Vernehmen）。在对我要行动其间的场所的考虑中，我最终碰上了对各种确定的现成的实情、对各种确定的形势、对某一确定的时间的纯然把握。所有的考虑结束在一种 $αἴσθησις$［感觉］中。在 $φρόνησις$［明智］中的这种径直感觉就是 $νοῦς$［努斯］。①

明智这种去蔽关乎此是自身。此是总是我的此是，在《是与时》中将之揭示为"向来属我性"（Jemeinigkeit）。这种向来属我性在实践领域必然要求明智所要揭开的，乃是各个此是那具体的"是之可能性"（Seinsmöglichkeit）；即使对于某一此是自身来说，基于其时间性，在其可能性上的善也能够向来每每是不同的。实践性的东西、实践所关乎的东西乃是各种最为特殊、最具体的东西，它"恒常地着眼于行动者的处境、着眼于一种此时此地的抉择而进行"。②因此，某一行为的所有可能的对象，都具有"当时各自的情况"（Jeweiligkeit）这一性质。

因此，智慧和明智中的努斯在两个完全相反的方向上把握最后、最终的东西。在对最后、最终东西的把握中，不再有言谈和逻各斯，有的只是一种单纯的"看"。只不过在前者那儿是"静观"，即理论性的看；在后者那儿是"环视"，即实践性的看。在前者那儿，努斯所看到的乃是各种最初的、最普遍的东西，它们是证明的最终出发点，此乃智慧之对象的各种本源。在后者那儿，努斯所看到的则是各种最后、最特殊、最具体的东西，它在活生生的生活处境中每次都总是新的，它是明智之对象的各种本源。无论是最初的、最普遍的东西，还是最后、最特殊的东西，都是"不可分解的东西"（$ἀδιαίρετον$）、"单纯的东西"（$ἁπλοῦν$），对于它们，只能是纯粹地观望，而无法将之作

---

① Martin Heidegger, GA 19, *Platon: Sophistes*, p. 159.
② Martin Heidegger, GA 19, *Platon: Sophistes*, p. 139.

为某种东西加以谈及，从而逻各斯、言谈在这里退场。

$\phi\rho\acute{o}\nu\eta\sigma\iota\varsigma$［明智］在结构上与$\sigma o\phi\acute{\iota}\alpha$［智慧］相同；它是一种 $\dot{\alpha}\lambda\eta\theta\epsilon\acute{u}\epsilon\iota\nu$ $\ddot{\alpha}\nu\epsilon\upsilon$ $\lambda\acute{o}\gamma o\upsilon$［不带有逻各斯的去蔽］；此乃$\phi\rho\acute{o}\nu\eta\sigma\iota\varsigma$［明智］和$\sigma o\phi\acute{\iota}\alpha$［智慧］所共同具有的东西。但是，在$\phi\rho\acute{o}\nu\eta\sigma\iota\varsigma$［明智］那里的纯粹把握处在相反的一面。我们在这里具有$\nu o\hat{\upsilon}\varsigma$［努斯］的两种可能性：在最为具体中的$\nu o\hat{\upsilon}\varsigma$［努斯］和在最为普遍中的$\nu o\hat{\upsilon}\varsigma$［努斯］。$\phi\rho\acute{o}\nu\eta\sigma\iota\varsigma$［明智］中的$\nu o\hat{\upsilon}\varsigma$［努斯］以在绝对$\ddot{\epsilon}\sigma\chi\alpha\tau o\nu$［最后的东西］之意义上的最终的东西为目的。$\phi\rho\acute{o}\nu\eta\sigma\iota\varsigma$［明智］是对这一次的东西（das Diesmalige）、瞬间性的场所中具体的这一次（Diesmaligkeit）的看到。它作为$\alpha\check{\iota}\sigma\theta\eta\sigma\iota\varsigma$［感觉］，是一眼之看，即看一眼那每每总是具体的东西——作为这样的东西它始终能够是别的样子。反之，在$\sigma o\phi\acute{\iota}\alpha$［智慧］中的$\nu o\epsilon\hat{\iota}\nu$［看］是对那$\dot{\alpha}\epsilon\acute{\iota}$［始终］是着的东西，即对那在同一性中始终是当下化的东西的打量。时间——瞬间（Augenblick）和始终是（Immersein），在这里作为对$\phi\rho\acute{o}\nu\eta\sigma\iota\varsigma$［明智］和$\sigma o\phi\acute{\iota}\alpha$［智慧］中的$\nu o\hat{\upsilon}\varsigma$［努斯］的区分而起作用。①

三 "努斯"本身的神性和作为人身上的神性

正如前面已经指出的，人的本质是具有逻各斯的动物，人同世界打交道的基本方式是有赖于逻各斯（$\mu\epsilon\tau\grave{\alpha}$ $\lambda\acute{o}\gamma o\upsilon$）的。在理论领域中，作为最高去蔽方式的智慧的实施方式是带有逻各斯的；在实践领域中，作为最高去蔽方式的明智的实施方式也是带有逻各斯的。而纯粹地看，即努斯，则是无逻各斯（$\ddot{\alpha}\nu\epsilon\upsilon$ $\lambda\acute{o}\gamma o\upsilon$）的。于是就会得出：作为努斯的努斯，在根本的意义上既不是此是，即人的是之规定（Seinsbestimmung），也不是他的是之可能性（Seinsmöglichkeit）。

正因为人的本质是具有逻各斯的动物，故人是一种有限者，用希

---

① Martin Heidegger, GA 19, *Platon: Sophistes*, pp. 163–164.

腊人的话即是一种要死者。传统哲学认为，由于"逻各斯"（λόγος）、"说"（λέγειν）的基本方式是陈述，而陈述在某种意义上就是下判断，故"真"的源始"处所"是判断，真首先显现为一种"符合"，即知同物的一种符合。但海德格尔认为，根据亚里士多德的思想，得出的结论恰恰是逻各斯不是真之源始的、真正的处所，它反倒是假得以可能的条件。唯有在摆脱了逻各斯的纯粹意义上的"看"（νοεῖν）那里，即在努斯那里，才没有遮蔽和虚假。

> λόγος［逻各斯］，只要它具有 ἀποφαίνεσθαι［显示］之结构，即具有"某种东西作为某种东西（etwas als etwas）"之结构，那么它就难以是真之处所，它反倒是假得以可能的真正条件。也即是说，由于这种 λόγος［逻各斯］是这样一种指出，即它让它所谈论的东西作为某种东西被看，于是就会生出下面这一可能性：该东西通过"作为"而被歪曲、出现欺骗。只有当某种东西根据某一另外的东西而被把握时，该东西才可能被歪曲。只有当 ἀληθεύειν［去蔽］以作为——某种东西（das Als-etwas）之方式加以实施时，只有当作为（das Als）在结构上是现成的时，才可能发生某种东西作为它所不是的东西被发布出来。在单纯的揭开中，在 αἴσθησις［感觉］如在 νοεῖν［看］中，不再有 λέγειν［说］，即不再有把某种东西作为某种东西加以谈及。因此，在这里也就没有欺骗。①

这和《是与时》中的说法相一致：

> 在最纯粹、最源始的意义上，"真"——仅仅在于揭示以至绝不可能有所遮蔽，就是纯粹的 νοεῖν［看］，即对是者作为是者的最简单的诸是之规定进行直接观看着的知觉。这种 νοεῖν［看］绝不可能有所遮蔽，绝不可能是假的，充其量它能够保持不知

---

① Martin Heidegger, GA 19, *Platon: Sophistes*, pp. 182–183.

觉，ἀγνοεῖν［不识］，不足以提供出直截了当的、恰当的通路。①

亚里士多德从未捍卫过真的源始"处所"是判断这一论点。他反倒说过：λόγος［逻各斯］是此是的是之方式——这种是之方式可能是有所揭示的或有所遮蔽的。这种双重的可能性是λόγος［逻各斯］之真是的独特处，λόγος［逻各斯］是一种也可能进行遮蔽的行为。②

虽然逻各斯才是此是的是之规定，但在此是的两种最高去蔽方式中努斯都起着作用；如果没有努斯的参与，没有它对本源的揭示，无论是在理论领域还是在实践领域，都无法达成真正的去蔽。亚里士多德认为，人身上的这种努斯乃是一种"被称作灵魂中的努斯"（ὁ καλούμενος τῆς ψυχῆς νοῦς）。它同纯粹的努斯相比，是一种"组合的努斯"（νοῦς σύνθετος）；同"神圣的努斯"（ὁ θεῖος νοῦς）相比，是"有死的努斯"（ὁ θνητὸς νοῦς）。它所进行的看，乃是"带有逻各斯的看"（νοεῖν μετὰ λόγου）。故海德格尔说道：

> 被这样称作的 νοῦς［努斯］意味着：非真正的 νοῦς［努斯］。在人的灵魂中的这种 νοῦς［努斯］不是一种 νοεῖν［看］，即一种直截了当地看，而是一种 διανοεῖν［仔细看］，因为人的灵魂为 λόγος［逻各斯］所规定。基于 λόγος［逻各斯］，即基于对某种东西作为某种东西的谈及，νοεῖν［看］变成了 διανοεῖν［仔细看］。③

即使这样，努斯依然可被视为此是、人的最高规定。从希腊哲学开端处就赋予它的神圣性也保持在亚里士多德的思想中，他在其著作的许多地方都对之给予了高度的颂扬，最为著名的莫过于他在《尼各马可伦理学》第十卷中的这段话：

---

① Martin Heidegger, *Sein und Zeit*, p. 33.
② Martin Heidegger, *Sein und Zeit*, p. 226.
③ Martin Heidegger, GA 19, *Platon: Sophistes*, p. 59.

但这样的生活要高于由人而来的生活；因为一个人要那么生活，靠的不是他作为人，靠的是位于他身上的某种神性的东西。然而，纯粹神性的东西有多不同于组合的东西，由它而来的活动就有多不同于那根据别的德性而来的活动。如果与人相比努斯是神性的，那么，与属人的生活相比根据努斯而来的生活就是神性的。不应听从那些规劝者，说什么人就应操心属人的事，有死者就应操心有死的事；相反，应尽可能地追求不朽，做所有事情都要依照自己身上最好的东西而生活。因为它体积虽小，但能力和尊荣远超一切。如果它是人身上进行主宰和更好的东西，那它甚至似乎就是每个人自己。因此，如果一个人不选择他自己的生活而是其他人的生活，这将是荒唐的。①

到了希腊化时期和中世纪，努斯更是直接被视为"神"。普罗提诺（Plotin）所谓的向着"太一"的回返，就是人身上的努斯同努斯本身、小努斯和大努斯的合一；据说，他最后的话就是："务必把我们里面的神带回到大全里面的神中。"② 最后要指出的是，努斯仅仅是对 νοῦς 的音译，严格讲是一种没有翻译的翻译。如果翻译的本质乃是理解及对理解的塑形（以概念的方式加以表达）的话，笔者认为，在海

---

① Aristoteles, *Ethica Nicomacheia*, 1177b26–1178a4: ὁ δὲ τοιοῦτος ἂν εἴη βίος κρείττων ἢ κατ' ἄνθρωπον· οὐ γὰρ ᾗ ἄνθρωπός ἐστιν οὕτω βιώσεται, ἀλλ' ᾗ θεῖόν τι ἐν αὐτῷ ὑπάρχει· ὅσον δὲ διαφέρει τοῦτο τοῦ συνθέτου, τοσοῦτον καὶ ἡ ἐνέργεια τῆς κατὰ τὴν ἄλλην ἀρετήν. εἰ δὴ θεῖον ὁ νοῦς πρὸς τὸν ἄνθρωπον, καὶ ὁ κατὰ τοῦτον βίος θεῖος πρὸς τὸν ἀνθρώπινον βίον. οὐ χρὴ δὲ κατὰ τοὺς παραινοῦντας ἀνθρώπινα φρονεῖν ἄνθρωπον ὄντα οὐδὲ θνητὰ τὸν θνητόν, ἀλλ' ἐφ' ὅσον ἐνδέχεται ἀθανατίζειν καὶ πάντα ποιεῖν πρὸς τὸ ζῆν κατὰ τὸ κράτιστον τῶν ἐν αὐτῷ· εἰ γὰρ καὶ τῷ ὄγκῳ μικρόν ἐστι, δυνάμει καὶ τιμιότητι πολὺ μᾶλλον πάντων ὑπερέχει. δόξειε δ' ἂν καὶ εἶναι ἕκαστος τοῦτο, εἴπερ τὸ κύριον καὶ ἄμεινον. ἄτοπον οὖν γίνοιτ' ἄν, εἰ μὴ τὸν αὑτοῦ βίον αἱροῖτο ἀλλά τινος ἄλλου.

② Porphyrius, *Vita Plotini*, 2.25–27: εἰπὼν ὅτι σὲ ἔτι περιμένω καὶ φήσας πειρᾶσθαι τὸν ἐν ὑμῖν θεὸν ἀνάγειν πρὸς τὸ ἐν τῷ παντὶ θεῖον.

德格尔对亚里士多德 νοῦς 概念的这一解释之意义上,将其译为"智性直观"或"理智直观"或许是恰当的。

【作者简介】
　　熊林,四川大学社科处处长、哲学系主任,教授。目前主要研究古希腊哲学、德国哲学。主持国家社会科学基金重点项目"古希腊哲学经典研究著作译丛"(15AZD037)等。

伽达默尔式的《斐多》*

成官泯

（中共中央党校哲学部）

一　诠释的原则

人面临死亡的时候，更多会想到宗教而不是哲学。《斐多》是对苏格拉底临死前一天的言行记述，所以毫不奇怪，在其中，与死亡相关的宗教主题即灵魂不朽问题成了主要的内容；伽达默尔研究《斐多》的篇章也极其合理地名为："柏拉图《斐多》中的灵魂不朽证明"。[①] 我们平常人在读到《斐多》所述苏格拉底战胜了死亡恐惧、从容赴死的故事时，通常深受感动，我们指望从中获得的教益也正是如何直面死亡、战胜死亡。但是，当我们拿起《斐多》，首先不可忽视的是，《斐多》记述的并不是一个宗教家，也不是一个普通人，而是一个哲学家的临死言行，同样，《斐多》的记述者也不是一个普通人或者宗教家，而是大哲学家柏拉图。哲学家的所想所念，与我们平常人能一样吗？如果我们足够重视《斐多》文本首先向我们展示的这些最表面的东西，同时又对自己是不是（或够得上）哲学家有足够清醒的认识，

---

* 本文原刊于《山东大学学报》（哲学社会科学版）2006年第2期，这里的文本经过作者增删。

① 伽达默尔的《斐多》最初发表于《现实性与反思：瓦尔特·舒尔茨纪念文集》(*Wirklichkeit und Reflexion: Walter Schulz 60 Geburtstag*, Pfullingen, 1973)，页145—161，题目为"Die Unsterblichkeitsbeweise in Platons《Phaidon》"后收入《伽达默尔全集》(*Gesammelte Werke*, Tübingen, 1985) 第6卷，页187—200，本文引用全集版，此后随文夹注，简称GW。

那么，我们便不会匆忙又天真地相信，《斐多》（以某种前基督教的方式）给了我们平常灵魂战胜死亡的确据。作为柏拉图最优美的作品之一，《斐多》以极其诗意的方式表现出哲学家苏格拉底如何战胜了死亡，在追忆结束之时，斐多发出了对苏格拉底的无上赞美，这样，初看起来，《斐多》是哲学家们在赞美其典范苏格拉底、赞美哲学，我们能得出的可靠结论最多是：哲学生活让哲学家战胜了死亡。如果真是这样，那么，《斐多》和我们平常人的指望又有何干呢？它能为我们平常灵魂的指望留下什么呢？

作为柏拉图的一个主要诠释者，现代哲人伽达默尔对平常灵魂的指望所面临的上述困难显然了然于心，所以，他的《斐多》一开始便指出，人们可以把《斐多》比作基督性的战胜死亡，可以把苏格拉底的灵魂不朽证明当作基督性战胜死亡的异教预示，但这却是一个误解。针对这一误解，伽达默尔认为，《斐多》真正处理的问题并非"战胜死亡"，而是"解释死亡"。他的这一看法当然并非随意得出，而是来自他对文本的诠释学处境的洞察。伽达默尔看到，柏拉图《斐多》对话所发生的诠释学处境有其特殊的历史背景，那是一个对自然的科学理解与认识日趋进步、逻辑学开始获得真正的自我意识的时代，用现在的话说，一个经历科学启蒙之后的时代。谁都不能否认他的这个洞见，更重要的是，这个洞见同样规定了他的《斐多》的诠释学处境，伽达默尔（或者说我们）同样身处在一个经过科学启蒙之后的时代，据伽达默尔的观点，哲学在这样的时代必然有它特定的任务，那就是他在"科学时代的理性"之题下孜孜以求的诠释学真理。正是在对诠释学处境的如是意识中，伽达默尔的视界与他所看到的《斐多》对话录的视界达到了融合："战胜死亡"是前启蒙时代、宗教传统占统治地位的时代所提出的问题；在启蒙之后、关注理性与自我意识的时代，真正的问题在于怎样"解释死亡"。由于对死亡的解释根本地涉及我们对自我或灵魂的理解，所以伽达默尔的诠释学处境洞见的成果便可具体地表述为：《斐多》的真正主题并非灵魂如何战胜死亡，而是如何理解灵魂。

除了对诠释学处境的洞察，伽达默尔紧接着强调的另一条诠释学原则是，要注意《斐多》表面的、文学的特征，即它是对一场戏剧性对话的诗意摹仿。伽达默尔正确地指出，若以逻辑的标准衡量，恐怕对话中提出的灵魂不朽诸证明都是不充分的，但是对话录对苏格拉底言语与行为的诗意刻画却令人信服，显然，其中文学描绘的"诗的说服力量"比其论证的"逻辑的证明力量"更强有力。基于对"诗的"与"逻辑的"这两种论证的区分，伽达默尔认为，比较适当的进入对话的方式是，先考察其证明历程，搞清楚柏拉图是否充分意识到这些证明的不完善性，若真如此，便要追问［柏拉图运用］这些证明的真正意图是什么。任何一个人，若非对柏拉图对话的表面文学特征的意义视而不见，便不可能否认伽达默尔所建议方法的必要性。

本文将遵循伽达默尔所建议的方法，跟随他重历柏拉图的证明历程，看他如何对待柏拉图所运用的"诗的"与"逻辑的"两种论证，从而探讨，他从其诠释学原则得来的与平常灵魂的平常指望相背离的高论是否真的与柏拉图的视界、与柏拉图对我们提出的问题相合。

二　诠释学的"设定"

伽达默尔以考察柏拉图《斐多》的诗性特征，即其场景设置作为探索的出发点。他当然不会去纠缠那些琐碎的时间、地点、人物、情景诸要素，而是一上来就抓住了场景安排的关键特征：真正的对话是［很有象征意味地］在苏格拉底与两个"毕达哥拉斯派"的朋友之间进行的。这意味着什么呢？伽达默尔说，两个毕达哥拉斯派的朋友，西米阿斯与克贝，并不代表毕达哥拉斯派特有的那种宗教特性，反而代表着在那一派思想中有其起源的数学、音乐以及自然科学研究，他们是前苏格拉底自然哲学的代表；而苏格拉底，众所周知，他把自己的知识局限在人类的道德问题与自我认识上。伽达默尔进一步推测，柏拉图这样安排对话人物，表明他认为自己的任务正是："把苏格拉底所代表的道德的自我反省与毕达哥拉斯派所代表的科学认识结合起来。"（*GW* 189）

我们只需意识到道德反省属于精神科学的范围，便能明白伽达默尔又让柏拉图与他达到了一种视界融合：伽达默尔的"理解"的任务正是探询超出自然科学方法的普遍要求之外的真理经验，即哲学、艺术、历史等精神科学的真理经验，而理解作为普遍的诠释学经验，即人类的世界经验本身，它所获得的知识与真理从根本上讲，不只是与自然科学相对立的精神科学的真理，而是两者真正的结合。本文探究的焦点就在于：柏拉图是否真的（像伽达默尔一样）在追求科学认识与道德反思相结合的诠释学真理？不过，为了厘清这一点，我们先得跟随伽达默尔，看看他的《斐多》如何贯彻他的这一设定。

三 "真正谈话"的开端

从上面的设定出发，伽达默尔略过了开篇长长的"引导性谈话"，直接进入到随后"真正的谈话"中，并且看到，真正的谈话是从一个宗教问题即毕达哥拉斯派明确禁止自杀这一宗教禁令开始的（61c），那么，柏拉图这样开始真正的对话，用意何在？为什么一场哲学对话以一个宗教问题开始？伽达默尔说，柏拉图深谙"通过强调使重要的事情显得清楚明白"，柏拉图这样开始真正的对话，通过突出对比毕达哥拉斯派朋友与苏格拉底在这一宗教问题上的不同态度，清楚表明了对话所处的背景或诠释学处境。

苏格拉底提到的这个宗教禁令，本是毕达哥拉斯派的，但是他们却说从老师那里所听到的语焉不详，伽达默尔说，这就清楚地表明，"他们对毕达哥拉斯派学说的宗教内容不再感兴趣，而真正代表着当时的（modern）科学启蒙"（GW 189）。这并不仅仅是他们的问题，而是反映了整个时代的风尚，如伽达默尔随后明确指出，整个讨论的背景就是科学的启蒙以及迄今有效的传统宗教的彻底崩溃（GW 194）。伽达默尔还特别指出两个戏剧性的细节来印证他们的思想倾向：当苏格拉底提到对自杀禁令的反对意见（在有些情况下死亡比在无法忍受的方式下继续生活要好得多）时，克贝表示赞同的方式真引人注目，他笑着，而且用自己家乡的方言（62a）；而当苏格拉底说出自己对哲学的理解，把哲学表述为"练习死亡"时，西米阿斯笑了起来（64a）。伽达默尔说，柏拉图以此表明：这些毕达哥拉斯派的朋友"完全被理性的合理性理想主宰着"，宗教传统对于他们"实际上已经如此苍白无力，以至灵魂在彼岸的命运问题不再有任何重要性"（*GW* 190）。

与他的毕达哥拉斯派朋友相反，苏格拉底则利用灵魂净化的思想来证明自己欣然赴死的正当性（64b–68b）：对于哲学家来说，死无非就是灵魂摆脱了肉体的束缚成为纯洁的，从而更有可能求得"真实的智慧"或"纯粹的知识"，见到美、善本身；在这种意义上，哲学家追求智慧就是在学习死亡，即训练自己活着而保持死的状态。在这里，伽达默尔指出，毕达哥拉斯派的纯洁概念显然已经被苏格拉底悄悄地改造了（66d），对于传统的毕达哥拉斯派信徒来说，纯洁只在于遵守秘仪性的洁净戒律却没有一种自我理解，"与此相反，对苏格拉底来说，纯洁意味着对他自身——专注于思想的哲学家之生活——的一种新的意识"（*GW* 190）。总之，在伽达默尔的理解中，苏格拉底把对哲学生活也即纯粹思想的自我意识理解成纯洁的灵魂，他用自己的这种灵魂纯洁观，改造了传统宗教的灵魂纯洁观；"纯粹思想"与"自我理解"，这是伽达默尔总结出的苏格拉底灵魂观的关键词。[1]

伽达默尔在这里又注意到对话进程中的一个戏剧情节，即苏格拉底对毕达哥拉斯派传统灵魂纯洁观的改造竟然得到了两个毕达哥拉斯派朋友的强烈认同（67b）。为什么会如此？伽达默尔解释，因为苏格拉底所提出的"纯粹思想"正是这一代毕达哥拉斯派所致力于的科学特别是数学的标志性特征，或者说反映了后者的本质，尽管他们不理解数学的这种纯思本质，因为他们不理解理念论。笔者可以说，这是伽达默尔从他的诠释学设定出发对这一标志性情节的必然解释。我们知道，不仅在这里，而且在谈话的各个阶段，苏格拉底都征服了他的对话者，使他们最后认同他。苏格拉底如何能做到这一点？事

---

[1] 参见伽达默尔文第 5 段（*GW* 190）、第 8 段（*GW* 191）、第 9 段（*GW* 192）、第 10 段（*GW* 193）、第 12 段（*GW* 194）、第 15 段（*GW* 195–196）、第 18 段（*GW* 198）等处。

情真的像伽达默尔所说，他们之所以信服，是因为他指出了他们自己尚没有清楚意识到的自己所从事事业的本质？柏拉图这样安排情节，用意到底何在？

伽达默尔的看法诱导我们——普通读者——去猜想，苏格拉底与他的毕达哥拉斯派朋友对待宗教传统的态度，是否并不像我们自跟随伽达默尔的分析以来一直以为的那样对立？因为苏格拉底的思想倾向与后者的科学主义看来本质上是一致的。后者只认科学的合理性，对灵魂的彼岸命运丝毫不感兴趣，而苏格拉底在论及灵魂纯洁问题时考虑的也只是哲学家的纯思生活，并不真的与任何对彼岸的宗教性想象相干。我们普通人——哲学家著述的绝大多数读者——却可能盼望苏格拉底与我们更接近一点，我们普通人在面临死亡时为寻求慰藉与解脱最容易也最通常采取的恐怕是一种宗教的态度，这样，我们很可能认为苏格拉底与他的科学界朋友正处在宗教的与非宗教的这两端。在紧接着的一段论述中，伽达默尔的解释也似乎并不完全否定我们平常灵魂的这种天真认识，他说，与对此岸的专注相应，毕达哥拉斯派朋友的理性态度就是［科学］唯物主义，这种唯物主义"与传统的荷马宗教相反，认为死亡就是人的灵魂整个的分解"（70a），他们于是据此怀疑灵魂的不朽与彼岸的生活。他进而精辟地指出，"正是当时（modern）这种对彼岸与不朽的怀疑为谈话锚定了真正的主题：提出关于灵魂不朽的证明以反对这样的怀疑主义"（GW 190）。看来，伽达默尔确实并没有明确反对我们对平常灵魂的认识："真正的谈话"主题涉及对待死亡问题的两种对立态度：一方是科学界的朋友，他们怀疑灵魂不朽；另一方是苏格拉底，他力图证明灵魂不朽。对此，平常灵魂的理智无疑会有两点希望：苏格拉底是真的相信灵魂不朽的；苏格拉底将不会仅仅做做姿态进行反驳，而是提出了强有力的证据证明灵魂不朽。继续阅读伽达默尔的《斐多》，我们将看到，正是在这两点上，他为了他的诠释学的微言大义而悄悄地远离了平常人的理解。

笔者同意伽达默尔所说，柏拉图以一个特定的宗教问题开场是为了"通过强调使重要的事情显得清楚明白"，但是笔者认为，他从其普遍的诠释学观念出发所作的解释并没有使这里的事情本身变得清楚明白，因为，他并没有像他自认为的那样足够注意到对话的戏剧特征，注意到其中"诗的"论证。在柏拉图那里，对话的戏剧性因素生动而深刻地体现了辩证法最本质的东西。柏拉图的写作展示了一个辩证法的历程，其文本被读者阅读时则开启了另一个辩证法的历程。在柏拉图文本所描摹的辩证法历程中，他很容易让苏格拉底选择对话者并对不同的人说不同的话，他当然也知道，他的文本一旦成型并向读者敞开，它便不能再像苏格拉底那样选择读者，不能保证其话语不被放在一个单一的平面上来对待。所以，我们无法否认，柏拉图写作《斐多》时知道其大多数读者恐怕还是平常的灵魂，这样说来，他便可能会照顾到这些平常灵魂的宗教性指望。此外，我们同样也不能否认，柏拉图会想办法让另外的少数读者即哲学家或潜在的哲学家们从其文本中像他所希望的那样得到有选择性的教诲，就像苏格拉底还活着，从字里行间跃然而出，比如伽达默尔就能看到柏拉图通过强调使重要的事情显得清楚明白。假如柏拉图真的如上所述要使其文本对不同的读者引起不同的对话或辩证法历程，他便确实要充分利用其文本的戏剧性，正是在这方面，笔者不得不说，尽管伽达默尔的《斐多》似乎让柏拉图的文本开启了一个柏拉图与伽达默尔的对话，但由于伽达默尔出于其普遍诠释学观念预先把柏拉图的意图、把他与柏拉图之间可能的视界融合设定为所谓苏格拉底与毕达哥拉斯派之间的结合，他便完全没有像他所主张的那样，充分考虑到对话的戏剧性特征所体现的辩证法要素的丰富性。伽达默尔的设定虽然来自对对话场景安排的考察，但却是高度提炼与抽象的考察，以便于体现其诠释学意识所关注的要点，即必须从哲学与科学的区别与联系中来理解苏格拉底的观点。根据他的考察，《斐多》对话似乎是单独地、秘密地在哲学家苏格拉底与毕达哥拉斯派科学家之间极有象征意味地进行，他拒绝甚至反对考虑更加具体的时间、地点、场景，特别是其他人物的在场这一事实。[①] 实际上，除了两个毕达哥拉斯派的朋友，在场的人

[①] 参见伽达默尔关于克莱因（J. Klein）对《斐多》开篇之戏剧性分析的评论，J. Klein, "Gadamer on Strauss: An Interview", *Interpretation*, Vol. 12/1 (1984), p. 8。

物除了哲学家,还有像克力同这样的平常人,据色诺芬所言,他是一个"好人"加"富人",在《斐多》中,他像平常人一样对传统宗教充满虔敬,正是他在开场的一个关键时刻曾经饶有意味地打断过苏格拉底(63d),也正是他成为苏格拉底临终之际的最后交谈对象(115a–118a)。更加重要的事实是,不仅有像克力同这样的平常人参与了对话,而且苏格拉底本人(至少表面看来)也显得像平常人那样亲近于宗教,他不仅在论证灵魂不朽时多次提到了神(63b、67a、69c、80d),而且,跟他在别的对话中一贯的表现不同,他急切地、反复地讲,他是为了使自己也使他们"相信"(63b-c、69e、77a、91a、102d),再者,既然苏格拉底最终使毕达哥拉斯派朋友们信服,那么至少表面看来他是把这些科学界朋友引向了宗教的信念。所以,我们可以说,不论柏拉图的意图究竟是什么,他都没有像伽达默尔所诠释的那样彻底远离平常人的宗教性的指望,若充分考虑对话的戏剧性所体现的辩证法因素的丰富性,便不得不说,《斐多》对话不仅是哲学与科学二者,而是宗教、科学与哲学三者之间的对话,关于苏格拉底的观点,我们不仅要像伽达默尔所说从哲学与科学的区别与联系中,而且要从哲学与神学的区别与联系中来理解。

就本人阅读《斐多》之(绝非普遍的)诠释学经验,笔者认为柏拉图以宗教问题开场固然可能是为了强调某种东西,但若更加字面上地、直接地解读情节的开展,则可以说那是再自然不过的,因为苏格拉底欣然置自己于死地的态度,表面上显然与平常人的健全理智、与传统宗教关于生的命令(自杀禁令)相冲突。苏格拉底提出"哲学就是练习死亡"这一生死合题来解决与宗教命令的冲突,他以灵魂的不朽及净化来说明:他作为哲人的赴死,正是对死亡的超越与克服。这里显而易见的吊诡之处在于,"练习死亡"作为苏格拉底哲学的标志性命题,看来却与宗教走得如此接近!不仅在这里,而且在对话的各个阶段,苏格拉底都把其对话者(包括平常人、科学家、哲学家)引向"灵魂不朽"这一宗教信念。在笔者看来,若追究这一现象的缘起,大概地说,死亡对通常人以及对哲人苏格拉底所呈现的原初问题是同一的,即:如何战胜死亡!这同一的原初问题包含着两种可能的解决，即哲学的解决与宗教的解决。不过，尽管平常灵魂在对话里、在阅读中可能被苏格拉底成功地引向灵魂不朽的宗教信念，对死亡问题的哲学解决与宗教解决却并非相容，要理解这一点，就需要我们细细品味《斐多》所呈现的柏拉图伟大的辩证法艺术。现代哲人伽达默尔当然不会被平常人的宗教意识所蒙蔽而以为柏拉图在《斐多》里讲宗教，他也没有对苏格拉底接近宗教感到惊异，而是发现，苏格拉底轻易把传统宗教改造成了哲学，他把这一成就的思想背景归于历史的处境，并且认为，柏拉图以宗教问题开场正是要凸显这一点，即是说，通过强调苏格拉底的对话者对自身宗教传统的漠视态度，思想的大背景便清楚地显明了，即"宗教传统的彻底崩溃"。伽达默尔的诠释学意识便自觉地处在这一大背景中，其诠释学设定便预设并认可了宗教传统之彻底崩溃的背景，于是，死亡对诠释学意识所呈现的原初问题不是如何战胜死亡，而是如何解释死亡，这一原初问题所包含的两种可能的解决不是哲学的与宗教的解决，而是对死亡的科学理解与超越（即诠释学的或真正哲学的）理解，这两者就是伽达默尔注意到的柏拉图的匠心开场所强调的对立。

四 关于灵魂不朽的前三个证明

《斐多》中对灵魂不朽的证明分成两部分，第一部分是相互联系的三个证明。伽达默尔重述了这三个证明的逻辑，指出它们在逻辑上并不充分，并联系到柏拉图对情节的安排，通过分析各个证明所引起的对话者的反应、苏格拉底随后的回应以及对话进展的情形，指出柏拉图不仅清醒地认识到，而且是有意暗示迄今证明的不充分性。笔者相信，他说的这些可能都是真的。如若情形当真如此，这对平常灵魂的希望便是巨大的挑战。不过，正是在这平常灵魂的希望受到挑战的地方，哲人伽达默尔看到了深入柏拉图意图的门径。他的高见与他的诠释学处境洞察及设定相应，可以简略地表述为：在灵魂不朽的证明历程中，柏拉图的根本意图其实并不是要证明灵魂不朽，而是显明苏格拉底对灵魂的理解。正是在这一见解的指导下，伽达默尔的诠释学设定才充分表现出其解释的效力。他既已在对"开场"的分析中表明苏格拉底与其对话者在理解方式上的对立，于是，证明历程中的两个诠释学要点便表现为：（1）毕达哥拉斯派从其对自然的科学理解出发如何不理解苏格拉底的灵魂概念；（2）进一步，他们也不理解苏格拉底的灵魂概念与他们的自然理解之间的关系，不理解科学对于灵魂的自我理解的意义。

伽达默尔指出，第一个所谓"自然的普遍循环"的证明明显是不合适的，其结论与人们对死后灵魂也许会消失的恐惧其实不相关，正是这种明显的缺陷促使克贝引入了"回忆说"的证明。回忆说虽然说明灵魂在前世生活中已经认识了真正的本质即理念，但并不足以打消对死后生活的怀疑。不过，伽达默尔首要关注的并不是证明的不充分性，而是看到苏格拉底借此提出了自己的灵魂概念，而毕达哥拉斯派朋友对灵魂的理解却明显不同，他们虽然常听到苏格拉底的回忆说，但却并不理解他的灵魂概念：

> 毕达哥拉斯派朋友实际上并不从苏格拉底那理解自身的"灵魂"出发……他们根本上不是从灵魂的自我理解所规定的基础出发，而是停留在自己所熟悉的视界，即从他们对自然以及自然中生命的观察出发。（GW 191–2）

所以，他们不理解苏格拉底的灵魂概念。伽达默尔依然通过分析对话的情节来显明这一点。在苏格拉底提出第二个证明并表示可以将前两个证明结合在一起之后，他迫使对话者承认，他们其实还像小孩一样，对灵魂在人死之时会随风消散充满恐惧，（77d）伽达默尔说，这便间接表明了他们对灵魂理解的不同。更重要的是，苏格拉底这样就使关于灵魂的讨论退回到大众见解的水平，即认为死亡是人之生气的消失从而恐惧自己被消解，伽达默尔说，苏格拉底的这种退步表明他的对话者并未理解他的灵魂概念。于是，第三个证明要揭开对灵魂概念的普遍误解所基于的本体论基础。

伽达默尔认为，苏格拉底的第三个证明是在向其对话者退步的基础上进行，但这退步当然是为了提升他们。伽达默尔通过引证门德尔松的探讨说明，第三个证明的基础仍然是"对自然的理解"。这一证明通过区分"肉体的"（可见、可分解、变化的）与"神圣的"（不可见、不可分、永恒的）不同存在，说明了灵魂的存在方式与身体不同："灵魂属于真正的存在。"（*GW* 192）伽达默尔由此总结第三个证明在对话这一阶段的特定作用或目的，就是"要通过不可见与永恒的概念（即超过在可感世界中给予出来的［比如木乃伊的］相对永恒）来说明灵魂的不朽"（*GW* 193）。他紧接着马上便指出这一证明的局限："这固然与'前苏格拉底'思想相应，但却不能保证真正达到苏格拉底念念不忘的灵魂的正确概念，并从而达到'哲学'所进行的道德的自我理解的基础。"或者不如更明确地说，前苏格拉底的、科学的、从自然出发的理解（在这里，毕达哥拉斯派是其代表），根本不能达到灵魂的适当概念。伽达默尔的意思很明白：只有苏格拉底的、超越的、理解着自身的理解，才能达到正确的灵魂概念。于是他就可以公开他的微言大义了，他明确提醒我们不要忘了，第三个证明只是整个证明历程的一个阶段，而证明的深层目的"本不是不朽，而是构成灵魂的真正存在的东西，不是其可能的有死性或不朽性，而是其对自身及存在的清醒理解"（*GW* 194）。

大有可能的是，我们这样的平常灵魂在继续阅读《斐多》中关于灵魂不朽证明的第二部分时，很难马上同意伽达默尔的高见，因为我们一上来就会看到，西米阿斯与克贝重新提出的反对意见显然是真诚的（84d—88c），苏格拉底也是严肃而急切地论证灵魂不朽（89b—c），而据斐多所说，他做得令人惊奇地成功（88e—89a）。当然，若我们跟随伽达默尔的隐微论诠释实践，也不难理解他所说的，对于西米阿斯与克贝的新反驳，"苏格拉底并没有答应提供一个恰当的证明，而只是反驳由于对灵魂概念缺少理解而引起的反对意见"（*GW* 194）。从伽达默尔的视界看出去，在证明的第二部分，苏格拉底所做的，或者说柏拉图的意图，主要不是证明灵魂不朽，而是更进一步展示苏格拉底的灵魂概念所体现的自我理解的本质。至于这种自我理解与不朽的关系，便成了一个不需要再提出的问题，因为根据伽达默尔的观点，有死或不朽,与灵魂真正的存在无关。伽达默尔早先曾经说,"对彼岸与不朽的怀疑为谈话给定了真正的主题:提出关于灵魂不朽的证明以反对这样的怀疑主义",在追随过证明的一半历程之后,证明灵魂不朽已经成了一个表面的、附带的动机,用他自己的话说,这一动机对于他"实际上如此苍白,不再有任何重要性"。

在伽达默尔的视界里,既然前苏格拉底哲学从自然观出发的科学理解不解灵魂真义,那么苏格拉底对灵魂的真正理解到底是什么呢?任何一个读过哲学史原典选读的人都会明白,这与苏格拉底的思想转向有关,伽达默尔当然也触及这一点,不过,诠释学意识对此自有它独到的见解,它既已把苏格拉底—柏拉图的任务设定为科学认识与道德反省的结合、自然理解与超越自我理解的结合,那么,它便自身一贯地把苏格拉底的思想不是像通常所做的那样理解成某种转向,而是理解成对前苏格拉底自然与科学认识之本质的真正理解,而前苏格拉底思想自身当然并不能达到这一理解。让我们抓住这一要点,紧跟他对《斐多》中灵魂不朽证明的第二部分的诠释。

五 政治哲学的转向?

证明的第二部分开始于西米阿斯与克贝重新提出对灵魂不朽的反驳。据西米阿斯,若灵魂是和谐,它便要依赖于身体各个部分的调和,恐怕在人之将尽时会先死去(85e–86d);据克贝,若灵魂是生命力,它尽管胜过肉体,但犹如人之穿衣,虽然可以磨损掉好几个肉体,但恐怕终有毁灭之时(86e–88b)。伽达默尔肯定他们的论证都有其严肃的科学基础,凭丰富的古典学知识指出了其与当时科学(数学、医学、生物学)的联系,并再次强调对话的背景是宗教传统的彻底崩溃。现在的问题是:伽达默尔的诠释既已表明,毕达哥拉斯派的自然科学理解不可能理解苏格拉底的灵魂概念,那为什么苏格拉底不一劳永逸地撇开他们的理解,另外详述自己的灵魂观呢?不仅如此,伽达默尔还一再暗示,毕达哥拉斯派的科学对于苏格拉底的灵魂理解并不是无关紧要的!除了解释开场的这一情节,即苏格拉底对传统灵魂观的改造竟然得到毕达哥拉斯派的强烈认同，他还对第二、三个证明之间的间奏曲作了发微，在那里，苏格拉底鼓励西米阿斯与克贝在自己人里面寻找消除死亡恐惧的念咒师，并说其他人很难比他们做得更好，(78a)伽达默尔认为，这暗示，"数学家及有数学知识的人具有一种他们自己尚未清晰意识到的能力，即思考不同于感性经验的[真正]存在秩序的'纯粹'思想能力"(GW 192)。他进一步说，在第二个证明中苏格拉底便明确指出"数学知识是与真正的存在及灵魂概念相适应的"，而第三个证明则尤其明确地引入了为数学家所熟知的本体论上的划分，即"可见的存在"与"不可见的存在"的划分。不过，伽达默尔前面的诠释表明，这种划分还是不够的，它依然是一种对自然存在的划分，停留在前苏格拉底自然哲学的层次，现在，伽达默尔要显明的是，要想真正理解数学的本质，就必须上升到通过"设定理念"而带来的真正的存在区分，通过理念与生成物，ousia [本质]与 genesis [生成物]之间的区分，来显明数学的纯思本质。伽达默尔的核心观点是：自我理解的灵魂所表现的正是这种纯思的本质，纯思是哲学的道德反思的形而上学基础。伽达默尔对第二部分证明的诠释便是要说明前苏格拉底思想与苏格拉底思想之间这种本质上的上升与关联。笔者认为，苏格拉底思想的真正转折即政治哲学的转向，这样便被诠释学意识给淹没了。

伽达默尔没有具体追随苏格拉底反驳西米阿斯的论证，而是首先指出这一论证"围绕苏格拉底的灵魂关切这个中心，与毕达哥拉斯派数学的实质相关"(GW 195)。灵魂是和谐的说法，体现了毕达哥拉斯派思想的局限。他们虽然区分了"可见的感性存在与其数的和谐的根据"，但却把后者作为"流变的现象背后的真实存在物"，这一局限与那个时代数学的局限相应，数学科学虽然知道"数学存在"不是"感性存在"，但"缺乏清晰表明这种存在差异的本体论概念"。伽达默尔还提醒我们参看他对《第七封信》的研究中的相关论述，他在那里说的是：数学结构是可感世界与可知世界的居间者，因此，数学实体（比如圆）特别适合用来说明向纯思的转向，不过，柏拉图之前的数学科学并未清晰认识到可感实在与可知实在之间的本体论区分。① 在这一局限下，灵魂便被当作一种自然的存在，一种数的存在或和谐的存在，从而依赖于物质的基础。伽达默尔明确地说，毕达哥拉斯派没有理解自己所从事事业的意义，只有柏拉图对苏格拉底灵魂观的阐释才可能帮助他们达到合适的自我理解。只有有了清晰的本体论区分的概念，人们才能理解：尽管世界的数的规定性是真实的，但世界本身并不是由数构成的；同样，灵魂可以"有"和谐，但它并不就"是"和谐。伽达默尔说，灵魂是这样一种存在，"它在其存在中完满地理解其自身"（GW 196）。厘清这自我理解的灵魂所必须借助的本体论区分，是伽达默尔阐释苏格拉底对克贝所作反驳的要点。

伽达默尔把苏格拉底对克贝的反驳看作全篇对话的高潮，那的确也是对灵魂不朽的最后一个证明。苏格拉底以他那无比著名、重要的思想之路自述（96a—100b）开始，借用伽达默尔的总结："他描绘了自己对自然认识的不满，对阿那克萨戈拉的希望与失望，最后他踏上了第二好的道路。这条道路诉诸逻各斯，即设定理念的程序，它使他开始摆脱科学把他拖入的困境，转而获得对自己的清楚理解。"（GW 196）伽达默尔承认，他的《斐多》不是细究这种设定程序对柏拉图辩证法之巨大意义的地方，他倒是很花了一些笔墨来区分辩证法中的设定不同于科学程序中的设定，与后者不同，它不是让经验来检验它的有效或无效，而是相反，任何与其不一致的东西都不能被设想为真的。他说，这一区别对理解设定的意义至关重要。设定程序确立了本体论的区分，理念是一个纯粹思想的范畴，对理念的设定把它所意谓与蕴含的一切经验、偶然的事物都排除在思考范围之外，这首先意味着，分有理念的特殊事物只是就它所分有的理念的内容来说，在论证中才具有重要性，而论证中的一切逻辑混乱与诡辩都是因为未区分理念与仅仅是分有它的事物而引起的。伽达默尔说，苏格拉底踏上"第二好的道路"，即设定理念的程序，就是为了用它反对智者派的论辩技艺。有了对设定理念之意义的阐释，伽达默尔就可以对苏格拉底反

---

① 参见伽达默尔《柏拉图〈第七封信〉中的辩证法与智者术》，《伽达默尔全集》（*Gesammelte Werke*）第 6 卷，页 96—102。

驳克贝的论证不着一字，因为在逻辑上问题已经很清楚了，克贝对灵魂不朽的怀疑，是因为他不了解，灵魂作为生命的理念，本质上是与有死性绝不相容的（105d–e）。逻辑既明，伽达默尔便又很容易从对话的戏剧性情节中找到印证：克贝拘于数学中的设定概念而在理解理念的设定时特别困难；不知姓名的人的继续反驳（103a）恰恰说明了他跟克贝一样未能"清楚地认识到'理念'与'生成物'之间、对立面自身之间以及具有对立性质的事物之间的根本差异"（*GW* 198）。

笔者不揣浅陋，试着总结一下诠释学意识所理解的苏格拉底的灵魂概念：灵魂是自我理解的存在，这种自我理解是其最本己的存在特征，它以此区别于其他存在而把自己表明为纯粹思想。灵魂属于理念世界。至于灵魂概念所表明的纯粹思想与前苏格拉底自然哲学的关系，它是使关于自然的科学与数学认识获得明确自我理解的基础，用伽达默尔的话说："科学来自理念世界，也只有理念世界才使科学成为可能。"（*GW* 198）因此，苏格拉底的纯思，本质上说，并不是对自然哲学的方向的扭转，而是对其本质的揭示。从自然哲学到苏格拉底的道德哲学反省的发展，表现出思想之纯粹性的本质上的上升过程，大约可以表示为"自然认识—数学科学—理念纯思"的进阶。如果说苏格拉底思想存在着什么转向，那就是向纯粹思想的转向。所以伽达默尔从"第二好的道路"这里看到的其实是"更好的道路"，人以为敝帚，我自珍为利器。于是伽达默尔蛮有把握地说，关于苏格拉底的转向所说的那一困境，"把他引入其中的与其说是他那个时代的'科学'，毋宁说是其'智者式的'应用与歪曲"（*GW* 197）。尽管他也看到了科学启蒙与智者派虚无主义的历史关联，但他没有继续追问自然哲学与智者派思想是否有什么必然的联系。

从其诠释学设定直到其诠释最终得出的灵魂理解，伽达默尔是前后一贯的，所以，这里不存在站不站得住脚的问题，其诠释实践是其诠释学意识的贯彻，不过，据笔者粗浅的看法，这却未必与柏拉图的意图融合。他的灵魂理解专注于灵魂的纯粹"存在"，这种存在观又更多地受亚里士多德的 ousia 存在观所支配，而与柏拉图对灵魂的关注（灵魂的美、善以及各部分的正当秩序）相距甚远。所以，诠释学意识把灵魂理解成"在其存在中完满理解其自身"的存在，把灵魂作为纯粹思想归属于理念的世界，它所获得的首先是关于灵魂的"存在论"知识。而柏拉图则始终从灵魂与理念（美本身、正义本身，以及最高善之理念）的关联中思考灵魂，灵魂始终是与整体相关联并向整体敞开的，他关于灵魂所获得的知识首先是政治的知识。请容许笔者进一步呈现诠释学路向在诠释《斐多》时的成果。

六　结论

《斐多》的结构像一个吐火女妖（Chimäre），开头是故事，结尾也是故事，头尾都与灵魂不朽的宗教信念纠缠不清，而哲学的论辩夹在中间。就伽达默尔的诠释意图来讲，澄清苏格拉底的灵魂观，目的便已经达到了，但是，《斐多》结尾所讲的东西迫使他回到这一问题：这种诠释学灵魂观与灵魂不朽信念的关系是什么？因为这种只关注其存在的灵魂观本质上与这一信念无涉，所以，伽达默尔说，

> 每一个柏拉图的解释者都不可能看不到，对理念与生命和灵魂之间的本体关系的这种证明尽管是卓越的，但并不能证明比生命和灵魂的"理念"特征更多的东西，毫无疑问，它确实不能消除每个个体灵魂所具有的那种要被毁灭的恐惧，不能消除渗透在灵魂自我认识中的恐惧。（*GW* 198）

他接着强调说，这也是柏拉图的意思。——不论柏拉图多么生动、优美地描绘了苏格拉底的安然赴死，多么具有说服力地表明了苏格拉底作为哲学的典范事实上战胜了死亡，伽达默尔的结论仍然是：死亡恐惧不可消除、从未消除。伽达默尔是海德格尔的优秀学生，恐惧（Angst）则是海德格尔的一个关键词。恐惧是与人根本的有终性相连的原初事实，笔者认为，这里面隐藏着诠释学的深刻历史意识的秘密。死亡恐惧的不可消除，这是伽达默尔诠释学隐微论实践得出的一个终极之言；"柏拉图《斐多》中的灵魂不朽证明"是其《斐多》篇

的表面题目，其真正的、隐微的题目正好相反："柏拉图《斐多》中对死亡恐惧的不可消除之原初性的证明。"

不过，在"宗教传统彻底崩溃"的时代，对经过科学启蒙的现代哲人来说，不可消除的死亡恐惧这一原初事实却并不是件消极的事，相反，永远与我们的最本己之存在相连的死亡恐惧呈现出作为有限存在的人类的"自由"。在最后一个灵魂不朽证明之后，苏格拉底讲起了人死后灵魂所去世界的故事，结束的时候，他劝其听众要对自己"念咒"似的重复他们所期望的这些前景（114d），这显然是对那个绝妙隐喻（是存在我们身/心中的小孩在恐惧死亡，77d–78a）的回复，伽达默尔说，在对这个隐喻的回复中，整个论证的意义问题得到了回答："从来没有消除的对死亡的恐惧，实际上是我们必然对在感性经验中与我们相遇的世界以及我们自己的有限存在的超越思考的另一面。"（*GW* 199）这一超越思考的能力，显然只能被理解为自由。伽达默尔正确地看到，苏格拉底[①]提到"念咒"时，心中"特别想到的是宗教传统［对死亡问题］的回答"，这表明这里事实上已经触及对死亡问题的科学—哲学的解决与宗教解决这原初的二元对立，但是，由于诠释学意识在死亡问题上所看到的原初问题与平常灵魂，与古代哲人所看到的具有根本不同，所以，死亡问题以及其宗教应答并没有让它去像常人或古人那样去设想，是否可能有对死亡的胜利，在它看来，宗教应答的存在只不过表明了恐惧原初的不可消除性。所以当伽达默尔说下面这句话时他的意图与柏拉图完全不一样——

> 这个任务［即念咒以除死亡恐惧的无尽任务——引者注］是我们人类存在给予我们的，即那促使我们超越最切近的感性世界而思考［的那种能力］所给予我们的。柏拉图通过灵魂与理念的关联所思考的正是这个事实。（*GW* 200）

[①] 值得一提的是，伽达默尔的叙述在这里不再区分苏格拉底与柏拉图（*GW* 200）。

我们固然可以按现在的话说，当柏拉图把灵魂与理念联系起来时，他表现了人类自由的事实，但是这一事实完全不像伽达默尔所设想的那样以人的有限性为根本指向，对柏拉图来说，灵魂与理念的联系意味着它对永恒的敞开性，意味着人对秩序整体的归属。对人的有死性、有限性的所谓洞见以及由此产生的历史意识，是现代哲学诠释学的命门所在。

通观伽达默尔的整个《斐多》，可以发现，他从其诠释学意识出发，遵照海德格尔的教导，以自己的设定彻底考问柏拉图，最终达到了摧毁或解构的目的，从《斐多》那里得出了现代诠释学意识的秘义："自由"＝"恐惧"。通过这样的诠释学意识的透视，他在其《斐多》的最后便可以说，柏拉图之灵魂与理念的关系体现了康德意义上的作为理性事实的自由，借助海德格尔对康德的解读我们不难理解这最后一句话的意义，康德是在理性深处发现其时间性与有限性的第一个现代哲人，以致他自己都不得不从其伟大发现面前退却。

《斐多》是哲学与诗歌结合的完美表现，它以一种诗性的双关，既似哲学又似神学地探讨了人类对死亡与灵魂不朽问题所能达到的限度，所以它要求我们结合其整个的诗的结构来理解其中哲学的论辩；可惜，伽达默尔的诠释专注于其诠释学设定的逻辑贯彻，并没有像他所说那样地认真对待其中诗的论证，而只是用戏剧情节的分析来印证他自己的逻辑结论。笔者认为，苏格拉底在哲学论证结束之后的故事讲述其实是以形象的方式谈论理念与诸神的关系，而整篇对话的高潮并非其哲学论证的结束而是苏格拉底从容赴死的情景。苏格拉底的形象对于适合哲学生活的人来说是对哲学的最高赞美，是对哲学生活的鼓励，对于适合于虔敬生活的人来说则是对虔敬生活的劝勉。现代（诠释）哲学则对不值得对之充满虔敬的东西（死亡、有限性、恐惧）有一种虚假的虔敬激情。在全篇对话的终曲，柏拉图让苏格拉底在将死时嘱咐克力同遵照雅典人的宗教习俗行事，这再一次表明哲学家是虔敬的，但是这一虔敬的意思却是双关的。由于柏拉图的意图被隐藏在其美妙的诗歌中，所以在我们阅读它时，这一古典文本本身的真理要求对我们的挑战确实是无与伦比的，但不管怎么样，我们只有三种可能的选择，通过阅读认可或拒绝它的真理要求，或者承认我们没有能力对此作出决定而需要继续学习。现代哲学诠释学则似乎提供了一种新的可能，它发自内心地无法那么严肃、刻板地面对古典文本的真理要求，因为真理只存在于我们与文本的视域融合中，我们（出于自身原因）在视域上与文本融合得越少，文本本身的真理性便越少。

【作者简介】

　　成官泯，哲学博士，中共中央党校哲学部副教授，研究领域为古典政治哲学。

Selected Papers of Classical Studies

Volume I. Western Classics

Edited by Office of Philosophy and Social Sciences of China

Contents

Order and Disorder in Ancient Greek Thought: Beginning from Jaeger's *Paideia*

Chen Siyi / 3

Who Will Educate the Monarch: The Political Metaphor of "Telemachus' Journey"

He Fangying / 24

Heraclitus and Hesiod

Wu Yaling / 51

A Discussion on the Beginning of Herodotus' *Histories*

Huang Junsong / 70

Helios' Chariot: Rhetoric and Ethics in Euripides' *Medea*

Luo Feng / 83

Thucydides on ἀνάγκη: A Thucydidean Framework of Power

Li Junyang / 98

Socrates and the Family: A Facet of the Comparison between Chinese and Western Civilizations

Peng Lei / 121

Poetry from the Perspectives of *Paideia* and Truth: Rethinking the Platonic Criticism of Poetry

Zhan Wenjie / 137

Philia in a Divided Family: The Constitution of Community in Plato's *Laws*

Li Meng / 156

Being and Life in *Phaedo*

Wu Fei / 202

Queen Bee and Housewife: Application of Social Education into the Private Sphere in Xenophon's *Oeconomicus*

Lü Houliang / 222

An Interpretation of "Passive Intellect" in Aristotle's *De Anima* 3.4、3.5

Ding Yun / 244

Cicero's Critique of Reason

Cheng Zhimin / 273

Livy on the Security Dilemma of Republican Politics

Han Chao / 294

The Invention of Platonic Love: The Philosophical Inheritance and Innovation of Renaissance Philosopher Marsilio Ficino

Liang Zhonghe / 311

Heidegger on Aristotle's Nous

Xiong Lin / 330

Gadamerian Phaedo

Cheng Guanmin / 355

Abstract

Order and Disorder in Ancient Greek Thought
Beginning from Jaeger's *Paideia*
Chen Siyi
(Institute of Foreign Philosophy, Peking University)

Abstract: In his famous book *Paideia*, the German classicist Werner Jaeger argues that the peculiar character of ancient Greek culture is *Paideia* as the cultivation of human nature based on a strong sense of order with emphasis on "ideal" and "form", and therefore claims that the Greek culture is the "real culture". Recently, the Chinese translation of *Paideia* was published, and on such an occasion of celebration, this article aims to compare Jaeger's *Paideia* with several equally famous criticisms against the ancient Greek notion of order, and to outline an intellectual history of the Greek notion of order and disorder from epic to philosophy. The author attempts to confirm and revive Nietzsche's insight in *The Birth of Tragedy* that the Greek idealization of order is in fact rooted in a profound sense of disorder inherent to cosmos and human life. If so, then a faithful understanding of ancient Greek culture requires comprehension of the tension between order and disorder in ancient Greek thought.

Keywords: Jaeger; Ancient Greek; Homer; Plato; Aristotle

Who Will Educate the Monarch
The Political Metaphor of "Telemachus' Journey"
He Fangying
(Institute of Foreign Literature, Chinese Academy of Social Sciences)

Abstract: The first four-books of Homer's *Odyssey* tell the story of Telemachus, Odysseus's son, who was forced to go abroad for help in order to against the suitors and get news of his father. But these four books of "Telemachus's journey" seem to be independent of the whole epic, and seem to be disjointed with the structure and theme of the *Odyssey* too, which has always puzzled the epic scholars. This paper selected the first four-books of *Odyssey* to study, through reading the epic plot, trying to prove "Telemachus's journey" is an important part of the main storyline that Odysseus's journey, which has special political moral, that is Homer's teaching about how a potential king by self-experience, could form a true king's characters to his city-state. The teachings of Homer have greatly influenced the political philosophers of later generations, especially the 18th-century thinkers such as Fénelon, Montesquieu, and Rousseau, etc., how to educate potential statesmen to become their common concern.

Keywords: Homer's *Odyssey*; Telemachus; Prince's character; the virtue of the city

Heraclitus and Hesiod
Wu Yaling
(Institute of Religious Studies, Shanghai Academy of Social Sciences)

Abstract: Heraclitus criticized Hesiod by name in three fragments (DK 40, DK 57, DK 106). Heraclitus used *euphrone* (kindly times) belonging to the Orphic tradition to refer to *Night* instead of Hesiod's image of *Nux*, updated Hesiod's *theogony* with a meditation on the *cosmogony*, and delved into the topic of Hesiod's intentional silence, exploring the soul's labor in the night, in order to refute the poet's teaching of *Works and Days*. On the one hand, Heraclitus refuted Hesiod's authority as the common sense of ancient city-state life; on the other hand, Heraclitus was deeply influenced by Hesiod, both in terms of the theory of transformation of elements and the exploration of the concept of *logo*s. As a dialogue between an early mythological poet and early philosopher in ancient Greece, the intertext between Hesiod and Heraclitus profoundly demonstrates a form of thought that competes with and achieves each other.

Keywords: Heraclitus; Hesiod; *euphrone*; *logos*

A Discussion on the Beginning of Herodotus' *Histories*

Huang Junsong

(Boya college, Sun Yat-sen University)

Abstract: This article compares the different explanations offered by Persians, Phoenicians, and Greeks of how the Persian War started. Through an analysis of the diverse customs and civilizations that underlie the different sayings, one can clearly see that Herodotus attributes his explanation for the cause of the Persian War to the clash of customs, or the clash of civilizations. This is why custom and geography are given frequent attention in *Histories*. With a further comparison of the difference between Herodotus' explanation and the Greek explanation on this same topic, one can also realize the author's inheritance and innovation upon the Greek tradition.

Keywords: Herodotus; Greek; custom; geography; war

Helios' Chariot: Rhetoric and Ethics in Euripides' *Medea*

Luo Feng

(School of Foreign Languages, East China Normal University)

Abstract: In his best known-tragedy *Medea*, Euripides adopts a peculiar feminine perspective to question the traditional heroism ever since Homer. Through a survey of an "enlightened self-interest," which is the result of the involvement of sophistic rhetoric into the Athenian democracy, Euripides criticizes the consequences brought by the Enlightenment of the sophists. The Athenian democracy encourages people to go after freedom and eros, providing fertile soil and legitimacy for individualism and the liberation of eros. And the value relativism brought by sophists' rhetoric inevitably leads self-concerned individualism into moral nihilism. This paradox implicit in the Athenian democracy is vividly shown in the image of "Helios' Chariot": though the individual boldly pursuing eros commits a crime, she can still legitimately escape from punishment. As it were, individualism and moral nihilism are the two "flowers of evil" of the Athenian democracy dashing ahead towards eros.

Key words: Euripides; *Medea*; rhetoric; ethics; moral nihilism

Thucydides on ἀνάγκη: A Thucydidean Framework of Power

Li Junyang

(Institute of World Economics and Politics, Chinese Academy of Social Sciences)

Abstract: This paper offers a realist reading of Thucydides the Realism of Necessity (ἀνάγκη) through a contextualized, close reading of Thucydides' power narrative. The two most important scenarios of decision-making in the *History of the Peloponnesian War,* namely, Sparta declaring war and Athens developing her Empire, are of the same structure: both contain necessity, fear, and a decision to act. A sequence of these scenarios forms the Thucydidean framework of power interaction between city-states. The Thucydidean concept of power provides a more comprehensive answer to the agent-structure debate than structural realism.

Keywords: Thucydides; necessity; power

Socrates and the Family
A Facet of the Comparison between Chinese and
Western Civilizations
Peng Lei
(Centre for Classcial Civilization, Renmin University of China)

Abstract: The neglect of family in western philosophy can be traced back to Socrates. By examining the relevant texts of Plato and Xenophon, we can see that Socrates had a home but was not at home, and almost never had a philosophical dialogue with his family; Socrates also challenged the traditional family ethics, took wisdom as the basis for establishing the authority in family, and eliminated the traditional family ethics from utilitarianism, reduced the blood relationship between father and son and brothers to a reciprocal relationship based on grace and gratitude, thus expressed his critic of the morality of the city. Socrates' discussion of oikonomia is also quite different from the traditional view. He understood oikonomia as a kind of knowledge about "good" and "beneficial", and he was a true oikonomikos for pursuing this kind of knowledge; He also emphasized the moral and political significance of oikonomia, believing the purpose of oikonomia was not only to increase family property, but also to cultivate human virtue. The analogy he established between oikonomia and politike also expressed his ideal of kingship.

Keywords: Socrates; family; Plato; Xenophon

Poetry from the Perspectives of *Paideia* and Truth

Rethinking the Platonic Criticism of Poetry

Zhan Wenjie

(Institute of Philosophy, Chinese Academy of Social Sciences)

Abstract: The first section of this article clarifies the original meaning of "poetry" and "philosophy" within the ancient Greek context, and indicates the cultural background of Platonic criticism of poetry. Subsequently, the main part of the article elaborates how Plato develops his "literary criticism" in the two basic perspectives of *paideia* and truth, and points out the inherent tension between these two perspectives. From the perspective of *paideia*, poetry has a certain positive significance, since it provides character education through tones, rhythms and stories for those who have not yet matured in their reasoning, but from the perspective of truth, poetry is totally negative, because poetic art comes out of a kind of "madness", and it is an inaccurate "imitation" of the appearance of things. The final part of the article gives some hints on how to evaluate the status of both poetry and philosophy in the time of ours.

Keywords: Plato; Quarrel between poetry and philosophy; Poetry; Paideia; Truth

Philia in a Divided Family

The Constitution of Community in Plato's *Laws*

Li Meng

(Department of Philosophy, Peking University)

Abstract: The opposite readings of the metaphor of the divided family in Plato's *Laws* lead to the conflicting interpretations of the social life constituted in this dialogue. The article focuses on the community of reciprocal friendship on the basis of division and distribution in Magnesia as imitating the best regime of the public life, and examines its political structure and educational program by virtue of moderation. The systematic analysis brings to light the significance of Plato's final work for our understanding of the community and its implicit crisis in ancient Greek.

Keywords: Plato; Laws; philia; moderation; inequality

Being and Life in *Phaedo*
Wu Fei
(Department of Philosophy, Peking University)

Abstract: This paper seeks to reinterpret Plato's dialogue *Phaedo* through the lens of the relationship between being and life. While the central theme of *Phaedo* is the immortality of the soul, it is examined within the framework of existential philosophy and theory of ideas (forms), leading Socrates to equate the immortality of the soul with its eternal existence. The dialogue suggests three distinct levels of being: physical existence, biological existence, and philosophical existence. Socrates' interlocutors are able to ascend from physical to biological existence; however, they struggle to reach philosophical existence. In contrast, Socrates transcends these initial two levels by commencing directly from a presupposition of philosophical existence, thereby gaining a vantage point that allows him to perceive specific entities while conceptualizing philosophical existence as true Being. Nonetheless, what constitutes life remains ambiguous in *Phaedo*.

Keywords: Plato; *Phaedo*; life; Being; soul

Queen Bee and Housewife
Application of Social Education into the Private Sphere in Xenophon's *Oeconomicus*

Lü Houliang

(Institute of World History, Chinese Academy of Social Sciences)

Abstract: As one rare work on the domestic life and private sphere in ancient Greek literature, Xenophon's *Oeconomicus* has significant character in its instances and arguments. Quite a lot of examples outlined in this work are taken from experiences of public life; the major arguments in the *Oeconomicus* are the extension and borrowing of the conclusions of Xenophon's other works on political and military affairs in public sphere, such as his *Cyropaedia, Agesilaus, Hiero* as well as his *Spartan Constitution*; and the ideal husband and housewife in the dialogue also share certain core attribution of the perfect king and queen in ancient Greek history of political thought. Xenophon's *Oeconomicus* is one theoretical attempt to apply experience of public life, especially Xenophon's own thought on social education to the private sphere; and has great influence in classical cultural history. Nevertheless, as one basic piece of the historical document on ancient Greek family life, the utopianism and the sense of social gender construction in the *Oeconomicus* also deserve modern scholars' notice.

Keywords: Xenophon; the *Oeconomicus*; Private sphere; Ancient Greece

An Interpretation of "Passive Intellect" in Aristotle's *De Anima* 3.4、3.5

Ding Yun

(Department of Philosophy, Sun Yat-Sen University)

Abstract: This paper attempts to add classical sources to the modern doctrine of power and its mental theory. Based on the difficulties related to the doctrine of Nous(intellect) in Aristotle's *On the Soul*, this paper firstly pushes the focus of analysis from active Nous to passive Nous on the basis of "the analogy between Nous and perception" and "actuality precedes potentiality" proposed by ancient commentators. For the "analogy between Nous and perception", this paper surveys the *On the Soul* with other related works of Aristotle (especially the *Physics*) and Plato's dialogues (especially the *Timaeus* and the *Republic*), and refers to Plotinus' *Ennead*, to dig out a number of essential meanings of passive Nous. In view of the fact that "actuality precedes potentiality", this paper extracts Aristotle's potentiality-actuality doctrine on the basis of the relevant discussions in *On the Soul*, and further proposes a monistic doctrine of power on the basis of this doctrine. Finally, the paper contrasts and combines the doctrine of power with several other related traditions (Neoplatonism, German idealism), and gives a mental interpretation of the active-passive Nous.

Keywords: passive intellect (*nous*); potency (*potenz*); power (*potentia*); light; Mind-Nature

Cicero's Critique of Reason

Cheng Zhimin

(School of Humanities, Hainan University)

Abstract: Reason has become synonymous with "right" in modern thought and can even legislate for nature. But the ancients, including Plato and Cicero, had a comprehensive, profound and sober understanding of the meaning of reason. Reason is the symbol of the difference between man and beast, and it is the way or tool necessary for discovering the truth, so it is sacred and noble. But reason is also neutral, and the key lies in the "correct application". Reason is essentially a calculus, capable of doing good and evil, and must therefore be imbued with divinity and virtue. This cognitive capacity of reason lies first and foremost in recognizing its own limits, knowing moderation, restraint and prudence, in order to grasp the world in its entirety, and thus achieving nobility and sanctity.

Keywords: reason; Cicero; sanctity; neutrality; limits

Livy on the Security Dilemma of Republican Politics
Han Chao
(School of Humanities, Tongji University)

Abstract: This article discusses the description and analysis of the security dilemmas of republican politics by the ancient Roman historian Livy in his work *History of Rome*. The article argues that the first five volumes of *History of Rome* focus on the crisis of freedom faced by Rome after it freed itself from monarchy. Livy believes that freedom is a dangerous existence in its infancy, but becomes a fruit to be enjoyed in its maturity. In Livy's view, freedom is not simplified into pure negativity, but has the potential to transform into a positive aggressive power. In other words, the factional politics of the Republic is the inevitable result of political freedom.

Livy presents a pessimistic perspective, suggesting that the internal chaos caused by factional politics often stems from a psychology of fear and distrust, leading all parties to take preemptive actions, which ultimately exacerbates the conflict. He illustrates how unfounded fears can evolve into real fears and trigger a political crisis through the narrative of the abdication of Crassus.

Finally, the article points out that Livy believes political moderation is the key to overcoming the security dilemmas of factional politics. Moderation is a moral element in the dynamics of the constitutional mechanism, and this orientation that appeals to morality outside the system is precisely the characteristic that distinguishes Rome from Greece.

Keywords: Livy; free narrative; security dilemma; moderation

The Invention of Platonic Love
The Philosophical Inheritance and Innovation of Renaissance Philosopher Marsilio Ficino

Liang Zhonghe

(Department of Philosophy, Sichuan University)

Abstract: This paper mainly studies the origin, development and ideological content of the theoretical thought "Platonic love" invented by the Renaissance philosopher Marsilio Ficino. First, it explains how the concept of soul was understood as human beings by Ficino's predecessors, especially Platonist philosophers; then it explains how Platonic love, as a theory that runs through metaphysics and ethics, deals with the relationship between the soul itself, between souls, and between the soul and higher beings, and explains the relationship between this theoretical tool and other ancient thoughts in the early days of its invention and its situation in the era; finally, it discusses the multiple meanings of Platonic love, from why the soul is willing to love the body, to why souls cherish friendship, and finally to the metaphysical guarantee of true love, that is, the cycle of love and beauty displayed by the Supreme Being.

Keywords: Platonic love; Ficino; soul; unity

Heidegger on Aristotle's Nous

Xiong Lin

(Philosophy Department, Sichuan University)

Abstraction: Nous is an important concept in ancient Greek philosophy. Logos is the essential determination of man, but nous as the divine factor in man is the highest determination of man. Based on the interpretation of Aristotle's *Ethica Nicomacheia* Ⅵ, Heidegger pointes out that nous plays the dual roles in theoretical reason and practical reason, it reveals their origins.

Keywords: nous; origin; prudence; wisdom

Gadamerian *Phaedo*

Cheng Guanmin

(Department of Philosophy, Party School of the Central Committee of C.P.C)

Abstract: From the perspective of his philosophical hermeneutics, Gadamer gives us a modern interpretation of Plato's *Pheado*: the true intention of *Phaedo* is not to try to defeat death, but to explain it; Socrates' demonstration of the immortality of psychē demonstrates in deed the original dread of death, which could not be eliminated and indicates properly the freedom of human being as the finite existence.

Keywords: Plato; Socrates; *Phaedo*; Gadamer